KB051770

황제를 꿈꾸는 여인

황권

황제를 꿈꾸는 여인

황권

3

천하귀원
장편소설

arte

봉지미

어릴 적 부모를 여의고 봉 부인 슬하에서 자랐다. 생존을 위해 얼굴을 추하게 위장하고 속마음을 감추며 지내다 우연한 계기로 청명서원에 들어가게 된다. 이후 '위지'란 이름으로 남장을 하고, 어린 나이에 조정 대신으로 중용되어 빼어난 능력을 발휘한다.

영혁

천성 황조 6황자. 수려한 외모 못지않게 뛰어난 능력과 수완을 지녔으나, 황실의 견제를 피하고자 기생집을 드나들며 때를 기다린다. 봉지미에게 호기심을 느끼고 그녀를 지켜보면서, 두 사람 사이에 미묘한 기류가 흐르기 시작한다.

고남의

봉지미를 납치하려다가 호위 무사가 된 인물로 정체가 베일에 싸여 있다. 신비로운 미모와 남다른 성품, 뛰어난 무예 실력으로 주변을 압도한다. 말없이 자신의 방식대로 혼자서 살아왔으나 봉지미를 통해 감정을 배우기 시작한다.

혁련쟁

호탁의 왕세자. 강인하고 대범하며 자신의 사람들을 지키는 일에 목숨을 아끼지 않는다. 중원의 여인은 나약하다고 생각했으나 봉지미를 만나면서 생각이 바뀌고, 그녀의 마음을 얻기 위해 노력한다.

화경

남해의 평민이지만 뛰어난 수완과 기지를 발휘하여 봉지미가
남해 연씨 집안을 평정하는 데 공을 세운다. 연회석과 결혼하
며 봉지미의 곁에서 친구이자 동료가 된다.

진사우

대월의 3황자 안왕. 명석한 두뇌의 소유자로 전투에서 봉지미
와 화경을 생포하여 포로로 가두고, 적국인 천성의 주요 인물을
제거하려는 전략을 꾸민다.

메타

혁련쟁이 어릴 적 위기에 처했을 때 구해준 여인으로 초원에
서 은혜를 받으며 살아왔다. 그가 초원으로 돌아오자 애타게
기다렸던 마음을 표현하지만, 그와 봉지미의 혼인으로 질투심
이 극에 달한다.

극렬

화려한 외모를 지녔지만 잔인한 성격으로 봉지미와 혁련쟁을
위험에 빠뜨리는 인물이다. 혁련쟁을 몰아내기 위해 비밀리에
모략을 꾸미고 메타를 이용한다.

차
례

주요 인물 소개

대비

청탁 설산에서 불어오는 바람이 눈의 기운을 담고 천리 밖 탁 트인 초원을 지나 얼굴을 덮쳐 오자 상쾌함과 청량함이 느껴졌다. 지평선은 영원히 시야 밖에 있었다. 짙푸른 장막 같은 하늘에 걸린 햇빛 한 줌이 유난히 웅장하게 타오르며 눈앞에 펼쳐진 강물을 반짝이는 황금빛으로 물들였다.

"저 강만 건너면 호탁 십이부의 영토입니다."

화경이 마차에서 내려 강가에 서 있는 봉지미에게 다가가 망토를 걸쳐 주었다.

"내륙에는 벌써 봄이 왔다지만 북쪽으로 갈수록 추워져요. 이렇게 얇게 입다가 꽁꽁 얼면 어쩌려고요?"

봉지미는 망토를 단단히 여미며 그녀에게 웃어 보였다.

"나를 약골로 보는 거야? 언니야말로 곧 출산할 몸이니 함부로 바람을 쏘이면 안 돼."

화경이 그녀의 어깨를 토닥여 주었다. 둘은 마주 보며 웃다가 이내 각자의 방향으로 시선을 돌렸다. 한 명은 넋 놓고 강을 바라보았고, 또 한 명은 반쯤 뜬 눈으로 끝없이 펼쳐진 초원을 관망했다. 바람이 불어와 둘의 머리칼을 너울너울 춤추게 했다.

제경을 벗어난 지도 며칠이 되었다. 폭설이 내리던 그날, 봉 부인과 봉호의 장사를 치른 봉지미는 한바탕 지독하게 앓았다. 이후 몸을 추스른 그녀는 생각에 생각을 거듭한 끝에 제경을 떠나기로 마음먹었다.

모든 희생에는 그만한 가치가 있었다. 어머니가 15년 동안 남동생을 총애하며 치밀하게 준비하고 허상을 만들어 낸 이유는 대성 황실의 명맥을 되찾을 그날을 맞이하기 위해서였다. 남동생 봉호가 봉지미의 죄를 뒤집어쓰게 했고, 그들이 죽음을 마다하지 않아 오히려 천성 황제의 용서와 연민을 얻어냈다. 이는 봉지미에게 살아남을 기회를 주었을 뿐 아니라 재기할 수 있는 가능성도 부여한 것이었다. 오늘부터 그녀는 신분이 탄로 날 위험에 빠지지는 않을 터였다. 오히려 황제의 죄책감과 군주 신분을 디딤돌 삼아 어머니가 원하던 방향으로 조금씩 나아갈 수 있게 되었다. 어머니는 그녀를 위해 여기까지 오셨고, 죽는 순간까지 천성 황제 앞에서 연극을 하셨다. 봉지미가 어찌 감히 그 고심과 은혜를 저버릴 수 있으며, 어찌 그 두 목숨을 허비할 수 있겠는가? 이미 봉지미에게 손을 써 버린 영혁이 더 이상 인정을 베풀 가능성은 없다. 처음 한 번은 벗어났다 해도 두 번째 시도를 하지 않으리라는 법은 없었다. 제경으로 돌아온 영혁은 남방 정벌에서 승리한 공적에 한껏 의기양양해져 있을 터인데, 그런 그와 어떻게 싸운단 말인가?

'어떤 일들은 처음부터 정해져 있지. 여기까지 온 나는 후퇴를 용납할 수 없다. 가끔은 상전 자리가 스스로를 어쩔 수 없게 만드는구나. 물러서고 싶어도 부하와 추종자들이 허락하지 않거든. 무슨 말인지…… 알겠느냐?'

봉지미는 영혁의 말이 귓가에 생생하게 들려오는 듯했다. 5황자가 적통 태자를 끌어내렸던 날 어서방(御書房) 밖 복도에서 나누었던 대화에 담겨 있던 깊은 뜻을 그녀는 이제야 깨달았다. 하지만 이미 너무 늦은 때였다. 봉지미는 제경에서 지내기가 녹록지 않다면, 한 걸음 물러나 넓은 세상을 누려 보리라 생각했다.

얼마 지나지 않아 화경과 혁련쟁이 도착했고, 때마침 대월국 정벌 전선에도 변화가 일어났다. 우선 한 차례의 전투에서 천성군은 대월의 매복에 당해 대패하였고, 장군인 추상기가 중상을 입었다. 나중에 조사를 하고 나서야 문제의 발단이 호탁부였음을 알았다. 호탁 십이부 중 하나인 금붕부(金鵬部)는 올겨울 폭설이 내린 탓에 목초지를 공평하게 분배받지 못한 것에 대해 불만을 품었고, 암암리에 대월에 군사 기밀을 넘긴 것이었다. 호탁의 순의왕은 진노하여 금붕부 수장을 데려다 심문했지만, 금붕부가 숨겨 둔 자객에 습격당해 도리어 사망하고 말았다. 호탁부는 순식간에 아수라장이 되었다. 소문에 의하면, 순의왕이 죽은 후 왕위 계승권을 두고 부족의 세력이 사분오열되어 매일 전쟁이 거듭되고 사람이 죽어 나가고 있었다.

천성 제국은 자국 영토인 호탁에서 이런 변고가 일어나는 것을 허락할 수 없었다. 천성 황제는 즉시 초원으로 복귀하겠다는 혁련쟁의 청을 윤허하였다. 그리고 그를 호탁 십이부의 대한(大汗)으로 봉하고, 순의왕(順義王) 작위를 계승해 초원으로 돌아가 즉위하게 했다. 또한 금붕부 수령 홍길륵막특도(弘吉勒莫特圖)를 엄하게 문책하여 선왕을 암살한 흉수를 대령하고, 새 왕에게 귀순토록 하라는 조서를 내렸다. 이는 지엄한 황제의 조서였다. 하지만 오직 승자를 왕으로 받드는 초원 부족들의 용맹한 성정은 누구나 알고 있었다. 신임 순의왕 혁련쟁이 초원의 난을 진압하지 못한다면, 조서는 종잇조각이 되어 버리고 목숨도 보전하지 못할 것이었다. 혁련쟁은 그 길로 부하들을 이끌고 초원으로 돌아가며 봉지미에게 작별 인사를 했다.

"작별 인사는 필요 없어요. 저도 따라가니까요."

봉지미가 담담하게 말했다.

이튿날, 천성 황제는 봉지미를 성영 군주(聖纓郡主)에 봉하고 혁련쟁과 혼인을 명했다. 장영위 편령(長纓衛偏領) 순우맹은 혼인 행렬의 호위를 맡아 다음 날 바로 신임 순의왕을 따라 호탁 십이부로 향했다.

봉호에 '성'자가 들어갔다고 온 황조가 떠들썩했지만, 정작 봉지미는 온순하고 부드러운 표정 속에 조소를 숨겼다. 결국 가장 신성한 것은 갖지 못한 탓이었다. 혁련쟁은 기쁘면서도 봉지미가 걱정이 되어 마음이 어지러웠지만 겉으로 내색하지 않았다. 사람들은 봉지미를 두고 나뭇가지에서 막 날아오른 새가 죽음을 맞이해야 한다며 가엾게 여겼다. 그녀는 복잡한 눈빛들 사이에서 조용히 황제의 명을 받들었다.

그날, 성영 군주 봉지미는 높고 광활한 궁전의 계단에서 허리를 꼿꼿이 펴고, 금과 옥으로 치장된 계단을 내려왔다. 돌아보는 그녀의 뒷모습에 결연함이 느껴졌다.

순의왕 일행은 정전(正殿)에서 출발해 구룡대(九龍臺)를 지나고 옥당(玉堂) 거리와 신수문(神水門), 영녕문(永寧門)을 통과하여 제경을 떠났다.

황제의 특명을 받은 민남도 흠차 대신과 남부 정벌의 장군, 그리고 초왕 영혁은 승리하여 귀환했다. 황제의 의장기는 장안문으로 진입해 신수문과 옥당 거리를 지나 구룡대를 통해 정전에 진입했다.

그들은 스치듯 지나갔다. 흠차 대신의 말발굽이 혼인 행렬의 붉은 주단을 디뎠을 때, 제경은 벌써 추억이 되어 버렸다. 흠차 대신이 금전(金殿)에서 성은에 감사하며 절을 올릴 때, 황제가 하사하신 축하연을 받을 때, 치하의 말과 하사품을 받을 때, 제경의 번화한 풍류가 다시 한 번 일어나려 할 때, 성영 군주의 기나긴 행렬은 벌써 천리 길 밖 드넓은 초원에 닿아 있었다.

초원의 바람은 몹시도 단단하고 차가웠다. 봉지미는 햇빛에 물결이 반짝이는 강가에 섰다. 석양이 제 몸을 끝까지 태우고, 물빛이 차츰 암흑으로 빨려 들어가는 광경을 한참 바라보다가 미소를 지었다. 그녀는 소맷자락에서 무언가를 꺼냈다. 네모반듯하고 매끈한 촉감의 그것은 굳이 보지 않아도 자연적으로 생겨난 아름다운 문양임을 느낄 수 있다. 하지만 태생이 아름다운 것들은 대부분 독을 품고 있었고, 이제야 그녀도 그 이치를 알게 되었다.

바람이 파고들어 소매를 통통하게 부풀렸다. 바람 소리가 낮게 읊조리는 노랫소리 같았다. 눈발 흩날리는 이 길에 영원히 서 있을 갈대의 노래일까? 아니면 한밤의 파도가 잔잔하게 일었다가 사라지기를 반복하는 소리일까? 하지만 누가 갈대의 노래를 듣는가? 또 누가 파도의 시에 귀를 기울이는가? 누가 이 밤바람에 요동치는 창강(昌江)의 소리를 듣는단 말인가?

풍덩.

수면에 가벼운 소리가 울려 퍼졌고, 이내 적막을 되찾았다. 초원의 밤은 깊고도 차가웠다.

"어째서 밤을 틈타 강을 건너지 않지?"

야영지로 돌아온 혁련쟁은 미간을 찌푸린 채 봉지미에게 물었다.

"알고 계실 텐데요."

봉지미가 그의 곁에 앉았다.

"강 건너가 금붕부의 영토는 아니지만 십이부가 내분에 휩싸여 있습니다. 이런 상황에서 저쪽에 주둔한 비휴부에서 다른 꿍꿍이를 품지 않았다고 어찌 장담할까요? 야밤에 강을 건너는 건 너무 위험합니다."

양젖이 담긴 사발을 입가에 가져가기도 전에 봉지미의 미간에 주름이 잡혔다.

"억지로 마실 건 없어."

혁련쟁이 봉지미의 손을 잡고 가로막았다. 봉지미는 잠자코 시선을 내리깔았다. 그녀의 눈길이 잡힌 손목에 머물자 혁련쟁은 멋쩍은 듯 손을 거두었다. 그녀는 시선을 돌리며 아무렇지도 않은 듯 웃으며 말했다.

"세상사 하고 싶은 일만 하며 살 수는 없지요."

봉지미는 고개를 뒤로 젖히고 양젖을 단숨에 마셔 버렸다. 그리고 혁련쟁이 건넨 손수건으로 입을 닦고 태연하게 웃어 보였다. 혁련쟁은 아무 말도 하지 않았다. 지금 말을 걸면 방금 넘긴 양젖을 토해낼 것 같았다. 그러면 다시 마셔야 할 텐데, 쓸데없는 고생은 시키고 싶지 않았다. 혁련쟁은 봉지미를 가엾게 여기는 마음을 들킬까 봐 시선을 피했다.

봉지미는 변했다. 온화하고 다정하며 생글생글 잘 웃는 성격은 여전했다. 하지만 그 미소 뒤에 고독과 황량함이 자리 잡았다는 사실을 오직 곁에 있는 사람만이 알 수 있었다. 예전에는 달랐다. 다정한 겉모습 뒤에 냉정함과 표독스러움이 감춰져 있는가 하면, 펄펄 끓는 기백이 있었다. 하지만 지금은 온화함 뒤에 끝없이 넓은 공허함만 남아 있는 것 같았다. 봉지미는 자신이 지혜롭지 못했던 것을, 더 잔인하지 못했던 것을 자책하고 있었다. 그래서 다시는 스스로에게 방종이나 타협을 허락하지 않기로 결심했다. 정을 줄 때도…… 그럴 것이었다.

폐하께서 혼인을 하사하신 그날, 혁련쟁은 부왕을 잃은 슬픔과 고통 속에서 한 줄기 기쁨을 만난 듯했다. 하지만 고개를 들어 봉지미의 고요한 눈동자를 바라본 순간, 마음이 무겁게 가라앉고 말았다. 봉지미는 마음 한 조각을 누구도 닿지 않을 높은 곳에 두고 있었다. 혁련쟁은 봉지미와 어느 때보다 가깝게 지내고 있었지만 어느 때보다 멀리 느껴졌다. 이토록 망연한 초원도 그녀의 마음만큼 공허하진 않을 듯했다.

"내일은 호탁 십이부 영토에 진입할 테니 일찍 쉬어. 앞으로는 고생스러울 거야."

혁련쟁이 사발을 받아 주며 말했다.

"고생은 벌써 시작된 거 같네요."

봉지미는 스멀스멀 올라오는 구역감을 견디며 미간을 찌푸렸다. 혁련쟁은 옅은 한숨을 쉬며 일어섰다. 내일부터 봉지미의 장막에는 양젖의 그림자도 얼씬 못하게 해야겠다고 생각했다. 장막을 나선 혁련쟁의 빠른 걸음에 차가운 밤바람이 섞였다. 봉지미는 그의 뒷모습을 바라보며 지난날 횡포를 부리던 무뢰한을 떠올렸다. 그 남자는 요즘 예전보다 침묵하는 날이 많아졌다. 부왕의 죽음과 부족의 미래를 걱정하는 마음이 그를 울적하게 만든 모양이었다.

누구든 세상에 의해 원치 않는 모습으로 변해가고 있었다. 지난날들은 꽃잎처럼 가벼워서 가지를 떠나 흩어져 버렸다.

양쪽 어깨에 황금 원숭이를 얹고 아이를 안은 고남의가 장막을 걷고 들어왔다. 그는 아이와 원숭이를 키우는 일에 관해서도 평소처럼 고집스럽고 우직했다. 봉지미는 그동안 아이에게 신경 쓸 겨를이 없었다. 그러나 아이는 뜻밖에도 고남의의 손에서 죽기는커녕 나날이 통통하게 살이 올랐다. 게다가 고남의의 품만 찾았고 다른 사람에게는 가까이 가려 하지 않았다. 봉지미는 아이조차도 자신과 밤낮으로 함께 있고 같이 잠을 자는 사람을 친근하게 여긴다는 사실이 신기했다. 아이에게 그 사람이 유모인지 사내인지는 중요하지 않았던 것이다.

"이름을 지어 줘야겠어."

봉지미가 아이를 안아 올리자 두 원숭이도 폴짝 뛰어올라 그녀의 손가락을 잘근잘근 깨물었다. 아이의 목걸이에는 생일이 적혀 있었다. 이제 돌이 다 되어 가니 번듯한 이름을 가질 때였다.

"알아."

고남의가 말했다.

"뭐라고 지을까?"

봉지미는 그가 아이에게 이름을 지어 줘야 할 때가 왔다는 걸 알았다는 의미로 받아들였다.

"알아."

"응?"

봉지미는 멈칫했다.

"알아."

고남의가 아이를 가리키며 말했다. 봉지미는 그제야 그가 아이에게 지어 주고픈 이름이 '알아'인 것을 알았다. 난감해 하는 그녀와 달리 그는 진지하게 아이를 안고 말했다.

"고알아."

"……. 이름을 그렇게 지어 주면 어떡해."

봉지미는 짧게 한숨을 뱉고는 인내심 있게 설명해 주었다.

"여자애잖아. 그런 이름을 지어 줬다가는 나중에 잔뜩 원망이나 사게 될걸."

면사포 뒤에서 초원의 별보다 반짝이는 고남의의 눈이 봉지미를 응시했다. 그러다 도무지 이해가 안 간다는 듯 물었다.

"왜?"

어지간해서는 왜라고 묻지 않는 고남의였다. 그러니 이런 기회를 만난 봉지미도 그냥 넘어갈 수는 없었다.

"여자애 이름은 우아하고 예뻐야지. 안 그러면 놀림감이 될 거라고."

"하지만 '알아'가 제일 좋은데."

고남의가 느릿느릿 대답했다.

봉지미는 잠자코 생각해 보았다. 남해에서 봉지미가 큰 병을 앓았을 때부터 고남의에게는 풀 수 없는 응어리가 맺혔을 것이다. 아마 모든 문제가 자신의 무지에서 일어났다고 여기는 모양이었다. 그래서 자꾸만 '알아'야 한다는 것에 집착했고, 이 불쌍한 아이가 평생 '알아'라는 이름으로 불릴 상황에 이른 것이다.

"그럼 지효(知曉)는 어때?"

봉지미가 타협안을 내밀었다.

"고지효. '지효'는 '알아'와 같은 뜻이잖아. 어때, 훨씬 듣기 좋지? 게다가 내 동생 같잖아."

고남의는 잠시 생각하더니 고개를 끄덕였다. 그리고 이름을 허락하면서도 봉지미의 의견을 바로잡는 것을 잊지 않았다.

"당신 딸."

봉지미는 뒤로 나자빠질 뻔했다.

'내 딸이라고?'

바로 정정하고 싶었지만 엄두가 나지 않았다. 이 문제를 계속 물고 늘어졌다가는 문제가 더 커질 지도 모를 일이다.

"너의 양녀잖아."

봉지미가 강경하게 말했다.

"그러니까 너의 딸이지."

고남의가 고개를 끄덕이며 대답했다.

"내 것은 다 당신 거야."

봉지미는 깊은 심호흡을 하며 이 문제에 대해 더는 이야기할 필요가 없다고 판단했다. 고남의도 논쟁할 필요가 없는 일이라고 여기고 자진해서 화제를 돌렸다.

"위지는 제경으로 돌아가는 길에 산사태를 만나 홍수에 휩쓸려 실종됐어. 종신이 말해 준 거야."

봉지미는 멈칫했다. 이런 내용을 종신이 자신에게 직접 알리지 않고 고남의가 대신 말하게 했다는 사실이 의아했다. 하지만 이내 그 뜻을 헤아릴 수 있었다. 봉지미가 스스로 만든 세계에서 벗어나고 싶어 했음을 종신이 알아차린 것이었다.

風权

이제 위지는 행방이 묘연해진 것이 되었다. 봉지미는 침묵에 잠겼다. 영혁은 그녀가 위지라고 폭로하지 않았을 뿐만 아니라 그녀가 실종될 수 있도록 구실까지 만들어 주었다. 왜 그렇게 했는지 봉지미는 이해가 가지 않았다. 설마 봉지미가 언젠가 위지의 신분으로 황조에 복귀하길 바라고 있는 것은 아닌지 짐작해 볼 뿐이었다.

봉지미는 영혁이 그녀의 신분을 폭로할 경우에 대비하여 진작부터 준비를 해 두고 있었다. 그녀가 서둘러 혁련쟁을 따라 제경으로 떠난 이유도 이것이다. 북방 변경은 황제의 통치가 미치지 못할 만큼 멀고 아득하다. 제아무리 천성 황제라도 그간 위지가 세운 수많은 공을 무시하고 오직 군주를 기만한 죄만을 추궁할 수는 없을 터였다. 하지만 영혁은 어째서 아무 말도 하지 않았을까. 이미 봉지미에게 비정하게 손을 썼으면서 어째서 싹을 자르지 않았을까. 영혁답지 않은 처사라는 생각이 들었다.

어쨌든 오직 영혁과 영징만이 봉지미가 위지라는 것을 알고 있었다. 신자연마저도 이 사실을 몰랐다. 만약 신자연이 알았다면 천성 황제도 분명 알게 되었을 것이다. 그렇다면 그 두 사람은 왜 손을 쓰다 멈춘 것일까. 수백 번 생각해도 답을 내릴 수 없었고, 또 답을 알고 싶지도 않았다. 어떻게 손을 썼든 손을 쓴 것은 사실이었다. 결과는 참혹했으며, 영원히 주워 담을 수 없을 것이었다.

말을 마친 고남의는 아무렇게나 젖병을 들어 지효에게 먹였다. 왼팔로 아기를 안전하게 감싸고, 급하지도 느리지도 않은 속도로, 이따금 손가락 사이에 끼운 작은 헝겊으로 흘린 젖을 닦아 주기도 했다. 처음에 아기의 얼굴이며 몸에 젖을 뿌려대던 때와는 비교할 수 없을 정도로 능숙하고 자연스러운 자세였다. 두 황금 원숭이는 지효의 배 위에서 까치발을 들고 간절하게 젖병을 잡아당기고 있었다.

불빛이 비치자 면사포 너머로 절세 미남의 윤곽과 길게 드리워진 짙은 속눈썹, 의연한 자태가 드러났다. 지금 이 순간에도 여전히 고남의는 옥을 깎아 만든 조각상처럼 생기 넘치고 윤기가 흘렀으며 광채가 뿜어져 나왔다. 봉지미는 우스꽝스러우면서도 따뜻한 광경을 조용히 바라보았다. 눈가에 한 줄기 따스함이 깃들었다. 봉지미는 사람들의 매정함을 수없이 보아왔다. 하지만 지금 눈앞에 있는 이 사람만큼은 순수하고 아름다워 보였다. 봉지미가 갑자기 말했다.

"위지가 실종됐다면 다시 나타날 가능성도 있어. 어떻게 생각해?"

오늘부터 봉지미는 고남의를 이쪽 세계로 불러들이기로 했다. 그러면 그는 자신만의 태도로 사고할 것이었다. 고남의는 머뭇거리지도 않고 재빨리 말했다.

"생각 안 해."

"왜?"

젖을 다 먹인 고남의는 조심조심 지효를 안아 봉지미의 품에 다시 돌려주었다.

"슬프니까."

고남의의 시선이 봉지미의 얼굴에 쏟아졌다. 봉지미의 머릿속에 별안간 제경의 첫눈이 스쳐 지나갔다. 그날 그녀는 송산 아래 두 개의 무덤을 세웠고, 눈 속에서 맨손으로 봉분의 흙을 조금씩 평평하게 만들었다. 그녀는 울지 않았고, 끝까지 침묵했다.

눈 속에 오래 꿇어앉은 봉지미의 뒷모습을 바라보던 고남의는 눈꽃이 흩날리는 회색 하늘이 갑자기 무겁고 갑갑하게 느껴졌다. 그 하늘이 빙글빙글 돌며 내려와 무겁게 마음을 짓누르는 듯했다. 그날 그녀에게 물었다. 무엇이 그리도 무거워 숨도 편히 쉬지 못하느냐고. 그녀가 말했다. 슬프다고.

'슬프다……. 그래. 이게 슬픔이구나.'

그날 고남의는 그 눈 속에서 해가 지고 뜰 때까지 봉지미의 곁을 지켰다. 하늘가에 붉은 해가 분투하듯 구름층을 뚫고 나올 때, 찰나의 빛이 만 리 밖을 비추고 고남의의 두 눈에도 비쳤을 때, 그는 예전에는 알지 못했던 일들을 깨닫게 되었다. 예를 들면 고남의는 많은 일들에 대해 결코 모르지 않았지만, 사람들은 그가 알도록 내버려 두지 않았었다. 오직 봉지미만이 고남의에게 망연자실함이 무엇인지, 걱정이 무엇인지 가르쳐 줬고, 무엇이 공포인지, 무엇이…… 슬픔인지도 가르쳐 줬다. 오직 그녀만이.

고남의는 멀뚱히 그를 바라보고 있는 봉지미에게 더 다가가 손가락을 끌어당겼다. 봉지미가 조금 놀라며 고남의를 바라보았다. 예전에도 고남의는 봉지미를 들쳐 업거나 끌어당긴 적은 있었다. 그러나 그 일들은 모두 위급한 상황에서 그녀를 구하기 위함이었다. 아무 이유도 없이 고남의가 먼저 봉지미와 접촉한 것은 처음이었다. 고남의가 봉지미의 손가락을 끌어다 지효의 보드랍고 여린 볼에 가져갔다.

"따뜻해."

"편안해."

고남의가 말했다. 원숭이들이 털이 숭숭 난 손으로 고지효를 마구 만지작거렸다. 아기는 두 인간과 원숭이의 등쌀에 으앙 하고 울음을 터뜨렸다. 봉지미는 눈을 감았다.

'고남의……. 이거 위로인가?'

봉지미는 그대로 눈을 꼭 감았다. 한참 동안 그녀는 말도 없었고 미동도 하지 않았다. 어느새 가느다란 물줄기가 그녀의 눈꼬리를 타고 천천히 흘러내렸다.

깊은 밤, 장막 안은 난장판이 되어 있었다. 고남의는 나가지 않겠다고 버티며 봉지미의 양탄자에서 잠들었다. 그의 배 위에는 아기가, 아기의 배 위에는 원숭이 두 마리가 함께 잠들어 있었다. 호위 행렬에 유모도 있었지만, 고남의는 대부분 아기를 직접 재웠다. 착한 지효는 밤에 칭얼대는 법도 없이 인시*寅時, 오전 3시에서 5시만 되면 정확히 '쉬야'를 했고, 고남의도 그때마다 일어나 기저귀를 갈아 주었다.

봉지미는 따로 양탄자를 깔고 누웠다. 깍지 낀 양손을 베개 삼아 누워 이런저런 생각에 잠겨 있으니 웃음이 나왔다. 이런 상황에 익숙해진 것이다. 혁련쟁도 고남의만큼은 그의 '왕비'와 한 장막에서 자도록 내버려 두었을 정도였다.

새벽녘에 봉지미는 어딘가 환해지는 기운과 들릴 듯 말 듯한 소리에 눈을 떴다. 일어나 장막을 나오자 혁련쟁을 비롯한 다른 사람들 모두 강 쪽을 바라보고 있었다. 도도하게 흐르는 강물 소리가 끊임없이 들렸고, 열 장*丈, 한 장은 약 3미터에 해당 즈음 떨어진 건너편의 동정이 심상치 않아 보였다. 여기저기서 불이 타오르고 있었고, 불빛 사이사이로 사람 그림자가 어른대며 이따금 날카로운 비명 소리가 들려왔다.

"무슨 일일까요?"

"둘 중 하나겠지."

혁련쟁이 말했다.

"비휴부에 내란이 일어난 거야. 요즘 초원은 아주 평화롭지 못하거든. 그게 아니라면 누군가 간계를 꾸며 우리가 강을 건너도록 유도하고 있는 것일 테지."

"평소 왕정에 대한 비휴부의 충성심은 어떤가요?"

"어떻다고 말할 것도 없어."

혁련쟁이 냉소하며 말했다.

"비휴부는 왕정과 이해관계로 얽혀 있으니까 충성을 바치기는 하지만 호탁 십이부의 외곽에 자리하고 있기 때문에 그다지 충성스러운 신민은 못 돼."

"그렇군요."

봉지미는 담담하게 돌아섰다.

"그럼 전 들어가지요. 주무세요."

강 건너에서 들려오는 목소리를 뒤로하고 다들 봉지미를 따라 몸을 돌리려는데 갑자기 날카로운 외침이 들려왔다.

"혁련쟁! 이 찢어 죽일 놈아! 네 어미가 죽어도 거기서 꼼짝 않고 있을 테냐?"

혁련쟁은 순간 놀라서 몸을 돌렸다. 봉지미가 중얼거렸다.

"누군지 목청 한번 좋네. 지효 열 명이 한꺼번에 우는 것보다 무시무시하네요."

멀리서 더욱 큰 불꽃이 타오르면서 사람의 모습이 보였다. 무언가를 손에 들고 휘두르며 불꽃 사이를 이리저리 내달리고 있었다. 제법 시끄러운 밤인데도 열 장 밖 강 건너까지 들려오는 그 목청이 놀라웠다.

"혁련쟁 이 잡놈아! 이 비열한 놈! 찰답란인이길(札答阑因尔吉)! 냉큼 이리 오지 못하겠느냐! 지금! 당장!"

불꽃을 멍하니 바라보던 혁련쟁의 낯빛이 붉으락푸르락 다채롭게 변했다. 팔표도 멍하니 강 반대쪽을 쳐다보다가 갑자기 이마를 감싸 쥐더니 몸을 확 돌려 가 버렸다.

"찰답란인이길이 누구예요?"

봉지미가 미간을 찌푸렸다. 어쩐지 예감이 좋지 않았다.

'설마 아니겠지.'

"바로 나요."

혁련쟁이 아무런 감흥도 없는 건조한 목소리로 대답했다.

"우리 복덩이!"

강 저편에서 신들린 듯 날뛰던 사람은 모욕과 욕설이 별 소용없다고 여겼는지 즉시 전략을 바꾸었다. 손에 든 긴 천을 휘두르며 애칭을 불러댔다.

"내 복덩이! 귀염둥이! 소황제님! 내 소중하고 착한 아가……. 어미는 죽어가고 있다. 금붕부의 죽일 놈이 네 고운 어미를 취하겠다는구나. 빨리 이쪽으로 오지 않으면 금붕부의 홍길륵이 네 아비가 되게 생겼단 말이다!"

복덩이라……. 봉지미는 곁눈질로 혁련쟁을 바라보며 그게 누군지는 묻지 않기로 했다. 혁련쟁의 표정을 보니 이미 충분히 죽을 맛인 것 같았다.

"유모단!"

혁련쟁이 길길이 날뛰면서 우레와 같은 목청으로 강 건너를 향해 크게 외쳤다.

"죽어버리든지! 시집이나 가 버리쇼! 금붕부 홍길륵의 잠자리 시중도 드시고 다음에 나를 만날 때 그 간악한 놈과 무릎 꿇고 나를 한부(汗父)라 부르시죠!"

순간 봉지미는 몸을 비틀거렸다. 대체 저 여인은 누구이며 무슨 대화가 이렇단 말인가. 강 저편의 유모단이란 여인은 그 말에 울음 섞인 목소리로 소리질렀다.

"이 개 같은 자식! 양심도 없는 종자야! 보름 동안 난산에 시달리며 낳은 게 개자식이었구나! 내가 너의 똥오줌을 받아 가며 이만큼 키웠다. 어미의 젖은 초원의 풀에서 쥐어짠 것이야, 이놈아! 내가 이렇게 배은망덕한 개자식을 키웠구나! 네 아비가 죽었는데 복수도 하지 않느냐! 네 어미가 다른 놈에게 바쳐지는데 거들떠보지도 않는단 말이냐! 네놈을 오줌통에 처박아 죽이지 않은 게 천추의 한이다 이놈아! 네, 네 이노오오오옴! 지금이라도 이 물에 빠져 죽어 귀신이 되어 네 목을 졸라 죽일 테다!"

여자는 울고 고함치며 뭍으로 달려가 자살할 듯한 모양새를 취했다. 하지만 길고 긴 강변의 이쪽에서 저쪽으로 달리고, 또 저쪽에서 이쪽으로 내달릴 뿐이었다. 네 번이나 왔다 갔다 했지만 결국 뛰어내리지는 않았다. 많은 사람들이 그녀를 뒤쫓았지만 그 부산스러운 발놀림을 따라 잡을 수 없는 모양이었다.

보름 동안의 난산을 겪고도 죽지 않고 살아 있다니! 봉지미는 희귀한 이야기에 입을 쩍 벌린 채 멀리 노부인을 바라보았다. 찰답란인이길이 되고, 다시 복덩이가 되었다가 개자식으로 전락한 혁련쟁의 얼굴이 다양한 색깔로 변하고 있었다. 그는 눈을 부릅뜨고 여인을 바라보다가 발을 구르고 씩씩대며 영지로 향했다. 하지만 몇 걸음 가다가 멈추고 또 가기를 반복하다 결국 제자리에서 뱅뱅 돌기 시작했다.

봉지미는 한숨을 내쉬었다. 상황을 보아하니 뻔했다. 비범한 풍채와 남다른 기질을 가진 이 무당 수준의 인물은 바로 초원의 왕비, 혁련쟁의 모친이자 선대 순의왕비일 것이다. 어쩌다 귀신도 울고 갈 기상천외한 여인이 호탁의 왕비가 되었는지는 이해할 수 없었지만, 비통한 것은 사실이었다. 그녀는 확실히 혁련쟁의 어머니이기 때문이었다. 그제서야 봉지미는 선왕의 왕비가 열 명을 넘지 못하고 왕의 장막에도 네 분뿐이었던 상황이 이해가 되었다. 왕비…… 아니 이젠 대비가 되신 분께서 이토록 특이한 분이시니 어쩌면 당연한 일이었다.

봉지미는 눈을 가늘게 뜨고 얼마간 강 건너를 노려보았다. 뛰어들긴 어려운 강물이었다. 그러니 대비께서 여덟 번이나 강변을 왕복하셨겠지. 대비께선 체력도 좋으신 모양이었다.

"분명 함정입니다."

종신이 봉지미의 곁에서 말했다.

"강 맞은편이 이렇게 불탔는데……. 혁련 세자……아니, 전하, 대비께서 뜀박질을 하고 계신 걸 보니 전하께서 강을 건너게 하기 위한 계략임이 틀림없습니다."

"대비께서 아둔하신 건가요, 총명하신 건가요?"

대답 대신 질문을 하는 봉지미의 입꼬리에 기묘한 웃음이 번졌다.

"이렇게 생떼를 부리면 아무리 바보라도 의심이 들겠어요. 전하께서 돼지가 아닌 다음에야 강을 건널 리가 없잖아요."

"이렇게 생떼를 부리며 끝까지 전하의 도하를 유도하지 않았다면, 금봉부는 대비를 묶어 두고 전하를 위협했겠지요."

종신도 옅게 미소지으며 말했다.

"아직은 금봉부 쪽에서 반응이 없지만, 반응이 온다면 대비가 위험해집니다."

봉지미는 고개를 돌려 혁련쟁을 바라보았다. 그는 어둠 속에서 팔짱을 낀 채 강을 등지고 움직이지도 않고, 뒤를 돌아보지도 않았다.

여인은 너무 달렸는지 숨을 헐떡였다. 손에 든 천을 더 휘두를 기운도 없으면서 다 쉰 목소리로 끝까지 외쳤다.

"개자식아! 이 염치없는 놈아! 사람이 죽으면 인정도 퇴색한다더니! 극렬(克烈)보다도 무정하구나! 너 같은 개자식은 낳지 않은 셈 치고 내일이면 그 녀석을 아들로 삼을 테다!"

혁련쟁의 뒷모습에서 동요가 느껴졌다. 봉지미가 조심스레 물었다.

"극렬이 누구예요?"

"화호부의 수령……."

혁련쟁은 잠시 멈칫하다 대답했다.

"그자가 배신자였군."

봉지미도 순간 깨달았다. 혁련쟁은 일전에 심상치 않은 선왕의 죽음에 대해 말해 준 적이 있었다. 당시 금봉부의 수장을 왕의 장막에 들여 심문하게 했는데, 사달이 난 후 금봉부의 수장은 아무 일 없다는 듯 떠나 버렸다. 왕의 장막을 삼엄하게 지키던 호위병이 아무것도 발견하지 못한 점으로 보아 내부에 첩자가 있음이 분명하다고 여겼지만, 누군지는 알 수 없었다. 그런데 무당 같은 대비가 이런 방식을 택해 아들에게 진실을 알려 주고 있었다. 대비의 뒤에서 누군가 시끄럽게 웃어댔고, 많은 사람들이 즐거워하는 듯했다. 겹겹이 늘어선 장막 뒤로 무수히 많은 검은 그림자가 봉지미의 눈에 들어왔다.

"우리 진영에 잠수의 고수가 있지 않았나요?"

봉지미가 문득 물었다.

"대비의 신원을 확인했을 때 벌써 보냈습니다."

종신이 말했다. 봉지미가 만족스러운 듯 고개를 끄덕였다. 이 말을 들은 혁련쟁의 얼굴에 감사한 기색이 역력했다. 초원 사람들은 물에 약한 데다 그의 부하 중에는 고수가 없으니 열 장 길이의 강을 들키지 않고 건너기는 쉽지 않았을 것이었다. 그는 몸을 홱 돌려 강 저편을 향해 소리 높여 외쳤다.

"유모단, 이 미친 할망구 같으니라고! 자고 싶은 남자랑 실컷 자고 마음에 드는 놈 아들로 삼으시오! 강물에 뛰어들고 싶다면 얼마든 뛰어내리시고 더 이상 사람 신경 거슬리게 떠들지 마시오!"

"어미는 이제 가련다! 이제 뛰어내린다고!"

유모단이 주위에서 말리는 손을 뿌리치고 길길이 날뛰며 강에 침을 퉤 뱉었다.

"하나도 안 무섭소이다!"

혁련쟁이 크게 노하여 말했다.

"당신은 내 아버지에게 시집오기 전에 백 개도 넘는 이부자리를 거쳤을 테고, 시집온 뒤에도 내만(乃蠻)과 백록(白鹿)을 꼬드겼소. 호탁 십이부에 당신한테 희롱당한 대인이 족히 열 명은 될 거요! 당신은 우리 인이길 왕족의 얼굴에 먹칠을 했고, 인이길의 고귀한 혈통을 더럽혔소. 그런데도 내가 당신을 상대하면 성을 갈겠소!"

"내가 진작에 네놈을 말발굽에 밟혀 죽게 했어야 했어!"

"나야말로 왜 호륵(呼勒)의 침대에서 당신을 꺼내 왔는지 모르겠소!

죽게 놔둘 것을!"

모자는 강을 사이에 두고 서로의 사생활을 마구 폭로하며 싸우기 시작했다. 한쪽은 상대방이 음탕하고 지조와 거리가 멀며 신분이 미천하여 대비 자격이 없으니 아들 된 자로서 치욕스럽다 말했다. 다른 한쪽은 상대가 양심이 없고 짐승보다 흉악하여 분명 설산의 늑대 새끼가 환생하였을 것이라며, 그러지 않으면 젖먹이 시절 어미의 유두가 떨어져 나가도록 깨물 수는 없는 노릇이라고 했다. 또 세 시진 동안 오줌을 싸대는 통에 수습하는 어미의 손이 다 부르텄다는 등 각양각색의 폭로가 오갔고 그들의 싸움은 점점 흥미로워졌다. 강의 양쪽에 선 사람들은 초원의 지존인 왕의 개인사를 들으며 어안이 벙벙해졌다. 그러다 건너편 사람들까지도 유모단을 붙들어야 한다는 사실을 잊고 그녀가 함부로 강으로 내달리도록 놔두었다.

"저 여자를 잡아라!"

긴 외침과 다급한 말발굽 소리가 동시에 들려왔다. 곧 우당탕 소리가 울려 퍼졌고, 강가에 있던 유모단이 사라졌다.

슈욱.

잔잔한 수면에 갑자기 폭발하듯 거대한 은빛이 일었고, 튀어 오른 물방울이 유모단 뒤를 쫓던 사람들에게 튀었다. 그들은 초원 왕의 흥미진진한 사생활 이야기를 듣느라 물속에 자객이 숨어 있는 줄은 꿈에도 몰랐다. 그들은 유모단이 사라졌다는 사실에 놀라기도 전에 머리 위로 쏟아지는 은빛 화살을 맞아야 했다.

"으억!"

처절한 비명이 이어졌다. 솜씨 좋은 장인이 특별히 제작한 내륙산 석궁은 물속에서도 살상력이 충분했다. 순식간에 사람들이 바닥으로 쓰러졌고, 옥색 강물은 선혈로 붉게 물들었다.

말을 타고 온 남자도 활의 사정권에 있었지만 그는 아주 민첩했다.

은빛이 쏟아지던 순간 말의 다리 사이로 재빨리 몸을 숨겼다. 화살에 맞은 준마는 울부짖으며 쓰러졌고, 말의 배 밑에 깔린 그가 빠져나왔을 때는 고요한 강가와 수면에 시체가 가득했다. 발을 구르는 남자의 안색이 새파랗게 질렸다.

수면에서 은빛 파동이 소리 없이 땅을 향해 밀려왔다. 그때 강의 중심부에서 여인의 머리가 둥실 떠올랐다. 그녀는 의기양양하게 손을 흔들어 보였고, 빨갛게 칠한 입술을 내밀며 입맞춤을 날렸다.

"음~마!"

"이봐!"

화가 난 남자는 장검을 뽑아 들어 수면 위로 내리꽂았다. 물방울이 꽃 모양처럼 튀어 올랐다. 하지만 대비 일행은 이미 멀리멀리 가버린 뒤였다.

강을 건너는 순간까지 입맞춤 날리기를 잊지 않았던 대비는 종신의 부하인 잠영 고수 손에 이끌려 건너편 뭍으로 올라왔다. 혁련쟁은 이미 진을 치고 기다리고 있었다. 물속에 매복했던 자들은 벌써 깔끔하게 처리했다. 혁련쟁은 양팔을 벌리고 훌쩍대며 달려오는 노모는 거들떠보지도 않고, 즉시 자신의 삼백 호위군에게 승선을 명했다. 순우맹이 인솔하던 호위 행렬 삼천 명도 그 뒤를 따랐다.

상대는 대비를 이용해 혁련쟁을 협박하려던 계획에는 실패했지만, 여기서 멈출 생각은 없었다. 이미 일렬로 진지를 정비한 기갑병이 불꽃 아래서 명을 대기하고 있었다.

이곳은 호탁 영토의 시작이며 초원의 왕이 발판을 마련할 수 있을지 여부를 판가름하는 첫 관문이었다. 혁련쟁이 이 전쟁에서 반드시 위신을 세워야 하는 것처럼 금봉부도 혁련쟁의 발을 이곳에 묶어 두어야 했다. 초원 사내들은 무슨 일이든 단도직입적이었다. 서로 상대를 살려 보낼 생각이 없다면, 긴말 필요 없이 격렬한 전쟁으로 승부를 내면 되었다. 강을 건넌 병사들은 즉시 말에 올라타기가 어려웠다. 게다가 배가 뭍에 접근할 즈음부터 비처럼 내리꽂히는 적의 화살을 받아야 했다. 순우맹은 부하들에게 방패를 들고 뱃머리에 쪼그려 있으라고 사전에 지시해 뒀다. 장궁수들이 방패 뒤에 숨어 활을 쐈고, 혁련쟁과 팔표는 방패를 든 채 높은 곳에서 배로 내려와 단숨에 적진을 파고들었다. 종신의 부하인 잠영 고수는 물고기처럼 헤엄쳐 금붕부와 비휴부 기마병의 말발굽 밑을 기습했다. 다른 공격은 하지 않고 오직 말의 다리를 베었기 때문에 순식간에 말 한 무더기가 쓰러졌고, 후방 진영을 아수라장으로 만들었다. 그들이 발버둥치며 일어났을 때는 이미 혁련쟁의 부대가 당도한 뒤였다.

마음속에 아버지를 죽인 자들에 대한 원한을 품고 있는 혁련쟁이 인정을 베풀 리 없었다. 그는 두부 자르듯 적의 목을 베어 나갔고, 초원을 호령하는 용사 팔표와 회오리바람처럼 적진을 향해 들이닥쳤다. 그들이 지나간 자리는 핏빛이 어둠을 밝혔고, 초원은 붉게 물들었다.

비휴부는 십이부 중 최약체였다. 그렇지 않았다면 초원의 가장 외곽에 자리하지도 않았을 것이었다. 당연히 역량 면에서도 한계가 있었다. 금붕부를 비롯한 다른 각 부에서는 왕권 쟁탈전을 벌이느라 정신이 없어서 혁련쟁을 죽이러 모든 정예군이 출정하지는 못한 상황이었다.

당초 금붕부는 혁련쟁의 호위군이 많지 않을 것이라고 예상했다. 이 예상은 정확했다. 혼인 행렬 호위군은 수적으로는 많아도 선박으로 천천히 와야 하니 전장에 아직 진입하지 못할 것이니, 진영을 나누어 습격하면 승산이 있을 거라 생각했고, 실제로 이 전략은 제법 괜찮았다. 봉지미와 혁련쟁이 밤사이 강을 건너지 않았던 것도 이런 계책을 우려했기 때문이었다. 하지만 금붕부가 간과한 사실이 있었다. 바로 봉지미였다. 봉지미의 진영에는 각 분야의 고수들이 포함되어 있었고, 그 힘을 합치면 정식 훈련을 받은 소형 군대의 힘과 맞먹었던 것이다.

게다가 고남의는 아직 참전도 하지 않은 상태였다. 고 도련님은 갓난 아기를 안고 유유자적한 모습으로 혁련쟁의 뒤를 따르며, 후방에서 혁련쟁을 포위해 공격하려는 용맹한 금붕 용사들을 손짓과 눈짓으로 처치해 버렸다. 워낙 눈 깜짝할 사이에 일어난 일이라 그들은 자기들이 어떻게 죽었는지도 모를 정도였다.

동이 틀 무렵, 규모는 작지만 영향력은 작지 않은 전투가 끝나 있었다. 금붕부에서 추격해 온 수장은 전세가 심상치 않자 잔당을 이끌고 도주했고, 비휴부는 마땅히 도망칠 땅도 없어 대부분 투항했다.

햇살이 부드럽게 내리쬐었다. 짙푸른 빛을 띤 녹색 풀에 맺힌 농염한 피가 방울방울 떨어져 검은 토양을 더욱 비옥하게 했다. 올해 이곳 목초지는 분명 예년보다 풀이 무성하게 자랄 것이었다. 혁련쟁은 바닥에 가득한 시신과 타는 연기 속을 천천히 걸었다. 보랏빛이 연하게 감도는 눈동자가 평온해 보였다. 금빛 두루마기가 바닥의 피를 천천히 스쳤고, 발아래에는 그의 포로들이 움츠러들어 있었다.

"돌찰?"

혁련쟁은 어느 한 사람 앞에서 걸음을 멈추고 얼굴을 내려다보았다.

"우린 어릴 때 함께 자랐지. 어릴 때 말 타고 활쏘기에서 내가 자네에게 졌잖아. 자네가 딸을 낳으면 내 아들에게 시집보내자고 약속도 했었지. 내 아들은 아직 태어나지도 않았어. 설마 자네 여식의 미래 시아버지를 발아래에 두고 죽일 작정이었는가?"

돌찰이 고개를 들었다. 초원 사내의 얼굴에 눈물 자국이 가득했다.

"내 잘못일세. 나는 금붕부 홍길륵의 달콤한 꼬임에 빠졌던 거야! 우리 비휴부는 오랫동안 좋은 목초지를 배당받지 못했네. 원래 가지고 있던 비옥한 땅도 화호부에게 점차 점령당했지. 홍길륵이 이번 일만 잘 해결하면 남쪽 초원의 절반을 우리에게 준다고 약속했어! 이보게, 형제를 배반한 자 죽어 마땅해! 하지만 우리의 어린 시절을 봐서라도 그 죄를 우리 부족과 부녀자들에게 지우지 말아 주게!"

돌찰의 뒤에서 여인과 아이들이 통곡하며 혁련쟁에게 연신 절하고 있었다. 혁련쟁은 팔짱을 끼고 돌찰을 보며 고개를 끄덕였다.

"자네가 어찌해야 할지 스스로 알 거라 믿네."

돌찰은 이를 악물고 결연하게 칼을 뽑아 단번에 자기 심장에 푹 찔러 넣었다. 그의 뒤로 비휴부의 대장부들이 모두 소리 없이 칼을 뽑았다. 그 순간 서슬 퍼런 수십 자루의 칼이 초원의 푸른 하늘 아래 찬란한 흰색 호선을 그렸고, 곧이어 선홍색 피 분수가 햇빛 아래 뿜어져 나왔다. 곡소리가 하늘에 울려 퍼졌다.

혁련쟁은 끝까지 평정심을 유지하며 그 모습을 지켜보았고, 장화를 서서히 적셔 오는 선혈을 굳이 피하지 않았다. 그는 끝없이 펼쳐진 창공을 비상하는 독수리처럼 떠 있는 흰 구름을 바라보다 담담한 목소리로 명령했다.

"모두 참하라."

처억!

칼끝이 살육의 막을 열었고, 피로 그린 무지개가 하늘을 갈랐다. 곡소리마저 뚝 끊겼다.

봉지미는 팔짱을 끼고 멀리서 바라볼 뿐 혁련쟁을 저지하지 않았다. 원수는 반드시 갚아주는 것이 초원의 법이었다. 은인과 원수를 구분하는 것이 그들이 선택한 생존 방식이었다. 만약 오늘 누군가에게 하찮은 온정을 베푼다면, 훗날 그 아이가 어른이 되어 왕의 장막으로 칼끝을 겨누고 아비의 복수를 할지도 모를 일이었다. 초원에서는 전쟁 포로는 반드시 죽인다, 뿌리까지 철저히.

아마도 돌찰은 지난날 혁련쟁의 사람 좋은 모습을 기억하고 있을 것이었다. 통이 크고 너그러웠던 사내, 함께 사냥을 다니며 가장 좋은 사냥감을 기꺼이 나눠 주던 형제. 하지만 지금은 전제가 달라졌다. 그들은

'그때' 형제였다. 사실 어젯밤 대비 모자가 강을 사이에 두고 서로를 깎아내렸을 때 그 이야기를 흥미롭게 들었던 사람들은 모두 목숨을 부지하지 못하고 말았다. 초원 왕의 개인사와 존엄은 피와 목숨으로 지켜야만 하는 것이었다. 죽은 자는 유언비어를 퍼트리지 않는다.

"호탁 십이부는 이제 열한 개 부족만 남았다."

혁련쟁이 고개를 들고 혼잣말처럼 중얼거렸다.

"이어서 사라질 부족은 누가 될 것이냐?"

"내 아들!"

유모단이 온몸이 젖은 채 달려왔다. 널브러진 시체에는 눈길도 주지 않고 말했다.

"극렬이는 죽이지 말거라. 잘 생겼잖니……."

혁련쟁은 미색에 혹하는 늙은 어미를 밀어냈다. 몇 걸음 비틀거리는 유모단을 봉지미가 부축했다.

"너는 누구냐?"

유모단은 또 한바탕 소란을 피우려다 말고 고개를 돌려 봉지미를 바라보았다. 고개를 갸웃거리며 가슴과 엉덩이의 치수를 한눈에 꿰뚫을 것만 같은 눈으로 아래위를 살피더니 문득 깨닫고 말했다.

"네가 조정에서 하사한 영 뭐시기 군주냐? 세상에! 무슨 영양실조라도 걸렸느냐? 이 개자식이 제 아비 닮아서 절제를 모르고 밤마다 너를 못살게 굴든?"

"유모단!"

혁련쟁이 화난 말투로 외쳤다.

"저리 비키세요!"

"너나 비켜라, 이놈아!"

유모단은 성큼성큼 장막 앞으로 와서 앉더니 자신의 코를 가리키며 말했다.

"대비가 직접 네 처를 맞이하는데 어디 남자 따위가 끼어드느냐?"

유모단은 봉지미를 향해 손가락을 구부렸다 펴며 말했다.

"뭐 하니? 어서 시어머니께 절 올리지 않고?"

필히 솟구치리

'시어머니'는 오색찬란한 옷자락을 휘날리며 꼿꼿한 자태로 왕좌에 올라 근엄하게 봉지미를 불렀다.

아니, 사실 유모단 여사는 장막이 움직이지 않도록 눌러 놓은 돌에 쪼그려 앉아 흙탕물과 풀물이 든 가죽 두루마기를 입고 있었다. 붉은 윗도리에 녹색 아랫도리, 노란 허리띠까지……. 퍽 감명 깊은 색 조합이었다. 그녀는 손가락을 구부려 군주이자 차기 순의왕비인 봉지미에게 이리 와 절하라고 명하고 있었다. 유모단이 입을 여는 그 순간 그녀를 누름돌 밑으로 욱여넣고 싶은 마음이 든 사람이 적어도 열 명은 넘을 것이었다.

봉지미는 빙긋 웃으며 유모단을 바라보았다. '시어머니'께서 정신이 번쩍 들 만한 첫 대면 선물을 드릴지, 산들바람처럼 부드러운 대면을 선택할지 고민했다. 그 사이 고 도련님이 황금 원숭이를 어깨에 지고 아이를 안은 채 성큼성큼 다가왔다. 상황이 좋지 않다고 여긴 봉지미는 얼른 앞서 나아가 유모단의 손을 잡고 다정스럽게 말했다.

"어머님, 이곳은 절을 올리기에 적절하지 않사옵니다. 어머님의 옷이 젖어 있으니 우선 장막에서 숨을 돌리시고 절을 받으셔도 늦지 않으실 겁니다."

봉지미는 말을 하며 유모단의 가슴팍을 훑었다. 의기양양하게 가슴을 쭉 편 유모단은 그제야 자신의 두루마기가 엉망이 된 것을 발견했다. 풀어헤친 앞섶 사이로 거대한 가슴이 속옷의 보호도 없이 드러나 있었다. 유모단은 순간 눈알을 굴렸지만 곤란해 하거나 가리기는커녕 봉지미 쪽으로 가슴을 들이밀고 의기양양하게 말했다.

"부럽지? 존경스러우냐? 네 시어미는 올해 마흔다섯인데 아직도 탱탱하단 말씀이다! 옛날에 저 똥강아지 녀석이 물어뜯었지만 이렇게 멀쩡하지……."

'대비의 똥강아지'는 더 이상 참아 줄 수 없었던지 휘리릭 요란한 소리와 함께 장막을 열고 들어갔다. 봉지미는 혁련쟁에게 손가락을 내밀어 흔들어 보이며 엄숙하게 말했다.

"복덩이시여, 효도는 사람됨의 기본입니다."

그러고는 시어머니 시중을 들러 가 버렸다. '복덩이'는 싸늘한 겨울 바람 속에서 낯빛이 창백해지고 푸르스름해지길 반복했지만, 어머니의 위풍당당함을 당해낼 수 없었다.

"그래. 네 이름이 뭐냐?"

장막으로 들어온 유모단은 데구루루 굴러 자세를 잡고 앉았다. 민첩한 동작으로 미루어 보아 이런 경험이 많았던 모양이었다. 아까부터 유모단은 손에 쥐고 있던 긴 천을 품 안에 바삐 쑤셔넣고 있었다. 봉지미는 그제서야 어제 그녀가 굿하듯 흔들어대던 물건이 젖 가리개였음을 알 수 있었다. 그래서 활짝 벌어진 앞섶으로 설원처럼 뽀얀 가슴이 뛰쳐나온 것이었다. 봉지미가 젖 가리개에서 눈을 떼지 못하자 유모단은 그것을 도로 걸칠 생각도 않고 여봐란듯 봉지미의 손에 건넸다.

"내가 직접 지은 것이다. 네 시어미의 솜씨가 얼마나 뛰어난지 구경하려무나!"

봉지미는 두 손으로 젖 가리개를 받쳐 들고 진지하게 시어머니의 솜씨를 감상했다. 볼수록 존경스럽고, 경이로웠다. 중원에서나 구경할 수 있는 분홍색 공단 소재에 무수히 많은 진주를 박아 놓은 모양이 흡사 고슴도치 같았다. 왼쪽 가슴에는 '필수흉용*必需洶湧, 필히 솟아오르리', 오른쪽 가슴에는 '일정분박*一定噴薄, 필히 뿜어져 나오리'이라는 글이 자수로 놓여 있었다. 괴발개발 필체를 통해 감탄할 만한 자수 내공도 엿볼 수 있었다. 옅은 담황색으로 물든 안감에도 글이 새겨져 있었다. 왼쪽 가슴에는 '모단', 오른쪽 가슴에는 '고고(庫庫)'라고 쓰여 있었고, 중앙에 새빨간 마름모꼴 도형이 보였다. 봉지미는 얼마간 추측하다 어렴풋하게 그 의미를 헤아릴 수 있었다.

'이건 아마도…… 붉은 입술을 표현한 것이겠지? 이는 실로 세상에 둘도 없는 것이다. 천지를 뒤흔들고 눈이 번쩍 뜨일 만한 경지에 이른 절대적 젖 가리개가 아닌가.'

"곱지?"

유모단은 두 눈을 반짝이며 봉지미를 뚫어져라 쳐다봤다.

"곱습니다."

봉지미가 마음을 다해 대답했다.

"임전무퇴의 기개와 호언장담이 드리워져 있으되, 정을 품은 여인의 온화한 마음씨와 애정 어린 애칭이 담겨 있습니다. 더욱이 영롱하게 빛나는 진주와 화염 같은 입술이 참으로 감시화천루(感時花濺淚)하여 한별조경심*恨別鳥驚心, 두보의 시 <춘망(春望)> 중. 시절을 느끼어 꽃에도 눈물을 뿌리고, 이별이 한스러워 새소리에도 놀란 마음이네이옵니다."

"너희 중원 사람들은 원래 그렇게 고상한 문자만 쓰느냐? 나는 무슨 소리인지 통 못 알아듣겠구나."

유모단이 싱글벙글 웃으며 봉지미의 손을 쓰다듬었다.

"다만 네가 나를 존경하는 마음은 느껴지는구나. 허허, 천하를 울릴 만한 내 재주를 알아보는 사람이 이토록 오랜 시간 동안 네가 처음이라니 원……. 과연 황제께서 안목이 있으시구나. 네 외모가 볼품없어 남에게 내세우기 민망하고 성에 차지 않지만, 아무튼 사람 됨됨이는 쓸 만하구나. 마음에 든다."

봉지미가 살포시 미소 지으며 시어머니의 과분한 칭찬에 감사를 표했다. 유모단은 손에 든 꾀죄죄한 젖 가리개를 들고 미안한 듯 말했다.

"네가 이렇게 좋아하니 너에게 선물해야 마땅하지 않겠느냐. 시어미가 되어서 시집온 며느리에게 선물도 못 해줬는데. 다만 이건……."

"어찌 감히 대비마마가 귀히 여기시는 물품을 갖겠사옵니까."

봉지미는 얼른 사양하며 말했다.

"이토록 화려하고 귀한 의복은 대비마마처럼 고귀한 기질을 타고 나신 분에게만 어울립니다. 저는 감당하기 버겁사옵니다."

유모단은 잠시 생각하더니 고개를 끄덕이며 떨어진 젖 가리개를 주위 입었다.

"그럴 테지. 어차피 네 시어미의 재물은 네 시아버지가 쥐고 있다. 네 시아버지가 저 세상으로 떠났으니 이제 저 똥강아지 것이지. 갖고 싶은 것이 있으면 저 녀석에게 달라고 해라. 자, 아가, 날 좀 도와다오."

유모단은 등 뒤로 와서 봉지미에게 젖 가리개 뒷면의 조잡한 단추를 채워 달라고 눈짓했다. 그리고 숨을 크게 들이마신 후 양쪽 가슴을 중간으로 힘껏 모아 원하는 만큼 솟아오르게 만든 후 진지하게 말했다.

"너는 정말 볼품이 없더구나. 사내들은 외모를 중요하게 생각하니 절대 방심해서는 안 된다. 내일부터 너를 위해 특단의 처방을 내려 줄 터이니 매일 마시거라. 걱정 마라. 나만큼은 못 되어도 내 반 정도까지는 통통하게 살이 오를 테니."

유모단은 시장에서 고깃감을 만져 보듯 봉지미의 살을 꼬집었다. 봉지미는 화들짝 놀라 뒤로 물러서며 웃어 보였다.

"대비마마의 후한 은혜에 감사드립니다."

'저 몸매의 반 정도라……. 눈 뜨고 봐 줄 수 있을까?'

"예의 차릴 것 없다."

유모단이 배시시 웃으며 말했다.

"이제 왕비는 너다. 그러니 이제부터는 나를 모란꽃이라고 부르렴. 입에 착착 붙고 친근하고 얼마나 좋으냐. 시어머니라고도 부르지 마라. 마흔다섯밖에 안 먹었는데 괜히 늙어 보이는구나."

그렇다. 그녀는 올해 마흔다섯 살이었다. 이 나이의 다른 여인들은 벌써 증손자를 봤을 터였다.

"모란꽃."

봉지미는 제안이 마음에 든다는 듯 유모단 여사를 향해 미소 지었다. 유모단은 마음에 꽃이 활짝 핀 듯 기분이 좋았다. 사리에 밝고 이해심 많은 며느리가 마음에 쏙 들었다. 초원의 여인처럼 거칠거나 사납지 않았고, 전형적인 중원의 여인처럼 고지식하거나 연약하지도 않았다.

장막 안에서 '고부' 간에 화기애애한 가슴의 교류를 나눌 때, 장막 밖에서 혁련쟁이 근심에 가득 찬 얼굴로 팔표에게 물었다.

"어떡하면 좋겠느냐?"

"대비께서도, 음……. 정도를 지키시는 분이니 심하게 대하시진 않을 겁니다."

삼준(三準)이 자신 없는 목소리로 겨우 위로했다.

자칭 '위로는 하늘 끝까지 아래로는 황천 끝까지, 전무후무한 초원의 한 떨기 꽃'이라는 유모단 대비는 사실 '위로는 하늘 끝까지, 아래로는 황천 끝까지, 전무후무한 초원의 나팔꽃'이었다. 선대 순의왕을 제외하고는 위로는 똥강아지 혁련쟁부터 아래로는 부족의 양치기 소년까지, 누구든 초원에서 가장 고귀한 이 여인과 15분만 대화하면 제정신을 유지하기 힘들었다. 시간이 흐를수록 혁련쟁은 봉지미가 걱정이 되었다. 들어간 지가 꽤 되었는데 봉지미가 과연 살아 있을지 의문이었다.

그때 장막을 걷고 나오는 인기척이 들렸다. 혁련쟁이 뒤돌아보자 선대와 현역 두 왕비가 팔짱을 끼고 방실방실 웃으며 걸어 나오고 있었다. 유모단은 두터운 정을 담아 봉지미의 손을 잡고 말했다.

"반드시 매일 마셔야 한다. 밤일 뒤에 마시면 더 좋지."

봉지미가 얼른 말을 돌렸다.

"소첩, 모란꽃에게 자수를 배울 기회를 갖고 싶습니다."

"좋지!"

유모단은 하려던 말을 잊어버렸다.

"내 것과 똑같이 놓는 법을 알려 주마. 너를 위해 문구도 생각해 두었다. 왼쪽에는 '즉시팽창', 오른쪽엔 '신속발전'이 어떠냐?"

"모란꽃! 저 시장해요. 요기라도 하게 해 주세요."

모란꽃은 또다시 생각의 맥이 끊긴 채 며느리와 먹을 것을 찾으러 갔다. 혁련쟁은 멍하니 둘의 뒷모습을 바라보다 고개를 돌려 팔표에게 물었다.

"내가 꿈을 꾸고 있는 것이냐?"

팔표는 대꾸 대신 존경의 눈빛으로 봉지미의 뒷모습을 바라보았다.

"군주야말로 신이 내리신 분입니다. 나팔꽃께서도 군주님에게 꼼짝 못하시는군요."

모란꽃이 양젖과 츠바*糍粑, 찹쌀로 떡을 만들어 소를 채운 후 그늘에 말린 중국 전통 음식를 양 손에 쥐고 본격적으로 먹기 시작하자 그제서야 모두가 장막으로 들어왔다. 대비는 무언가를 먹을 때만 집중력을 발휘하여 크게 무섭지 않기 때문이었다. 고남의가 지효를 안고 봉지미에게 달려와 말했다.

"젖이 없어."

중원에서 따라온 유모는 어제 피비린내 나는 살육의 현장을 목격하고 놀라서 갑자기 젖이 나오지 않았다. 지효가 도무지 미음은 먹으려 하지 않으니 고남의가 봉지미에게 도움을 청하러 온 것이었다. 봉지미는 눈을 동그랗게 뜨고 고남의를 바라보았다.

'그런데 나를 왜 찾아와? 설마 그 애가 진짜로 내 딸이라고 여기는 건……'

"웬 아기냐? 예쁘기도 하지!"

게 눈 감추듯 음식을 먹어 치운 모란꽃은 눈을 반짝이더니 부스러기를 입에 묻힌 채로 달려와 아이를 안았다.

"지미 요 예쁜 것, 제법이구나. 아직 혼인도 하지 않았는데 아기를 떡하니 안겨주다니! 똥강아지, 너도 쓸 만하구나."

유모단은 번갯불에 콩 구워 먹는 속도로 이불을 확 들췄다가 다시 덮고는 눈을 부릅떴다.

"종자가 좀 아쉽구나. 어째 계집애를 낳았냐?"

양젖을 넣은 차를 마시던 혁련쟁이 풋 하고 뿜어냈다. 옆에 있던 종신은 오늘 세 번째로 하얀 두루마기를 갈아입어야만 했다.

"제 자식이 아니에요."

혁련쟁이 겨우 숨을 고르고 간신히 대답했다.

"주워 왔어요."

"오, 그래?"

실망인지 다행인지 알 수 없는 말투였다. 모란꽃은 배가 고파 '으앙' 하고 울음을 터뜨린 고지효를 안아 올렸다.

"내가 주마."

고 도련님은 당연히 유모단을 거들떠보지 않았다. 혁련쟁이 노발대발하며 욕을 했다.

"주긴 뭘 줘요? 어머님이 젖이 나오세요?"

"그래 말 한번 잘했다, 이놈아!"

모란꽃은 묵직한 가슴을 세워 접시에 가져다 대며 큰 목소리로 말했다.

"여기 나온다! 젖!"

"……."

장막 안 사람들은 그 자리에 박힌 듯 굳어 버렸다. 모란꽃은 의기양양한 표정을 띠고 고남의에게 다가가 가슴으로 그를 밀어붙였다.

"어디 볼 테냐? 보면 젖이 있는지 없는지 단박에 알 거 아니냐!"

고 도련님은 난생처음 적 앞에서 비적비적 후퇴하고 말았다. 모란꽃은 여세를 몰아 지효를 낚아채 배시시 웃으며 아이를 얼렀다.

"지미 요 보배야, 나중에 네 자식은 이 녀석보다 더 못생겼을 거다."

봉지미는 담담하게 미소 지으며 고개를 끄덕였다. 모란꽃이 '친근함' 차원에서 부르는 모든 애칭에 대해 최대한 평상심을 유지하리라 마음먹었다. 그래도 똥강아지보다는 낫지 않은가. 적어도 지미 고양이나 지미 토끼라고 부르지 않았으니 말이다.

"혹시…… 또 낳으셨단 말입니까?"

혁련쟁이 괴로워하며 물었다.

"제가 떠난 지 얼마나 됐다고 또 낳으셨냐고요!"

'또 낳았냐고? 대비께서 출산을 자주 하시나?'

봉지미가 속으로 생각했다.

"또 낳았냐고?"

모란꽃이 펄쩍 뛰며 혁련쟁의 코끝에 대고 삿대질을 하며 욕을 퍼부었다.

"그동안 고작 여덟 명 낳았다! 환생한 늑대 새끼를 낳았지, 내가! 네 팔자가 세서 형제를 모조리 잡아먹을 거라는 타마 말이 딱 맞아! 여섯을 낳았는데 여섯이 죽었어! 이 여덟째는 내가 포로로 잡혀갔을 때 왕정에 남아 있던 놈이다. 팔 할이…… 팔 할이 살아남지 못했어, 이놈아!
이 늑대 새끼 같으니라고! 늑대 새끼! 잔인한 늑대 새끼……."

이번에는 혁련쟁도 뭐라 대꾸하지 못했다. 모란꽃은 노기를 한바탕
발산한 후 금세 잊어버렸는지 또 싱글벙글하며 앞섶을 풀었다.

"그래도 쥐어짤 게 있어서 다행이지. 짜내고 싶어 안달이 났었다."

장막 안에 있던 사람들은 재빨리 우르르 나가 버렸다.

"아가, 다 먹어라. 쪽쪽 다 먹어 버려."

모란꽃은 모성애 가득한 모습으로 가슴을 풀어헤치고 있었다.

"어차피 네 오라비는 못 먹을 테니."

'오라비?'

봉지미는 어쩔 줄 몰라 유모단을 보며 말했다.

"먹일 갓난쟁이가 있다면 조금 남겨 두셔야죠."

"필요 없다."

유모단은 호기롭게 손을 저으며 말했다.

"어차피 못 살아남아."

"어째서요?"

"그래야 한다."

유모단이 말했다.

"똥강아지는 제 형제들 잡아먹을 팔자야. 잡아먹지 못한다면……."

유모단은 더 이상 말을 잇지 못하고 안색이 변했다. 그러다 얼른 화
제를 돌리고 껄껄 웃었다.

"어서 준비하거라. 내가 포로로 잡혀가는 길에 흔적을 남겨뒀으니
왕정군도 거의 따라왔을 거다. 혁련쟁을 맞으러 온 군사들도 곧 당도할
게고 말이다."

속도 없이 웃는 유모단을 바라보며 봉지미는 생각에 잠겼다. 나팔꽃
을 닮은 모란꽃 여인, 남편이 죽임을 당해도 웃었고, 본인이 포로로 잡

혀가서도 웃었고, 어린 아들이 곧 죽는다며 웃고, 강 저편에서 아들을 꼬드겨 죽음으로 이끌려고 했을 때도 웃었다. 선왕이 죽고 비바람 몰아치는 왕정에 홀로 남았을 때도 그녀는 웃었다. 포로로 잡힌 후 금봉부 수장에게 추파를 던져 경계를 풀게 하면서도 웃었다. 핍박을 받는 척하며 기를 쓰고 아들에게 도망치라고 알렸다. 그녀는 이 모든 일을 웃으며 맞섰고, 그 과정에서 본인의 생사를 염두에 둔 적은 단 한 번도 없었다. 지난 시간 선왕은 살해되었고 세자는 외지에 있었다. 각 부족이 피와 불의 쟁탈전을 치를 때 왕정과 왕군은 한 치의 흐트러짐 없이 세자가 당도하기만을 기다렸다. 이 모든 것은 누구의 공로일까.

봉지미는 유모단의 얼굴에 덕지덕지 발린 분과 조악한 화장, 우아하지 못한 행동거지를 바라보았다. 그리고 유모단의 손을 꼭 잡으며 속삭였다.

"대비마마. 참 노고가 많으셨습니다!"

유모단은 잠시 어리둥절하며 굳은 미소를 지었지만, 금세 구김살 없는 모습으로 돌아왔다. 배불리 먹인 지효를 내려 두고 이내 과장된 몸짓으로 양팔을 벌리더니 하하 웃었다.

"좋은 며느리구나. 이 몸의 노고를 알아주니 말이다!"

봉지미도 기꺼이 팔을 벌려 유모단의 품에 안겼다. 여인은 봉지미의 어깨에 얼굴을 묻었다. 이윽고 진하고 조악한 향기가 전해지며 코끝을 간지럽혔다. 봉지미는 코를 만졌다. 간지러워서라기보다 코끝이 찡해 왔기 때문이었다.

떠들썩하던 사람들의 말소리가 멈추고 장막 안에 잠시 적막이 찾아왔다. 두 여인이 서로 다정하게 포옹한 모습에서 공감과 정이 가득 느껴졌다. 모란꽃이 봉지미의 어깨에 묻었던 고개를 들었을 때 그녀는 여전히 속없는 사람처럼 웃고 있었다. 봉지미는 옅어서 거의 보이지 않을 정도로 젖은 자국이 남은 어깨를 바라보았다. 장막 밖 먼 곳에서 말발굽 소리가 요란하게 들려왔다.

"가요."

봉지미가 모란꽃의 손을 잡자 둘은 마주 보고 웃었다. 전혀 다른 성격이었지만 똑같이 비범한 두 여자가 천둥의 기세로 다가오는 초원의 준마 떼를 맞이하려 금빛이 쏟아지는 장막 밖으로 나아가고 있었다.

2월의 초원에 불어오는 바람은 서리와 눈을 담은 듯 차가웠다. 수만의 기마병이 매서운 바람을 맞으며 달려오자 초원 전체가 요동쳤고, 무수히 많은 풀과 서리가 흩날렸다.

장막 밖으로 나간 봉지미는 혁련쟁을 보고 눈이 휘둥그레졌다. 혁련쟁의 머리 위로 은여우 털로 장식된 칠보 금관이 은빛과 황금빛으로 빛나고 있었다. 흑표범의 털과 금빛 비단 실로 짠 외투, 일곱 빛깔로 수놓은 장화에 검은 끈과 황금 단추가 빛나는 금빛 두루마기를 걸치고 있었다. 허리띠에도 산호와 옥색 마노가 가득 박혀 있어서 짧지만 튼튼해 보이는 허리를 돋보이게 했고, 허리춤에 비취를 상감한 고동 대검을 차고 있었다. 검에 달린 호박색 비연호*鼻煙壺, 코담배가 걸음걸음 칼에 부딪히며 맑고 은은한 소리를 냈다.

덕분에 훤칠하게 생긴 혁련쟁의 얼굴이 돋보였다. 잘 익은 술을 떠올리게 하는 호박색 눈동자에 심연 같은 보랏빛이 돌며 보석처럼 빛나고 있었다. 평소 단추도 제대로 채우지 않고 푸른 두루마기를 아무렇게나 걸쳤을 때와 비교하면 호화로운 모습에 눈이 부실 정도였다.

"역시…… 사람은 갖춰 입어야 하는구나."

봉지미가 중얼거렸다. 그녀가 눈을 반짝이자 혁련쟁은 들뜬 마음으로 칭찬을 기대했지만, 뜻밖의 한마디에 얼굴이 잔뜩 어두워졌다.

'그럼 평소에는 벗고 다녔단 말인가? 옷을 입지 않고 그녀 앞에서 뽐낼 용의는 충분한데……. 그녀가 보고 싶어 할까?'

봉지미는 어느새 웃으며 혁련쟁에게 슬머시 팔짱을 꼈다. 그녀의 손등이 부드럽게 팔을 통과하자 혁련쟁의 마음이 따뜻한 물에 몸을 담근 것처럼 노곤해졌다. 조금 전까지만 해도 뱃속에 꽉 들어차 있던 불만도 눈 녹듯 사라졌다.

모란꽃도 지지 않고 얼른 아들의 나머지 한쪽 팔짱을 끼었지만, 아들은 질색하며 휙 뿌리쳤다.

"비키세요! 채신머리없는 할망구 같으니라고!"

"이 망할 똥개 놈아!"

유모단이 욕을 퍼부으며 아들의 뒤통수를 가격했다. 장막 앞의 작은 언덕이 왕정군의 시야를 막고 있었는데, 두 모자는 그 언덕 끝까지 서로를 쫓으며 투닥거렸다. 혁련쟁이 어머니를 덥석 잡은 순간 유모단은 혁련쟁을 두들겨 패려고 높이 든 손을 갑자기 귀밑머리 쪽으로 내리며 우아하게 머리칼을 쓸어 올릴 수밖에 없었다. 언덕 아래의 수많은 군사 앞에 섰기 때문이었다.

호탁 왕군이 목격한 모습은 기품 있는 새 왕비와 인자한 미소의 대비였다. 그들이 언제나 보아 왔던 것처럼 인자한 어머니와 효심 지극한 아들이 손을 꼭 잡고 장엄하게 그들 앞에 나타났다.

'아, 한 명이 늘었구나!'

모두 왕의 다른 한쪽 팔을 차지한 한인 여인을 뜯어보느라 정신이 없었다.

'세상에, 노르스름한 얼굴에 가녀린 몸매라니! 가느다란 허리는 또 어떤가?'

'아, 대비처럼 호기롭게 초원을 호령하는 웅장한 젖가슴이 없지 않은가!'

'젖이 충분하지 못할 터인데 어떻게 후손들이 초원을 내달리고 사냥하게끔 먹인단 말인가?!'

초원 사내들의 눈에 실망한 기색이 역력했다.

'만족스러운 구석이 하나도 없다!'

한쪽에서 팔표가 입 속이 시뻘겋게 드러나도록 껄껄 웃었다.

'저 꼬락서니들을 보라지. 표정들을 보니 마음에 안 드는 모양인데, 망할 양치기 새끼들. 어디 두고 봐라'

초원 사내들의 눈빛은 방자하고 거리낌이 없었다. 그들은 봉지미를 늑대 같은 시선으로 바라보았다. 게다가 무척이나 대범하여 모두를 겁에 질리게 하는 유모단까지 옆에 있었으니, 용사들은 여리디 여린 한족(漢族) 여인을 구경하며, 그녀가 겁에 질려 울먹이기를 기다렸다. 중원의 황제가 한족 여인을 선왕에게 하사했을 때면 으레 접하는 광경이었다. 군사들도 늘 대비의 주도하에 한족 여인이 울거나 기절하거나 도망가는 모습을 기대하고 즐겼다.

그런데 뭔가 이번에는 달랐다. 살기등등한 갑옷 물결의 용맹한 왕군을 봉지미가 태연하게 내려다보고 있었기 때문이다. 그 시선은 마치, 자기 집 앞마당에 키우는 것도 모자라, 발톱을 모조리 갈아 버려 오직 그녀의 애완용으로만 존재하는 고양이를 바라보는 듯했다.

한참을 바라보던 초원 사내들도 인정할 수밖에 없었다. 봉지미는 무엇 하나 그들 입맛에 맞지 않았지만, 비범한 대비와 고귀한 그들의 왕의 곁에서도 전혀 부족해 보이지 않았다. 의연하게 먼 곳을 응시하는 모습, 양손을 가지런히 모으고 꼿꼿이 선 그녀의 자태는 절벽에 피어난 능소화를 연상케 했다.

혁련쟁은 내내 말이 없었다. 다만 봉지미가 사납고 거친 왕의 군사들과 처음으로 대면하는 모습을 가만히 지켜보았다. 그리고 기질만으로도 만군을 압도하는 그녀를 향해 자랑스러운 미소를 지었다. 이윽고 고개를 돌려 우렁차게 외쳤다.

"실컷 봤느냐?!"

꾸짖음을 담은 근엄한 외침이 초원 구석까지 울려 퍼졌다. 이글이글 타오르는 눈동자의 기마병들이 퍼뜩 정신을 차리고 혁련쟁을 바라보았다. 그가 바로 그들의 세자이며 오늘의 왕이었다. 작년에 인질 신분으로 제경에 갔을 때 그들은 형제지간이었고, 금사부(金獅部) 진영의 좌령(左领)일 뿐이었다. 그들과 함께 먹고 자고 즐기고 사냥하던, 모닥불에 모여 한데 엉켜 씨름을 하던, 여름날 엉덩이를 내놓고 멱을 감던, 겨울에 함께 한발 한발 험준한 합림(哈林) 설산에 올라 사냥하고 제일 신선한 곰 발바닥을 나눠 먹던 형제였다. 그는 바로 호쾌하나 조금은 무뢰한 같은 세자였고, 사냥 내기에서 진 대가로 바닥을 기꺼이 구를지언정 주머니는 열지 않았던 그 세자였다. 까마득히 높은 곳에서 홀로 고귀하던 선왕과는 달랐다. 영명하고 무예에 통달한 인물이라고는 하나, 세자는 친근했던 만큼 그들에게 위엄 한 자락이 부족한 것은 사실이었다.

하지만 지금은 왕정에 비바람이 몰아치고 있었다. 천성과 대월의 전장에서 금사부 병력의 절반 이상이 전사했다. 인이길(因爾吉) 씨족의 고귀한 혈통인 자제군(子弟軍)도 세를 잃었으니 인이길 씨가 이끌던 금사부는 이제 이 초원과 함께 황금 같은 권위를 잃을 판이었다. 그러니 모든 기마 병사들의 마음속에는 미래에 대한 불안이 자리 잡고 있었다. 이런 그들을 향해 번개 같은 호통이 내리쳤다.

"여인만 구경할 줄 아는 그 멍청한 눈빛을 거둬라!"

혁련쟁이 손가락으로 앞을 가리키며 말했다.

"너희 뒤로 끝없이 펼쳐진 초원을 보거라. 똑똑히 보거라. 동아관(東峨關) 북쪽 대설산 아래 주둔한 금사 진영의 용사 사천 명이 머나먼 전장으로 떠났다. 그들의 시체와 뼛조각이 이 황량한 초원에 영원히 흩어졌다. 아무도 그들을 수습하여 묻어 주지 않을 것이다. 똑똑히 보거라! 동아관 남쪽 왕정 장막 안에서 죽은 고고인이길은 삼십 년 전 너희들의 아버지를 이끌고 전장에 나갔고, 호탁 금붕부는 대패해 금사부의 깃발이 남북의 초원에 꽂혔다. 삼십 년이 흐른 지금, 왕은 죽었으나 왕위는 건재하다. 금붕부의 홍길륵이 다시 반역을 일으켜 너희의 왕을 죽였고, 너희 형제의 뼈를 짓밟았고, 너희의 깃발로 구두를 닦았다. 그런데 너희는 감히 내 앞에서 그 깃발을 들고 나타날 염치가 있더냐? 냉큼 집으로 돌아가 너희 어머니의 허리끈으로 목을 매달아 죽지 못하겠단 말이냐?"

"아우~"

팔표가 별안간 처량한 울음소리를 냈다. 흡사 설산에 사는 늑대가 피눈물을 흘리며 달을 향해 울부짖는 것 같았다.

"아우~"

잔뜩 욕을 먹은 수만 기마병은 고개를 푹 수그렸고, 아무도 소리 내어 울지 못했다. 초원 사내는 모두 전사들이었고, 대월 전장에서 죽은 금사 진영 전사들은 모두 그들의 아비와 형제였다.

"울어라! 실컷 울어라! 오늘 너희가 얼마나 많은 눈물을 흘리든 내일이면 금붕부 홍길륵과 우리를 배반한 모든 짐승들이 더 많은 피를 흘릴 것이다!"

혁련쟁은 설산의 영원히 녹지 않는 얼음같이 창백한 얼굴로 손을 한 번 흔들었다. 묵직한 마대 자루 하나가 군사들 앞에 툭 던져졌다. 입구를 묶지 않은 자루에서 피로 뒤범벅된 귀들이 우수수 쏟아져 나왔다.

"바로 오늘 밤 금붕부의 부추김에 넘어간 비휴부가 대비를 협박해 본왕을 암살하려 했다."

혁련쟁이 차갑게 말했다.

"나는 이미 비휴부 일족 전체를 멸했다."

'일족 전체를……!'

전사들의 입이 쩍 벌어졌고 흐르던 눈물이 입 속으로 들어갔다. 호탁 십이부는 엄격히 말하면 같은 조상을 모시는 사이였다. 비록 세대가 번성하여 혼인하고 뒤섞여 살며 무수한 갈래가 생겼지만 오랫동안 초원에는 암묵적인 규칙이 있었다. 어떤 전쟁을 치르더라도 절대 멸족은 시키지 않는다는 것이었다. 반드시 후대를 이을 수 있도록 모든 성씨의 씨앗을 남겨야 했다.

삼십 년 전 선왕 고고가 남북 초원을 정벌하고 호탁 십이부를 병합해 가장 사납기로 유명한 금붕부를 피바다로 만들었을 때도 마찬가지로, 선왕은 당시 열 살이던 홍길륵을 살려주었다. 그로부터 삼십 년 후 홍길륵이 인이길의 직계 전사 사천여 명을 대월 전장에서 죽게 하고, 고고 선왕을 살해했을 때 또한 마찬가지였다. 금붕부 홍길륵도 감히 인이길 씨를 멸족시키지는 못했다. 그런데 고고 선왕과 홍길륵도 감히 하지 못한 일을 이 웃음 헤픈 새 왕이 저질러 버린 것이었다.

"모든 죄는 피로 씻어내야 한다. 인이길 혈통은 그 어떤 배반도 용납하지 않는다."

혁련쟁이 엄숙하게 말했다.

"비휴부는 시작일 뿐이다. 두 번째가 있든 말든 나는 관심이 없다. 다만 누구든 나를 건드리는 자는 일족을 멸할 것이다."

혁련쟁은 별안간 주먹을 휘두르며 폭풍처럼 외쳤다.

"금붕 홍길륵! 네 어미와 자겠다!"

"금붕 홍길륵! 네 어미와 자겠다!"

수만 명이 한 목소리로 포효하자 웅장한 외침이 초원을 휩쓸었다. 갑자기 어디선가 돌개바람이 일어나는 듯했고 멀리 석산에서 한가로이 쉬고 있던 독수리도 놀라 깍깍 하고 기이한 소리를 내며 하늘로 날아올랐다.

기백으로 탈환을 맹세했다. 상처로 격분한 그들은 언어로 모욕을 주고, 천지를 뒤흔들 기세로 멸족을 다짐했다. 혁련쟁은 망연자실해 있던 병사들의 가슴에 묵은 비분과 투쟁의 기운을 끌어냈다.

처억!

병사들이 맑은 소리를 내며 장검을 비스듬히 들었다. 매끈한 칼날이 햇빛을 억지로 튕겨냈다. 장화 뒤축에 달린 장신구가 부딪치고, 철 갑옷이 쟁쟁 소리를 냈다. 수만 명이 말에서 내리는데 한 몸처럼 소리가 들어맞았다. 그들은 긴 검을 손바닥에 받쳐 들고 바닥에 엎드려 우렁차게 맹세했다.

"전하!"

그 한마디뿐이었다. 크고 붉은 태양이 지평선 밖에서 튀어 올랐고, 찰나의 빛이 천리를 비추며 활활 타올랐다. 만리까지 뻗은 광채 속에서 혁련쟁의 옷자락이 휘날렸고, 그 모습은 산처럼 엄숙했다.

모란꽃이 마지막 하나의 걱정이 사라진 듯 크게 숨을 내쉬었다. 진정 모란꽃을 닮은 유모단의 찬란하고도 자랑스러운 웃음이 스쳤다.

"금붕부 홍길륵이 제법 꾀를 부렸군요."

왕군이 길을 인솔하여 왕정을 향하는 길에 봉지미가 말 위에서 혁련쟁에게 말했다.

"호탁 십이부 땅에 들어서자마자 공격이 시작됐어요. 먼저 대비를 이용해서 강을 건너도록 유인했고, 비휴부와 금붕부의 전사들이 전하를 죽이려고 기다리고 있었죠. 왕을 죽이지 못하더라도 전하를 궁지에 몰아넣었다면 손해가 컸을 것입니다. 때마침 왕군이 당도하면 전하는 궁지에 몰린 왕이 되었을 테고, 기가 센 왕군에게 인정받을 수 있을지도 문제였을 거예요. 왕군이 금사(金獅) 일족의 다스림을 받고 있지만 백록부, 청조부, 화호부에서 뻗어 나온 이도 많다는 것을 명심하세요. 자칫 잘못하면 영원히 강 건너에 머물게 되실 수도 있습니다."

"맞다."

혁련쟁이 호쾌하게 인정했다.

"초원에서는 철칙이 없고 승자가 곧 왕이다. 게다가 왕정 쪽은 내 먼

형제들이 지독한 쟁탈전을 벌여 각자 세력을 구축했다 들었어. 만약 내가 왕군을 복종하게 하지 못한다면 비휴부 땅에서 나갈 수 없겠지.”

"지금 제압한다 해도 훗날 벌어질 쟁탈전에서 그들을 만족시키지 못한다면…… 그 때도 장담하기 어려울 것입니다.”

봉지미는 미소 띤 얼굴로 풀 한 줄기를 물었다. 잘근잘근 그 쌉쌀한 맛을 음미하며 말했다.

“나는 다른 사람보다 뛰어난 구석이 하나도 없어.”

혁련쟁이 겸손한 듯하면서도 의기양양하게 말했다.

“나의 유일한 강점은 대비께서 나를 지원하고 있는 것이다.”

봉지미는 멈칫했다. 초원에서 여성의 지위는 너무나 낮아서, 거의 없는 거나 마찬가지였다. 그런데 모란꽃이 그 정도로 중요한 작용을 했다니 의문이었다.

“실성한 듯 보이는 여인이지만 하늘의 자식이야. 살아 있는 부처인 타마가 저 여인은 초원의 수호신이라고 했어.”

혁련쟁은 어이없어 하면서도 우습다는 듯 말했다.

“허허, 수호신이라니! 그런데 나팔꽃도 분명 장점이 있지. 아버지가 전장에서 주워 온 여인이 아버지의 목숨을 구했고, 아버지를 들쳐 업고 왕의 친위대까지 데리고 전장에서 뚜벅뚜벅 걸어 나왔으니 말이야. 그 때부터 금사부의 번성이 시작되었어. 그러니까 나팔꽃은 이 초원의 명실상부한 대비지.”

“다 전하의 팔자가 센 탓이지요.”

봉지미가 웃으며 농을 건넸다.

“남동생이 살아서 모란꽃의 총애를 받았다면 지금과 상황이 완전히 달라지지 않았겠어요?”

혁련쟁은 갑자기 말을 멈추었다. 봉지미가 아차 싶어 고개를 돌렸을 때 혁련쟁은 입술을 움직거리기만 했다. 눈동자에서 은은하고 기이한 보랏빛 광채가 뿜어져 나오는 것 같았다.

"그건 아니야. 사실……."

혁련쟁이 한참 후에야 입을 열었다.

"보고 드립니다!"

갑작스러운 소리가 혁련쟁의 말을 끊었다. 날듯이 달려온 기사는 침착함을 애써 유지하고 있었지만 말투에서 다급함을 느낄 수 있었다.

"금붕부 홍길륵이 오늘 십이부 대인들을 소집하여 병곡(丙谷) 강변에서 호탁 금맹을 열었습니다!"

혁련쟁이 창백하게 질린 얼굴로 물었다.

"모든 대인이 다 갔느냐?"

"백록, 청조 두 부의 대인은 가지 않고 왕정을 지키고 있습니다."

고개를 끄덕이는 혁련쟁의 안색이 조금 돌아와 있었다.

"화호부가 갔군."

소식을 전하러 온 전사가 낮은 목소리로 말했다.

"금사부도 사람을 보냈습니다."

혁련쟁의 안색이 다시 변했다.

"누가 갔지?"

"고이찰인이길(庫爾査因爾吉)입니다."

혁련쟁이 잠시 침묵하다 물러가라고 손짓했다. 그는 심각한 얼굴로 입을 꾹 다물고 말이 없었다. 봉지미도 그를 방해하고 싶지 않아, 종신에게 자기 사람들을 가까이 오게 하라고 신호를 보냈다.

잠시 뒤 혁련쟁이 입을 열었다.

"왕정을 지키는 부족이 초원을 통치할 세가 미약하면 십이부 대인 절반 이상의 동의하에 맹회 개최를 요구할 수 있다. 대대로 이 맹회는 초원의 새 왕을 정하는 데 목적을 두었고, 그 기반으로 다시 세력을 나누었지. 그리고 기존의 왕은 축출한다."

"고이찰인이길이 누구죠?"

"내 삼촌. 그분이야말로 적통이지. 아버지는 첩의 자식이고 그분은 본부인의 아들이니까."

혁련쟁이 계속 말했다.

"하지만 삼촌은 오랜 세월 단 한 번도 아버지에게 원망 한마디 한 적 없었고, 오히려 부왕에 대한 충심이 대단했어. 아버지도 삼촌에게 줄곧 빚을 지고 있다고 생각하셨지. 그래서 조정에서 순의왕 봉호를 받자마자 금사족의 족장 자리를 삼촌께 맡기신 거야. 삼촌은 금사족 이만 병사와 말을 장악하고 있어. 인이길 씨 중에 부왕 다음으로 가장 세력이 큰 사람이다."

"전하의 세는 얼마나 되죠?"

"인이길의 최정예군은 금사 진영인데, 대월 전장에서 상당히 많이 전사해서 2만이 채 되지 않아. 여기에 백록부와 청조부가 각각 1만을 가지고 있지. 하지만 인이길 씨는 더 이상 내전을 겪으면 안 돼. 여기서 쓰러지면 두 번 다시 일어날 수 없을지도 모르지. 백록부와 청조부도 인이길 씨족의 내전에 참여하지 않을 거고. 그러니까 나의 2만 군사 대 삼촌의 2만 군사라고 봐야 한다."

"막상막하군요."

봉지미가 싸늘하게 웃었다.

"금맹에 참석해서 인이길 통치 체제를 뒤엎는다고 그분이 무엇을 얻는 것인지 잘 이해가 가지 않네요."

"내 밑에 있으면 영원히 허울뿐인 족장으로 남을 거야. 병력을 장악하고 있어도 움직일 수 없으니까. 하지만 나를 축출하면 명실상부한 인이길의 일인자가 되고, 양쪽 세력도 삼촌에게 귀결될 거야. 지금은 금봉부 세력이 더 크다 해도 삼촌은 이인자가 될 테고, 좋은 목초지를 분배받고 자기 땅에서 왕 노릇을 할 수 있는데 좋지 않을 이유가 없지."

"훌륭한 계산이네요."

봉지미가 태연하게 칭찬했다.

"홍길륵은 과연 한 수 앞까지 내다보고 있었군."

혁련쟁이 쓴웃음을 지었다.

"우선 왕정에 돌아가 지금쯤 몸이 근질근질할 형제들을 제압하고 금붕부와 제대로 한판 붙으려 했는데, 그쪽에서 삼십 년 간 침묵해 온 금맹을 움직이는 선수를 쳐서 부전승을 거두려 하고 있어. 십이부의 대인이 폐위를 의결하면 나는 꼬리 내리고 도망치는 수밖에."

"저는 같이 도망갈 생각이 없어요."

봉지미가 옅게 웃으며 말했다.

"나도 같이 도망갈 생각은 없다."

엿듣기 고수 모란꽃이 어느새 나타났다.

"나는 홍길륵의 왕비나 되련다. 너는 하고 싶은 대로 하거라."

"하핫!"

분위기가 완전히 달랐지만 호기로움은 서로 닮은 두 '고부'를 보고 있자니 혁련쟁의 속이 뻥 뚫렸다. 그는 마음속에 가득 찬 근심이 단숨에 날아가는 듯했다. 왼손으로 어머니의 고삐를, 오른손으로 봉지미의 고삐를 끌어당기며 전방을 향해 피식 웃으며 말했다.

"젠장! 가긴 어딜 가? 어미와 마누라 때문에 이 혁련쟁은 기어서라도 병곡으로 간다!"

봉지미는 못 들은 척 웃어 보였다. 모란꽃이 배시시 웃으며 말했다.

"아들! 드디어 양심이라는 걸 갖게 됐구나. 젖꼭지가 문드러질 때까지 젖을 물린 보람이 있군."

퍽!

모란꽃, 그러니까 모단대비는 방금 효심을 표현한 아들을 또다시 진흙탕으로 처넣었다.

병곡 강변에 금빛 장막 열두 개가 자주색 양탄자로 만든 거대한 중앙 장막을 둘러싸고 있었다. 사방에 모닥불이 활활 타올랐고, 무수히 많은 전사들이 장총이나 단검을 들고 삼엄한 경계 태세를 이루었다. 이곳은 초원의 불모지이자 십이부의 세력 진공 지대였다. 대대로 십이부가 한자리에 모여야 하는 일이 생기거나 상대의 영토까지 찾아가 해결하기에는 부담스러운 일이 있을 때 이곳에서 만나 처리해 왔다. 장막 밖은 눈으로 덮여 온통 하얬다. 풀 한 포기 자라지 않는 언 땅을 밟는 소리가 들렸고, 장막 내부는 화롯불을 피워 봄처럼 따뜻했다.

"찰답란인이길이 어젯밤 강을 건넜다지요."

늙고 야윈 남자가 흰 얼굴의 남자에게 몸을 기울이며 물었다.

"홍길륵, 다른 변고는 없겠지요?"

얼굴이 흰 남자가 차갑게 웃었다. 남자의 용모는 평범했지만 두 눈을 깜빡일 때마다 날카로운 빛이 번뜩였고, 이는 보는 사람을 섬찟하게 만들었다. 이 남자는 바로 수천의 인이길 전사들을 모래밭에서 죽게 하고, 고고 선왕을 비명횡사하게 만든 금붕부 수장 홍길륵막특도였다. 고이찰인이길의 질문에 그는 담담하게 말했다.

"제아무리 매서워도 둥지를 갓 떠난 새가 창공을 집 삼은 독수리를 이길 수는 없는 법이죠."

그 뜻을 깨달은 장막 안 사람들은 한바탕 웃었다.

"젖비린내 나는 놈이니 저를 맞이하러 나온 왕군을 보고서 겁에 질렸겠지!"

"여기 병곡은 돌아가야 할걸."

"인이길 혈통도 이번 대에서 끝장이군."

고이찰인이길은 자리가 조금 불편한지 낯빛이 어두웠고, 홍길륵이 재빨리 말했다.

"이번 대는 망쳤지만 윗대에 영웅이 있지 않습니까. 우리 고이찰 대인이 그 당시 인이길 씨족 제일의 용사였죠!"

고이찰은 겸연쩍어 하며 웃었다. 마음속으로 자신이 언제부터 '제일의 용사' 따위의 칭호로 불렸나 생각했다. 오히려 유모단 그 여자에게 '제일의 멍청이'라고 불린 적이 있다.

"조정에서 이번에 찰답란에게 하사한 성영 군주인지 뭔지는……."

거친 조롱이 가득한 무리 속에서 누군가 꿈꾸듯 나른한 말투로 말했다.

"얼마나 미인일까요? 성영, 성영이라……. 참 듣기 좋단 말이죠."

"극렬!"

누군가 그에게 잘 구워진 양 다리를 던졌다.

"상상만 하는 건 초원 사내의 본색이 아니지! 자네는 '초원 최고의 미남자'이니 그 성영인지 뭔지가 냅다 품에 안기지 않겠는가?"

극렬이 싫은 티를 내며 소매를 홱 들어 올리는 바람에 양고기가 바닥에 떨어졌다. 새빨간 가죽 두루마기를 입은 그가 양탄자에서 일어나 미간을 찌푸렸다.

"더럽긴!"

극렬이 자리에 앉자 긴 머리칼이 부드럽게 찰랑거렸다. 희귀한 은빛 머리칼이 불꽃에 반사돼 백금의 광채를 내뿜었다. 하지만 달빛처럼 물결치는 머리칼조차도 사람을 한껏 취하게 하는 두 눈동자에 비하면 아무것도 아니었다. 투명하게 반짝이는 피부에 먹으로 그린 듯한 눈썹은 살짝 위로 치켜 올라가 있어서 꼭 알맞은 만큼의 아름다운 곡선을 이루고 있었다. 그는 천리가 얼음으로 뒤덮인 황무지를 유유히 누비는 은여우를 빼닮아서 고개만 갸웃해도 초원에 봄이 온 듯 훈훈해졌다. 그의 은발과 붉은 도포가 색 대비를 이루며 유난히 화려하게 빛났다. 극렬은 차 시중을 드는 여자의 손을 가지고 놀듯 쓰다듬으며 말했다.

"저는……. 여러분이 영토를 어떻게 나누는지 따위에는 전혀 관심 없고, 그 성영 군주나 데리고 놀 수 있다면 충분해요."

"좋다!"

홍길륵이 껄껄 웃었다.

"그래도 군주인데 지난번처럼 숨이 끊어질 때까지 데리고 놀면 곤란해."

"안될 게 있습니까?"

극렬이 눈을 깜박이며 슬며시 웃었다.

"중원 여인은 닭에게 시집가면 닭을 지아비로 섬긴다지요. 찰답란이 왕이 아니라면 그 여자도 왕비가 아닐 테고, 왕비가 아니면 내가 데리고 놀아도 되잖아요?"

홍길륵이 허허 웃으며 말했다.

"그럼 마음대로 하시게나."

홍길륵은 극렬과 더 이상 논쟁하고 싶지 않았다. 이놈은 십이부 수장들 중에 가장 젊지만 가장 교활하고 잔인한 놈이었다. 타고난 천성이 여우처럼 교활했고 뱀처럼 독했다. 극렬은 서열이 가장 낮은 여종의 아들이었는데 결국 족장이 되었고, 그 과정에서 아버지와 형제자매는 한 명도 살아남지 못했다. 그래서 정상인에 속하는 홍길륵은 극렬을 멀리하는 편이 좋겠다고 여겼다.

극렬은 여전히 미소를 띤 채로 여종의 손가락을 부드럽게 쓰다듬으며 꿈결을 헤매듯 말했다.

"그 여자를 가지면 제대로 데리고 놀아야겠어. 중원 여자들의 손은 풀잎처럼 보드랍고, 열 손가락이 쪽파처럼 뽀얗다지? 너같이 주전자나 나르고, 말젖이나 짜고, 양의 똥을 치우는 투박한 손가락은…… 정말 밥맛이 뚝 떨어지는군."

극렬이 '정말'이라고 말하는 순간 '우두둑' 하는 소리가 들렸다. 여종이 '악'하고 비명 소리를 내기도 전에 극렬은 여전히 웃는 얼굴로 아까

바닥에 떨어진 양고기를 여자의 입에 쑤셔 넣었다. 거기서 끝이 아니었다. '밥맛', '떨어져'라고 말하면서 '우두둑'하는 소리가 여러 차례 이어졌다. 조금 전까지만 해도 홍조를 띠던 여인은 어느새 눈물범벅이 되어 있었다. 그녀는 온몸을 바들바들 떨면서 바닥에 납작 엎드린 채 일어나지 못했다. 여전히 그가 손에 쥐고 있는 그녀의 손가락은 다섯 가닥의 물컹하고 기괴한 모양의 물체가 되어 있었다. 그는 태연한 표정으로 계속 주물럭거렸고, 뼈가 부러지는 기분 나쁜 소리가 정적 속에 울려 퍼졌다.

족장들은 서로 멀뚱멀뚱 바라보기만 했고, 고이찰이 간신히 말했다.

"극렬, 자네야말로 흥을 깨는 데 일가견이 있구먼. 자네가 원하는 그 성영인지 뭔지는 자네가 가지면 될 거 아닌가."

쿵!

무언가 날아와 홍길륵의 탁자에 둔탁한 소리를 내며 떨어졌다. 앞에 놓여 있던 양 구이가 순식간에 납작해졌다. 양고기에 꽂혀 있던 금빛 단도가 기괴하게 튀어 오르며 홍길륵의 눈앞을 아슬아슬하게 스쳤다. 그 순간 네 명의 목소리가 동시에 울려 퍼졌다.

"죽으려고 환장을 했나! 어떤 놈이 감히 내 왕비를 탐하느냐?"

살기등등하고 위엄 가득한 목소리였다.

"죽으려고 환장을 했나! 어떤 놈이 내 며느리를 탐내?"

무지막지하고 찢어질 듯한 목청이었다.

"죽을래?"

건조하기 짝이 없는 한마디였다. 마지막으로 들려온 단정하고 우아한 목소리에는 살짝 웃음기가 담겨 있었다.

"극렬, 너의 암내가 지독하여 본 왕비는 사양하겠다."

아이의 할아버지

장막 안 사람들이 우당탕 소리를 내며 일어섰고, 홍길륵은 귀신 들린 듯한 고기 칼을 피하며 큰 소리로 외쳤다.

"웬놈이냐? 여봐라! 여봐라!"

극렬은 어느새 웃고 있었다. 가늘고 긴 눈을 게슴츠레 뜨고는 여우처럼 교활하게 말했다.

"빨리도 오셨군."

극렬은 고통을 이기지 못하고 혼절한 여종을 밀치고 손을 툭툭 털며 일어났다. 그리고 무심하게 그녀를 짓밟으며 가까이 다가갔다.

"순의왕과 대비께서 행차하셨는데 어서 영접하시지 않고 뭣들 하시나요?"

그제야 족장들도 반응을 보였지만 영 껄끄러운 표정이었다. 깡마른 고이찰은 안색이 확 변해 홍길륵을 바라보았다. 하지만 홍길륵은 끈질기게 따라오는 칼을 피해 도망치느라 여념이 없었다.

"늑대 무리가 달을 향해 꿇어 앉는 이유는 더 많은 사냥감을 얻고 싶어서다."

아랑곳하지 않고 외치는 혁련쟁의 목소리가 장막 입구까지 울려 퍼졌다.

"우리 초원에 탐욕스러운 늑대를 너무 많이 키웠구나!"

혁련쟁이 장막을 휙 걷고 성큼성큼 걸어 들어왔다. 그는 새파랗게 질린 채 서 있는 족장들은 거들떠보지도 않고 바로 상석으로 향했다. 그런 다음 홍길륵이 칼을 피하느라 비운 자리에 깊숙이 엉덩이를 붙이고 앉아 기름진 양갈비 한 점을 베어 먹으며 말했다.

"몹쓸 놈이 고기는 잘 굽는군!"

"찰답란!"

홍길륵은 마침내 상을 들어 날아드는 칼을 막는 기지를 발휘했다. 서걱, 소리를 내며 칼이 상에 꽂혔고, 그의 코에서 단 몇 치 떨어진 곳에 멈춰 섰다. 그는 떨리는 손으로 이마에 흐른 식은땀을 닦더니 상을 바닥에 쾅 내려놓았다.

"감히 금맹의 장막에 난입하다니!"

"네놈이 감히 초원의 왕을 죽였으니 나는 감히 금맹의 장막을 범하려는 것이다!"

혁련쟁은 뜯어 먹던 양갈비를 따귀 날리듯 홍길륵의 얼굴에 던졌다.

"물론 네놈도 기꺼이 죽일 수 있다!"

"금맹을 개최하는 곳에서 살육은 있을 수 없다. 이를 어기는 자는 모두 초원 공공의 적이다!"

"너희가 선수 쳐서 나를 적으로 몰았는데, 공공의 적 따위가 중요할 것 같으냐?"

혁련쟁은 주먹으로 상을 내려쳐 부숴 버렸다. 사납게 추켜세운 눈에서 물러날 기색은 전혀 보이지 않았다.

"모두 단칼에 죽여주마. 하나 하나 다 죽이겠다. 초원이 뒤집어지든 말든 내 알 바 아니다!"

족장들은 아연실색하여 혁련쟁의 살기등등한 눈을 멀뚱멀뚱 바라보았다. 그 눈빛은 결코 허세가 아니었다. 족장들의 기억 속에 호기롭고 유쾌하며 제멋대로인 모습으로 남아 있던 순의 왕세자의 진짜 모습을 오늘에서야 보게 된 것이었다. 그들은 서로 얼굴만 쳐다볼 뿐 어찌할 바를 몰랐다.

금맹의 장막이 자리한 곳은 삼면이 협곡으로 둘러싸여 있어 출구가 매우 좁았다. 게다가 열 명의 족장이 진작에 각자의 군대를 배치해 두어 틈이 없었을 텐데, 혁련쟁 일행이 어떻게 쥐도 새도 모르게 들어왔는지 알 수 없었다. 이 정도로 삼엄한 경비라면 혁련쟁이 뚫지 못해야 맞았다. 하지만 이를 뚫고 들어왔다면 혁련쟁은 절대 만만한 상대가 아니었다. 만일 그가 정말로 실성해서 앞뒤 가리지 않고 금맹의 규칙을 파괴한다면, 저승길 친구로 자신들을 데려갈 것이 분명해 보였다. 그렇다면…… 그들만 재수 없게 될 것이었다.

규칙이란 본디 사람이 정해 왔고, 폭력으로 파괴되어 왔다. 그러니 규칙은 반항아를 만나면 헛소리나 다름없게 될 것이었다.

"멍청한 놈. 어디서 협박이냐?"

창랑부 수장이자 홍길륵과 사이가 좋은 녹찬(祿贊)이 우렁차게 외쳤다.

"여긴 까마득한 절벽으로 둘러싸인 병곡이다. 골짜기 밖에 대기 중인 십 부의 군사가 3만이고, 골짜기 곳곳에 수천의 호위군이 있다. 네가 우리와 같이 죽을 깜냥이나 되는지부터 생각해라!"

혁련쟁은 양손을 무릎에 받치고 말없이 녹찬을 바라보았다. 어두운 밤의 늑대를 빼닮은 혁련쟁의 눈빛에 녹찬은 자기도 모르게 몸서리를 쳤다. 혁련쟁이 사악한 눈빛으로 뚫어지게 쏘아보자 녹찬은 나약한 내면을 들킨 것만 같았다. 장막 안에 죽음 같은 적막이 흘렀다. 상황을 수습하기 위해 홍길륵이 눈알을 굴리며 뭔가 말하려던 찰나였다.

'우르릉 쾅!'

어디선가 굉음이 들려왔다. 공공*고대 중국 신화에 나오는 인물로 제위(帝位)를 놓고 전욱(顓頊)과 다투다가 불주산(不周山)의 천주(天柱)를 꺾어 쓰러뜨림이 산을 들이받고 오광*중국의 전설에서 동쪽 바다를 지배하는 용왕이 바다를 뒤집으며 구천의 모든 신들이 전쟁을 일으킨 것처럼 사방 천지가 뒤집혔다. 바닥에 자리를 깔고 앉아 있던 몇몇 족장들이 바닥에 나뒹굴었다.

"무슨 일이냐?"

홍길륵은 놀라서 비명조차 터지지 않았다. 그때 장막 입구에 사람 그림자가 스쳤고, 호위 무사 하나가 달려와 혼비백산이 되어 외쳤다.

"큰일 났습니다! 무…… 무너졌어요! 산이 무너졌어요!"

그때 황금 가락지를 잔뜩 끼운 손 하나가 호위 무사를 냅다 밀치고 껄껄 웃었다.

"금붕부에는 반푼이만 있는지 말도 제대로 못하네. 무너지긴 뭐가 무너졌다고 그래? 아무래도 대비인 내가 직접 장막을 걷어 대인들에게 보여주는 게 좋겠군."

모란꽃은 싱글벙글 웃으며 장막에 드리워진 천을 걷었다. 장막의 문은 바로 맞은편 골짜기 입구와 마주보고 있었다. 자욱한 연기 사이로 검은 돌들이 끊임없이 굴러 떨어졌다. 출구는 이미 크고 작은 바위가 메우고 있었다. 산 위에서 계속해서 돌덩이가 굴러 떨어져 산 아래 병사들이 이리저리 뛰었고, 그들의 비명과 절규로 아비규환이었다.

"우리는 아무것도 하지 않았네."

유모단이 겸허하게 말했다.

"조그만 산 하나를 폭파시켜 출구를 좀 막았을 뿐이지."

홍길륵은 할 말을 잃고 암석으로 막힌 입구를 바라보았다. 녹찬의 안색도 어느새 흙빛이 되어 있었다. 혁련쟁은 그제야 뚫어져라 바라보던 시선을 거두고 두루마기를 털며 말했다.

"이제 같이 죽을 깜냥이 좀 되나?"

"……."

장막에 드리워진 침묵은 고역이었다. 혁련쟁이 이토록 무지막지할 줄은 아무도 상상하지 못했다. 화약으로 산을 폭파시켜 출구를 막아 버리고, 자신과 여기 있는 모두를 골짜기에 가두어 오도 가도 못하게 만들어 버렸다. 그를 건드리면 누구든 일족을 멸할 기세였다. 혁련쟁 스스로도 죽든 살든 아쉬울 게 없다는 태도였다. 지금까지 그들은 혁련쟁이 비휴부를 멸족하였다는 풍문을 곧이곧대로 믿지 않았다. 하지만 오늘 늑대보다 흉포하고 표범보다 격한 그의 행동과 풍모를 보고 나서야 그 소문이 사실임을 실감했다. 일찍 금맹에 참여해 부족 내부 사정을 잘 모르고 있던 비휴부 족장의 표정은 말로 표현할 수 없을 정도였다.

혁련쟁은 빙긋 웃으며 높은 곳에 올랐다. 사방을 둘러보는 봉지미의 시선을 흉내 내면서 둘이 썩 어울리는 부부라고 생각했다.

"찰답란! 충동적으로 굴지 말게!"

짧은 침묵이 흐른 뒤 고이찰은 숙부의 신분으로 호통쳤다.

"수습할 수 없을 지경까지 일을 몰고 가지 마라! 나는 지금 족장 신분으로 명하는……."

혁련쟁이 고개를 갸웃하며 고이찰을 흘겨봤다. 혁련쟁의 날카로운 시선에 고이찰은 몸을 떨었다. 생각하고 있던 한마디가 목구멍에 걸린 듯 터져 나오지 않았다. 잠시 후 혁련쟁이 의아하다는 듯 물었다.

"누구쇼?"

"……."

고이찰은 그대로 굳어 버린 채 손과 입술을 바들바들 떨며 말을 뱉어내지 못했다. 혁련쟁은 그를 거들떠보지도 않고, 높은 자리에 앉아 허리춤에 찬 칼을 유유자적 쓰다듬었다.

"이 찰답란인이길의 눈에는 사람만 보이는데 짐승이라면……."

혁련쟁이 미소 지으며 고개를 저었다.

"이 방에는 사람이 하나도 없군."

혁련쟁은 안타깝다는 듯 긴 한숨을 내쉬었다. 장막 안에 있던 '짐승'들의 얼굴에 핏기가 싹 가셨다. 산이 무너질 때도 눈길 한번 주지 않던 극렬은 장막 입구에 있는 봉지미를 훑어보며 눈을 반짝였다. 고개까지 돌려 그녀를 바라보다가 이내 시선을 거두었다. 그리고 미간에 주름을 잡으며 다시 한 번 힐끗 쳐다보고는 탄식했다.

"못생겼군."

봉지미는 극렬에게 눈길도 주지 않고 혁련쟁을 바라보았다. 혁련쟁이 '사람이 하나도 없다'고 말했을 때에는 빙그레 미소를 지었다. 세자 저하가 중원에 다녀오더니 돌려서 욕하는 법을 익혀온 모양이었다.

실망한 극렬이 봉지미에게서 눈을 떼려는 순간 그녀의 미소를 보고 눈이 번쩍 뜨였다. 누런 얼굴의 여인이 미소를 짓자 한없이 온화해졌고, 아련한 눈동자에 물결치듯 빛이 일렁였다. 보통의 여인에게서는 볼 수 없는 고상함에 극렬은 저도 모르게 감탄했다.

"웃으니 제법 미인이네."

극렬이 손을 뻗어 봉지미를 만지려는 찰나였다.

픽!

누르스름한 무엇이 번개처럼 극렬의 미간을 향해 날아왔다. 짧은 거리였는데도 작은 물건이 맹렬하게 바람을 가르는 소리를 냈다. 그 물건은 극렬이 손가락을 뻗기도 전에 급소 가까이 와 있었다. 여우를 닮은 남자의 반응은 과연 여우처럼 교활했다. 극렬은 깜짝 놀라기는 했지만 흐트러지지는 않았다. 고개를 살짝 돌려 첫 번째 공격을 피했고, 허공에서 별안간 방향을 틀었다. 이쪽으로 날아오는 호두알은 신경도 쓰지 않고, 그대로 손을 뻗어 고남의 품에 안긴 고지효를 잡았다. 쫙 펼친 다섯 손가락에 검푸른 빛이 반짝였다.

고남의는 즉시 지효를 안고 물러섰다. 호두 무기가 땅에 떨어지는 동시에 은백색 머리칼이 허공에 흩어졌다. 방금 스쳐 지나간 동그랗고 매끈한 호두가 일으킨 바람이 극렬의 머리칼을 반절이나 베어 버린 것이었다. 극렬이 조금만 덜 민첩했더라면, 무공이 조금이라도 모자랐다면, 머리칼이 잘리는 데에서 그치지 않았을 것이었다. 고남의가 필사적으로 지켜야만 하는 자를 공격한 대가를 치르게 되었을 것이다.

둘의 대결을 지켜본 족장들은 쥐 죽은 듯 조용해졌다. 봉지미는 마침내 극렬을 똑바로 쳐다봤다. 방금 그가 쓴 수는 겉으로는 간단해 보였으나 실상은 그렇지 않았다. 봉지미는 수준 높은 극렬의 무공과 임기응변에 혀를 내둘렀다. 극렬은 봉지미의 무공이 보통 수준이 아님을 단박에 파악했기에 그녀를 미끼로 고남의를 제압하는 수는 쓰지 않았던 것이었다.

둘의 시선이 교차했다. 극렬이 미소 짓자 봉지미도 요염하게 미소 지었다. 각자의 심오한 뜻을 담은 평온한 눈빛이었다. 봉지미는 이내 시선을 돌렸지만, 극렬의 안색은 조금씩 변하고 있었다.

"극렬, 이 소갈머리 없는 놈."

유모단이 달려들어 우악스럽게 극렬의 얼굴을 감쌌다.

"오랜만이구나. 이 양어머니가 얼마나 보고 싶어 했다고……. 이리 오렴. 어디 좀 만져보자."

극렬은 소매를 휙 들어 올려 연지와 분이 덕지덕지 묻은 유모단을 피해 삼 척 밖으로 물러나며 말했다.

"양어머니, 며칠 사이 회춘하셨군요. 지극히 아름다우셔서 제가 감히 앞에 설 수가 없네요."

"정말이냐?"

유모단은 배시시 웃으며 자신의 얼굴을 쓰다듬었다. 망연자실한 말투였지만 실은 의기양양하게 말했다.

"아이고, 나도 늙었지 늙었어. 남편은 죽었지, 찰답란은 이제 색시를 얻었지."

"남편이 죽었으면 더 쉽죠. 찰답란은 열 살부터 처가 있던 놈인데 더욱 상관없는 거 아닌가요?"

극렬이 미소를 지으며 곁눈질로 봉지미를 바라보았다.

"아마 이 장막 안에 있는 사람들 중 절반은 찰답란의 장인일 텐데……."

퍽!

유모단이 따귀를 시원하게 갈기며 말했다.

"무슨 얼어 죽을 장인이야? 극렬, 말 돌리지 말고 이리 오렴. 어디 보자, 쪽마늘이 통마늘로 자랐나 만져볼까?"

"……."

둘은 앞서거니 뒤서거니 하며 쫓고 쫓기다가 장막 밖으로 나가 버렸다. 봉지미는 장막 입구에 기대어 흥미진진한 눈빛으로 모란꽃이 백여우에게 들러붙는 광경을 바라보았다. 건달을 길들이는 데는 정신 나간 여자가 제격이었다. 봉지미는 혁련쟁이 열 살 때부터 첩이 많았다는 말을 되뇌었다. 어쩐지 사흘이 멀다 하고 담을 넘더라니. 혁련쟁의 발육 상태는 거의 늑대 수준이었고, 어떤 면에서는 지나치게 일찍 눈을 뜬 것이 분명했다.

"찰답란!"

장막 한쪽에서 벌어지는 활극에 신경 쓸 여유가 없는 홍길륵의 목소리가 한풀 꺾였다. 그의 시선은 아직도 장막 밖을 살피고 있었다.

"금맹은 모든 족장이 모여 의사를 결장하는 기구다. 네가 순의왕이라고 해도 간섭할 자격이 없어! 냉큼 물러가지 못해?"

혁련쟁은 거들떠보지도 않고, 술잔을 든 채 느릿느릿 자리에 앉았다.

"호특가 삼촌."

말투가 또다시 바뀌었다. 처음에는 살기등등하게 안하무인격으로 냉소하고 조롱하였고, 그 다음에는 이치를 꼬치꼬치 따졌고, 이제는 한 마디 한마디에 추억과 상념을 담고 있었다.

"호특가 삼촌."

혁련쟁이 주전자를 들고 푸른 옷에 붉은 얼굴을 한 사내의 잔에 술을 가득 부었다.

"삼십 년 전 월국이 초원을 침략했던 해동청(海冬靑) 전투가 있었지요. 월군은 곤가(昆加)강까지 쳐들어왔고, 그날 밤 월국은 우리 진영을 뚫었습니다. 곤가 강변은 사상자로 넘쳐났죠. 그때 사자 족의 일개 사병이었던 부왕께서 부러진 다리를 이끌고 오자, 삼촌이 친히 업고 삼십 리를 달려 적의 손아귀에서 벗어날 수 있었다고 들었습니다. 부왕은 제게 그 은혜를 평생 잊어서는 안 된다고 말씀하셨습니다."

혁련쟁이 가득 찬 술잔을 조심스레 바쳤다. 호특가는 복잡한 심경으로 술잔을 바라보기만 할 뿐 선뜻 받지 못했다. 하지만 혁련쟁은 언짢아하는 기색 없이 술잔을 받쳐 들고 침착하게 웃었다. 장막 안에는 침묵이 흘렀다.

호특가의 남웅부는 십이부 중 네 번째로 큰 부족이었다. 부족의 남자들은 용맹하고 호전적이었으며, 특히 하체가 발달했고 무공이 뛰어나 오랫동안 호탁부의 중요한 위치를 차지하고 있었다. 남웅부 특유의 기풍도 이름답게 진중하고 온건하며 중립적이었다. 다만 후기에 부족 인구가 폭증하면서 목초 자원이 부족해졌고, 쟁탈전을 겪는 과정에서 선왕과 대립하게 되면서 남웅부의 수장이 금맹에 참여한 것이었다.

혁련쟁이 첫 상대로 중요하지만 맞서기 어려운 남웅부를 택하니 모두 경악을 넘어 존경스러워 했다. 또한 한편으로 젖비린내가 가시지 않은 찰답란은 고집 센 호특가의 마음을 결코 움직일 수 없을 거라고 생각했다. 모두의 눈빛이 활활 타올랐고, 숨소리에도 무게가 실렸다. 한차례 정적이 지나간 후 호특가가 낮은 목소리로 말했다.

"자네는 그 이야기를 끝까지 말하지 않았네. 맞아. 그때 나는 선왕을 업고 시체 더미 속을 빠져나왔지. 하지만 얼마 못 가 적군에 추격당했어. 칼을 뽑아 들고 죽을 각오로 맞설 참이었는데 자네 아버지가 나를 잡아끌고 강가에 엎드리게 했지. 우리는 죽은 척 했어. 의심 많은 월군은 마음이 놓이지 않았는지 강가의 모든 시체를 한 번씩 칼로 찔렀어. 그 칼이 자네 아버지의 늑골에 꽂혔지만, 그는 이를 악물고 비명 한 번 지르지 않았지. 월군은 지나갔고, 나는 자네 아버지 밑에 깔려 있었기 때문에 가벼운 상처만 입었다네. 그러니 그날은 오히려 자네 아버지가 나를 구한 거지."

"그랬군요."

혁련쟁이 미소를 지었다.

"기억해 주셔서 감사합니다."

호특가는 혁련쟁의 진심 어린 미소를 바라보며 눈동자가 흔들렸다. 결국 손을 뻗어 술잔을 받아 단숨에 들이켰다. 장막 안이 술렁였고, 홍길륵의 안색이 돌변했다.

"호은 아저씨."

그 사이 혁련쟁은 백발이 성성한 노인 곁으로 갔다. 노인의 얼굴에는 큰 흉터가 나 있었는데, 왼쪽 눈부터 오른쪽 눈꼬리까지 베인 상처가 아물면서 주변 살점이 쭈글쭈글 수축돼 있었다. 덕분에 피부가 전체적으로 뒤틀려 험상궂은 얼굴을 하고 있었다. 혁련쟁이 그의 곁으로 다가가자 홍길륵의 얼굴에 냉소가 번졌다.

호은은 진중한 성격의 호특가와 전혀 다른 사람이었다. 고고 선왕과 전장에서 서로의 목숨을 구한 전우애 따위도 없었다. 게다가 험한 꼴을 많이 당해 성정이 괴팍했다. 상처에 대해 말하는 걸 극도로 싫어하여 누구든 얘기를 꺼내면 광기 어린 보복을 당하곤 했다. 홍길특은 젊고 혈기 왕성한 혁련쟁이 앞뒤 분간을 못한다고 생각했다. 뚝심 있기로 유명한 호은의 철표부가 탐나 필히 쟁취하고 싶겠지만, 그의 금기를 건드린다면……. 게다가 호은은 혁련쟁과 친인척 관계도 아니었다. 예상대로 혁련쟁은 호은의 상처를 태연히 바라보며 말했다.

"호은 아저씨. 상처는 좀 어떠신지요?"

"음……."

호은은 신음 소리를 냈고, 그 음이 점점 높아졌다. 산산조각이 난 듯한 얼굴 근육이 움직거리자 괴물처럼 흉측했다. 넓은 소매에 가려진 호은의 손가락이 슬슬 허리춤의 칼 쪽으로 향했다. 어떤 이는 차갑게 웃었고, 어떤 이는 좋아했고, 어떤 이는 침묵했다. 호특가도 조금 불안한 시선으로 바라보았다. 혁련쟁은 이상한 기류를 느끼지 못하는 듯 말을 이어 갔다.

"부왕께서 내내 걱정하셨습니다."

칼을 쥐려던 호은의 손이 멈칫했다.

"제가 중원으로 떠나던 날 밤, 부왕께서 말씀하셨습니다. 중원은 땅이 넓어 물자가 풍부할 테고, 더욱이 제경이라면 없는 것이 없을 거라고 말입니다. 그러니 반드시 호은 삼촌에게 필요한 화심성련(火心聖蓮)을 가져오라고요."

혁련쟁은 품에서 작은 상자를 꺼내 허리를 숙이며 호은에게 공손하게 바쳤다.

"어르신의 상처를 완전히 치유할 수 있는 성련은 아무래도 멸종된 것 같습니다. 이제는 화심련(火心蓮)도 극히 소수만 남았지요. 이 화심련이 상처를 낮게 해 주기에는 역부족일 테지만, 이것도 최상품이니 적어도 통증을 덜어 줄 수 있을 겁니다. 이 찰답란이 부왕께서 지시하신 임무를 완벽히 수행하지 못했으니 송구스럽습니다."

상자를 열자 줄기에 잎이 세 개 달린 자주색 식물이 얌전히 놓여 있었다. 호은의 눈동자가 흔들리며 화심련에서 시선을 떼지 못했다.

어릴 적 그는 기구한 사고를 당했고, 합병증이 많아 평생을 고통 속에서 살아왔다. 그 탓에 성질도 고약해졌다. 그는 오랜 세월 동안 꼭 필요한 화심련을 찾아 헤매느라 수많은 재물과 공을 들였다. 성련까지는 아니더라도 이 화심련만 해도 수십 년 동안 천신만고 끝에 줄기에 잎이 하나 달린 놈을 겨우 찾아냈었다. 이제 그마저 효험을 다 했는데, 그 일을 고고 선왕이 기억하고 있었다니 놀라웠다. 게다가 찰답란은 돌아오자마자 그가 꿈에 그리던 영약을 바친 것이었다!

상자를 공손하게 받쳐 든 혁련쟁의 눈에서 진심이 느껴졌다. 성련을 가져오지 못한 데 대한 미안함도 엿보였다. 호은은 마음이 요동쳤지만, 선뜻 상자를 받는 대신 혁련쟁을 일으켜 세워 손을 잡고 말했다.

"자네, 정말 비휴부를 멸했나?"

"그렇습니다."

혁련쟁은 망설이기는커녕 우렁차게 대답했다.

"초원 사내는 언제나 정정당당하니 사람을 죽일 때도 당당해야죠. 비휴부는 대비를 위협해 제가 강을 건너도록 유혹했고, 금붕과 결탁하여 매복을 했습니다. 그런데도 제가 그들을 멸하지 못한단 말입니까?"

"잘했다!"

침묵을 깬 호은은 뜻밖에도 시원하게 웃었다. 얼굴 가죽이 꿈틀거려 한층 섬찟해 보였지만 말투만큼은 온화했다.

"규칙은 무슨 얼어죽을 규칙이냐. 규칙이란 원래 강자 손에 있는 법. 찰답란! 잘했다!"

혁련쟁이 씩 웃으며 큰 소리로 대답했다.

"물론이죠!"

그제서야 호은은 껄껄 웃으며 상자를 받아 들고 혁련쟁의 어깨를 툭툭 두드렸다. 그리고 손을 휘휘 저으며 무언가 말하려고 안달이 난 홍길륵의 입을 막으며 담담하게 말했다.

"홍길륵, 이 약 때문이 아니야. 나야 곧 죽을 사람이고, 오래 살고 싶지도 않아. 하지만 초원의 존속은 내 명줄보다 중요하다. 너는 내 친척이지만 내가 보기엔 초원의 왕은 찰답란이 너보다 잘 해낼 것 같구나."

일부 족장은 침묵을 지켰다. 사실 그들은 선왕 생전에 혁련쟁과 자주 접촉하지 않아 특별히 기억에 남아 있지 않았다. 그저 홍길륵의 영향을 받아 스무 살 갓 넘은 애송이에게 초원의 왕 자리를 맡기는 것이 탐탁지 않았을 뿐이었다. 하지만 이곳 병곡에 혁련쟁이 나타난 이후부터 그들은 놀라움의 연속이었다. 혁련쟁은 강경할 때는 강경했고, 부드러울 때는 부드러웠다. 칼로 벨 줄도 알고 무릎을 꿇을 줄도 아는 그가 후덕하기만 하던 선왕보다 한 수 위인 것은 분명했다.

금맹이 초원의 왕을 폐할 권리를 갖고 모반을 꾀하거나, 무능한 왕을 폐위시키는 목적도 따지고 보면 초원의 공영을 위해서였다. 초원의 모든 부족들은 서로 전쟁 중이었고, 대월은 장정들의 씨가 마른 틈을 노려 초원을 끊임없이 침략했다. 그런 상황을 다시 보고 싶은 사람은 아무도 없었다. 재주와 세력을 갖춘 홍길륵을 왕으로 추대하지 못할 이유는 없었다. 하지만 초원의 새 왕이 무용지물의 인사가 아니라면 다시 생각해 봐야 할 일이었다. 그렇게 하지 않고 서로 뒤엉켜 죽이기부터 한다면 제 손으로 터전을 짓밟는 꼴이 될 것이었다. 그러면 결국 남 좋은 일만 시키지 않겠는가?

봉지미는 혁련쟁을 바라보다가 눈가에 옅은 미소가 번졌다. 오늘 일어난 모든 일 중에서 봉지미의 공은 순우맹의 부하가 화약을 설치해 산을 폭파할 수 있도록 도운 것밖에 없었다. 나머지는 모두 혁련쟁이 스스로 세운 작전이었다. 혁련쟁은 자부심이 대단한 사람이라 여자의 보호는 받고 싶지 않아 할 것이었다. 그래서 그녀도 치밀한 계산을 하지 않았다. 혁련쟁이 스스로 초원의 왕이 될 수 있는 인물이 아니라면, 그녀가 억지로 그 자리에 올려놓는다고 해도 해가 될 것이 분명했다.

봉지미도 혁련쟁이 어느 틈에 화심련을 준비했는지 알지 못했다. 하지만 분명 고고 선왕은 화심성련 같은 것을 구하라고 주문한 적이 없을 것이다. 언젠가 혁련쟁이 술에 취해 말하기를, 그는 제경에 오기 전에 부친과 심하게 다투었고 달포 동안 말을 섞지 않았다고 했다. 그 뒤 기분전환을 위해 초원과 내륙의 접경지대인 감주로 나왔고, 거기서 부왕의 명을 받고 곧바로 제경으로 향했기 때문이었다.

봉지미는 제경에서 혁련쟁이 청혼을 하고, 담을 넘고, 여인의 뒤꽁무니나 쫓아다니는 모습만 봐 왔었다. 한량에 놀기 좋아하고 제멋대로인 줄만 알았는데 겉모습 뒤에 큰 뜻을 이루기 위한 주도면밀함이 감추어져 있을 줄은 몰랐다.

혁련쟁은 벌써 술잔을 들고 다음 사람에게 다가가고 있었다. 서른 살가량 되어 보이는 황색 도포를 입은 사내였다. 그는 혁련쟁이 채 다가오기도 전에 벌떡 일어서더니 잔을 들고 큰 소리로 말했다.

"찰답란 형제! 아무 말 하지 않아도 됩니다. 나 야엽(也頁)은 고고 선왕이 아니라 전하만으로도 충분합니다! 열한 살 때 제가 독사에 물렸을 때 전하께서 친히 입으로 독을 빨아 주셨잖아요. 오늘 제가 여기 온건 우리 부족 어르신의 뜻을 받은 겁니다. 저도 상황이 어떤지 살펴보고 싶었을 뿐 기존 왕을 축출하자는 생각이 있었던 건 아닙니다. 제가 먼저 잔을 비우겠습니다!"

야엽은 단숨에 술을 들이켰다. 혁련쟁이 껄껄 웃으며 따라서 잔을 비우고 그의 어깨를 두드렸다.

"형제! 다음에도 혹여 자네가 살모사에게 물린다면 다시 독을 빨아 주겠네!"

유모단은 바쁜 와중에도 장막 안을 살피러 들어와서 날카로운 소리로 외쳤다.

"이놈이 힘은 좋아! 그러니까 갓난애 때도 내 젖꼭지가 떨어져 나가라……."

봉지미가 다정하면서도 단호하게 유모단을 밖으로 내보냈다. 야엽도 멋쩍은 듯 웃었다.

규모가 큰 부족의 족장들이 앞다퉈 전향하는 바람에 오늘 금맹 회합은 결과 없이 끝날 것이 분명했다. 어느새 홍길륵의 안색은 말이 아니었다. 그는 깊은 생각에 잠긴 것 같았지만, 자꾸만 장막 입구 쪽 호위 무사를 힐끔힐끔 바라보았다. 그가 발걸음을 옮기려는 찰나였다. 봉지미는 순전히 우연인 척하며 장막 입구로 걸어가 길을 막고 생글생글 웃었다.

"어디 가십니까?"

홍길륵이 버럭 외쳤다.

"금맹의 장막 안이다. 어디 여인이 말을 섞느냐? 네가 누구든 상관없다. 썩 꺼져!"

족장들은 홍길륵의 말에 동의한다는 듯이 봉지미를 혐오스러운 표정으로 쳐다봤다.

"아, 그런가요?"

봉지미는 여전히 미소로 그들을 바라보며 말했다.

"금맹 장막 안에서 여인은 말을 섞을 수 없단 말이군요?"

봉지미가 손을 들자 별안간 검은 빛이 번쩍 스쳤다. 그 빛은 아름다운 곡선을 그리며 넓은 장막을 가로질렀다. 빠직 소리가 차례로 들려오면서 천으로 만든 장막이 풀썩 주저앉았다. 장막 가장자리에 자리 잡았던 족장들이 놀라서 펄쩍 뛰었지만, 미처 피하지 못하고 머리 위로 떨어진 장막에 깔리고 말았다. 한차례 소란이 지나고 나서야 그들은 깨달았다. 차분하게 미소만 짓던 대비가 손짓 한 번으로 장막의 반을 베어

風
根

버렸다는 것을. 나머지 반쪽 장막은 처음처럼 온전하니 아주 기묘한 기술이었다.

바닥에는 양탄자와 천 조각, 장막을 지탱하던 목재들이 나뒹굴었다. 문가에 앉아 있던 족장들이 겨우 장막 더미에서 기어나왔을 때 사달을 낸 장본인은 태연하게 그 자리에 앉아 있었다. 그녀의 머리나 몸에는 먼지 한 톨 떨어져 있지 않았다. 단정한 자태로 앉은 여인은 자신이 손짓 한 번으로 주저앉힌 신성한 금맹 장막은 거들떠보지도 않았다. 미소를 지으며 홍길륵에게 말했다.

"족장 대인, 보시죠. 이제는 장막 밖에 있으니까 말을 섞어도 되겠습니까?"

확실히 봉지미는 지금 '장막 안'에 있지 않았다. 그녀의 머리 위에 있던 장막을 스스로 없애 버렸기 때문이었다. 나머지 반쪽 장막에는 힘겨운 한숨들이 떠돌았다. 혁련쟁이 족장들에게 어찌 할 바를 모르는 충격을 주었다면, 봉지미가 그들에게 준 것은 말 그대로 하늘이 무너지는 충격이었다. 오만한 초원의 족장들 눈에 여인은 장식품일 뿐이었다. 게다가 중원의 여인이라면 장식품의 가치도 없었다. 조금만 잘못 건드리면 도자기처럼 깨져 버리기 때문이었다.

사람들은 도자기보다 깨지기 쉬워 보이는 가녀린 한족 군주를 바라보았다. 생글생글 잘 웃는 얼굴과 온화하고 부드러운 자태가 풀잎에 매달린 이슬 같았다. 처음 등장할 때 그녀가 던진 한마디 때문에 눈길이 가긴 했지만, 그 이후에는 줄곧 외모와 어울리는 조용하고 평범한 모습이었다. 그런데 겨우 손짓 한 번으로 그들에게 진정 소리 없이 강한 것이 무엇인지 제대로 알려 준 것이었다.

"자!"

무너진 장막의 잔해 위에 앉은 봉지미는 미소 지으며 나머지 반쪽 장막에 있는 족장들을 향해 말했다.

"당신들의 규칙을 따랐으니 이제 당신들이 나의 규칙을 따라 줄 차례입니다. 딱 한 번만 말할 테니 잘 들으시죠."

"오늘 이 우매한 금맹 대회가 소집된 이유는 홍길륵금붕이 여러분을 이끌고 목초지를 재분배하기 위해서일 겁니다. 이제 여러분이 물과 초지를 따라 옮겨 다니며, 바람 따라 번성하고, 대대손손 흥하도록 말입니다. 정말 아름다운 꿈이죠."

검은 도포를 입은 여인의 검은 눈동자에는 모종의 비웃음이 느껴졌다. 이미 망신을 실컷 준 족장들을 전혀 개의치 않는 표정이었다.

"홍길륵이 여러분께 그려 준 큰 그림은 무엇입니까? 규모가 큰 부족에게는 비옥한 목초지를, 규모가 작은 부족에게는 곡식과 비단을 약속했겠죠. 맞습니까?"

좌중은 말이 없었다. 당연한 말이었기 때문이다.

"뭘 도발하고 싶은 거냐?"

홍길륵이 차갑게 웃었다.

"고고 선왕은 목초지를 공정하게 분배하지 않았고, 매사를 중립적으로 처리하지 못했다. 여러 족장들이 오랫동안 억압을 받아 왔단 말이다. 네가 몇 마디 도발한다고 넘어갈 일이 아니다!"

봉지미는 들은 체도 하지 않고 바닥에 막대기로 호탁 십이부의 영토 분포도를 그리며 담담하게 말했다.

"자, 그럼 우리 미래의 홍길륵 왕이 여러분의 영토를 어떻게 분배할지 점쳐 볼까요? 여기, 여기, 그리고 여기."

봉지미는 왕정과 가까운 구역들을 가리키며 말했다.

"여긴 분명 화호, 남웅, 철표에게 돌아가겠죠?"

족장들은 여전히 말이 없었다. 호은이 미간을 찌푸렸다.

"그게 뭐 잘못됐나?"

"옳습니다. 옳고말고요."

봉지미는 웃으며 손사래를 쳤다.

"음……, 여러분의 세력과 용도로 가늠해 보면 철표족은 분명 여기 겠군요. 홍길륵 대왕이 왕정을 점령하면 화호, 창랑과 연합하여 청조, 백록을 멸족시키겠죠. 그러면 화호는 남쪽으로 뻗어 나갈 테고, 인접한 청조의 목초지를 점거하겠네요. 좌측의 창랑은 북쪽으로 세력을 뻗어 백록을 대신할 것입니다. 아, 호은 대인 경하드립니다. 좌랑 우호를 두셔서 후손 만대가 강호를 통일하시겠습니다."

돌연 안색이 변한 호은이 진지하게 말했다.

"저 놈이 감히?"

봉지미가 살포시 웃으며 그를 바라보았다.

"그럴까요? 홍길륵이 감히 그러지 못할까요? 극렬이 그렇게 못할까요? 만약 그러지 못한다면 어째서 왕정의 삼대 직계 호위군 중 하나인 화호가 배반을 택했을까요? 누구 좋으라고요? 청조 몫인 그 목초지 때문일까요? 그렇다면 어째서 철표부를 이 자리에 배정하려 하는 걸까요? 20여 년 전 철표부의 여종이 화호부 족장에게 바쳐졌고, 출산 후 즉사했죠. 두 부족에서 모두 맡기 싫어하던 아이가 오늘날 화호족 족장의 아들입니다. 어느 날 그의 심사가 뒤틀려서 대인의 은혜가 새삼 떠오르기라도 한다면 어떻게 될까요? 서신 한 통 보내 동림산(東林山) 골짜기 좌우에서 힘을 합쳐 찾아오겠지요."

흉터가 움직거리며 속이 활활 타오르기 시작한 호은이 입을 여는 찰나였다. 봉지미가 고개를 갸웃하며 남웅부 족장인 호특가에게 말했다.

"호특가 대인, 만약 청탁산맥(青卓山脈) 남쪽 땅을 떠나셔서 왕정 부근의 목초지로 오신다면, 제가 장담하건대 삼십 년 안에 남웅부의 남자들은 대부분 죽어 없어질 것입니다."

"뭐라고?"

호특가가 고개를 홱 돌렸다.

"저희는 병곡으로 향하던 중 귀 부의 영지를 지나왔습니다."

봉지미가 말했다.

"우리 일행은 귀 부족 남자들의 하체가 유난히 튼튼하게 발달한 것을 보았습니다. 정말 곰의 우직함을 닮았더군요. 하지만 하나같이 다리에 핏줄이 솟아 있었는데 무공 연마로 인한 것 같지는 않았습니다. 귀 부족의 초지 근처에 금청색 풀이 가득 자라 있죠? 바로 전설 속에 나오는 염칠성(焰七星)입니다. 그 풀의 향을 장기간 맡으면, 체력이 강해지고 특히 하체의 힘이 좋아집니다. 하지만 너무 오래 맡으면 독소가 하체에 쌓여 생명을 위협할 수도 있습니다."

호특가의 안색이 급격히 굳어졌다. 봉지미는 미소를 지으며 말을 이어나갔다.

"다행히 독이 있는 곳에는 해독제가 있는 법이죠. 초지 부근 숲에 자라는 관목이 바로 염칠성의 향을 중화하는 해독제 역할을 하고 있습니다. 귀 부족은 오랫동안 그곳에서 나무를 해다 장작을 뗐기 때문에 두 기운이 적당하게 중화되어 목숨에 지장이 없습니다. 또한 대대로 부족 남자들이 강건한 체력을 물려받아 용맹한 전사로 성장하게 되었습니다. 그러나 그 지역을 벗어나면 관목이 없기 때문에 오랫동안 축적된 염칠성의 독소가 정맥을 터지게 할 것입니다. 가벼우면 반신불수가 되고, 심하면 목숨을 잃겠죠. 족장 대인의 일족은 멸하게 될 것입니다."

호특가가 아연실색했다. 홍길륵이 낮은 소리로 말했다.

"어디서 협박이냐! 남웅부는 공로를 인정받아 제일 좋은 목초지를 받은 것이다. 내가 호특가 형제에게 보인 진심은 한 치의 거짓도 없다. 염칠성이니 염팔성이니 하는 것은 들어보지도 못했다!"

"그런가요?"

봉지미가 턱을 괴고 그를 바라보았다.

"들어본 적이 없군요? 정말 들어본 적이 없나요? 아까부터 장막 밖을 바라보시던데, 대체 누굴 그렇게 보시는 거죠?"

호특가는 무언가 퍼뜩 깨달은 듯 고개를 확 돌려 장막 밖을 살피며 말했다.

"며칠 전에 극렬이 와서 그 풀이 아름답다고 했어."

혁련쟁이 차갑게 웃었다. 말없이 홍길륵을 바라보는 호특가의 얼굴이 터질 듯 붉어졌다.

"이 일은 왕정에서도 알고 있었습니다."

혁련쟁이 불쑥 끼어들었다.

"왕정 의관이 한번은 남웅부에 갔다가 그 식물을 발견하고 부왕께 보고를 드렸습니다. 그래서 훗날 남웅부와 토환부가 초지 쟁탈전을 벌였을 때, 부왕께서는 왕군을 보내 이를 저지하고 남웅부가 점령한 초지를 반환하라 명하셨습니다. 그때부터 남웅부가 불만을 품게 된 것입니다. 부왕께서 은폐하신 연유는 이 사연이 알려지면 금웅부는 표적이 될 텐데, 그렇게 되면 더 이상 태평한 나날을 누릴 수 없을까 저어하셨기 때문입니다."

혁련쟁은 옅은 한숨을 뱉으며 말했다.

"부왕께서 호특가 형제는 후덕하고 사람됨이 진실하다 하셨고, 남웅부는 가장 용맹한 부족이라 이러한 복을 타고난 것이라 하셨습니다. 차라리 오해를 살지언정 형제 된 도리로써 남웅부가 다른 부족의 표적이 될 수 있는 빌미를 주길 원치 않는다고 하셨습니다."

호특가는 자괴감에 땅속으로 들어가고 싶은 심정이었다. 두툼한 손바닥으로 아무렇게나 눈물을 훔치고 목이 메어 말했다.

"내⋯⋯, 내가⋯⋯, 내가⋯⋯."

호특가는 벌떡 일어나 검을 뽑아 들었다. 혁련쟁은 움직이지 않고 조용히 호특가를 바라보았다.

척!

칼날에 반사된 빛이 장막 안에서 눈처럼 밝은 호선을 그렸고, 그 빛 사이로 핏방울이 튀겼다. 피범벅이 된 새끼손가락 하나가 바닥에 툭 떨어졌다. 호특가는 혁련쟁 앞에 꿇어 앉아 불구가 된 왼손을 들어 보이며 낮지만 웅장하고 결의에 찬 목소리로 말했다.

"창천이 있는 한 나 호특가는 심장과 연결된 이 손가락을 걸고 맹세합니다. 남웅부는 오늘부터 죽음을 불사하고 순의왕에게 충성을 바칠 것이며, 이 맹세를 어기는 자 전부 죽음으로 응징할 것입니다!"

"호특가 삼촌!"

줄곧 앉아 있던 혁련쟁은 그 맹세가 끝나자마자 쿵 하고 무릎을 꿇었다. 그리고 호특가의 어깨를 감싸며 목 놓아 통곡했다.

"구천에 계신 부왕께서 그 마음을 받으셨을 겁니다!"

둘은 부둥켜안고 눈물 콧물 범벅이 되었다. 호특가의 진심 어린 마음이 드러났다. 물론 혁련쟁 쪽은 즉흥 연기였지만. 혁련쟁은 호특가의 어깨에 얼굴을 묻고 눈물이 고인 눈으로 봉지미에게 찡긋해 보였다. 봉지미가 정색을 하고 혁련쟁을 바라보았지만 입꼬리에는 웃음기와 칭찬이 드러났다.

'이 녀석, 쓸 만하군. 임기응변에 이토록 능하다니.'

혁련쟁은 짧은 시간에 형세를 이용해 남웅부가 왕정에게 오랫동안 품고 있었던 한을 풀었다. 의관이 미리 알았다는 둥 부왕이 오해를 살지언정 남웅부를 지켜주려 했다는 둥 입만 열면 허풍을 떨면서 말이다. 얼마 전 남웅부 영지를 지날 때 종신이 '염칠성'을 발견하고 미간을 찌푸렸었다. 그때 혁련쟁은 싱글벙글 웃으며 풀이 아름답다며 먹을 수도 있느냐고 물었었다. 그러니 그때까지만 해도 그는 이 풀에 대해 아무것도 모르고 있었다.

남웅부는 엄숙한 피로 충성을 맹세했고, 철표부도 금붕을 적으로 돌렸다. 이는 강자와 강자의 환상적인 연합을 이끌어낸 것이었다. 혁련쟁과 봉지미는 기정사실화 된 국면을 순식간에 유리하게 만들었다. 이런 상황이라면 혁련쟁은 쫓겨나기는커녕 가장 용맹한 남웅부가 죽을 때까지 충성을 맹세한 사실만으로도 홍길륵과 붙어 볼 만한 뒷심을 얻은 것이었다.

눈물범벅이 된 충직한 사내를 달랜 뒤 혁련쟁은 일어서서 홍길륵과 결맹한 작은 부족들을 바라보았다. 모두가 그의 시선을 피했고, 눈치들이 바삐 허공을 날아다니는 것 같았다. 어떤 이는 쭈뼛거리다가 사람들 틈으로 숨었고 양탄자 사이로 자신을 감췄다.

"그런데 고이찰 삼촌, 왜 숨는 것입니까?"

혁련쟁이 피식 웃다가 소리 높여 외쳤다. 늙은 남자는 잔뜩 굳어서 돌아봤다.

"내 아버지는 형제를 끔찍이 아끼셨습니다. 누구보다 삼촌을 가장 믿으셨고 정을 주었죠."

혁련쟁은 한 걸음 한 걸음 그에게 다가갔다. 입꼬리에 사나운 미소가 번졌다.

"소위 '진심'이라는 것을 보여 주기 위해 내 아버지는 처음으로 족장 자리를 포기한 초원의 왕이 되었습니다. 형제에게 가장 비옥한 초지를 내줬으며, 가장 아름다운 여인과 가장 진귀한 보물을 주었습니다. 심지어 조정에서 내린 하사품도 형제들부터 골라 가져가게 했지요."

한 마리의 파리처럼 숨을 곳 없는 고이찰은 혁련쟁을 무섭게 노려보았다.

"그런데 형제의 보답이 이것입니까? 외적과 결탁해 왕을 죽이고, 왕을 죽인 흉악한 원수 앞에 비굴하게 무릎을 꿇고, 조카를 내쫓으려 하는 것입니까!"

호은이 경멸의 눈빛을 보냈고, 호특가는 고이찰의 발아래 가래침을 뱉었다. 장막 구석까지 몰린 고이찰은 물러설 곳이 없어지자 도리어 가슴을 활짝 펴고 외쳤다.

"날 죽이면 될 것 아니냐!"

"내가 왜 당신을 죽입니까?"

혁련쟁은 걸음을 멈추고 뒤돌아보며 손을 털었다.

"손을 더럽히고 싶지 않군요."

"형제들이여!"

혁련쟁은 고이찰에게 시선을 주지 않고 차갑게 말했다.

"순의왕으로서 명한다. 오늘부로 고이찰의 금사족 족장 지위를 박탈하고, 왕정과 인이길 씨족에서 제명한다. 이 집 잃은 개를 거둬주든지 말든지……. 누구든 좋을 대로 해라."

무거운 침묵이 휩쓸고 지나가자 고이찰의 고함 소리가 이어졌다.

"안 돼! 이럴 수 없다! 네가 이럴 수는 없어! 나는 인이길 씨의 족장이니라! 네가 뭔데 족장 지위를 박탈하느냐!"

"지금부터는 내가 족장이다!"

혁련쟁이 돌아보며 포효했다. 보랏빛 눈동자가 사뭇 진지하게 반짝였다.

"태생이 비겁한 늑대 새끼는 인의로 고쳐 쓸 수 없는 법. 지금 이 순간부터 인이길씨는 두 명의 주인이 필요하지 않다!"

고이찰은 소리치며 칼을 뽑아 들고 장막 밖으로 질주했다. 하지만 호특가가 한 걸음 먼저 그를 걷어차 장막 밖으로 나뒹굴게 했고, 바닥에 엎드린 그는 좀처럼 일어나지 못했다.

"자!"

혁련쟁은 더 이상 그 족장을 신경 쓰지 않고, 돌변한 눈빛으로 천천히 홍길륵을 바라보았다.

"이제 우리의 빚을 청산할 때가 왔군."

"죽이면 안 돼!"

어디선가 날카로운 외침이 들려왔다. 진분홍 그림자가 별안간 장막 뒤에서 튀어나와 양팔을 벌리고 혁련쟁을 막아섰다.

"찰답란! 당신의 장인이자 우리 아이의 할아버지라고요!"

이 마음 깊은 곳

"할아버지는 무슨!"

혁련쟁은 누군지 확인하기도 전에 따귀부터 올려붙였다.

"네 애면 네 아비는 외할아버지잖아!"

한바탕 퍼붓고 난 후 생각해 보니 무언가 잘못된 것 같았다. 혁련쟁은 옷자락을 홱 걷으며 뒤로 물러났다.

"할아버지고 외할아버지고 이게 다 무슨 소리야? 나탑, 내가 언제 너랑 잤냐? 당장 꺼져!"

진분홍 그림자가 양팔을 벌려 홍길륵 앞을 가로막고 서서 날카롭게 외쳤다.

"당신 애라고요!"

"어디서 잤더라?"

"감주요!"

"감주 어디?"

"만화루요!"

"언제?"

"팔 개월 전이요. 그날 비가 왔는데 덥다면서 들어오시자마자 저한테 옷부터 벗으라고 했잖아요."

"웃기지 마! 그건 무희한테 한 말인데……."

"내가 그 무희라고요! 변장해서 들어간 거였어요!"

"……"

봉지미는 곁눈질로 혁련쟁을 바라보았다. '감주'라는 대답이 나올 때부터 왕은 궁지에 몰리기 시작했고, 점점 기어들어 가는 목소리로 묻고 있었다. 봉지미가 이번에는 나탑을 바라보았다. 그녀는 제법 예쁜 얼굴이었다. 코에 주근깨가 조금 많았지만 오히려 귀염성이 돋보였다.

"찰답란, 나의 어머니는 한족 여인이고 당신 어머니도 한족 여인이에요."

혁련쟁을 꿀 먹은 벙어리로 만든 나탑은 산처럼 부푼 배를 어루만졌다. 그녀는 기세등등한 태도를 접고 애정 어린 말투로 말했다.

"그러니까 우리는 천생연분이에요."

"귀신이나 너랑 천생연분 하라지?"

혁련쟁의 패기와 교활함은 여인 앞에서 온데간데없어졌다. 그가 버럭 소리를 질렀다.

"이 몸이 한족 여인을 맞이하는 것을 두고 천생연분이라 하는 것이다. 누구 씨인지도 모르는 애를 감히 나한테 덤터기 씌우려고?"

"차라리 저를 죽여주세요. 우리 모자를 죽이셔도 되지만, 저를 모욕하실 수는 없습니다!"

나탑은 애정 어린 시선을 싹 거두고 분노했다.

"중원에 이런 말이 있어요. 선비를 죽일 수는 있어도 모욕할 수는 없다! 여러 대인들이 증인이십니다. 찰답란이 저를 사지로 몬 거에요!"

나탑은 힘껏 뛰어올라 조금의 망설임도 없이 힘을 주어 책상으로 이마를 내리꽂았다. 그녀 뒤에 있던 홍길륵이 놀라서 소리쳤다.

"내 딸!"

홍길륵이 나탑의 허리를 잡아 끌어내려 했지만, 바닥에 떨어진 고기 조각을 밟는 바람에 처참하게 미끄러지고 말았다. 그사이 나탑은 천둥 같은 기세로 책상 모서리를 향해 달려갔다.

우당탕!

그때 갑자기 책상이 저절로 한 척 가량 뒤로 물러났다. 시야에서 목표물이 사라져 버린 나탑은 달려오던 반동을 이기지 못하고 앞에 있는 사람의 품에 머리를 묻고 말았다. 그 사람이 손을 뻗어 나탑을 안으며 부드럽게 웃었다.

"흥분하지 마라. 복중 아이가 놀라면 어쩌려고."

나탑이 고개를 번쩍 들자 봉지미의 몽환적이고 깊은 눈동자와 마주쳤다. 나탑은 순간 거북함을 느껴 입술을 비죽거리며 품에서 빠져나왔다. 그녀는 목숨을 구해 준 은혜에 감사하기는커녕 차갑게 말했다.

"저리 비켜요! 어머니가 그러시는데 중원 여인들은 총애를 다투다가 사람도 죽인대요!"

"너랑 총애를 다툴 필요가 없는 분이다!"

혁련쟁이 콧방귀를 뀌며 말했다.

"너는 나의 왕정에 들어가 왕비와 총애를 다툴 수 있는 자격이 없단 말이다!"

"찰답란, 제가 죽음으로 증명해 보이려고 했는데도 저를 취하지 않으실 건가요?"

나탑이 사람들을 향해 다시 날카롭게 소리쳤다.

"대인들! 초원 여자들은 아무것도 아닙니다. 하지만 우리의 아이는 뼈요, 피요, 보배니 그 누구도 짓밟을 수 없어요. 찰답란은 왕이 되었으니 초원의 규칙을 짓밟아도 되는 건가요?"

사람들은 나탑의 말에 동의하는 표정이었다. 사내가 천수를 누리기 어려운 초원 부족들에게 자손은 상당히 중요했다. 따라서 처를 내칠지 언정 자식을 버리는 일은 있을 수 없었다.

"전하."

호특가가 미간에 주름을 잡고 말했다.

"나탑이 전하의 아이를 가졌으니 인이길씨의 혈통을 계승한 공을 봐서 홍길륵을 선처해 주십시오. 그 옛날 선왕께서 홍길륵의 친척을 죽였으니 그도 복수한 셈입니다. 우리 초원 사내들은 전쟁이 삶입니다. 다른 이를 베어 죽이거나 다른 사람에게 베어져 죽는 일이 다반사라 일일이 따지지도 않습니다. 모든 사람이 작정하고 복수를 했다면, 진작에 씨가 말랐을 것입니다."

"맞아요."

야엽도 말했다.

"전하, 제가 형으로서 충고 한 말씀 드리겠습니다. 나탑이 전하의 아이를 가졌습니다. 훗날 전하의 아들이 외할아버지 복수를 하길 바라세요? 걱정마십시오. 오늘 한 결의는 우리 모두의 뜻입니다. 홍길륵이 감히 따르지 않는다면, 전하께서 직접 나설 것 없이 저희가 처단할 것입니다!"

"홍길륵이 지은 죄는 영지와 금전으로 보상하게 하는 편이 좋겠소."

호은이 말했다.

"해마다 양 일만 마리와 금전을 왕정에 봉납하고, 청탁 산맥 동쪽의 초지에서 추방하여 창수 북쪽으로 이주하게 합시다."

창수 북쪽은 멸족한 비휴부 관할 영지로 가장 척박한 땅이었다. 족장들은 모두 고개를 끄덕이며 이 방안을 가장 마음에 들어 했다. 세력도 보존하고 이익도 얻을 수 있는데, 굳이 금봉부와 죽자고 맞서 피해를 입을 필요는 없었다. 그래서 저마다 한마디씩 거들기 시작했다.

혁련쟁은 그 자리에 차가운 얼굴로 서서 뒷짐을 지고 침묵했다. 타고 난 왕의 위엄이 다시 드러났고, 소란스럽던 족장들은 자연스럽게 말을 멈추고 서로를 멀뚱히 바라보았다. 적극적으로 발언 했던 큰 부족의 족장들은 더욱이 안색이 좋지 않았다.

봉지미는 그 광경을 보고 속으로 한숨을 쉬었다. 지금 형세로 보아 홍길륵을 죽이기는 틀린 것 같았다. 아무리 혁련쟁이 금맹에서 전세를 뒤집었다지만, 왕정 쪽 상황은 아직 안정되지 않은 데다 이제 막 족장들의 지지를 받기 시작한 터였다. 지금 족장들의 뜻을 받아들이지 않고 굳이 홍길륵을 죽인다면 상황이 어떻게 변할지 점칠 수 없었다. 또한 혁련쟁이 지금 당장 금붕부와 전투태세를 취하고 필사적으로 맞설 상황도 아니었다. 다만 그가 왕군에게 비분강개하여 큰소리를 쳤었기 때문에 복수는 반드시 해야 했다. 그런데 홍길륵을 죽이기는커녕 그의 여식을 거둔다면 도무지 면이 서지 않을 것이었다. 봉지미는 아무래도 자신이 나서야 할 때가 온 듯했다.

봉지미가 시선을 보내자 혁련쟁이 살며시 다가왔다. 그의 눈빛이 아무래도 수상쩍었다. 봉지미는 한숨을 내쉬며 초원의 왕비 노릇이 여간 힘든 게 아니라고 생각했다. 그녀의 마음에도 몇 가지 의혹이 없지 않았으나, 우선 홍길륵 부녀의 목숨을 보전한 후 생각해도 늦지 않을 것이었다.

"여러 대인들 말씀이 맞습니다."

봉지미가 미소 지으며 입을 열었다.

"안심하십시오. 전하께서 망설이시는 것은 왕비가 될 저를 존중하기 때문입니다. 금붕부가 어떻게 보상을 요구할지는 제 소관이 아니지만, 나탑 아가씨의 거처는 제가 나서서 정할 수 있습니다."

족장들의 눈이 반짝 빛났다. 외모가 조금 부족하긴 했지만, 참으로 용감하고 지혜로우면서도 융통성 있는 여인이었다. 실제로 왕이 여인을 들일지 말지는 왕비가 결정할 수 있는 문제였다.

"지미!"

혁련쟁이 냉큼 말을 가로챘다.

"내 어찌 그대에게 굴욕을 준단 말이오?"

'연기를 제법 잘 하는군!'

봉지미는 눈을 부릅뜨고 혁련쟁을 보면서도 다정한 미소를 유지하며 말했다.

"초원에 시집왔으니 초원의 법도를 따라야지요. 굴욕이라니요. 전혀 그렇지 않습니다."

"맞습니다. 굴욕은 아닙니다."

누군가는 정말 그렇지 않다고 생각했다.

"우리 중 첩 서넛 거느리지 않은 장막이 어딨소? 전하, 정말로 왕비 한 분으로 족하십니까? 전하께서 이리도 혈기 왕성하신데 왕비께서 혼자 버틸 수 있을까요?"

"본왕에게 아버지를 죽인 원수의 딸을 거두란 말이냐?"

혁련쟁은 분노한 듯 눈을 부릅떴다.

"아비의 죄는 자녀와 관련이 없고, 왕손과는 더욱 관련이 없습니다."

봉지미는 성심성의껏 '중원에서 온 사리 밝은 왕비' 역할을 해내고 있었다.

"전하, 전하께도 손해입니다."

"본왕은 원수의 머리를 잘라 오겠다고 왕군에 맹세했단 말이다!"

혁련쟁 역시 '결코 물러서지 않는 왕'의 모습을 보였다.

"금붕부로부터 보상을 받아 병사들을 위로하시면 됩니다."

'봉 왕비'는 완곡하게 권했다.

"왕의 자손과 연관된 일이니 인이길의 용사들도 분명 이해해 줄 겁니다."

"맞네. 맞아! 역시 왕비께서 대세를 통찰하고 계십니다. 전하, 한 걸음 양보하심이 좋겠습니다. 백성이 평화롭고 자손이 번성하면 초원이 부흥하는 것은 당연한 이치지요."

족장들은 모두 왕비를 칭송하며 고개를 끄덕였다.

"전하."

봉지미가 마음을 담아 혁련쟁의 손을 잡았다.

"금붕의 죄는 나중에 추궁하셔도 늦지 않습니다. 전하의 후손과 관계된 일이니 제가 직접 맡도록 허락해 주십시오."

혁련쟁이 뽀얗고 부드러운 봉지미의 손을 바라보았다. 봉지미가 먼저 혁련쟁의 손을 잡은 것은 처음이라 그런 것일까? 아니면 모두가 보는 앞에서 반드시 연기를 해야 했기 때문일까? 연기인 줄 알면서도 혁련쟁은 감정이 뜨겁게 북받쳐 올랐고, 하마터면 그녀의 손을 덥석 쥘 뻔했다. 천재일우의 기회를 잡아 그녀의 심장과 가까운 곳으로 다가가 그동안 담아 두었던 말들을 다 들려주고 싶었다.

혁련쟁이 손을 움켜쥐자 봉지미는 살며시 웃으며 잡은 손을 거뒀다. 혁련쟁은 멀어져 가는 그 두 손을 바라보았다. 다시 잡아보려 했지만 곧 아쉬워하며 손을 놓았다. 그는 손가락으로 자신의 손바닥을 어루만져 보았다. 순간 정신이 아득해지며 몽롱해지는 것 같았다. 부드럽고 따뜻했던 찰나의 감촉을 천천히 되새겨 보았다. 겉으로는 다정해 보여도 사실은 냉정한 봉지미가 먼저 다가왔던 순간을 간직했다. 그사이 봉지미는 벌써 저만치 가서 나탑을 잡으며 말했다.

"왕정에 온 것을 환영하네!"

봉지미를 바라보는 나탑의 눈에 기쁨은커녕 기이한 기운이 감돌았다. 홍길륵이 한쪽에 굳은 얼굴로 눈을 번뜩이며 서 있었다. 혁련쟁은 그 부녀의 표정을 알아차리지 못하고, 겸연쩍은 듯 양 손을 비비적거리며 봉지미에게 눈빛을 보냈다.

'이모님, 고맙습니다. 덕분에 이 관문을 넘을 수 있게 되었어요. 앞으로 이모님이 원하시는 건 제가 바닥을 기는 일이 있더라도 구해다 드리겠습니다!'

혁련쟁은 마치 이렇게 말하는 얼굴이었다. 봉지미도 곁눈질로 혁련쟁을 바라보았다.

'조카님, 사실 별일도 아니지. 어차피 내가 엄마 노릇하며 뒷수습 한 게 처음도 아니잖니.'

봉지미는 이렇게 대답하는 얼굴이었다.

족장들은 혁련쟁과 봉지미가 날카로운 눈빛을 주고받는 것을 눈치채지 못하고 안도의 한숨을 쉬며 기뻐했다. 금붕은 재력이 탄탄하니 이번에 초원에서 퇴출당한 후 배상까지 바친다면, 오늘 이 자리에 있는 각 부족들도 분명 얻는 것이 있을 것이었다. 이는 홍길륵을 죽여 초원에 한바탕 전쟁이 일어나는 것보다 그들에게 훨씬 좋은 방법이었다.

왕이 한발 물러난 것은 모두 왕비의 공이었다. 호특가가 가장 먼저 웃으며 말했다.

"전하, 경하드리옵니다. 참으로 영특하고 지혜로우신 왕비를 얻었으니, 이는 우리 초원의 홍복입니다!"

"그렇다."

혁련쟁은 감탄하며 대답했다.

"나 역시 이 복이 영원히 이어지길 바라고 있다!"

봉지미가 미소 지으며 화제를 돌렸다.

"전하, 금맹 일은 마무리 지으시고 이제 다음 일들을 논의하시지요."

"좋소."

혁련쟁이 웃으며 말했다.

"홍길륵 대인과 녹찬 대인은 병곡에 남으시오. 귀 부족의 이주를 별도로 명하겠소. 다른 대인들은 이 사람과 함께 왕정으로 가서 제 즉위식에 참석하시지요. 거기서 금붕부 이주 후 목초지 배상과 분배 건도 상의할 것입니다."

족장들의 얼굴에 화색이 돌았다. 혁련쟁의 말은 금붕부가 토해낼 재물들 중 그들의 몫이 있다는 뜻이기 때문이었다. 홍길륵과 녹찬의 안색은 흙빛이 되었지만, 아무 말도 하지 못했다. 지금의 세력으로 이 많은 이들을 상대할 수는 없었다. 오늘 찰답란에게 보기 좋게 패했고, 족장들 또한 이익 앞에서 모두 항복했다. 싸우고 싶어도 당장은 때가 아니었다. 둘은 음험한 시선으로 서로를 바라보았다.

"어떻게 이주하란 말이냐?"

녹찬이 냉소하며 말했다.

"네놈이 산을 폭파시켜 골짜기에 갇혔는데?"

군중은 멈칫했다. 그제서야 혁련쟁이 산을 요란하게 폭파시키며 등장했던 장면이 떠올라 안색이 변했다.

"크하하하."

최고의 감초 유모단 대비가 이번에도 시기적절하게 나타나 웃었다.

"창랑부는 역시 반푼이뿐이야. 눈이 달렸는데도 똑바로 보지 못하느냐? 폭파는 무슨 폭파란 말이냐?"

긴장 상태로 대치하느라 산 입구를 눈여겨보지 않았던 사람들이 그제서야 유모단이 가리킨 곳을 보았다. 협소한 출구 쪽에 큼지막한 바위가 쌓여 있긴 했지만, 상상한 것처럼 꽉 막혀 있지는 않았고, 충분히 넘어갈 수 있는 수준이었다. 게다가 철저히 폭파되어 없어진 줄 알았던 산등성이도 그리 처참한 모양새는 아니었다.

"폭파는 무슨 폭파야……. 깔깔."

유모단이 웃자 얼굴에 두껍게 바른 분이 조각나며 우수수 떨어졌다.

"자네들 놀린 거지."

천지가 개벽할 것 같았던 굉음의 정체는 강변에 미리 설치해 둔 공갈 대포였다. 바위 몇 개를 부쉈을 뿐이었지만 일부러 굉음을 내며 요란을 떨었고, 혁련쟁의 호위군과 순우맹의 수하들이 자욱한 연기 속에서 산 아래로 돌을 던진 것이었다. 유모단이 장막을 휙 걷어 올리는 순간에 맞춰 더욱 맹렬히 돌을 던졌기 때문에 한층 더 무시무시해 보였다. 하지만 사실은 속임수였다. 족장들은 울 수도 없고 웃을 수도 없었지만, 어쨌든 안도의 한숨을 내쉬었다. 호은이 옅은 미소를 띠며 말했다.

"전하의 용맹함과 지략에 이 호은 감복하였습니다!"

호은이 처음으로 '전하'라고 칭했다. 오만하던 철표부가 마침내 정식으로 입장을 표명한 것이었다. 혁련쟁이 호은을 보고 웃으며 고개를 끄덕였다.

아홉 부족의 족장은 각자의 호위군을 장막에 남겨 홍길륵과 녹찬을 감시하게 했다. 그리고 혁련쟁과 함께 장막 밖으로 나섰다. 혁련쟁이 두리번거리며 극렬을 찾자 모란꽃이 총총 다가와 말했다.

"찾지 마. 벌써 도망갔다."

혁련쟁이 미간을 찌푸리자 모란꽃이 그의 손을 꼬집으며 말했다.

"여기서 소란 피우지 말거라. 극렬이 그동안 겉치레를 잘해서 족장들이 녀석을 꽤 좋아해. 그놈이 첩자라는 것도 단지 내 의심일 뿐이고. 그날 창수 강변에서는 내가 살아 돌아갈 수 없을 것 같아서 너에게 그런 방식으로 알린 거다. 지금은 그걸 따질 때가 아냐. 왕정으로 돌아가서 천천히 녀석을 손보자꾸나!"

곁에서 듣던 봉지미는 그제야 모란꽃이 초입부터 극렬을 밖으로 끌고 나간 이유를 알게 되었다. 그녀는 혁련쟁이 감정에 휩싸여 계획을 그르칠까 걱정했던 것이다.

"아버지……."

나탑은 잔뜩 부푼 배를 부여잡고 홍길륵과 작별 인사를 했다. 눈물은 흘리지 않았다. 다만 부친의 손을 한 번 꼭 잡고는 의연하게 돌아서서 떠났다. 한 손으로 나탑을 부축한 봉지미의 입가에 옅은 미소가 번졌다.

장막을 나선 일행은 산어귀로 향했다. 위험천만하게 쌓여 있는 바위들을 보고 미간을 찌푸렸지만, 고남의가 아기를 안은 채로 훌쩍 넘어가 건너오는 사람들을 잡아끌어 줬다. 족장들은 휘리릭하는 바람 소리를 한 차례 들었을 뿐이었는데, 눈 깜짝할 사이에 고남의가 산을 뛰어넘어 있었다.

"이 친구 무공이 대단하군!"

토환부 족장 야엽이 찬탄을 금치 못했다.

"혹시 시간 날 때 우리 부족 사내아이들에게 무공을 가르쳐 줄 수 있겠나?"

사람들이 활활 타오르는 시선으로 고남의를 바라보았다. 무공을 사랑하는 초원의 사내가 고수를 만났을 때 가슴 설레는 것은 당연했다. 옆에서 지켜보던 봉지미는 고남의가 들은 척도 안 할 것이라 예상하며 어떻게 분위기를 부드럽게 만들지 고민했다. 그런데 뜻밖에도 고남의가 품 안의 고지효를 바라보며 생각에 잠기더니 되물었다.

"젖이 있소?"

"……."

야엽은 비틀거리다가 하마터면 암석 더미로 곤두박질칠 뻔했다.

봉지미도 놀라 자빠질 판이었지만 이내 고남의의 진지한 마음을 알 수 있었다. 그는 농담하는 것이 아니었다. 아니, 농담을 할 줄도 모르는 사람이었다. 고남의는 분명 모란꽃이 두려운 것이었다. 지금 젖이 나오는 사람은 모란꽃뿐인데, 그녀는 호기심이 너무 왕성한 나머지 고남의에게 넘쳐나는 흥미를 보였다. 매일 고남의를 어떻게 놀려 줄지, 면사포를 어떻게 걷어낼지 궁리하며 젖으로 그를 협박한지 오래였다. 귀찮음을 넘어 평생 처음으로 사람에게 두려움이 생긴 고남의는 하루 빨리 다른 유모를 찾아 모란꽃의 마수로부터 벗어나고 싶었다. 모란꽃의 괴롭힘에서 벗어날 수만 있다면, 기꺼이 무공을 가르칠 마음이 있었다.

"유모가 필요하다는 뜻입니다."

봉지미가 얼른 족장들에게 설명하며 고남의 품에 안긴 고지효를 가리켰다. 족장들은 그제야 고남의의 말을 이해했다. 고남의의 '육아 도령' 모습에 영 적응을 하지 못한 그들은 다시는 흥미를 보이지 않았고, 무사히 산을 내려왔다.

골짜기 밖은 각 부족의 호위군 삼만 명과 왕군 일만이 대치 중이었다. 산어귀가 붕괴되면서 많은 이들이 놀랐지만 신성한 금맹에 발을 들이려면 대인의 윤허가 필요했기 때문에 누구도 함부로 들어가지 못했다. 그런데 족장들이 나오는 모습을 보고 그제야 모두 안도의 한숨을 내쉬었다.

왕군은 혁련쟁이 무사히 나왔을 뿐 아니라 남웅, 철표의 족장과 손을 잡은 모습을 보고 금맹의 위기를 넘겼음을 직감했다. 왕군은 기세 좋게 말에서 내려 일제히 검을 뽑아들었다. 칼날의 빛이 햇빛에 부딪혀 사방으로 튕겨나갈 때 소리 높여 외쳤다.

"전하!"

우렁찬 소리에 자갈들이 산 아래로 우수수 굴러 떨어졌다. 족장들은 어리둥절해하며 서로를 바라보았다. 젊은 왕은 사나운 맹수처럼 길들이기 어려운 왕군을 벌써 포섭한 것이었다.

"나의 용사들이여!"

혁련쟁이 바위에 올라 팔을 휘두르며 외쳤다.

"폭풍과 눈보라도 창공을 향해 비상하는 독수리를 막지 못한다. 홍길륵의 음모는 허공의 먼지처럼 사라졌다! 너희들의 왕은 여전히 너희들의 왕이다! 오늘 금붕은 그 갈퀴를 접고 청탁 산맥 동쪽의 비옥한 초지에서 쫓겨날 것이며, 금사의 영광은 영원히 빛날 것이다!"

"금사의 영광이 빛나리라!"

왕군은 '초지에서 쫓겨난다'는 대목에서 눈을 반짝였다. 끓어오르는 피를 주체하지 못하고 철검으로 땅을 맹렬히 타격했다. 지면이 쿵쿵 울렸다.

"금붕부의 토지와 소, 양을 접경지대에서 팔면 은화를 벌 수 있다!"

혁련쟁이 팔을 들어 허공을 쥐었다 폈다. 거리낌 없고 선동적인 동작이었다.

"모두 함께 나눈다!"

환호성이 더욱 커지면서 귓가에 쟁쟁 울렸다. 봉지미는 고막이 아플 지경이었다.

"홍길특을 며칠 더 살게 하자. 그래서 이주와 배상 문제를 철저하게 처리하게 할 것이다."

혁련쟁이 이를 갈 듯 말했다.

"전장에서 죽은 병사의 과부와 식솔들은 더 많이 나눠 주겠다!"

"전하 만세!"

"내가 홍길특의 어미와 자겠다고 말했지 않느냐!"

혁련쟁이 고개를 들었다. 작열하는 햇빛이 뚜렷한 턱선을 부드럽게 쓰다듬었다. 빛나는 태양 아래서 그의 신체는 한층 더 호리호리하고 단단해 보였고, 하늘의 신 같은 용맹함과 기개가 느껴졌다.

"홍길특의 어미는 너무 늙었다! 이 몸은 그 딸과 자겠다!"

"딸과 자라!"

높이 솟은 석산을 무너뜨릴 기세로 환호성이 울려 퍼졌다. 족장들은 서로를 바라보며 미소 지었고 존경을 표했다. 오직 나탑의 얼굴만이 창백하게 변했다. 봉지미는 혁련쟁의 말을 듣다가 비틀거렸고 고남의를 붙들었다. 혁련쟁 이 녀석이 대단하다고 인정하지 않을 수 없었다. 실질적 이익을 미끼로 던져 왕군의 주목을 끌었고, 그 다음에는 홍길특을 죽이지 않는 이유가 배상을 받기 위해서라고 강조했다. 혁련쟁은 가장 설득력 있는 관점으로 왕군을 설득했고, 마지막에는 '딸과 잔다'는 말로 깔끔히 정리했다. 처음부터 끝까지 위용을 잃지 않았고, 왕군의 피끓는 열정도 식게 하지 않았다. 분명 그는 왕군에게 한 맹세를 저버렸고, 원수를 죽이지 못했을 뿐만 아니라 그 여식까지 거뒀다. 하지만 결국 그는 금봉부를 수복하고 배상도 얻어냈으며, 원수의 딸을 희롱하는 그림까지 그려낸 것이었다.

봉지미는 뿌듯한 눈빛으로 혁련쟁을 바라보았다. 뜻밖에도 혁련쟁은 바위에서 폴짝 뛰어내려 그녀 옆으로 성큼성큼 다가와 귓가에 대고 말했다.

"사실…… 절대로 자지 않을 거요."

봉지미는 확 돌아섰다. 고백의 말이 목구멍에 걸려 나오지 않는 초원의 새 왕을 남겨둔 채였다. 그때 모란꽃 대비가 깔깔거리며 웃는 소리가 들려왔다.

"야엽! 이리 오렴~. 어디 네 물건이 강소(江蘇) 마늘에서 산동(山東) 마늘로 자랐는지 보자꾸나!"

"……."

날랜 말이 삼일을 내달려 왕정에 당도했다. 혁련쟁은 맨 처음 제경에서 돌아왔을 때처럼 삼백 명 남짓의 호위 무사뿐만 아니라 만 명의 군사와 여덟 개 부족의 족장에게 빼곡이 둘러싸여 왕정으로 돌아왔다. 혁련쟁이 전리품을 나눈다는 명목으로 족장들을 왕정으로 초대한 효과가 나타난 것이었다. 왕군이 선발대를 파견해 왕정에 통지한 이후 청조, 백록, 화호의 족장은 즉시 삼천 호위대를 보내 십 리 밖으로 마중을 나왔다. 그 덕에 길목에는 깃발이 한가득 펄럭였고, 기병대가 파도처럼 밀려오는 모습을 볼 수 있었다. 족히 십만은 되는 군사였다. 혹여 다른 꿍꿍이를 품은 자가 있다면, 감히 시도조차 하지 못하도록 제압하기에 충분했다.

장희 17년 2월 16일, 순의왕과 왕비는 왕정에 도착했다. 선왕의 급사로 인심이 흉흉하던 인이길 부족은 새 왕을 맞이하게 되었을 뿐만 아니라 금봉부의 이주 소식도 들을 수 있었다. 초원에는 기쁨의 춤과 노래, 웃음이 끊이지 않았다. 혁련쟁 곁에서 말을 타고 이동하던 봉지미는 화려한 색의 치마를 입고 춤을 추는 여인들을 구경했다. 끝없이 몰려든 여자들이 허리춤의 향주머니를 끊어 혁련쟁의 품에 던졌다. 호위군은 그 인파를 간신히 막아내고 있었다.

"우리 전하는 인기도 좋으시네요."

"인기는 나도 많지."

모란꽃이 질 수 없다는 듯 군중을 향해 손을 흔들며 소리쳤다.

"인이길의 미남들이여! 너희들의 대비가 드디어 자유의 몸이 되었다! 마음껏 구애해라!"

사방팔방에서 쉰내 나는 신발, 더러운 양말이 날아왔다. 일부는 미남들이, 일부는 그 미남들의 부인들이 던진 것이었다. 봉지미는 동정의 눈으로 모란꽃 대비를 바라보았다. 정말이지 마음껏 풍류를 즐기는 분이었다. 모란꽃 대비는 얼굴도 붉히지 않고 말했다.

"사내란 원래 얼굴이 두껍지 못한 법이지. 하지만 속으로는 원하는 마음 내가 다 알지. 암."

'여부가 있겠습니까. 마마에 비하자면 세상 사람들 모두 얼굴 가죽이 얇지요.'

봉지미가 옅게 웃으며 속으로 생각했다.

육아 도련님도 향주머니를 제법 많이 받았다. 하얀 면사포를 쓴 채 옷자락을 나풀거리는 한족 남자는 거친 초원 사내보다 섬세하고 아름다웠다. 게다가 옥을 깎아 놓은 듯 우아한 그의 풍모가 사람들을 끌어들였다. 고남의는 향기로운 물건들을 바라보다가 고지효에게 준 것이라고 판단했고, 주머니들을 모두 아이의 강보에 매달아 주었다. 아기는 향기에 코가 간지러워 연신 재채기를 했다. 그 모습을 본 화경이 얼른 달려와 주머니를 모두 풀어 주었다. 덕분에 화경은 초원 미녀들의 눈총을 받았다.

기분 좋은 혁련쟁이 봉지미에게 허리를 숙여 뭐라고 말하려는 순간이었다. 귓가에 부드러운 웃음이 섞인 목소리가 들려왔다.

"아찰!"

보랏빛 돌개바람이 일며 이쪽으로 질주해 오고 있었다. 그 보랏빛 움직임은 종달새처럼 가볍고, 사슴처럼 민첩했다. 달리던 말이 허공에 앞발을 들며 멈추었고, 보랏빛 여인은 혁련쟁의 말로 날렵하게 옮겨 탔다. 화려한 꽃이 피어오르듯 치맛자락이 펼쳐졌고, 눈 깜짝할 사이에 혁련쟁의 뒤에 앉은 그녀는 자연스럽게 그의 허리를 끌어안았다. 혁련쟁의 등에 딱 달라붙은 그녀가 교태를 부리며 웃었다.

"이제야 왔구나!"

군중은 별안간 난입해 왕의 말에 오른 여자에게 적의를 보이기는커녕 웃으며 그녀를 바라보았다. 주변의 백성들도 그녀의 민첩한 동작에 찬사를 보냈고, 그녀를 바라보는 여자들의 눈빛도 시샘은커녕 탄복이 가득했다. 혁련쟁은 깜짝 놀랐지만 기뻐하며 말했다.

"매타 이모! 왕정에 계셨군요!"

"이모가 뭐니? 듣기 싫게!"

매타가 웃으며 혁련쟁의 볼을 잡고 요리조리 뜯어봤다.

"어디 보자, 우리 아찰. 야위었구나!"

"아찰이 뭐예요. 듣기 싫게!"

혁련쟁이 큰 소리로 웃었다.

"야윈 게 아니라 정신이 맑아진 거지요."

"그래. 이래야 내 아찰이지."

매타가 눈썹을 추어올리자 얼굴에서 재기 발랄한 기상이 뿜어져 나오는 듯했다.

"네가 세 살 때부터 이렇게 불렀는데, 이제 와서 바꾸라고?"

"알았어요. 좋을 대로 하세요."

혁련쟁은 이 여자를 만나자 기분이 좋은지 줄곧 말투에 생기가 넘쳤다. 즐겁게 이야기를 나누는 모습에서 둘이 보통 친한 사이가 아니라는 것을 알 수 있었다. 봉지미는 잠시 소외되었지만 별 느낌은 없었다. 그저 둘을 흥미롭게 바라보며, 혁련쟁이 이모라고 부르는 이 여인이 자신을 은근히 신경 쓰고 있음을 느꼈다. 그녀는 나타나자마자 봉지미를 뚫어져라 바라보다가 보란 듯이 혁련쟁을 불렀기 때문이었다. 하지만 혁련쟁이 봉지미를 잊을 리 없었다. 그는 매타의 소매를 잡아끌어 의기양양하게 봉지미 쪽을 보며 말했다.

"매타, 나의 왕비예요. 중원의 성영 군주. 인사 나눠요."

매타가 이쪽을 바라보았다. 수려하고도 기개가 느껴지는 얼굴이었다. 강인해 보이는 미간이 화경과 닮았지만, 자세히 보면 달랐다. 화경의 외모가 바다를 닮은 쾌활함과 기개를 품었다면, 이 여인은 우뚝 선 절벽처럼 선이 날카로웠다. 보자마자 눈빛으로 사람을 제압하는 상이었다. 매타는 활활 타오르는 시선을 봉지미에게 고정했다. 눈동자에 비치는 적의를 조금도 숨기려 하지 않았고, 찬찬히 봉지미를 뜯어봤다. 침묵과 응시가 지나치게 길어지자 혁련쟁은 어색함을 느끼고 무언가 말하려고 했다. 그러자 매타는 이내 시선을 거두고 혁련쟁의 등 뒤에 앉아 오만한 미소를 띠며 말했다.

"왕비셨군요? 실례가 많네요."

자기가 실례를 범했다는 것인지, 봉지미가 실례를 했다는 것인지 알쏭달쏭했다.

"음."

봉지미가 옅은 미소를 지으며 고개를 끄덕였다.

"실례가 맞습니다. 응당 말에서 내려 저에게 예를 갖춰주셔야 맞지만, 전하의 이모님이시니 넘어가겠습니다. 본 왕비는 웃어른을 공경하니까요."

"뭐, 뭐야?"

매타는 분해서 얼굴이 창백해졌다. 혁련쟁은 아무래도 뭔가 잘못되어 가고 있음을 느꼈다. 그는 껄껄 웃으며 매타의 허리를 잡고 다짜고짜 말 아래로 밀치며 큰 소리로 말했다.

"매타 이모님, 그럼 다음에 얘기하죠. 우리는 먼저 갑니다."

혁련쟁은 두말 않고 채찍을 휘둘렀다. 씩씩거리며 초원에 서서 말 뒤꽁무니를 바라보는 매타를 향해 봉지미는 오묘한 미소를 지어 보였다.

"전하는 참으로 여색에 관심이 없으시군요?"

"그런 게 아냐. 내가 저 여인을 구해 준 거지."

혁련쟁이 코웃음을 쳤다.

"왕비와 붙는 건 자살 행위잖소."

"이모님이라면……."

봉지미는 거리낌 없이 물었다.

"친이모는 아니죠?"

"물론 아니지."

혁련쟁이 웃었다.

"내가 두 살 때 대월이 침략해서 부왕이 왕군을 이끌고 출정하셨지. 그때 모란꽃은 산달이 임박했었고, 매타는 모란꽃의 몸종이었어. 그때 당숙이 음모를 써서 나를 포로로 중원에 팔려고 했는데 우연히 그 계획을 알게 된 매타가 죽음을 무릅쓰고 나를 구했어. 나를 풀숲에 숨겨 두고 겨울에 꽁꽁 언 호수로 뛰어들었거든. 그걸 본 당숙은 우리가 죽은 줄만 알았지. 그날 호수가 너무 차가워서 매타는 병을 얻게 되었어.

모란꽃이 감사의 뜻으로 매타를 동생으로 삼은 거야. 나한테 항상 잘 대해 줘."

'훌륭하군. 몸종이 자기를 왕비처럼 드높일 수 있다니.'

혁련쟁의 말을 들은 봉지미가 속으로 생각했다.

"모란꽃."

봉지미는 말고삐를 늦추고 시어머니에게 물었다.

"저 서운해요! 아세요?"

"저 사람이 서운하겠지."

코앞에서 그들을 지켜본 유모단은 사정을 잘 알고 있었다. 봉지미는 대답 대신 살며시 웃었다. 모란꽃은 봉지미의 귀에 대고 속삭였다.

"헛똑똑이 같으니라고. 내가 일부러 동생으로 삼은 거다. 저 애가 원하는 게 아닌 줄도 알았어. 하지만 저 애의 뜻대로 할 수 없었다. 매타는 호수에서 병을 얻어 다시는 아이를 낳을 수 없어!"

봉지미는 잠시 침묵하며 그 말괄량이 같은 여인을 생각했다. 어쩐지 불안한 생각이 들었다.

"올해 나이가 몇인가요?"

"똥강아지보다 여섯 살 많지."

"중원에 부유하고 자손도 많지만 상처하여 새장가 들어야 하는 사람이 있어요."

봉지미는 지푸라기를 가지고 놀며 태연하게 말했다.

"모란꽃, 한번 생각해 보세요."

"여인이 오래 처녀로 있으면 미움만 쌓이는 거 안다. 나도 몇 년 동안 시집보낼 자리를 얼마나 알아봤는지 몰라."

대비가 미간을 찌푸리며 말했다.

"하지만 너도 봤겠지만 매타의 좀 콧대가 높아야지. 오랫동안 왕정은 저 아이를 공주 대하듯 해왔는데, 어지간한 남자가 성에 차겠느냐?"

"공주라니요?"

봉지미가 의미심장하게 말했다.

"나이가 차도록 시집가지 않았다면 매타가 뭘 기다리고 있는지 대비께서도 잘 아실 겁니다. 이룰 수 없는 일이라면 희망을 주지 마세요. 그러지 않으면 큰 화가 되어서 돌아올지도 모릅니다. 여인의 청춘은 길지 않아요."

대비는 이를 악물고 얼마간 말이 없다가 잠시 후 결심한 듯 말했다.

"좋다! 보내자!"

"뭘 보내요?"

앞서 가던 혁련쟁이 무슨 소린지 모르고 물었다. 대비는 혁련쟁의 말 엉덩이에 채찍을 휘둘러 멀리 보내며 외쳤다.

"달리라고 말했다!"

멀리 호탁 왕정이 보이자 봉지미는 적잖이 놀랐다. 초원의 왕정은 화려하고 거대한 장막 무리일 줄 알았는데, 멀리 지평선에 거대하고 하얀 건축물이 보였기 때문이었다. 푸른 언덕에 네모반듯한 하얀 돌로 쌓아 올린 궁전이 위엄 있는 모습으로 우뚝 서 있었다. 수십 리 밖으로 뻗어 있는 궁전 깊은 곳에는 뾰족한 탑이 푸른 하늘을 찌를 듯 솟아 있었는데, 그 모습이 하늘을 찌르는 백색 옥검 같았다.

"참으로 근사한 건축물 아니냐"

모란꽃은 평소답지 않게 깊은 감상에 젖어 있었다.

"고궁, 백궁, 버킹엄 궁전, 루브르, 포탈라 궁전*중국 티베트 자치구의 주도 라싸에 있는 달라이 라마의 궁전의 장점을 집대성한 궁전이지. 정교하고, 웅장하고, 화려해. 동서고금 인간의 예술과 지혜를 한꺼번에 펼친……."

"훌륭하네요. 이름이 있나요?"

봉지미는 모란꽃이 말한 궁전들의 이름을 곱씹으며 생각했다.

'어째서 한 번도 들어 본 적이 없을까? 해외에 있는 궁전들일까?'

"포탈라 제2궁전."

모란꽃이 진지하게 말했다.

'희한한 이름인걸?'

순간 봉지미는 유모단의 말투가 평소와 다름을 느끼고 고개를 갸웃하며 그녀를 바라보았다. 멀리 보이는 궁전들을 바라보는 그녀의 눈동자가 반짝반짝 빛났고, 그 안에 무수한 감정들이 요동치고 있었다. 추억, 실의, 상념, 근심, 고독, 행복……. 말로는 다 설명할 수 없는 복잡한 정서일 것이었다.

"옛날에는 우리 모두 장막에서 살았지."

모란꽃이 아련하게 회상했다.

"내 고향의 풍경도 이곳과 닮았다고 언젠가 고고에게 말한 적이 있었어. 거기도 광활한 초원과 구름처럼 새하얀 양 떼가 있었거든. 그리고 모든 이의 마음속 성지 포탈라 궁이 있었어. 고고가 가 본 적이 있느냐고 묻더군. 나는 두 번 다시 가지 못할 것 같다고 대답했어. 그때 고고가 여기에 하나 지어 주겠다고 약속한 거야. 앞으로 내가 사는 곳은 대대손손 호탁부의 포탈라 성지가 될 거라면서. 나는 감히 성지의 이름을 더럽힐 수 없어서 포탈라 제2궁전이라고 이름 붙였어."

두껍게 분칠한 유모단의 양 볼이 고운 저녁노을처럼 달아올랐다. 눈동자는 투명했고, 햇빛 아래 그녀의 미소가 꽃처럼 피어올랐다. 순간 봉지미의 마음이 일렁였다. 고고 선왕과 모란꽃의 정은 어떻길래 이토록 특별하고 길게 이어질 수 있었을까? 둘은 전장에서 만났고, 초원에서 사랑을 맹세했다. 둘은 삼십 년의 풍파를 함께 맞았을 것이었다. 어쩌면 고고 선왕은 그녀에게 '사랑'이라는 단어를 꺼낸 적이 없었을지도 모르지만, 그녀를 위해 제2의 성지를 쌓아 올렸다. 그녀는 어쩌면 매일 그에게 죽여도 시원찮다고 구박했을지도 모르지만, 그가 정말 칼에 맞아 죽자 눈물을 흘리는 대신 담대하게 한 부족을 일으켜 세웠다. 봉지미는 사랑은 말이 필요 없는 것일지도 모르겠다고 생각했다. 세월이 증명하고, 초원이 증명하고, 이 포탈라 제2궁전이 증명하고 있으니까.

혁련쟁과 봉지미는 왕궁 앞에 당도했다. 광활한 초원에는 강철로 만든 용과 같은 인파가 끝도 없이 늘어서 있었다. 햇빛이 병사들의 강철 무기에 반사되어 서슬 퍼런 빛을 튕겨내었고, 심해를 닮은 색이 사방으로 번졌다.

초원의 봄은 갓 씻은 듯 푸르렀다. 변경 지역의 거센 바람 속에서 초원의 새 왕과 그의 모친, 아내는 사방에서 쏟아지는 금빛을 온몸으로 맞았다. 그리고 만 장 밖의 노을을 망토 삼아 걸치고 작열하는 태양을 면류관으로 쓴 채 달려와 높은 산등성이에 말을 맸다. 군중은 숨을 죽이고 그들의 위풍당당한 왕을 우러러봤다. 적막 속에서 고개를 든 혁련쟁은 군중을 굽어봤다. 긴 눈썹이 휘날렸고, 보랏빛을 띤 호박색 눈동자는 변경 지역의 잘 익은 술을 연상시켰다.

"지미! 지금 이 순간 그대가 내 곁에 있어서 좋소!"

혁련쟁이 손을 내밀어 봉지미를 와락 껴안았다. 봉지미는 미처 놀라기도 전에 혁련쟁의 품에 안겨 있었다. 그녀는 부랴부랴 손으로 가슴을 보호하며 수줍은 척 얌전히 고개를 숙였다. 그는 껄껄 웃으며 그녀를 얼싸안고 산 아래로 질주했다.

혁련쟁의 말은 구름을 넘듯 앞으로 달렸다. 그는 검은 신검을 번개처럼 휘휘 휘둘러 풀숲을 헤치고 백성을 향해 내달렸다. 혁련쟁의 은색 도포와 봉지미의 검은 여우가죽 옷이 서로 부딪치며 요란한 소리를 냈다. 눈부신 태양 아래 옷자락이 유려한 호선을 그렸다. 수만 명이 한 몸인 듯 꿇어 앉아 외치는 소리가 천지를 휘감는 돌개바람이 되었다.

"전하!"

한껏 격앙되어 울려 퍼지는 환호 속에서 봉지미는 혁련쟁의 심장이 내달리듯 박동하는 소리를 똑똑히 들었다. 초원의 바람 소리가 산과 바다까지 끝없이 퍼졌고, 등 뒤로 모란꽃이 하늘을 우러러 환호하는 소리가 들렸다.

"고고!"

기개 만발한 초원의 새 왕이 왕비와 함께 영광을 누리고 있을 때, 제경의 존엄하고 고귀한 초왕부에는 질식할 듯한 침묵이 드리워져 있었다. 하인들은 바쁘게 움직였지만, 아무도 소리를 내지 않았다. 감히 문이 잠긴 서재에 들어가려는 사람은 아무도 없었다. 매일 전하께서는 조회를 마치고 자신을 서재에 가두었다. 굳게 닫힌 검은 대문 너머로는 작은 소리도 들리지 않아 아무도 없는 것은 아닌지 의심이 들 정도였다.

실제로는 아무 일도 일어나지 않았으나 모두가 갑갑한 기운을 느꼈고, 그 갑갑함이 어디서 오는지는 알 수 없었다. 전하의 남부 정벌은 대승리를 거두었고, 민남 상 씨 가문 세력도 마침내 제거하였다. 그간 군에 간섭하기 어려웠던 초왕부는 승리의 위용 덕분에 군에 믿을 만한 심복을 심을 수 있게 되었다. 청명서원에서 초왕과 위지를 따라 수련해 온 부유한 한량 학생들도 각 부(部)와 사(司)에서 직무를 담당하게 되었다. 황제는 위지의 실종에 대해 한차례 아쉬움을 표하셨고, 초왕 전하에게 표창을 내리셨다. 요즘 초왕과 관련된 상소는 칭송 일색이었으며, 조정에서도 초왕에 대한 칭찬이 자자했다. 누구라도 폐하가 지금 가장 아끼는 사람이 초왕이라는 사실을 알 수 있었다.

하지만 그토록 긴 고생이 끝났지만 전하의 얼굴에는 전혀 기쁜 내색이 없었다. 서재에 드리워진 두꺼운 남색 장막은 거의 모든 빛을 차단하고 있었다. 민남에서 돌아온 이후 영혁은 부쩍 눈이 나빠져서 빛과 바람을 피해야만 했다. 그래서 연두색 얇은 휘장을 짙은 색으로 교체한 것이었다.

서재에서 이따금 책장 넘기는 소리가 미약하게 들려왔다. 방안에는 진귀한 용연향*龍涎香, 수컷 향유고래의 배설물로 고급 향수의 재료로 사용됨의 내음이 은은히 퍼져 있었다.

"공부(工部)의 오시랑(烏侍郎)은 폐태자가 유년 시절 의형제를 맺었던 자입니다."

영혁은 두꺼운 기록을 읽으며 담담하지만 단호하게 말했다.

"교체하십시오."

"네."

영혁의 발아래 앉은 신자연은 진지하게 시선을 내리깔고 있었다. 농을 건넬 기색은 전혀 찾아볼 수 없었다.

"어떻게 손을 쓰면 좋겠습니까?"

"그 자가 금석문*金石文, 쇠붙이나 돌로 만든 비석에 새겨진 글자과 절판된 고서 수집을 좋아한다고 하지 않았습니까?"

영혁이 담백하게 말했다.

"<천성지> 편찬을 관리하고 계신 분께서 죄명 하나 못 씌웁니까?"

신자연의 눈썹이 움직거렸다. 방금 그 말에 은근한 풍자가 담겨 있었기 때문이었다.

"전하."

신자연이 고개를 들고 영혁을 바라보았다.

"그 일은 소신이……."

"피곤하네요."

영혁이 고개를 들었다. 여전히 청아하고 맑은 눈이었지만 초췌함이 엿보였다. 그는 눈을 감고 미간을 가볍게 문지르며 신자연에게 끝까지 말할 기회를 주지 않았다.

"내 말대로 하십시오."

영혁은 눈을 감고 뒤로 몸을 기대며 더 이상의 대화는 거부한다는 의사를 확실히 했다. 하지만 신자연은 그의 거절을 받아들일 생각이 없었다. 신자연은 괴상야릇한 기운을 달고 제경으로 돌아온 영혁에게 퍽 시달리는 중이었다. 신자연의 눈에 영혁은 아무래도 정상으로 보이지 않았다. 영혁은 요즘 밤낮없이 필사적으로 일만 했다. 신경을 바짝 곤두세우고 조정을 움직이면서 스스로에게 조금의 휴식 시간도 주지 않았고 서재에만 틀어박혀 있었다. 또한 조정 업무 이외의 모든 사적인 교류를 차단해 버렸다. 오늘도 신자연이 말을 좀 걸어 보려 했으나 영혁은 열 번도 넘게 끊어 버렸다.

영혁이 제경으로 돌아와 금전에서 폐하를 알현했을 때, 아쉽게도 순의왕 일행은 간발의 차이로 비켜갔다. 만약 그러지 않았다면 서로 배웅이라도 했을 것이었다. 신자연은 폐하께서 순의왕의 왕비가 누구인지 분명하게 천명하는 순간 영혁이 창백한 얼굴로 비틀거리던 모습을 기억하고 있었다. 조회를 마친 후 영혁은 태화전 앞에서 말에 올라 전력으로 질주했다. 하지만 막상 성문 앞에 도착하자 그는 조용히 말을 세우고 그 자리에 한참을 서 있었다. 신자연은 입을 굳게 다문 채 말머리를 돌리던 영혁의 모습도 기억하고 있었다. 그 후로 영혁은 별다른 이상한 점을 보이지 않았다. 하지만 그를 곁에서 오래 모신 신하들은 이상한 점이 없는 지금이 가장 이상하다는 것을 잘 알고 있었다.

신자연의 눈빛이 복잡해졌다. 제경에 돌아온 이후 영징조차 그를 피하고 있었다. 영혁은 돌아오자마자 영징이 대신 관리하고 있던 금우위를 되찾아갔다. 두말할 필요도 없이 봉씨 가문을 위한 처사였고 어찌됐든 옳은 처사였다. 폐하가 영혁에게 금우위를 맡길 때 지시한 유일한 임무가 바로 대성 황실의 잃어버린 고아를 찾는 것이기 때문이었다. 처음부터 어느 정도 사찰 성격을 띠고 있었다는 의미였다. 만일 명확한 단서가 있었는데도 불구하고 영혁이 주저하며 일을 미뤘었다면, 그 결과는 끔찍했을 것이었다. 다만 대성 황실의 고아가 봉지미가 아닐 거라고는 누구도 상상하지 못했다. 신자연은 과연 이 사실이 잘 된 일인지, 나쁜 일인지 알 수 없었다. 그가 지그시 눈을 감고 탄식했다.

"운명의 장난이군. 운명의 장난이야."

영혁의 피곤한 안색을 바라보자 신자연은 속에서 천불이 나는 기분이었다.

"전하, 피곤하시면 눈을 감고 제 말을 들으십시오!"

신자연은 영혁의 책상에 양손을 지지하고 몸을 앞으로 확 들이밀었다. 그리고 활활 타오르는 눈빛으로 입을 열었다.

"오늘은 반드시 소신의 말을 끝까지 들으셔야 합니다!"

"들을 필요 없습니다."

영혁은 여전히 눈을 감은 채 신자연을 보지 않았다.

"그대는 천성의 제일가는 인재며 폐하가 가장 신임하는 신하가 아닙니까. 유능한 신하인 그대가 몇 년 전 여러 황자 중 나를 선택해 보좌해 왔고, 그 후 한결같이 열과 성을 다 해 왔습니다. 서원장이 하시는 모든 일, 하려는 일은 그르지 않습니다. 그러니 내게 설명할 필요도 없고, 나도 서원장에게 까다롭게 굴지 않을 것이니 이걸로 됐습니다."

"그럼 제가 까다롭게 굴어야겠습니다."

신자연이 차갑게 웃었다.

"영징을 왜 내쫓으셨습니까? 그놈이 허구한 날 왕부를 기웃거리다 담장을 넘고 있습니다. 보기 딱하지도 않으세요? 매일 제 가마를 막고 울고불고 난리입니다. 전하께서 딱하게 여기지 않으셔도 저는 눈 뜨고 못 보겠습니다. 다시 불러들이세요."

마침내 눈을 뜬 영혁의 시선이 냉혹했다.

"서원장은 내 부하가 아니라 스승이자 친구이니 건들지 않는 것입니다. 또 서원장께서 하는 일에도 간섭하지 않을 것입니다."

영혁이 담담하게 말을 이어 갔다.

"하지만 영징은 내 부하니 내 뜻대로 처리할 수 있습니다. 서원장도 더 이상 간섭 마세요."

"만약 제가 전하의 부하였다면, 저도 내쫓으셨겠군요?"

신자연이 차갑게 웃었다. 영혁은 말이 없었다. 신자연은 가만히 영혁을 주시하다가 실망스러운 표정으로 말했다.

"만약 여인 때문에 자신을 망가뜨리려 하신다면, 십여 년 동안 고심한 계획이 물거품이 될 테지만 뜻대로 하십시오. 제가 사람 잘못 본 셈 치겠습니다."

"그럴 수 있을까요?"

영혁이 긴 속눈썹을 들어 올리고 웃었다. 자욱한 금빛 연기 속에서 그의 얼굴은 웃지 않는 것처럼 보이기도 하여 섬뜩했다.

"세상은 참으로 이상합니다. 그 자리에 있든 없든, 많은 일들을 어쩔 수 없이 해야만 합니다. 그렇다면 나는 시험해 보고 싶습니다. 세상에 단 하나 뿐인 그 자리가 나를 마음대로 살 수 있게 해 줄 수 있는지 말입니다."

담담하게 말했지만 신자연은 그 속뜻을 파악하고 서늘함을 느꼈다. 잠시 침묵하다 조용히 말했다.

"저는 전하가 마음을 정리하시길 바랍니다. 어떤 사람들은 운명이 이미 적으로 정해 두었습니다. 이 지경이 됐는데도 그 이치를 보지 못하신다면 스스로를 해칠 수밖에요."

"내가 어찌 그 이치를 보지 못하겠습니까?"

영혁이 웃었다. 조금 치켜 올라간 눈꼬리가 매혹적인 곡선을 만들었다. 그의 눈은 꿈처럼 아름다웠지만, 빠져들면 나오지 못하는 서늘한 꿈같았다.

"순의왕과 왕비에게 줄 하례 선물을 직접 준비하고 있습니다. 친왕의 예를 다 해야지요."

영혁이 웃으며 종이를 깔고 붓에 먹을 적셨다. 미소를 지으며 신자연을 한번 바라보고는 아무 말이 없었다. 신자연은 한숨을 크게 쉬고 물러갈 수밖에 없었다.

문이 닫히면서 문틈으로 들어오던 마지막 빛줄기가 철저히 차단되었다. 두꺼운 장막이 드리워진 방 안에서 영혁은 붓을 잡고 꼿꼿한 자세로 금박이 장식된 종이를 바라보았다. 아주 오랫동안 침묵이 흘렀다.

제경에서 온 편지

붓을 든 채로 오랜 시간이 흘렀다. 붓 끝에 먹물이 동그랗게 고여 더 버티지 못하고 떨어지려 하고 있었다.

톡.

금박 무늬를 먹인 종이에 검은 먹물의 흔적이 퍼져 나갔다. 점점 커다랗게 퍼진 모양이 검은 태양을 닮아 갔다. 영혁은 흉하게 번져 가는 먹물 자국을 멍하니 바라보며 생각했다.

'그녀가 떠난 날부터 대낮이 밤과 같구나.'

한차례의 헤어짐일 뿐이었는데, 산과 바다가 가로 놓인 생사의 이별이 되었다. 영혁은 응당 상야(上野)에서 자신을 기다리고 있을 봉지미와 함께 결실과 환희를 안고 제경으로 돌아갈 줄만 알았다. 편지함은 잘 받았는지, 갈대와 산호가 마음에 들었는지, 함께 남해로 돌아가는 길에 그 갈대밭에 다시 한 번 들르고 싶지는 않은지 묻고 싶었다. 수개월 떨어져 있는 동안 야위었을지, 살이 붙었을지, 바닷바람에 검게 그을리진 않았는지, 남해의 좋은 물 덕분에 더 윤기 나고 풍만해졌을지 직접 눈으로 보고 싶었다. 그는 이토록 오랫동안 그녀를 보지 않고서는 살 수가 없었다. 만날 수 있을 때까지 기다렸건만, 이제 만나서는 안 되었다.

"기다리거라."

"꼭 전하를 기다렸다가 함께 제경으로 갈 거예요."

"지금 전하의 모습을 기억해 뒀어요. 다시 뵈었을 때 조금이라도 야위어 있다면 용서하지 않을 거예요."

"용서 안 하면 어쩔 셈이냐?"

"죽일 거예요! 같은 하늘을 이고 살 수 없죠!"

그날의 우스갯말이 씨가 되어 버렸다. 영혁은 남해로 향하는 길인 상야 항구에서 봉지미와 영영 헤어지게 되었다. 항구의 축축한 청석 바닥에 서서 옷자락을 휘날리며 우두커니 서 있던 그녀를 다시는 볼 수 없게 되었다.

두 번 다시 봉지미와 갈대숲을 볼 수 없다고 해도 해마다 갈대꽃은 피고 지며 꿈결에 나타날 것이었다.

두 번 다시 봉지미는 영혁이 야위었는지 살이 붙었는지 살피지 않을 것이었다. 설령 그가 초췌하여 뼈만 앙상하게 남을지라도.

두 번 다시 봉지미는 영혁을 용서하지 않을 것이었다. 그녀가 가장 소중히 여기던 두 목숨이 그와 그녀 사이에 차갑게 놓여져 버렸기 때문에.

이제 영혁은 정말로 봉지미와 같은 하늘을 이고 살 수 없게 되었다. 그녀는 일말의 망설임도 없이 그토록 단호하게 성영 군주이자 순의왕비가 되었다. 그녀의 마음이 정해졌으니 많은 말이 필요치 않음을 그도 잘 알았다.

그날 영혁은 태화문 밖에서 한참을 배회하다 결국 조용히 돌아왔다. 쫓아갈 수 없었고, 쫓아가서도 안 되었다. 만일 쫓아간들 무슨 말을 할 수 있었을까? 실은 자신이 내린 명이 아니라고 말해야 했을까? 신자연이 영혁의 말을 듣지 않고 멋대로 주장했다고 말해야 했을까? 영징이 비밀 편지에 첨언하여 신자연을 부추겼다고? 영혁은 맹세코 단 한 번도 봉지미를 제거할 마음을 품지 않았었다고? 어떤 설명인들 그녀뿐만 아니라 영혁 자신조차도 믿을 수 없었다.

처음 추가 저택에 간 이유는 봉지미의 다섯째 외숙모에게 봉씨 남매의 사주단자를 훔치라고 지시하기 위해서였다. 금우위가 수 년간의 수사를 거쳐 이미 봉씨 남매로 윤곽을 잡고 그들을 주시하던 상황이었다. 처음에는 봉호가 의심을 받았다. 봉 부인이 그 아이를 유별나게 애지중지했기 때문이었다. 영혁도 처음에는 그런 줄로 알았다. 하지만 꽁꽁 언호수에서 봉지미를 만난 후부터 그녀를 주목하기 시작했다. 그녀의 결연함과 냉혹함, 쉬이 감정을 드러내지 않는 담담함. 그것은 황족의 피가 흐르는 자에게서 나타나는 모습이었다. 봉 부인은 대성 황조 재건이라는 중임을 짊어진 봉호는 나약한 도련님으로 키웠으면서, 헌신짝처럼 버리다시피 한 딸은 교육을 시켜 빼어난 인재로 키웠다. 직관적으로 영혁은 믿을 수 없었다.

영혁은 수하에게 제경 사정을 잘 아는 한량을 통해 봉호에게 접근하도록 했고, 재물 욕심이 많은 봉호를 자극하여 집에서 값나가는 물건을 가져와 팔도록 유도했다. 황실 자제라면 자신의 혈통과 신분을 증명하는 옥첩(玉蝶)을 필히 가지고 있을 터였다. 당장 재물이 궁한 봉호는 그것이 중요한 물건인 줄도 모를 것이고, 영혁이 봉 부인 몰래 물건을 찾아내기만 하면 의혹은 일단락될 것이었다.

한량들이 봉호를 꼬드기는 데 성공했지만, 영혁의 관심사는 봉지미였다. 그들은 기방에서 만났고 서원에서 해후했다. 태자의 반역, 소녕의 음해, 상 씨 귀비의 생일 연회 음모, 가짜 유서 사건……. 눈앞에 수많은 사건을 마주했을 때 그녀가 보인 행동은 봉황의 울음처럼 사람들을 놀라게 했다. 그는 경계하면서도 자신도 모르게 그녀에게 다가가고 있었다. 그것은 운명이었고 인연이었으며, 또한 업보였다. 그는 그녀의 몽환적인 눈 속 소용돌이에 자신도 모르게 뛰어들었다. 뒤늦게 빠져나오려 했을 때는 이미 머리끝까지 물이 차올라 숨통이 끊어질 지경이었다.

영혁은 손바닥을 책상에 얹고 먹물로 더러워진 종이를 치워 버렸다. 그리고 깨끗한 새 종이를 펼쳐 붓을 들고, 다시 먹물을 적셔 천천히 써 내려갔다.

순의왕비께.

세월이 눈 깜짝할 사이에 지나가 버렸지만, 영혁은 대성 황조의 높고 웅장한 다리의 눈 쌓인 난간에 기대어 값싼 술 한 주전자를 나눠 마시던 때가 눈에 선했다. 그때 영혁은 산하를 가리키며 오만하게 말했었다.

"이제 대성의 옛 신하들은 발에 밟힌 풀처럼 폐하의 발아래 납작 엎드렸다."

그러자 봉지미가 말없이 술잔을 비우며 대답했다.

"피와 칼에 엎드린 것뿐이지요."

밤이 깊어가고 술 주전자도 비었을 즈음 봉지미는 높은 다리에 술을 뿌리며 말했었다.

"마지막 한 모금은 이 고독한 다리에게 바치는 걸로 해요. 세상이 전부 바뀌는 동안 이곳에서 혼자 외로웠을 테니까."

과연 봉지미의 말대로 세상은 전부 바뀌었다. 여기까지 와 보니 그 누구도 예전의 모습이 아니었고, 오직 이 긴 다리만이 그 자리에서 처량한 바람을 맞고 있었다.

이별한 지 오래인데, 그대 잘 지내오?

영혁은 봉지미의 볼에 바짝 다가가 손가락을 잡고 쓰다듬었었다. 더 갈 수 없을 만큼 가까이 다가가 고개를 숙였고, 서로의 숨소리가 들렸고, 서로의 숨결이 휘감겼고, 둘의 머리칼이 소리 없이 뒤엉켰었다. 그가 고개를 갸웃하자 그녀의 볼에 살결이 닿았었다. 그녀의 볼은 옥처럼 매끈하고 부드러웠다. 그의 마음은 여린 잎이 맑은 수면에 닿은 것처럼 잔잔한 물결이 겹겹이 일었었다. 말없이, 숨소리도 없이 그렇게 퍼져 나가기만 하였다.

'그녀는 잘 지내는지? 그녀는 잘 지내는지…….'

영혁의 눈빛이 깊어졌다. 궁 밖 뜰에서 서로의 볼을 맞대고 비비던 날 너울너울 나부끼던 깃발도, 살을 에던 추위도, 결국 오래 내린 눈에 묻혀 버렸다.

남해에서 이별한 지 반년이 흘렀소.

화려한 오색등롱이 구슬처럼 하늘에서 쏟아지던 상 씨 귀비의 생일날, 영혁은 새로운 사람들의 웃음만 보았고 흘러간 자의 눈물은 보지 못했다. 폭우가 내리던 날이었지만 폐궁의 어두침침한 침소에서 활활 타오르는 장작불을 쬐며 옷을 말리던 봉지미의 뒷모습은 그에게 조용한 위안이 되었다. 영혁이 봉지미에게 물었다.

"내가 나를 절제할 수 없을 만큼 네가 아름답다고 생각하느냐?"

"그럴 수 있다고 생각해요."

봉지미가 대답하는 순간 영혁은 컴컴한 궁 안이 향기롭고 따뜻하게 느껴졌다. 시름은 모두 남에게 맡겨 버린 것만 같았다. 그때 그는 처음 깨달았다. 누군가의 입술이 이토록 향기롭고 달콤하며, 천년만년의 봄빛을 간직하고 있는 것인지를……. 그는 입술이 닿는 순간 그녀를 흠모하게 되었다. 더 깊어졌을 때는 넋을 잃었고, 마음도 잃었다. 영혁은 봉지미에게 말했었다.

"지미야, 천하가 모두 내 적일지라도, 너만은 아니길 바란다."

하지만 이제 보니 봉지미와 적이 되면, 천하가 영혁의 원수가 되는 것이었다.

> 제경은 따뜻한 봄날이 한창이며, 경치가 좋고 쾌청하오. 변경의 드넓은 들판의 풍경은 어떠하오?

그날은 날씨가 맑고 청명했었다. 보리수나무 녹음 아래 선 봉지미가 뒷짐을 지고 말했었다.

"초왕 전하께 전할 말씀이 있다고 전해라."

영혁은 어떤 식으로 대립하든 봉지미와 한 약속을 어기고 싶지 않았다. 그녀는 뽀얀 손으로 어린잎을 우려낸 차를 바쳤지만, 언사는 날카로웠다. 영혁은 제경의 봉지미가 버티는 법을 잘 알고 지기 싫어하는 사람임을 잘 알고 있었지만, 갈림길로 향하도록 정해진 그 마음을 잡아보려 시도했었다.

"이해득실이나 미래는 논하지 말자. 지금 이 순간의 마음을 묻는다. 너의 마음 말이다."

"저의 마음은 있어야 할 자리에 있습니다. 혹여 어느 날 세상이 뒤집힌다면, 그 마음도 뒤집히겠지요."

"지미, 관직을 떠나 추가로 돌아오면…… 그때 너는 내 것이다."

"초왕 영혁은 불합격입니다!"

영혁은 확실히 봉지미에게 불합격이었다. 삼궁육원*황제와 후비들이 생활하는 후궁도 없으면서 작업에 착수했으니 말이었다.

제경은 따뜻한 봄날이었다. 그러나 봄빛 속에 한 사람이 없어서 영혁에게는 봄이 아니었다. 청명서원의 보리수나무가 푸르게 자랐지만,

영혁의 생에 앞으로 뽀얀 손으로 차를 가져다 줄 이는 또다시 없을 것이었다.

　　북쪽은 추위가 혹독하다 들었소. 부디 밤낮으로 몸을 따뜻하게 하시오.

　화엄두촌에서 누군가 목숨을 걸고 영혁과 봉지미의 도주를 도왔을 때였다. 움막집 뒤편 절벽에서 봉지미는 영혁의 무릎을 두 손으로 감싸고 말했었다.

　"이제 내가 눈이 되어 줄게요."

　절벽 아래 서로 기대어 눈을 떴을 때 봉지미는 고개를 숙이고 단추를 채우고 있었다. 그녀의 손끝에서 나던 옅은 향기가 아직도 그의 코끝에 맴도는 듯했다.

　"제가 제경을 떠나 영영 사라지면 어떻게 하실 건가요?"

　"찾아낼 것이다."

　"못 찾으면요?"

　"너는 도망갈 수 없다. 강산도, 바람도, 비도, 물도, 흙도, 결국 내 손에 들어올 것이다. 그러니 네가 먼지가 된다고 해도, 뼛가루가 된다고 해도 너는 나의 먼지이며 나의 뼈다."

　강산과 바람과 비와 물과 흙이 정말 영혁의 손에 들어오게 되었다. 하지만 영혁은 앞으로 돌아올 봉지미가 처음의 그녀가 아닐까 봐 두려웠다. 한없이 넓은 땅에서, 아득한 설원에서, 장희 16년의 그 장중한 대단원은 누군가를 먼지와 뼛가루로 바수어 버린 듯 했다.

　　중원에서 나고 자란 그대는 초원의 음식이 입에 맞지 않을까 봐 걱정되오.

風叔

고함 소리가 파도처럼 몰려오던 사당에 봉지미가 산을 넘어 한걸음에 달려온 날이었다. 봉지미는 수완 좋게 위기를 해결하고는 영혁의 품에 쓰러졌다. 그가 어두운 방에 꿇어앉아 그녀의 몸을 닦아주었을 때 그의 마음은 적막하고 쓸쓸했다. 모든 것이 원점이 되어 버렸고, 낯선 상태로 돌아갔다고 생각했다.

마침내 봉지미의 곁을 떠나 계탑까지 행군했던 그때, 영혁은 아득하게 흔들리는 갈대숲에서 새의 깃털을 주웠고 바람 소리를 들었다. 그는 언젠가 그녀와 함께 바람 소리를 듣고 싶었다. 안란욕(安瀾峪) 바다를 건널 때 영혁은 조용하게 일렁이는 파도 소리를 들으며, 산호를 편지 봉투에 붙였다. 봉지미를 잃은 줄만 알았던 그 순간에도 바닷물이 거꾸로 치솟는 심정이었다. 그날 밤을 생각하며 또다시 밤을 꼬박 지새웠다.

수많은 밤, 어둠을 더듬으며 편지를 써 내려갈 때 영혁은 봉지미가 어떤 동작과 방법으로 편지를 간직할지 상상했었다. 그리고 달이 밝고 별이 듬성한 밤, 사방이 쥐 죽은 듯 고요한 그 밤에 홀로 기뻐했었다.

편지를 가득 담은 상자를 연회석에게 건넨 날, 영혁은 연회석의 말투에서 감출 수 없는 기쁨을 느꼈다. 영혁은 세상이 환히 밝아지는 것 같았고, 긴긴 바람도 비로소 잦아드는 듯했다. 하지만 가까워진 거리는 멀어졌을 때 더 지독히 멀어진 것처럼 느껴지게 했다.

'정녕 그간 겪은 굴곡과 기복은 오늘날 종이에 쏟아낸 별 볼 일 없는 몇 마디였던가. 정녕 초왕 전하가 순의왕비에게 보내는 것으로 언제든 꺼내어 세상에 공개할 수 있는 평범한 안부 인사였던가.'

갑자기 영혁이 붓을 멈추고 입술을 움찔거렸다. 별안간 바람처럼 빠르게 붓을 놀렸다. 한 글자, 한 문장, 도도하게 흐르는 물처럼 쉼 없이 써 내려갔다.

지미, 그날 제경에 함박눈이 내려 무릎까지 차올랐다. 나는 안평궁 편전 밖에서 한참을 배회했고, 네가 하룻밤 머문다는 소식을 들었지. 편전 밖 키 작은 나무에 드문드문 남은 손자국은 너의 것이더냐? 너는 정말 그 나무를 나로 여겼던 것이냐? 나로 여겼어도 괜찮다. 어째서 내가 갈 때까지 기다리지 않았느냐? 어째서 네 손으로 직접 내 목을 조르지 않았느냐? 내가 네 두 가족의 목숨을 끊어 놨는데 너는 그냥 가 버렸다. 멀리 초원으로 떠나 버려 다시는 너를 볼 수 없게 만들었다. 네 성정답지 않구나.

지미, 어떤 사람들은 운명적으로 맞서게 되어 있다. 세상 어디로 도망을 가더라도 숨을 수는 없다. 혹시 숨고 싶은 게 아니라면, 어디선가 잠시 숨을 고르고 힘을 키우고 싶은 거라면, 혹여 어느 날 칼을 뽑아 들고 내게 맞서고 싶다면, 나를 너무 오래 기다리게 하지는 마라. 위지에게 내린 승진 문서가 아직도 내 서랍 속에서 널 기다리고 있느니라. 너도 길의 저편에서 날 기다리겠다고 약속했다. 그 길은 지금 너무도 멀어졌지만, 아무리 먼 길이라도 기꺼이 걸을 의지가 있다면 언젠가 그곳에 닿는다.

편지가 가득 들어 있던 그 상자는 분명 네가 말발굽으로 짓밟게 했거나, 강물에 떠내려 보냈겠지. 그래도 괜찮다. 필체가 흉하기도 했다. 언젠가 내가 한장 한장 다시 써 줄 것이다. 계탑의 갈대숲, 안란의 산호, 민남의 봉황꼬리나무도 세상에 유일한 물건은 아니다. 진정 하나뿐인 것은 평생을 두고 잊을 수 없는 어떤 만남 속에 싹튼 마음이다.

너는 그 마음을 어디에 간직하였는지 모르겠구나. 내 것은 여기 내게 있으니, 네가 와서 직접 파내어 가져가거라.

잊지 마라. 나를 너무 오래 기다리게 하지 말아다오.

영혁은 봉투에 밀랍을 가열하여 봉하고는 정교하게 만든 선물 바구니와 함께 책상 위에 올려두었다. 그는 뒤로 물러나 등받이에 기댄 채 그 편지를 바라보았다. 햇빛이 장막을 통과해 격자무늬 창을 조금씩 넘어오고 있었다. 얼마 후 햇빛은 서리처럼 서늘한 달빛으로 바뀌어 연두색 봉투에 안개처럼 내려앉았다. 필적이 조금씩 희미해지다가 이내 번져 버렸다.

바람이 지붕에 닿으며 쓸쓸한 곡조를 낮게 읊조렸다. 제경의 밤은 깊고 길었다. 그토록 깊고 긴 제경의 밤 동안 누군가는 편지 한 통 때문에 뒤척였다.

초원의 낮은 밝고 찬란했다. 왕정에 파도처럼 몰려든 축하 인파로 둘러싸인 사람은 슬픔에 잠길 틈이 없었다. 혁련쟁은 봉지미를 번쩍 안고 말에서 내렸다. 인파를 뚫고 겨우 왕궁의 정문 앞에 도착했을 때 혁련쟁은 온 몸에 향주머니와 각종 간식거리를 매달고 있었다. 봉지미의 품에도 기름이 잔뜩 묻은 츠바가 안겨 있었다. 사람들 틈을 빠져나오자 봉지미는 손바닥으로 혁련쟁의 가슴팍을 쳤다. 교묘한 손놀림에 혁련쟁은 저도 모르게 손을 풀었고, 봉지미는 이내 가볍게 땅으로 내려왔다. 그녀는 옷매무새를 고치더니 혁련쟁은 쳐다보지도 않고 몸을 획 돌려 가버렸다.

"저기, 화가 났소?"

혁련쟁이 얼른 따라 붙어 봉지미의 소매를 끌며 말했다.

"이모님, 이러지 마세요! 다음부터는 절대 안 그럴게요."

불리할 때마다 이모라고 부르는 혁련쟁에게 봉지미는 어쩔 수 없다는 듯 말했다.

"정말이죠?"

"나도 감정이 북받쳐서 그랬소."

혁련쟁은 눈을 반짝이며 유난히 높은 초원의 하늘을 바라보았다.

"드디어 제경에서 돌아왔소. 내가 제경을 싫어하는 건 하늘도 알 테지. 거긴 음침하고 살기가 넘쳐. 사람들이 죄다 가면을 쓰고 있는 것 같고, 누구도 자기 뜻대로 살지 못하는 것 같소. 사람들이 하는 말은 3할밖에 믿을 수가 없으니…… 역시 초원이 좋지. 하늘도 제경보다 높지 않소. 나는 다만 당신이 내 기쁜 마음을 알아줬으면 한 거요."

'다만 당신이 내 기쁜 마음을 알아줬으면 한다.'

봉지미의 눈썹이 파르르 떨리며 한순간 쓸쓸한 미소가 스쳤다.

'압니다. 나도 압니다. 이 넓은 초원을 다 담을 것 같은 그 환희를 나와 나누고 싶겠지만……. 안타깝게도 당신에게서 받은 환희를 간직할 자리가 내겐 없습니다. 내가 마음을 둔 곳은 장희 16년 제경에 첫눈이 내리던 그 날이니까요.'

봉지미가 시선을 내리깔며 속으로 생각했다. 그때 등 뒤에서 환호성이 들렸다.

"아주 시끌벅적하네요!"

신이 난 순우맹이 호위군을 이끌고 다가와 큰 소리로 말했다.

"호탁부 여인들이 마음에 들어요! 내일 신붓감을 골라야겠습니다!"

"안 돌아갈 작정이에요?"

봉지미가 웃으며 물었다. 순우맹의 웃음기가 가셨고, 봉지미는 놀라서 그의 표정을 살피며 말했다.

"정말 안 가려고요? 그럴 리가요. 순우 가문은 초왕의 최측근이잖아요. 돌아가면 남해 일과 이번 호송의 공을 인정받아 초왕께서 중한 임무를 맡길 거예요. 앞길이 구만 리인데 이렇게 포기하면 안 됩니다."

제경을 떠나고 처음으로 봉지미가 먼저 영혁 이야기를 꺼냈다. 봉지미는 그 사람에 대해서 이야기만 하면 마음속에 붉은 노을이 낀 듯 혼란스러웠고, 가슴이 묵직하게 아파왔다.

"초원 접경 지역에서 전하의 전서를 받았습니다."

순우맹이 말했다.

"전하께서는 제가 무장의 세력가 출신이니 군에서 공을 세우는 편이 이득이라고 하셨습니다. 제경으로 돌아가 장영위에 시달리지 말고, 대월 전투에 장수가 필요하니 바로 전방 진영에 합류하는 게 어떠냐고 하셨어요. 제게 생각해 보라고 하셨지만, 벌써 마음을 결정했어요. 이 일이 마무리되면 유주 진영으로 가서 참장(參將)부터 시작할 생각입니다. 모든 일을 전하의 뜻에 따를 생각이에요. 전하는 한 번도 틀리신 적이 없으시니."

봉지미는 말이 없다가 살며시 웃으며 말했다.

"맞아요. 전하는 한 번도 틀린 적이 없으시죠."

순우맹은 봉지미의 표정을 살피다가 아차 싶어 무언가 말하려 했으나 입이 떨어지지 않았다. 마침 한편에서 모란꽃이 깔깔거리며 인파를 헤치고 나타나 봉지미의 손을 잡았다.

"어서 가서 포탈라 제2궁을 구경하자꾸나. 너를 위해 전전(前殿)을 비워뒀어. 나는 다른 곳으로 옮기려고 한다."

"괜찮아요."

봉지미가 모란꽃에게 끌려가고 있었다.

"저는 아무 방이나 좋습니다."

"아니다. 그렇지 않아."

모란꽃은 반들반들한 대리석 바닥을 미끄러지듯 걸어갔다.

"내가 진작에 사람을 불러 방을 비워 뒀어. 너는 몸만 들어가면 돼. 내가 널 위해 꾸민 방을 구경하려무나. 마음에 쏙 들 거다. 하하."

모란꽃의 안목이라면 마음에 드는 게 이상할 거라고 봉지미는 생각했다. 모란꽃은 걷는 동안에도 입을 쉬지 않았다. 이 여인의 입은 매일 이토록 빨리 운동하는데도 힘들지 않은 모양이었다.

"푹 쉬어라. 똥강아지의 즉위식은 당장 할 수 있는 게 아냐. 살아 있는 부처이신 타마께서 신을 모셔야만 순조롭게 진행할 수 있지. 이참에 타마에게 네 사주를 봐 달라고 청해야겠다. 헤헤. 나도 그 늙은이 눈에 들어 고고가 다른 족장들의 입을 틀어막고 나를 왕비에 봉한 거야."

모란꽃은 한 순간도 쉬지 않고 입을 움직였고, 굽이진 길을 몇 번이나 꺾어 궁에 들어갔다. 모란꽃은 부산스럽게 손을 휘휘 내저으며 호위군에게 물러서라 말하고, 봉지미를 아주 멀리까지 데려갔다. 그러다 마지막 복도에서 방향을 꺾고 마침내 문을 밀고는 웃으며 말했다.

"짜잔!"

모란꽃의 효과음 덕분에 봉지미는 순간 집중했다. 눈앞에 펼쳐진 방은…… 그야말로 경축의 방이었다.

보이는 모든 것이 빨갰다. 빨간 침대, 빨간 휘장, 빨간 이불, 빨간 화병, 빨간 양탄자, 빨간 벽화…… 눈부시게 빨간 나머지 뜨거워 보일 지경이었다. 큼직하고 빨간 물건들이 한데 모여 있으니 현기증이 나고 동맥이 펄떡펄떡 뛰는 것 같았다. 여기까지도 좋았다. 더욱 고통스러운 것은 물건들이 초원 분위기와 맞든 안 맞든 하나같이 중원의 원앙 한 쌍이 헤엄치는 그림이 붙어 있다는 점이었다. 원앙의 헤엄까지도 괜찮았다. 그림 속 땅에는 쓸데없이 꽃이 피어 있었고, 꽃이란 꽃은 죄다 모란꽃이었다. 모란꽃까지도 넘어갈 수 있었다. 원앙이 노니는 물은 왜 녹색이며 모란꽃은 어찌 노란색이란 말인가. 빨간 물건에 붙어 있는 그 그림들을 보고 있으니 사지에 쥐가 나고 정신이 붕괴될 지경이었다.

"예쁘지?"

모란꽃이 자신 있게 말했다.

"화려하고! 경사스럽고! 활기차고! 원기 왕성하지 않으냐? 내가 오랫동안 구상한 조합이다!"

이토록 괴이한 조합은 분명 모란꽃만이 그릴 수 있었다. 모란꽃은

風
叔

123

부산스럽게 좌측 문을 열었다.

"여긴 막내아들 방인데 아마 죽었을 테니까 예쁜이가 쓰면 되겠구나! 우리 초원에는 규범이 많지 않고, 애도 아직 어리니 남의가 여기서 데리고 지내면 된다."

봉지미가 그 방을 힐끗 바라보고 나서 빨간 방에 만족감이 샘솟았다. 여기가 자신의 방이 아닌 것이 천만다행이었다.

고남의의 방은 온통 분홍색이었고, 사방에 푹신한 분홍색 방석이 깔려 있었다. 바닥의 절반은 낮은 평상으로 이루어져 있었는데, 분홍색 구슬이 달린 이불이 깔려 있었다. 구슬 곁에는 딸랑딸랑 소리를 내는 방울이 달려 있었고, 그 방울마다 색색의 비단 끈, 꽃, 비단 공이 정신 사납게 달려 있었다. 바닥에는 괴이한 모양의 물건들이 흩어져 있는데 모두 분홍색이나 흰색이었다. 봉지미는 융단에 솜을 쑤셔 넣어 만든 물건을 집어 들었다. 다리 다섯 개에 짝짝이 귀를 가진 이 물건에 대해 모란꽃에게 물었다.

"이건 무엇인가요?"

"토끼지."

"어찌 다리가 다섯 개인가요?"

모란꽃은 봉지미의 안목에 코웃음을 치며 말했다.

"똑바로 봐라. 꼬리다 꼬리!"

봉지미는 세상에 둘도 없을 토끼를 손에 들고 한참을 바라보았다. 어째서 꼬리가 다리보다 더 다리 같이 생겼는지 알 수 없었다.

"대비께서 직접 만드셨죠?"

세상에 둘도 없을 토끼는 모란꽃의 젖 가리개와 기묘한 조화를 이뤘다. 필경 같은 장인의 솜씨일 것이었다. 모란꽃은 자랑스럽게 가슴을 쭉 내밀었다. 봉지미는 고남의를 가여운 시선으로 바라보았다.

'앞으로 여기서 지내야 할 겁니다. 이 기괴한 장난감과 물건들로 가

득한 분홍색 방에서.'

봉지미의 속마음과 달리 고남의는 담담하게 서서 찬찬히 방을 둘러보았다. 봉지미의 이상한 표정만 아니라면 제법 괜찮아 보였다. 모란꽃은 봉지미와 화경을 잡아끌어 또 다른 문을 열며 말했다.

"화경아, 산달이 임박했으니 가까이서 지내면 좀 좋으냐. 여기는 원래……."

모란꽃이 눈을 동그랗게 뜨며 멈칫했다. 방문을 열자 누군가 양탄자에서 나른하게 일어나며 턱을 쳐들고 이쪽을 바라봤기 때문이었다.

"매타!"

모란꽃이 매타를 바라보았다.

"네가 왜 여기에 있느냐? 나와 후전(後殿)으로 옮긴다는 말 못 들었느냐?"

"저는 여기서 지낼래요."

매타가 웃으며 손에 든 주전자를 흔들어 보였다.

"대비마마, 소유차*酥油茶, 야크의 버터를 넣고 끓인 티베트의 전통 차가 막 끓었는데 드시지요. 제 시녀가 방금 끓인……."

"네가 왜 여기 있느냐고 묻지 않았느냐?"

유모단은 평소의 경박한 말투는 온데간데없이 매타의 초대에 응하지 않고 반복해서 물었다. 유모단의 말투는 차가웠고, 정신 사납던 태도를 지우고 싸늘한 기운을 뿜어냈다. 봉지미가 고개를 갸웃거리며 유모단을 바라보았다. 시시덕거리기만 하는 대비께서 어떻게 이 왕정의 분란을 다스릴 수 있었는지 알 것 같았다. 매타도 굳은 얼굴로 입술을 깨물며 같은 말을 반복했다.

"저는 여기서 지낼래요."

"내가 여기서 지내지 않는데, 너는 왜 여기 있겠다는 것이냐?"

유모단이 웃음기 없는 얼굴로 매타를 바라보았다.

"네가 나보다 존귀하다는 뜻이냐?"

매타는 주전자를 한편에 두고 똑바로 서서 낭랑한 목소리로 담담하게 말했다.

"이 방에서 십 년을 넘게 지내며 정이 들었어요. 대왕이 즉위하셨다고 어째서 제게 방 하나 내주지 않으시는지 이해할 수 없네요. 나가라면 나갈 테니 대왕이 직접 내쫓으라고 하세요."

"포탈라 제2궁전은 나의 궁이다. 대왕도 함부로 할 수 없어."

유모단은 분노가 극에 달하자 오히려 웃었다. 그녀가 손을 툭툭 털자 사방에서 여종이 한가득 나타났다.

"못 가겠단 말이지? 좋다. 그럼 여기서 지내라. 하지만 이 방의 물건은 모두 내가 내린 것이니 내 것이다. 너는 못 끌어내도 내 물건들은 가져갈 수 있겠지. 물건들을 하나도 빠짐없이 후전으로 옮겨라! 어서!"

덩치가 큰 여종들은 민첩하게 움직이기 시작했다. 매타가 몸으로 막아 보려 했지만, 여종들이 가차 없이 내동댕이쳤다. 팔짱을 낀 채 그 광경을 바라보던 봉지미의 입가에 옅은 미소가 번졌다.

'매타가 자기를 왕비처럼 대하게 길들였지만, 진짜 왕비는 역시 유모단이었군.'

매타는 그들을 막을 수 없자 초원의 방언으로 고래고래 소리치기 시작했다. 봉지미는 무슨 말인지 알아들을 수 없었지만, 좋은 소리가 아니라는 것은 충분히 알 수 있었다. 모란꽃, 그러니까 모단대비의 눈빛이 극렬을 봤을 때처럼 빛나고 있었기 때문이었다. 소란스러운 소리에 혁련쟁이 성큼성큼 들어왔다가 난리 통을 보고 당황해했다. 매타는 혁련쟁을 보자 아련한 자태로 그의 품에 안겨 엉엉 울음을 터뜨렸다.

"아찰, 내가 네 생명을 구했으니 평생을 두고 갚아도 모자란데, 이제 내게 거처 하나 안 내준단 말이야?"

봉지미는 질색하는 표정으로 화경과 시선을 맞췄다. 둘 다 얼굴에

멸시를 담고 있었다.

'지난 십수 년 간 공주 대접을 해준 게 은혜를 갚은 행동이 아니면 뭐지?'

혁련쟁은 품에 안긴 매타를 살짝 밀치고 그녀의 등을 가볍게 두드리며 웃었다.

"무슨 일인데 그러세요? 안 주긴요. 그냥 옮기는 것뿐이지요. 자, 갑시다. 후전에서 제일 좋은 방으로 마련해 드리죠!"

"여기서 지낸대도! 나는 여기서 지낼 거야!"

매타는 발을 쿵쿵 굴러댔다. 혁련쟁은 인상을 찌푸리며 도움을 청하듯 봉지미를 바라보았다. 봉지미는 생긋 웃으며 생각했다. 혁련쟁은 역시 섬세하지 못했다. 오랫동안 매타를 '이모님'이라고 부르면서 진짜 이모 취급을 해왔으니 말이다. 상대방은 분명 이모가 싫다고 말하지 않았던가.

"그렇게 하시죠."

혁련쟁의 눈빛을 접수한 봉지미가 담담하게 말했다.

"여기서 지내세요."

순간 이 말을 들은 모두가 당황했다. 혁련쟁의 품에 안긴 매타는 고개를 들며 조금 놀란 얼굴로 봉지미를 바라보았다. 실컷 소동을 부렸지만 눈물 자국 하나 없는 매타의 눈가를 보고, 봉지미는 더욱 비꼬듯 웃었다.

"이모님 말씀이 맞습니다. 그냥 방일 뿐입니다. 정이 드셨다는데 옮길 필요가 있겠어요? 여기서 지내세요."

매타는 기뻐서 눈이 동그래졌다. 하지만 봉지미에게 고맙다고 인사하기는커녕 혁련쟁을 더 세게 끌어안았다.

"역시 아찰이 최고야!"

"단, 제가 여기서 지내기가 싫어졌네요."

봉지미는 나른하게 말을 이어갔다.

"저는 후전이 더 마음에 듭니다. 혁련쟁, 우리는 뒤쪽 궁에서 지내고 대비마마와 매타 이모님을 여기 모시지요."

모단대비는 웃었고, 매타는 멍하니 얼어붙었다. 봉지미는 매타를 거들떠보지도 않고, 발걸음을 옮기며 말했다.

"최근 왕정의 정세가 불안하니 궁궐 출입을 엄금하고, 대왕과 나의 처소는 지금부터 혼인 행렬 호위군이 맡도록 한다. 대비마마와 나의 측근, 별도로 허락을 받은 자를 제외한 잡인들은 함부로 출입할 수 없다."

물론 매타는 '잡인'에 속했다. 봉지미는 가벼운 마음으로 자리를 떠났다. 매타 이모님의 소동 덕분에 대비가 꾸며 주신 귀신도 울고 갈 침실에서 탈출할 수 있었다. 사람들은 아무 의심 없이 봉지미를 따랐고, 오직 매타만 멍하니 그 방에 남아 망연자실하게 사방을 둘러봤다. 얼마 후 매타는 방을 난장판으로 뒤집어 놓고 꽥 소리치며 책상을 걷어찼다. 작은 탁자가 데굴데굴 굴러 한 사람의 발밑에 멈췄고, 그가 천천히 책상을 들어 올렸다. 매타가 고개를 돌리자 문간에서 배시시 웃고 있는 배불뚝이 나탑이 보였다. 유모단은 봉지미와 뒤쪽 궁전으로 향하며 깊은 한숨을 내쉬었다.

"심혈을 기울여 장식한 방을 네게 못 줘서 어떡하냐? 여기로 옮겨다 주랴?"

"그토록 아름다운 것들을 곁에 두면 밤마다 잠을 설칠지도 모르겠습니다."

봉지미는 얼른 고사하며 말했다.

"역시 모란꽃이 감상하심이 좋겠습니다."

고남의는 고지효를 안고 봉지미를 따랐다. 다리가 다섯 개 달린 분홍 토끼를 옆구리에 끼운 상태였다. 지효는 그 이상한 토끼를 마음에 들어 했다.

고남의는 옷자락을 휘날리며 머리에 원숭이를 이고, 품에 아기를 안고, 옆구리에 토끼를 끼고 있었다. 괴상한 그의 모습에 시녀들이 키득거렸지만 그는 아무렇지도 않았다. 그저 봉지미만 키득대지 않는다면, 그에게는 태평한 세상이었다.

"우아, 우아~"

품 안의 고지효가 소리를 지르며 작은 몸을 밖으로 뻗어 세상을 구경하려 했다. 맞은편에서 한 시녀가 고지효보다 어려 보이는 갓난아기를 안고 걸어왔는데, 처음으로 자신과 비슷한 생물을 본 지효가 흥분한 모양이었다. 혁련쟁은 신이 나서 벌써 저만치 달려갔다.

"나팔꽃! 내 아우예요?"

모란꽃이 멍하니 그 자리에 서서 아기를 보고 믿을 수 없다는 표정으로 말했다.

"살아 있어?"

봉지미가 한숨을 쉬었다.

'이건 또 무슨 소리람?'

"전하! 대비마마!"

여종은 상전에게 예의를 갖췄다.

"찰목도는 건강하게 자라고 계세요! 마침 소인과 화원에서 꽃구경을 하고 돌아오는 길입니다."

"이름이 찰목도군요?"

혁련쟁은 신이 나서 아기의 작은 손을 쥐고 어르고 달랬다.

"힘도 좋구나. 역시 내 동생다워!"

아이를 다시 유모단에게 건네주며 말했다.

"안 받아요?"

유모단은 순간 멈칫하며 뒤로 물러섰지만 이내 아이를 받아 안았다. 작은 강보를 안은 그녀는 고개를 숙이고 복잡한 표정으로 아이를 바라보았다. 봉지미의 시야에는 유모단의 아래로 내리간 눈꼬리만 보였다. 햇빛에 반사된 무언가가 반짝거리며 빛난 것 같았다.

유모단의 젖에 길들여진 고지효는 그녀가 다른 아이를 안고 있자 마음에 들지 않는지 칭얼대며 그녀에게 안기려 했다. 유모단은 얼른 한 손으로 지효를 안아 두 아기를 양 볼에 가져다 대고 헤헤 웃으며 말했다.

"다 주마! 다 줄게!"

유모단은 이제 기분이 완전히 회복되었는지 두 아기를 안고 혁련쟁을 내쫓았다.

"여기서 귀찮게 하지 말고 어서 족장들 대접하러 가라. 그리고 타마를 꼭 모셔 와야 한다. 그 노인네가 버티면 꽁꽁 묶어서라도 내 앞에 데려와라. 늑장 부리게 해서는 안 돼! 쇠뿔도 단김에 빼야 하는 법이다!"

"아들 걱정은 마세요!"

혁련쟁이 허허 웃어 보이며 봉지미에게 말했다.

"나팔꽃이 곤해 보이오. 갓난애 둘에게 시달렸으니 그럴 만도 하지. 나 대신 잘 돌봐주시오."

봉지미는 혁련쟁을 바라보며 고개를 끄덕였다. 하지만 어쩐지 모란꽃은 부자연스러운 표정으로 고개를 돌렸다. 봉지미는 모란꽃을 따라가 방을 안내받았고, 가까운 사람들은 모두 근처 방을 쓰게 했다. 초원은 중원처럼 남녀의 거처가 안채 바깥채로 분리되어 있지 않았고, 같은 건물에서 방을 한 칸씩 나누어 썼다. 나탑은 종신과 고남의 사이에 있는 방을 쓰게 되었는데, 이러한 배치 때문에 나탑의 안색은 흙빛이 되었다.

모란꽃은 방을 안내한 후 아기를 안고 떠나려 했지만, 봉지미가 생긋 웃으며 차를 마시다 가라고 권했다. 하지만 차를 마시기 시작한 지 얼마 지나지 않아 모란꽃은 측간에 가야겠다며 아이를 안고 나가려고 했다. 봉지미는 다시 생긋 웃으며 아기를 측간까지 데려갈 필요가 없다고 일러 주었다. 측간에 아기를 안고 갔다가 빠뜨리기라도 하면 안 될일이었다. 측간에 다녀온 모란꽃은 시녀들이 후원 연못에서 빨래를 해서 물을 더럽힐까 걱정된다며 아이를 안고 나가려 했다. 봉지미는 미소를 지으며 자신이 찰목도를 돌볼 테니 다녀오시라고 말했다.

어느새 밤이 될 때까지 고부간에는 웃음이 끊이지 않았다. 저녁 식사를 마친 후 유모단이 한숨을 쉬며 말했다.

"여기 한나절이나 머물렀구나. 그만 처소에 돌아가 자야겠다."

"살펴 가십시오."

봉지미가 인사를 하자마자 유모단이 눈을 반짝이며 엉덩이에 불이라도 붙은 듯 총총 떠났다. 봉지미는 말없이 앉아 유난히 맹렬한 초원의 바람 소리를 들었다. 멀리서 가슴이 찢어질 듯 처량한 늑대의 울음소리가 들려왔다. 잠시 후 봉지미가 일어나자 고남의는 벌써 망토를 준비해 문 앞에서 대기 중이었다.

"내가 외출할 줄 어떻게 알았어?"

봉지미가 약간 놀라며 고개를 갸우뚱하고 물었다. 고남의가 잠시 침묵하다 말했다.

"고민이 있잖아."

'고남의는 난리통에도 자기 주변만 주시하고, 앞에서 사람이 죽어 나가도 눈 하나 깜짝하지 않았는데……. 그런 사람이 느낌만으로 고민을 알아채고 외출을 예상했다고?'

봉지미는 멍하니 고남의를 바라보았다. 언제부터 고남의가 이토록 바뀌었는지 모를 일이었다. 망토를 걸치자 아늑하고 따뜻했다. 봉지미가 끈을 묶으려는데 고남의도 그녀의 등 뒤에서 끈을 묶으려 했다. 둘의 손가락이 부딪혔고, 그는 얼른 손을 거뒀다. 그가 손을 너무 빨리 치워 버려서 봉지미는 또 놀랐다. 고남의는 확실히 예전보다 많이 예민해 졌다. 예전에는 손가락은커녕 온몸을 아무렇게나 만지면서도 전혀 어색해 하지 않았었다. 고남의의 변화가 정말 자신과 관련이 있는 것일까? 봉지미는 입술을 삐죽 내밀었다. 순간 마음이 복잡해져 끈을 묶고, 뒤를 돌아보지 않고 말했다.

"가요."

고남의는 말없이 봉지미의 뒤를 따르며 그간 고지효를 돌보느라 먹지 못한 호두를 한 알 꺼내 천천히 먹었다. 호두가 오래됐는지 아니면 다른 이유가 있는지, 입 안에서 쓴맛이 돌고 평소처럼 고소하지 않았다. 그 쓴맛은 봉지미가 남해에서 중병을 앓았을 때 비바람 부는 지붕에서 고남의가 잠을 청하며 맡았던 푸른 이끼 냄새를 연상하게 했다. 또한 함박눈이 내리던 날 봉지미의 가족을 묻고 돌아오던 길에 맡았던 눈의 냄새를 떠올리게 했다. 그때 고남의는 걸어온 길을 뒤돌아 봤었다. 아득히 먼 눈밭에 그와 그녀의 발자국만 길게 이어져 있었고, 발자국 끝에는 쓸쓸한 두 무덤이 덩그러니 있었다.

고남의는 호두의 맛을 잃었지만, 끈기 있게 천천히 씹은 다음 전부 삼켰다. 호두 부스러기가 손끝에 떨어지면 그는 천천히 핥아 먹었다. 손끝에서는 호두 향 말고도 다른 냄새가 났다. 옅은 그 향기는 오후의 안개처럼 어디에나 있었지만 만질 수는 없었다. 고남의는 손끝에서 풍기는 냄새를 자세히 맡다가 따뜻하고 윤기 나는 입술에 가만히 대어 보았다. 봉지미는 여전히 뒤를 돌아보지 않았다. 달빛이 새하얀 대리석에 내려앉았다. 그는 한 걸음 뒤에서 자신의 긴 그림자를 가만히 그녀의 그림자에 포갰다.

초원 사람들 특유의 헐렁한 기질 덕분에 포탈라 제2궁은 허술하였고 삼엄한 경비도 없었다. 방과 방 사이에 놓인 구조물도 별 다른 구성이나 질서가 없었다. 모란꽃이 설계에 참여하면 구성과 질서가 없어진다는 것이 명확하게 드러나는 부분이었다.

낮은 담장을 돌아서면 대비의 새빨간 침실과 굳게 닫힌 긴 창문이 바로 눈에 들어왔다. 모란꽃은 탁 트인 것을 좋아하는 사람이라 어딜 가도 창문부터 열어젖히는데, 오늘은 웬일인지 침실의 창문을 걸어 잠그고 있었다. 쇠기름으로 만든 촛불 덕분에 창문에 모란꽃의 그림자가 어른거렸다. 그 모습을 본 봉지미가 미소를 지었다. 모란꽃은 찰목도를 안고 방을 빙빙 돌며 낮은 목소리로 노래를 부르고 있었다. 부드러운 음조가 자장가 같았다.

사방에서 은은한 꽃향기가 났다. 오랑캐꽃의 일종이었는데, 화려하지는 않았지만 제법 우거지게 피어 있어 낭만적인 분위기를 연출했다. 무결한 달빛 아래 달콤한 바람이 불어왔고, 창문 너머 들려오는 자장가 소리는 쪽배를 탄 듯 일렁였다. 모든 것이 평온하고 아름다웠다. 봉지미는 자신이 쓸데없이 생각이 많았다고, 혁련쟁의 뜻을 잘못 이해했다고 생각했다.

모란꽃은 찰목도를 안고 노래를 멈추지 않았다. 그리고 침대 쪽으로 다가가 손을 뻗어 침대 휘장을 내렸다. 노랫소리는 한 번도 멈추지 않았고, 드문드문 가사도 들려왔다.

"우리 아가, 꽃 같은 아가, 바람에 흔들리고 비에 젖고……"

달빛은 어느새 밀려온 구름에 가려졌고, 복도에는 진하고 연한 그림자가 번갈아 가며 어른거렸다. 노랫소리가 희미하게 들려왔다. 평범한 가사임에도 어쩐지 기괴하게 느껴졌다.

"바람에 흔들리고 비에 젖고……"

유모단은 노래를 부르며 휘장을 묶는 넓은 끈을 손에 쥐었다.

"비에 젖고……"

유모단은 한 손으로 끈을 말아 동그란 매듭을 만들었다.

"비에 젖고……"

봉지미가 냅다 문을 열고 들어갔다. 노래가 멈추었고 침대 앞의 유모단이 황급히 고개를 돌렸다. 그녀의 손 안에는 끈으로 만든 동그란 매듭이 들려 있었고, 얼굴은 온통 눈물범벅이었다. 눈물이 눈꼬리를 따라 흐르며 짙은 화장을 한 그녀의 얼굴을 엉망으로 만들어 놓았다. 봉지미의 시선이 천천히 유모단의 얼굴을 지나 그녀의 품에서 손가락을 빨며 곤히 잠든 찰목도에서 멈췄다. 그리고 눈물을 흘리며, 자장가를 부르며, 매듭을 쥔 채 아들의 목을 조르려는 어머니를 바라보았다.

"대체 왜……."

봉지미는 한참 후에야 겨우 물었다. 목이 메어 말을 끝마칠 수가 없었다. 이토록 싸늘하고 무섭고 비뚤어진 사랑을 가진 어머니가 있을 수 있단 말인가. 유모단은 넋이 나간 채 봉지미를 바라보다가 손을 떨궜고, 매듭이 바닥에 떨어졌다. 온몸에 기운이 쏙 빠진 것처럼 망연자실하게 침대에 널브러진 유모단은 양손으로 얼굴을 가렸다. 잠시 후 진주 같은 눈물방울이 손 틈새로 반짝이며 흘러나왔다.

"찰목도가 살아선 안 돼. 내 아들들은 다 살 수 없어……."

유모단이 목이 메어 말했다.

"타마가 그랬다. 찰답란은 형제를 잡아먹을 운명이야. 그놈이 형제를 쳐내지 않으면 형제들이 그 놈을 쳐내고 말 거다."

봉지미는 순간 섬뜩함을 느끼며 물었다.

"설마 죽은 나머지 여섯 명의 왕자들도……?"

유모단은 그저 오열할 뿐이었다. 봉지미는 뒤로 물러서서 웃음이 헤프고 풍류를 즐기던 여인을 바라보았다. 속도 배알도 없어 보이던 이 여인이 장자를 무탈하게 자라게 하기 위해 정말 제 손으로 아들 여섯을 죽였단 말인가.

"그런 미신은 믿을 것이 못 됩니다."

봉지미가 잠시 머뭇거리다 이내 정신을 차리고 말했다. 유모단은 절망하며 고개를 저었다.

"아냐, 미신이 아냐. 찰답란의 셋째 동생이 태어나던 해에 그 애가 너무 귀여워서 마음이 약해졌지. 그런데 그해 찰답란이 절벽에서 추락했고, 하마터면 목숨을 잃을 뻔했어."

"납득할 수 없어요."

봉지미가 한참 후에 천천히 말했다.

"어떻게 혁련쟁 하나를 지키려고 다른 아들들의 목숨을 그리도 하찮게 버릴 수 있나요?"

"호탁부는 규칙이 있어. 적장자는 황위를 계승받을 우선권이 있다."

유모단이 낮은 목소리로 말했다.

"호탁 십이부의 내부 구조는 매우 복잡해서 대대로 왕권 계승을 두고 피바람이 불지. 심지어 그 화가 후대까지 미치기도 해. 적장자가 왕위를 계승해야 설득력이 있고, 다른 부족들이 쉽게 받아들이기 때문에 분쟁을 막을 수 있다. 그래서 적장자가 바보가 아닌 이상 태어나면 왕위는 그의 것이다. 게다가 찰답란이 태어난 해에 목초가 잘 자랐고, 하늘에서 쌍무지개가 떴어. 타마는 그것이 길한 징조며 하늘의 뜻이라고 했다. 찰답란은 절대 죽어서는 안 돼."

유모단의 청승맞은 읍소가 밤하늘에 울려 퍼졌고, 가느다란 목소리가 마음 깊은 곳까지 쿵쿵 울리게 만들었다. 봉지미는 그 자리에 한동안 우두커니 서서 탄식하다 유모단의 어깨를 가만히 잡았다.

봉지미의 품에 안긴 유모단은 눈물이 샘물처럼 솟았지만, 애써 울음소리를 삼켰다. 겨울날 날개가 꺾인 나비처럼 초라한 어깨가 더욱 격렬하게 들썩였다. 이토록 작고 여린 어깨가 한 부족의 흥망성쇠를 우직하게 짊어졌으며, 자신의 피와 살을 나눈 일곱 개의 무고한 목숨을 짊어졌다고는 아무도 믿지 못할 것이었다.

'고요한 밤 자신을 철석같이 믿고 까르르 웃는 아이의 목을 들여다보면서, 그녀는 지금처럼 떨었을까?'

봉지미의 미간이 깊어졌다.

"찰목도를…… 살려 둘 수는 없어. 고고의 초원을 위험에 빠뜨릴 수 없다."

유모단의 눈물이 봉지미의 앞섶을 축축하게 적셨고, 말투에 점점 결심이 실렸다.

"이 아이는 팔자가 유난히 세다. 뱃속에 있을 때 벌써 제 아비를 잡아먹지 않았느냐. 내가 이놈을 왕정에 버렸을 때 사방팔방이 적이었는데도 멀쩡히 살았다. 시녀가 이 아이를 찾아내지 못했다면 침대 밑에서 굶어 죽었을 텐데, 하필 시녀가 방에서 나올 때 이놈이 목 놓아 우는 바람에……. 이 팔자라면 찰답란이 감당할 수 없을 거야."

적막한 방 안에는 유모단의 낮은 울음소리만이 가득했다. 그녀를 안은 봉지미는 울긋불긋하게 칠한 천장을 바라보았다. 이러지도 저러지도 못하는 봉지미의 눈동자에 슬픔이 비쳤다. 고남의는 문간에 서서 무언가 깊이 생각했다. 고지효의 어머니는 온몸으로 아이를 보호하다 죽었는데, 찰목도의 모친은 어째서 품에 안은 자식을 죽이려 하는 것일까.

"안 돼!"

등 뒤에서 회오리바람이 휘몰아쳤다. 그 바람은 순식간에 덮쳐 와 유모단 품에 안긴 찰목도를 빼앗아 봉지미의 품에 안겼다. 바로 혁련쟁이었다.

"어머니!"

혁련쟁이 침대 곁에 털썩 무릎을 꿇고 쿵쿵 소리를 내며 침대에 머리를 박았다. 그는 고통으로 다 쉬어 버린 목소리로 절규했다.

"찰목도를 죽이지 마세요. 어린 아우의 목숨으로 나를 지키지 않아도 된다고요!"

"찰답란!"

유모단이 한바탕 소리를 쳤다. 조금 평정을 되찾았는지 눈물과 콧물을 비단 이불에 세게 닦았다.

"네가 싫대도 나는 이럴 수밖에 없다! 벌써 많은 목숨이 희생됐어! 다 된 밥에 코를 빠뜨릴 수 없다!"

"아무도 날 잡아먹지 않아요!"

혁련쟁이 소리쳤다.

"그런 말들 믿지 마시라고요!"

"나도 안다. 그래, 착하지……. 이번이 마지막이야, 마지막이다."

유모단은 혁련쟁의 얼굴을 쓰다듬었다.

"싫어요!"

처참한 상황이 아니었다면 봉지미는 아마 웃음을 터뜨렸을 것이었다. 이 대화는 얼핏 들으면 밥 안 먹는 아들을 어머니가 달래는 상황 같았기 때문이었다. 봉지미는 초원 왕족도 이토록 뼈아프고 어찌 할 수 없는 슬픔이 있다는 것을 알게 되었다.

"어미는 너와 쓸데없이 대거리할 시간이 없다!"

유모단은 설득이 소용없자 별안간 딴 사람이 되더니 혁련쟁을 걷어차 버렸다.

"네 아버지가 임종하실 때 내가 이 초원과 너를 지키겠다고 약속했어. 그 약속을 지키기 위해서는 어떤 희생도 아깝지 않아. 더 이상 잔소리를 하면, 네 아버지를 뵐 낯이 없으니 너와 연을 끊을 것이야!"

"한 사람의 목숨이 달린 일이에요. 어머니 마음대로 하실 일이 아닙니다!"

혁련쟁은 칼을 뽑아 자기 목에 대고 말했다.

"남의 목숨으로 제 목숨을 지키는 걸 더 이상 두고 볼 수 없습니다. 어머니께 돌려드리죠. 어머니가 죽이고 싶은 사람을 죽여 보세요!"

"네 이놈!"

유모단이 눈을 크게 떴다.

"저군요!"

혁련쟁이 버럭 소리를 질렀다. 그때 누군가 혁련쟁의 손에 들린 칼을 살며시 빼앗았다.

"이렇게 소란 피울 일입니까?"

칼을 빼앗은 건 고남의였고, 말을 한 사람은 봉지미였다. 그녀는 유모단을 향해 눈을 찡긋해 보였다.

"대비마마, 보는 앞에서 이 난리면 죽일 수가 없지요. 멀리 보십시오, 멀리."

그러고는 몸을 돌려 혁련쟁을 보며 또 눈을 찡긋했다.

"전하께서 무사히 살아 계시면 대비께서 더 이상 두려워하지 않으실 텐데, 이 난리가 다 무엇입니까?"

유모단은 깨달았다. 며느리는 지금 죽이기 어려우니 나중에 다시 논하자고 말하고 있었다. 어쩌면 며느리가 자신을 도와줄 수도 있었다.

동시에 혁련쟁도 깨달았다. 부인은 지금 자신이 찰목도를 데려오면 어머니께서 해치지 못할 거라고 말하고 있었다.

일단 두 사람 다 마음을 놓고 천천히 일어났다. 봉지미는 몸을 돌려 가 버렸고, 아이는 순조롭게 고남의의 품에 안겼다.

"지효와 같이 키우겠소."

두 사람이 뭐라고 대답하기도 전에 멀리서 떠들썩한 소리가 들렸다. 곧이어 숨이 넘어갈 것처럼 노쇠한 목소리가 이어졌다.

"어서, 어서 그 중원 여인을…… 빨리……."

하지만 그 노쇠한 목소리는 순우맹의 길고 단단한 소리에 묻혀 버리고 말았다.

"초왕 전하께서 왕비께 보내신 급보입니다."

채찍 형벌

야심한 시각이라 행여 들리지 않을까봐 걱정이라도 되었는지, 순우맹의 목소리는 왕정의 뜰에 한참 동안 머물렀다. 혁련쟁과 고남의가 동시에 봉지미를 바라보았다. 봉지미는 창밖에 핀 넝쿨 꽃을 바라보고 있어서 그녀의 표정을 살필 수가 없었다. 어색한 분위기가 감돌았다. 자초지종을 모르는 모란꽃만 눈썹을 꿈틀대며 수상하다는 듯 말했다.

"어떤 초왕 말이냐? 지금 조정에서 권세가 하늘을 찌르는 그 초왕? 왕족의 혼인 하례 선물이라면 제경을 떠날 때 실어 보내지 않았느냐? 뭐하러 굳이 멀리서 이걸 보내? 그것도······."

모란꽃이 말을 하다 말고 혁련쟁의 표정을 살폈다. 혁련쟁이 짧게 말했다.

"지미, 찰목도를 잘 돌봐 주시오."

혁련쟁이 성큼성큼 저 멀리까지 걸어가서 다시 큰 소리로 일렀다.

"여봐라, 타마가 쉬시도록 처소로 안내하고, 선물은 대비 처소에 가져다 놓거라."

잠자코 듣던 모란꽃이 봉지미가 충분히 들을 수 있을 만한 '혼잣말'로 중얼거렸다.

"우리 똥강아지는 역시 도량이 넓어."

봉지미가 웃으며 말했다.

"찰목도는 제가 데려가겠습니다. 모란꽃, 제가 나무라는 것은 아닙니다만, 타마의 예언을 믿으시면서 자식을 왜 이토록 많이 낳으셨나요?"

"나는 뭐 낳고 싶어 낳은 줄 아느냐."

주위의 시선이 다시 돌아오자 모란꽃이 고개를 꼿꼿이 들고 단호하게 말했다.

"시집온 지 25년인데 고작 여덟 낳은 거야! 호탁부는 자손이 많은 것을 미덕으로 여기고 고고도 아이를 좋아하는데 타마의 예언을 감히 고고에게 말할 수 없었다. 중원에서 피임약을 몰래 구해 먹었지. 고고는 내가 아이를 낳기 싫어하는 줄 알고 번번이 약을 버리거나 바꿔치기 했어. 원체 효과가 신통치 않았던 약을 그렇게 띄엄띄엄 먹었으니 애가 줄줄이 생겼지."

"선왕께서 모르셨나요? 모란꽃이 왕손들을 죽인……."

"나는 타마의 예언을 절반만 말해 줬다. 그래서 찰답란의 팔자 때문에 죽은 줄 알지."

유모단이 낮은 목소리로 이야기를 이어 갔다.

"고고가 찰답란을 원망하길 바라지 않았고, 또 상처를 주고 싶지 않았다."

'그래서 모란꽃이 고고 선왕이 죽을 때까지 사실을 감추었고, 예언으로 인한 고통을 오롯이 혼자 짊어졌다는 것인가? 세상에 이토록 남편을 사랑하는 여인이 또 있을까?'

봉지미는 생각을 거듭할수록 이해가 가지 않았다. 고고 선왕은 복이 많은 사람이라는 생각이 들었다.

"더 이상 캐묻지 말고 이제 그만 가거라."

적반하장 격으로 모란꽃이 봉지미에게 말했다.

"나는 제정신이 아닌 사람이랑 말 안 한다."

봉지미가 어색하게 웃으며 방을 나섰다. 찰목도를 왕정의 유모에게 맡긴 후 고남의에게 그만 자라고 말했다. 그러자 고남의가 진지하게 봉지미를 뜯어보더니 말했다.

"울지 마."

봉지미가 억지로 웃으며 말했다.

"멀쩡한데 울긴 왜 울어?"

"마음."

고남의가 봉지미의 가슴을 가리키며 말했다. 사실 그녀는 어둠 속에 우두커니 서서 초원의 매서운 바람을 맞는 듯한 심정이었다. 그러나 이 순간 고남의의 신선한 기운이 은은한 꽃향기처럼 전해져 왔다. 봉지미는 따뜻한 위안이 느껴졌다.

잠시 후 봉지미가 생긋 웃었다. 고남의가 손을 뻗어 그녀의 머리칼을 쓰다듬더니 어색한 동작으로 그녀를 안고 등을 토닥여 주었다. 그 손짓은…… 고지효를 재울 때 하는 동작과 같았다. 그의 품에 안긴 그녀는 웃음이 터졌지만 한편으로 갑자기 코끝이 찡해졌다. 이것은 고남의와의 첫 포옹이었으며, 연정이 아닌 친절이었다. 마침내 그도 친절을 배운 것이었다. 정말 다행이 아닐 수 없었다. 그 순간 봉지미는 마음을 편하게 하는 기운이 사방에 떠도는 것 같았고, 따뜻하고 상냥한 밤의 노래가 들려오는 듯했다. 잠시 후 고남의의 품에서 나온 그녀는 고개를 들고 아름다운 그의 턱선을 바라보며 말했다.

"걱정 마. 울어도 괜찮아. 누구든 울고 싶을 때가 있잖아. 울고 난 다음에는 웃을 수 있다고 믿기만 한다면 괜찮아."

고남의는 가만히 서서 봉지미를 바라보다 대뜸 말했다.

"어느 날 누군가를 위해 우는 날이 온다면, 나는 영원히 웃지 못할 거야."

고남의는 말을 마치자마자 봉지미의 대답은 듣지도 않고 홱 돌아서서 들어가 버렸다. 덜컥, 문이 닫히는 소리에 봉지미는 깜짝 놀랐다. 그녀도 모르는 사이에 그는 점점 세상과 가까워지고 있었다. 오늘 그녀는 처음으로 그가 완전한 문장으로 자신의 생각을 표현한 말을 들었다. 그리고 그 의미를 곱씹어 볼수록 놀랄 수밖에 없었다.

봉지미는 말없이 뒤로 물러서서 고남의가 굳게 닫아 버린 문을 바라보았다. 초원의 고요한 봄밤 속에 그녀의 한숨이 흩어졌다.

복도에서 문까지 일곱 걸음, 다시 문에서 복도까지 일곱 걸음. 봉지미는 자신의 보폭으로 그 거리를 열 번도 넘게 재고 있었다. 사방은 고요했다. 이곳은 중원의 대저택처럼 누군가 시중들기 위해 시시각각 대기하고 있지 않았다. 평소 같으면 이 고요함을 좋아했겠지만, 오늘 밤에는 어쩐지 어색했다.

달이 궁전 한가운데에 높이 솟아 있었다. 봉지미는 고개를 들어 하늘을 바라보다가 길게 한숨을 쉬고 마침내 방문을 열었다. 방 한가운데는 독특한 모양의 예물 바구니가 얌전히 놓여 있었다. 상자는 달처럼 흰색이었고, 옅은 금색과 검은 테두리 장식이 있었다. 봉지미는 그 상자를 보자마자 어떤 한 사람을 떠올렸다.

봉지미는 문가에 한참을 서 있다가 마침내 천천히 다가갔다. 그녀는 바구니를 열지 않고 번쩍 안았는데 어쩐 일인지 꼼짝도 하지 않았다. 의아해서 자세히 살펴보니 누군가 상자를 바닥에 단단히 붙여 놓은 것이었다. 그녀가 눈썹을 움찔거리며 생각했다.

'순우맹에게 상자를 바닥에 붙이라고 지시했단 말인가? 바닥에 붙어 있으면 내가 버릴 수 없으니까?'

봉지미가 조금 더 힘을 주자 상자가 바닥에서 떨어졌다. 그리고 순간 편지 한 장도 함께 후드득 떨어졌다. 그것은 편지라고 하기에는 조금 부족했다. 상자 밑바닥에 붙어 있던 쪽지로 보였는데, 거기에는 몇 자가 짧게 적혀 있었다.

'봉호의 사주단자 재중. 궁금하면 열어 볼 것.'

봉지미는 쪽지를 바라보며 미간에 주름을 잡고, 어쩔 수 없다는 표정을 지었다. 역시 영혁의 세심함은 타의 추종을 불허했다. 종국에는 상대방의 급소를 찔러 절대 도망칠 수 없도록 만들었으니 말이다. 그녀가 선물을 열어 보지도 않고 버릴 것이라고 예상한 그는 상자를 바닥에 붙였다. 그리고 그녀가 힘을 주어 상자를 떼어낼 것을 예상하고, 이 장치를 해 둔 것이었다. 일단 이 쪽지를 읽으면 상자를 열지 않고는 못 배길 거라는 사실까지 그는 꿰뚫어 보았다.

봉지미는 쪽지를 구겨 버리고 상자의 겉면을 뜯었다. 바구니 윗부분에 작은 구멍이 있었는데, 제경의 관습은 이곳에 방울이나 옥 단추 같은 작은 장식품을 걸었다. 그런데 여기 달려 있는 장식품은 매우 특이해서 봉지미의 눈이 휘둥그레졌다.

앙증맞은 금 빗자루였다. 아주 정교하고 예쁘게 잘 만들어서 마치 진짜 같은 빗자루였다. 마당에 눈을 치울 때 쓰는 손잡이가 긴 빗자루였는데, 손잡이 부분의 대나무 마디와 비 부분의 가느다란 대오리 한 줄기까지 진짜처럼 생생했다.

'빗자루라……'

추가 저택의 얼어붙은 호수에서 영혁과 처음 만났을 때, 봉지미는 빗자루로 눈을 쓸고 있었다. 그녀는 그와 비밀리에 연락을 취했던 다섯째 외숙모를 빗자루를 이용해 지옥으로 보내 버렸다. 그녀는 손가락으로 가볍게 작은 빗자루를 어루만지며 생각했다.

'만일 그날 살의가 샘솟지 않아서 다섯째 외숙모를 죽이지 않았다

면, 영혁을 만나지 않았을까? 영혁을 만나지 않았다면, 이 많은 일도 생겨나지 않았을까?'

봉지미의 눈빛이 더욱 깊어졌다. 아마 운명이 정해놓은 이 대결은 결국 돌고 돌아 다시 나타났을 것이었다.

봉지미는 손가락에 힘을 주어 금 빗자루를 떼어내 한쪽에 두었다. 바구니는 여러 칸으로 나누어져 있었는데, 제법 많은 물건이 들어 있는지 층층이 쌓여 있었다.

첫 번째 칸에는 술 주전자가 있었다.

그것은 질 낮고 조잡하여 낙인 하나 없는 사기 주전자였다. 제경에서 제법 커다란 규모의 주막에는 전용 주조장이 있어 술 주전자에 주조장 고유의 인장을 새겼지만, 작은 규모의 주막에는 없었다. 천하의 영혁이 이토록 조잡하고 질 낮은 술을 마실 리는 없었다. 봉지미는 주전자를 뚫어져라 쳐다봤다. 어쩐지 낯이 익어서 뚜껑을 열고 술 냄새를 가만히 맡아 보았다. 코를 찌르는 향이 깊은 것을 보아 독한 술이 분명했다. 몸을 쓰며 일하는 인부들이 겨울에 추위를 이기려고 마시는 값싼 술 같았다. 주전자를 잡은 봉지미의 손이 떨렸다.

다리 위에 술을 뿌리던 그날 밤, 영혁과 봉지미는 값싼 술 한 주전자를 나눠 마셨다. 대성 황조의 옛 이야기를 꺼내는 그의 말투는 담담했고, 그의 마음에 가득 찬 시름에 별 관심이 없던 그녀는 오직 앞날만을 걱정하고 있었다. 그때는 그저 지나가는 말로만 여겼는데, 지금 떠올려 보니 그의 한 마디 한 마디에 깊은 뜻이 있었다. 어쩌면 그 다리까지 의미를 품고 있었을지도 몰랐다. 그해 겨울밤 다리에 얇게 덮여 있던 그 눈은 어느새 두껍게 쌓여 있었다.

그 술을 팔았던 작은 주점을 찾아내느라 영혁은 제법 고생을 했을 것이었다. 봉지미는 살며시 웃으며 주전자째로 술을 비워 버렸다. 칼날이 훑어 내리는 것처럼 술이 뜨겁게 목구멍을 타고 내려갔다. 긴 화염

한 줄기가 가슴까지 내려가며 펑 하고 터지고, 별안간 오장육부가 타오르는 것 같았다. 그녀는 얼굴이 시뻘게지도록 연방 기침을 했다. 자신도 놀라 술 주전자를 바라보며 그때는 어떻게 아무렇지도 않게 이 술을 비웠는지 의아해했다. 그리고 당시에도 존귀한 몸이었던 영혁이 이토록 질 낮은 술을 미간 한번 찌푸리지 않고 마셨던 것을 떠올렸다. 그는 정말…… 영원히 꿈속에서 살고 싶어 하는 사람일 것이었다.

봉지미는 입을 대충 닦고 손끝에 묻은 술도 핥아 먹었다. 작열하는 감각을 통해 지나간 시간을 천천히 음미해 보았다. 지난 일 년 동안 갖가지 술을 마셔 봤지만, 오직 이 술만이 인생의 참된 맛을 닮은 듯했다.

두 번째 칸에는 이상한 모양의 정교한 쇠뇌가 있었다.

이것은 중원에서 제작한 쇠뇌 같지는 않았다. 양 끝에 붉은 수술이 달려 있었고, 화살의 길이가 제각각이었으며, 붉은 광택이 돌았다. 처음에는 무엇인지 몰랐던 봉지미는 한참을 들여다보고 나서야 낯이 익다는 걸 퍼뜩 깨달았다. 서원의 기말시험 전날 밤 술에 취한 그녀가 엉겁결에 후원에 들어갔었고, 태자를 처치하기 위해 지하 통로에서 막 올라온 영혁과 마주쳤었다.

그때 영혁의 검은 망토가 밤바람에 휘날려 봉지미의 눈을 가렸었다. 금빛 꽃송이가 그녀의 눈앞에서 번쩍거렸을 때 붉은빛 쇠뇌가 그녀의 등을 겨누고 있었다. 그녀는 당황하여 데굴데굴 구르며 도망쳤고, 그 와중에 보았던 매의 눈처럼 붉은 쇠뇌가 뇌리에 남아 있었다. 만약 그때 그 화살이 등에 꽂혔다면, 어머니와 남동생은 죽지 않았을 지도 몰랐다.

봉지미는 유려한 곡선을 이루는 쇠뇌와 담홍색 화살을 천천히 어루만졌다.

우두둑.

고요한 밤을 가르고 명쾌한 소리가 울려 퍼졌다. 부러진 붉은 화살

몇 개가 바닥으로 쏟아졌다.

세 번째 칸에는 해당과(海棠果) 한 보따리가 있었다.

청명서원의 기말고사 날, 자객은 연검*軟劍, 탄성이 강한 재질로 만든 유연한 검을 접시 모양으로 구부려 그 위에 해당과를 담아 어전에 바쳤다. 검에서 빛이 솟은 순간, 붉은 해당과는 사방으로 튀는 피와 함께 바닥을 붉은색으로 물들였다. 고육책, 계략 속의 또 다른 계략……. 영혁이 머리를 짜내고 자신을 돌보지 않은 이유는 태자를 끌어내리기 위해서였는데, 당연히 새내기 무쌍국사가 그의 비밀을 꿰뚫어 보는 것을 용납할 리 없었다. 병풍 뒤에서 그는 피 묻은 손가락으로 봉지미의 목을 쥐었다. 그녀는 그의 눈에서 살기를 읽었다. 하지만 결국 그녀를 놓아주었다.

"오늘 저를 살려주셨으니, 언젠가 저도 전하를 한 번은 살려드릴 것입니다."

그때 봉지미는 놀라서 이렇게 말했었다. 어떤 말은 할 때는 모르지만 일이 끝까지 진행되고 나면, 그제서야 그것이 운명을 관통하는 잠언이었음을 깨닫기도 했다.

봉지미가 해당과를 베어 물었다. 귀한 진상품인 이 과일은 막상 입에서 쓴맛이 났다. 마치 인생에서 감히 다시는 추억할 수 없는 옛일을 자꾸만 떠올리는 것처럼.

네 번째 칸에는 푸른색 환약 한 알이 있었다.

영혁이 위부에서 술에 취했을 때였다. 소녕 공주는 봉지미에게 영혁이 취한 틈을 타 맥을 짚고 팔목에 이 약을 바르라고 했었다. 금전에서 혁련쟁이 상소를 올려 영혁을 고발할 때, 영혁이 부황의 신뢰를 잃게 만들어 다시는 일어설 수 없게 하려는 계략이었다. 봉지미는 맥도 짚었고 술 깨는 탕약도 끓였지만, 끝내 환약은 바르지 않았었다. 주도면밀한 영혁이 난데없이 봉지미의 거처에서 취해 쓰러질 것이라 생각하지 않았고, 그가 그녀를 완전히 믿을 것이라 생각하지 않았기 때문이었다.

과연 봉지미의 선택은 옳았었다. 모든 것은 영혁의 계산 안에 있었다. 소녕 공주가 가지고 있었던 혈액을 금빛으로 바꾸는 그 청색 환약을 그도 가지고 있었으니 말이었다.

'영혁. 이것은 그때 내가 당신에게 손을 쓰지 않았음에 감사를 표하는 것인가요? 아니면 나는 영원히 당신 손바닥 안에 있다고 알려 주는 것인가요?'

봉지미는 푸른색 환약을 바라보며 마음속으로 의문을 던졌다.

다섯 번째 칸에는 투명한 수정이 있었다.

끝부분의 모양이 불규칙한 것으로 보아 다른 물건에서 떨어져 나온 게 분명했다. 천성 황궁의 지하 통로 출구에는 온화한 용모와 아름다운 자태를 뽐내는 수정 미인상이 세워져 있었다. 영혁은 검을 뽑아 그 진귀한 보물을 깨뜨려 버렸다. 그것은 그가 가장 사랑하는 한 여인에 대한 모욕이었기 때문이었다. 폭우가 내리던 그날, 버려진 궁에서 영혁은 봉지미에게 사연을 털어놓았다. 그의 가슴팍에 남아 있던 흉터를 그녀가 어루만졌을 때 그의 마음에 난 상처도 함께 어루만져 주었다.

봉지미는 수정 조각을 손에 쥐어 보았다. 그것은 얼음처럼 차가웠다. 지금 이 순간의 마음처럼. 그녀는 가슴이 아파 저도 모르게 손가락에 힘을 주어 수정을 꽉 쥐어 보았다. 날카로운 부분에 찔려 손에 피가 흐를 거라고 예상했지만, 그렇지 않다. 손을 펴 보니 그제서야 본디 날카로워야 할 수정의 모서리 부분을 누군가 부드럽게 갈아 놓았음을 알았다. 그 누군가는 고요한 밤 소리 없이 수정의 날카로운 끝을 조심조심 갈아 놓았을까? 책상에 흩뿌려진 수정 파편은 아마도 눈물을 닮았을 것이었다. 그 누군가는 섬세하고 다정하게, 가만한 동작으로 거친 모서리를 다듬고 또 다듬었을 것이었다. 그녀의 마음이 소용돌이치는 순간 그녀 자신을 다치지 않게 하기 위해서.

수정은 매끈하게 다듬었지만 영혁의 가슴에 남은 상처는 아물지 못했을 것이었다. 그날 밤 그는 그토록 차갑고 처량했었으니까.

여섯 번째 칸에는 금 손잡이의 북채가 있었다.

상 씨 귀비의 생일날, 한 자리에 모인 권세가의 귀한 여식들은 암투를 벌였다. 혁련쟁 세자의 손에 들려 있던 북채가 춤을 추며 둥둥 소리를 냈다. 비녀 하나에 주옥 같은 시가 여러 수 오갈 때 봉지미는 궁전에 술을 뿌렸다. 그 행동은 화궁미를 달래는 듯 보였지만 사실은 영혁을 향한 것이었다.

"열의에 차 완벽을 탐하여 구사일생의 기억을 잊으니, 겉으로는 팔방미인으로 보여도 그 속내는 칠칠치 못하여, 육촌 친척마저 몰라보는구나. 속에 있는 오장육부가 썩어 들어가니 겉에 드러난 사지마저 기력을 잃고, 삼시 세끼 배도 채우지 못하는 신세가 되어 둘도 없는 지옥 속에 떨어져 서로 바라만 보니, 아아 한 줄기 무모한 연정 포기하는 편이 나으리."

봉지미가 살며시 웃으며 마지막 구절을 다시 곱씹었다.

'둘도 없는 지옥 속에 떨어져 서로 바라만 보니, 아아 한 줄기 무모한 연정 포기하는 편이 나으리.'

가끔 봉지미는 자신의 선견지명에 놀랐다. 그녀는 화려한 시절 너머의 아득한 피안을 바라보며, 일찍이 처량한 운명을 보았던 것이었다.

봉지미가 북채를 쥐고 손을 들었다. 황금빛 손잡이가 암흑 속에서 선명하고 밝은 호선을 그렸다.

둥.

하지만 두텁고 무거운 밤의 기운을 격파할 수 없어 그저 무거운 한숨만 뱉을 따름이었다.

일곱 번째 칸에는 해당과 절임떡이 있었다.

봉지미는 품 안의 해당과 절임떡 덕분에 간계를 품은 5황자의 칼로부터 벗어난 적이 있었다.

"누굴 구할 테냐?"

어떤 질문은 굳이 말로 할 필요가 없었다. 답이 자명하게 놓여 있었기 때문이었다. 영혁은 후궁 때문에 황조를 망하게 한 전 왕조의 여제(厲帝)가 아니었으며, 봉지미 또한 미모로 천하를 찬탈한 세종(世宗)의 요비(妖妃)가 아니었다. 그날 처음으로 금우위에 대해 들었을 때, 그가 담담한 말투로 그녀에게 귀띔했었다.

"신하 된 자는 범사에 조심해야 하지."

"사람이 살기 위해서는 원래 조심해야 하는 법이죠."

봉지미는 그때의 대화를 떠올리며 스스로 자책했다.

'봉지미, 너는 아둔하다. 매우 아둔하다.'

둘 사이에 놓인 각자의 영역을 보느라 곁에 있는 고심과 계획을 보지 못했었다.

봉지미는 천천히 떡을 집어 들었다. 제경과 북쪽은 멀고 멀어 떡은 이미 깨물어 먹기가 어려울 정도로 딱딱했다. 그래도 천천히 씹어 보았다. 어서방 앞 복도에서 난간에 기대어 떡을 먹었던 처음 그날처럼. 그날의 떡은 쫄깃했고, 웃음도 가벼웠다. 그녀는 지금 그때의 순간이 마치 딴 세상처럼 멀게만 느껴졌다. 한 입 한 입 모두 삼켰다. 떡은 아무 맛도 나지 않았다.

여덟 번째 칸에는 잣이 있었다.

"위층 집 이웃한테 먹을 것 좀 얻어 올게요."

잣나무 위의 주인은 봉지미의 교묘한 말솜씨에 슬금슬금 물러섰고, 결국 악질 손님에게 집을 털리고 말았다.

"사람은 짐승보다 악해요. 짐승은 이유 없이 도발하거나, 배반하거나, 짓밟거나, 상처 주지 않지만, 사람은 그렇게 하거든요."

배고픈 봉지미가 다람쥐의 겨울 식량을 전부 훔쳐 먹었던 것처럼, 그녀도 자신의 모든 것을 훔쳐 갈 사람을 만나게 될 것이었다. 세상은 언제나 돌고 돌았고, 이치는 늘 그러했다.

아홉 번째 칸에는 말린 생선이 있었다.

남해에 도착했을 때 텃세가 심했다. 그때 백성들이 뱃머리에 던진 말린 생선을 영혁과 봉지미가 의리 좋게 가져가 나누어 먹었다.

"전하께서 친히 젓가락을 놓으시고, 위 대인은 직접 요리를 하시고, 주 대인을 초대해 불을 지피게 하시오."

남자가 젓가락을 놓고 여인이 요리하는 일은 여염집에서는 일상다반사였지만, 신분과 입장이 달라진 어떤 사람들에게는 사치의 향연이었다.

열 번째 칸에는 잣떡과 박하떡이 있었다.

봉지미가 즐겨 먹는 간식 두 가지였다. 특별한 의미가 있던 앞의 선물에 비한다면 상징적이지는 않았다. 그녀는 이마에 주름을 잡고 한참 동안 생각에 빠졌다. 아마도 영혁은 그녀가 좋아하는 남해 지방의 간식을 챙겨주고 싶었는지도 몰랐다.

문득 어떤 장면이 봉지미의 뇌리를 스쳤다. 서로의 어깨에 기댄 남녀였다. 그의 손은 실오라기 하나 걸치지 않은 그녀의 어깨에 놓여 있었고, 그녀는 옷을 풀어 헤친 그의 가슴에 얼굴을 기대고 있었다. 서로 기댄 두 사람 뒤에는 탁자가 있었고, 거기엔 그가 그녀를 위해 준비한 간식이 놓여 있었다. 그때는 미처 몰랐으나 한참 후 추억할 때 그제야 반짝이는 일들이 있었다. 잊었던 무언가를 비로소 발견하는 것이었다. 해산물만 즐비한 연회가 끝나고, 영혁은 배를 채우지 못했을 봉지미를 위해 간식을 준비했다. 하지만 뜻밖에도 위험천만한 오해가 기다리고 있었다.

"저도 언젠간 그런 평범한 여자가 될 거예요. 평범한 여자는 평범한 남자와 평범한 생활이 어울리지요. 작은 집 한 칸과 비옥한 전답 조금만 있으면 더 이상 바랄 게 없겠지요. 제 옆의 평범한 사람은 제가 모욕을 당하면 나서서 막아 주고, 제가 배반을 당하면 칼을 들고 복수해 주고, 제가 실망했을 땐 제 편을 들어 주며 천천히 달래 주고, 제가 상처를 받아 울고 있으면 절 꾸짖다가도 안아 줄 테고⋯⋯. 그러면 전 그의 품에서 펑펑 울겠죠."

봉지미는 그날의 대화를 떠올리며 마음속으로 생각했다.

'아, 영혁. 그렇게 말할 때 우리 둘 다 알고 있었죠. 당신이 그런 평범한 남자가 아닐 뿐 아니라, 나 또한 평범한 여자가 되지 못한다는 것을.'

영혁과 봉지미는 평생을 가식적으로 웃을 것이며, 울 권리는 없었다. 누가 기꺼이 근심을 버리고 평범한 사람으로 백 년을 살 수 있을까.

열한 번째 칸을 열었다.

봉지미는 당연히 봉황꼬리나무로 만든 상자가 나올 것이라고 생각했다. 그런데 뜻밖에도 드문드문 손자국이 난 시든 나뭇가지가 보였다. 그녀는 한참을 바라봐도 그게 뭔지 감이 잡히지 않아 다음 칸을 열어 보았다.

열두 번째 칸에는 편지 한 통이 얌전히 놓여 있었다.

봉지미는 그 편지를 조용히 바라보았다. 그녀는 한때 남해의 상쾌한 바닷바람을 맞으며 많은 편지들을 기쁨에 차 읽어 내려갔었다. 그 후 해적을 소탕할 때도 그 편지들을 읽고 또 읽었다. 천리 밖에서 온 편지는 다정한 기대감으로 열어 봐야만 유장한 인생의 흔적을 읽어낼 수 있었다. 풍경은 그대로였는데 사람은 달라져 버렸다. 편지는 그대로였지만 읽는 사람의 그 마음은 이제 여기 없었다.

"대인을 향한 전하의 마음이 아주 깊어 보입니다. 하지만 대인을 향한 마음이 아무리 깊으시더라도 이 나라와 조정에 대한 마음만큼 깊을 순 없으니 대인께선 잘 생각하셔야 합니다."

광기가 서린 봉지미가 스스로를 제어할 수 없었을 때 총명한 화경이 한 마디로 정곡을 찔렀다.

"나는 한 번 죽었던 사람이야. 그래서 더 잘 살아보려 노력하고 있어. 인생에서 어렵사리 만난 마음을 소중히 하는 법을 배우고 싶고, 가끔 모든 것을 놓고 오직 마음이 시키는 대로 하고 싶어."

마음이 시키는 대로 행동한 결과 봉지미는 이렇게 산하를 누비게 되었다.

'영혁, 이제 와서 무슨 말이 더 하고 싶은 거예요?'

영혁은 봉지미에게 설명을 하고 싶었을 지도 몰랐다. 애원은 아마 아닐 것이었고, 팔 할은 공적인 임무일 터였다. 봉지미가 담담하게 웃다가 결국 편지를 들고 한 자 한 자 읽어 내려갔다. 처음에는 예상대로라는 표정이었지만, 점점 눈썹이 일그러졌다.

'편전 밖 키 작은 나무에 드문드문 남은 손자국은 너의 것이냐? 너는 정말 그 나무를 나로 여겼던 것이냐? 나로 여겼어도 괜찮다. 어째서 내가 갈 때까지 기다리지 않았느냐? 네 손으로 직접 내 목을 조르지 않았느냐?'

편지의 이 부분을 읽은 봉지미는 시든 나뭇가지에 남은 손자국을 바라보았다. 그날 함박눈이 내렸고, 편전 밖에서 그녀는 한참을 배회했다. 그때 그녀는 나무 밑을 서성거리며 넋이 나간 상태였기 때문에 나무에 무슨 짓을 했는지 기억하지 못했다.

'영혁이 그 나무를 찾아냈다니. 게다가 아무리 봐도 무슨 자국인지 알 수 없는 흔적을 보고 자기 목을 대신 삼았다고 생각하다니.'

봉지미가 옅게 웃었다.

그날 하얗게 내린 눈 위에 봉지미가 진짜로 남긴 것은 영혁에 대한 어떤 기호였다. 하지만 그 기호는 폭설에 덮이고 발자국에 뭉개졌을 것이었다. 그가 설령 신선일지라도 영원히 알 수 없을 것이며, 그날의 진심은 눈과 함께 흔적도 없이 사라져 버렸다.

이제 선물 바구니는 텅 비었다. 정교하게 만든 열두 칸에 담긴 열두 개의 평범한 물건에는 그들의 여정이 고스란히 담겨 있었다. 한 번도 잊지 않았다고 영혁은 말했고, 봉지미는 초원의 밤을 침묵으로 지키고 있었다.

'내 마음을 어디에 두었냐고요? 당신이 물었지만 나는 답을 줄 수 없어요. 그날 구멍이 뚫려 피가 흐르던 어머니의 관자놀이에 있을지도, 안평궁 편전에서 감지 못한 봉호의 두 눈에 있을지도, 제경 근교의 송산 아래 적막한 숲에 있을지도, 진작 날아가 버리고 눈과 함께 매장된 지전(紙錢)에 있을지도 모르죠.'

달빛이 더 밝아졌다가 옅은 붉은 빛을 띠기 시작했다. 봉지미는 바닥에 앉아 창가에 기대 가끔 고개를 갸웃하며 하늘가에 찾아온 새벽을 맞이했다. 어느새 밝은 태양빛이 들어오기 시작했다. 열한 개의 선물과 한 통의 편지로 밤을 꼬박 지새운 것이었다.

봉지미는 바닥에 흩어진 물건들을 하나하나 정리했다. 먹어 버린 것들만 빼고는 모두 제자리에 두었다. 그리고 나서 그녀는 씁쓸하게 웃었다. 영혁에게 또 한 번 속았기 때문이었다. 선물 바구니 안에 봉호의 사주단자는 없었다.

은은하게 빛나는 태양 아래 봉지미의 미소는 온화하기보다 현실적이었다. 함박눈이 쌓이고 가을 서리가 내린 듯 차가웠다. 이내 그녀는 두 손으로 얼굴을 가리고 두 팔에 얼굴을 묻어 몸을 동그랗게 쪼그렸다. 자신을 보호하며 외부 세계를 거부하는 모습이었다. 하지만 그녀는 복도 난간에서 잠을 청한 사람이 있었음을 알지 못했다. 그 사람은 깍지 낀 양 손을 베개 삼아 오색 빛을 뿜는 보석을 닮은 두 눈을 크게 뜨고, 동쪽에서 서쪽으로 빛나는 달을 내내 감상했다. 그리고 벽 너머에서는 또 다른 누군가가 책상다리를 하고 앉아 그녀가 기댄 벽 쪽으로 손바닥을 대고 깨어 있었다.

날이 밝자 불면의 밤을 보낸 세 명을 제외하고는 모두 생기가 넘쳤다. 가장 생기가 넘치는 사람은 어젯밤 급히 도착한 살아 있는 부처 타마였다. 사실 급히 도착했다는 표현은 맞지 않았다. 노쇠하여 뼈마디가 헐거운 타마를 혁련쟁이 포대 자루를 씌워 업고 왔기 때문이었다. 노인은 어젯밤에 도착하여 본인의 도착을 널리 알리고 싶었다. 하지만 타마가 피곤할까 봐 걱정한 혁련쟁은 일찌감치 재워 버렸고, 아무도 그를 귀찮게 굴지 말라고 명령했다.

타마는 아침에 일어나자마자 혁련쟁을 불러오라 전했다. 멀리에서 끓는 듯한 목소리가 들려왔다. 봉지미는 방문을 열고 나오는 순간 복도에서 잠든 혁련쟁을 보고 깜짝 놀랐다. 혁련쟁이 몸을 일으키며 봉지미를 향해 손을 내밀었다.

"타마를 만나러 갑시다."

혁련쟁의 미소는 거리낌이 없어 보였다. 손을 뻗은 자태에서 포용과 여유가 느껴졌지만, 밤새 한숨도 잠들지 못해 두 눈에 핏발이 서 있었다. 봉지미가 팔짱을 꼈다.

전전에 다다르기 전, 활기찬 모습으로 시녀에게 손님 맞을 준비를 지시하는 모란꽃이 보였다. 탁 트인 대전 앞 바닥에 양탄자가 여러 개 깔려 있었고, 벌써 많은 사람들이 앉아 있어 떠들썩했다.

"웬 사람들이 이렇게 많아요?"

"네 할아버지, 할머니, 삼촌, 숙모, 큰아버지, 큰어머니, 외삼촌, 외숙모, 작은아버지, 작은이모, 도련님, 시누이……."

모란꽃이 끝도 없이 말했다.

"그러면 웬 친척이 이렇게 많나요?"

혁련쟁은 그렇지 않다는 듯 말했다.

"지금부터 모두 내 신민이고 백성이다!"

"찰답란!"

누군가 소매를 쓰다듬으며 혁련쟁에게 소리를 높였다.

"저 여자가 네 중원 여인이냐? 세상에, 풀밭의 황토보다 노랗잖아!"

사방에서 웃음이 터졌다. 세력과 상관없이 서로 호형호제하는 남자들이 땅을 두드리며 웃어댔고, 심지어 뒤로 벌렁 나자빠질 판이었다.

"너희의 왕비이니라!"

혁련쟁의 우레와 같은 외침이 떠들썩한 앞뜰을 조용하게 만들었다.

"예의를 지키지 않는 것들은 썩 나가라!"

순우맹이 호위군을 데리고 사람들 가운데 섰다. 긴 검과 철갑옷이 쟁쟁 부딪히는 소리가 경쾌하게 울려 퍼졌다. 칼날이 사방으로 튕겨내는 서슬 퍼런 빛보다 그의 시선이 한층 더 서늘했다. 사방이 조용해졌다. 일부 사람들은 일부러 얼굴에 적의를 드러냈다.

"찰답란, 타마 앞에서 칼을 휘두를 셈이냐?"

한 남자가 혁련쟁을 흘겨봤다. 혁련쟁이 냉소하며 소매를 걷으려는데 누군가 그를 잡아끌었다.

"찰답란은 초원 사람이니 타마 앞에서 무력을 행하지 않습니다."

봉지미가 미소 지으며 다가왔다. 그 남자는 피식 웃으며 그녀를 거들떠보지도 않았다.

"왕비와 나, 그리고 우리의 수하들은 모두 한족이니 어떤 규칙들은 지키지 않아도 되지."

봉지미가 소매의 매무새를 고치며 순우맹을 향해 고개를 까딱했다. 순우맹은 싱글벙글하더니 그 남자의 상을 걷어차 버렸다.

"안 그래도 네놈이 거슬렸다! 배짱 있으면 덤벼라!"

"쳇!"

그 남자가 벌떡 일어섰다. 둘은 엉망으로 난투를 벌였다. 무장 세력가 출신이자 이름난 무사에게 가르침을 받은 순우맹에게 마구잡이로 덤비는 초원 사내쯤은 적수가 아니었다. 얼마 지나지 않아서 순우맹은 남자를 제압하고 마구 때리기 시작했다. 사방에서 성난 사람들의 손이 근질거리기 시작했다. 그때 봉지미가 말했다.

"누구든 패싸움을 원하면 얼마든지 상대해 주겠다!"

삼천 호위 군사가 있는 봉지미에게 누구도 감히 덤빌 수 없었다. 순우맹과 일대일로 붙은 사내는 이미 방어조차 어려워 보였다. 주변 사람들은 그저 멀뚱멀뚱 바라보기만 했다. 남자가 고통스럽게 신음을 흘렸다. 순우맹이 풀 한 포기와 흙을 집어 남자의 입에 쑤셔 넣으며 말했다.

"똑바로 봐라. 아직도 노랗냐?"

모란꽃은 활활 타오르는 눈으로 순우맹의 등짝을 바라보며 침을 흘렸다.

"저 녀석이 이렇게 건장하고 화끈한 줄 왜 미처 몰랐지? '아직도 노랗냐?' 하는 거 들었지?"

봉지미는 모란꽃을 힐끗 바라보며 생각했다.

'어째서 노랗다는 말에 항상 반응하시는 건가요?'

"똑바로 봤느냐? 봤으면 꺼져!"

순우맹이 손짓하자 남자는 허겁지겁 뒤로 물러서다 우당탕 엉덩방아를 찧었다. 그 모습을 지켜본 백여 명에 달하는 사람들이 모두 입을 다물었다.

"이 남자는 누구죠?"

봉지미는 아직도 일어나려고 분투 중인 남자를 보고 물었다.

"고이찰의 장자 가덕(加德)이다."

모란꽃이 봉지미의 귓가에 속삭였다.

"이만 군사 지휘권을 내놓지 못하겠다며 버티고 있어."

"호탁부의 왕군과 다른 부족들의 일반 백성으로 이뤄진 군대는 다릅니다."

봉지미가 말했다.

"호탁부가 조정을 지원하는 점으로 볼 때 왕군은 독립적으로 존재하는 기구입니다. 게다가 우주(禹州)의 양도(糧道)가 일부 군수품과 군량을 담당하고 있고요. 지휘권을 내놓지 못하겠다고요? 간단합니다. 제가 즉시 서찰을 써서 순우맹 편으로 우주 양도에 보내겠습니다. 지금은 초원에 식량이 충분하지만 올 겨울에는 폭설이 올 텐데, 초원에는 식량을 보관할 만한 대형 창고가 없으니 우선 반 정도를 우주 창고로 보내겠다고요. 그 다음은 어떻게 해야 할지 아시겠죠?"

모란꽃의 얼굴에 화색이 돌면서도 어쩐지 망설였다.

"알고 있다. 그 이만 명 분의 식량을 가로채자는 거 아니냐! 하지만 그 후에 모자라면 어쩌지?"

"또 달라고 하면 되죠."

봉지미가 생긋 웃었다.

"순우맹이 호위군 일부를 데리고 유주(榆州) 진영으로 향할 겁니다. 때가 되면 인이길 부족도 사람을 뽑아 합류시키면 됩니다. 조정의 군대를 찬조한다는 명목이면 충분하죠. 우주 쪽 식량을 빼앗길 일은 없을 겁니다."

"지미 요 깜찍한 것."

모란꽃이 봉지미의 손을 꼭 잡으며 말했다.

"너를 처로 맞다니 내 똥강아지는 복이 많구나."

봉지미가 웃었다. 그때 멀리서 흰 그림자가 휘리릭 스쳤다. 종신이 그녀를 부르고 있었다. 그녀는 유모단에게 몇 마디 마무리 말을 하고 종신을 따라 구석진 곳으로 갔다.

"극렬을 조사해 보았는데, 병곡에서 나와 타마의 거처인 호음묘(呼音廟)까지 곧장 달렸더구나. 그리고 우리보다 일찍 도착했고, 돌아오고 난 후에는 주변을 계속 맴돌았어. 우리의 경계가 삼엄하다는 것을 알고 들어오지는 않았지만, 수상한 자인 것은 틀림없으니 각별히 조심해라."

"홍길륵과 분명 관계가 있을 거예요."

봉지미가 말했다.

"우선 포탈라 제2궁을 철저히 지키세요. 저는 노인네와 친척 무리를 모시러 가야겠어요."

봉지미는 인파 속을 빠져나가 족장들이 모여 있는 정원으로 들어갔다. 족장들은 아까의 소동을 모두 보았지만 못 본 척 했다. 금맹 대회 이후 족장들은 이 여인이 호락호락하지 않다는 것을 알고 있었다. 인이길 부족의 왕위를 탐내던 자들의 꿈이 끝나 가고 있었다.

족장들은 절을 내려온 타마를 뵈러 아침 일찍 이곳으로 찾아왔다. 타마는 올해 113세로 초원에서 가장 장수한 사람이었다. 그의 지혜와 지도력으로 부족의 어려움을 여러 차례 해결했기 때문에 덕망이 높았고 모두에게 존경을 받고 있었다. 따라서 혁련쟁의 즉위식은 반드시 타마가 주관해야 했다.

"생불!"

족장들이 모두 납작 엎드리며 방을 향해 예를 갖추고 절했다.

"찰답란은? 찰답란!"

방 안에서 헐떡거리는 목소리가 혁련쟁을 연이어 불렀다. 혁련쟁은 봉지미의 손을 잡고 타마의 방으로 들어갔다. 타마는 문 앞의 양탄자에 앉아 있었다. 그리 춥지 않은 날인데도 화롯불 세 개를 끼고 앉아 아이처럼 몸을 웅크리고 있었고, 어디서 났는지 모를 망원경을 통해 문 밖을 바라보고 있었다. 방에 들어선 봉지미는 그 거대한 망원경이 자신을 향해 있자 화들짝 놀랐다.

"이 여인은……."

타마는 망원경을 통해 봉지미를 관찰하다가 별안간 소리쳤다.

"당장 꺼져라!"

순간 혁련쟁이 당황했고, 족장들의 얼굴에도 웃음기가 싹 가셨다.

막 들어오려던 모란꽃도 한 쪽 발만 문지방 안으로 넣은 채 멍하니 굳어 버리고 말았다. 한차례 정적이 흘렀다. 제정신인 사람은 봉지미 한 명 뿐이었다. 그녀는 우두커니 서서 차갑게 웃으며 물었다.

"왜죠?"

"너는 초원에 잠복한 암늑대다. 털 한올 한올에 해독제도 없는 독을 품고 있어."

장작처럼 비쩍 마른 타마가 쉰 목소리로 말을 이어갔다.

"네가 끌고 온 피와 전쟁의 불꽃은 결국 호탁의 풍요로운 초원을 덮칠 것이다. 너는 찰답란의 액운이자 함정이야. 찰답란이 너를 잡고 걷는다면 그건 해골과 걷는 바와 다름없어!"

정원이 한바탕 술렁였다. 평소 타마는 온화한 편이었다. 무수히 많은 사람들에게 점을 쳐주고 미래를 봐 줬지만 단 한 번도 오늘처럼 무시무시하게 호통을 친 적은 없었다.

"네에?"

봉지미의 어조는 조금 전과 전혀 다르지 않았다. 그녀가 생긋 웃으며 말했다.

"처음 뵌 것으로 알고 있는데, 저를 어찌 꿰뚫어 보시죠?"

타마는 눈꺼풀을 치켜들고 봉지미를 바라보기만 할 뿐 아무 말도 하지 않았다. 봉지미도 양보하지 않고 타마 앞에서 한참을 평온하게 서 있었다.

"너는 왕비가 되어서는 안 된다."

잠시 후 조금 진정한 듯한 타마가 말했다.

"네가 찰답란의 여인 중 한 명이 되는 것까지는 허락할 수 있다. 그것이 네게 내리는 최대한의 은혜다. 이제 그만 나가라."

"싫습니다!"

말소리의 주인공은 봉지미가 아니라 이제 막 정신을 차린 혁련쟁이었다.

"나의 왕비입니다!"

혁련쟁이 한 발 앞으로 나와 그 누구의 눈치도 보지 않고 단호하게 말했다.

"다른 사람은 있을 수 없어요!"

"찰답란, 실성한 게냐?"

꼿꼿하게 앉아 있던 깡마른 노인이 진노하여 소리쳤다.

"정녕 죽고 싶은 게냐?"

"그러면 또 어떻습니까? 늑대면 어떻고 해골이면 어때요? 액운이면 어떻고 함정이면 또 뭐요? 지미가 어떤 사람인지는 제가 가장 잘 압니다. 나는 이 여인을 왕비로 맞이해 독수리처럼 창공을 날기 원합니다. 타마, 이 일은 재론하지 마세요! 타마의 점괘가 잘못됐는지 어떻게 장담합니까?"

"전하!"

이번에는 족장들이 청했다. 아무리 찰답란이라도 초원의 신인 타마에게 감히 반기를 들 수는 없었다.

"왕비 책봉일 뿐이지 않습니까."

혁련쟁이 조정의 성지를 거역하지 못한다고 생각한 족장들이 어렵사리 권했다.

"조정에서 내린 한족 여인을 왕비로 책봉하지 않은 선례도 있습니다. 초원은 초원의 법도가 있으니 조정에서도 간섭하지 않았어요. 전하, 이 점을 헤아려 주십시오."

"조정의 보복이 두려운 게 아니다!"

혁련쟁이 손을 저으며 말했다.

"말 그대로다. 다른 사람은 없다. 오직 저 여인뿐이다!"

"전하! 이유 없이 타마를 거역하면 만인 앞에서 채찍형을 받으셔야

합니다!"

그때 떠들썩한 소리가 바깥으로 퍼져 나갔고, 초원의 귀족들이 문 앞에 모여들었다. 왕의 한마디를 들은 누군가가 크게 외쳤다.

"저 한족 여자를 내쫓아라!"

"내쫓아라!"

"초원에 음흉한 암늑대를 키울 수는 없다!"

"내쫓아라!"

"제길! 내쫓다니!"

인파 속으로 뛰어든 순우맹이 욕설을 퍼부으며 호위군에게 저들을 손보라고 명령했다. 봉지미가 침착하게 순우맹에게 조급하게 굴지 말고 기다리라는 손짓을 보냈다. 사람들의 시선이 즉시 그녀에게 쏟아졌고, 꿈꾸듯 몽환적이면서도 맑고 차가운 그녀의 눈을 보았다. 그러자 사람들은 목구멍까지 차오른 욕이 쏙 들어갔다. 하지만 시선에는 여전히 적의와 증오가 가득 차 있어 문 앞에서 떠날 줄을 몰랐다.

혁련쟁이 차갑게 웃었다. 그는 갑자기 타마에게 성큼성큼 걸어갔다. 족장들은 그가 타마에게 몹쓸 짓을 할까 봐 신경을 바짝 곤두세웠다.

"전하, 이건 아니……."

혁련쟁이 가시 박힌 타마의 채찍을 집어 들었다. 그 채찍은 오랜 세월 타마가 가지고 다니는 물건이었지만, 실제로 채찍으로 맞은 사람은 없었다. 초원의 자녀들은 살아 있는 부처에게 언제나 머리를 조아리고 경배하였으므로, 그 물건을 사용할 만한 반역자를 만나 본 적이 없었던 것이었다.

혁련쟁이 손에 채찍을 쥐자 사람들은 몹시 당황했다. 혁련쟁은 타마의 경건한 신자였으며, 친할아버지 같은 타마를 거역할 마음은 단 한 번도 품은 적이 없었다. 오히려 타마가 모친을 대했던 것처럼 봉지미를 어여삐 여겨 새 초원의 왕비로 인정해주고, 봉지미가 초원을 진심으로 사랑하도록 도와주길 바랐다. 하지만 결국 그 바람은 이루어지지 않았다. 혁련쟁이 망연자실한 눈빛으로 채찍을 꽉 쥐었다. 그 물건은 말이 채찍이었지 실은 질긴 소가죽에 가시가 무수히 박혀 있는 무기였다. 손에 쥐었을 뿐이었는데 어느새 혁련쟁의 손바닥에서 붉은 피가 방울방울 떨어지고 있었다. 그는 감각을 잃은 사람처럼 남웅족 족장 호특가를 이끌고 밖으로 걸어갔다. 호특가는 영문도 모른 채 그를 따라갔고, 둘러싸인 사람들은 멍하니 길을 비켜 주었다. 그때 봉지미가 불쑥 나타나 담담하게 말했다.

"돌아가세요. 허황된 이름 때문에 육체적인 고통을 감수하실 필요 없습니다. 왕비든 아니든 중요하지 않아요."

혁련쟁이 봉지미를 가볍게 밀치며 웃었다.

"당신을 위해 뭘 제대로 한 적이 없소. 내게도 기회를 주시오."

봉지미가 멈칫하는 동안 혁련쟁은 벌써 성큼성큼 앞으로 걸어갔다. 손바닥에서 흐른 피가 그의 발걸음을 장식했다. 바깥 정원에 도착한 그는 사람들을 한번 굽어보고는 즉위할 때 앉기로 되어 있었던 높은 자리에 올랐다. 그는 탁자 몇 개를 차 버리고 호특가에게 채찍을 쥐어 주며 상의를 벗었다. 햇빛 아래 옅은 꿀색의 단단하고 빛나는 근육이 드러났다. 그가 뒤를 돌아 군중에게 등을 보이며 큰소리로 외쳤다.

"쳐라!"

여기서 그대를 기다리리

"쳐라!"

혁련쟁의 고함 소리에 모두가 깜짝 놀랐다. 혁련쟁이 높은 자리에 올라 많은 사람들 앞에서 초원의 왕이라는 존귀한 이름을 걸고 채찍형을 자처했기 때문이었다. 그는 무릎은 꿇었지만 허리는 꼿꼿이 펴고, 뜰 안쪽 타마가 있는 방을 향해 큰 소리로 외쳤다.

"생불을 거역한 자는 채찍형을 받아 마땅하니, 너희들이 심판하기 전에 내가 자진하여 형을 받겠다!"

스스로 자처하여 형을 받겠다는 말은 기필코 그 뜻을 거역하겠노라고 만인에게 공표하는 것이기도 했다. 족장들은 멍한 얼굴로 앉아 있었다. 누구도 혁련쟁이 이렇게까지 밀어붙일 거라고는 예상하지 못했다. 생불의 예언과 지시를 따르는 것은 호탁부의 신념일 뿐 철칙은 아니었다. 다만 천년 넘게 신권(神權)을 주입받으며 인격을 형성한 사람들은 감히 신념을 어길 엄두를 내지 못했다. 따라서 교리에 채찍형을 집행한 후 어떻게 처리해야 하는지에 대해서도 명확한 설명이 없었다. 지금까지 아무도 그 규칙을 어긴 사람이 없었기 때문이었다.

타마는 눈이 뒤집혀 거의 숨이 넘어갈 지경이었다. 봉지미는 타마의 말대로 해골과 닮은 차가운 눈빛으로 타마를 바라보았다.

"말려 주세요."

봉지미가 모란꽃에게 말했다.

"다 죽어 가는 늙은이의 쓸데없는 소리 때문에 전하의 몸이 고초를 겪을 필요는 없습니다."

모란꽃은 의중을 파악할 수 없는 표정으로 봉지미를 바라보다 한숨을 쉬었다.

"다 운명이니 놔둬라. 너는 아직 타마의 신망이 얼마나 두터운지 모른다. 이 방법이 아니면 해결할 수 없어."

짝!

채찍이 살갗에 닿는 소리가 울려 퍼지자 사람들은 몸서리를 쳤다. 순식간에 사방이 쥐 죽은 듯 조용해졌다. 가시 박힌 채찍이 등을 때리자 피부가 갈라지며 살점이 튀어나왔고, 붉은 피가 분수처럼 뿜어져 나왔다. 채찍을 다시 당겨 올리자 피부에 깊은 계곡이 파였고, 채찍이 닿았던 자리 주변으로 피부가 금세 부풀어 올랐다. 갈라진 상처를 물길 삼아 피가 흘러 뚝뚝 떨어졌고, 이내 바지를 적셨다. 혁련쟁의 금빛 두루마기에는 보기에도 참혹한 붉은 얼룩이 생겼다.

첫 번째 채찍을 맞았을 때 죽은 듯 바닥에 꿇어 앉아 있던 혁련쟁은 몸을 바르르 떨며 손가락으로 잔디를 꾹 누르면서도 자신을 향해 달려온 봉지미를 보고 활짝 웃었다.

"여어! 별로 아프지도 않……."

짝!

두 번째 채찍 소리가 들렸다. 애써 아무렇지도 않은 척하던 혁련쟁의 목소리가 허무하게 부서졌다. 그 모습을 본 봉지미가 고통스러운 얼굴로 속삭였다.

"아무 말 말아요."

짝!

혁련쟁은 앞으로 고꾸라졌지만 팔꿈치로 애써 버티며, 다시 한번 봉지미에게 미소를 지어 보였다. 채찍의 가시에는 그의 등에서 떨어져 나온 살점이 붙어 있었다. 채찍을 휘두를 때마다 사방으로 핏방울이 퍼져 봉지미의 얼굴까지 튀었다. 그녀는 피를 닦아내지 않고 앞으로 성큼 나아가 채찍을 쥐었다.

"그만하면 됐다!"

피 묻은 가시가 봉지미의 손바닥을 파고들어 혁련쟁의 살점과 한데 섞였다.

"지미!"

자신의 살 조각과 피가 허공에 튀어 오를 때도 신음 한번 내지 않았던 혁련쟁이 봉지미의 피를 보고 놀라 벌떡 일어났다. 하지만 상처가 벌어져 다시 앞으로 고꾸라지고 말았다. 봉지미는 채찍을 바닥에 던지고 혁련쟁을 일으켜 세우며 호특가에게 말했다.

"너희들의 왕이시다! 채찍 세 번이면 족하다!"

호특가는 채찍을 주워 들고 조용히 물러났다. 봉지미는 바닥에 흥건하게 고인 피를 물끄러미 바라보았다. 혁련쟁이 가쁜 숨을 내쉬면서도 농담을 던지려는데, 봉지미의 준엄한 목소리가 들렸다.

"신권이 왕권 위에 있다고 대체 누가 그랬습니까? 이제부터는 절대로 허하지 않을 것입니다."

봉지미의 결연한 말투에 혁련쟁이 흠칫 놀랐다. 봉지미는 더 이상 말을 하지 않고 혁련쟁을 부축하여 뜰 안으로 들어갔다. 그녀는 책력 한 권을 뽑아 바닥에 내던지며 쪼그려 앉아 벌벌 떨고 있는 타마에게 말했다.

"매도 맞았고 할 말도 다 했으니 이제 길일을 택해 즉위식을 거행하시지요. 제가 보기에 모레까지 날이 모두 좋으니 그 안에서 하루 고르십시오."

할 말을 마친 봉지미는 군중의 눈치도 보지 않고 혁련쟁을 부축해 후전으로 향했다. 약을 가져오라 명하고 물과 헝겊을 챙겨 직접 혁련쟁에게 약을 발라 주었다.

그 채찍은 흔히 볼 수 있는 물건이 아니었다. 무겁고 날카로운 채찍에 맞은 혁련쟁의 등은 퉁퉁 붓거나 살이 짓이겨져 눈 뜨고는 볼 수 없이 처참했다. 혁련쟁은 머리를 묻고 엎드린 채 아무 소리도 내지 않았다. 봉지미는 가능한 조심조심 약을 발라 주었지만, 고통에 몸을 꿈틀거리는 혁련쟁의 움직임이 느껴졌다.

"아프면 소리라도 질러요."

봉지미는 세심하게 상처를 치료하며 살 속에 박힌 가시를 조금씩 뽑아냈다. 안타깝게도 아름다운 피부에 흉터가 남을 것 같았다.

"참는다고 장하게 여기진 않아요."

"나 때문에 당신이 마음 아파할까 봐 그랬소."

혁련쟁이 고개를 들었다. 이마에는 투명한 땀방울이 송골송골 맺혀 있었고, 눈동자는 고통을 견디느라 진한 보라색으로 충혈되어 있었다. 그는 입술이 찢어져 상처가 났으면서도 여전히 배시시 웃고 있었다. 봉지미는 그를 물끄러미 바라보다가 치료를 마무리한 후 가볍게 그의 어깨를 두드렸다. 그가 억, 하며 비명을 지를 때 지나가듯 말했다.

"마음이요? 조금 아파요."

"됐소, 됐어."

혁련쟁이 웃었다.

"역시 당신 마음이 아프길 바라는 사치는 부리지 않는 편이 좋겠소."

"마음이 아픈 건 아무 소용이 없어요."

봉지미의 얼굴은 방 안의 어두운 그림자에 가려져 있었다.

"마음 아파하며 시간 낭비하느니 도움이 될 만한 행동을 하는 편이 낫죠."

양탄자에 엎드려 있던 혁련쟁이 억지로 몸을 일으켜 그녀를 올려다 보았다.

"뭘 하려고 그러오?"

봉지미는 대답하지 않았다.

"지미……."

혁련쟁이 황급히 봉지미의 손을 잡고 말했다.

"당신은 변했소. 처음 마차에서 봤을 때도 당신은 강한 사람이었지만, 그래도 여지가 있었소. 그런데 지금 당신은 자신을 얼려 버린 것 같소. 다른 사람뿐만 아니라 자신한테까지도 퇴로를 주지 않고 있소. 이건 좋은 방법이 아니오."

"좋지 않을 건 또 뭔가요?"

봉지미는 손을 뿌리치지 않고 조용히 고개 숙여 혁련쟁을 바라보았다. 그는 그녀의 손을 붙잡았다. 손이 아니라 얼음장 같았다. 그녀는 그의 심장 가장 가까이에 있지 않았을 뿐만 아니라 세상 끝까지 떨어진 것처럼 멀게 느껴졌다. 그는 그녀의 손을 움켜쥐고 있었지만, 그녀의 마음과 영혼이 여기 없다는 것을 느낄 수 있었다. 그가 입술을 파르르 떨며 웃었다.

"인생은 고되고 짧소. 복수에 그토록 많은 시간을 할애하기보다 자신을 행복하게 할 수 있는 쪽을 택하면 안 되겠소? 나는 그저 당신이 행복하길 바라오."

혁련쟁이 굼뜬 동작으로 약 상자를 더듬어 흰 천과 상처에 바르는 연고를 꺼냈다. 봉지미는 그가 무얼 하려는지 몰랐다. 그는 그녀의 손바닥에 박힌 가시를 조심스레 뽑고 약을 바른 후 천을 감았다. 그 작은 움직임에도 그의 이마에는 땀방울이 맺혔다.

봉지미가 혁련쟁을 물끄러미 바라보다가 수건으로 이마를 닦아 주며 말했다.

"오늘 저는 행복해요. 누가 당신을 배반했는지, 누가 당신을 후하게 대하는지 알 수 있었기 때문이에요. 전하, 감사드립니다! 다만 저는 전하께서 왕비라는 허울을 위해 스스로를 상처 입힐 필요가 없다고 생각해요. 왕비가 되든 말든 저는 상관없다는 점을 아셨으면 합니다."

혁련쟁은 침묵했다. 그도 바보가 아니니 봉지미가 하고 싶은 말이 무엇인지 알고 있었다. 잠시 후 그가 웃으며 말했다.

"내가 진심으로 원하오."

혁련쟁이 눈을 감고 잠을 청하려는 모습을 보였다. 봉지미가 약 상자를 정리하고 조용히 물러갔다. 그녀의 그림자가 사라지자 그가 눈을 떴다. 천장을 응시하는 보석 같은 보랏빛 눈동자에 아픔이 비쳤다. 잠시 후 그가 혼잣말을 중얼거렸다.

"지미……. 허울뿐이라도 나는 진심으로 원하오. 왜냐하면 그것이 내가 당신에게 다가갈 수 있는 방법이고, 당신과 가장 가까운 사이가 되는 길이니까."

혁련쟁의 침실을 나선 봉지미는 전전의 동정은 살피지도 않고, 곧바로 종신과 고남의를 불러 몇 가지 사항을 당부했다. 얼마 후 모란꽃이 찾아와 이틀 뒤를 길일로 정했다고 일러 주며, 타마의 상태가 좋지 않다고 말했다. 113세의 노인이 그 험한 꼴을 봤으니 아마 이번 즉위식을 주재하고 나면 다음 축제는 새로운 타마의 일이 될 것이었다.

오늘 모란꽃은 여느 때처럼 부산스럽지 않았고 생각에 잠긴 듯 보였다. 타마가 그 예언을 말한 이후 내내 이런 표정이었다. 넋이 나간 모란꽃에게 봉지미가 대뜸 물었다.

"모란꽃, 저를 죽이고 싶으신지요?"

봉지미가 단도직입적으로 묻자 모란꽃은 놀라 눈을 동그랗게 뜨고 바라보다 머뭇거리며 말했다.

"그…… 그게 무슨 말이냐?"

"정상적인 말이죠."

봉지미가 미간을 찌푸리며 양젖을 마시고 말했다.

"타마의 예언을 철석같이 믿으셔서 혁련쟁의 목숨을 구하려고 여섯 왕자를 직접 죽이셨는데, 이 암늑대 봉지미라고 못 죽일 건 없잖아요?"

모란꽃은 다시 한 번 멈칫했지만 곧 웃으며 말했다.

"죽일 만해야 죽이지."

"과연 솔직하십니다."

봉지미가 대접을 내려놓으며 웃었다.

"이렇게 단박에 시인하시다니요."

"처음 그 예언을 들었을 때는 정말 그랬다."

모란꽃은 순순히 인정했다.

"타마의 예언은 정말 정확해. 적어도 내게는 아주 영험했다. 나도 예전에는 믿지 않았는데, 저 노인네가 믿지 않을 수 없게 만들었지."

봉지미가 말없이 웃었다.

"하지만 돌이켜 생각해 보면 그 예언들이 꼭 우리가 해석하는 의미가 아닐 수도 있다."

모란꽃이 빙긋 웃었다.

"네가 온몸에 독을 품었다는데, 여인이 독기가 없으면 남자들이 괴롭히지. 그러니 독한 게 꼭 잘못된 건 아니다. 또 네가 피와 화염을 몰고 온다는데 대월과 천성의 전쟁이 끝나지 않았고, 고이찰인이길의 배반으로 무고한 전사들을 잃었으니 이 빚은 언젠가 대월국에 갚아 줘야 한다. 그러니 전쟁의 화염도 피할 수 없지. 꼭 너 때문은 아닐지도 모른다. 또 네가 찰답란의 액운이라는 예언은······ 사랑은 본디 그 자체로 액운인 법이야."

봉지미가 미소 지으며 생각했다.

'허술해 보이는 모란꽃이 실은 세상 이치를 훤하게 꿰뚫고 있구나.'

"솔직히 지금까지 한 말은 다 흰소리다."

모란꽃은 옹졸한 표정으로 말했다.

"나는 너를 죽일 능력이 되지 않으니, 차라리 너와 잘 지내는 편을 택하련다. 어떤 사람은 적으로 돌리는 것보다 친구가 되는 것이 이득이지. 지미야, 넝쿨째 굴러 들어온 호박 같은 내 며느리야. 찰답란을 너한테 맡기마."

봉지미가 몸을 뒤로 기대며 눈을 가느다랗게 떴다.

"그놈을 독살하든 겁살하든 마음대로 해라. 모든 건 찰답란의 운명이다."

"대비마마야말로 초원에서 가장 지혜로운 여인입니다."

봉지미는 진심으로 모란꽃에게 찬사를 보냈다. 모란꽃은 자신도 안다는 듯한 표정으로 눈을 가늘게 뜨고 웃었다.

"밤이 깊었네요."

봉지미는 소유차를 마시며 아련한 미소를 지었다.

"모두 평온하게 잠들길 바랍니다."

사실 모두가 평온하게 잠들기 바란다는 말은 겉치레였다. 봉지미는 절대로 어떤 이들을 편히 잠들게 할 생각이 없었다.

삼경이 지나자 봉지미가 밖으로 나섰다. 종신과 고남의, 화경과 함께였다. 현재 포탈라 제2궁을 호위하는 집단은 셋으로 나뉘어 있었다. 왕정의 기존 호위군과 봉지미의 혼인 행렬 호위대, 그리고 봉지미의 사람인 고남의가 인솔하는 암행 세력이었다. 저녁이 되자 모란꽃은 왕정 호위군을 교체했다. 타마의 처소인 전전 뜰을 지키는 호위군 일부가 봉지미의 사람이었는데 전부 왕정 출신으로 바꾼 것이었다. 물론 봉지미는 모란꽃의 꾀를 알고 있었다. 성난 암늑대가 늙은 타마를 해코지할까 봐 수를 쓴 것이었다. 하지만 봉지미를 얕봐도 너무 얕본 처사였다. 살인에 반드시 칼이 필요한 것은 아니었으니까.

봉지미의 일행이 후전과 전전의 궁전 문 앞을 지날 때 갑자기 사람들이 우르르 몰려왔다. 그들은 유모단이 데려온 여종 무리였다. 유모단이 봉지미를 보자마자 활짝 웃으며 말했다.

"밤이 갑갑해서 산책하러 나왔다. 아가, 너는 어디 가느냐?"

"밤이 갑갑해서 타마가 계신 쪽으로 산책하고 있었어요."

봉지미는 곧이곧대로 말했다. 모란꽃이 팔짱을 끼고 껄껄 웃었다.

"마침 잘 됐구나. 같이 가자꾸나. 그 노인 양반에게 우리 찰목도의 앞날이나 점쳐 달라고 부탁할 참이었다."

"좋아요."

봉지미는 거절하지 않고 생긋 웃으며 유모단을 따랐다. 타마의 뜰에 거의 도착했을 때 갑자기 화경이 비명을 질렀다. 모두 급히 돌아보니 화경이 배를 부둥켜안고 기둥에 기대어 힘겹게 말했다.

"별일 아녜요. 그냥 몸이 좀 불편해서……."

종신이 와서 화경의 맥을 짚으며 말했다.

"출산이 임박했으니 태아가 놀라지 않게 조심해야 합니다. 화경 아가씨는 들어가서 쉬는 게 좋겠습니다."

봉지미가 얼른 화경을 부축하며 말했다.

"나한테 기대."

"괜찮아요."

화경이 살짝 밀치며 말했다.

"왕비마마께서는 타마에게 가서 점이라도 보는 게 좋겠습니다. 저는……."

화경은 유모단의 어깨에 기대며 말했다.

"대비마마께 신세 좀 질게요."

유모단이 멈칫하며 봉지미를 힐끗 쳐다보다가 이내 웃었다.

"그래…… 그래…… 알았다. 내가 바래다주고 화경이 안정을 찾으면 다시 나오마."

"저도 예정일이 임박했는데……."

화경이 유모단의 어깨에 기대어 귓속말을 했다.

"아직 출산 경험이 없는 왕비마마에게 얘기하기도 좀 그렇고, 남자한테 말할 수도 없고……. 대비마마께 물어보고 싶은 게 많아요."

화경이 이렇게까지 말하니 유모단은 더욱 거절할 수가 없었다. 유모단은 얼른 여종에게 화경을 부축하라고 일렀다. 봉지미는 화경이 느릿느릿 돌아가는 뒷모습을 보며 웃었다. 드디어 방해꾼들이 모두 사라진 것이었다.

봉지미는 곧장 두 남자와 함께 타마가 있는 뜰 문 앞까지 가서 만나기를 요청했다. 시중드는 어린 라마승이 조금 망설였지만, 대비가 두 사람을 데리고 떳떳하게 방문했으니 물리칠 명분이 없는 터라 안으로 모셨다.

푸른 칠을 한 긴 복도는 걸어도 발소리가 나지 않았고, 처마 밑 등잔은 어둑어둑한 빛을 냈다. 두터운 오색 양탄자에 깡마른 아이처럼 작은 노인이 여전히 망원경으로 손님들을 관찰하고 있었다. 타마의 곁에 있는 도금 불상은 묘한 미소를 지으며 점잖게 다가오는 여인을 말없이 응시했다. 봉지미는 방 안 풍경을 또렷하게 볼 수 있었다. 종신과 고남의가 입구에서 지키고 서 있었고, 뜰에서 시중드는 어린 라마승은 눈도 깜빡이지 않고 방 안의 두 사람을 주시했다.

"왜 왔느냐?"

늙은 라마의 두꺼운 눈꺼풀이 꿈틀거렸고, 시선은 바닥을 향하고 있었다.

"위대하신 타마 생불을 뵈러 왔습니다."

봉지미는 멀리 자리를 잡고 앉았다. 공손한 단어를 쓰고 있었지만 말투는 그렇지 않았다. 이어지는 말에 타마는 더욱 놀랐다.

"아직 살아 계시는지 보러 왔습니다."

"내가 죽길 바라는군."

타마가 잠시 침묵하다 쉰 목소리로 웃었다.

"너는 속을 헤아릴 수 없는 늑대다. 네가 감히 구름 위에 있는 신을 물어뜯을 수 있을 것 같으냐?"

"수십 년 간 부족 백성들이 절을 하고 향을 피워 줬더니 그 향내에 취하셨나 봅니다. 스스로 신이라 여기다니요."

봉지미는 탁자 위에 놓인 등에 불을 붙였다. 등불 아래 그녀의 긴 속눈썹이 유난히 돋보였다.

"제가 보기에 당신은 저 불상보다 별 볼 일 없군요. 적어도 불상은 함부로 말하지는 않으니까요."

"함부로 말하지 않았다."

타마는 눈도 깜빡이지 않고 봉지미를 바라보며 쉰 목소리로 말했다.

"함부로 예언하는 건 불가의 제자로서 가장 큰 죄지. 그 죄는 절대로 범하지 않아."

"당신의 예언이 토씨 하나 틀리지 않고 옳다고 치죠."

봉지미가 몸을 앞으로 기울이고 타마의 눈을 뚫어져라 바라보았다.

"가슴에 손을 얹고 말씀해 보세요. 공명정대한 마음으로 예언하셨나요? 당신의 점괘가 외부의 영향을 전혀 받지 않았다고 말할 수 있나요? 타마, 불가의 제자라면 그 어떤 상황에서도 거울처럼 맑은 마음을 잃어서는 안 됩니다. 이번 일에서 당신의 모든 말과 행동이 정말 떳떳한

가요?"

타마는 꼼짝도 하지 않았다. 등불 아래로 쭈글쭈글한 주름이 겹친 모습이 비쳐서 낡은 담요 더미처럼 보였다. 무거워진 공기가 짓누르는 것처럼 방 안은 어둡고 답답했다. 늙은 라마의 미간에 피곤한 기색이 역력했다.

"극렬이 뭐라고 했나요?"

봉지미가 몸을 뒤로 젖혀 큰 베개에 기대며 나른하게 말했다.

"요즘 일어난 일들을 알려줬을 뿐이야."

타마는 고개를 저었다.

"네가 상상하는 것처럼 무슨 나쁜 소리를 한 게 아니다. 설령 그랬다 해도 점괘는 하늘에서 주시기 때문에 인력으로 조작할 수 없다."

"당신이 점괘를 낼 때 그가 곁에 있었죠?"

봉지미가 차갑게 웃었다.

"타마, 똑바로 생각하셔야 합니다."

순간 늙은 타마가 깜짝 놀랐다. 혼탁한 눈동자가 흔들리며 점괘를 보던 그날의 장면을 떠올렸다. 한 치의 의심도 없던 눈빛에 한줄기 의혹이 떠올랐다가 이내 고개를 저으며 말했다.

"아주 멀리 있었다."

"멀리 있었다고 손을 못 쓰겠습니까?"

봉지미가 추궁했다. 늙은 타마는 다시 생각에 잠기다가 점점 혼란스러운 표정이 되었다. 노쇠한 두뇌를 힘겹게 굴려 얼마 전 극렬이 호음묘에 왔던 때를 떠올렸다. 하지만 자신이 무엇을 놓쳤는지 아무리 생각해도 알 수 없었다.

"늙었어, 늙은 게야."

타마는 고개를 저으며 탄식했지만 한층 더 확고하게 말했다.

"신의 뜻이니 틀린 점괘가 나올 리 없다. 더 말할 필요도 없어. 신의 제자는 절대로 점괘를 번복하지 않아."

"누가 번복하랍니까?"

봉지미가 일어나더니 느긋하게 웃었다.

"타마 생불이여, 안색이 좋지 않아 보이십니다. 불면에 시달리시나요? 괜찮습니다. 곧 잘 주무실 수 있게 될 테니까요."

봉지미가 웃으며 돌아섰고, 가벼운 발걸음에 등불이 흔들렸다. 아른거리는 빛 속에서 늙은 타마는 힘겹게 눈꺼풀을 들어 올려 봉지미의 뒷모습을 바라보며 중얼거렸다.

"초원에 나타난 암늑대야……."

"아기 기저귀로 무슨 천을 쓰면 좋을까요? 여름에는 비단이 나을까요? 역시 면이 좋으려나? 부스럼이 생기진 않을까요?"

후전에서 화경이 유모단을 붙잡고 질문을 쏟아내며 부푼 배를 쓰다듬었다.

"아휴, 오늘은 유난히 아이가 잘 노네요."

"면이면 충분해. 우리 초원은 중원처럼 복잡하게 따지지 않는다."

유모단이 화경의 배를 어루만지며 걱정스레 물었다.

"의관을 불러야 하지 않겠느냐? 의관을 불러 준다는 데 왜 자꾸 사양하느냐."

마침 복도 바깥에서 발걸음 소리가 들려왔다. 유모단이 손을 놓자 화경이 풀썩 앉아 기지개를 켜며 웃었다.

"아유, 의관은 무슨, 전 괜찮아요."

화경이 눈을 반짝이더니 잽싸게 일어나 방을 한 바퀴 돌았다. 그리고 유모단에게 손을 내밀며 말했다.

"대비마마 말씀이 명약보다 훨씬 효과가 있나 봐요. 저 지금 멀쩡한걸요!"

유모단은 고개를 들고 방금 전까지 숨을 헐떡이던 임신부를 보며 얼굴이 울그락불그락해졌다.

"좀 괜찮아?"

어느새 들어온 봉지미가 미소를 지으며 말했다.

"모란꽃에게 신세를 졌네요. 모란꽃이 나서면 누구도 막을 수 없죠."

"화경이 나서면 누구도 막을 수 없던 거겠지."

모란꽃이 웃으며 일어났다.

"됐다. 화경은 멀쩡해졌고, 나의 이용 가치도 끝났고, 너의 산책도 끝났으니 이젠 내가 산책하러 가마."

"멀리 안 나갑니다."

봉지미가 배시시 웃으며 급히 나가는 모란꽃, 모단대비의 뒷모습을 바라보았다. 그리고 의기양양하게 배를 어루만지고 있는 화경에게 말했다.

"이왕 일을 맡았으니 다른 사람 귀찮게 할 필요 없지? 내일도 언니의 배를 좀 빌려야겠어."

초원의 아침 기운은 쾌청하였다. 검은 기왓장과 하얀 벽에 내리쬐는 햇빛, 그리고 선명한 색채의 왕정 덕분에 순백의 포탈라 제2궁이 한층 고귀해 보였다. 상처를 회복 중인 혁련쟁을 제외하고 사람들이 분주하게 움직였다. 그들은 내일 열릴 즉위식을 준비하고 족장들을 대접하고 손님을 맞이해야 했다. 이른 아침부터 왕비와 대비 두 사람은 전전으로 향해 여러 일을 주관했다. 매타까지도 모란꽃의 부름을 받고 일을 도우러 갔기 때문에 후전에는 혁련쟁과 두 임신부만 남게 되었다.

나탑은 자기 방에서 나왔다. 종신과 고남의 방 사이에 끼어 지낸 그녀는 요 며칠 숨이 막힐 지경이었다. 겨우 바람을 쐬러 나온 그녀는 후전에 딸린 주방에서 소유차를 가지고 나왔다. 그리고 상처에 바르는 약을 챙겨 혁련쟁이 있는 처소로 향했다. 복도를 걷는데 유난히 바닥이 미끄러웠다. 그녀는 넘어질까 봐 무의식적으로 벽을 짚었고, 그만 소유차를 쏟고 말았다.

그때 누군가 아이고, 하는 소리가 들렸다. 그 사람은 복도 밖 뜰에서 들어오는 길이었다. 복도 쪽에서 별안간 물이 쏟아지자 황급히 피했지만 소유차에 치맛자락을 적시고 말았다. 아직 차가 뜨거워서 황급히 두루마기를 벗었다.

나탑은 봉지미와 함께 온 한족 임신부를 알아보고 경계했다. 하지만 옷을 더럽혀 놓고 말없이 가 버리는 처사는 아무래도 적절치 않은 듯했다. 그래서 나탑은 얼른 화경을 부축하며 시녀를 불렀고, 자신은 얼른 자리를 떠나려고 하였다.

화경은 신경도 쓰지 않고 옷매무새를 고쳤다. 그리고 어떤 물건을 조심조심 끌러 더러워지면 큰일이라도 날 것처럼 얼른 난간에 올려 두었다. 순간 나탑의 눈이 반짝 빛났다. 화경이 벗어 둔 것은 호신 부적이었는데 결코 흔한 물건이 아니었다. 그것은 노란색과 검은색으로 이루어졌고 호음묘의 도장이 찍힌 것으로 호음묘에서도 최고 지위인 타마가 쓴 부적이었다.

"이거 어디서 났어?"

화경이 부적을 들고 물었다.

"만지지 마!"

화경이 얼른 뺏으며 말했다.

"어제 왕비마마께서 나를 위해 타마께 청해 온 거야. 순산과 자손의 건강을 기원하는 부적이니까 함부로 건들면 안 돼."

어젯밤 봉지미가 타마에게 갔다는 사실을 알고 있는 나탑은 화경의 말에 눈을 반짝였다.

"왕비는 좋겠다. 타마께서 직접 호신 부적을 써 주는 경우는 진짜 특별해."

"내가 부탁한 거야."

화경이 입술을 비죽 내밀었다.

"타마 생불은 공명정대하시니 왕비마마 일 때문에 내게 화를 입히실 리 없어. 이 아이는…… 아주 어렵게 내게 왔거든. 그래서 왕비마마를 통해 타마 생불에게 복을 빌어달라고 부탁했더니 들어 주신 거야."

나탑은 불룩한 화경의 배를 힐끗 바라보았다. 나탑도 중원의 관습을 알고 있었다. 화경은 임신부였는데 난데없이 봉지미와 초원에 왔고, 애 아빠는 보이지 않았다. 분명 중원의 대갓집에서 버린 여자일 것이었고, 아이의 출신도 불분명할 터였다. 타마는 자비로우시니 처량한 신세의 한족 여인에게 특별히 호의를 베풀었을 수도 있었다.

나탑은 부적을 넣은 주머니를 바라보며 속이 근질거렸다. 초원 사람이라면 누구나 갖고 싶어 하는 귀한 물건을 왜 하필 이 한족 여자한테 주었는지 이해할 수 없었다.

"이건 연복(延福) 부적이야."

화경이 부적을 소중하게 받쳐 들고 빙긋 웃었다.

"사주가 같은 모든 아이들을 지켜주지. 나중에 내가 또 아이를 가져도 똑같이 적용돼."

나탑은 자신도 타마에게 가서 하나 얻고 싶었지만, 후전에서 나갈 수 없는 몸이라 울적하던 참이었다. 그런데 화경의 말에 눈을 반짝였다.

"같은 사주의 모든 아이를 지켜준다고?"

화경이 나탑을 흘겨보며 부적을 감췄다.

"왜? 뭐 하려고?"

나탑이 망설이다가 떠보듯 물었다.

"그럼 내 아이도 만약 사주가 같으면 보호를 받을 수 있겠지?"

"전하의 아이를?"

화경은 망설이듯 그녀의 배를 보며 말했다.

"나도 잘 몰라. 타마 말씀이 이 부적은 같은 사주의 모든 아이들을 보우한다고 하셨어. 하지만 그냥 네 것도 하나 써 달라고 하지 그래?"

나탑이 고개를 저었다. 타마에게 부적을 청하려면 인연이 중요했다. 사실 타마가 왕정에 오자마자 나탑도 사람을 보내 요청했었지만 바로 거절당하였다.

"애가 태어나지도 않았는데 사주를 어떻게 알아?"

"산달만 알면 돼. 그리고 아이에게 지어 줄 이름을 적어 넣고."

화경이 말했다.

"어머니가 돼서 산달을 모르는 건 말이 안 되잖아?"

나탑은 조금 망설이다 말했다.

"잠깐만 기다려 봐."

나탑은 방으로 총총 들어가더니 잠시 후 잘 접은 봉투를 하나 꺼내서 가져와 화경에게 건넸다. 화경은 쳐다보지도 않고 봉투를 챙기며 중얼거렸다.

"나도 정말 효험이 있을지는 몰라. 아무래도 직접 가서 부탁하는 게……."

"상관없어. 효험이 있으면 좋고 없어도 괜찮아."

화경이 거절할수록 나탑은 강경해졌다. 화경이 썩 내켜하지 않자 더 뭐라고 하기 전에 얼른 화제를 돌리며 웃었다.

"옷이 더러워졌네. 내가 빨아 줄게."

"나도 시녀 있어."

화경이 말했다.

"네가 빨아 줄 필요가 뭐 있어?"

"기름으로 만든 차는 얼룩이 잘 지워지지 않아."

나탑이 말했다.

"내가 방법을 알거든."

"그럼 같이 방에 가자. 내가 옷을 갈아입을 때까지 기다려 줘."

화경이 나탑의 손을 잡아끌었다. 나탑은 부적이 들어 있는 작은 주머니를 보며 말했다.

"이렇게 귀한 물건은 지니고 다니면 안 돼. 더러워지거나 잃어버려서 영험함을 잃을 수도 있잖아. 우리 호탁부 사람들도 부적은 집 안의 위패 아래 모셔 둬."

"그래?"

화경이 고개를 끄덕이며 나탑을 잠시 뜰에 앉혔다. 그리고 나탑의 말대로 부적을 위패 아래에 보관하고 옷을 갈아입으러 들어갔다. 화경이 들어가자마자 나탑은 소매춤에서 같은 색 주머니를 꺼내 위패 아래에 두고 원래의 부적을 자기 소매에 쑤셔 넣었다. 나탑은 훔친 부적을 꼭 끌어안고 차갑게 미소를 지었다.

'내 아이의 출산 달을 네게 알려 줄 리가 있겠니.'

나탑은 다시 자리에 앉아 아무렇지도 않게 차를 마셨다. 방에서 나온 화경은 젖은 옷을 건네며 웃었다.

"그럼 부탁해."

"빨아서 가져다줄게."

나탑은 옷을 받아 들고 얼룩을 만지지 않도록 조심하며 방을 총총 나섰다. 바삐 사라지는 나탑의 뒷모습을 바라보며 화경의 입가에 웃음이 번졌다. 나탑이 부적을 훔쳤을 때 보였던 미소와 꼭 닮아 있었다.

얼마 후 봉지미 일행이 돌아왔고, 후전의 호위가 물 샐 틈 없이 삼엄해졌다. 봉지미는 모란꽃에게 혁련쟁이 부상 중이며 내일 즉위식이 있으니 한 치의 위험도 있어서는 안 된다고 설명했다. 저녁 시간이 되어 모두 함께 식사를 하는데 나탑은 먹는 둥 마는 둥 하며 좌불안석이었다. 식사가 끝나갈 때 즈음 봉지미가 말했다.

"모두 일찍 주무세요. 나탑, 너는 내일 즉위식에 나올 필요 없다. 궁에서 쉬면서 몸조리하거라."

이어 혁련쟁에게 물었다.

"오늘 밤 누구를 침소에 들이시겠습니까?"

혁련쟁은 왕정에 첩을 몇 명 두었다. 초원의 관례대로 성년식을 치르는 날 족장들이 선물로 보낸 여인들을 첩실로 들인 것이었다. 봉지미 눈에 그들은 첩이 아닌 간첩이었지만 혁련 대왕이 즐기는 일에 굳이 간섭하기도 귀찮았고, 도착한 날부터 내내 바빠서 그녀들에 대해 알아볼 여유도 없었다. 혁련쟁이 영 껄끄러운 표정으로 봉지미를 힐끗 바라보며 말했다.

"대비, 관례에 따르면 즉위 후 사흘은…… 대비가 직접…… 흠흠 …… 잠자리 시중을……."

자리에 있는 모두가 헛기침을 했다. 봉지미는 멍하니 혁련쟁을 바라보다 물었다.

"예? 제가요? 아……."

봉지미는 짧은 세 음절을 내뱉고 나서 말없이 먹기만 했다. 혁련 대왕은 이러지도 저러지도 못했다. 귀하신 왕비의 심사를 파악할 수 없어 애꿎은 단도만 만지작거리며 그녀를 곁눈질로 바라보기만 했다. 왕비는 벌써 그 화제를 잊었는지 고기만 열심히 먹고 있었다. 머쓱해진 혁련 대왕은 종기라도 난 것처럼 엉덩이를 달싹거렸다.

식사가 끝난 후 혁련 대왕은 왕비에게 다음 행보는 어찌할지 아무런 말도 듣지 못했고, 사람들은 각자 흩어지고 말았다. 봉지미가 후전으로 가자 혁련쟁은 황급히 따라갔다. 그녀가 담담하게 침소로 들어가자 그는 걸음을 멈추고 멍하니 서서 아쉬운 한숨을 내쉬다가 결국 고개를 푹 숙이고 자신의 침소로 돌아왔다.

왕정은 궁전이었지만 여전히 초원의 풍습을 따랐다. 대왕이 홀로 독채를 썼고 여인들은 빙 둘러 대기하다가 왕이 필요한 여인을 지목할 때 들어오게 되어 있었다. 대비라고 예외는 아니었다. 혁련쟁은 쓸쓸히 방에 앉아 생각했다. 즉위하면 규칙을 바꿔 중원의 보통 부부처럼 한 방을 같이 쓰도록 하면 어떨까 하고.

그때 갑자기 문이 열렸다. 가장 먼저 이불이 들어왔고, 곧이어 베개가 날아오더니 검은 바탕에 은빛 자수가 놓인 치맛자락이 보였다. 마지막으로 봉지미가 담담하게 이불을 밟으며 걸어 들어왔다. 밑바닥을 치고 있던 혁련쟁의 기분이 갑자기 천당으로 튀어 올랐다. 그가 환희에 차서 벌떡 일어나 말했다.

"왕비, 잠자리 시중을 들러 오신 게요?"

"왕비는 잠자리에 들러 왔어요."

봉지미가 혁련쟁을 향해 손가락을 내저으며 말했다.

"불필요한 두 글자를 더 말하셨네요."

혁련쟁이 쿵 하고 양탄자에 몸을 눕히며 투덜댔다.

"대비는 한시도 내가 신 나는 꼴을 못 보는구려."

봉지미는 신경 쓰지 않고 바닥에 요와 이불을 깔고 누우며 말했다.

"진정하고 그만 주무세요. 내일은 중요한 날이잖아요."

"오늘 밤에 더 중요한 일을 하면 안 되겠소?"

혁련쟁이 개구쟁이 같은 표정으로 말했다.

"즐겁고 가벼운……. 당신과 나 모두 이번 생에서 가장 보람차다 말할 수 있을 만한 아름답고 기묘한 그런 일 말이오."

혁련쟁이 꾸물꾸물 기어와 봉지미의 이불 모서리를 잡았다.

"되죠."

봉지미가 양 손을 베개처럼 베고 태연하게 말했다.

"다만 일이 끝나고 나면 슬프거나 마음이 무거워서 차라리 태어나지 말걸 하고 후회하시지 않을까요? 그건 제가 책임질 수 없습니다."

혁련쟁은 괴로워하며 봉지미의 이불을 끌어다 얼굴을 가렸다. 그가 자기 숨통을 스스로 끊을 듯이 얼굴을 이불에 파묻고 한참 동안 시무룩해 하다가 말했다.

"됐소. 기대도 하지 않았소. 그대가 이 방에서 자겠다는 것만 해도 감지덕지요. 그래도 나를 걱정하는 것이잖소."

"역시 전하는 총명하세요. 이 왕비가 아주 칭찬합니다."

봉지미가 나른하게 말하다 갑자기 코를 벌름거렸다.

"에?"

"왜 그러오?"

혁련쟁은 몰래 이불을 걷어 올려 조금씩 그 안으로 들어가 자기 몸을 이불로 돌돌 말고 있었다. 어느 정도 말아졌을 때 봉지미는 왼쪽에서 한 번 오른쪽에서 한 번 잡아당겨 이불을 자기 앞으로 가져다 놨다. 혁련 대왕은 뱀처럼 길게 말린 채 비통한 얼굴로 봉지미를 바라보았다. 그녀는 그의 행동에 전혀 개의치 않는 듯 눈을 감고 말했다.

"아까까지 숨을 참고 있었는데, 방금 그만 숨을 쉬고 말았거든요. 그런데 뭔가 이상하군요."

"냄새가 안 나서 이상한 거요?"

혁련쟁이 눈을 반짝였다.

"그대를 만난 후로 매일매일 발을 씻었지!"

"그럼 그전에는 어떻게 하셨는데요?"

"음, 어디 보자……."

혁련쟁은 한참 생각하다 숙연하게 말했다.

"감주에서 씻었소."

이 말은 감주에서 곧장 제경으로 달려와 봉지미를 만나기까지 그 긴 시간 동안 발을 씻지 않았었다는 의미였다.

"음, 사실 이것도 무기라고 할 수 있죠. 고남의까지 전하의 발 냄새에 혼절할 뻔했잖아요."

봉지미가 몸을 뒤척이며 말했다.

"언젠가 당신이 내 옆에서 잠드는 날이 왔는데 질식해 죽으면 곤란하지 않겠소. 그렇게 되면 난 후회하다 죽고 말 거요."

혁련쟁은 봉지미 곁에서 나른하게 말했다.

"누군가를 좋아하면 좋은 사람이 되고 싶은 법이오. 여인 때문에 자기 단점을 고치는 걸 꺼려하는 남자는 좋은 남자가 아니지."

봉지미가 눈을 떴다. 이불을 둘둘 말고 턱을 괴고 있는 남자의 보랏빛 보석 같은 눈동자가 빛났다. 가볍게 풀어진 상의 틈으로 옅은 꿀색의 피부와 아름다운 근육이 보였다. 혁련쟁은 강압적이고 남자다운 매력이 있으면서도, 때때로 아이처럼 멋대로 굴거나 순수하게 웃곤 했다. 정반대의 두 기질이 함께 나타날 때면 또 다른 매력이 솟아났다.

야밤에 담을 넘고, 새를 벽에 붙여 놓고, 보란 듯 들쳐 업혀 사람들에게 씩 웃어 보이던 것도 저 남자였다. 그리고 초원의 신을 거역하고 왕의 위엄도 버린 채 군중 앞에서 스스로 채찍형을 받았던 것도 저 남자였다. 혁련쟁은 강인함과 유약함이 공존하는 남자였다.

"전하께서는 좋은 남자예요."

봉지미가 이불 속에서 손을 내밀어 천천히 혁련쟁의 눈썹을 쓰다듬었다.

"아쉽게도 저는 복이 없네요. 찰답란, 제가 가장 슬프고 좌절에 빠졌을 때 전하의 초원이 저를 지켜 주었죠. 제가 전하께 드릴 것이 없다는 걸 알면서도 제게 왕비 자리를 허락해 주셨어요. 그러니까 타마가 뭐라고 예언하든 전하의 모친이 목숨 걸고 지아비의 초원을 지킨 것처럼 저는 전하의 초원을 지킬 거예요."

"지미, 끝까지 가 보지 않고는 아무도 결말을 단정할 수 없소."

혁련쟁이 눈을 반짝이며 봉지미의 손을 꼭 잡았다.

"그대가 내게 빚진 건 없소. 그대가 나와 함께 초원에 온 것은 내 인생 최대의 기쁨이오. 그대가 선왕의 모든 것을 광기 어리게 지켰던 내 모친처럼 되길 원치 않소. 나는 그대가 자신을 사랑하며 스스로를 지켰으면 하오. 그게 싫다면 적어도 내가 그대를 지키도록 마음을 활짝 열어줬으면 하오."

봉지미는 어느새 손을 놓고 눈을 감은 채 아무 말도 하지 않았다. 혁련쟁은 그녀 곁으로 더 가까이 기어가 잠든 그녀의 얼굴을 조용히 바라보며 속삭였다. 그녀에게 말하는 것 같기도 했고 스스로에게 말하는 것 같기도 했다. 그의 낮은 속삭임은 까만 초원의 밤하늘에 하얀 못을 박는 것처럼 단호했다.

"여기서 기다리겠소. 그대가 내게 다가오지 않고, 내가 다가가지도 못하게 하니 나는 그냥 여기 있을 것이오. 다만 기억하시오. 힘이 들 때 한 걸음 물러서 뒤를 돌아보면 거기 반드시 내가 있을 것이오."

그날 밤 모두 곤히 잠들어 평온하게 숨을 쉬었다. 하지만 야심한 시각 담장 안팎으로 기괴한 바람 소리가 들렸다. 그때 봉지미가 눈을 떴지만, 곁에서 곤히 잠든 혁련쟁은 움직이지 않고 그녀의 이불을 꼭 쥐고 있었다.

날이 밝아올 때 즈음, 멀리서 들려오는 긴 호각 소리가 순의왕의 즉위식이 열리는 봄날의 빛을 갈랐다. 혁련쟁이 일어나 앉아 침착하게 물었다.

"자, 오늘 무슨 일이 벌어질 예정이오?"

"오늘은……."

봉지미가 책상다리를 하고 앉았다. 폭포수처럼 매끈하고 긴 머리칼이 그녀의 옅은 미소와 함께 햇빛을 받으며 빛났다.

"모두 각자 있어야 할 자리에 있을 것이고, 모두가 합당한 선고를 받을 것입니다. 올 사람은 오고 갈 사람은 갈 것입니다. 낡은 것은 물러가고 새로운 것을 받드는 날이 올 거예요. 액운을 점친 자 액운으로 죽을 것이며, 함정을 판 자 함정에 빠져 죽을 겁니다."

함정

　쾌청하고 맑은 날이었다. 이토록 눈부신 태양 아래에서는 그 어떤 사건 사고도 일어날 수 없을 듯했다. 즉위식은 왕정 밖 초원에서 거행되었다. 미리 설치된 높은 단상 위에 색색의 장막이 화려하게 펄럭였고, 일만 명에 달하는 왕의 군사들은 십리 밖까지 지키고 있었다. 청초, 백록, 화호 세 부족은 중심부를 공동 호위했다. 십여 명이 동시에 목욕할 수 있을 정도로 커다란 냄비가 여기저기 놓여 있었고, 그 안에서 양고기 육수가 펄펄 끓으며 구수한 냄새를 피웠다. 누군가 거대한 뜰채로 익은 고기를 건져내 전장에서 쓰는 긴 칼로 사람 머리만 하게 썰어냈다. 그리고 향신료와 소금을 넣은 국물에 한소끔 데친 후 커다란 나무 쟁반에 담아 단상과 부족장들이 앉은 귀족석으로 질서 있게 운반했다. 고기와 술의 향내가 바람을 타고 멀리 퍼져 몇 리 밖 사람들도 그 향에 취했다.

　초원 각지에서 속속 도착한 사람들이 한껏 차려입고 노래를 부르고 춤을 췄다. 여자들의 나풀거리는 치맛자락이 만개한 꽃송이처럼 짙푸른 초원을 수놓았다.

후전에서 봉지미는 직접 혁련쟁의 칠보 왕관을 고쳐 씌워 주었다. 그녀는 금박으로 장식된 검은 두루마기에 푸른 옥이 박힌 허리끈을 매고 빛나는 칼을 허리춤에 찬 위풍당당한 그를 꼼꼼히 뜯어보며 말했다.

"처음 만났을 때보다 멋지네요."

"앞으로는 멋진 모습을 더 많이 보게 될 거요."

생전 겸손을 모르는 혁련쟁다운 말이었다. 그는 검은 치마에 심심한 은색 허리끈을 맨 봉지미를 보며 말했다.

"어째서 옷을 갈아입지 않았소?"

"왕정에서 붉은 도포를 준비해 주었지만 저는 아직 상중이니까요."

봉지미가 혁련쟁의 팔짱을 끼고 밖으로 나가며 조심스레 말했다

"게다가 아마도 저는 옷을 갈아입을 필요가 없을 거예요."

혁련쟁이 고개를 갸웃하며 봉지미를 바라봤지만 더 묻지 않았다. 그때 어디서 나타났는지 매타가 쫓아왔다.

"아찰! 나도 따라갈래!"

매타가 혁련쟁의 나머지 한쪽 팔을 잡으며 말했다. 혁련쟁이 매타를 밀쳐내며 바라보았다. 화염처럼 붉은 도포에 마노와 호박이 박힌 황금 허리띠가 눈에 들어왔다. 매타의 차림새는 대비의 예복과 영락없이 닮아 있었다. 그러지 않아도 예복을 입은 봉지미의 모습을 초원에서 보지 못해 유감스러웠던 혁련쟁은 매타가 한껏 멋 부린 모습을 보자 심기가 불편해졌다.

"매타 이모님. 어머니와 함께 즉위식에 오셔도 좋지만 이 옷은 안 됩니다. 사람들이 오해하겠어요."

"오해할 게 뭐 있어?"

매타가 도무지 모르겠다는 얼굴로 말했다.

'오해하길 학수고대 하겠지!'

봉지미는 혁련쟁의 허리띠를 꼭 쥐고 있는 매타의 손을 슬쩍 보며 생각했다.

"무슨 오해를 받을지 이모님도 알고 계시잖아요."

혁련쟁이 물러서지 않고 끝내 매타의 손을 내쳤다.

"왕비마마!"

매타가 별안간 봉지미의 허리띠를 잡고 말했다.

"좋은 날에 입으려고 특별히 지은 새 옷이에요. 달포나 걸려 만들었는데 꼭 벗어야 하나요?"

봉지미는 애원하는 매타를 보며 맨 처음 그녀를 만났을 때의 오만 불손한 태도를 떠올렸다. 어쩐지 재미있어 웃음이 터졌다. 봉지미가 웃자 눈동자에서 특별한 빛이 쏟아졌다. 매타는 그 눈빛에 흠칫 놀라 저도 모르게 손을 놓고 말았다. 그사이 혁련쟁은 재빨리 봉지미를 낚아채 멀리 가 버렸고, 어느새 모란꽃이 배시시 웃으며 다가와 매타의 어깨를 감싸며 말했다.

"가자. 너에게 들려줄 좋은 소식이 있다."

잠시 후 앞서 걷던 봉지미는 믿을 수 없다는 듯한 분노가 담긴 매타의 날카로운 외침을 들었다. 봉지미가 웃으며 종신에게 손짓하자 그가 빠른 걸음으로 떠났다. 복도의 마지막 문을 통과할 때 한 무리의 어린 라마승이 달려와 봉지미를 막아섰다.

"타마 생불께서 왕비의 즉위식 참석을 막으라고 하셨습니다."

"뭐라고?"

혁련쟁의 얼굴색이 어두워졌다.

"정말로 초원을 사랑하신다면 전하의 일생에 가장 중요한 날인 즉위식에 먹구름을 드리우지 말라고 타마 생불께서 말씀하셨습니다."

어린 라마승은 봉지미에게 절하고 혁련쟁에게 말했다.

"전하, 만약 왕비께서 참석하시면 생불께서는 나타나지 않을 거라고 하셨습니다."

"그럼 나오지 말라고 해라."

혁련쟁은 조금도 머뭇거리지 않았다.

"타마의 액막이 기원이 없다고 즉위식에 저주가 내린다고 믿지는 않는다!"

"전하!"

마중 나온 족장들이 모두 놀라 외쳤다.

"천신의 뜻은 반드시 타마가 인도해야 합니다. 새로운 초원 왕이 탄생하는 순간에 아버지 생불께서 없어서는 안 됩니다!"

남웅족 족장인 호특가가 꿇어 앉아 간절한 눈으로 혁련쟁을 바라보았다.

"지난번처럼 왕비를 폐하자는 게 아니라 그저 의식에 참가하지 마시라는 겁니다. 타마 생불께서 양보하셨으니 전하께서도 더 고집을 부리시면 안 됩니다!"

"전하. 생불의 의식이 없다면 부족 백성들의 인정을 받지 못합니다!"

"다른 날을 잡아 왕비를 봉하셔도 됩니다. 어쨌든 지금 가장 중요한 건 전하의 즉위식입니다!"

족장들이 혁련쟁을 타이르고 설득하는 소리가 와자자껄하게 울려 퍼졌다. 봉지미의 소매를 당기며 알아서 물러나라고 눈치를 주는 이도 있었다.

"여러분의 생불께서 끝내 저에게 즉위식에 참석하지 말라고 하시는군요."

봉지미가 마침내 차분하게 입을 열었다.

"모두 들으셨지요?"

사람들은 고개를 끄덕였지만 왜 굳이 이 부분을 강조하는지 의아해했다.

"그럼 가지 않겠습니다."

봉지미가 짧게 말하고 되돌아가며 말했다.

"여러 대인들께서 전하를 잘 보필해 주세요."

"지미……."

혁련쟁이 부르는 소리에도 봉지미는 뒤도 돌아보지 않고 자리를 떠났다. 맞은편에서는 타마의 의장과 법기들이 흔들거리며 안뜰을 나서고 있었다.

오늘 따라 한층 더 수척해 보이는 타마는 가마에 앉아 있는 것이 아니라 무력하게 얹혀 있는 것처럼 보였다. 타마의 비단 도포 자락이 가볍게 흩날렸다. 타마가 눈꺼풀을 힘겹게 들어 올려 봉지미를 바라보자 그녀는 미소를 지으며 뭐라고 입 모양을 만들어 보였다. 타마가 멈칫하며 그 의중을 파악하기도 전에 봉지미는 벌써 그를 스쳐 멀리 가버렸다.

초원의 즉위식은 중원처럼 복잡하지 않았다. 11개 부족의 군대가 포진하여 위용을 드러내었고, 각 부족장이 예물을 바치고 나면 타마가 황금 대야에서 소락*酥酪, 소나 양젖을 가공해 만든 치즈을 꺼내 새 왕의 이마에 바르고 초원의 영원한 부귀영화를 기원하였다. 또 몇 가지 신의 계시를 전한 후 다 함께 먹고 마시고 춤추고 노래하며 승마와 궁술, 수렵 솜씨를 뽐냈다. 이렇게 꼬박 사흘 동안 축제를 치르면 즉위식은 끝이 났다.

혁련쟁은 비휴부를 멸한 위세와 함께 남웅과 철표 두 용맹한 부족의 지지가 더해져 왕위를 넘보는 야심 어린 형제들이 경거망동할 수 없도록 만들었다. 또한 공식 또는 비공식적인 호위군이 물 샐 틈 없이 그 형제들을 감시하고 있었다.

12부 중 11개 부의 군사가 언덕 꼭대기에서 일자로 진을 쳤다. 각각 금색, 청색, 백색, 적색, 남색, 흑색, 연회색, 진회색, 황색, 옥색, 녹색의 열한 개 가죽 갑옷을 입은 병사들이 위엄에 찬 모습으로 늘어섰고, 손에는 활이나 장검을 들고 있었다. 칼끝에서 번지는 중후한 먹색 빛이 태양 아래 무한하게 뻗어 나갔다. 칼이 움직일 때마다 빛이 파도처럼 일렁였고, 사람들은 눈이 부셔 그 서슬 퍼런 빛을 똑바로 바라볼 수 없었다.

혁련쟁은 금빛 도포를 입고 검은 말에 올랐다. 은여우털 외투 자락이 바람에 춤을 췄다. 그가 호탕하게 웃으며 산꼭대기에서 날듯이 내려오자 그가 지나간 자리에 서 있던 사람들은 모두 장엄하게 무릎을 꿇고 손바닥을 이마에 대며 경의를 표했다. 말굽이 허공으로 솟아오르자 마른 풀이 사방에 흩날렸다. 혁련쟁의 말이 달려간 쪽 방지의 군사들은 하늘로 칼을 뽑아 들었다. 처억, 하는 소리가 울려 퍼지면서 열한 가지 빛깔이 파도처럼 일렁였다. 혁련쟁은 유일하게 그 파도를 타는 용맹한 선장이었고, 그가 내려다보면 웅장한 파도가 발밑에 있었다. 초원 사내들이 감복했고, 초원 여인들의 눈동자가 빛났다.

새 왕은 주변을 한 바퀴 돌고 왕좌에 올랐다. 붉은 양탄자가 깔린 높은 단상에 황금으로 된 탁자가 놓여 있었고, 족장들은 연배 순으로 올라와 각자의 예물을 바쳤다. 예물이란 사실 각 지역의 특산물일 뿐이었지만, 거기에는 그들의 생존을 책임지는 가장 귀한 물건을 새 왕에게 바쳐 충성을 맹세한다는 의미가 있었다. 혁련쟁은 온화한 미소로 모든 부족장을 치하했다. 곁에 앉은 타마의 주름 가득한 얼굴에도 옅은 미소가 번졌다.

마지막 순서로 화호족의 족장 극렬이 예물을 바쳤다. 불처럼 붉은 가죽 도포에 검은 여우가죽 갑옷을 걸친 젊은 사내는 초원 사내들과 다르게 고운 용모가 돋보였다. 가늘고 긴 눈에는 색기가 흘렀고 애교스러운 웃음이 걸려 있었다. 손에는 비상하는 독수리 모양의 흑요석 조각을 들고 있었다. 다른 족장들이 부러운 눈으로 그것을 바라보았다. 화호족의 영지에 있는 작은 흑요석 광산 덕분에 화호족은 12개 부족 중 금사족 다음으로 부유했다.

"우리 부족의 생존을 좌우하는 보물을 존귀하신 대왕께 바칩니다."

극렬은 우아하고 겸손한 자세로 흑요석을 머리 위로 높이 들며 말했다. 혁련쟁이 극렬을 똑바로 쳐다보며 입꼬리를 추어올렸다.

"극렬 아우님, 예를 거두시게. 자네나 나나 호탁부의 젊은 족장 아닌가. 앞으로 자네에게 신세를 질 일이 많을 것이네."

"전하의 명을 기다리고 있겠습니다."

극렬이 빙긋 웃으며 퇴장했다.

누군가 소락이 가득 들어 있는 황금 그릇을 들고 오자 생불 타마가 천천히 몸을 일으켰다. 혁련쟁은 옆에 있던 시녀에게 웃으며 말했다.

"어서 타마를 부축해 드려……"

미처 말을 끝내기도 전에 혁련쟁의 안색이 무섭게 변했고, 모두의 눈에 띌 정도로 그의 눈썹 언저리가 시퍼래졌다. 사람들이 당황하는 찰나 혁련쟁은 몸을 비틀거리다가 바닥으로 쓰러지고 말았다. 사방에서 웅성거리기 시작했고, 족장들이 앞다투어 올라왔다. 놀란 타마는 하마터면 금 그릇을 엎어 버릴 뻔했다.

"전하! 전하!"

남웅 족장을 비롯해 많은 이들이 혁련쟁을 에워싸고 애타게 외쳤다. 누군가 날아가듯 왕정으로 달려가 의관과 무녀를 불러왔고, 그들은 땀을 뻘뻘 흘리면서 인파를 헤치고 들어와 분주하게 혁련쟁을 살폈다. 맥을 짚는 자는 맥을 짚고, 점을 보는 자는 점을 보고, 무당은 신들려 춤을 췄다. 순식간에 아수라장이 되었지만, 혁련쟁이 왜 쓰러졌는지 까닭을 아는 사람은 없었다. 얼마 후 족장들이 채근하자 왕정 의관이 더듬거리며 말했다.

"전하께서…… 아무래도…… 일어나기 어려우실 듯합니다."

"그게 무슨 말인가?"

족장들이 앞다투어 물었다. 청조, 백록 두 부족의 족장은 서로 눈빛을 주고받더니 왕의 호위군을 재배치했다. 개미 새끼 한 마리도 고산지대 주변을 빠져나가지 못하도록 철통방어하였고, 사태를 살피러 온 귀족들을 전부 단상 아래서 올라오지 못하게 했다.

"어디 보자. 어디 좀 봐!"

숨을 헐떡이는 타마가 부축을 받고 들어오자 사람들은 얼른 길을 터 주었다. 늙은 타마는 혁련쟁의 파리한 안색을 자세히 보더니 믿을 수 없다는 표정으로 맥을 짚었다. 잠시 후 눈을 꼭 감고 길게 탄식했다.

"아가, 내 아가……."

늙은 라마승의 눈에 눈물이 비처럼 쏟아졌다.

"이렇게 가 버리면 안 된다. 어찌 이렇게 허망하게 간단 말이냐? 설마 불길한 먹구름이 이토록 빨리 네 머리 위에 드리워졌단 말이냐?"

타마의 말에 족장들은 서로를 바라보며 이틀 전 혁련쟁이 신의 뜻을 거역하고 자진해서 채찍형을 받았던 일을 떠올렸다. 누군가 주저하며 말했다.

"설마…… 천신이 노하셔서……."

"천신이 노하실리가요?"

누군가 비집고 들어오며 외쳤다.

"전하의 안색을 보니 분명 중독입니다. 누군가 독을 쓴 게 분명해요. 오늘 누가 전하 곁에 있었는지 조사해야 합니다!"

강하게 주장하는 이는 바로 극렬이었다.

"내 아들!"

모란꽃이 팔표를 데리고 단상 아래서 허겁지겁 올라왔다. 오는 길에 사람들을 밀치고 발로 걷어차며 혁련쟁에게 덥석 달려들었고 목 놓아 울었다.

"왜 이러고 있어! 오늘 아침에도 멀쩡했잖느냐."

"대비마마."

얼마 전 순우맹에게 두들겨 맞아 시퍼런 멍이 가시지 않은 가덕이 끼어들어 혁련쟁의 눈꺼풀을 뒤집어 보더니 근심스럽게 말했다.

"우선 눈물을 거두시고 제 말을 들어보세요. 중원에서는 독을 쓴 사람은 반드시 해독제를 가지고 다닙니다. 어서 독을 쓴 자를 찾아서 전하를 살리는 게 급선무입니다."

"오늘 전하와 접촉한 자가 누구냐?"

단상 아래 있는 인이길 씨 귀족들은 왕군에 의해 발이 묶여 올라올 수 없었다. 하지만 모두가 방금 일어난 일을 직접 목격했고, 누군가 고개를 쭉 뻗으며 말했다.

"전하께서는 왕정에서 바로 나오셨으니 같이 지내는 사람이 곁에 있었겠죠!"

그 말이 나오자마자 잠시 적막이 흘렀다. 달군 기름에 찬물을 부은 듯 폭발적인 반응이 이어졌다.

"왕의 곁에 누가 있겠어? 즉위 전후 사흘은 왕비가 잠자리 시중을 드는데!"

"아침에 전하께서 후전에서 나오셨을 때 누구와 함께였지?"

"그야 왕비지!"

"시녀도 시중을 들었을 거야!"

"시녀는 감히 전하에게 가까이 갈 수 없지!"

"오늘 아침 전하의 시중을 든 시녀를 모두 데려와라!"

가덕이 자기 생각대로 결정하며 진두지휘했다.

"엄히 문책하라!"

갑자기 끌려와 경황이 없는 시녀들이 하나같이 바닥에 납작 엎드려 몸을 떨었다.

"신께 맹세할 수 있어요. 오늘 전하의 의관은 대비께서 직접 정리하셨습니다."

"아침 수라는…… 소인이 차려드렸습니다. 하지만 모두 같이 드셨고…… 대비께서 전하께 고기를 썰어 주셨어요."

"방을 나설 때 전하께서 저희에게 따르라 하지 않으셨고 왕비마마와 나가셨습니다. 소인들은 아무것도 모르옵니다."

시녀들의 증언을 듣고 몸수색까지 마치자 단상 위에는 다시 적막이 흘렀다. 극렬은 아무 말이 없었고, 가덕은 눈꼬리에 웃음을 띠우고 있었지만 역시 말이 없었다. 청조와 백록의 족장은 서로 멀뚱멀뚱 바라보다 어렵게 말을 꺼냈다.

"대비마마. 이건 아무래도……."

멍하니 앉아 있는 유모단은 상심하고 절망하여 아무 생각도 할 수 없는 지경으로 보였다. 그녀는 콧물을 닦아 옆에 있는 극렬의 옷에 슥 닦고는 공허하게 말했다.

"대인들께서 알아서 하시게. 이 늙은이는 아무 생각도 할 수 없소."

"그럴 리가 없습니다!"

팔표가 고개를 저었다.

"왕비께서 전하를 해할 리 있습니까? 괜한 사람 억울하게 만들지 마세요."

"억울한지 아닌지는 우선 조사를 해 봐야겠지. 대비가 정말 무고하다면 훗날 우리의 불경을 용서하실 거요."

극렬이 침착하게 대답했다.

"여봐라!"

청조 족장이 고개를 끄덕이며 말했다.

"왕비마마를 모셔라!"

모시라고 말했지만 실상 백록 족장은 천 명의 왕군을 배치했다. 사람들은 고개를 쭉 빼고 칼과 갑옷이 번쩍번쩍 빛나는 왕군 행렬이 이동하는 모습을 지켜보며 만감이 교차했다. 어떤 이는 왕의 즉위식에 대형 사고가 났으니 초원에 또 한차례 피바람이 불어닥칠까 걱정했고, 또 어떤 이는 이 변고가 더욱 복잡해져 혼란한 틈을 타서 한몫 챙길 수 있길 바랐다. 청조, 백록, 남웅, 철표 네 부족은 왕군에 합류했고, 다른 군소 족장들도 조용히 자신의 개인 호위군을 불렀다. 하지만 가덕은 어느 틈에 인파 속을 빠져나간 뒤였다.

정신이 몽롱한 타마는 혁련쟁의 옆에 앉아 깊은 생각에 잠겨 말이 없었다. 왕군의 대열이 질서 있게 포탈라 제2궁으로 향했다. 사람들은 노래와 춤을 멈췄고, 소식을 알고 싶어 고개를 빼고 바라보았다.

"내 발로 왔으니 모셔 갈 필요 없다."

담담한 여자의 목소리가 들렸다. 그녀는 높지도 낮지도 않은 음으로 누가 들어도 귀에 쏙쏙 박히도록 또박또박 말했다. 단상 위 사람들의 낯빛이 변했다. 인파가 갈라졌고, 그 사이로 그녀가 천천히 걸어왔다. 키가 크고 늘씬한 여자는 끝단에 은색 자수가 물결치는 단아한 검정 치마를 입고 있었고, 수수한 모습 뒤에 숙연함이 돋보였다. 사방을 둘러싼 화려한 색채와 대비되었지만 단조롭기는커녕 오히려 청아하고 우아해 보였다. 걸을 때마다 옷자락이 바람에 넘실거렸고, 마치 물결 위를 걷는 것처럼 햇빛이 내리쬐는 푸른 초원을 향해 걸어오고 있었다. 사람들은 일전에 봤던 고개 숙인 노란 얼굴의 여인은 완전히 잊어버렸고, 오히려 그녀의 남다른 분위기에 압도당해 길을 내주었다. 봉지미가 도착한 것이었다.

단상 위의 족장들은 봉지미의 우아하고 대범한 자태를 보고 마음 가득 아쉬움이 남았다. 이 여인이야말로 전무후무하게 출중한 초원의 왕비가 될 수 있었을 것이었다.

"초원을 망치러 온 암늑대!"

적막을 뚫고 누군가 이를 악물고 소리쳤다.

"타마 생불의 예언이 하나도 틀리지 않았어! 너는 온몸에 해독제도 없는 독기를 품었다!"

"타마 생불께서 일찍이 너는 왕의 액운이자 함정이라고 말씀하셨어. 전하께서 너 같은 여자의 유혹에 빠져 고집대로만 밀고 나가신 게 한스럽다!"

"초원에서 꺼져라! 호탁부는 평화와 안녕을 원하지 네가 불러온 피와 전쟁을 원치 않는다!"

그 자리에 있는 모두가 타마의 예언에 대해 알았고, 혁련쟁이 왕비를 위해 생불인 타마의 뜻을 어기고 채찍형을 자진한 모습도 보았다. 그리하여 진실과 상관없이 모든 울화가 봉지미를 향해 쏟아졌다. 누군가 뜯고 남은 양 뼈를 던졌다. 그러자 사람들은 별안간 계시라도 받은 것처럼 너도 나도 손에 든 물건을 봉지미에게 던지기 시작했다. 그녀의 뒤를 따르던 고남의가 손을 몇 번 휘둘렀다. 날아오는 모든 잡동사니는 마치 투명한 유리벽에 부딪친 것처럼 그녀로부터 세 척 가량 멀리 떨어졌다. 이런 신기한 무공을 생전 처음 보는 호탁부 사람들은 눈을 동그랗게 뜨고 귀신이 아닐까 생각했다.

"함부로 던지지 마라."

정적을 깨고 봉지미가 묘하게 웃으며 말했다.

"너희가 던진 것들을 내가 다 먹어 버릴지도 모르니."

봉지미의 말투는 차분했지만 눈빛만은 차가웠다. 사람들은 그 말이 농담으로 들리지 않아 슬금슬금 뒤로 물러섰다.

"왕비마마, 마침 잘 오셨습니다."

청조와 백록의 족장이 마중을 나오며 난처한 듯 말했다.

"전하께…… 사고가 생겼습니다."

봉지미는 혁련쟁에게 충심이 가득한 이 두 족장을 줄곧 존중해 왔다. 그녀가 고개를 끄덕이며 그들 앞으로 다가가 혁련쟁의 상태를 살펴보고 미간을 찌푸렸다.

"무슨 일입니까?"

"'무슨 일입니까'라니요?"

누군가 냉소했다.

"왕비마마 스스로에게 물어보십시오."

"음?"

"시치미 떼지 마십시오."

혁련쟁의 사촌형뻘 되는 가덕이 고개를 빳빳하게 들고 말했다.

"오늘 아침 당신이 전하의 곁을 내내 지켰고 전하는 독을 맞았습니다. 역시 초원에 난입한 암늑대가 왕에게 급히도 손을 썼군요. 당장 해독제를 내놓으시지요!"

"내가 왜 전하께 독을 쓰지?"

봉지미가 빙긋 웃었다.

"전하께서 작고하시면 내게 좋은 일이 뭐가 있느냐?"

소리를 높이던 가덕의 말문이 막혔다. 주위의 사람들도 침묵한 채 그 말을 곱씹었다. 왕이 있어야만 왕비가 왕비일 수 있었다. 왕이 죽는다면 왕비는 좋을 일이 하나도 없었다. 하지만 오직 극렬만이 웃음을 터뜨렸다.

"왕비마마."

극렬이 유유자적 말했다.

"제가 인이길의 사정에 관여할 바는 아니나, 왕의 일이고 초원의 일이며 우리 모두의 일이기도 하지요."

봉지미가 극렬을 바라보자 그는 눈을 동그랗게 뜨고 그녀의 시선을 마주봤다. 눈이 마주친 두 사람은 누구도 먼저 시선을 피하지 않았다.

"여러분, 초원 접경지대를 지키는 우리 화호부의 전사가 얼마 전 편지 한 장을 압수했습니다."

극렬은 소매 안에서 종이 한 장을 꺼냈다.

"대비가 왕정의 왕군 식량 공급을 주관하는 우주 양도에 보내는 편지였습니다. 그 내용은……."

극렬은 일부러 말꼬리를 길게 늘어뜨렸다.

"초원 상황이 변동될 것이니 일부 군량이 당분간 필요치 않아 우주 양곡 창고에 보관하겠으며, 훗날 왕비의 호위대가 직접 받아 가겠다는 내용이었습니다. 여러분께 묻고 싶네요. 서신에서 언급한 변동이란 대체 뭘까요? 어째서 갑자기 우주의 식량이 필요하지 않다는 것일까요? 왕비의 호위대가 왜 초원 왕군의 군량을 받아 간단 말입니까?"

단상 위아래 할 것 없이 웅성대는 소리가 들렸다. 이건 족장들도 몰랐던 이야기라 모두 어리둥절하여 서신만 바라보았다. 극렬은 우아한 미소를 띤 채 사람들이 돌려 보도록 서신을 단상 밑으로 전달했다. 초원의 귀족들은 대부분 한족의 문자를 읽을 줄 알았다. 봉지미의 필적을 모른다 해도 시원시원한 글씨체와 중원산 종이를 보면 추측할 수 있었고, 더구나 서신에는 '성영'이라고 쓰여 있는 인장이 보였다. 이 초원에서 이 편지를 쓸 수 있는 사람은 단 한 명, 봉지미 뿐이었다.

극렬이 손짓하자 밧줄에 묶인 남자가 봉지미 앞에 나타났다. 혼인행렬의 호위대 복장을 한 사내는 당황한 얼굴로 바닥에 꿇어앉았다.

"우주 접경지대에 도착할 때 즈음 잡아냈습니다. 왕비의 서신을 전한 바로 그놈입니다."

극렬이 말했다.

"처음부터 이자의 행동거지가 수상해 우리 부족에서 의심을 하고 있었는데, 이참에 수사해 잡은 것입니다."

"왕비마마!"

그 남자는 봉지미에게 연방 머리를 조아리고 가슴을 치며 말했다.

"소인이 일을 제대로 처리하지 못한 탓입니다! 죽여주시옵소서!"

봉지미의 입가에 차가운 웃음이 걸렸으나 미동도 하지 않았다. 극렬은 서신을 손바닥에 올려놓은 채 가느다란 눈으로 그녀를 바라보며 싸늘하게 웃었다.

"이건 단순히 제 생각일 뿐입니다만, 전하의 유일한 아우는 아직 강보에 싸여 있고, 첫째 아이도 아직 나탑의 뱃속에 있습니다. 왕을 죽인 후 왕실의 지도력이 공백 상태가 되었을 때 우리 왕정을 지배하는 꿈을 꾸신 것 아닙니까? 홀로 대권을 장악하다가 적절한 시기를 봐서 호탁부를 조정에 헌납하려는 속셈은 아닌지요?"

삶과 죽음은 하늘이 아닌 내 손에

족장들은 서신의 내용을 떠올리며 극렬의 날카로운 규탄에 놀라 서로를 마주 봤다. 생불의 예언대로 피와 화염을 불러올 암늑대가 조정의 첩자고 이곳에 온 목적이 초원 찬탈을 위해서였다면, 그녀가 왕을 살해할 동기는 충분했다. 현재 상황으로 보면 모든 상황이 생불의 예언과 꼭 맞아 떨어졌다.

"그게 아닐 텐데?"

봉지미는 아직 아무 말도 하지 않았지만, 뜻밖에도 유모단이 태연하게 입을 열었다.

"지미와 그 일에 관해 얘기한 적이 있네. 지미는 올 겨울 초원에 폭설이 내릴 가능성이 있는데 지금 우리의 비축 식량이 충분하니 우선 우주에 맡겨 두자고 했을 뿐이야. 그 뒤의 말들은 한 적이 없어."

"모단대비마마께서 속으셨사옵니다."

누군가 차갑게 웃으며 유모단에게 편지를 툭 건넸다.

"아직 봄인데 겨울의 폭설을 어떻게 예측할 수 있습니까? 또 비축 식량이 충분하다고 누가 단언할 수 있단 말입니까? 이 여인의 심사가 의뭉스럽습니다. 대비의 후덕하신 성품은 알고 있으나 절대 저 여인의 말을 믿어서는 아니 되옵니다."

유모단은 입을 열고 싶었지만 이 많은 사람들 앞에서 폭설은 단지 식량을 묶어 둘 핑계라고 말하기는 곤란했다. 게다가 비축 식량도 가덕이 좀처럼 내놓지 않는 이만 군사의 식량을 더해야 충분하다는 말을 꺼낼 수는 없었다. 이는 유모단과 봉지미가 기존 족장의 수중에 있는 군권을 탈환하기 위해 은밀하게 내린 결정이었기에 이런 자리에서 낱낱이 밝힐 수는 없는 노릇이었다. 유모단은 편지를 들춰 보고는 미간을 찌푸렸다.

봉지미가 곁눈질로 그 편지를 훑으며 눈을 반짝였다. 틀림없이 자신이 쓴 편지였으며, 전령도 자신의 사람이었다. 제경 출신 호위군과 초원 사람은 발음과 억양이 크게 다르기 때문에 결코 연기할 수는 없었다. 다만 편지의 내용이 교묘하게 수정되어 있었다.

극렬이 어디서 고수를 찾아냈는지 편지지를 가르고 글자를 첨가하거나 빼는 등 수작을 부린 흔적이 보였다. 몇 글자 빼고 넣었을 뿐이었지만, 전체 맥락을 전혀 다른 방향으로 바꾼 것이었다. 군중의 눈에는 골똘히 생각하며 침묵하는 봉지미가 무언가 켕기는 것처럼 보였고, 사람들의 추측에 점점 힘이 실렸다. 혁련쟁 옆에 앉은 유모단이 고개를 들고 봉지미의 소매를 끌어당겼다.

"지미야, 네가······."

그때 봉지미의 뒤에서 누군가 몸을 기울이며 부딪혔고, 그 바람에 그녀의 몸도 중심을 잃고 휘청거렸다. 유모단이 봉지미의 소매 쪽으로 손을 뻗었지만 잡지 못했고, 대신 쫙 소리와 함께 봉지미의 허리끈이 뜯어졌다. 그 순간 옅은 안개가 피어올랐고, 극렬의 안색이 돌변했다.

"물러나시오!"

극렬이 전광석화처럼 달려와 봉지미의 주변 사람들을 밀쳤다. 그 안개는 무겁게 내려앉으며 바닥의 잡초에 닿았고, 순간 잡초의 끝부분이 누렇게 시들었다.

"독이다!"

"어쩐지 처소에서 아무것도 나오지 않더라니. 전하에게 쓴 독약은 저 여자 허리끈에 있었어!"

"여봐라!"

청조와 백록의 족장이 호통을 치며 봉지미를 가리켰다. 왕군이 철갑 파도처럼 몰려와 봉지미를 에워싸며 칼을 뽑고 활시위에 살을 먹였다. 쟁쟁거리는 소리가 울려 퍼지는 가운데 사람들이 몰려왔지만, 밖으로 향한 왕군의 칼끝이 그들을 막아섰다.

"첩자를 처단할 것이니 모두 물러나시오!"

극렬의 긴 외침을 초원 전체가 똑똑히 들을 수 있었다. 왕군의 소대장 하나가 달려 나와 소가죽 밧줄을 들었다. 극렬은 팔짱을 끼고 상황을 지켜봤다. 봉지미 뒤에서 고남의가 손가락을 꿈틀거리는 모습을 보고 음흉하게 웃었다. 만일 오늘 누군가 고남의의 손에 죽는다면, 이 난리통은 분명 수습할 수 없게 될 것이었다. 밧줄이 바람을 가르며 봉지미 쪽으로 향했다. 그러자 그녀는 물러서기는커녕 갑자기 한 걸음 앞으로 다가왔다. 영문을 모르는 왕군 소대장은 멈칫했고, 그 틈에 그녀가 말했다.

"첩자를 처단하려 하니 무관한 사람들은 물러나라."

봉지미가 소매를 들자 왕군 소대장은 비틀비틀 물러나며 무슨 일인지 영문을 몰랐다. 그때 몇몇 사람들이 앞으로 걸어 나왔다. 맨 앞에서 화경이 불룩한 배를 잡고 웃으며, 또 다른 배불뚝이를 끌고 왔다. 바로 나탑이었다. 그 뒤로 종신이 매타를 끌어냈다.

그들이 다가오자 군중은 의아해했다. 창백한 얼굴의 나탑이 눈을 동그렇게 뜨고 극렬을 바라보았다. 극렬의 소매가 움직거렸고 가느다란 눈매를 살짝 찌푸리며 웃었다.

"왕비, 중원에 '개가 짖다가 급하면 아무나 문다'는 말이 있습니다. 지금 왕비도 퍽 급하신 모양입니다."

"급한 건 그쪽이겠죠?"

입가에 비웃음을 머금은 봉지미는 극렬은 쳐다보지도 않고 족장들을 향해 말했다.

"여러 대인들도 기억하실 겁니다. 나탑이 복중 태아를 앞세워 홍길륵의 목숨을 구해 달라고 청할 때, 대왕에게 이 아이를 감주에서 잉태했다고 말했습니다."

사람들이 고개를 끄덕였다. 나탑은 입을 쩍 벌리고 뒤로 물러서며 자신의 배를 감쌌다.

"전하께서 작년 5월 즈음 감주에 가셨고, 6월 말에 선왕의 명을 받고 급히 제경으로 향하셨습니다. 만약 나탑의 아이가 그 후에 잉태됐다면, 그 아이는 지금 8개월째가 됐어야 맞고 다음 달에 태어날 것입니다. 그런데 나탑의 해산달은 이번 달입니다. 못 믿으시겠다면 족장 대인들의 의관에게 진맥을 맡겨 보십시오."

"헛소리!"

나탑이 배를 어루만지며 창백한 얼굴로 외쳤다.

"나는 분명 감주에서 이 아이를 가졌어! 날 음해하려는 거야! 설령 이번 달에 출산한다 해도 조산일 수도 있고 네가 일찍 출산하도록 손을 썼을 수도 있잖아!"

나탑은 남웅족 등 몇몇 족장을 향해 외쳤다.

"삼촌들! 제가 자라는 걸 지켜보셨잖아요. 저 암늑대가 면전에서 저를 음해하게 두실 건가요?"

봉지미가 나탑을 거들떠보지도 않고 손을 들어 올리자 화경이 황색과 흑색이 엇갈린 네모난 주머니를 건넸다.

"네 삼촌들에게 면전에서 널 음해하지 못하게 하라면서, 너는 면전에서 거짓말을 해도 되느냐?"

봉지미가 가볍게 웃으며 주머니를 흔들어 보였다. 나탑은 입꼬리에 웃음기를 조금 머금고 입술을 비쭉대며 말했다.

"그건 왜 흔들어? 난 모르는 물건이야."

"너는 아직도 네가 위패 아래서 호신 부적을 바꿔치기한 줄 알고 있겠지?"

봉지미의 한마디는 나탑의 의연한 낯빛을 싹 가시게 만들었다.

"미안하지만 네게 깜빡하고 말하지 않은 것이 있다. 화경 언니는 그 호신 부적을 위패 아래 둔 적이 없어. 네가 바꿔치기한 건 모양이 똑같지만 전혀 다른 물건이지."

나탑이 한 걸음 뒤로 물러나 저도 모르게 손을 품 안으로 가져갔다. 하지만 매섭게 감시하는 시선이 느껴져서 그 자리에 몸이 굳어 움직일 수 없었다.

"네 품 안을 뒤질 필요 없다. 난 거짓말하지 않았으니까."

봉지미는 급하지도 느리지도 않게 그 황색과 흑색의 주머니에서 종이 한 장을 꺼냈다.

"왕비마마, 대체 어떻게 된 일입니까?"

영문을 몰라 답답한 족장들이 앞다투어 물었다. 봉지미는 주머니에서 꺼낸 쪽지를 청조 족장에게 건넸다.

"대인들, 직접 보시지요. 이 종이는 나탑이 자기 아이를 위해 쓴 호신 부적입니다. 아이의 출생 예정일과 이름이 적혀 있지요. 이 날짜로 추산해 보면 나탑은 5월 초에 이미 임신 중이었습니다. 5월 초라면 전하께서는 감주에 가지도 않으셨고, 금붕부 영지에도 가신 일이 없습니다."

화경이 한 발 앞으로 나와 그녀 특유의 또렷한 말씨로 나탑 아이의 출산 예정일을 얻게 된 경위를 간단히 설명했다. 나탑이 날카롭게 소리 쳤다.

"거짓말! 새빨간 거짓말이야! 그런 일 없었어! 이건 내가 쓴 게 아니 라고!"

"어서 수색해라!"

명령이 떨어지기 무섭게 다가온 종신은 번개처럼 재빠르게 나탑의 허리춤을 뒤졌다. 이윽고 똑같이 생긴 황색과 흑색의 주머니를 발견하 고 웃으며 말했다.

"이것이 네가 위패 아래서 훔쳐온 부적이지? 너는 타마 생불의 처방 이 담긴 부적인 줄 알았겠지만, 네가 바꿔치기한 것은 왕비마마의 인장 이 찍힌 종이다!"

종신은 주머니에서 쪽지를 꺼내고 가느다란 집게로 쪽지를 당겼다. 그러자 더 작은 종잇조각이 나왔고, 그 위에는 붉은 인장이 돋을새김으 로 찍혀 있었다. 오직 봉지미만이 가질 수 있는 그녀만의 문양이었다.

"이 모든 걸 우리가 날조했다면, 너의 몸에서 어떻게 성영 군주의 물 건이 나올 수 있단 말이냐?"

"나탑! 누구의 씨인지도 모르는 아이를 왕의 후손이라고 사칭했느 냐?"

군중이 미처 반응하기도 전에 극렬이 호통쳤다. 나탑은 그 자리에 굳은 채 극렬을 멍하니 바라보다가 갑자기 몸을 휘청거리며 쓰러지고 말았다. 옆에 있던 사람이 나탑을 부축하여 코 아래에 손가락을 대 보 고는 황망하게 말했다.

"이게 무슨 일이지? 숨을 쉬지 않아!"

군중이 웅성거렸다. 멀쩡하던 나탑이 왜 갑자기 죽었는지 모두 이해 할 수 없었다. 극렬이 얼른 다가와 나탑의 맥을 짚고 호흡을 여러 번 확 인했다. 고개를 숙인 채 나탑을 바라보는 그는 긴 머리칼이 쏟아지듯 얼굴에 흘러내려 표정을 확인할 수 없었다. 잠시 후 극렬은 손을 툭툭 털며 차갑게 웃으며 말했다.

"처벌이 두려워 자진을 하였다? 그것도 나쁘지 않군."

봉지미가 극렬을 바라보며 태연하게 웃었다.

"극렬 족장도 무정하기 그지없군요. 어린 시절 나탑과 함께 자랐다고 들었는데 애도조차 하지 않으십니까?"

"죄는 죄고 정은 정이지요. 아녀자나 그 둘을 혼동하는 법이지 않겠습니까."

극렬이 눈을 가느다랗게 뜨고 말했다.

"하물며 왕비마마, 말에 두서가 없고 이것저것 끌어다 붙이기 좋아하는 것도 아녀자의 특기 아닙니까? 나탑이 복중 태아를 왕족이라 사칭한 일은 왕실의 사생활이지요. 제가 추궁한 호탁부를 배반한 일과 하등 관련이 없어 보입니다만."

"관련이 없다니요. 있습니다."

봉지미가 빙긋 웃으며 극렬을 바라보았다.

"원흉은 내부에 있는 경우가 많지요. 집안일로 보이지만 어쩌면 천하를 관통하는 대사일지도 모릅니다. 극렬 족장님, 제가 도무지 이해가 가지 않는 점이 있는데 가르침을 청해도 되겠습니까?"

봉지미를 묵묵히 바라보는 극렬의 눈빛에 흔들림이 없었다. 다른 사람들도 무언가 맞지 않다고 생각했고, 웅성거리는 소리도 차츰 줄어들었다. 봉지미는 극렬의 대답을 기대하지 않았기 때문에 웃으며 말을 이어 갔다.

"저는 도무지 이해가 가지 않습니다. 초원에는 자손이 귀하거늘, 첫 아이가 다른 사람을 아비로 알게 하는 꼴을 어찌 두고 보셨습니까?"

신경을 곤두세우고 경청하던 사람들이 웅성거리기 시작했다. 극렬은 냉소하며 말했다.

"죽은 자는 말이 없으니 함부로 모욕하는 꼴이군! 나탑은 자진했으니 아이에 관한 누명을 누구에게 씌우든 그건 대비 마음이겠지요!"

"극렬!"

그때 날카로운 외침이 들렸다. 이미 숨이 끊어진 줄 알았던 나탑이 별안간 바닥에서 일어나 극렬을 덮쳤다.

"이 처자식을 죽인 늑대 같은 놈!"

나탑은 부푼 배를 이끌고 극렬에게 달려가 뾰족하게 세운 열 손톱으로 마구 할퀴었다. 기세로 보면 정말 극렬을 찢어 버릴 것만 같았다. 극렬은 경악한 눈빛으로 미간을 찌푸린 채 아무 말도 하지 못했다. 다만 뒤로 물러나 나탑을 피했다.

청조와 백록의 족장은 서로 눈빛을 교환하고는 단상 아래 왕군을 향해 손짓했다. 왕군이 달려와 잡으려고 하자 극렬은 훌쩍 날아올라 눈 깜짝할 사이에 군중을 스쳐 지나갔다. 그러나 순간 물빛 그림자가 번쩍 나타났다. 그것은 푸른색의 바람이 스치는 것처럼 빨랐고, 먼 거리를 날아 먼저 도착해 옥 조각상처럼 우뚝 서서 극렬의 앞을 막아섰다. 극렬이 왼쪽으로 피하면 그도 왼쪽으로 움직였고, 오른쪽으로 피하면 오른쪽으로 움직였다. 급하지도 느리지도 않은 듯 보였지만 극렬에게서 세 발자국 떨어진 거리를 유지하며 그가 꼼짝도 못하게 만들었다. 극렬의 눈에서 빛이 반짝였다. 멀리 앞을 바라보다가 다시 나탑을 힐끗거리는 눈에 곤혹스러운 기색이 역력했다.

"죽은 나탑이 어떻게 살아났는지 궁금할 테지요?"

봉지미가 여유롭게 웃으며 말했다.

"극렬 족장은 금맹 회의가 있던 날 상황이 좋지 않음을 판단하고, 나탑에게 그 하찮은 씨앗을 혁련쟁에게 덮어씌우라 일렀죠. 나탑이 비밀을 말할까 두려워 그녀에게 초원의 무녀가 쓰는 흑골사(黑骨死) 주술을 걸었고, 필요할 때 손가락만 튕기면 그녀를 죽일 수 있도록 해 놨겠지요. 하지만 안타깝게도 각종 의술, 주술에 능한 제 동료가 진작 발견하고 주술을 풀었습니다. 조금 전 나탑의 숨이 끊어진 건 중원의 폐혈법*
閉穴法. 일시적으로 혈 자리를 막는 무공일 뿐입니다. 극렬 족장의 무공은 초원 설산의 떠돌이 무녀의 문파인 유무(遊巫)에서 유래했으니 중원의 방대하고 심오한 의술에 대해서는 당연히 모르겠지요."

봉지미가 종신을 향해 웃어 보이자 내내 나탑의 뒤에 서 있던 종신도 가볍게 미소 지었다.

"그리고 이상하다 여겼겠지요. 나탑이 나타나자마자 일이 잘못되었다는 것을 알고 소매 안에서 주술을 걸었는데 나탑이 죽지 않았으니까요. 어째서 모든 진상이 드러난 후에야 나탑이 죽었을까요? 이제 알겠습니까? 나탑의 생사는 당신의 손이 아니라 진작에 내 손에 달려 있던 것입니다."

"어쩌면 나탑의 모든 의지가 왕비의 손에 놀아났는지도 모르는 일이지요."

극렬은 겉으로 평온해 보였고, 심지어 피식 웃기까지 했다.

"장황하게 늘어놨지만 아직도 그 서신에 대한 해명은 없습니다. 안 그렇습니까?"

"왕비마마, 이 일에 또 다른 속사정이 있다면 함께 밝혀 주시옵소서. 나탑과 극렬이 왕족을 기망한 일은 저희가 따로 처단하겠습니다."

청조부 족장이 낮은 목소리로 물었다. 그의 말은 왕족 기망이 사실일지라도 왕가의 사적인 일일 뿐이라 극렬의 고발을 해명하기에는 부족하다는 의미였다. 봉지미가 태연하게 팔짱을 끼고 앞을 내다봤다. 멀리서 빠르게 달려오는 말이 보였고, 그녀는 통쾌하게 웃었다.

"서신에 대해서는 이제 말씀드릴 수 있습니다. 극렬이 꺼낸 서신은 확실히 제 것이고 전령도 제 사람이 맞습니다."

군중들은 봉지미의 말에 놀라며 궁금해했다. 봉지미가 손을 뻗자 모두 그녀의 손이 가리키는 방향을 바라보았다. 순우맹이 흙먼지를 일으키며 이쪽으로 질주해 오고 있었다.

"극렬이 잡아들인 전령이 저의 수하는 맞지만, 제가 보낸 두 전령 중 한 명일 뿐입니다. 극렬이 붙잡은 자 이외에 또 다른 한 명은 제 혼인 행렬의 호위대장 순우맹입니다. 그가 막 우주 양도의 회신을 가져왔으니 읽어 보시지요."

서신을 받아 들고 돌아가며 읽은 족장들의 미간에 주름이 깊어졌다. 우주 양도의 회신에 따르면 호탁부에 분배할 양곡을 모두 준비해 두었으나, 호탁부가 우주에 보관할 예정이라면 가을 곡식을 나눌 때 함께 운반하겠다는 내용이었다. 서신은 우주 관부의 정식 공문서로 종이와 인감이 갖춰져 있었다. 청조 족장은 과거 중원의 각급 관료와 교류한 경험이 있어 이 서신을 한눈에 알아볼 수 있었다.

"그랬군."

청조 족장이 가장 먼저 안색을 바꿨다. 서신을 다른 족장에게 넘기며 겸허하게 사죄했다.

"하마터면 왕비마마를 오해할 뻔했습니다. 부디 제발 용서하여 주시옵소서!"

"이 사람을 오해하는 건 상관없습니다만, 사악한 의도를 가진 자를 봐주진 말아야겠지요."

봉지미는 미묘한 표정으로 극렬을 바라보았다. 그가 눈썹을 추어올리며 그제서야 유감스러운 표정을 드러냈다. 그는 나탑을 바라보고 고개를 저으며 가벼운 한숨을 뱉었다.

"어째서 어떤 여인은 저토록 총명하고 어떤 여인은 저리도 아둔하단 말인가."

극렬은 나탑이 죽지 않아 아쉽다는 표정이었다.

"극렬, 피도 눈물도 없는 놈. 당신은 곱게 죽지 못할 거야!"

봉두난발을 한 나탑이 충혈된 눈으로 종신의 손에서 벗어나 극렬을 덮치려고 발악했다. 나탑의 날카로운 외침이 초원을 찢어 놓을 것만 같았다.

"내 생각도 같다."

봉지미가 가볍게 웃으며 말했다.

"극렬뿐 아니라…… 당신도!"

봉지미는 별안간 뒤를 돌아보며 생불 타마를 가리켰다.

"왕비가 실성했나?"

"타마를 욕보이면 안 됩니다!"

여기저기서 호통 소리가 터져 나왔다. 이번에는 군중의 반응이 매우 즉각적이었고, 겨우 안색을 핀 족장들도 다시 파리해진 얼굴로 너도 나도 외쳤다.

"왕비마마! 어찌 망언을 하십니까!"

봉지미가 태연하던 표정을 바꾸고 싸늘하게 웃었다. 그녀는 손가락으로 여전히 타마를 가리키며 말했다.

"오늘 이 자리에서 확인한 바와 같이 누군가 이 모든 작전을 꾸몄습니다. 왕을 살해하고 나를 모함하여 축출한 뒤 왕위를 찬탈하려 했습니다. 그리하여 아직 안정을 찾지 못한 초원을 다시 한번 전쟁의 피바다로 몰아가려 한 것입니다."

"그게 타마와 무슨 상관입니까?"

"누군가 극렬의 뒤를 봐주지 않았다면, 타마가 나에 대한 부정적인 예언을 하지 않았다면, 여러분이 이토록 쉽게 내가 왕을 살해했다고 믿었겠습니까?"

봉지미가 또다시 싸늘하게 웃었다.

"구름 저편에 있다는 여러분의 신은 부족민의 참배와 숭배를 누렸으면서도, 그 빛이 모든 부족 백성을 고루 비추게 하기는커녕 화호 족장의 머리 위에만 복을 내렸습니다!"

봉지미는 군중의 반응을 기다리지 않고 앞으로 성큼 나아가 타마의 뒤에 있는 어린 라마승이 들고 있는 황동 법기를 낚아챘다. 그리고 바로 옆에 놓인 양고기에 꽂힌 단도를 뽑아 법기를 긁어내자 황동 칠 안쪽으로 검은 몸체가 드러났다.

윤기가 흐르는 검은색의 도자기는 평범한 것들과 차원이 달라 보였다. 군중들의 경악스러운 시선이 극렬이 왕에게 바친 흑요석에 꽂혔다. 그 둘이 같은 재질이라는 사실을 모두 알아보았다. 흑요석 광산은 지극히 희귀했으며 오직 화호족 영지에만 존재했다. 그러니 귀한 흑요석으로 법기를 만들 수 있는 사람은 오직 화호 족장인 극렬뿐이었다.

타마 생불은 평소 행실이 검소하여 부족민이 사사로이 바치는 선물조차 절대 받지 않기로 유명했다. 그런데 그가 이토록 귀중한 흑요석 법기를 받았을 리는 없었다. 설령 흑요석 법기를 쓰더라도 당당하게 보이면 될 일이었는데 무슨 연유로 겉에 황동칠까지 하면서 숨겼는지 알 수 없었다. 수상쩍은 구석이 한두 가지가 아니라서 사람들은 넋을 놓았다.

그때 타마가 고개를 들고 법기를 응시했다. 놀란 눈동자는 혼탁했고, 뭐라고 말하고 싶어 입술을 움직거렸다. 그때 봉지미가 바람처럼 그를 스쳐 소락이 담긴 금 그릇 앞으로 다가갔고, 단도로 새하얀 소유를 찍어 올려 군중에게 보였다. 소유에 닿은 은제 단도가 햇빛 아래에서 천천히 검은색으로 변해 갔다.

사람들은 믿을 수 없다는 표정으로 입을 쩍 벌렸다. 극도의 경악으로 사람들이 할 말을 잃어 무거운 침묵이 흘렀다. 봉지미가 타마 생불을 힐끗 보며 천천히 말했다.

"설령 혁련쟁이 조금 전 독을 맞지 않았대도 당신이 소유를 이마에 바를 때 독을 피하지 못했겠죠? 왕을 시해하기 위해 당신들은 정말 몹시도 애를 쓰셨습니다."

"이…… 이……."

타마의 입술이 꿈틀거렸다. 필사적으로 무언가 말하려 했지만 몸이 심하게 떨렸고, 사람 전체가 쪼그라든 것처럼 수척하여 옷 속으로 파묻힐 것만 같았다.

"당신은 화호족의 뇌물을 받고 그들을 위해 왕비를 능멸하였고, 왕비의 즉위식을 막아 왕을 손쉽게 시해하려 했습니다. 타마! 그리고도 불자라 할 수 있습니까? 출가한 이의 자격이 있습니까? 지난 세월 한결같이 당신을 숭배하고 존경한 백만 호탁 자녀들을 볼 낯이 있습니까? 저 티끌 한 점 없이 푸른 하늘과 망망한 초원에 얼굴을 들 수 있느냐는 말입니다!"

"이……!"

타마는 손으로 몸을 지탱하며 봉지미에게 반박하고 싶었다. 하지만 시들고 마른 나무뿌리 같은 그의 손가락은 무력하게 땅을 움켜쥘 뿐이었다. 긴 손톱이 긁어낸 흙이 주위로 흩어졌고, 결국 티끌만큼도 뜻대로 움직일 수 없었다.

"금생에 금욕하며 소박한 암자에서 수수히 수행할 것이라고 스스로 선언했고, 그 덕분에 백만 초원 신민의 추대를 받았습니다. 하지만 안타깝게도 당신은 그저 불가의 가증스러운 변절자에 지나지 않습니다!"

봉지미가 한 발 더 나아가 타마의 소매를 잡아당겨 손톱으로 죽 찢었다. 그러자 찬란하게 빛나는 비단이 드러났다. 봉지미가 찢어진 소매 조각을 허공에 던지며 큰 소리로 외쳤다.

"초원의 형제자매들이여! 너희는 타마 생불이 삼십 년 동안 같은 법의를 걸친다 믿었고 그의 근검절약 정신에 감동했다. 하지만 오늘 똑바로 보아라. 삼십 년 간 법의를 바꾸지 않은 이유는 그 어떤 옷도 이 옷의 진짜 가치만큼 고귀하지 않기 때문이다!"

비단으로 지은 법복이 햇빛 아래에서 눈부시게 빛났다. 그 순간 모두가 눈을 감았다. 진귀한 비단이 튕겨내는 빛이 눈부신 것이 아니라 차라리 눈을 감아 버리고 싶을 만큼 마음에 상처를 입었기 때문이었다. 사람들의 얼굴은 오랫동안 초원의 구름 저편에 웅장하게 존재하던 신의 붕괴를 목도한 듯했다. 마음 깊은 곳에 자리하던 신앙심에 균열이 생긴 것처럼 사람들의 마음은 하나같이 망연자실하였다. 감히 믿을 수 없고, 믿고 싶지 않은 일이었다. 그들은 복잡한 마음과 일말의 희망을 담은 눈빛으로 타마 생불을 바라보았다. 그가 뭐라고 해명을 한다면 그들은 기꺼이 믿고 싶었다.

하지만 타마는 해명하지 않았다. 타마 생불은 시종일관 몸을 떨었고, 목구멍에서 낮은 신음 소리가 흘러나왔다. 그의 혼탁한 눈동자가 무력하게 뒤집혔으며, 봉지미가 성큼성큼 다가와 압박하는 질문에 단 한마디도 대답하지 못했다.

그때 극렬의 눈이 빛났다. 그가 뭐라고 말하려 하는 순간 맞은편에서 소리 없이 호두를 꺼내 먹는 고남의와 눈이 마주쳤다. 고남의는 호두를 극렬의 입에 조준하는 동작을 보여주었다. 극렬은 만일 지금 한마디라도 한다면 목구멍에 호두가 날아와 박힐 거라는 사실을 깨달았다. 뒤를 돌아보는 극렬의 표정에서 초조함이 보였지만, 눈앞에 귀신같은 놈이 버티고 있어 단 한 발자국도 움직일 수가 없었다.

"타마."

봉지미가 멀리서 타마를 내려다보며 말했다.

"당신은 신성한 장생천*長生天, 내몽골 지역에서 가장 높은 신으로 모시는 천신의 아들이며, 천명을 예언하고 초원을 보우했습니다. 장생천의 광명은 잡귀를 허하지 않으며, 당신의 혜안을 속이고 당신 머리에 오물을 붓는 것을 용서치 않으실 겁니다. 그러니 시와 비, 옳고 그름에 관해 나 봉지미는 다만 여기 서서 그저 아버지 천신의 응답을 기다리겠습니다."

봉지미의 얼굴은 떳떳했고 모든 언사가 바르고 엄숙했다. 정의로움

風叔

이 새겨진 듯한 미간과 비단 소매를 끈질기게 쥔 새하얀 손가락, 그리고 바람 한 가운데 우뚝 서 있는 모습이 설산의 조각상처럼 강인하고 의연했다. 초원 사내들이 그녀를 우러러봤다. 그간 얕잡아 봤던 이 한족 여인은 지금 한없이 고귀하고 위풍당당해 보였다.

하룻밤 사이 봉지미는 죄인으로 지목되었고 공격을 당하며 치욕을 입었지만, 시종일관 의연한 태도로 냉정하고 침착한 모습을 잃지 않았다. 불리한 국면을 손바닥 뒤집듯 뒤집었고, 자신의 능력을 드러내면서 무서운 기세로 몰아붙였다. 게다가 모든 행동에 대담하게 착수하면서도 상대방에게 여지까지 남겨주는 면모를 보였다. 줄곧 그녀를 공격하던 타마 생불과 맞서면서도 여유 넘치게 그에게 변론의 기회를 주고 있었다. 초원의 사내들은 정직하고 거리낌 없는 사람을 가장 존경했다. 그들이 언제나 신처럼 받들었던 타마 생불은 바닥에 납작 붙어 아무 말도 못 했고, 사람들은 그에게 적잖이 실망했다. 신념은 하루아침에 무너지는 것이 아니었지만, 씨가 뿌려지면 언젠가는 싹이 트기 마련이었다. 초원 사내들은 침묵했다. 그들은 아직도 반신반의하는 눈빛이었으나 봉지미가 그토록 격렬하게 고발하는 모습에 누구 하나 이전처럼 욕하거나 지적하지 않았다. 이것이 무엇을 의미하는지는 말하지 않아도 자명했다.

타마는 핏대가 잔뜩 서 흉한 늙은 얼굴을 들고 봉지미를 바라보았다. 그의 눈에 비친 건 수수한 검정 치마를 입은 여인이 아니라, 피로 물든 도포를 걸친 채 초원으로 향하는 암초대였다. 이제 그는 입술을 움직이려는 시도조차 하지 않았다. 봉지미가 일어설 때부터 그는 갑자기 무언가에 의해 혈관이 막힌 것처럼 몸이 무거워져 말과 행동을 할 수 없었다.

타마는 문득 지난 밤 봉지미의 방문을 떠올렸다. 그녀가 등잔불을 집었다. 그녀는 그의 맞은편 그림자 속에 앉아 있었고, 문가에 두 남자가 있었다. 별안간 마음속에 번개가 쳤고, 우르릉 쾅쾅 하는 굉음과 함께 그의 혼탁한 의지를 쪼개 버렸다. 그때 그녀는 작정하고 방문했던 것이었다. 어떤 수단을 썼는지는 몰라도 확실한 점은 간밤에 그녀가 그의 주의력을 앗아 갔다는 점이었다. 그리고 그 틈에 그의 황동 법기와 법복을 바꿔치기 했으며 그에게 독을 썼다.

이 일의 핵심은 봉지미의 곁에 독약을 능숙하게 다루는 절대 고수가 있다는 사실이었다. 독성을 완벽하게 통제하여 발작 시간을 정확히 맞췄고, 덕분에 지금 타마는 말 한마디 할 수 없는 신세가 되었다. 수많은 사람들의 눈에는 타마가 예전과 똑같이 보이겠지만, 그는 말을 할 수 없는 처지였으니 모든 것을 암묵적으로 인정하는 꼴이 되고 말았다.

봉지미는 이 한 수로 스스로를 위기에서 구했을 뿐만 아니라 신권을 왕좌로 끌어내렸다. 암늑대는 진작부터 극렬을 의심했었고, 나탑이 그의 아이라고 생각했다. 그래서 일부러 함정을 파고 적을 유인하였고 거기다 타마까지 연루하여 그녀에게 불리한 모든 적을 일망타진한 것이었다.

생불이 뇌물을 받았고, 화호 족장과 결탁해 대비를 음해하고 왕을 시해했다. 이는 상상을 초월한 반역이었다. 타마는 눈꺼풀을 내리깔고 무겁게 한숨을 쉬었다. 초원의 미래는 이 여인에게 휘둘리게 될 지도 몰랐다. 그건 정말 안 될 일이었다.

"왕비마마. 화호 족장은 왕위 계승권이 없습니다. 나탑 뱃속의 아이가 극렬의 아이라면 나중에 왕위를 계승할 수 있겠으나, 초원의 왕위 계승은 변수가 많아 아이가 장성할 때까지 기다리기 어려워 그런 모험은 하지 못할 것입니다."

백록 족장이 갑자기 이의를 제기했다.

"타마가 화호의 족장을 위해 무언가를 해 줄 필요가 없다는 말씀입니다."

"그렇습니다. 아이가 클 때까지 기다릴 수 없다면, 지금 계승할 수 있는 사람은 누구죠?"

봉지미가 의미심장하게 웃으며 말했다.

"음? 가덕은 어디에 있을까요?"

군중은 다시 멍해졌다. 그제서야 가장 먼저 나타나 왕의 중독을 발견하고, 유모단에게 범인을 색출하라고 이르던 가덕이 어느새 사라졌음을 깨달았다. 청조 족장의 낯빛이 변했고, 얼른 수하에게 손짓해 수사를 지시했다. 잠시 후 그 수하는 황급히 달려와 청조 족장의 귓가에 무언가를 속삭였다. 청조 족장의 표정이 다시 바뀌었다.

"걱정하실 것 없습니다."

봉지미가 청조 족장의 표정을 보고 미소 지으며 말했다.

"저의 호위군이 외곽을 봉쇄했고, 왕군의 일부를 파견해 가덕의 동향을 면밀히 살피고 있습니다. 이만 군사를 이끌고 영지를 나섰으니 우리는 전하의 영전*슈箭, 군령을 전하는 화살을 들고 마중을 나가면 됩니다."

과연 봉지미의 말대로 멀리 소란스러운 소리가 들렸다. 청조 족장이 미간에 주름을 잡으며 백록 족장과 급히 단을 내려가 왕군을 지휘해 가덕을 진압했다.

"모두 똑똑히 보셨겠지요."

봉지미가 손짓하자 단 아래 호위군이 길을 텄다. 그녀는 천천히 단 아래로 내려가 한 바퀴 거닌 후 말했다.

"고이찰 족장의 아들 가덕은 왕위 찬탈을 위해 화호 족장과 결탁하였으며, 막대한 뇌물을 바쳐 타마 생불의 비호를 받았다. 생불은 예언을 날조하여 나를 불리한 지경으로 몰아넣었고, 내가 초원을 배반했다는 혐의를 씌운 후 축출하여 조정이 초원의 일에 간섭하지 못하도록 왕을 시해하려 했다. 왕이 작고하면 가덕은 즉각 자기 휘하의 이만 인이길 왕군을 동원해 무력으로 즉위식 현장을 봉쇄하고, 사촌 형제라는 신분을 내세워 순의왕으로 즉위한 뒤 극렬에게 후한 상을 내렸을 것이다. 다만, 매미를 잡아먹으려는 사마귀 뒤에 참새가 있다는 옛말처럼 극렬의 야심은 새 왕의 상이 아닌 왕이었다. 나탑의 아이가 그의 보호 하에 장성하면 그는 장인 홍길륵과 힘을 합쳐 가덕을 죽인 후 '찰답란의 유일한' 자손을 왕위에 올려 명분을 얻었을 것이다. 그 후에는 조정과 초원 그 누구도 막을 명분이 없었을 것이며, 천년만년 극렬의 초원으로 통일됐을 것이다."

어지러울 정도로 복잡한 음모를 봉지미가 명확하게 정리해 주었다. 사방의 수천 명이 이야기를 듣고 경악하며 믿을 수 없다는 표정을 지었다. 초원 사내들은 직설적이고 단순하여 꼬리에 꼬리를 무는 음모론을 듣는 것만으로도 피곤했다. 하지만 봉지미는 이 음모의 한가운데 있으면서도 사리를 꿰뚫고 있었다.

"극렬 그 자식, 진작에 요망한 물건인 줄 알았어. 역시 설산의 사파 출신은 우리와 다르군. 왕위 때문에 이렇게 복잡한 수작을 부리다니"

누군가 뒷북을 치며 중얼거렸다.

"아이고, 아무리 수작을 부린들 중원 사람은 못 속여. 왕비를 봐, 중원 여인은 정말 보통내기가 아니군"

누군가는 왕비에게 무척 놀랐다. 극렬은 '초원의 제일가는 여우'라고 불렸지만, 결국 봉지미의 손바닥 안에 있던 셈이었다.

"그럼 왕비마마의 허리끈에 있던 독약은 어떻게 된 겁니까."

토환 족장이 새로운 의문을 제기했다.

"그러게 말이다. 함정이겠지."

바다 쪽에서 들려온 소리는 어쩐지 익숙한 목소리였다. 모두 고개를 돌려 보니 조금 전까지 독을 마셔 숨이 넘어가던 혁련쟁이었다. 그는 언제 깨어났는지 책상다리를 하고 앉아 배시시 웃으며 봉지미를 바라보고 있었다.

"전하!"

족장들의 목소리에 환희가 넘쳤다. 하지만 오직 봉지미만은 환호성 가운데서 복잡하고도 미묘한 차이를 느꼈다. 열 개의 부족장이 모두 한마음일 수는 없었다. 하지만 적어도 오늘만큼은 모두 선을 지킬 것이었다.

봉지미는 허리띠를 풀어 어떤 이의 발아래로 던졌다. 얼굴이 창백해진 매타의 발밑이었다.

"오늘 아침 존귀하신 매타 이모님께서……."

봉지미가 빙긋 웃었다.

"어쩐 일로 이 왕비의 허리끈을 잡고 애원했습니다. 당시 제 주변에 사람이 많았으니 얼마든지 증언할 수 있죠."

"그게 뭐?"

매타가 고개를 빳빳이 들었다. 낯빛은 흉했지만 단 한마디도 지지 않고 말했다.

"내가 왕비를 좀 만졌다고 독을 썼다는 건가요? 나는 목숨을 바쳐 왕을 구한 사람이라고요. 내가 전하를 구할 때 왕비는 어디 있었죠? 내가 극렬과 결탁해서 전하와 왕비를 해할 이유가 뭐가 있나요?"

"왕의 생명의 은인이라는 이야기는 좀 그만하면 어떨까요?"

봉지미가 지루하다는 표정으로 입꼬리를 올렸다.

"제발요. 여기 온 지 며칠 되지도 않았는데 열 번도 넘게 들었어요. 거의 외울 지경이라니까요. 중원에서는 은혜를 베풀되 보답을 바라지 말라고 가르칩니다. 하지만 초원에 와 보니 알겠네요. 여긴 은혜를 베풀면 반드시 갑절로 받아내야 하는군요."

순간 누군가 키득거렸다. 매타는 세자의 은인이라는 이유로 초원에서 건방지게 굴기 일쑤여서 그녀를 싫어하는 사람들이 있었다. 다만 유모단과 혁련쟁이 별 말을 하지 않으니 감히 욕할 수 없을 뿐이었다.

그런데 봉지미가 인정사정없이 바른 말을 해 주니 통쾌하게 여기는 사람이 제법 많았다.

"사람 모함하지 마요!"

매타는 창피하고 화가 났다.

"내가 아니라면 아닌 거라고요!"

"왕을 음해할 이유가 없다고 했는데, 나도 왕을 해할 이유는 없죠."

봉지미가 침착하게 말했다.

"당신이 해하고 싶은 상대는 왕이 아니라 나겠죠. 내가 죽지 않으면 매타 이모님이 어찌 매타왕비가 되겠습니까?"

"너……."

"새로 사귄 친구한테 물어보시죠!"

봉지미가 싸늘하게 웃었다. 그녀는 종신에게 잡힌 채 충혈된 눈으로 극렬을 쏘아보는 나탑을 가리키며 말했다.

"그게 뭔지 이 여자한테 물어 보면 됩니다."

매타가 고개를 확 돌려 나탑을 바라봤지만, 나탑은 거들떠보지도 않고 입술을 비죽거렸다.

"뭘 봐? 당신도 당신이 원하는 바가 있었고, 나는 내가 원하는 게 있었어. 같이 도모했으면 결과도 같이 책임을 져야지. 더 할 말 없어!"

나탑이 고개를 돌려 봉지미에게 말했다.

"네 말이 다 맞아. 저 여자가 부인해도 나는 인정해. 처소 바꾸는 일로 저 여자가 앙심을 품길래 내가 독을 사용하는 법을 가르쳤어. 뱃속의 애는 혁련쟁의 씨가 아니야. 감주 일은 극렬이 알려 준 거고. 이제 날 죽여도 좋아. 다만, 내가 바라는 건 딱 하나야. 저 천하의 나쁜 놈도 함께 죽어야겠어!"

나탑이 극렬을 가리키며 말했다. 그 눈빛은 원한을 품은 늑대처럼 독기가 서려 있었다. 자신을 배신한 피도 눈물도 없는 신랑을 끌어안고 함께 지옥으로 떨어지겠다고 말하는 것 같았다.

"모든 이는 있어야 할 자리에 있을 것이고, 모든 이는 심판을 받을 거다."

봉지미가 웃었다.

"과연 당신이 심판을 할 수 있겠습니까?"

하늘만 바라보던 극렬이 별안간 웃었다. 이윽고 하늘이 갑자기 어두워졌다. 마치 거대한 철 냄비가 초원 위에 엎어진 듯했다. 암흑이 내려앉은 찰나 공기 중에 떠돌던 양고기의 향과 초목의 향이 갑자기 사라졌고 기괴한 비린내가 서서히 코끝을 자극했다. 암흑 속에서 사람들이 혼란스러워했고 누군가 크게 소리쳤다.

"지옥의 신통술이다!"

봉지미는 무슨 말인지 이해하지 못했지만, 아까 극렬이 설산의 사파 출신이라는 말을 떠올렸다. 그래서 사람들이 지금 극렬을 주시하는 것이 분명했다. 그런데 극렬의 괴이한 무공은 대체 어디서 온 것인지 알 수 없었다. 그녀는 설마 이 기괴한 현상도 극렬이 목숨을 보전하려는 수법일까 생각했다. 단 아래 사람들이 절규하는 모습을 보니 초원 사람들은 사파를 굉장히 두려워하는 것 같았다. 시끄러운 틈을 타 도망치는 사람도 있었고, 단 위에 있는 족장들도 경황이 없었으며 심지어 뛰어내리는 사람도 있었다.

혁련쟁이 봉지미 곁으로 달려왔다. 암흑을 주시하던 봉지미의 두 눈이 반짝였다. 차라리 좋은 기회라는 생각이 들자 즉시 손을 들어 고남의를 불렀다.

"이미 궁지에 몰린 적은 쫓지 마세요."

봉지미가 소매를 흔들었다. 아비규환의 아수라장에 누군가 소리 없이 단 위에 올라 정신없는 족장들을 지나쳐 힘없이 바닥에 널브러진 타마를 향해 달려갔다. 잠시 후 갑자기 암흑이 물러갔다. 떨어진 막을 급히 들어 올린 것처럼 비린내도 순식간에 사라졌고, 초목의 향기와 양고기의 내음이 다시 전해졌다. 단상 아래는 단 몇 명만이 남아 있었다. 나탑과 종신도 사라져 보이지 않았다. 혁련쟁은 한 손으로 매타를 제압하였고, 다른 한 손으로 봉지미의 손을 꼭 붙들고 있었다. 현장에 있던 여덟 명의 족장 가운데서 다섯만 남았다. 나머지 사람들은 처참하게 단상 아래로 굴러 떨어져 왕군의 중앙에 쓰러져 있었다. 멀리 고남의가 극렬을 막아서던 자리를 보니 둘 다 사라지고 없었다.

"타마!"

커다란 외침이 정신이 몽롱한 사람들을 깨웠다. 그들이 고개를 돌리는 순간 그제야 타마 생불의 머리가 보였다. 언제부터 그 상태였는지 힘없이 축 늘어져 있었다.

"생불!"

하늘가에 금빛이 반짝이며 구름을 갈랐다. 군중이 고개를 들어 바라보자 독수리 한 마리가 창공을 비상하고 있었다. 사방에 낯선 향기가 퍼졌다. 타마 생불은 몸을 움직거리며 방향을 틀더니 천천히 한 손을 들어 한 방향을 가리켰다. 사람들의 얼굴이 창백해지며 숙연하게 무릎을 꿇었다. 모두 생불이 원적*圓寂, 승려의 죽음을 뜻함에 들려는 순간임을 알았다. 역대 생불 모두 원적에 들기 전에 이상 징후가 나타났다. 그리고 임종 전에 법체*法體, 출가하여 법복을 입고 있는 승려의 몸나 예언으로 차기 생불이 있는 곳을 나타냈다. 호탁부가 모시는 장생천의 교리에 따르면 역대 생불의 계승 방법은 둘 중 하나였다. 선대 생불이 임종 후 환생하거나, 선대 생불의 혼백이 새로운 몸에 의탁하는 것이었다. 어떤 방법이든 생불 임종 전에 암시가 있어야 했다.

공기 중에 퍼진 기이한 냄새가 점점 진해졌고, 단상 위 족장들이 하나 둘 무릎을 꿇었다. 역대 생불은 모두 호음묘에서 원적에 들었으니 타마는 처음으로 만인이 지켜보는 가운데 원적에 드는 생불이 될 것이었다. 지금 사람들의 마음속에는 영광스럽거나 숭배하는 마음이 더 이상 없었고, 대부분 차라리 잘됐다고 생각했다. 조금 전 왕비가 고발한 생불의 죄상은 처리하기 어려울 정도로 까다로운 문제였는데, 생불이 이대로 원적에 들면 유야무야 넘어갈 수 있으니 아주 적절했다. 왜 하필 지금 원적에 드는지 깊게 생각한 사람은 없었다. 이미 건강 상태가 풍전등화 같은 타마였기에 내년 봄까지도 살지 못할 것이라고 생각했었다. 오늘 사건이 터지고 충격을 받아 이대로 원적에 드는 모습이 매우 자연스러워 보였다.

이상한 냄새가 짙어지면서 사방에 적막이 흘렀다. 거대한 초원이 침묵하며 이 노인의 시대가 저물기를 기다리고 있었다. 사람들은 타마의 주변에 꿇어 앉아 이마를 땅에 댔고, 어린 라마승들은 불경을 외웠고, 어떤 이는 향을 피웠다. 봉지미는 기괴한 석상처럼 서서 웃는 듯 마는 듯 타마를 바라보며 생각했다.

'당신은 일생 동안 신의 이름을 빌려 이 초원의 높은 구름에 앉았지만, 나는 오늘 당신에게 사람을 조종한 자는 사람에게 조종당한다는 이치를 알려 줄 것입니다. 생과 사는 내 손에 달려 있지 당신의 하늘에 달려 있지 않습니다.'

하얀 연기가 자욱하게 피어올랐고, 타마는 마지막 힘을 쥐어짜 눈꺼풀을 들어 올렸다. 그는 흐릿하게 흔들리는 시야에 잡힌 봉지미를 바라보았다. 일생을 장생천의 아들로 평온하게 보냈고, 장생천의 교리로 사람들을 이끌었다. 그러나 생명이 다하는 순간 타마는 마침내 분노의 눈빛을 보였다. 제어할 수 없는 분노와 한이었다.

타마는 손가락을 움직이려 애썼고, 몸의 방향을 틀어보려 노력했다. 사실 지금 이쪽은 그가 지목하려는 방향이 아니었다. 그가 환생하거나 영혼을 의탁할 사람은 이 방향에 있지 않았다. 맞은편에 있는 모든 사람들은 바닥에 납작 엎드려 있었다. 초원에서 가장 신성한 존재의 임종을 감히 모독할 수 없었다. 오직 한 여자만이 우뚝 서서 고개를 빳빳이 들고 입꼬리를 올린 채 흥미롭다는 표정으로 그를 바라보고 있었다. 마치 우리 안의 원숭이가 재롱을 피우는 모습을 구경하는 것 같았다. 지금 타마는 아무리 재주를 부리고 안간힘을 써도 다른 사람 손 안의 장난감일 뿐이었다.

'이 여인은…… 다른 이의 죽음까지 기꺼이 이용하는 것이다.'

타마는 손가락을 오므렸다. 왕정의 어떤 방향으로 향하는 손가락을 조금씩 거두려 했다. 하지만 어디선가 탁 하는 소리가 들렸다. 그것은 아주 작은 소리였다. 누군가 저 하늘에서 장난삼아 주사위를 던진 것만 같았다. 주사위에 나타난 수는 어떤 이에게 운명을 좌우하는 수일 것이었다. 아니면, 천지신명이 소리 없이 운명의 현을 끊는 소리였을지도 몰랐다. 무엇인가 붕괴되었고, 무엇인가 끊어졌고, 무엇인가 침몰하고 있었으며, 무엇인가 억지로 재가 되어 타 버렸다.

타마의 손가락은 한 지점에 멈췄다. 그의 머리가 소리 없이 가슴 쪽으로 툭 기울어졌다. 사방으로 향기가 은은하게 퍼져 나갔다.

"생불!"

통곡과 절규가 파도처럼 휘몰아치며 오후의 초원을 집어삼켰다. 찬란한 한 줄기 금빛 속에 수많은 사람들이 꿇어앉아 타마 생불의 몸이 임종 직전 향한 방향과 손가락으로 가리킨 곳을 바라보았다. 그곳은 왕정의 후전이었다.

생불

왕정의 후전에 출생을 앞둔 태아가 없으니, 17대 생불의 계승은 타마의 영혼이 다른 이의 몸으로 들어가 환생하는 방법으로 이루어질 것이었다. 호탁 교리에서는 생불이 환생할 때 대부분 아이의 몸에 의탁한다고 하였다. 사람들은 타마의 법체를 수습하는 한편 호음묘에 기별을 넣어 노 라마승에게 법사*法事, 승단에서 해야 하는 일와 타마의 화장을 요청했다. 호음묘는 왕정에서 멀지 않아 날랜 말을 타고 반나절이면 왕복할 수 있었다. 그동안 사람들은 초조하고 불안한 마음으로 기다리며 자꾸만 왕정의 후전 방향을 바라보았다.

"고 형을 찾아보세요."

봉지미가 순우맹에게 신호를 주고 걱정 어린 눈으로 고남의가 실종된 방향을 바라보았다.

"극렬 그놈은 사악하니 군사들을 충분히 이끌고 가시고 각별히 조심하세요."

순우맹이 고개를 끄덕이며 자리를 떠났다. 봉지미의 옆에 앉은 혁련쟁이 그녀를 힐끗 바라보았다.

"왜 그러세요?"

그녀가 고개를 갸웃거리며 물었다.

혁련쟁은 얼마간 말이 없었다. 아래로 드리워진 속눈썹이 오색찬란하게 빛나는 눈빛을 가렸다. 그는 묻고 싶은 점이 한둘이 아니었다. 타마가 어떻게 죽게 된 건지, 타마가 임종 전에 보인 어색한 손짓은 무엇을 의미하는지⋯⋯. 하지만 목구멍까지 차오른 말을 결국 다시 삼키고 말았다. 혁련쟁은 굳이 물어볼 필요가 없다는 생각이 들었다. 결국 그녀는 그를 위해 모든 일을 했으리라고 믿었다.

봉지미의 눈빛에는 구름과 안개가 잔뜩 드리워져 누구도 진심을 알수 없었다. 그러나 그 구름의 뒤편 어딘가에는 혁련쟁의 초원이 자리하고 있다는 사실을 그는 알 수 있었다. 그녀가 피바람을 일으켜 국면을 뒤집었대도, 간계를 써서 천하를 좌지우지한다고 해도, 그는 차라리 아둔한 남자가 되기를 원했다. 그 계략 뒤에 숨은 서늘한 진상은 파헤치지 않으리라 다짐했다. 그는 그녀를 좋아하기 때문에 도울 것이었다. 드넓은 세상 모두 그녀가 뜻대로 하게 둘 것이었다.

소란스러운 소리가 들렸다. 호음묘의 4대 호법*護法, 불법을 지키고 유지하는 임무를 지닌 자 라마들이 도착했다. 네 명의 라마는 오는 길에 오늘 벌어진 일에 대해 들었는지 안색이 좋지 않았다.

"생불께서 원적에 드실 때 가리키신 방향이 어디입니까?"

맨 앞에 있는 라마가 도착하자마자 물었다. 사람들은 소리 없이 왕정을 가리켰다. 네 명의 라마는 말문이 막혀 서로 멀뚱멀뚱 쳐다보기만 하였다. 타마 생불은 호음묘를 나서기 전에 자신이 돌아오지 못할 지도 모른다는 말을 했었다. 만일 그렇게 되면 임종 전 취한 자세를 토대로 차기 생불을 찾아 달라고 유언을 남겼다. 그리고 그 유언이 왕정에서 영험하게 들어맞았다. 생불이 이토록 가까운 곳에서 환생하는 건 매우 드문 일이었다. 만인이 보는 앞에서 타마가 명확하게 가리킨 방향은 그 누구도 수정할 수 없었다.

4인의 호법 라마는 제자를 거느리고 타마가 생전에 쓰던 법기를 받들어 후전으로 향했다. 후전은 공교롭게도 혁련쟁과 봉지미의 거처가 있는 곳이었으며, 널찍한 뜰에 그들과 가까운 사람들이 전부 모여 살고 있었다.

어린아이는 찰목도와 고지효 둘뿐이었다. 후전까지 따라온 유모단의 얼굴에 화색이 돌았다. 생불의 영혼이 만약 찰목도의 몸을 빌어 환생한다면, 지금껏 그녀를 곤혹스럽게 만들었던 혁련쟁의 목숨 문제가 단박에 해결될 터였다.

문이 열렸을 때 유모의 품에 안겨 단잠을 자던 한 살배기 고지효와 생후 6개월 찰목도가 시끄러운 소리에 깨어났다. 눈을 뜨자마자 엄숙한 표정으로 서 있는 낯선 어른들이 잔뜩 보이자 찰목도가 놀랐는지 '으아앙' 하고 울음을 터뜨렸다. 고지효는 울기는커녕 새까맣고 또렷한 눈망울을 이리저리 굴리며 조그만 코를 벌름거렸다. 겨우 몇 달 누나라고 제법 사색에 젖은 표정을 지었다.

수석 호법 라마는 엄숙한 표정으로 문 앞에 꿇어앉아 타마가 생전에 즐겨 사용하던 침향목(沈香木) 염주와 황동을 칠한 흑요석 법기를 조심스레 내려놨다. 융단을 펼치고 호음묘의 라마들과 족장들은 단 아래 꿇어앉았다. 모두 숨을 죽인 채 신경을 곤두세웠다. 사방에 아무도 없는 것처럼 적막이 흘렀다.

유모는 엄숙한 분위기에 두 아이를 내려놨다. 한바탕 울어대던 찰목도는 아무도 신경을 써 주지 않자 스스로 기나긴 융단 위를 꼬물꼬물 기어가기 시작했다. 생후 6개월밖에 되지 않았지만 우람한 체격을 지니고 태어난 찰목도는 튼튼한 다리로 끈기 있게 티미의 유물을 향해 기어갔다. 사람들의 얼굴에 환희가 비쳤다. 멀리 뜰 입구에서 팔짱을 끼고

서 있던 봉지미는 이 상황에 관심이 없는 듯 미간에 주름을 잡고 생각했다.

'이 맹추는 안 오고 뭐 하는 거야. 이 중요한 순간에……'

찰목도가 유물 앞까지 기어와 염주를 번쩍 집어 들었다. 호법 라마의 입술이 바르르 떨렸고, 환희에 차서 양팔을 벌리고 찰목도를 맞이했다. 하지만 그 순간 찰목도의 작은 주먹이 펴지면서 자신의 작은 발에 염주를 떨어뜨렸다.

조바심이 난 아기는 다시 한 번 '으아앙' 하고 울음을 터뜨렸고 발로 염주를 마구 밟으려 했다. 급히 염주를 아기의 발치에서 치우는 라마의 얼굴에 실망이 역력했다. 이런 상황으로 보면 찰목도가 적임자가 아니라고 단정할 수 있었으나, 라마는 미련을 버리지 못하고 법기를 찰목도 쪽으로 밀어 보았다. 하지만 찰목도는 때마침 달려온 유모의 품을 향해 기어갔고, 법기를 밀치려 했다. 작은 얼굴이 잔뜩 찡그려져 있었다. 지켜보던 사람들이 실망스러운 한숨을 뱉었다.

수석 라마는 망설이며 법기를 바라보다가 다른 세 명의 라마와 눈을 맞춰 의견 일치를 확인하고 법기와 염주를 거뒀다. 몇몇 족장들이 눈을 반짝였지만 아무 말도 하지 않았다. 당연히 호음묘 라마들은 타마의 유물이 고지효에게 닿게 하고 싶지 않았다. 아이의 출신이 분명치 않아도 지금은 왕비가 키우고 있으니, 생불로 인정되면 훗날 초원에서 이 의뭉스러운 왕비를 견제할 사람이 없어질 것이었다. 남자 생불이 여아의 몸에 환생하는 경우는 드물었지만 전혀 없는 것은 아니었다. 하지만 그런 모험을 하고 싶지 않았던 라마가 유물을 거둔 것이었다. 의중을 전달받은 유모는 고지효를 안고 가려 했고, 여전히 팔짱을 끼고 지켜보던 봉지미의 눈에는 웃음이 비쳤다.

두 가지 물건을 흥미로운 듯 바라보며 작은 코를 벌름거리던 고지효가 갑자기 까르르 웃기 시작했다. 아기는 유모의 품에서 안간힘을 썼고,

몸을 라마 쪽으로 배배 꼬며 데려다 달라고 신호를 보냈다. 유모가 망설이자 고지효는 유모의 머리칼을 힘차게 잡아당겼다. 모두가 눈을 똑바로 뜨고 이 상황을 지켜보고 있었다. 생불의 유물에 다가가고 싶어 애가 닳은 지효의 행동은 소란을 일으키기에 충분했다. 더 이상 못 본 척할 수 없었던 라마는 굳은 표정으로 유물을 바닥에 내려놓았다.

고지효가 빤히 바라보는 통에 유모는 어쩔 수 없이 유물 앞으로 데려다 주었다. 아기는 까르르 웃으며 자신의 작고 보드라운 볼을 윤기 나는 법기에 비볐다. 눈을 감은 아기는 심취한 표정이었다. 향로에서 피어오르는 흰 연기 너머로 보이는 손바닥만 한 아기 얼굴은 순결한 연꽃이 구름 속에서 피어난 듯 신성했다.

수석 라마가 아미타불을 외쳤다. 범창*梵唱, 석가여래의 공덕을 찬미하는 노래이 울려 퍼졌고, 모두 말없이 납작 엎드렸다. 여전히 까르르 웃는 고지효는 염주에 배어 있는 향기에 흠뻑 취했다. 지금 이 순간 했던 자신의 작은 동작이 향후 수십 년에 걸친 초원의 운명을 결정했음을 물론 알지 못했다.

봉지미는 멀리 어두운 그림자 사이에서 조용히 웃었다. 어떻게 봐도 선의를 품은 웃음은 아니었다.

어젯밤 그녀는 타마에게 갔을 때, 등잔불을 드는 척하며 타마의 법기를 감쪽같이 바꿔치기했다. 그 법기 안에는 종신이 제조한 호두 향 분말이 들어 있었는데, 고지효가 가장 친숙하게 느끼는 고남의 냄새였다. 지효가 고남의만 의지하고 떨어지려 하지 않아 일부러 종신에게 이 분말을 부탁해 두었던 것이었다. 행여 고남의가 없더라도 지효를 달랠 수 있도록 하기 위해서였다. 어릴 때부터 후각에 민감했던 지효는 밤낮으로 함께 있던 고남의 냄새에 굉장히 예민하게 반응했다. 오늘 이 법기에서도 있는 듯 없는 듯 은은한 호두 냄새를 맡았던 것이었다.

봉지미는 타마가 매일 휴대하는 염주에는 손을 쓸 수가 없었다. 하지만 자주 사용하지 않고 어린 라마에 의해 운반되는 법기라면 이런 식이 가능했던 것이었다.

고지효는 법기를 안고 배시시 웃었고, 수석 라마는 떨리는 손으로 아기를 안아 올렸다. 뜰에 있는 라마들이 잡초처럼 바짝 엎으려 불경을 외웠다. 낮은 음역대의 소리가 급류처럼 빠르게 바람처럼 휘몰아쳐 천리 밖 초원까지 뻗어 나갔다.

'올 것은 오고, 떠날 것은 떠난다. 낡은 것은 청산되며, 새로운 것이 받들어지리라.'

그렇게 해서 18대 생불이 세상에 현신하였다.

극렬을 추격했던 고남의가 돌아왔을 때, 그의 지효는 이미 예전의 신분이 아니었다. 고남의는 봉지미에게 생불에 관한 복잡하고 어려운 설명을 들으며 가타부타 말이 없었다. 하지만 설명이 끝나는 순간 촌철살인의 한마디를 뱉었다.

"팔려갔군."

봉지미는 조용히 생각했다.

'누가 고남의더러 맹추라 한 거야. 이토록 날카로운데……'

아무것도 모르는 고지효는 고남의의 품에 바짝 안겨 신성한 법기를 가지고 놀며 킁킁댔다. 타마의 염주는 몇 번 조몰락대고는 더 이상 소중히 여기지 않았다. 수석 호법 라마가 이 광경을 봤다면 '영동*생불이 환생한 영적인 아이' 계략도 금세 발각됐을 것이었다.

원래 고지효는 즉시 호음묘로 가야 했지만, 라마가 안고 떠나려 하자 왕정이 떠나가라 울어댔다. 결국 혁련쟁이 나서서 아이가 아직 어리니 얼마간 왕정에서 키우자고 말해 수습했다. 또한 좌상*坐床, 영동을 정식 교주로 받아들이는 의례을 하려면 조정이 파견한 사자가 처리할 절차가 남았으니 그때 생불의 호음묘행을 결정해도 늦지 않다고 중재했다. 이에 라마들도 포기하고 먼저 타마의 장례식을 준비하기 위해 떠났고, 혁련쟁은 조정에 날랜 말을 보내 조정에 영동 승인을 요청했다.

왕위 계승 의식은 결국 치르지 못했다. 소유에 독이 있었고, 생불은 원적에 들었으며, 영동은 너무 어려 의식을 주재할 수 없었다. 혁련쟁은 스스로 높은 단에 올라 명랑하게 웃으며 외쳤다.

"찰답란 왕위는 하늘의 계시를 받았다. 마음속의 광명이 내게 지혜를 불어넣어 주었으니, 당당히 스스로 왕이 되노라!"

혁련쟁은 직접 왕관을 쓴 후 단을 폴짝 뛰어 내려가 왕군에게 가덕의 반군을 포위하라고 지시하기 위해 가 버렸다. 그는 뒤돌아보며 봉지미를 의미심장한 눈으로 바라봤지만, 끝내 아무 말도 하지 않았다.

봉지미는 혁련쟁의 그 눈빛을 되새기며 속으로 탄복했다. 그는 영특한 사람임에도 그녀가 초원을 좌지우지하도록 내버려 두었다. 보통 사람이라면 절대 줄 수 없는 신뢰를 준 것이었다. 혁련쟁은 하늘보다 넓은 가슴을 지닌 남자였다. 봉지미가 약할 때는 마음을 다해 지켜 줄 것이었고, 강할 때는 전부를 걸고 힘을 보탤 사람이었다.

"극렬은 도망쳤어?"

한동안 생각에 잠겨 있다가 봉지미는 마음을 가다듬고 고남의에게 물었다. 고남의는 대답이 없었고, 기분이 상당히 좋지 않아 보였다. 바로 그때 종신이 들어와 말했다.

"역시 극렬은 사파 출신이었습니다. 격달목(格達木) 설산에 호마(呼摩)라는 교파가 있는데 수백 년 전 어느 신권 교파에서 비롯되었죠. 그 중 한 분파가 차츰 사악한 교리에 빠졌는데, 그들은 무공이 괴이하고 난잡하며 사람을 미혹하는 술수를 부리는데 능합니다. 오늘 봤던 검은 안개 역시 그들이 쓰는 속임수입니다. 극렬은 출신이 미천하여 어릴 적 설산으로 추방됐는데, 그때부터 이 교파를 숭배하게 된 것 같습니다."

"고 형도 쫓아갈 수 없었나요?"

봉지미가 굉장히 놀라며 묻자 종신이 답했다.

"제가 쫓아가서 데려왔습니다. 변경지대의 괴이한 교파들이 부리는 술수를 우리 중원 강호의 무사들이 제압할 수는 없으니……. 남의를 혼자 위험에 빠뜨릴 수 없죠."

봉지미가 고개를 끄덕이며 말했다.

"그럼 나탑은 극렬과 함께 갔나요?"

"아닙니다."

종신이 말했다.

"저는 급히 고남의를 쫓아가느라 누군가 내 옆에서 나탑을 채갔다는 것만 느꼈습니다. 아마 홍길륵이 보낸 사람이 계속 인파 속에서 지켜보고 있다가 안개가 자욱한 틈을 타 딸을 빼돌린 듯합니다."

"빼돌렸다니 나쁘지 않군요."

봉지미가 웃었다.

"극렬을 향한 나탑의 원한이 뼛속 깊이 박혔고 홍길륵도 돌아섰어요. 처음에는 분명 극렬과 함께 왕손 위장 작전을 꾸미며 사후에 초원을 나눠 갖자고 약속했겠지만, 극렬이 그토록 악독한데 좋은 결과가 있을 리 없지요. 적의 적은 친구라고 할 수 있어요. 우리는 금붕부와 화호부가 개싸움을 하도록 내버려 두면 됩니다."

두 사람이 토론하는 동안 고지효는 옹알거리며 염주를 고남의 손에 쥐어 주려 했다. 하지만 남이 쓰던 지저분한 물건을 받을 리 없는 고남의는 지효의 성의를 던져 버렸고, 고지효는 그렁그렁 눈물이 맺힌 눈으로 고남의를 바라보았다.

고남의는 아랑곳하지 않고 호두를 먹었다. 호두라는 신비한 음식물에 진작부터 눈독을 들인 아기는 또다시 칭얼대며 고남의에게 달라고 졸랐다. 하지만 고남의는 껍질을 쥐어 주었다.

고 씨답게 포기를 모르는 지효는 얼마간 생각하다 염주를 봉지미에게 건넸다. 그리고 그녀의 손을 끌어다 고남의에게 주었다. 봉지미는 웃음을 참으며 힘을 주지 않았고, 고지효가 팔을 밀도록 내버려 두었다. 고남의가 힐끗 바라보더니 망설이다가 손가락으로 염주를 겨우 집어 들었다. 고남의의 얼굴은 사실은 정말 싫지만 당신 체면을 봐서 만져 준다는 표정이었다.

그 광경을 줄곧 웃으며 바라보던 종신은 흑단목 가면 뒤로 눈을 반짝였다.

"남의가 아가씨를 특별하게 생각하는 걸 지효도 아는군요."

봉지미는 멈칫하더니 손을 거두며 웃었다.

"제가 착해 보이나 보죠."

종신이 웃으며 고개를 저었다.

"저는 저 애가 커나가는 모습을 지켜봤습니다. 십 년 넘게 알고 지낸 사람한테도 이토록 친하게 대한 적은 없었지요."

봉지미는 대답 대신 화제를 바꿨다.

"지효도 벌써 돌을 넘겼는데 왜 말을 안 할까요?"

"한평생 모르고 지나간다면 그 또한 행복이라고 할 수 있겠죠. 가장 무서운 것은 알아 버렸는데 거절당하는 일입니다."

종신은 봉지미가 회피하도록 두지 않고 고집스럽게 화제를 끌어왔다. 봉지미가 눈을 내리깔고 자신의 손가락을 바라보았다. 이 두 손으로 꽉 닫힌 사람의 고요한 세상을 열어 버린다면 어떻게 될까? 그를 위해 펼친 세상은 오색찬란한 새 인생이 아닌 또 다른 고통과 수모일까?

고남의는 멀지 않은 곳에 조용히 앉아 있었고, 지효는 그의 무릎에서 놀고 있었다. 하얀 면사포 뒤로 별처럼 반짝이는 그의 눈동자와 초 승달처럼 올라간 입꼬리가 보이는 것만 같았다. 냉정한 종신마저도 지키고 싶어 하는 아름다움이었다.

봉지미는 허리를 꼿꼿이 세우고 앉았다. 고남의에게서 조금 떨어져

보았으나 그는 금세 알아차리고 고개를 들어 그녀를 바라보았다. 그러고는 자연스럽게 멀어진 거리만큼 가까이 다가와 앉았다. 봉지미는 어쩐지 허리가 뻣뻣해져 움직이지 않았다. 그러다 들릴 듯 말 듯한 종신의 한숨 소리를 들으며 조용히 밖으로 나왔다. 문이 열리는 날카로운 소리가 마음을 찌르는 것처럼 불안했다.

어색한 침묵을 깨고 뾰족한 외침이 들려왔다.

"난 안 가! 못 가! 죽어도 여기서 죽을 거야!"

매타의 목소리였다. 봉지미가 한숨을 쉬며 나가 보니 과연 봉두난발에 옷매무새가 엉망인 매타가 전전에서 달려오고 있었다. 그녀의 뒤로 호위군 한 무리가 땀을 뻘뻘 흘리며 쫓아오고 있었다. 매타는 왕정에서 지난 수년간 공주 같은 대접을 받아 왔다더니 그 위력이 아직 남아 있는 모양이었다. 호위들이 이러지도 저러지도 못하는 동안 그녀는 왕정을 가로질러 달렸고, 드디어 목적지에 도착한 것이었다.

"전하를 구하기 위해 모든 걸 잃은 내게 이럴 순 없어!"

매타는 미친 사람처럼 봉지미를 덮쳐왔다.

"봉지미, 이 천박한 년! 다 네가 꾸민 일이지? 차라리 날 죽여! 죽이라고!"

"원하는 대로 해주지!"

봉지미가 팔짱을 끼고 서서 매타를 거들떠보지도 않고 외쳤다.

"죽고 싶다면 어려운 일도 아니다."

봉지미가 손짓하자 화경이 차갑게 웃으며 나타나 세 가지 물건을 매타에게 던졌다. 그것은 비수와 흰 끈, 그리고 약병이었다.

"우리 중원에서는 죽겠다는 사람에게 이 세 가지 물건을 주지."

봉지미가 웃으며 말했다.

"하나는 빨리 죽여 달라는 사람에게, 하나는 확실히 죽여 달라는 사람에게, 하나는 속이 뒤집혀 너덜거리게 죽고 싶다는 사람에게. 이 물건들은 신분이 높은 사람에게만 내리는 것이니 너의 고귀한 시체도 보존해 줄 것이다. 이것도 전하를 위한 네 희생일 테니 직접 골라라.”

매타가 멍하니 그 물건들을 바라보았다. 자기더러 죽으라고 말하기 위해 이 물건들을 준비한 봉지미에게 아무 반응도 할 수 없어서 그 자리에 굳어 버렸다.

“고르시지!”

화경이 차갑게 웃으며 세 가지 물건을 매타가 있는 방향으로 툭툭 찼다. 매타는 부들부들 떨며 저도 모르게 한발 물러났다.

“전하를 구한 그 공로는…….”

매타를 내려다보는 봉지미의 시선이 아득했다.

“왕정이 오랫동안 네게 귀한 대접을 해주며 갚았다. 네가 부족하다고 느껴도 어제의 왕비 독살 기도로 전부 청산됐다. 모두 널 돌봐 주었는데도 네가 분수를 모른다면 죽여 달라는 뜻이 아니고 무엇이겠냐? 한 가지 알아 둘 것이 있는데, 너는 전하의 은인이지 내 은인이 아니다. 게다가 나를 죽이려 했지. 그런데 내가 널 죽인다고 막을 사람이 과연 있겠느냐?”

매타는 바닥에 놓인 물건들을 보고 또 고개를 들어 봉지미를 바라보았다. 계단 위에 서 있는 여자의 깊은 눈은 차갑기 짝이 없었다. 그녀는 감히 하지 못 할 일도 없어 보였고, 할 수 없는 일도 없는 듯했다.

“아찰…….”

잠시 멍하니 있던 매타가 억장이 무너지듯 외쳤다.

“와서 날 구해 줘! 네가 구해 줘! 오랫동안 내가 너를 키웠잖아. 이 암 늑대가 나를 중원으로 시집보내게 내버려 두지 마. 뱃속에 기름만 잔뜩 낀 영감에게 시집가기 싫다고!”

“덕주(德州) 목장의 주인, 금년에 40세. 아들 셋과 딸 하나를 두었지. 사람됨이 정직하고 가산이 풍족하다.”

봉지미가 소매를 걷으며 말했다.

"뱃속에 기름만 끼어 있지는 않은 목장주다. 내가 직접 열 명의 후보 중에서 골랐고 전하께서도 윤허하셨다."

마지막 말에서 매타는 벼락 맞은 듯 멍하니 굳어 버렸다.

"전하께서 너의 공을 봐서 기회를 주셨지만 싫다면 어쩔 수 없구나. 사실 본 왕비는 네가 싫다고 하길 바랐다."

봉지미는 손을 뻗으며 말했다.

"셋 중 하나를 택해라. 어서!"

매타는 비수 앞에 섰다. 잠시 후 부들부들 떨리는 손이 비수를 향해 뻗쳤고, 봉지미는 차가운 눈으로 바라보며 조금도 동요하지 않았다. 매타는 한참을 망설이다 이를 악물고 비수를 꽉 쥐며 고개를 들어 봉지미를 똑바로 쳐다봤다. 여전히 눈 하나 깜짝 안 하는 봉지미는 오히려 미소를 띤 채 그녀의 다음 행보를 기다리는 눈치였다. 두 사람은 눈빛을 주고받았고, 숨 막히는 침묵이 흘렀다.

이윽고 툭, 하는 소리가 들렸다. 비수는 흙먼지를 일으키며 떨어졌고, 매타는 털썩 주저앉았다. 그녀는 손바닥으로 얼굴을 감싸고 가슴이 찢어지게 울었다. 봉지미가 손짓하자 즉시 붉은 가마가 당도했고, 번갯불에 콩 구워 먹듯 매타에게 붉은 옷과 도포를 입혔다. 기골이 장대한 매파 두 명이 삼 밧줄을 끌어당겼다. 그리고 매타를 가마에 쑤셔 넣더니 자기들도 올라타서 수문장 마냥 한 명은 오른쪽에 한 명은 왼쪽에 앉았다. 가마꾼이 얼른 가마를 번쩍 들었고, 사내 하나가 급히 달려와 폭죽을 쏘아 올렸다.

"매타 이모님의 혼인을 경하드리옵니다!"

봉지미가 손짓하며 말했다.

"병사 1천 명을 보내 혼인 행렬을 따르게 하라!"

혼인 행렬은 하늘이 노래지도록 통곡하는 매타를 태우고 포탈라 제

2궁에서 머나먼 중원을 향해 출발했다.

　같은 시각, 지근거리에 있는 천성과 대월 전장의 전세가 바뀌고 있다는 소식이 날아왔다.

돌아가다

매탑의 혼인 행렬이 덜컹거리며 초원을 떠나던 그 시각, 봉지미는 종신이 가져온 각 지역의 비밀 보고를 읽고 있었다. 봉지미는 고남의와 종신이 통솔하는 이 조직의 규모가 얼마나 방대한지 콕 집어 물은 적이 없었다. 종신의 정보력이 지극히 신통하며, 조직의 일부만 그녀 곁을 지키고 나머지는 각지에 퍼져 있는 것을 짐작할 뿐이었다. 하지만 그들이 어떤 신분으로 무슨 일을 하는지는 그녀도 몰랐다.

언젠가 종신은 봉지미에게 아는 바가 적으면 적을수록 좋다고 말했다. 전혀 몰라야 어떤 계략 앞에서 순수한 무지가 드러나고, 그래야만 의심을 받지 않는다고 했다. 그녀는 그 말에 공감하면서도 나름대로 종신의 신분을 확신하고 있었다. 4대 세가 중 의술에 정통한 헌원 씨. 먼 옛날 중흥의 주역이자 승경제(承慶帝)로 즉위한 헌원월이 종(宗) 씨로 개명한 바 있었다.

종신이 봉지미에게 읽으라고 주었고, 그녀를 단박에 높은 지위에 오르게 한 그 책에서 한 여인이 여러 번 말했었다.

"종월, 나의 종월. 꽃도 사람도 영원하기를. 평생의 지기가 영원히 서로를 저버리지 않기를."

하지만 사람도 영원하기를 바랐던 소망과 현실은 달랐다. 너무 일찍 날개가 꺾여 버린 헌원대제는 겨우 5년 재위했다.

봉지미가 제경을 떠나기 전 대성 황국의 역사 일부를 수집하면서 얻은 정보에 따르면 이러했다. 대성 황국이 영화를 누린 시기는 지극히 찰나였다. 당시 5주 대륙은 맹부요(孟扶搖)의 대원(大宛)을 비롯해 대한(大瀚), 헌원(軒轅), 부풍(扶風), 대연(大燕)이 존재했는데, 그중 부풍은 속국을 자처했다. 5국 군주는 각자 우정을 간직하고 있었으며, 신영 황후(神瑛皇后) 생전에는 서로 침략하지 않기로 맹세했었다. 하지만 수십 세대가 지나면서 대성의 세력이 강대해졌고, 나라 상황에 갖가지 변동이 일어나 5국도 점점 강한 자에게 신하로서 복종하게 되었다.

대성 127년, 대연이 귀순했고, 대성 215년, 헌원 씨의 마지막 군주 헌원경(軒轅環)이 양위하였다. 대성 329년, 대성 황국의 현경제가 대한의 수도를 점령했고, 대한은 멸망했다. 그 후 지금까지 통일된 천하가 이어지게 되었고, 광활한 이 땅에 화염처럼 붉은 대성의 깃발만 휘날리게 되었다.

수백 년 전 영웅의 기개를 가진 그 특별한 여인이 장청산(長靑山)에 올라 낭랑한 목소리로 외친 그 맹세도 시간 속에서 천천히 닳았다. 그 피 끓던 전설도, 아득히 먼 시대의 후손들도, 그녀와 그들이 세월이라는 강에 써내려 간 흠모하는 마음과 평생의 언약까지도, 역사의 뒤안길로 사라져 사람들의 기억에서 지워져 버렸다.

당시 5국의 왕위 계승자들은 서로 침략하지 않겠다는 맹세를 언제까지 지켜야 할지 토론한 적이 있었는데, 대한 왕이 호탕하게 웃으며 말했다고 한다.

"천하를 가지고 싶은 자에게 가지라 하지요."

헌원제는 낮은 소리로 이렇게 탄식했다.

"짐에게 이런 재미없는 질문은 하지 말아라."

그러자 대연 왕은 멀리 남쪽 땅 끝을 바라보며 의연하게 말했다.

"얻으면 내 복이고, 잃어도 내 운인 것을요."

후에 조정을 장악한 대성 황제도 그 일화를 듣고 담담하게 말했다고 한다.

"현재를 다스려도 후세는 어찌할 수 없고, 영원히 멸하지 않을 만큼 견고한 강산은 애초에 없다. 짐의 대성 제국은 오늘날 꽃이 만발하듯 번영하여 부귀영화를 누리고 있지만, 언젠가는 무능한 후손이 나타날 것이고, 그때는 천하가 위태로워질 것이다. 그렇다고 짐이 거기까지 걱정할 필요가 있겠느냐?"

이 이야기는 야사로 전해졌다. 이미 멸망한 5국 군왕의 호방함과 재기 발랄함이 오늘날까지 회자되고 있었다. 이야기는 신영 황후가 신성한 장청산의 만년설 앞에서 후손들에게 철칙을 남기는 것으로 끝이 난다. 그 철칙의 내용이 무엇인지는 대성 황족의 후손인 장손 씨만 알 수 있을 것이었다. 당시 조정에서 물러난 황족들도 분명 후손에게 대성 황족의 혈통을 보호하라는 유지를 남겼을 터였다. 그러나 세월이 흐르고 강산이 변하면서 그 맹세를 이행하는 자들은 헌원 씨만 남은 것이었다.

품성이 너그럽고 온화한 이 황족의 후예는 봉 부인이 세상을 떠난 후 봉지미에게 이렇게 말했다. 그의 조직은 봉지미의 모든 지시를 따르고 영원히 그녀를 보호할 것이라고. 그러니 그녀가 쥔 칼자루로 스스로를 보호하든 남을 해치든 뜻대로 결정하라고. 하지만 이 문제는 봉지미도 어찌해야 할지 모르는 것이었다. 어떤 일은 끝까지 가보면 결국 한 문장으로 귀결되는 경우가 있었다.

'내 마음 같지 않았다.'

"추상기가 중상을 입어 순우홍(淳于鴻)이 사령관을 맡았으니 조정에서 감군*조정에서 군대의 장군을 관리 감독하기 위해 파견하는 임시 벼슬을 보낼 것입니다.”

등불 아래 보고서를 넘기던 봉지미가 천천히 고개를 들고 종신을 바라보았다.

“추상기가…… 부상을 과연 전장에서 입었을까요?”

종신은 잠시 침묵하다 말했다.

“아니요.”

봉지미는 더 묻지 않았으나 마음이 조금 서늘해졌다. 황실 고아 사건이 터진 후 종신은 그녀의 진짜 신분을 폭로할 만한 단서들을 모조리 없애 버렸을 것이었다. 그러니 추 부인이 돌연 중병으로 말을 할 수 없게 되었고, 추상기도 북방 변경에서 화살에 맞아 중상을 입게 되었을 터였다. 목숨 하나를 지키기 위해 그토록 많은 희생이 필요했고, 그녀도 마음대로 거절할 수 없었다. 그녀도 모르는 사이 이미 많은 목숨을 책임지게 된 것이었다.

“대월이 전투를 앞두고 장수를 교체했다……”

봉지미가 또 다른 보고를 읽어 내려갔다.

“전투가 교착 국면에 빠지자 대월 황제는 이를 탐탁지 않게 여겨 3 황자인 안왕(安王) 진사우를 감군으로 파견했다. 그러나 안왕은 감군 업무 수행 이틀 만에 본진에 들어가 장수를 참하고 스스로 사령관이 되었다?”

봉지미는 혀를 끌끌 차며 말했다.

“감히 장수를 참하는 죄를 저지른 이 자는 어떤 사람일까요? 그동안 변경에 큰 관심을 쏟지 않아 들은 바가 없어요.”

“대월국의 적통 황자 중 하나입니다. 황제가 상당히 총애한다더군요. 대월국은 천성과 달리 줄곧 태자를 봉하지 않았는데, 이 자가 가장 유력하다 합니다.”

“성격은 어떤가요?”

종신도 이번에는 얼마간 침묵하다 말했다.

"종잡을 수 없는 듯합니다."

겉으로는 온화해 보이지만 사실은 모든 상황을 꿰뚫어 보는 종신의 평가가 이렇다면, 대월의 새 사령관은 보통내기가 아닌 모양이었다. 봉지미는 미소를 지으며 또 다른 보고서를 펼쳤다.

"서량국 왕이 붕어하여 한 살 남짓의 황태자가 즉위하고 태후가 수렴청정을 시작했다."

봉지미는 놀라며 물었다.

"은지량(殷志良)이 죽었나요?"

"죽은 지 좀 됐지만 내내 부고를 내지 않았다고 하더군요."

종신이 이어서 말했다.

"고명대신*왕의 유언으로 나라의 뒷일을 부탁 받은 대신을 확정하고 나서야 어린 황태자가 즉위했습니다."

"어째서 부음을 숨긴 걸까요?"

"모르겠사옵니다. 은지량의 붕어 후 서량국은 한동안 혼란스러웠지만 조심하며 밖으로 알리지 않은 것 같습니다. 그즈음 천성은 북방에서 대월과 전쟁 중이었고, 남방은 상 씨 일가가 변란을 일으켜 서량의 이상 징후에 신경 쓸 겨를이 없었죠. 우리 조직 일부가 서량에서 가까운 민남 변경 지대에 있었기 때문에 소식을 조금 전해 들었을 뿐입니다. 지금에야 비로소 황태자가 즉위했습니다."

"아무튼 전부 타국의 일이군요. 이건 뭔가요?"

봉지미가 보고서들을 펼친 채로 웃으며 말했다. 그러다 보고서에 쪽지 몇 장이 끼워진 것을 발견했다. 천성 제국의 문서가 아니었다.

"우리 밀정이 서량에서 가져온 문서 사본입니다. 서량의 내정에 관해 왕래한 이 문서들 덕분에 은지량 붕어 후 서량의 상황을 조금이나마 알 수 있었죠. 그때 보관해 둔 서량 왕의 부고입니다."

봉지미가 문서를 읽으려 하자 고지효가 어느새 기어와 쪽지를 낚아 채고 토실토실한 손으로 조몰락댔다. 봉지미가 뺏어 오려고 했지만 고남의가 어린 악당 지효를 위해 종이를 접어 줬다. 심심했던 두 원숭이도 종이를 잡아당겼고, 결국 쭉 찢어지는 소리와 함께 멀쩡한 쪽지가 둘로 갈라졌다. 봉지미가 인상을 쓰며 그 일당의 볼기를 치려 하자 종신이 나서서 상황을 정리했다.

"그냥 첨부 문서일 뿐이에요. 별로 중요한 내용도 아니니 그냥 두셔도 괜찮습니다."

"애 버릇 나빠져요."

봉지미가 한숨을 푹 내쉬며 융통성 없는 고 맹추에게 잔소리를 해댔다.

"여자애 버릇을 잘못 들이면 커서 골치 아파진다고요."

세상만사에 관심도 없는 고남의는 어째서인지 유독 아이에게 극성이었다.

"당신 닮으면 안 돼."

고 맹추는 지효에게 열심히 종이를 접어 주며 고개도 들지 않고 말했다.

"지효는 행복해야 해."

고지효는 감동 어린 얼굴로 고남의에게 와락 안겨 몇 개 없는 찹쌀 같은 이로 그의 손가락을 잘근잘근 깨물었다. 하지만 고남의는 귀찮다는 듯 밀어냈다. 봉지미는 눈을 내리깔고 입술을 조금 움직거리며 생각했다.

'그러니까 지효가 나처럼 평생의 짐을 짊어지고 본연의 모습으로 살 수 없게 만들고 싶지 않다는 말인가? 이 우직한 조각상은 언제부터 그리 멀리 내다봤으며, 또 언제부터 이토록 담백한 말과 그만의 방식으로 애정 표현을 할 수 있게 된 걸까.'

지효는 까르르 웃었고, 맹추는 종이접기를 마쳤다. 긴 나뭇잎 모양의 간단한 접기였다. 봉지미는 언젠가 고남의에게 가르쳤던 풀피리 접기를 알아보고 멈칫했다. 초원에는 나무가 귀하여 고남의가 풀피리를 분지도 오래 되었다. 얼마나 그리웠으면 종이로 풀피리를 다 접었을까. 고지효가 바둥거리며 달라고 채근했지만, 고남의는 어쩐 일인지 손 안에 든 종이 풀피리만 멍하니 바라보았다.

고남의는 농서 양부에서 보낸 그날 밤 나뭇잎을 접던 부드러운 봉지미의 손가락과 그녀의 눈에 가득 찬 별빛을 떠올렸다. 죽음이 갈라놓는 이별이 무엇을 의미하는지 알게 된 그날, 그는 지붕에서 비를 맞으며 입술에 피가 맺힐 때까지 풀피리를 불었다. 그때 느꼈던 얼음처럼 차갑고 조금 짭짤한 맛은 인생의 백 가지 맛 중 '쓰다'고 하는 맛과 가장 닮았는지도 몰랐다. 어쩌면 그는 기나긴 평온의 상태를 즐겨왔는지도 모르지만, 이제는 기꺼이 그 맛을 보고 싶어졌다. 고통이 무엇인지 알게 된다면, 고통 뒤의 환희가 무엇인지도 알게 될 것이었다.

종이 풀피리를 손바닥에 올려놓고 한참을 바라보던 고남의는 벌떡 일어나 상자를 가져오더니 그것을 조심스레 넣었다. 멀뚱멀뚱 앉아 있던 지효는 이해가 가지 않았다. 왜 장난감을 만들어 놓고 자신에게 주지 않고 보물단지처럼 모셔 두는지 몰랐다. 고남의는 말없이 지효를 안아 올려 도자기처럼 매끈한 작은 얼굴에 자기 볼을 비볐다. 봉지미의 얼굴도 봄날의 꽃처럼 여리고 어여뻤지만, 마음은 흐르는 물 같은 세월 속에서 늙어가고 있었다.

말로 표현할 수 없는 어떤 감정들은 세월의 물살을 타고 늙고 바래졌다. 터지기만을 기다리는 어떤 사건들도 물살과 같은 세월 속에서 익어갔다.

밤으로 막 접어든 변경의 어느 작은 마을. 북으로 가면 초원이고 남으로 가면 중원인 곳이었다. 내일이면 회요(回堯)라는 이 마을에서는 매타를 마중 나온 행렬과 초원 왕정이 보낸 혼인 행렬이 교대할 것이며, 덕주 마장의 주인이 후처를 맞이해 갈 것이었다. 혁련쟁은 가장 믿을 만한 청조 소속 병사를 혼인 행렬로 보냈다. 금사는 왕정 직속이었지만 그간 매타의 협박에 시달려 온 터라 불미스러운 일을 원천봉쇄하기 위해 왕군 중에서 매타가 모르는 사람을 골라 보냈고, 매타의 시중을 들던 시녀도 데려가지 못하게 했다.

대규모 혼인 행렬이 마을의 모든 객잔을 점령했고, 매타가 묵는 방을 겹겹이 포위했다. 마당에서 교대로 불침번을 섰고, 대낮처럼 불을 환하게 밝힌 것도 모자라 기골이 장대한 노파 셋이 돌아가며 지켰다. 매타는 이제 마음대로 죽을 수도 없었고, 다른 사람과 말 한마디 섞을 수 없었다. 봉지미는 매타에게 예전 같은 예를 갖춰 주겠다고 약속하였다. 그리고 수하들에게는 매타에게 아무 일도 일어나서는 안 되며, 누구도 매타와 대화를 나눠서는 안 된다고 명했다. 봉지미는 이를 어기는 자는 죽음을 각오하라고 선포했다. 최근 일련의 사건을 겪은 왕군은 다시는 중원 여인을 무시하지 못하게 되었다. 하물며 엄격하고 속 깊은 왕비의 명령을 감히 어길 자는 없었다.

방에 앉아 멍하니 등불만 바라보는 매타의 눈은 붉게 충혈되었고 퉁퉁 부어 있었다. 오는 길에 꼬박 사흘을 울었다. 떼를 쓰기도 했고 사람을 매수하기도 했으며, 애원도 해 보고 꾀병을 부려 도망을 시도해 보기도 했다. 안 해본 게 없었지만, 아무것도 통하지 않았을 뿐 아니라 오히려 역효과를 일으켜 감시 인력과 침묵만 늘어났다. 그녀가 바라보는 모든 방향에 넘을 수 없는 벽이 우두커니 서 있는 듯했다.

내일만 지나면 모든 게 끝이었다. 덕주는 왕정에서 아주 멀어 돌아가고 싶어도 어려울 것이었고, 다른 사람의 처가 된 몸으로 혁련쟁 앞에 다시 나타날 면목도 없었다. 이를 악문 매타의 눈에서 절망이 보였다.

곰곰이 생각하던 그녀는 저도 모르게 자신의 허리끈을 만지작거렸다. 노파 하나가 즉시 달려와 활활 타오르는 눈으로 그녀의 손을 주시했다. 그녀가 허리끈을 풀어 대들보에 목이라도 맬까 봐 신경을 곤두세우는 듯했다. 그녀는 쓴웃음을 지으며 손을 치웠다.

그때 끼익 하는 문소리가 들리고, 또 다른 노파가 들어왔다. 방에 있던 노파가 허허 웃으며 말했다.

"드디어 왔구만! 그럼 나는 자러 감세."

나중에 들어온 노파는 고개를 끄덕였고, 원래 있던 노파는 하품을 하며 나갔다. 새로 들어온 노파는 매타의 옆에 바짝 붙어 앉았는데, 어쩐지 동작이 어색했다. 매타는 절망적인 한숨을 내쉬며 침대 쪽으로 걸어갔다.

"아직도 돌아가고 싶나?"

어쩐지 익숙한 남자의 목소리에 매타는 식은땀이 흘렀다. 뒤를 휙 돌아보니 방에는 그 노파와 자신 둘 뿐이었다. 그녀가 돌아보자 노파도 눈을 가늘게 뜨고 매타를 바라보았다. 그리고 순간 노파의 눈동자에 일렁이는 금빛과 영혼을 빼앗길 것 같은 용모가 드러났다. 그녀가 아는 사람 중에 이런 독특한 분위기를 풍기는 사람은 딱 한 명이었다.

"극⋯⋯."

깜짝 놀란 매타는 하마터면 말할 뻔했으나 상대방의 눈빛이 말문을 막아 버렸다.

"봉지미는 정말 보통내기가 아니더군."

옷 사이에 무언가를 잔뜩 쑤셔 넣고 노파로 분장한 극렬이 기지개를 켜며 말했다.

"우리 교파 사람들이 총출동했고, 많은 사람들이 작전을 짜서 왕정에서 여기까지 따라왔다. 임무가 거의 끝나가니 놈들도 해이해졌더군. 그 틈을 타서 네 앞에 겨우 나타났다. 쯧쯧."

"날 구하러 왔어?"

매타의 목소리는 기쁨에 가득 차서 스스로도 귀를 의심할 정도였다. 그녀는 평소 극렬과 별다른 교류가 없었다. 처자식도 내치는 놈이 위험을 무릅쓰고 자신을 구하러 왔다니 놀라웠다.

"그런 셈이지."

극렬이 낮은 소리로 웃었고, 매타는 재빨리 짐을 꾸리며 말했다.

"그럼 빨리 나가자!"

"그럴 필요 없어."

극렬은 뒤를 돌아보는 매타의 눈빛을 고스란히 받으며 생긋 웃었다.

"솔직히 나도 너를 여기서 데리고 나갈 방법은 없다. 게다가 너랑 나는 아무 사이도 아닌데 널 구하려고 내 부하들을 잃는 건 가치 없는 일이지."

무정한 말이지만 사실이었다. 매타는 흙빛이 된 얼굴로 말했다.

"그럼 왜 왔어?"

"훗날 돌아갈 수 있는 방법을 알려주려고."

극렬은 품에서 약봉지를 꺼냈다.

"우리 교파에서 내려오는 신비한 약이다. 이걸 복용하면 몸에 서서히 푸른 멍이 들어서 학대당한 것처럼 보이지. 맥박도 조금 느려지지만 인체에 별 지장은 없다. 네가 훗날 두들겨 맞은 가련한 몰골로 찰답란 앞에 나타난다면 어떨까? 정에 약한 찰답란은……."

극렬은 웃음을 터트리고 이내 입을 닫았다. 매타는 잠시 생각해 보더니 얼굴에 화색이 돌았다. 하지만 여전히 극렬이 의심스러웠고, 무엇보다 미를 추구하는 여인의 본능이 약에 거부감을 갖게 했다.

"네가 날 해치지 않을지 어떻게 알지? 그리고 약효가 사라지지 않는다면……."

극렬은 또 다른 작은 약병을 꺼내며 말했다.

"여기 해독제."

매타는 그 약을 보고 입을 다물었고, 극렬은 아무렇지도 않은 듯 말했다.

"이 약은 복용 후 시간이 지나야 반점이 올라오기 시작하지. 그러니까 지금 먹으면 시집간 뒤에 서서히 멍이 생길 거란 말이지. 그래야 찰답란의 믿음을 얻을 수 있고, 네가 봉지미의 계략에 따라 호랑이 굴로 들어가 갖은 고초를 겪었다고 믿게 할 수 있다. 그러니까 네가 지금 나더러 먼저 약을 먹어 보라 한들 소용없어. 믿든지 말든지 네 마음대로 해. 정 못 믿겠으면 돌려주든가."

극렬이 약을 도로 가져가려고 하자 매타는 냅다 빼앗아 손에 꼭 쥐었다. 그녀의 눈동자에는 비장함이 비쳤다.

"살면서 처음으로 이런 수모를 당했어. 이 마당에 죽으면 또 어때? 언젠가 찰답란을 다시 만나 내 입으로 직접 물을 날을 도모하지 않았다면, 그날 비수를 내 심장에 박았을 거야!"

극렬이 경멸을 담아 매타를 바라보다 이내 시선을 거두었다. 그는 눈을 가느다랗게 뜨고 장막에서의 첫 조우를 떠올렸다. 옅은 웃음을 보이던 노란 얼굴의 여인은 소리 없이 찰답란을 금맹의 위기로부터 구했다. 즉위식에서도 단칼에 자신과 가덕, 나탑, 매타, 타마를 쳐낸 비범한 여자였다. 극렬은 노란 얼굴의 여인이 고개를 숙였을 때 드러난 정교하고 아름다운 이목구비를 떠올렸다. 그런 이목구비를 가진 여인을 어찌 추녀라고 할 수 있을까?

극렬은 생긋 웃으며 여우처럼 교활한 눈동자를 반짝였다. 초원의 왕이 되건 말건 그는 하등 중요치 않았다. 다만 인생에 도전도 기복도 없다면, 무엇보다 아름다운 선혈과 백골의 장식이 빠진다면 무슨 의미가 있을까 싶었다. 앞으로도 재미있는 일이 남아 있어서 다행이었다.

극렬이 웃으며 찻잔을 내밀었다. 매타는 이를 악물며 눈을 빛냈다.

그가 웃으며 말했다.

"이 약의 또 다른 장점이 있지. 그 몰골이 된 너를 남편이 건들고 싶어 하지 않겠지? 그럼 해독제를 먹은 너는 순결한 채로 찰답란의 곁으로 돌아갈 수 있다."

매타는 더 이상 망설이지 않고 차와 함께 회색 분말을 삼켰다. 하나도 남기지 않고 깨끗이 약을 비운 그녀를 보며 극렬의 눈가에 웃음기가 짙어졌다.

얼마간 말이 없던 매타의 얼굴이 점점 붉게 달아올랐고, 가슴을 움켜쥐고 가쁜 숨을 쉬며 말했다.

"이…… 약…… 뭐야……."

"아, 깜빡하고 말을 안 한 것이 있군."

극렬이 나른하게 말했다.

"최음제를 좀 곁들였어."

"뭐?"

매타가 고개를 쳐들고 일어나려 애썼지만 온몸이 헤실헤실 풀어진 듯 힘을 쓸 수 없었다. 극렬이 앞으로 다가가 그녀를 안아 올렸다. 그는 그녀를 침대에 누이고 몸을 굽혀 귓가에 꿈같이 속삭였다.

"그 영감은 너를 철저히 감시하라는 봉지미의 사주를 받았겠지. 중원 사람들은 정조를 중시해서 네가 순결한 몸이 아니라는 걸 알면 네게 흥미가 떨어질 것이고, 그럼 언젠가 도망칠 수 있지 않겠어?"

매타는 극렬의 팔에 대고 무의미한 저항을 계속했다. 무언가 말하고 싶었지만 기운이 없었다. 침대 아래로 옷가지들이 떨어졌다. 옅은 붉은색의 망사가 드리워졌고, 남자의 날렵한 몸이 부드럽게 여자를 덮쳐 왔다. 촛불이 어슴푸레 흔들렸다.

잠시 후 낮은 비명 소리가 들렸다. 가슴이 찢어지듯 애달픈 그 소리는 끝내 이불에 틀어막혔고, 암흑 속에서 더 이상 퍼져 나가지 못했다.

어둠 속에서 침상이 흔들렸다. 떨리는 것의 정체가 침상인지 사람인지 알 수 없었고, 떨고 있는 이유가 환희 때문인지 고통 때문인지 알 수 없었다. 촛불이 흔들리다가 꺼지고 말았다. 낮은 웃음소리가 방 안에 퍼졌다.

"매타 이모, 더럽힌 몸으로 덕주에 가면 그 영감은 초원의 순의왕이 쓰다 버린 망가진 물건을 줬다고 생각하지 않을까? 그러면 그 때문에 찰답란과 봉지미에게 원한을 품지 않을까? 마장 주인이라는 영감은 세간에 알려지지 않은 또 다른 신분이 있다던데……. 전방의 식량을 우주양도에 운송하는 자와 관계가 두텁다더군. 너의 희생에 정말 감사할게. 내 잊지 않겠네."

방 안에 옅은 피 비린내가 났다. 침대에 드리워진 망사 천이 걷혔고, 극렬은 태연하게 내려와 옷을 갈아입고 나가 버렸다. 그의 긴 손가락이 문가의 휘장을 아무렇게나 스쳤다. 그곳에 한 줄기 핏자국이 보일 듯 보이지 않을 듯 남았다.

한을 가득 품고 시집간 매타가 먹구름 낀 마음으로 덕주 마장에 들어섰을 때, 초원은 새 왕과 왕비의 인솔로 완전히 새로운 시대에 들어서고 있었다. 반란을 기도한 가덕은 결국 진영을 벗어나지 못하고 청조, 백록, 금사에게 암살당했다. 가덕이 '왕은 붕어했고 왕비가 반란을 꾀한다'며 왕실을 구한다는 명목으로 출병하여 반역을 도모할 때, 그가 장악한 이만 왕군은 즉각 본진으로 복귀했다. 초원 사내들은 동족상잔의 전쟁을 원치 않았다. 가덕은 3족의 호위군에 철저히 포위되어 전사했고, 그가 죽은 후 과거의 금사 족장 가족들은 초원에서 추방당했다.

가덕의 죽음은 그간 분수를 지키지 않았던 삼촌, 큰아버지, 형님, 큰조카들에게 경종을 울렸다. 세력이 가장 막강한 고이찰 일가도 실패한 마당에 감히 다시는 다른 마음을 먹지 못했다. 반역을 꾀한 자는 모두 죽었기 때문이었다. 한 무리의 삼촌, 큰아버지, 형님, 큰조카들이 장막에서 회의를 열었던 다음 날, 왕은 간밤의 회의에 참석한 모든 사람들을 불러 그들이 나눈 이야기를 빠짐없이 읊은 뒤 그들의 대화 내용에 따라 다르게 대우했다. 앉으라 허락한 자와 서 있으라 명한 자, 그리고 무릎을 꿇어야만 하는 자로 나누었고 아예 질질 끌려가는 자도 있었다. 오만한 인이길 귀족은 늦가을 매미처럼 입을 꾹 다물었다. 그날 사방의 감시가 철저해 개미 새끼 한 마리 얼씬거리지 못했는데 왕이 어떻게 그 회의 내용을 알고 있는지 알 수 없었다.

혁련쟁은 왕정에서 입지가 단단해졌다. 18대 생불이 왕정에서 현신했으니 순의왕의 왕권은 역대 누구보다 막강하여 파괴할 수 없을 것이었다. 신권이 왕권의 품에서 태어났다는 것은 무릎 꿇고 생불을 경배하면 순의왕 앞에 엎드리는 것과 마찬가지라는 의미였다. 더 이상 설명이 필요하지 않았다.

화호부는 극렬의 반란으로 지금의 영지에서 퇴출당했고 족장도 바뀌었다. 영지 안의 흑요석 광산은 혁련쟁이 왕정 소유로 강제 몰수했고, 왕정이 해마다 수익과 공로에 따라 각 부족에게 분배하기로 정했다. 따라서 이제 흑요석 광산을 두고 분란이 일어날 일은 없을 터였다.

초원이 막 안정될 무렵 봉지미는 인이길 전사들을 훈련시켰다. 초원 사내들의 기마술과 무공 수준은 상당히 높았지만, 진정한 중원의 고수와 비교하면 전술 면에서 많이 부족했다. 이에 종신이 직접 선발한 수하와 훈련하고, 훈련받은 생도 중 가장 우수하고 날쌔며 충심이 뛰어난 인이길 전사 삼천을 뽑아 '순의 철기군'을 별도로 구성했다. 고남의는 기분이 내킬 때마다 생불을 업고 나타나 친히 그들을 가르쳤다. 적응력을 타고난 아기 생불은 날든 뛰든 고남의의 등판이 세상에서 가장 안락했다.

초원 사람들은 기후 풍토와 생활 습관으로 인해 체력이 부족하였다. 종신은 처방전을 써서 조리하게 하고 체력을 보충하도록 도와주었다. 그간 초원에는 봄만 되면 질병에 시달리다 죽는 영아가 많았지만, 종신이 온 이후로는 요절하는 아이가 거의 없게 되었다.

혁련쟁이 왕권을 공고히 다지는 동안 새 왕비도 초원에서 모단대비의 신망과 지위를 그대로 물려받았다.

'순의 철기군' 양성 후기에 접어들자 어디선가 나타난 위 씨 소년이 사부 격의 인물이 되었다. 이 인물의 등장 이야기는 이렇다. 어느 날 전사들이 가장 존경하는 고 대협이 푸른 도포 자락을 휘날리는 한족 소년을 데리고 와서 철기군 훈련을 참관했다. 인이길 전사들은 최근 자신들이 비약적으로 발전했다고 믿었다. 과시욕이 강한 그들은 무공을 뽐내어 저 연약해 보이는 소년의 경탄과 찬사를 이끌어내고 싶었다. 그런데 그들의 솜씨를 조용히 지켜본 소년은 딱 세 마디로 평가했다.

"동작이 둔하고, 힘은 약하며, 순발력도 형편없군."

용맹한 삼천 전사들의 면전에서 무안을 준 것이었다. 그날 푸른 도포를 입은 소년은 살기등등한 삼천 명의 눈빛을 받으며 8명의 장수를 골랐다. 왕의 팔표 친위대였다. 팔표는 소년에게 무참히 얻어맞고 보기 좋게 패했고, 모두의 시선이 바닥으로 쏟아졌다. '일어나면 안 되는' 팔표는 바닥에 엎드려 턱을 괴고 생각했다.

'왕비를 따르면서 연기 실력이 점점 늘었군. 쓰러지라면 쓰러지고, 죽으라면 죽는 시늉을 하는 경지에 이르렀어. 왼쪽으로 세 바퀴 구르라고 하면 절대 네 바퀴 구르는 일 없이 딱 세 바퀴……'

초원 사내들은 위 씨 성을 가진 소년을 인정하게 되었고, 소년은 그날부터 훈련장에 자주 나타나 전사들과 함께 먹고 잤다. 그는 사람 좋고 지식이 풍부했으며, 전사들과 원만하게 잘 지냈다. 사람들은 점점 이 소년이 가여운 사람이라는 사실을 알게 되었다. 소년은 어느 날 불의의 습격을 받고 기억을 잃어 망연자실하게 길을 떠났고, 결국 이 초원까지 오게 되었다고 했다. 그래서 출신도 목적도 모르며, 다만 자기 성이 위 씨라는 것만 기억한다고 했다. 선량하고 넓은 초원은 이 출신 모를 딱한 나그네를 품기로 했다. 왕비는 연회까지 베풀어 위 씨 소년을 환대했고, 그 일로 모두 왕비의 후덕함을 칭송했다.

눈 깜짝할 사이 몇 개월이 흘렀다. 8월 말 가을 초입, 조정에서 사자가 당도해 생불의 좌상 의식이 거행되었다. 호음묘는 생불을 위해 성대한 의식을 준비했다. 고지효는 처음으로 고남의와 떨어져 심기가 상당히 불편하였고 매우 비협조적이었다. 봉지미는 하는 수 없이 협박과 회유를 거듭했다. 착하게 굴지 않으면 앞으로 혼자 자야 한다고 협박하고, 착하게 굴면 고남의와 함께 잠들게 해 주겠다고 회유한 덕분에 18대 생불이 공식적으로 봉해지게 되었다.

조정이 보낸 사자는 아는 사람이었다. 그것도 봉지미가 매우 잘 아는 인물이었는데, 바로 신자연이었다. 신성한 좌상 의식 때 향의 연기가 자욱한 호음묘에서, 조정에서 보낸 사자 신자연과 왕비 봉지미가 장희 17년 가을 제경에 머물렀던 이래 처음으로 재회했다. 둘은 서로 미소 지으며 안부를 물었다.

"왕비마마, 별고 없으십니까?"

신자연이 두 손을 모으고 예를 갖췄다. 봉지미는 일 년 사이 하얗게 센 그의 귀밑머리를 바라보며, 난향원 나무에 걸린 달처럼 허연 궁둥이를 떠올렸다. 그때 봉지미는 '하동의 어미 호랑이'라 불리는 신자연 처의 '식칼 무공'으로부터 그를 구했다. 하지만 얼마 후 그는 봉지미를 대성 황실의 고아로 지목하였고, 그녀는 유일한 피붙이를 잃었다. 신자연은 봉지미의 원수였다. 하지만 그녀는 일찍이 웃는 얼굴로 원수를 대하는 법을 배웠다.

"덕분에 잘 지냈습니다."

봉지미도 예를 갖췄다.

"저는 평안합니다. 대인께서는 별고 없으신지요? 제경살이는 녹록지 않은데 대인께서는 신수가 훤하신 걸 보니 그간 원하는 바를 이루셨나 봅니다."

신자연은 번뜩이는 눈으로 봉지미를 바라보았다. 지금까지 그는 봉지미가 바로 위지인 줄 몰랐었다. 그의 기억 속에 그녀는 상 씨 귀비의 생일 연회에서 시를 읊던 재기 발랄한 모습과 금전에서 성영 군주로 봉해져 혁련쟁을 따라 제경에서 멀어지던 침착한 모습뿐이었다. 오늘 다시 만난 이 여인은 여전히 침착했지만 그날 금전에서 보여줬던 패기는 사라지고 따뜻한 온천수처럼 유순한 모습만 남아 있었다.

하지만 조금 전 신자연은 분명 서늘함을 느꼈다. 창공을 비상하는 봉황이 발톱을 감추고 설산에서 도도하게 내려다보는 것처럼 그를 날카로운 시선으로 바라보는 기운을 느낀 것이었다. 봉지미의 눈빛은 바다처럼 고요했지만, 언제라도 천하를 침몰시킬 만한 파도를 일으킬 준비를 하고 있었다.

"제가 어찌 감히요."

신자연은 눈을 내리깔고 한 걸음 물러섰다.

"모두 자애로우신 폐하와 너그러우신 초왕 전하 덕분입니다. 저는 상전의 은혜를 깊이 입었으니, 주인이 미처 생각하시지 못한 어떤 일들에 제가 나서서 성심을 다해 명을 받들 뿐입니다."

봉지미가 옅은 미소를 지으며 생각했다.

'영혁은 황실 고아 건과 무관하며, 순전히 자기 의지로 벌인 일이라고 말하는 건가?'

만일 영혁이 진정 봉지미를 보호하려 했다면, 그가 제경을 떠난 후 금우위를 신자연에게 맡기지 않았을 것이다. 영혁이 진정 봉지미를 해칠 생각이 없었다면, 금우위는 진작 봉 씨 일가에 대한 수사를 종결했을 것이다. 아무리 생각해도 영혁의 허락 없이는 일사천리로 진행될 수 없는 일들이었다. 영혁이야말로 구름 위에서 모든 것을 지휘한 핵심이 분명했다. 설령 그가 직접 칼을 뽑지 않았다고 해도, 손에 쥔 칼을 떨어뜨려 사람을 해치는 방법도 쓸 수 있었다.

"맞습니다. 모든 것은 상전의 복 덕분이지요."

봉지미가 더욱 친근하게 웃었다.

"초왕 전하께서 폐하의 총애를 받고 계시니 동궁에 드실 날도 얼마 안 남았을 테죠. 제경에 돌아가시면 제가 경하드린다고 말씀 좀 전해 주십시오."

신자연은 고개를 들어 봉지미를 보며 망설이다가 말했다.

"저는 당분간 제경에 돌아가지 않을 생각이니…… 아무래도 그 말씀은 왕비께서 직접 전하셔야겠습니다."

봉지미가 멈칫했다. 신자연도 북방 변경의 전장에 갈 예정이라는 말로 들렸다. 영혁이 심복을 북방으로 보내는 것은 천성의 군대를 지원하기 위함인지 의문이 들었다. 하지만 그렇다고 해도 서생인 신자연이 와서 무슨 소용이 있겠는가. 봉지미는 혹시 신자연이 감군 직책으로 온 것은 아닌지 추측해 보았다.

"농담이 과하십니다. 초원과 제경은 까마득히 멀고 이제 제경에는 제 피붙이도 없으니 이번 생에는 돌아갈 일이 없습니다. 전하를 다시 뵈올 인연이 없으니 유감일 따름입니다!"

유감이라고 말하는 봉지미의 표정은 전혀 유감스러운 것 같지 않았다. 그녀는 빙긋 웃으며 대화를 끝내고 속으로 생각했다.

'신자연이 왔단 말이지. 잘됐다. 기다려라.'

신자연은 입을 쩍 벌리고 봉지미의 뒷모습을 바라보았다. 무언가 한마디 하고 싶었지만, 그녀가 결연하게 돌아서는 뒷모습을 보고 말문이 막혔다.

'그만 두자. 언젠가 그녀도 알게 될 일을…….'

좌상 의식을 마치고 얼마 후 고지효는 두 돌 생일을 맞이했다. 고지효의 진짜 생일을 아는 사람은 봉지미뿐이었다. 그 화려한 금목걸이에 아무것도 적혀 있지 않은 듯 보였지만, 어느 날 촛불을 바라보던 봉지미는 벽에 비친 그림자에서 생년월일을 보았다. 그 목걸이는 글씨가 정교하게 천공되어 있어 빛을 비춰야만 내용을 볼 수 있었다. 극도로 정교한 기법으로 만든 물건이어서 어지간한 귀족들도 가질 수 없을 만한 것이었다. 중원의 귀한 집 자제들은 악용을 우려해 진짜 사주를 공개하지 않는 풍속이 있었다. 봉지미도 이 비밀을 발견한 후 지효의 생일을 날짜까지 바꿔 버린 것이었다.

그날 밤 왕정의 화원 잔디밭에 모닥불을 피우고 사람들이 빙 둘러앉았다. 황금색으로 구운 양고기에 먹음직스러운 기름이 흘렀다. 불꽃의 뜨거움에 볼이 발갛게 물든 지효는 고남의에게 꽃처럼 방긋 웃어 보였다. 혁련쟁이 어깨로 봉지미를 툭툭 치며 미간에 주름을 잡고 말했다.

"저 애는 고남의를 볼 때 제일 예쁘게 웃는 것 같소."

봉지미가 조금 토라진 듯 말했다.

"처음 쟤를 안아 준 건 저라고요. 저 꼬맹이가 배신했어요."

"여인은 다 그렇소."

혁련쟁이 탄식했다.

"처음 청혼한 건 나인데, 그대는 아직도 나를 침소에 들이지 않고 있잖소."

"제가 전하의 침소에 자발적으로 들어갔는데도 모자라세요?"

봉지미는 담담하게 양고기를 뜯으며 말했다.

"그대가 자발적으로……."

혁련쟁이 말을 맺기 전에 봉지미는 커다란 양고기를 그의 입에 쑤셔 넣고 왕의 잔소리를 틀어막았다.

"내 말은…… 당신 정말로…… 전쟁터에 나갈……."

혁련쟁이 입에 고기를 잔뜩 물고 우물거리며 물었다. 봉지미는 아래를 보며 흔들리는 눈빛을 감췄다.

"전하, 초원은 전하의 것입니다. 위지가 다시 돌아오든 돌아오지 않든 전하의 초원은 끄떡없을 것인데, 어째서 제게 순의 철기군을 통솔하라 하시나요?"

"나의 초원은 그대의 것이오."

혁련쟁은 고기를 삼키며 배를 두드렸다.

"나는 후손 만대니 백년대계니 하는 거 모르오. 내가 단 하루를 산다면, 그대는 그 하루 동안 나의 보호를 받아야 하오."

침묵하는 봉지미의 눈시울이 촉촉이 젖어 들었다. 그녀가 위지 신분으로 천성과 대월의 전쟁에 참전하는 의미를 혁련쟁이 모를 리 없었다. 그것은 조정 복귀의 첫걸음인 동시에 그녀가 정식으로 영혁의 천하에 발을 디디는 것이었다. 그러고 나면 그녀는 다시 초원으로 돌아오지 않을 것이었다. 하지만 초원을 깊이 사랑하는 초원의 왕은 그녀를 따라 그 흙탕물에 들어가는 것이 아니라, 아무것도 모르는 척 왕좌를 지켜야 했다.

"내 보호가 필요 없다는 말은 하지 마시오."

혁련쟁이 태연한 표정으로 봉지미를 위해 양고기를 얇게 썰어 주었다. 그리고 호시탐탐 엿듣고 싶어 하는 모단대비를 밀쳐냈다.

"당신이 외롭지 않다는 말은 하지 마시오. 지미, 나는 당신이 굳이 어두운 밤길을 걸으며 고집스럽게 한 사람을 택하지 않길 바라오."

혁련쟁이 칼끝으로 양고기를 찍더니 정신 나간 듯 고기를 씹었다. 그리고 별안간 칼을 던지고 벌떡 일어나더니 팔을 벌리며 외쳤다.

"봉지미! 이 몸은 네 것이다!"

갑자기 들려온 큰 소리에 놀란 사람들이 모두 고개를 들고 멍하니 바라보았다. 모단대비는 입을 쩍 벌리고 아들을 바라보다 침과 함께 씹던 양고기를 흘렸다.

"아빠!"

또 다른 외침이 들렸다. 이번에는 여리고 귀여운 목소리였다. 모든 사람들을 경악하게 만든 혁련쟁의 포효와는 천지 차이였지만, 그 기백은 왕에 조금도 뒤지지 않았다.

"네 거!"

사람들은 또다시 멍한 얼굴로 고개를 획 돌렸다. 목소리의 주인은 두 살이 되도록 말문이 트이지 않았던 고지효의 첫 외침이었다. 지효는 내내 입을 꾹 다물고 있었는데 막상 말문이 터지니 천지를 뚫을 것 같았다. 고 씨 성을 가진 지효는 앙증맞은 배를 내밀고 혁련쟁의 곁에 서서 그의 자세를 따라하며 손을 허리에 척 얹었다.

"아빠! 네 거!"

지효가 완벽한 문장을 만들 수는 없었지만, 사람들은 아이가 혁련쟁을 따라하고 있음을 알아봤다. 어른과 꼬마는 똑같은 자세로 서서 장엄하고 엄숙하게 바람을 맞았다. 사람들은 하나같이 모닥불을 숭배하는 조각상이 된 것 같았다. 종신이 별안간 기침을 해댔다. 봉지미도 체통을 잃고 멍하니 고기를 뜯으며 그들을 바라보았다. 팔표는 배를 잡고 구르며 풀숲 뒤로 가버렸다. 모단대비는 아들 찰목도를 안고 서둘러 교육했다.

"얘야, 봐라. 저게 바로 잘못된 본보기의 부작용이다. 다 잘못 배워서 그래."

몸을 푼 지 얼마 안되는 화경도 얼른 나와서 아들을 안았다. 혹시 보고 배울까 걱정이 되었던 것이었다. 그 용맹한 아기를 키워낸 고납의만이 평소처럼 침착하게 딸을 안아 올렸다. 지효가 소리를 지르느라 흘린

침을 깨끗이 닦아 주며 봉지미를 가리키고 말했다.

"저 사람 거."

"네 거!"

고지효는 의견을 굽히지 않았다. 정신을 차린 봉지미가 헛기침을 하며 고남의의 다음 말을 막으려 했다. 하지만 고남의는 주변에서 보내는 눈치에도 아랑곳하지 않고 아기와 눈을 마주치며 엄숙하게 가르쳤다.

"나는 저 사람 거. 너는 내 거. 그러니까 너는 저 사람 거."

혁련쟁이 마시던 물을 뿜었다. 봉지미는 손으로 이마를 짚었다.

'제발…… 고남의! 자꾸 말 좀 잘하지 말아 줄래?'

말의 뜻은 모르지만 아빠가 자신을 버리는 듯한 느낌을 받은 고지효는 대성통곡하기 시작했다. 울음소리가 어찌나 살벌한지 돼지 잡는 칼이 떠오를 정도였다. 찰목도가 즉시 이중창으로 합류했다. 봉지미는 어쩔 수 없이 귀를 막고 난리 통에 초원에 밝게 뜬 둥근 달을 바라보았다. 달빛 아래 모여 있는 사람들의 입가에 웃음이 걸려 있었다. 그녀는 자신이 좋아하는 사람들이 하나도 빠짐없이 둘러앉은 그 광경을 바라보았다. 멀리 이름 모를 누군가가 켜는 비파 소리가 초원에 울려 퍼졌다. 그 소리는 세월에 흔적을 담은 듯 구슬펐다.

동이 틀 무렵 봉지미가 졸린 눈을 떴을 때 그녀는 고남의의 무릎을 베고 있었다. 혁련쟁은 봉지미의 무릎을 베고 있었고, 모단대비는 혁련쟁의 배를 베고 누웠고, 그녀의 배 위에는 찰목도가 자고 있었다. 고지효는 아직도 눈에 눈물 자국이 가득한 채 고남의의 허리를 꽉 끌어안고 있었다. 항상 사람들과 멀리 떨어져 지내던 고남의는 이번에는 어쩐 일인지 아무 위화감 없이 사람들 사이에서 곤히 자고 있었다.

멀리 다급한 말발굽 소리가 들려왔고, 총과 칼이 쟁쟁 부딪치는 소리와 웅장한 호각 소리가 초원을 뒤덮었다.

장희 17년 8월, 호탁부는 전사한 인이길 전사 사천 명에 대한 복수를 명목으로 일만 군사를 파견해 천성과 대월의 전장으로 향했다. 같은 달 순의왕비는 회임하였고, 유산기가 있어 왕정에서 두문불출하며 몸조리에만 전념했다. 조정에서는 그 소식을 듣고 특명을 내려 접경지대인 이주(離州)에 왕비의 몸보신을 위한 보약을 보냈다.

장희 17년 8월, 대월은 패전을 거듭했다. 조정은 감군을 파견했고, 북방 변경의 이주, 평주(平州), 우주, 예주(豫州), 그리고 사막 이북의 군사까지 총 이십만 대군을 소집해 우주 밖 호륜(胡倫) 초원의 백두산(白頭山)에서 결전을 벌였다.

구사일생

북방 정벌 전투의 사령관 순우홍은 막사 안을 왔다 갔다 하며 좌불
안석이었다. 여기 앉아 있는 부장(副將), 참장(參將), 각 진영의 장수들은
하나같이 고개를 들고 멀뚱멀뚱 그를 바라보았다. 장장 1년간 전쟁이
지속되는 동안 천성과 대월의 전세는 엎치락뒤치락 하였지만, 그래도
천성이 우위를 점했다. 북방 5현을 점령한 대월을 파죽지세로 몰아쳐
거의 꼼짝 못하게 만들었으나, 대월이 전장에서 금기라고 여기는 '전쟁
중 장수 교체하기'를 실시한 후 오히려 기세가 등등해졌다. 신임 사령관
인 안왕 진사우의 용병술은 실로 괴이하여 파악하기 어려웠다. 우선 호
탁부의 금붕부를 매수했고, 동아관 전투에서 군사 기밀을 팔아 정찰과
척후*적의 형편이나 지형 따위를 정찰하고 탐색함 임무를 수행하는 호탁부 기병대를 전
멸시켰고, 천성의 좌익군까지 혼란에 빠트려 퇴각하게 만들었다. 또 수
복한 기현(杞縣)에서 병력을 철수한 후 유가구(劉家溝) 전투에서 다시
기병대를 기습 파견해 전임 사령관 추상기가 쌍하곡(雙河谷) 전투에서
화살에 맞아 중상을 입어 제경에 돌아가게 했다.

전세가 불리할수록 천성은 대월에 반드시 승리해야 했다. 순우홍은 이 문제 때문에 엄청난 압박을 받고 있는 중이었다. 조정에서 전투를 촉구하는 서신이 한 통 한 통 쌓여갔지만, 지금은 무턱대고 진격할 상황이 아니었다. 연패를 거듭하여 군심이 불안하였고, 전장의 소식을 전달하는 기병대의 피해가 심각했기 때문이었다. 만약 여기서 또다시 패전한다면, 전세는 되돌릴 수 없는 방향으로 흐를 것이었다.

"장군! 소신이 삼천 군사를 이끌고 오늘 밤 기현을 치겠습니다! 연이은 전투로 진사우도 병력이 많이 남지 않았고, 격달목 산맥 남쪽의 본진을 유지하느라 기현에 나눠 줄 수 있는 병력도 제한적입니다. 게다가 기현의 장수 방대성(方大成)은 성미가 급하고 충동적이라 우리가 불시에 허를 찌르면 반드시 탈환할 수 있을 것입니다!"

이렇게 말하는 장수는 매우 젊었다. 북방에 오래 머물러 고생의 흔적이 역력한 다른 장수들에 비해 그의 얼굴은 뽀얗고 의관도 깔끔했다. 그의 말이 끝나기도 전에 누군가 눈을 치켜뜨고 냉담한 얼굴로 바라보았다. 아무 말도 하진 않았지만 눈빛에 경멸이 가득했다.

"요 공자."

누군가 허허 웃으며 말했다.

"기현의 병력은 약하나 인접한 교현(喬縣)이 북쪽 진영과 가까우니 병력을 탄탄하게 배치했을 것이네. 기현이 습격당한 걸 알면 천근구(千斤溝)에서 격달목산 남쪽을 가로질러 원군을 보낼 것이고, 그렇게 되면 우리 군은 독 안에 든 쥐가 될 걸세. 허허. 이보게, 북방에 오신지 얼마 되지 않은 데다 젊은 혈기에 하루라도 빨리 공을 세우고 싶은 마음은 우리 모두 이해하네만……. 전쟁은 글공부와 달라서 한낱 필부의 용맹함만으로는……. 허허."

그가 손으로 무릎을 짚으며 미소 짓자 다른 사람들도 얕잡아 보는 미소를 지었다.

"요 참령(參領)이 글공부도 저버리고 무인이 된 것은 존경 받을 일이오. 그만큼 대학사의 가풍이 훌륭하다는 증거 아니겠소."

순우홍이 상황을 정리하며 말했다.

"이렇게 하면 어떤가? 격달목 산맥에 산적이 자주 출몰하는데, 그들의 행동이 수상쩍어 대월과 무슨 관계가 있는 건 아닌지 의심하고 있었다네. 요 참령이 군사를 이끌고 산적을 토벌해 준다면 그 또한 우리의 후환을 사전에 차단하는 일이네."

요 참령은 바로 청명서원의 한량 도련님들 중 한 명인 요양우였다. 남해에 다녀온 후 모두가 상을 받았다. 요양우도 원래 병부 무공사(武功司)에서 관직을 맡게 되어 있었으나 그가 받지 않고 참전을 요청했고, 동문수학하던 무리가 모두 북방에 오게 된 것이었다.

순우홍 같은 노장군에게 이들은 미움을 사서도 안 되고, 중용할 수도 없는 계륵 같은 도련님들이었다. 전장에 나가고 싶어 하는 것도 약간의 공을 세워 승진 밀천으로 쓰려는 속셈일 텐데 무엇 하나 제대로 시킬 수 있을지 의문이었다.

"산적 토벌요?"

격노한 요양우의 뽀얀 얼굴이 보기 싫게 일그러졌다.

"그런 조무래기들을 상대하자고 제 군사를 움직이란 말씀입니까? 닭을 잡는데 어찌 소 잡는 칼을 쓰려고 하십니까? 제가 바보로 보이십니까?"

요양우는 자기 분에 못 이겨 앉았던 걸상을 뻥 차 버리고는 씩씩거리며 막사를 나갔다. 등 뒤로 꽂히는 경멸의 시선을 무시하고 어느 언덕에 올라 국경 밖의 유난히 높은 하늘을 향해 소리쳤다.

"으아아아아아아!"

그 소리가 구름을 뚫고 창공을 나는 독수리를 놀라게 했다. 제경의 도련님은 멀뚱히 초원의 언덕에 서서 을씨년스러운 가을 풍경을 바라보았다. 풀끝이 누렇게 물들고 서리가 허옇게 맺혀 있었다.

그가 남해로 향한 지도 벌써 1년이 지나고 있었다.

1년 사이에 세상은 완전히 달라졌다. 남해 민란을 진정시키기 위해 부두의 재앙을 넘기고 남해 관부를 평정하며, 상 씨의 간계를 파악하던 그 시절은 얼마나 파란만장하고 통쾌했던가! 하지만 그가 그토록 존경하던 절세 영웅 소년은 눈 깜짝할 사이에 연기처럼 사라지고 없었다. 남해에 다녀온 후 모두가 본연의 모습을 잃은 듯했다. 전하조차 제경으로 돌아오고 나서부터 성격이 완전히 바뀌어서 예전의 풍류 넘치는 모습은 온데간데없어지고 과묵한 사람이 되었다.

요양우의 눈에 아쉬움이 스쳤다. 이번 생에 가장 통쾌한 나날은 역시 절세 영웅 소년의 곁에서 보낸 날들이었을까? 그가 사라지자 아무것도 되돌릴 수 없을 것만 같았다.

등 뒤에서 발걸음 소리가 들렸고 듬직한 손바닥이 요양우의 어깨를 툭툭 쳤다. 그는 굳이 뒤를 돌아보지 않았다. 자신과 함께 참전한 청명 서원의 여량(余粱)과 동무들임을 알기 때문이었다. 그들의 처지도 비슷했다. 천성의 품에서 사랑만 받다가 처음으로 배척을 경험하니 우울하고 의욕이 없는 참이었다.

"있잖아."

한참을 말없이 있던 요양우가 입을 열었다.

"위 대인이 했던 말 기억나?"

"무슨 말?"

"남해 연씨 사당 사건이 일어났을 때, 위 대인이 혁련 세자와 내게 이웃 현의 상평창*고기, 금, 옷감 등을 비축하여 보관하는 시설을 열라고 명했잖아. 그때 혁련 세자가 상대가 열지 않겠다면 어떻게 하냐고 물었지."

요양우는 의미심장한 미소를 지으며 말했다.

"대인이 말씀하셨어. 그렇다면 죽여도 된다."

서량, 황보재(黃寶梓)가 따라 웃으며 그 시절의 추억에 잠겼다.

"오늘은 나도 한마디 하겠어. 내게 싸울 기회를 주지 않으면 어떻게 한다?"

요양우가 몸을 홱 돌려 하하 웃으며 언덕을 성큼성큼 내려갔다.

"그렇다면 싸우러 간다!"

"양우, 신중해야 해."

"양우, 항명은 죽을 죄야!"

진영 앞에서 갑옷을 단정하게 갖춰 입고 말에 탄 요양우가 고개를 숙여 친한 친구들에게 배시시 웃어 보였다.

"내가 무슨 항명을 해? 산적을 토벌하라니 토벌하러 왔을 뿐이지. 다만 산적을 쫓다가 나도 모르게 멀리 와 버렸다면 어쩌겠어?"

"군사 일천 명으로 기현을 탈환할 작정이야?"

눈치가 제일 빠른 여량이 요양우의 의중을 파악하고 눈을 동그랗게 떴다.

"나는 아무 말도 하지 않았다!"

요양우는 채찍을 휘두르며 군사를 이끌고 흙먼지와 함께 군영을 나섰다. 뒤에서 지켜보던 여량과 황보재도 의연하게 말을 타고 따라갔다. 그날 밤 요양우는 격달목 산맥에 도착해 삼백 명 남짓의 산적들이 혼비백산하여 도망가게 만들었다. 그리고 서서히 산적의 근거지를 벗어나 기현으로 향했다.

소 잡는 칼을 뽑았으니 닭 사냥으로 만족할 수는 없었다. 요양우는 장군의 기질을 타고났는지 기현에 서둘러 진입할 생각은 없었다. 어두운 밤을 틈타 기현 외곽에서 대기하다가 수백 리 간격으로 밥 짓는 솥단지를 걸어둘 수 있을 만한 구덩이를 팠고, 기현 이십 리 밖 천근구까지 팠다. 기현은 대월이 바로 얼마 전 천성으로부터 쟁탈한 지역이었다.

지금 천성은 군사를 모으는 중이었고, 양측 모두 큰 전투를 준비 중이었다. 기현의 장수는 이곳이 주요 전장이 아님을 알고 있었다. 심지어 인접한 교현에 강력한 군대가 주둔하고 있으니 별 근심이 없었다. 달빛에 파묻힌 고요한 성 꼭대기에 보초병이 총을 든 채 졸고 있었고, 성 밖에 의무적으로 서 있던 잠복 초소병은 요양우가 보낸 군사가 죽였다.

순조롭게 공성이 진행되었다. 발 빠른 야간 습격을 택한 천성 군대는 소리 없이 성벽을 넘었다. 그러자 가뜩이나 모자란 성 안 병력이 여기저기 흩어졌고, 장수 방대성이 허겁지겁 나왔을 때 이미 성루를 점령한 요양우는 사람들을 이끌고 성의 수부(守府)로 갔다. 방대성은 급히 친위대를 부른 후 빠져나갔고, 교현에 원군을 요청했지만 끝내 원군은 오지 않았다. 교현의 장수가 천근구에 도착했을 때 솥을 걸었던 구덩이를 보자 전방에 매복이 있을 거라 생각하고 퇴각했기 때문이었다.

방대성은 친위대가 목숨을 걸고 그를 보호한 덕분에 겨우 기현을 빠져나갔다. 이로써 요양우는 제법 큰 승리를 거둔 셈이었다. 여량 등 동료들은 피할 곳이 없는 적은 쫓는 게 아니라며 말렸다. 하지만 패기 어린 요양우에게 '공적'이란 적어도 적장의 머리 정도는 들고 가는 일이었으므로 군사 백 명을 이끌고 추격했다.

눈앞에 천근구가 거의 보일 무렵 요양우는 조금 망설였다. 그러나 방대성이 꽁지가 빠져라 황망하게 도망치는 모습을 보고 자신감을 얻었다. 게다가 자신도 천근구에서 들어왔으니 그곳이 깨끗하다는 걸 알고 있어 단숨에 해치울 기세로 달려 나갔다.

천근구는 지형이 비좁았고 양쪽에 가파른 절벽이 우뚝 서 있었다. 산세가 험하여 한 굽이 돌면 또 한 굽이가 펼쳐졌고, 겹겹이 쌓인 산이 전방의 시선을 가렸다. 삼도산(三道山) 절벽까지 쫓아 온 요양우가 무심코 고개를 들자 절벽 앞에 평지가 보였고, 거기에는 갑옷을 입은 병사들이 빽빽하게 들어차 있었다. 맨 앞에 있는 사람은 갑옷에 흰 망토를 두르고 있었다.

그는 퍽 온화한 미소를 지으며 이쪽으로 다가왔다. 그의 머리 위에 펼쳐진 깃발에는 사람 머리만 한 '진' 자가 써 있었다.

무언가 잘못됐음을 깨달은 요양우는 즉시 퇴각을 명했다. 상대는 깃발 아래서 살며시 손을 들었다. 그러자 구름 같은 먼지를 일으키며 말들이 달려왔고 화살이 비처럼 쏟아졌다. 병사들이 바닥으로 속절없이 나뒹굴었다. 찰나의 순간에 요양우의 허약한 병력이 반이나 박살난 것이었다.

그제서야 요양우는 계략에 속았다는 사실을 알았지만, 피할 방법이 없었다. 요양우는 후퇴 대신 포효하며 장검을 뽑아 들고 맨 앞으로 달려 나갔다. 총성이 울리고 칼이 춤추며 무수한 무기들이 난장판으로 뒤엉켰고, 무수히 많은 살점과 피가 광활한 천근구에 쏟아졌다.

인간의 본성 중 하나라는 살육의 본성이 총칼의 소리와 함께 무섭게 깨어나고 있었다. 상황이 벼랑 끝으로 몰리자 모두들 미친 듯 베고 찌르고 죽였다. 한때 활기가 넘쳤던 사지와 단단했던 근육, 멀끔했던 두상, 반짝이는 두 눈이 하나하나 피범벅이 되면서 차가운 칼날 아래 스러졌다.

적군과 아군의 병력 차이가 너무 커서 반 시진 남짓 지났을 때 천성군은 너저분하게 바닥에 흩어졌다. 몇몇 친위대가 당장이라도 쓰러질 듯 위태로운 모양으로 요양우를 지키고 있었다. 끈적한 피를 뒤집어 쓴 요양우는 칼로 땅을 짚고 여량, 황보재와 등을 맞대며 가쁜 숨을 내쉬었다. 세 사람 모두 부상을 입었고, 찢긴 살점이 속눈썹에 붙어 있었다.

깃발 아래서 온화하게 웃고 있는 남자는 단 한 번도 그 자리에서 움직이지 않았다. 조금 피곤한 듯하면서도 흥미로운 눈빛으로 참상을 지켜봤다.

"살릴 놈들이다."

깃발 아래 남자가 손가락을 들어 요양우 등 3인을 가리켰다. 그의 또렷한 목소리를 듣는 순간 요양우는 눈을 지그시 감았다. 어째서 이 미약한 병력에 맞서고자 사령관이 친히 군사를 이끌고 왔는지 이제야 알게 되었다. 순전히 요양우 등 삼 인의 신분 때문이었다. 천성 제국 수뇌부의 자제가 대월에서 산 채로 잡힌다면, 그렇지 않아도 바닥에 떨어진 군사들의 사기에 큰 타격을 입힐 것이었다. 요양우는 공을 세우기는커녕 천성에 위협이 될 인질로 전락해 대월의 사령관에게 묶여 전장으로 끌려갈 위기에 처해졌다. 만인이 눈을 부릅뜨고 지켜보는 가운데 천성 대군 철수 여부와 요양우 등 삼 인을 두고 협상을 시작할 것이었다. 요양우는 사내대장부가 그 지경까지 망가진다면 무슨 낯으로 목숨을 부지할까 생각했다. 그는 쓴웃음을 지으며 힘이 없어 거의 놓칠 것 같은 칼자루를 꼭 쥐었다.

"형제들."

요양우가 천천히 말했다.

"내가 공을 세우는 데만 급급해 그대들을 끌어들였네. 우리……."

요양우는 한 마디가 목구멍에 걸리며 눈물이 흘렀다. 여량과 황보재도 소리 없이 그의 어깨를 두드리며 낮은 목소리로 다음 말을 이었다.

"내세에서 만나세."

셋은 서로를 향해 웃고는 동시에 칼을 높이 들었다. 서늘한 기운을 뿜는 예리한 칼날이 목 근처에 왔을 때였다. 요양우는 혼미한 와중에 어떤 상상을 했다.

'지금 위 대인이 나타난다면 참 좋을 텐데.'

요양우는 쓴웃음을 지었다. 죽을 때가 다가오니 황당한 꿈도 꾸는 모양이었다. 반짝이는 칼끝에 절망으로 가득 찬 그의 눈동자가 비쳤다. 맞은편의 적군들은 제경에서 유명한 탕아 도련님들이 구차하게 목숨을 구걸하지 않자 깜짝 놀라며 말을 타고 달려오기 시작했다. 칼이 목에 닿기 직전이었다.

風叔

쨍강.

돌이 강철 검을 부러뜨리는 경쾌한 소리가 들렸다. 돌맹이 하나가 마치 물결처럼 부드럽게 흘러와 검 세 자루를 동시에 부러뜨렸다. 부러진 칼날은 눈이라도 달린 듯 빙그르르 돌아 말을 타고 질주 중인 대월의 진사우 쪽으로 날아갔다.

진사우는 스스로 목을 베려는 세 사람을 주시하고 있다가 별안간 서슬 퍼런 칼날을 맞이하게 되었다. 부러진 칼날 세 조각이 동시에 그의 머리를 향해 날아오고 있었지만, 이 위급한 순간에도 그는 당황하지 않고 재빨리 몸을 숙였다. 그리고 손에 든 장총으로 부러진 칼날을 막아냈다. 칼날을 막아내자마자 말을 타고 달려오는 이가 보였다. 검은 전투복에 검은 말을 타고 있었고, 다섯 개의 살을 먹인 활시위를 다섯 손가락으로 당기며 웃고 있었다.

"내 연환전＊連環箭, 연속으로 화살이 발사되는 활을 받아라!"

다시 한번 놀란 진사우는 거의 물구나무서기를 한 상태가 되었다. 만약 상대 진영에 연환전을 다룰 수 있는 고수가 있다면 달아나기 어려울 것이라 판단했다. 그는 한 손으로 말에서 날듯이 뛰어내려 뒤도 돌아보지 않고 물러났다. 친위대가 말에서 내린 진사우를 다시 깃발 아래로 호송하는 순간이었다. 만금을 주고도 바꿀 수 없는 준마를 그 틈에 달려온 요양우 등 삼 인에게 빼앗기고 말았다. 연환전을 쏘겠다고 한 이는 배시시 웃으며 그 말에 올랐고, 다섯 개의 화살을 부채 모양으로 폈다 접었다 하며 중얼거렸다.

"연환전은 어떻게 쏘는 거지?"

"……."

대월의 사령관을 포함한 모든 군사들의 얼굴이 울그락불그락 달아올랐을 때 진사우가 고개를 들었다. 달빛 아래로 준수한 이목구비와 물안개처럼 아련한 두 눈이 보였다. 할 말을 잃은 진사우는 우두커니 서서 그 소년을 바라보았다. 그 맑은 눈동자와 마주치자 달마저 빛을 잃은 듯했고, 겨울 바람은 한층 서늘하게 느껴졌다.

한편, 환희에 찬 비명이 적막한 골짜기에 폭발하듯 울려 퍼졌다.

"위 대인!"

위엄을 세우다

"위 대인이 누구죠?"

희열에 찬 요양우 일행과 달리 말에 탄 봉지미의 태도는 담담했다. 흥분했던 요양우 일행은 물벼락을 맞은 듯 정신이 퍼뜩 들었다. 그들은 서로 멀뚱멀뚱 쳐다보다가 달빛 아래 그를 꼼꼼히 뜯어보고는 위지가 맞다는 결론을 내렸다. 게다가 위 대인과 함께 실종된 고 대인도 함께였다. 푸른 물빛 도포가 고남의의 상징이라면, 고남의는 위지의 상징이었다. 잠시 후 요양우는 무언가 생각나서 떠보듯이 말했다.

"위 대인, 옛날 일을 잊으셨습니까? 그렇다면 어떻게 이곳에 나타나셨죠?"

봉지미는 눈썹을 추어올리며 웃었다.

"제 지인들이십니까? 옛날 일은 많이 잊었습니다. 인연이 닿아 다시 만났으니 잠시 후 이것저것 여쭤보겠습니다만, 지금은 더 급한 일을 처리해야겠죠. 이 분이 안왕 전하시군요? 말씀 많이 들었습니다. 이렇게 뵙게 되어 영광입니다."

진사우는 부하가 대령한 말에 올라앉아 여유 넘치는 소년을 뚫어져라 바라보았다. 무시무시한 전장에서 저토록 유유자적할 수 있는 사람은 드물었다. 그의 뒤로 어슴푸레한 그림자가 보였지만, 절벽 뒤로 병력이 얼마나 매복해 있는지, 기병이 몇이고 보병이 몇인지 파악할 수가 없었다.

봉지미는 요양우가 산적을 토벌할 때부터 그들의 동선을 토대로 목표가 기현임을 예측했다. 진사우는 기현을 미끼로 삼고 어둠을 틈타 본진을 나섰을 것이었다. 봉지미는 천성 진영에 알리고 싶지 않아 소수의 병력만 동원했고, 그 결과 인접한 교현조차 낌새를 눈치채지 못했다. 젊고 패기 넘치는 요양우가 천근구까지 쫓아갈 것을 예측했기 때문에 사람만 구해 진영에 돌아갈 생각이었는데 진사우라는 뜻밖의 인물이 튀어나온 것이었다.

지형이 독특한 천근구는 서에서 동으로 갈수록 길이 탁 트여 있었다. 서쪽에는 절벽들이 시야를 가려 적이 쉬이 공격할 수도 없었고, 세력 규모를 판단할 수도 없었다. 덕분에 진사우도 상대의 군사력을 짐작할 수 없게 되었다. 이런 상황에서 선불리 공격을 했다가는 어떻게 될지 아무도 몰랐다.

무엇보다 그는 상대방의 유유자적한 표정을 보고 불현듯 경각심이 생겼다. 상대방이 나타난 시간이 너무도 절묘했다. 그가 인질을 거의 손에 넣은 그 순간, 이르지도 늦지도 않은 시기에 상대방이 모습을 드러냈다. 요양우 등이 자결을 시도할 때 경계가 흐트러진 틈을 놓치지 않고 달려들었고, 그 한 수로 인해 하마터면 목숨을 잃을 뻔했다. 또한 인질을 구했을 뿐만 아니라 심지어 그의 말까지 빼앗았다. 과연 우연이었을까? 아니면 때를 노리고 있었을까? 우연이었다면 몰라도 의도한 공격이었다면 실로 무시무시한 자였다. 한눈에 보아도 상대방은 요양우 일행과 사이가 각별해 보였는데 그들이 막다른 궁지에 빠질 때까지 기다렸다가 자결을 시도하게 내몰았고, 그 틈을 타서 회심의 일격을 가했기 때문이었다.

진사우는 부드럽게 웃고 있는 상대방을 맞은편에서 바라보았다. 그의 말은 어디로 끌고 갔는지 보이지도 않았다. 문득 그의 마음속에서 초조함이 솟구쳤다. 전쟁 중 장수를 참하고 스스로 사령관이 된 후 이런 느낌은 처음이었다. 그 이유는 단 하나였다. 그 말이 너무도 귀하기 때문이었다.

전장에서 군마가 죽거나 다치는 일은 다반사였다. 하지만 진사우의 말은 보통 군마가 아니라 천하에 명성이 자자한 최상급 월마였다. 천성 황제도 거금을 내서 얻고 싶어 했지만 가질 수 없었던 절세의 준마였다. 대월의 황자라면 모두 부황으로부터 최상의 말을 하사받았다. 황자들은 어릴 때부터 정성껏 기르고 함께 훈련도 받기 때문에 주인과 말 사이에 강력한 유대감이 생겨났다. 진사우가 이토록 마음을 쓰는 이유도 말은 사람이 대체할 수 없는 특별한 동반자이며, 천만금을 준다고 해도 바꾸지 않을 것이기 때문이었다.

대월의 군사라면 이런 준마는 힘과 지구력 그리고 순발력을 두루 갖췄을 뿐 아니라 총명하다는 사실을 알고 있었다. 전장에서 이런 말은 가장 위급한 순간에 주인의 목숨을 구하기도 했다. 가끔은 주인과 마음이 통하는 말이 백 명의 호위대보다 쓸모 있었다.

어느 해인가 진사우는 한 마리의 명품 월마로 인해 천성 황실 부자의 시기를 받았고, 천성 황제의 세 아들이 반란을 일으켜 제경의 망도교(望都橋)에서 죽게 했다. 십여 년이 지난 오늘 강산이 변했고, 그의 말은 다른 사람 손에 들어갔다. 우연일 뿐이기에 대수롭지 않게 생각할 수 있었지만, 어쩐지 그의 마음속에 불길한 예감이 솟았다.

'말이 전장에서 죽었다면 차라리 그러려니 했을 것이다. 하지만 빼앗기다니. 그것도 매복으로 상대를 습격한 순간 눈앞에서……'

이 일이 알려진다면 진사우의 체면은 바닥에 떨어질 것이다. 심지어 상대는 화살 한 발 쏘지 않았기 때문이었다. 진사우의 눈이 번뜩이며 살기가 뿜어져 나왔다. 어쨌든 오늘은 이대로 끝낼 수 없었다. 그가 팔을 세워 명을 내리려는 순간 등 뒤에서 요란한 말발굽 소리가 들렸다. 전령 하나가 머리칼을 엉망으로 흩날리며 이쪽으로 질주하고 있었다. 전령은 말에 채찍을 치며 큰 소리로 외쳤다.

"장군! 큰일 났습니다! 동로군(東路軍) 진영의 식량이……."

슈욱.

전령의 목소리가 뚝 끊겼다. 급보를 전해야 한다는 일념으로 백 리를 질주했을 그 병사의 시선이 말 위에서 냉엄하게 자신을 바라보는 진사우에게 꽂혔다. 병사는 곧이어 목을 움켜쥐고 천천히 쓰러졌다. 그의 손가락 사이에 피가 흥건한 표창이 보였다.

시신이 말에서 떨어지면서 툭 하는 소리가 길게 퍼졌다. 진사우는 천천히 사방을 둘러봤다. 지금까지 상황을 직접 보고 들은 병사들은 그의 눈빛을 보고 창백한 얼굴로 고개를 숙였다. 아무것도 보지 못했고, 듣지 못했다는 의미였다.

봉지미의 눈에 웃음이 스쳤다.

'안왕 전하는 동작이 빠르군!'

진사우는 전령이 말을 맺기도 전에 동로군 진영의 식량이 타 버린 사실을 짐작했고, 병사의 입을 막아 군심의 동요를 막은 것이었다.

불빛이 미약하게 반짝였다. 칠흑 같은 검은 그림자가 진사우의 반쪽 얼굴을 가려 그가 어떤 표정을 짓고 있는지 알 수 없었다. 그가 갑자기 독사 같은 채찍을 높이 들어 갑옷을 입은 소년을 가리켰다. 봉지미는 빙긋 웃으며 진사우에게 '뜻대로 하시라'는 의미의 손짓을 보냈다. 진사우는 다시 한 번 봉지미를 노려보더니 채찍을 거두고 말을 힘껏 걷어차며 돌아갔다. 절벽에 사람 그림자가 신속하게 움직였고, 대월의 후방 대열은 이제 전방 대열이 되어 일사분란하게 철수했다.

봉지미는 눈을 가늘게 뜨고 그 질서 정연한 행렬을 감명 깊게 바라보았다. 장수의 능력은 포진과 용병에만 있지 않았다. 철군하는 뒷모습이야말로 그 장수의 위력을 알게 해 주었다. 안왕은 가장 황망하고 혼란스러운 순간에 군대를 완벽하게 통제했다. 품위 있는 퇴각이야말로 이 장수의 군사 장악력을 증명해 주었다.

대월이 퇴각하고 봉지미 뒤로 종신이 나타나 요양우 등 삼 인의 상처를 치료해 주었다. 요양우는 말없이 눈앞의 전장을 바라보았다. 그의 친위대 백 명은 모두 목숨을 잃었다.

요양우는 시체 사이를 비틀대며 걷다가 처참하게 널브러진 시신들을 한 구 한 구 가지런히 눕혔다. 창백한 그의 얼굴 뒤로 달빛이 쏟아졌고, 메마른 풀끝은 피로 물들었다. 봉지미가 말에서 내리지 않고 요양우의 뒷모습을 내려다봤다. 여량과 황보재가 말없이 요양우를 따르다 그를 잡아끌었다.

"양우……."

"죽지 않았어야 할 이들이야."

요양우가 쉰 목소리로 말했다. 여량은 요양우가 공적을 탐해 무리하게 진격한 탓에 친위대를 사지로 몰았다는 말을 하는 줄 알았다. 그래서 요양우를 위로하려 했지만 뜻밖에도 그는 다른 말을 했다.

"위 대인은 진작 도착했으면서 우리가 자결을 시도할 때까지 기다렸다가 그제야 손을 쓴 거야."

여량은 그제서야 그의 뜻을 이해했다. 순간 머리칼이 쭈뼛 솟아 봉지미를 획 하고 돌아봤다. 달빛 아래 절벽 앞에 선 그는 옷자락을 휘날리며 백구의 시신을 뚫어져라 바라보고 있었다. 그토록 고요한 시선을 보고 있으니 여량은 오히려 요양우의 속이 너무 좁은 게 아닌가 하는 생각도 들었다.

"그럴 리가 없어."

여량이 중얼거렸다. 그가 기억하는 위 대인은 남다른 기개와 패기를 가졌으면서도 친절하고 좋은 사람이었다. 그런 그가 아까운 백 명의 목숨을 두고 전혀 동요하지 않았을 리 없었다. 요양우는 이미 위 대인에게 항의하고 있었다.

"진작에 도착하셨습니다. 맞죠?"

목소리가 쉰 요양우는 팔을 마구 흔들며 말했다.

"산적을 토벌할 때부터 따라오고 있었죠? 우리가 대월의 매복에 당했고, 대인도 매복으로 그런 대월을 치려 했습니다. 우리는 대인의 미끼였던 거죠. 제 말이 틀린가요?"

봉지미는 말이 없었다. 달빛 아래 맑고 서늘한 그 눈빛은 조금도 동요하지 않았다.

"전투는 대세가 중요하니 미끼가 됐다고 해도 상관없습니다!"

요양우는 피가 덕지덕지 묻은 장검에 몸을 의지한 채 원망에 찬 눈으로 봉지미를 바라보았다.

"하지만 이들은 죽지 않아도 됐습니다! 적어도 전멸까지는 아닐 수 있었어요! 대인께서 정말 보고만 있었단 말입니까? 저들의 사지가 베어지고, 집단 공격을 당하고, 대월 놈들의 칼에 머리가 잘려 대인의 발 아래로 떨어져 눈도 감지 못하고 죽었는데도요? 우리가 궁지에 몰려 기어이 자결을 시도할 때까지 대인은 가만히 있었습니다. 조금도 움직이지 않았습니다. 좋습니다. 아주 대단하시군요! 우리를 미끼 삼았다면 끝까지 제대로 하셨어야죠! 모두가 깜빡 속을 만큼 완벽하게 처리하셨어야죠. 겨우 진사우의 말 한 필을 가져왔습니까?"

요양우는 가까스로 장검을 쥐고 봉지미의 말 앞에 꽂으며 비통하게 외쳤다.

"백 명의 목숨과 바꾼 말이라니요!"

봉지미는 고개를 숙여 그 피 묻은 칼을 바라보았다. 칼끝에는 요양우의 피와 수많은 적군의 피가 범벅이 되어 원래 색을 가늠할 수 없었다. 그녀는 그 칼을 보자 요양우와 제경에서 처음 만났던 순간이 떠올랐다. 기방을 드나들던 저 귀공자의 눈에서 알 수 없는 소용돌이가 느껴졌다. 봉지미는 아무 말도 하지 않고, 말을 살짝 두드려 몇 걸음 옆으로 비켜섰다. 그녀의 뒤에 있던 종신과 고남의도 소리 없이 옆으로 비켜났다. 요양우는 순간 그 자리에 굳어 버렸다. 세 사람의 등 뒤에 있던 검은 그림자는 풀을 덮은 통나무일 뿐 사람은 하나도 없었다. 그들을 구하러 온 사람은 고작 셋뿐이었다.

"너희를 미끼로 삼은 것은 맞다."

봉지미가 마침내 담담한 어조로 입을 열었다.

"나는 너희를 발견한 동시에 거동이 수상쩍은 월군도 함께 발견했다. 그래서 호탁의 철기군을 둘로 나눠 하나는 동로 진영의 식량을 소각하라 명하고, 또 하나는 진사우가 철수하는 길에 매복하라 명했다. 호탁부의 보병이 아직 도착하지 않은 상황에서 삼천 남짓의 철기군을 둘로 나누니 형편이 빠듯하여 이 두 사람만 데리고 너희에게 온 것이다. 내가 짐작한 바로는 동로의 식량 줄을 끊어야만 진사우가 철수할 것이고, 천근구의 기이한 모양의 절벽이 마침 우리 병력의 부족한 상황을 가려 줄 수 있었다. 진사우는 의심이 많고 신중한 자라 모험을 하지 않을 것이라 생각했다. 미안하구나. 너무 일찍 움직일 수는 없었다. 발각되면 포위당할 것이고, 아무리 무공 고수라 해도 진사우가 절벽에 배치한 화살 부대를 피할 수는 없었을 거다."

요양우 등 삼 인은 멍하니 텅 빈 절벽을 바라보았다. 그제서야 초월 고수인 고 대인이 어째서 기회를 틈타 진사우를 제압하지 않았는지 알게 되었다. 그들이 활의 사정거리 안에 있었다면 적장을 죽이든지 동료를 구하든지 둘 중 하나를 선택해야 했을 것이었다. 봉지미는 이 절호의 기회 앞에서 자신들을 구하는 쪽을 택한 것이었다.

그들을 미끼 삼아 백 명의 목숨을 방관한 점은 무정이었지만, 적장 체포를 포기하고 그들을 구한 건 인정이라 할 수 있었다. 요양우는 그 텅 빈 골짜기를 넋 놓고 바라보다가 그의 뒤에 쌓인 시신을 바라보고 혼란에 빠졌다. 머릿속이 하얘지면서 은혜와 원한, 옳고 그름을 가릴 능력을 상실했다. 봉지미는 종전의 담담한 말투를 버리고 엄격한 목소리로 말했다.

"교만하여 조급하게 진군하는 자는 필패한다! 예전에는 서책을 통해 글로 배웠다면 지금은 백여 구의 시신이 너에게 뼈아프게 가르친 것이다! 이래도 새기지 못한다면 너는 천성의 군인이 될 자격이 없다!"

말에서 내려온 봉지미는 요양우가 말 앞에 꽂은 칼을 뽑아 단번에 부러뜨렸다.

"마지막으로 한 마디 가르치겠다. 목숨이 끊어지면 이 부러진 칼처럼 두 번 다시 이어 붙일 수 없다. 하지만 이 칼은 이미 많은 사람을 죽여 칼로서의 사명을 다했다. 사람도 마찬가지다. 장수 된 자는 언제나 희생을 두려워하지 말아야 하지만, 그 희생은 반드시 가치가 있어야만 한다!"

부러진 칼이 요양우의 발밑에 떨어졌다. 그는 바보처럼 고개를 숙였고, 봉지미는 뒤도 돌아보지 않고 떠나고 있었다.

"위 대인!"

등 뒤로 무릎 꿇는 소리가 묵직하게 들려왔다. 봉지미는 처량한 달빛 아래 고개를 돌렸다. 교만하고 제멋대로 굴던 도련님들이 핏빛 한가운데 꿇어앉아 있는 모습이 보였다.

서리처럼 흰 가을 달이 소년들의 얼굴을 유난히 뽀얗게 비췄다. 하지만 햇빛처럼 선명한 붉은 피를 묻힌 그들은 비통하고 절박한 눈빛으로 그녀를 바라보았다.

"평생 대인의 뒤를 따르며 가르침을 받겠습니다!"

장희 17년 8월 중순. 남해에서 반년 전에 실종된 위지가 돌연 천근구에 나타났다. 그는 매복에 걸려들어 하마터면 자결할 뻔한 요양우 등을 구했고, 기회를 틈타 병력을 둘로 나눠 대월 동로군의 식량을 소각했다. 그날 급히 지원을 가던 진사우는 길란산(吉蘭山) 북쪽 산기슭 녹각원(鹿角原)에서 매복을 만났고, 위지가 파견한 용맹하고 흉포한 호탁 기병들이 그들을 코뿔소처럼 들이받아 일대 강산이 피로 물들었다.

진사우도 보통은 아니었다. 다른 장수였다면 그 상황에서 제 목숨을 지키려 했을 테지만, 그는 자신의 안위는 아랑곳하지 않고 깊은 산속 오솔길로 진입했다. 그리고 죽음을 불사한 무사를 의병*疑兵, 적의 눈을 속이는 가짜 군사으로 보내 용맹한 기세로 쫓아오던 호탁 기병의 발을 묶었다. 본진에 돌아올 때 비록 진사우의 몰골이 말이 아니었으나 출병한 이만 군사력은 유지한 채였다.

대월의 안왕 전하가 사령관을 맡은 후 처음 겪는 패전이었다. 실력 문제라기보다 운수가 나빴다. 대월은 연승을 거두어 병사들의 사기가 올라간 상황이었다. 안왕 전하는 본진에 돌아가는 날 진영 밖에서 대열을 재정비하고 말끔하게 씻은 후 의관을 정제하고 담담한 모습으로 복귀했다. 하지만 사병들은 그의 사타구니 아래 평범한 군마를 보고 경악과 탄식을 금치 못했다.

모두들 주도면밀한 안왕 전하가 천근구에서 대패하였다고 수군거렸다. 상대방은 위 씨 성을 가진 열일곱 소년이며, 화살 한 번 쏘지 않고 말을 빼앗아 갔다고 했다. 전하는 눈앞에서 중요한 인질 셋을 빼앗겼으면서도 추격하지 않았다는 소문이 바람처럼 퍼졌다.

진사우는 소문을 주도적으로 퍼뜨린 사병 세 명을 색출해 목을 벴다. 떨어져 나간 머리로 사람들의 입을 막기에는 충분했지만, 풀이 죽은 감정이 퍼져 나가는 것은 막지 못했다. 동로군 식량이 불탔다는 소식을 접하자 병사들은 더욱 공황 상태에 빠졌다.

적의 식량을 태우는 행위는 참신한 계략이지만 성공률이 매우 낮았다. 양측 군사 모두 식량의 중요성을 알고 있었기에 식량 운송에 갖은 계책을 썼다. 진사우는 특히 이러한 분야에 일가견이 있었다. 천성도 식량과 관련하여 오랫동안 계책을 펼쳤지만 한 번도 성공한 적은 없었다. 그러니 서로가 서로의 미끼로 물린 이 매복전은 단순해 보여도 사실 진사우와 봉지미의 치열한 심리전이나 다름없었다. 동로군의 식량은 지난번 전투에서 승리한 후 천성에게 소재지를 들켰기 때문에 진사우는 당초 동강진(東崗鎭)에서 삼파촌(三坡村)으로 옮겼다는 소식을 퍼뜨렸다. 하지만 천성이 삼파촌을 습격했을 때 그곳에서 만난 건 식량이 아니라 복병이었다. 그 사건으로 천성은 두 번 다시 경거망동 하지 않았고 삼파촌을 사실상 포기했다. 하지만 천근구 전투가 있던 날 밤 봉지미는 소리 없이 삼파촌으로 향하다가 삼파촌을 삼 리 정도 앞에 두고 방향을 바꿔 동강진과 삼파촌 사이에 위치한 봉리곡(鳳里谷) 입구로 향했다. 그리고 그곳에서 동로군의 식량을 차단해 버렸다.

봉지미가 동강진과 삼파진 두 곳이 허수가 아니라는 점을 간파했다는 사실에 진사우는 경악했다. 물론 진사우는 봉지미가 이곳에 오기 전 그의 성격과 자료, 전투 기록, 용병 습관을 연구했다는 사실을 몰랐다. 지피지기면 백전불패일 것이었지만, 진사우는 그녀에 대해 아는 바가 전무했다.

그날부터 봉지미는 호탁부 기병을 이끌고 북쪽 변방의 광활한 지역에서 진사우를 끈질기게 괴롭혔다. 그녀는 기동성이 강한 기병의 장점을 충분히 이용해 호륜 초원의 격달목 산맥 아래를 오갔다. 특히 호탁인이길의 사천 군사를 죽인 동로군을 저격했고, 보이는 대로 죽였다. 또한 원군의 척후병이나 식량 운송 부대를 약탈했고, 툭하면 삼로(三路)

진영을 야간 기습해 우르르 몰려와 한바탕 죽인 후 잽싸게 빠졌다. 쫓아가고 싶어도 너무 빨라서 쫓을 수 없었고, 포기하고 돌아오면 또 찾아왔다. 이렇게 무식하게 괴롭힌 탓에 대월 진영은 하루에도 몇 번은 가슴을 쓸어내려야 했다. 병사들은 편히 밥을 먹을 수도 없었고, 잠을 잘 수도 없었다. 가끔 봉지미는 기습이 아니라 산꼭대기에서 불을 피우거나 나무 위의 새를 쫓았을 뿐인데도 대월군은 일거수일투족을 주시하며 잠을 이루지 못했다.

한 달도 되지 않아 봉지미는 '초원의 여우'라는 별명을 얻었다. 대월 병사들은 위지라는 이름만 들어도 고개를 절레절레 흔들었고, 예전보다 훨씬 흉포해져서 나타난 호탁 기병만 보면 다리가 후들후들 떨렸다. 이 때문에 진사우는 현상금이 걸린 천성 장수 명단에 위지를 올렸고, 위지의 목 값은 사령관 순우홍과 나란히 황금 만 냥이 되었다.

봉지미가 그 소식을 접하고 피식 웃으며 생각했다.

'목은 여기 있으니 재주 있으면 가져가라지.'

부잣집 공자들은 봉지미의 수하가 되고자 자발적으로 강직 처분을 요청했다. 그들은 그녀의 기마병 소속 교위(校尉)가 되었고, 본진에서 참장 노릇을 할 때보다 통쾌해했다.

봉지미가 초원에서 한 달 남짓 전쟁을 펼치는 동안, 천성군 본진도 진작에 그녀의 당도 소식을 알고 있었다. 하지만 정작 사람은 보지 못한 상태였다. 그녀는 성과를 내고 승리를 챙겨 돌아갈 생각이었기 때문에 한 달이 넘은 후에야 천성군의 본진에 진입했다.

사령관 순우홍은 위지가 온다는 소식을 듣고 매우 기뻐했다. 실종되었다가 돌아온 이 소년 충신은 군사적인 면에서도 실로 초인적인 자질을 보였는데, 호탁 기병만으로도 기세등등하고 안하무인인 대월의 발목까지 잡았다. 순우홍은 군막 안의 모든 장수와 함께 마중을 나갔다. 일부 오만한 장수들은 이를 썩 내켜하지 않았다. 제아무리 위지가 대단하고 명성이 자자한들 군인 출신이 아니라 문관이었다. 통솔하는 부대도 초원의 야만인들인데 어째서 고위 장수들이 마중까지 나가는 것인지 이해할 수 없었다.

군수관*필요한 물자를 대는 등 군대의 편의를 돌보아 주는 직무 주세용(朱世容)은 특히 불만을 많이 품었다. 위 대인이라는 사람은 아직 코빼기도 보이지 않는데, 벌써 날랜 말을 보내 물자를 준비하라는 명을 받았기 때문이었다. 필요하다는 물품 목록을 보니 식량, 활과 살, 가죽 갑옷, 방패 등 최상품으로 준비하라고 했다. 위지라는 인물이 뭐라고 제 뜻대로 물품을 골라 가는지 마음에 들지 않았다.

각자의 생각을 품은 사람들이 진영 앞에 일렬로 서서 멀리 피어오르는 흙먼지를 바라보았다. 기병들이 날듯이 달려오고 있었다. 지평선에 검은 구름이 낀 것처럼 한순간에 하늘과 땅이 이어진 듯했다. 검은 구름은 순식간에 눈앞까지 다가왔다. 사람들이 고개를 들자 밥그릇만한 말발굽들이 맹렬히 달려왔는데 당장이라도 그들의 머리를 밟을 것만 같아 뒤로 물러섰다. 그들이 비명을 지르려는 순간 맑은 호루라기 소리가 들렸다.

삐익.

하늘을 뒤덮는 구름 같은 기세도 그 소리에 멈췄다. 수만 기병은 동시에 고삐를 당겨 말을 세웠고, 그 동작은 질서 정연하여 조금도 흐트러짐이 없었다. 안장이 단 한 번 부딪히는 낭랑한 소리가 멀리까지 퍼져 나갔다.

'훌륭한 기마술이다!'

순우홍은 사실 호탁 철기군이 초원을 소탕한 공적에 대해 반신반의했었다. 하지만 오늘 직접 보니 이 호탁 철기군은 예전에 전사했던 부대보다 훨씬 용맹한 정예병이었다. 깜짝 놀란 장수들은 그제서야 정신을 차렸다. 얼굴이 붉어지며 뭐라고 한두 마디 성을 내려는 찰나였다. 한 사람이 이쪽으로 유유히 달려왔다. 그는 쇳덩이 같은 기병들과 달리 용맹하면서도 우아했다. 검은 도포에 단순한 청색 가죽 갑옷을 걸치고 있었고, 검은 끈으로 가느다란 허리를 동여매고 검은 말을 타고 있었다. 날씬하지만 단단한 자태여서 말에 앉은 모습이 여유로워 보였다. 그는 얼굴 가득 짐작하기 어려운 미소를 띠고 있었지만, 물기 어린 눈동자가 머무는 곳마다 사람들은 얼어붙고 말았다. 그가 순식간에 심장을 꺼내 만년의 빙하 속에 담가 버릴 듯했다.

'이자가 천하를 놀라게 한 무쌍국사이며, 최근 초원을 평정하여 '초원의 여우'라고 명성이 자자한 문신 출신 위지란 말인가?'

사람들의 시선이 위지 뒤에 따라오는 세 명의 도련님에게 쏠렸다. 온 제경이 골치 아파하던 도련님들이 지금은 엄연한 군인으로서 위지를 호위하고 있었다. 한때 안하무인에 교만하기 짝이 없던 그들이 이제 진중한 태도로 위 대인을 따르는 것이었다. 순우홍의 눈이 반짝 빛났다. 저 제경 공자들 길들이기가 사람 죽이는 것보다 어려울 터인데, 과연 위지는 비범하구나 싶었다.

순우홍은 문득 우주 진영에서 임무를 수행 중인 아들이 생각났다. 위지가 돌아온 걸 알았다면 아마 본진으로 보내 달라는 청을 넣었을 것이다. 그것도 호탁부 기병에 합류하겠다며 강직도 마다하지 않을 터였다. 순우홍은 자신도 모르게 빙그레 웃었고, 만면에 진심 어린 마음을 담아 다가갔다. 봉지미도 말에서 내려 안부를 몇 마디 묻고 단도직입적으로 말했다.

"소신은 군수 물자를 요청하러 왔습니다. 날씨가 추워지는데 병사들이 아직 가을 옷을 입고 있어 갑옷과 무기도 교체해야 합니다. 북방 변경에서는 소모가 빨라 무엇이든 부족함이 없어야 하니 양해 부탁드립니다!"

"당연한 말씀이네."

순우홍은 흔쾌히 응하며 즉시 주세용을 불렀다. 이윽고 주세용이 총총 나타나 봉지미는 보지도 않고 순우홍에게 단언했다.

"안심하십시오! 벌써 다 준비해 두었습니다!"

"저희가 직접 받으러 가겠습니다."

봉지미는 요양우 등과 따라나섰고, 순우홍은 부장 한 명을 함께 보내며 말했다.

"지난 한 달간 고생이 많았네. 진영까지 왔으니 얼마간 머물다 가면 어떻겠나? 조정에서 파견한 감군 대인도 오늘 밤에 도착할 터인데 함께 회포라도 푸세나."

"고려해 보겠습니다."

봉지미가 담담하게 말했다.

"하지만 저희는 머물다 갈 계획 없이 와서 편치 않습니다. 멀지 않은 곳에 저희 야영지도 있고요."

지난번 호탁부가 배반당했을 때 부족의 정예군 반 이상이 죽었다. 그때 천성군의 밀정이 농간을 부렸던 일을 순우홍도 알고 있어 자신을 완전히 믿지 않는 것도 당연하다 생각했다. 다만 외지인인 위지가 사납기로 유명한 호탁부 용사들을 어떻게 장악했는지 수수께끼였다. 순우홍은 마음속에 의문이 맴돌았지만 묻지 않고 진영으로 돌아갔다.

봉지미는 주세용을 따라 창고로 향했다. 창고 문 앞에는 물건이 잔뜩 쌓여 있었는데 어림잡아도 양이 상당해 보였다. 요양우가 사람을 시켜 수레에 실으라 명하다가 문득 의아해했다. 요양우가 봉지미를 향해 갑옷을 들어 올리고 손으로 몇 번 문지르자 갑옷에 구멍이 뚫렸다. 썩은 가죽 갑옷이었다. 봉지미의 눈이 번뜩 빛났다. 요양우가 돌변한 얼굴로 긴 창을 집어 들고 찔러 보자 창끝이 떨어져 버렸다. 철로 만든 창끝이 바닥에 부딪치면서 금속 소리가 났다. 요양우가 천천히 고개를 돌려 주세용을 바라보았다.

주세용의 표정은 어딘지 껄끄러워 보였다. 이 안에 있는 물건들은 멀쩡한 물건과 망가진 물건이 섞여 있었다. 순우홍이 기병에게 최상품 갑옷과 무기를 내어 주라고 했지만, 주세용은 내심 나쁜 마음을 먹었다. 그의 작은 삼촌인 호성산(胡聖山)이라는 자는 조정에서 작은 벼슬을 했는데, 그의 둘째 아들도 우주 진영에서 참장을 지냈다. 언젠가 그가 찾아와 자신의 선봉대를 위해 좋은 물건을 남겨 달라고 부탁했었고, 그로부터 이틀 뒤 사령관이 와서 허가를 내렸다. 이후 주세용은 흠이 있는 장비들을 좋은 장비와 섞어 봉지미에게 유야무야 넘기려 했던 것이다. 그는 기병들이 하루에도 수백 리를 달리기 때문에 썩은 갑옷 몇 개 때문에 다시 돌아와 따져 묻지는 않을 것이라 생각했다. 그래서 지금 저 도련님처럼 물건을 하나씩 살피며 눌러 볼 거라고는 예상하지 못했다. 요양우의 삼엄한 눈빛에 그의 심장이 뛰었지만 여전히 별일 아니라고 생각하여 억지로 웃으며 말했다.

"좋은 갑옷을 다 모았지만 수량이 부족합니다. 다른 진영에서도 물자가 필요하니……. 저도 사정이 곤란합니다."

봉지미가 조용히 말했다.

"좋은 갑옷을 다 모았다고?"

봉지미의 눈빛에 주세용은 또 한 번 긴장하여 우물거리다 큰 소리로 말했다.

"네!"

창고의 문은 사령관의 허가를 받아야 하거나 주세용 자신만이 열 수 있었다. 아무도 들어갈 수 없으니 그가 좋은 갑옷이 여기 있다면 여기 있는 것이었다. 그는 위지가 그걸 확인할 방법이 없다고 생각했다.

봉지미가 주세용을 바라보며 고남의에게 고개를 저어 보였다. 고남의의 소매가 휘리릭 날리더니 싸늘한 빛이 스쳤다. 두 명이 들어야 할 만큼 무거운 창고 자물쇠가 툭 하고 떨어져 하마터면 주세용의 발가락을 찍을 뻔했다. 주세용이 아연실색하여 큰소리로 외쳤다.

"뭐하는 겁니까? 창고에 함부로 들어가는 자는 죽을 죄를……."

순우홍이 보낸 부장이 얼른 달려와 막았고, 봉지미가 빙긋 웃으며 그들을 향해 말했다.

"제가 언제 들어간댔나요?"

둘이 멍하니 서 있는 동안 고남의가 바람처럼 창고에 다가가 양손으로 밀자 육중한 창고 문이 서서히 열렸다. 맨 뒤에 있는 나무 선반에 갑옷이 보였다. 고남의가 손을 뻗자 갑옷 하나가 그의 수중에 들어왔다. 물건의 공중 이동 무공을 본 주세용은 얼굴이 흙빛이 되었다. 봉지미가 나른하게 말했다.

"저는 발을 들이지 않았습니다만……."

고남의는 수중의 가죽 갑옷을 툭툭 털었다. 가죽에 윤기가 났으며 질기고 튼튼했다. 요양우는 그 자리에서 주세용을 걷어차 버렸다.

"뭐 하는 건가?"

주세용이 버럭 외쳤다.

"나는 군수관이야. 어떤 물건을 나눠 줄지는 내 권한이다! 너희 땀 냄새 나는 초원 야만족이 무슨 좋은 갑옷이 필요하다고?"

"그 땀 냄새 나는 초원 야만족이 한 달 동안 대월군을 얼마나 죽였는지 알아?"

요양우가 뺨을 휘갈기자 주세용의 이빨이 빠졌다.

"너희 공적을 전부 합해도 모자랄 거다!"

주세용이 신음하며 뭐라고 말했지만 입에 피를 잔뜩 물고 있어서 알아들을 수 없었다. 요양우는 즉시 그 썩어 문드러진 갑옷을 사정없이 그의 입에 처넣었다.

"얼마 전 동패에서 대월 기병이 추격했을 때 큰 전투를 치뤘다. 전투 후 우리 형제들은 갑옷이 모자라자 서로 양보하다 결국 씨름으로 갑옷

주인을 정하기로 했어. 그런데 서로 지려고 안달이었다!"

요양우는 주세용의 가슴팍을 짓밟으며 그의 얼굴에 침을 뱉었다.

"결국은 대장이 '독단적으로' 자기 갑옷을 '씨름에서 진' 대가로 내놨다. 그날 대월군의 총이 대장의 가슴팍을 뚫었어. 그런데도 죽는 순간까지 버티다 결국 그에게 총을 쏜 자를 찔러 죽였어. 젠장, 거북이 목처럼 바짝 숨은 후방 것들이 제일 많은 피를 흘리는 초원 형제들에게 형편없는 갑옷을 넘기려 한단 말이냐?"

요양우의 눈이 번쩍 빛났고, 흰자위에 핏줄이 터졌다. 그가 사나운 늑대처럼 주세용을 죽일 듯 바라보았다. 눈시울에 눈물이 맺힌 호탁 기병들이 이를 꽉 깨물었다.

"이자에게 그런 말을 해서 뭐해?"

침묵을 지키던 봉지미가 의미심장하게 웃었다.

"군령을 어긴 자를 어찌 처결하는지 내가 가르쳐야 아나?"

요양우의 눈이 반짝 빛났고, 주세용은 혼비백산하여 소리쳤다.

"나는 군령을 어기지 않았어! 당신은 우리 군의 대장도 아닌데 무슨 권리로 나를 죽인단⋯⋯."

"위 장군!"

순우홍이 보낸 부장이 급히 주세용의 앞을 가로막고 말했다.

"무고한 자를 함부로 죽여서는 안 되오. 여기는 천성의 진영이고, 주세용에게 죄가 있다면 사령관께서 벌을 내려야 맞소. 그대가 군수관을 죽인다면, 역시 죽음을 면치 못할 죄요!"

요양우가 잠시 망설이다 봉지미를 바라보았다. 요양우는 이제 자기 앞날은 걱정하지 않았지만, 봉지미에게 피해가 갈까 봐 걱정했다.

"위 대인!"

그때 참장 한 명이 숨을 헐떡이며 달려와 봉지미에게 귓속말로 속삭였다.

"이분은 호 대학사의 사위고…… 초왕 전하의……."

그 말이 끝나기도 전에 듣고 있던 사람이 피식 웃었다. 그 웃음은 물에 비친 달 같았고, 하늘 끝에 막 솟은 달빛처럼 차가웠다. 이윽고 열일곱의 소년 장군이 천천히 힘주어 말했다.

"초왕 전하 쪽 사람이군요?"

참장은 별안간 반달처럼 구부러진 봉지미의 눈을 멍하니 바라보았다. 그는 어쩐지 그 웃음이 싸늘하다고 느끼며 고개를 끄덕였다.

"훌륭하군요."

봉지미는 더욱 친절하게 웃었다.

"전하께서 명석하신데 어찌 이런 몹쓸 수하를 뒀단 말입니까? 진정 신하 된 자라면 이런 뻔뻔한 놈이 전하의 명성에 누가 되도록 좌시해서는 안 됩니다. 전하께서 생각하지 못하신 문제는…… 우리가 대신 처리해 드려야죠. 양우!"

"네!"

"죽여라!"

"네!"

칼이 번쩍 빛났고 요양우의 얼굴에 피가 분수처럼 뿜어져 나왔다. 주세용은 한 번 신음하고는 바닥에 쓰러져 두어 번 꿈틀거렸고, 더 이상 움직이지 않았다. 빨간 피가 번졌고, 사방이 쥐 죽은 듯 조용해졌다. 그 누구도 북방에서 활약하던 소년이 소문처럼 정말 사납고 비범할 거라고 예상하지 못했다. 죽인다고 말하면 정말 죽였고, 사령관 핑계도 소용없었으며, 초왕 전하를 거론하자 훌륭하다면서 오히려 서둘러 죽였다. 바닥에 구불구불한 모양을 그리며 흐르는 피를 보고 모두의 사고가 정지됐다. 그 피가 폐부를 파고들어 생각의 회로를 막은 것처럼 아무 말도 할 수 없었다.

봉지미는 발아래로 흐르는 피를 보면서 여전히 미소를 띠고 있었다.

風叔
289

그녀는 이제 예전처럼 목표도 모른 채 무작정 도광양회*韜光養晦, 자신의 재능 이나 명성을 드러내지 않고 참고 기다린다는 뜻하던 위치가 아니었다. 그녀에게는 세력이 있었고, 하늘과 바다를 뒤집어 버릴 고귀한 신분이 있었다. 그녀는 이제 한 명 또는 수천 명을 죽이는 것으로 만족하지 않을 것이었다. 그녀는 권력을 앞지를 때까지 한 걸음 한 걸음 나아가 구름 끝까지 오르길 원했다. 그렇게 모든 것을 철저하게 짓밟아 줄 것이다!

봉지미가 입수한 조정 문서에 따르면 천성 황제는 이미 지나치게 노련하고 신중한 순우홍을 마음에 들어 하지 않았다. 이럴 때일수록 자신의 예리함을 드러내야 황제의 눈에 들 수 있으며 더 높이 올라갈 여지가 생길 터였다. 그런데 때마침 이 뻔뻔한 놈의 피로 칼을 간 것이었다.

"됐다."

봉지미가 손을 툭툭 털었다.

"양우, 목록에 적힌 대로 우리가 필요한 군수품을 실어 진영으로 돌아간다."

"네!"

봉지미가 이대로 가려고 하자 부장이 황급히 막아섰다. 뭐라고 말하고 싶었지만 바닥에 널브러진 시체를 보니 말문이 막혔다. 그때 봉지미가 고개를 갸웃하며 먼저 물었다.

"감군 대인이 오신다 들었습니다."

부장은 봉지미를 멀뚱멀뚱 바라보며 왜 화제를 바꾸는지 이해할 수 없었다.

"이제 비켜 주셔도 됩니다."

봉지미가 미소 지으며 부장을 바라보았다.

"오늘 밤 감군 대인이 도착하신다니 분명 제게 상을 내리신다는 성지를 가져오시겠죠. 제 예상이 맞다면 최하 부장일 겁니다. 그러니 저와 동급인 부장 각하, 청하오니 비켜 주시지오."

봉지미가 '청한다'고 말했지만 사실 부장을 거들떠보지도 않았다. 부장은 이마에 식은땀을 흘리며 그녀 뒤에 진을 친 호탁 기병들을 바라보았다. 하나같이 손을 칼자루에 대고 살기등등하게 그를 노려보고 있었다. 만일 그가 또다시 앞을 막아선다면 위 '부장'은 사람 한 명 더 죽이는 것쯤은 대수롭지 않게 여길 것이다.

부장도 천성 황제가 위지를 어떻게 생각하는지 알고 있었다. 무쌍국 사인데다 소년 영웅으로 남해에서 세운 공은 아직 포상도 받지 않았다. 이제 세력을 불려 돌아왔고, 군사적 역량으로 보아도 희대의 영웅이니 그동안 늙은 장수들이 퇴역하고 난 후 인재가 부족한 천성에게는 희소식일 터였다. 게다가 그가 세운 공과 앞으로의 활약상을 생각하면, 주세용이 아니라 자신을 죽인다고 해도 그를 정죄할 사람이 없을 것이다.

부장이 말없이 물러났다. 그는 요양우가 날쌘 동작으로 군수품을 정리하고 봉지미를 따라 떠나는 모습을 바라보았다. 진영에서 또 다른 사람을 보냈을 때 봉지미는 이미 가 버리고 없었다.

봉지미의 철기군이 본진의 북쪽 입구로 빠져나가 먼지 구름을 일으키며 서쪽으로 갈 때였다. 또 다른 기나긴 행렬이 은행색의 거대한 '영(寧)' 깃발을 휘날리며 본진 남쪽 입구로 진입하고 있었다. 그들은 그렇게 스쳐 지나갔다.

폭풍전야

'영'이라고 쓰인 거대한 은행색 깃발이 본진에 진입했다. 깃발 아래 가벼운 옷차림에 허리띠를 느슨하게 맨 남자가 북쪽 영지에서 솟는 먼지연기를 보고 미소 지으며 찬사를 보냈다.

"참으로 용맹한 기병대구나!"

그를 마중 나온 순우홍이 수염을 쓰다듬으며 고개를 끄덕였다.

"전하, 과연 영명하십니다. 연기만 보고도 용맹한 기병대임을 알아보시다니요. 전하의 안목은 소신 같은 범인은 감히 흉내도 내지 못할 것입니다."

사방에서 장수들의 찬사가 한바탕 쏟아졌다. 초왕의 위세가 절정이니 부지런히 받들어야 한다는 분위기였다.

"어느 장수가 통솔하는 기병대인가요?"

파도처럼 밀려오는 찬사에도 영혁은 줄곧 옅은 웃음만 보였다.

"용병술만으로도 본 왕이 논공행상 *공적의 크고 작음 따위를 논의하여 그에 알맞은 상을 줌을 주청할 만하구려."

"호탁부의 순의 철기군입니다. 근래 여러 차례 공을 세운 바로 그 부대입죠."

순우홍이 말했다.

"실종되었던 위 대인이 통솔하고 있습니다."

영혁이 갑자기 말을 멈췄다. 그의 얼굴에 서려 있던 웃음기가 순식간에 얼어붙었다. 그의 주변에 있는 사람들은 모두 닳고 닳아 눈치가 백단이었다. 평소 얼굴에 감정을 드러내지 않던 영혁이 갑자기 낯빛을 바꾸니 감히 아무도 입을 열지 못했다.

사방이 조용해졌다. 순우홍만 아무것도 느끼지 못하고 그간 철기군이 세운 혁혁한 공을 청산유수처럼 늘어놨다. 위지가 대월에서 '초원의 여우'라는 별명을 얻었다는 이야기까지 하나도 빼놓지 않고 영혁에게 들려주었다. 그렇게 한참을 말한 후에야 영혁이 말없이 연기가 흩어지는 방향을 바라보고 있다는 것을 깨달았다. 순우홍은 머쓱해져서 허허 웃고는 입을 다물었다. 영혁이 퍼뜩 분위기를 깨닫고 가볍게 웃으며 말했다.

"순의 철기군과 위 대인이 월에 대항한 이야기를 들으니 본 왕도 피가 끓어오르는구려. 반드시 폐하께 상을 주청하겠어요. 본진 또한 합리적으로 전략을 배치했으니 그 공도 함께 청할 것이오."

영혁의 한마디로 모두의 얼굴에 화색이 돌았다. 소문에 의하면 초왕 전하는 명민하지만 사납고, 배경이 탄탄한 만큼 음흉하다고 했다. 하지만 사실은 그렇지 않았다. 최근 출정도 하지 않은 본진 병사들까지 그의 한마디로 위안을 받았으니, 과연 권세가 절정인 황자라 할 만했다.

하지만 순우홍은 더 복잡한 고민을 하고 있었다. 초왕의 사람인 자신이 사령관이니 사실 초왕 전하가 감군으로 와서는 안 되었다. 원래는 7황자가 오기로 했다는데 어쩌다 초왕 전하가 오게 된 것인지 알 수 없었다. 사령관과 감군이 같은 계파인 경우는 군주가 극도로 금기시하는 일이었다. 그런데도 초왕 전하가 방문하였다는 것은 무척이나 애를 써서 이루었음이 분명했다.

신자연이 제경을 떠나 우주 본진의 참모를 맡은 일만 보더라도 그랬다. 초왕 전하께서 감군을 맡기 위해 심복인 신자연을 조정에 묶어 두는 이점을 포기했음을 추측할 수 있었다. 신자연은 그간 초왕과 대립각을 세우는 척 연기했고, 덕분에 초왕을 견제하는 역할로 폐하의 신임을 받았던 인물이었다. 그 때문에 신자연은 전하께서 조정에 계실 때 암암리에 가장 많은 도움을 줄 수 있었다. 향후에도 신자연이 제경에 붙어 있다면 편리하게 처리할 수 있는 일이 많을 것이다. 하지만 이제 상황이 달라졌다. 오히려 천성 황제가 감군인 초왕 전하를 견제하기 위해 신자연에게 '감시자' 역할을 맡긴 터였다. 물론 폐하는 아직도 초왕 전하에게 속고 있었다. 하지만 초왕 전하가 제경에서 위치가 굳건한 신자연을 포기하면서까지 멀리 북방으로 오신 거라면 혹여 폐하께 변고가 생겨도 퇴로가 없음을 의미했다. 아마도 그 결과는 참혹할 것이다.

순우홍은 머릿속이 복잡했다. 제경의 정세가 변화무쌍한데 초왕 전하는 제경에 남지 않았다. 신자연이라는 중요한 패도 미련 없이 버렸다. 누군가 기회를 봐서 모해할까 두렵지도 않은 모양이었다. 굳이 북방까지 달려와 감군을 맡은 이유가 무엇인지 의아했다. 아무리 생각해도 총명한 전하께서 이번만큼은 악수를 둔 것 같았고, 초왕 사단의 이익에 전혀 부합하지 않는 선택을 하신 것 같았다. 그 와중에 무슨 깊은 뜻이 있을 거라 짐작했지만, 이리저리 머리를 굴려 봐도 초왕에게 불리한 국면뿐이었다. 기회를 봐서 완곡하게 전하의 의중을 떠봐야겠다고 생각하는 찰나였다. 먼 곳에서 누군가 미친 듯이 달려와 외쳤다.

"장군! 장군! 큰일났습니다."

"누가 본진에서 이토록 소란을 피우느냐?"

순우홍의 안색이 어두워졌다. 전하 앞에서 정신 사납게 큰 소리를 치면 군사를 제대로 인솔하지 못한 죄를 물을 것이기 때문이었다. 격노한 순우홍이 눈치 없는 참장을 끌고 가 곤장을 치라고 명하려는데, 영혁이 손을 뻗어 막았다. 참장이 달려온 방향은 봉지미가 호탁 철기군을 데리고 사라진 쪽이었다.

"무슨 일이냐?"

고개를 들어 영혁을 바라본 참장의 안색이 굳어졌다. 영혁은 참장의 표정을 살피며 눈을 가늘게 떴다. 그때 참장의 뒤로 주세용의 시체가 운반되어 왔고, 그 광경을 본 순우홍의 안색이 싹 변했다. 참장은 자초지종을 설명하며 영혁의 눈치를 힐끗 봤다. 순우홍이 참장을 구석으로 끌고 가 발을 구르며 욕했다.

"이 멍청한 놈아! 초왕 전하의 사람이라고 어찌 위지에게 말하지 않았느냐!"

"말했습니다."

참장은 억울한 표정으로 말했다.

"오히려 그 말을 듣고는……."

참장은 고개를 돌려 영혁을 바라보더니 더 이상 말을 잇지 못했다. 순우홍은 멍하니 눈만 끔벅거리다 영혁을 바라보았다. 시종일관 말 위에 앉아 있던 영혁은 그들의 대화는 전혀 듣지 못한 듯 가슴팍에 칼이 꽂힌 주세용만 뚫어져라 바라보았다. 주세용은 영혁의 사람이었고, 호 대학사의 소개로 한 번 만난 적이 있었다. 북방 정벌 본진의 군수관이라는 짭짤한 보직도 영혁이 특별히 병부에 일러 배치한 것이었다. 그런데 도착하니 그가 죽어 있었다.

'보란 듯이 죽인 걸까?'

영혁이 눈을 가늘게 뜨고 주세용의 시체를 눈여겨보았다. 칼이 정확히 급소를 관통한 모습이 잔혹해 보였다. 분명 봉지미는 한 치의 망설임도 없이 죽이라고 명했을 것이었다.

'그녀가 이자를 나로 생각하고 칼을 뽑았을까? 그녀가 이자를 죽이고 서둘러 본진을 떠난 이유는 문책이 두려운 게 아니라 나와 마주치지 싫어서겠지?'

영혁이 주세용의 가슴에 뚫린 구멍을 한참 바라보다 자신의 가슴팍에 손을 가져갔다. 마치 그 자리에도 피투성이의 구멍이 뚫린 것 같았다. 저릿하게 아픈 것 같기도 했고, 공허한 것 같기도 했다. 아니, 차라리 꿈인 듯도 하였다.

위지는 주세용 살해 사건으로 별다른 문책을 받지 않았다. 영혁의 말에 따르면 위 장군의 공이 과보다 크며, 주세용이 군령을 어겼으니 죽어 마땅하다는 것이었다. 그래서 위 장군에게 성지를 받들러 오라고 명했고, 자잘한 죄는 넘어가겠다고 말했다. 하지만 순우홍이 위지를 부장군에 봉한다는 성지를 전하려 할 때는 그녀를 찾을 수 없게 되었다. 그녀는 진작에 기마병을 이끌고 격달목 산맥 남부로 진입했다. 그곳에서 작은 길을 찾아냈는데 조금만 개척하면 대월 본진의 후방을 직접 공격할 수 있다며, 긴급한 작전을 미룰 수 없으니 성지는 일을 마친 후 받겠다고 전해왔다.

영혁은 봉지미의 뜻을 또박또박 전달하는 요양우를 가만히 바라보았다. 그러다 어쩔 수 없다는 듯 웃으며 아무 말도 하지 않았다. 다만 위지라고 쓰여 있는 성지를 요양우에게 전달할 뿐이었다.

"다른 분부가 없으시면 이만 물러가겠습니다."

요양우는 이제 제경에서의 방탕한 모습은 조금도 남아 있지 않았다. 그는 민첩한 동작으로 군인의 예를 갖추더니 급히 제 진영을 따라잡기 위해 돌아갔다.

"양우!"

요양우는 장막 입구에서 멈춰 섰다. 장막 내부에 떠도는 먼지가 햇빛에 아른거려 영혁의 표정이 모호하게 보였다. 요양우는 영혁이 손끝으로 붓을 가볍게 쥐고 뱅글뱅글 돌리는 모습을 지켜봤다. 차마 말할 수 없는 근심이 있는 것 같았다. 얼마간 기다리던 요양우가 돌아갈 대 오와 멀어진 것이 걱정되어 조급한 마음으로 말을 꺼내려는 찰나였다. 영혁이 먼저 결심한 듯 물었다.

"위 장군은 잘 지내느냐?"

요양우는 안도의 한숨을 뱉었다. 전하께서 이토록 망설이셨으니 어려운 질문을 할 텐데 어떻게 대답해야 할지 고민했기 때문이었다. 하지만 뜻밖에도 내용이 가볍자 그는 미소를 지으며 말했다.

"잘 지내십니다."

"어떻게 잘 지내느냐?"

영혁은 잠시 망설이다 다시 입을 열었다. 속으로는 요양우를 나무라고 있었다.

'쓸데없는 수다로 쉴 새 없이 입을 놀리던 놈이 봉지미 밑에 있더니 과묵해졌군.'

"예에? 아, 그냥…… 잘 지내십니다."

요양우는 전하의 의중을 파악할 수 없어 눈을 동그랗게 떴다.

"본 왕의 뜻은!"

영혁은 결국 참지 못하고 신경질적으로 붓을 책상 위에 탁 놓으며 말했다.

"기분은 어때 보이냐? 잘 먹느냐? 살이 붙었거나 말랐느냐? 혹여 다치진 않았더냐? 그리고 지금 어디 있느냐?"

"아……."

요양우가 퍼뜩 깨달았다가 미간을 찌푸렸다. 전하의 질문은 상사로서 수하를 걱정하는 말이었다. 하지만 그가 아는 전하는 이토록 말이 많은 분이 아니었다. 영혁의 눈빛이 요양우에게 쏟아졌다. 여전히 속을 알 수 없는 표정이었지만, 영혁의 눈빛은 이상하게도 싸늘한 기분이 들게 했다. 요양우가 얼른 대답했다.

"기분은 좋아 보이지만 많이 드시진 않습니다. 초원 음식이 입에 맞지 않는 것 같은데 한 번도 티를 낸 적은 없습니다. 그런데 언젠가 식량 보급이 도착하지 않았을 때 군수관이 허기를 달래라고 치즈 전병을 나눠 줬습니다. 그때도 장군은 병사들 앞에서 맛있게 반쪽을 드시고 어디론가 사라졌어요. 소신이 걱정이 되어 따라가 보니⋯⋯."

요양우가 망설이다가 말을 멈췄다.

"그래서?"

영혁은 다시 눈을 동그랗게 뜨며 생각했다.

'이놈이 봉지미랑 다니더니 말을 반 토막만 해서 사람 애태우는 것까지 닮아 버렸나?'

"장군은 산등성이로 달려가 게워내고 싶은 것을 참고, 목을 움켜쥐고 억지로 삼키고 있었습니다. 어찌나 안쓰럽던지요."

요양우는 입술을 깨물며 눈시울을 붉혔다. 영혁은 침묵하다가 손으로 이마를 짚었다.

'스스로에게 관대한 네가 아니더냐. 그렇지 않아도 험한 세상에서 싫은 음식까지 억지로 먹지는 않겠다 하던 너였다. 그런데 이제 이런 작은 일에서도 스스로를 몰아세우는 것이냐. 아니면, 누군가 너를 그렇게 하도록 몰아세웠느냐?'

영혁은 팔꿈치를 책상에 대고 바람 소리를 가만히 들었다. 가슴을 파고드는 적막 속에서 문득 옛일을 생각했다. 칠흑 같은 머리칼이 길게 드리워져 그의 반쪽 얼굴을 가렸다. 요양우도 잠자코 있었다. 자신의 조급한 박차*승마용 장화 뒤축에 달려 있는 뾰족한 물건 소리로 이 침묵을 깨고 싶지 않았다. 한참 후에야 거의 들리지 않을 정도로 옅은 한숨이 들렸다. 곧 담담한 목소리가 허공에 퍼졌다.

"그 다음은 어찌 되었느냐."

"고 대인이 왔습니다."

요양우가 나지막한 목소리로 대답했다.

"고 대인이 장군의 등을 두드려 주고는…… 곧바로…… 갔습니다."

요양우는 그날 고남의가 장군을 품에 안고 섬세하고도 익숙한 동작으로 등을 토닥여 준 장면을 곧이곧대로 전하께 보고하면 안 될 것 같았다. 하지만 요양우가 말하지 않아도 영혁은 이를 짐작했고 다시 침묵했다. 그림자가 드리워진 영혁의 눈동자가 흔들렸다. 더 이상 아무 말도 하지 않았다. 그 순간의 적막은 함께 있는 사람의 마음까지 텅 비게 만들었다. 요양우는 이 괴상한 공기 때문에 마음이 조급해졌다. 어떻게든 이 공허함을 채우고 싶은 마음에 명랑하게 말했다.

"그저 초원 음식이 입에 맞지 않으실 뿐입니다. 기분도 좋으시고 마르지도 않았으며, 검게 그을리지도 않으셨습니다. 항상 저희보다 늦게 잠들고 일찍 일어나십니다. 며칠 전 대월 기병대가 길을 막았을 때는 장군께서 직접 맞서 싸우셨어요. 그러다……."

요양우가 말을 멈췄다. 영혁이 고개를 들어 요양우를 바라보았다.

"뭐 별일은 없었습니다."

요양우가 어색하게 말을 맺으며 속으로 자기 입을 탓했다.

"소황이라는 자가 낙마해서 말에 깔리게 되었는데, 장군이 녀석을 구하다가 갑자기 날아온 화살에 맞으셨습니다."

요양우의 목소리가 점점 기어들어갔다. 듣는 사람은 대꾸도 하지 않았는데 사방의 공기가 꽁꽁 얼어붙는 느낌이 들었다. 언 우물에 담갔던 밧줄로 몸을 칭칭 감은 것처럼 뼛속까지 한기가 스몄다. 요양우는 입술을 비쭉거리며 오늘 말실수가 잦다고 자책했다. 장군이 부상을 입은 일로 모두 혼이 빠진 탓이었다. 일테면 고 대인은 그 일로 스스로에게 벌을 주겠다며 사흘 동안 꼬박 면벽수도*얼굴을 벽에 대고 도를 닦는 것에 임했다. 그 누가 가서 말을 걸어도 아랑곳하지 않았다. 나중에는 장군이 직접 가서 나지막한 목소리로 사과까지 했는데, 아무리 생각해도 괴이한 상황이었다.

"가서 네 상관에게 일러라."

요양우가 숨 막히는 침묵에 튕겨져 나가기 일보 직전에 영혁이 겨우 입을 열었다.

"강적이 눈앞에 있지만 곧 무찌를 수 있으니 마음을 편히 먹어야 한다. 어떤 일들은 조급하게 접근해서는 안 된다. 진사우는 서글서글해 보이지만 심사가 악독하니 그를 죽일 생각이라면 전략에 만전을 기해야 할 것이며, 절대로 경거망동해서는 안 된다. 내 말을 명심해야 한다."

요양우는 영혁의 엄숙한 명에 퍼뜩 정신을 차리고 고개를 끄덕였다. 하지만 영혁은 가라고 말하는 대신 또 얼마간 생각하다 말했다.

"너희 철기군 진영과 호탁부는 사실 군사가 아닌 전사에 가까우니 병법이나 군정에 어두울 것이다. 게다가 젊은 통솔자를 두었으니 공을 세우기 급급해 일을 그르칠 가능성이 있다. 그래서 본 왕은 위옥(衛玉)을 너희 진영에 보내겠다."

요양우는 깜짝 놀랐다. 위옥이라면 우주 제7진영의 교위(校尉)로 그도 아는 자였다. 부친은 초왕부를 돌보는 집사였고, 위옥은 초왕부에서 태어나 그야말로 초왕의 충직한 하인이었다. 이런 자를 순의 철기군에 파견하는 것은 결국 감군을 보내겠다는 뜻이었다. 겉으로는 온화해 보이지만 실은 보통내기가 아닌 위 장군이 자기 진영에 남의 눈과 귀를 두려 할지 의문이 들었다. 하지만 영혁은 어느새 요양우에게 물러가라는 손짓을 했다.

요양우는 어쩔 수 없이 물러났다. 장막 입구에서 영혁을 돌아보니 여전히 팔꿈치를 책상에 댄 자세로 움직이지 않았고, 다만 손가락으로 책상에 무의미한 모양만 그려대고 있었다. 긴 속눈썹이 드리워진 눈에 피로함이 역력했다.

걷힌 장막 사이로 은은한 달빛이 쏟아져 내렸다. 멀리서 전사들이 칼을 부딪치는 소리가 들려왔다. 영혁은 적막한 밤에 쓸쓸한 달빛을 벗 삼아 그 처량한 칼의 노래를 들었다.

영혁이 장막에서 쓸쓸한 달빛을 벗 삼아 처량한 칼의 노래를 듣고 있던 밤, 또 다른 누군가는 높은 산등성이에서 바람을 맞고 있었다. 봉지미와 화경은 어깨를 나란히 붙이고 누워 진영 밖 높은 언덕에 올라 쏟아지는 별을 향해 가슴을 활짝 폈다. 화경은 진작에 수유를 중단하고 아기를 혁련쟁에게 맡기고는 봉지미를 따라 북방에 왔다. 화경도 봉지미와 똑같이 치마 대신 갑옷을 걸치고 전장에 뛰어든 것이었다. 남해의 농가 출신인 화경은 어릴 때부터 농사일을 하며 단련된 체력과 날렵한 몸을 자랑했다. 습득 능력도 뛰어나 종신이 직접 화경에게 기마술과 무공을 가르치자 금세 일취월장했다. 굳은 심지와 결단력을 갖춘 화경은 이제 봉지미 곁에서 이름을 날리는 용맹한 장수가 되었고, 대월 병사들은 그녀에게 '흑과부'라는 별명을 지어 주었다. 그것은 화경이 여자임을 들켜서 얻은 별명이 아니었다. '흑과부'는 대월에 서식하는 독충의 이름이었는데, 쌍검을 닮은 날렵하고 무시무시한 집게발을 가지고 있었다. 쌍검을 즐겨 쓰는 화경의 모습에서 그 독충이 연상되어 붙은 별명이었다. 봉지미가 보기에도 달빛 아래서 검은 머리칼을 물고 쌍검을 치켜든 채 적진으로 달려가는 화경은 사나운 흑과부와 닮았다.

"기분이 안 좋으세요?"

화경이 물음을 가장했지만 실은 긍정의 의미가 숨어 있었다. 봉지미가 마른 풀을 잘근잘근 씹으며 뭐라고 말하려는데 화경이 앞서 말했다.

"다음 말은 안 들어도 알겠네요. 초왕이 첩자를 보내서 찜찜하다고 할 거죠? 하지만 위 장군, 우리 사이에 그런 변명으로 넘기려 한다면 의리 없는 거예요."

봉지미가 웃었다.

"언니 점점 드세진다? 말을 꺼내기도 전에 말문이 막히게 만드네. 맞아, 위옥 때문은 아니야. 그게 뭐 대수인가? 초왕이 무슨 꿍꿍이인지는 모르겠지만, 여기 사람 하나 심는다고 달라질 거 없다는 거 그도 잘 알고 있을 거야."

"장군도 참……."

화경이 낮게 한숨을 쉬었다.

"평상시에는 지혜롭고 침착하면서, 초왕에 관한 일은 침착함의 반은 잃어버리세요."

봉지미는 아무 말도 하지 않았고, 요양우가 전한 영혁의 말을 가만히 생각했다. 요양우는 진사우에 대한 이야기라고 생각했지만, 누구를 가리키는 말인지는 오직 영혁과 봉지미만이 알고 있었다. 그는 대담하게 그녀가 죽으러 오기를 기다리는 중이었고, 덕분에 그녀는 한층 더 심란해졌다.

"언제까지 숨을 생각이세요?"

화경의 목소리가 바람을 타고 둥실 날아왔다.

"피할 필요는 없지."

봉지미가 미소 지으며 말했다.

"곧 겨울이니까 대규모 결전을 치르거나, 퇴각을 준비하거나 둘 중 하나를 택해야만 해. 대월은 북방의 엄동설한에 익숙할 테지만, 우리 쪽으로 차출된 변군(邊軍)은 남방 출신이 많으니 병사들이 추위를 견디지 못할 거야. 설령 겨울을 난다고 해도 봄에는 길이 질척거려서 행군하기 어렵지. 두고 봐. 대월이 철군하지 않는다면 초왕은 결전을 준비할 거야."

"그럼 장군은……."

"난 공을 쌓아야지."

봉지미가 몸을 일으켜 앉아 눈앞의 백두산을 바라보았다. 얼마 전바로 여기서 혁련쟁이 보낸 소식을 접했다. 이곳에 진사우의 본진과 직통하는 비밀 통로가 있는데 그 길을 아는 유목민이 있다는 것이었다.

"여기 좀 봐."

봉지미가 손가락을 꼽으며 천성의 병력을 계산했다.

"초왕의 본진에는 보병 진영이 열, 궁수 진영이 넷, 방패 진영 하나에 후방 지원 진영이 둘이야. 우주에도 비슷한 규모의 병력이 있고, 휘하에 셀 수 없는 장수들이 있지. 그들은 추상기가 패한 후 아직 공을 세우지 못했어. 초왕이 각 진영에 꽂아 둔 사람들이 전혀 공을 세우지 못했으니 전쟁을 통해 실현할 때가 왔지. 하지만 우리 호탁부 기병은 사실상 외곽 병력이고, 줄곧 두각을 나타내서 그러지 않아도 장수들의 불만을 사고 있어. 그러니 결전이 시작되면 호탁부 기병 진영은 자연스레 좌측 날개 쪽에서 돌진하게 될 거고, 결정적인 역할을 할 수 없을 거야. 내가 줄곧 본진 밖에서 단독으로 유격전이나 야전을 택한 이유도 바로 이것 때문이야. 본진에서 우리는 크게 쓸모가 없거든."

"하지만 결전이 시작된다면 위 장군도 본진의 군령을 따라야 하잖아요."

"그렇지."

봉지미가 아랫입술을 깨물었다.

"나는 그들이 이 결전을 제대로 치르지 못하게 할 생각이야. 모든 공은 오직 순의 철기군에게 떨어지게 만들 거야. 이제 순우맹도 돌아왔고 양우 일행도 있으니 순의 철기군에도 제경의 문벌 후예가 제법 있는 셈이지. 그들이 이번 전투에서 큰 공을 세운다면 향후 천성군의 핵심 역량으로 성장할 거야. 놓칠 수 없는 기회야."

화경은 잠시 침묵한 후 중얼거렸다.

"너무 위험한 모험이에요."

"천고의 공훈과 업적은 모두 험난한 가운데 얻었다고."

화경은 잠시 생각하더니 낭랑하게 웃으며 말했다.

"아무튼 전 위 장군을 따를 거예요."

"언니는 역시 돌아가는 게 좋겠어."

봉지미가 말했다.

"아기가 아직 어리잖아. 혁련쟁이 편지에서 말했어. 그 녀석 정말 잘 웃는대."

아들 이야기가 나오자 화경의 반짝이는 눈에 온화한 모성이 비쳤다.

"며칠 전에 아기 조끼를 지었는데 대왕의 전령 편에 보냈어. 입혔는지 알 길이 없네. 참, 지효 것도 만들었어! 애가 워낙 빨리 큰다고 하니 작을까 봐 걱정이야."

"지효 얘기는 꺼내지도 마."

봉지미가 얼른 화경의 입을 막으며 어디선가 갑자기 고남의가 나타날까 봐 주위를 둘러봤다.

"남의가 요즘 지효 이름만 들어도 무척 그리워 해. 말은 안 하지만 보따리에 지효가 썼던 젖병을 가지고 다니더라고."

화경이 깔깔 웃으며 말했다.

"조각상이 점점 사람이 되어가네! 뭐, 그리움을 배우는 것도 좋은 일이죠."

"음? 사람이라면 누구나 그리움을 알 텐데……."

봉지미가 화경을 곁눈질로 보며 말했다.

"언니는 어때?"

"저요?"

화경은 아무렇지도 않은 듯 머리칼을 만지며 숨을 들이마셨다.

"저도 알죠. 화장천(華長天)이 그립네요."

봉지미가 괴상한 소리를 내며 웃었다.

"왜요, 왜 웃어요?"

화경이 정색하고 봉지미를 바라보았다. 봉지미가 입술을 비쭉거리며 말 대신 품 안에서 무언가를 주섬주섬 찾았다. 그리고 편지 하나를 꺼내 가슴에 대고 슬픈 표정으로 한숨을 쉬었다.

"누구는 불쌍해서 어쩌나. 밤낮으로 그리워하고 밤잠 설치며 중원에서 그녀를 찾아 헤맸건만, 천하의 무정한 여인이었네! 지금까지 다른 남자를 그리워하고 있었다니!"

화경이 눈을 반짝이며 손을 뻗어 편지를 뺏으려 했다.

"어서 보여줘요!"

봉지미는 안달이 난 화경의 모습을 보자 오랜만에 환한 기쁨이 찾아왔고, 장난기가 발동해 편지를 뒤로 감추며 배시시 웃었다.

"음? 왜? 언니랑 무슨 상관이야? 가서 볼일 봐. 본 장군의 작전 구상을 방해하지 말지어다."

"작전 구상은 무슨!"

화경이 덮치듯 달려와 봉지미의 얼굴을 꼬집었다.

"정말 나빴어요! 내 편지를 꽁꽁 숨기고 있었어! 오늘 잘 걸렸어요!"

"언니랑 무슨 상관이야? 무슨 상관이냐니까? 이 방탕하기 이를 데 없는 여자야."

봉지미는 편지를 들고 도망쳤고 화경은 꺅 소리치며 그녀의 허리끈을 잡아 넘어뜨렸다. 둘은 한동안 풀밭에서 뒹굴며 장난을 쳤고, 두 여인의 맑은 웃음소리가 구름 끝까지 울려 퍼졌다. 그 소리에 놀란 달이 구름 사이로 호기심 어린 얼굴을 드러냈다. 그리고 이 두 절세의 여걸들이 오랜만에 무거운 마음의 짐을 내려놓고 순수하게 웃는 모습을 비춰주었다.

"이 맹랑한 여자야."

한참을 뒹굴던 봉지미가 지쳤는지 숨을 몰아쉬며 언덕에 누워 화경에게 편지를 흔들어 보였다.

"알려주지 말고 좀 더 애타게 할걸."

봉지미를 곱게 흘겨보던 화경은 편지를 낚아채었다. 그리고 배시시 웃으며 언덕 아래로 달려가 읽기 시작했다. 봉지미가 몸을 일으켜 화경을 흘겨봤다.

'치, 편지 읽자고 저렇게 멀리 숨다니.'

봉지미는 다시 벌러덩 누워 양손을 베개 삼았다. 미소 띤 얼굴로 예쁜 눈웃음을 닮은 달을 바라보았다. 오늘따라 달이 유난히 밝았고 바람도 청량했다. 용담초와 코스모스의 은은한 향기가 바람에 실려 왔다. 이런 달빛이라면 노래라도 한 자락 부르고 싶었다.

봉지미는 저 편지에 뭐라고 쓰여 있을지 짐작할 수 있었다. 영리한 소년은 한때 사랑이 무엇인지 몰랐고, 순조로운 결혼 뒤에 지켜야 하는 사랑을 소홀히 했다. 하지만 그녀가 떠나자 함께 있을 때는 몰랐던 소중함을 깨달았고, 그녀의 빈자리가 생긴 후에야 허전함을 절감하게 되었을 것이었다. 1년 가까이 백방을 수소문하여 화경을 찾아다녔으니, 그간 연회석이 겪었을 곡절도 짐작이 갔다. 그 우여곡절은 이미 연회석의 마음을 증명하고도 남았을 터였다.

언덕 아래서 쿵쿵거리는 발소리가 들리더니 화경이 성큼성큼 달려왔다. 청초한 얼굴이 조금 붉어져 있었고, 눈은 더 반짝였다. 얇은 편지가 화경의 손가락 사이에서 팔랑거리는 모양이 한 마리 나비와 같았다. 화경이 봉지미 곁으로 다가가 똑바로 서서 가슴이 들썩일 만큼 숨을 몰아쉬며 그녀를 바라보았다. 화경은 무언가 말하고 싶었지만 말이 나오지 않아 다시 언덕 아래로 쿵쿵 달려갔다.

봉지미가 벌떡 일어났다. 웃고 싶었지만 웃음이 나오지 않았다. 얼마나 벅찬 기쁨이 화경의 가슴을 가득 채웠길래, 표현도 못하고 가슴이 터질 듯한 표정을 지을까. 봉지미는 화경의 행복을 진심으로 기뻐했다.

하지만 눈가에는 밤안개 같은 망연한 우울이 드리워졌다. 쿵쿵거리는 발소리가 또다시 들려왔고 화경이 달려왔다. 이번에는 참지 않고 잔뜩 놀려 주려던 찰나였다. 화경이 편지를 조심스럽게 품 안에 넣더니 양손을 허리에 얹고 북방의 탁 트인 하늘을 향해 외쳤다.

"우와아아아! 나 진짜 행복하다!"

"행복해! 행복해! 나 너무 행복해!"

사방의 먼 산에 그 행복의 외침이 퍼져 나갔고, 메아리가 되어 돌아오면서 모두의 귓가를 간지럽혔다. 봉지미의 눈에 왈칵 눈물이 솟았다.

그날 밤, 북방의 바람이 부는 산등성이에서 두 사람은 머리를 맞대고 밤의 소리에 귀를 기울였다. 편지를 소중히 품고 눈을 감은 화경이 갑자기 코를 벌름거리며 말했다.

"위 장군님, 언제 목욕 했나요?"

봉지미는 귀찮다는 듯 대답했다.

"언니랑 같지 뭐."

둘은 일어나 앉아 서로를 바라보았다. 그동안 목욕할 여건이 되지 않았고, 한바탕 뒹굴고 난 뒤라 머리칼에 온통 흙이 묻어 있었다. 말을 꺼내지 않았으면 모를까 말이 나왔으니 그녀들은 더러운 상태를 갑자기 견딜 수가 없었다. 오늘마저도 목욕을 하지 않으면 죽어 버릴 것만 같았다.

"아까 언덕 아래를 한 바퀴 둘러봤는데, 근처에 강이 있어요."

화경이 서쪽을 가리키며 말했다.

"좋아. 씻자!"

봉지미가 벌떡 일어나 허공에 대고 외쳤다.

"고 형! 나 목욕하러 가요. 근처에 있으니까 걱정 말아요."

화경이 키득거리며 말했다.

"그보다 장군님 나체를 보여줘도 되는지를 걱정해야죠. 분명히 따라올 테니까요."

"남녀칠세부동석."

봉지미가 엄숙하게 말했다.

"그 정도 이치는 아는 사람이라고."

"하긴, 지효도 고남의가 직접 씻기잖아. 지효 여자애 맞지?"

봉지미가 킥킥 웃으며 화경을 잡아끌며 말했다.

"잔말 말고 어서 가자!"

강은 그리 크지 않았다. 맞은편에 작은 숲이 있어 듬성듬성 나무가 보였고, 맑은 물이 달빛 아래 반짝반짝 빛났다. 그 광경을 보자 두 여자는 더욱 몸이 근질근질했다. 화경은 벌써 옷을 벗기 시작했고, 봉지미는 황망히 뒤를 보며 손짓했다. 따라온 고남의가 얌전히 뒤돌았다. 그는 강을 등지고 앉아 커다란 바위를 바라보았다. 바위에는 두 사람의 옷이 놓여 있었다. 봉지미는 마음 놓고 옷과 가면을 벗어 던지고 강에 몸을 담갔다.

북방 정벌에 나선 후로 오랫동안 몸을 씻지 못했다. 봉지미는 또 언제 이런 기회가 올지 모르니 머리도 감기로 작정하고 긴 머리를 풀어 헤쳐 엉킨 머리칼을 강물에 조금씩 적셨다. 우유색 달빛이 영롱하고 고운 여체에 쏟아졌고, 강물과 강가의 흰 바위에도 쏟아졌다. 고남의는 흰 바위 앞에 앉아 두 여인의 옷을 열심히 지켰다.

달빛 아래 흰 바위는 거울처럼 빛났고, 강물의 광경을 반사시켜 고남의의 눈앞에 펼쳐졌다. 바위는 은막처럼 섬세하고 아름다운 여체의 곡선을 투영했다. 폭포수 같은 머리칼이 가녀린 어깨를 지나 물결치듯 몸을 덮어 뒷무릎까지 드리워졌다. 양다리는 마치 옥으로 깎은 대나무처럼 가늘고 매끈했으며, 비파 두 개를 엎어놓은 듯 풍만한 언덕 위로 한 줌에 들어올 것 같은 허리가 보였다. 더 위로 시선을 옮기니 딱 보기 좋을 만큼 부푼 가슴 선이……. 고남의는 퍼뜩 시선을 돌렸다. 달빛이 귀까지 빨개진 그의 얼굴을 비췄다. 흰 바위에 비친 그녀의 자태를 보고, 그는 태어나서 처음으로 얼굴이 빨개졌다.

고남의는 어쩔 줄 몰라 풀을 꽉 쥐어뜯었다. 십몇 년 간 평온했던 마음이 오늘 밤 바위에 비친 풍경을 보고 마구 요동치기 시작했다. 심장이 빠르게 뛰다 질주하듯 방망이질 쳤고, 갇혀 있던 경주마처럼 뒷발질을 하며 천리만리 세상 끝까지 달려나갈 것만 같았다. 별빛이 어지럽게 쏟아졌고, 거센 물살 소음에 다른 소리는 들리지 않았다. 하늘과 땅이 보이지 않아서 고남의는 마구 뛰는 심장을 부여잡고 죽을 병에 걸렸다고 생각했다. 난생 처음 솟아오른 욕망에 그는 속수무책이었다. 고삐 풀린 말처럼 제어할 수 없는 의식을 애써 다잡느라 그의 등 뒤 강 반대편 숲에서 아주 미약한 움직임이 있음을 감지하지 못했다.

아무렇게나 쌓인 바위 뒤로 사람 그림자가 조용히 어른거렸고, 어둠 속에 길고 가느다란 두 눈이 도깨비불처럼 떠다녔다. 그는 강 안의 두 여자를 바라보다가 봉지미의 나체에 시선을 고정했다. 달빛이 내리는 작은 강에서 거센 물결 소리만 들리는 가운데 봉지미는 엉킨 머리칼을 열심히 빗고 있었다. 그녀의 반쪽 얼굴이 달빛 아래 드러났고, 눈처럼 흰 살결과 아름다운 이목구비가 유난히 빛났다. 달빛 아래 그녀의 긴 속눈썹은 길고 부드러운 곡선의 그림자를 만들어냈다. 이중 가면을 벗은 그녀는 강황을 지워내고 검은 재로 굵게 그린 눈썹도 지웠다. 그러자 투명한 피부와 길고 가는 눈썹, 그리고 가을 안개를 머금은 듯한 눈동자가 드러났다.

숲 속에서 봉지미를 주시하던 그의 눈빛이 요상하게 빛났다. 그 눈빛은 강가에 돌로 눌러둔 인피 가면에 멈췄다. 그의 얼굴에 옅은 미소가 피어올랐다. 가느다란 철사가 고요한 밤의 색을 걷어내고, 눈처럼 희고 시린 칼끝을 드러낸 것 같았다.

잠시 후 봉지미와 화경은 목욕을 마치고 뭍으로 올라왔다. 고남의는 내내 몸이 굳은 채로 그녀들을 등지고 돌아보지 않았다. 검은 그림자는 세 사람이 완전히 시야에서 사라지고 나서야 연기처럼 사라졌다.

초원의 태양이 땅 끝까지 빛을 뿜으며 떠올랐고, 햇빛 아래 기나긴 행렬이 다가오고 있었다. 그것은 봉지미의 순의 철기군에게 식량을 운반하는 차의 행렬이었다. 호탁부의 식량은 내내 우주에서 배급하고 있었다. 원래 순의 철기군은 본진에서 식량을 얻을 수도 있었다. 하지만 봉지미가 북방 정벌로 신출귀몰하였고, 본진에 대한 신뢰가 없어 우주에서 호탁의 식량을 지급하기로 하였다. 그것은 봉지미와 혁련쟁이 정한 장소에서 받아가기로 약속되어 있었다.

호탁부 사람들은 지형에 매우 익숙하기 때문에 대월이 함부로 도모할 수는 없을 터였다. 하지만 이번 식량 운송 대열은 유난히도 엄숙하고 질서 정연하며 경비도 삼엄했다. 바로 이 행렬에 순의왕이 있었기 때문이었다.

봉지미가 혁련쟁에게 계획한 작전을 털어놓은 적은 없었다. 하지만 혁련쟁은 봉지미가 위험한 일을 하리라 짐작했다. 그래서 그녀가 걱정되었던 그는 호탁부의 모든 정무를 유모단에게 맡기고 봉지미와 접선하기 위해 직접 식량 배급을 따라 나섰다. 혁련쟁은 모험을 하더라도 봉지미와 함께 할 마음이었다. 어차피 초원에는 모란꽃도 있고 '지효 생불'도 있기 때문이었다. 말 위에 오른 혁련쟁은 곧 봉지미를 만날 생각에 저도 모르게 입꼬리가 올라갔다. 그때 전진하던 대열이 별안간 멈췄고, 소란스러운 소리가 들렸다. 혁련쟁이 허리를 세웠다.

"대왕!"

병사 하나가 달려와 황망하게 말했다.

"전하, 앞쪽에…… 앞쪽에……."

혁련쟁은 미간을 찌푸리며 병사의 대답을 기다리지 않고 말을 몰고 앞으로 나아갔다. 그는 봉지미가 선물한 말을 타고 있었다. 최고의 혈통을 자랑하는 진사우의 월마였다. 비록 말을 길들이는데 긴 시간이 들었지만, 진사우와 혁련쟁 사이에 아버지를 죽인 간접적인 원한이 있었으니 매우 통쾌했다.

앞쪽에 몰린 인파 속에서 봉두난발에 누더기 옷을 입은 여인이 보였다. 순간 혁련쟁의 가슴이 쿵 하고 내려앉았다. 처음에는 기병대에 내분이 생겨 누군가 보고하기 위해 달려오는 줄 알았다. 하지만 자세히 보니 그게 아니었다.

"매…… 매……."

혁련쟁은 말문이 막혔다. 그자가 고개를 들었다. 여기저기 시퍼렇게 멍들어 말이 아닌 얼굴이었으나 오직 두 눈만 예전의 모양을 하고 있었다. 그녀는 혁련쟁을 보고 짐짓 놀랐지만, 이내 넋이 나간 듯 멍한 시선으로 퉁퉁 부은 눈꺼풀을 찌푸리며 그를 한참 바라보았다.

그가 누군지 알아본 순간 그녀는 눈물범벅이 되었다. 그녀는 소리도 내지 않고 울었다. 몸 안에 온천이 솟는 것처럼 액체가 소리 없이 울컥 울컥 뿜어져 나왔고, 영원히 마르지 않을 것처럼 보였다. 온몸이 부들 부들 떨리도록 오열한 그녀는 흰자위가 허옇게 드러났다. 속절없이 흐르는 눈물이 상처투성이가 된 얼굴을 타고 내려오며 지저분한 때를 씻어 줬다. 하지만 그녀는 여전히 소리 없는 울음을 그칠 수가 없었다. 말로 할 수 없는 깊은 슬픔과 고통이 아니라면, 이렇게까지 울 수는 없을 것이었다. 모든 사람들이 그녀를 안쓰러운 표정으로 바라보았다.

사람들은 모두 매타를 알고 있었다. 고귀하고 화려했던 저 여인은 오랫동안 왕정에서 공주 대접을 받아 왔었다. 지금의 끔찍한 몰골은 원래의 모습과 도저히 동일시할 수 없었다.

"매타! 이게 무슨 일입니까?"

혁련쟁이 말에서 내려 매타를 안고 물었다.

"이게 어떻게 된……."

혁련쟁이 말을 끝까지 잇지 못하고 천천히 매타의 치마를 살폈다. 몸을 가리는 역할을 하지 못할 만큼 찢어진 두루마기 밑으로 난도질을 당한 속옷이 보였고, 그 속옷에는 오래된 핏자국이 있었다. 썩은 피 냄새가 코를 찔러 구역질이 날 정도였다. 혁련쟁의 안색이 순식간에 굳었다.

"아찰!"

한참을 덜덜 떨던 매타는 혁련쟁이 얼어 버린 찰나 겨우 첫말을 터뜨렸다.

"아찰……."

매타가 입을 열자마자 절규했다. 잔뜩 쉬어서 올빼미 울음 같은 목소리가 적막한 허공에 퍼져 듣는 이의 마음을 아프게 했다.

"차라리 날 죽이지 왜 이렇게 대하는 거야? 왜……."

매타는 안간힘을 써서 일어나 미친 사람처럼 혁련쟁에게 달려가 뾰족한 손톱으로 그의 팔을 꽉 붙잡았다. 손톱이 혁련쟁의 살을 파고들었다. 그녀는 그 와중에도 연신 그에게 머리를 박아대며 외쳤다.

"왜 살려 둔 거야! 날 죽여! 죽이란 말이야!"

혁련쟁은 꼼짝 않고 매타가 날뛰도록 놔뒀다. 두 팔은 핏자국으로 범벅이 되었고, 가느다란 핏줄기가 흘러 초원에 떨어졌다. 호위군이 달려와 매타를 떼어내려고 했지만 혁련쟁이 무섭게 노려보자 아무도 그녀를 건들지 않았다.

"매타 이모님, 대체 무슨 일이에요?"

혁련쟁은 매타를 다독이면서도 그녀의 누더기 치마 밑으로 드러난 멍든 속살을 보려고 하지 않았다.

"지금 나한테 묻는 거야? 스스로한테 묻지 그래?"

매타가 고개를 홱 들었다. 흰자위에 핏대가 잔뜩 서 있었다.

"네가 고르고 골랐다는 사람은 늙은 변태였어! 너는 혼인 행렬에 호위군을 붙였다고 했지만, 그 길에서 나는 윤간을 당했어! 그 영감은 내가 처녀가 아니라면서 때리고, 욕하고, 컴컴한 방에 가두고, 밥도 물도 주지 않았어. 그리고 몽둥이······. 그 몽둥이로 날 두들겨 팼다고! 찰답란! 왜 날 죽이지 않는 거야? 십몇 년 전에 널 구하는 게 아니었어!"

매타는 허연 이를 드러내고 혁련쟁의 손등을 깨물었다. 어찌나 세게 물었는지 피가 뿜어져 나왔지만, 혁련쟁은 조금도 움직이지 않고 달려오는 호위군을 물리쳤다. 잠시 후 매타는 몸에 힘이 풀려 그의 팔에 풀썩 기댔다. 하지만 여전히 혁련쟁의 손등을 깨문 채였다. 혁련쟁은 그녀를 부축하듯 안고 먼 하늘을 바라보았다. 아무도 그의 표정이 보이지 않았다.

"일행 중에 노파가 있으니 불러 와라."

혁련쟁은 식량을 보낼 때마다 핑계를 찾아 봉지미와 화경이 부릴 수 있도록 나이 든 시녀 둘을 보냈다. 이번에 함께 가던 노파는 호위군의 손에 거의 끌려오고 있었다. 혁련쟁은 매타를 마차에 태우고 자신은 끌채 위에 앉았다. 호위 병사가 얼른 달려와 혁련쟁의 팔에 난 상처를 치료해 주었다. 노파가 다가오자 혁련쟁이 차갑게 말했다.

"들어가서 매타 이모님의 몸을 살펴보고, 본대로 내게 낱낱이 고해라. 그리고 오늘 본 것은 무덤까지 가져가야 한다."

겁에 질린 노파가 고개를 끄덕이며 마차로 들어갔다. 잠시 후에 연민이 가득한 표정으로 혁련쟁에게 뭐라고 몇 마디를 보고했다. 혁련쟁은 노파에게 물러가라 손짓하고 한참을 앉아 있다가 마침내 마차로 들어갔다. 매타는 옷을 갈아입고 누워 있었고, 미친 사람처럼 보이던 눈도 안정을 되찾았다. 그녀는 그를 보자 방긋 웃기까지 했다. 그녀가 양팔을 벌리고 그를 향해 나지막이 말했다.

"아찰······ 아찰······. 조금 전까지만 해도 난 죽는 줄만 알았어. 그런

데 갑자기 너를 만나게 되니까 내가 미쳤었나 봐. 나한테 물린 곳은 어때? 많이 아파? 어디 좀 봐…….'

혁련쟁은 매타의 초췌한 모습에 눈시울이 붉어졌고, 하마터면 눈물을 흘릴 뻔했다. 그는 치료를 마친 팔을 그녀에게 보이며 억지로 웃어 보였다.

"별 거 아니에요."

매타는 흰 천으로 싸맨 상처를 쓰다듬으며 눈물을 뚝뚝 떨궜다.

"아찰……. 네가 그런 거 아니지? 내가 널 키우다시피 했는데, 나를 그렇게 악독하게 대했을 리 없어!"

혁련쟁은 말이 없다가 겨우 대답했다.

"매타 이모님……. 분명 무슨 오해가 있었을 겁니다."

"오해라고?"

매타는 몹시 흥분해서 자리에서 냅다 일어나 자신의 옷자락을 들춰 보였다.

"사람을 이 지경으로 만들었는데 오해는 무슨 오해…….'

"그…… 그만!"

혁련쟁이 황망히 막으며 말했다.

"그만 하세요, 이모님. 흥분 가라앉히시고 천천히 얘기합시다."

매타는 눈을 감고 어깨를 들썩이며 차갑게 비꼬았다.

"순의 대왕 전하! 제 말을 믿지 못하겠거든 저를 다시 덕주 마장으로 보내시지요! 왕비에게 두 눈을 똑똑히 뜨고 보라고 하세요. 그럼 누가 거짓말하는지 밝혀지겠죠!"

"이모님, 그런 말씀 마세요. 제가 왜 이모님을 안 믿나요."

혁련쟁이 달래듯 말했다.

"하지만 왕비는 그럴 사람이 아닙니다. 분명 무슨 오해가 있을 거예요. 이렇게 하죠. 지금은 제가 처리할 일이 있으니 우선 왕정으로 돌아가 계세요. 제가 돌아오면 그때 다시 얘기해요. 알았죠?"

"나를 혼자 왕정에 버려두겠다고?"

매타가 눈을 동그랗게 뜨고 따져 물었다.

"나더러 혼자서 늑대처럼 흉악하고 여우같이 교활한 왕비를 만나라고? 나를 또다시 시궁창으로 던질 셈이야?"

혁련쟁의 입이 떡 벌어졌다. 지금 봉지미가 왕정에 없다고 알릴 수는 없었다.

"그럼 왕정으로 돌아가지 맙시다. 청조부 족장에게 이모님을 성심껏 돌보라고 명을 내려 두겠……."

"왕이시여! 집어치우시죠!"

매타는 차갑게 웃었다.

"네 사람이라면 왕비의 개같아! 두고 봐. 오늘 나를 보내면 내일 곧장 덕주로 돌아갈 거야!"

"그러면 어쩌라고요?"

혁련쟁이 미간에 주름을 잡았다.

"나도 널 따라갈래!"

매타는 한 치도 양보할 수 없다는 듯 단호하게 외쳤다.

"네가 가는 곳이 어디든 따라갈 거야. 아참, 내가 이 지경이 되었는데도 내 말을 믿지 않는 거야? 나를 데려가지 않겠다면 지금 여기서 뛰어내리겠어! 네 마차 바퀴에 깔려죽을래!"

매타는 말이 끝나기 무섭게 이불을 차 버리고 마차 아래로 굴러 떨어지려 했다. 혁련쟁은 그녀를 막아서면서도 단호하게 말했다.

"매타 이모님, 무슨 일이 있었든 누구의 잘못이든 내가 돌아온 다음에 얘기해야 해요. 지금은 이모님을 데리고 갈 수 없습니다. 이번 일은 아주 중요해요."

혁련쟁은 더 이상 말하지 않고, 매타를 마차에 두고 내려서 외쳤다.

"스무 명이 남아 매타 이모님을 청조부까지 호위하라!"

혁련쟁은 그 말을 남기고 뒤도 돌아보지 않은 채 말을 타고 가 버렸다. 하지만 얼마 가지 못하고 등 뒤에서 들려오는 처절한 비명 소리를 들어야 했다. 매타가 호위군을 뿌리치고 혁련쟁의 행렬을 따라 달려오고 있었다. 신발도 신지 못하고 맨발로 모래 위를 달리느라 발바닥에 피가 났는지 걸음걸음 핏자국이 남아 있었다. 하지만 그녀는 아무 느낌도 없는 얼굴이었다. 어디서 그런 힘이 나왔는지 힘껏 달려와 마차 행렬의 꽁무니를 따라잡는데 성공했다. 혁련쟁이 깜짝 놀라 크게 외쳤다.

"세워라!"

마차가 멈추자 혁련쟁은 날랜 말을 타고 매타에게 달려갔다. 수레의 끌채를 끈질기게 쥐고 있던 매타가 처량하게 고개를 들고 말했다.

"아찰……. 내가 싫다면 시체가 되어서 널 따라갈 거야."

혁련쟁이 햇빛 아래 멍하니 굳었다.

"아찰, 뭐가 두려운 거야? 내가 너와 왕비에게 뭘 어쩔 수 있겠어? 이 꼴이 되었는데……."

매타가 처량하게 웃었다.

"왕비를 지키고 싶어 하는 너의 마음 잘 알아. 내가 이 지경이 되었는데도 너는 그 여자를 감싸는구나. 무슨 일이 있어도 너는 그 여자만 믿는다는 거지? 그럼 나를 데려가서 그 여자 앞에 두고 물어봐. 너의 고결한 왕비께서 정말 나한테 떳떳한지 물어보란 말야."

시종일관 굳어 있던 혁련쟁의 표정이 드디어 조금씩 흔들렸다. 매타는 여전히 끌채에 매달린 채 눈물이 그렁그렁한 눈으로 혁련쟁을 바라보며 말했다.

"아찰, 내 아찰……. 넌 영원히 그토록 우직하겠지. 그때 말이야, 네가 두 살 때 너를 안고 풀숲에 숨었을 때도 너는 울음소리 한 번 내지 않았어. 오히려 내게 '매타 누나, 무서워하지 마'라고 했었지. 그 콩알만

한 녀석이…… 무서워하지 말라고 했어. 내가 너를 품에 안자 너는 떨지도 않았어. 네가 무섭지 않다는데 내가 두려울 게 뭐가 있었겠니? 네 삼촌의 긴 총이 풀숲을 헤치느라 네 손을 풀에 베였는데도 너는 움직이지도 않았단다. 내가 뭐가 두려웠겠어? 그냥 언 호수일 뿐이었는데……. 죽진 않을 거라고 생각했어. 아찰, 보렴. 나는 이 꼴이 되었는데도 죽지 않았어. 나의 아찰……. 이제 내게 남은 건 아무것도 없어. 난 살아도 널 위해 살고, 죽어도 널 위해 죽는 거야…….”

“그만 해!”

죽어도 같이 죽어

"그만 해!"

혁련쟁이 소리치자 쉬지 않고 지껄이던 매타도 입을 다물었다. 그녀는 눈물범벅인 얼굴을 들어 그를 바라보았다. 그는 그녀를 거들떠보지도 않고 짜증스러운 듯 발을 굴렀다. 호위병들이 그녀의 훌쩍거리는 모습과 도포 자락 사이로 드러난 피 묻은 발을 측은하게 바라보았다.

인이길의 전사인 호위병들은 매타를 잘 알고 있었다. 비록 지난날 그녀가 잘난 척하는 꼴은 보기 싫었지만, 사내란 어려움에 빠진 여자를 보면 동정심을 억제할 수 없는 법이었다. 매타가 이토록 비참한 지경이되었는데, 왜 함께 데려가지 않는지 의문이 들었다. 그저 식량을 전달하는 단순한 임무인데다 수많은 호위병과 함께인데 왕께서 무엇을 걱정하시는지 알 수 없었다.

"전하."

이번 임무에 팔표 호위 중 넷이 파견됐다. 대붕은 기회를 봐서 왕을설득하려 했지만, 삼준은 그들의 정의롭고 후덕한 대왕이 매타를 팽개칠 리 없다고 생각했다. 왕에게는 생명의 은인이자 키워 준 사람인 매타가 이토록 참혹한 꼴이 되어 나타났으니 말이었다. 그래서 삼준은 앞으로 다가가 주도적으로 그녀를 부축했다. 혁련쟁은 그들을 등지고 서서 아무 말도 하지 않았다.

매타는 눈물을 거두고 혁련쟁의 뒷모습을 바라보았다. 그가 움직이지 않는 것을 확인하자 입가에 웃음을 띠고 삼준과 노파의 부축을 받아 마차에 올랐다. 혁련쟁은 끝까지 움직이지 않았고, 호위병도 안도의 한숨을 쉬며 기분 좋게 마차를 따라 나섰다.

매타가 마차에 올라탔을 때 혁련쟁도 말에 오르며 팔표 중 수레를 가장 잘 모는 대붕에게 말했다.

"가서 매타가 탄 마차를 몰아라."

대붕이 명령에 따라 끌채에 오르자 혁련쟁은 즉시 마차의 문을 닫아 버렸다. 식량 배송용 마차는 창문 없이 문만 있었고, 이동 중 식량이 쏟아지는 것을 방지하기 위해 문에 쇠 빗장이 걸려 있었다. 혁련쟁은 문을 닫고 빗장을 잠근 후 채찍을 높이 들어 마차를 끄는 말의 엉덩이를 힘껏 후려쳤다. 놀란 말이 길게 한 번 울더니 발굽을 들고 질주했다. 마차 안에서 매타의 비명 소리가 들렸고, 끌채에 앉은 대붕은 놀라 고삐를 쥔 채 눈만 끔벅거렸다. 혁련쟁이 크게 고함쳤다.

"마차를 몰고 매타를 왕정으로 모셔라!"

대붕은 허겁지겁 고삐를 당겨 자세를 잡아 흥분한 말을 진정시켰고, 비틀거리던 말은 이내 안정적으로 달리기 시작했다. 흔들리는 마차에서 비명에 가까운 울음소리가 울렸고, 문에 몸을 쿵쿵 박는 소리도 들려왔다. 그 소리는 마치 북채가 되어 모든 이의 마음을 무겁게 때리는 듯했다. 혁련쟁은 확 돌아서 마차를 등지고 주먹을 불끈 쥔 채 두 눈을 감았다.

병사들은 움직이는 법을 잊은 듯 멍하니 굳어 있었다. 그들은 하마터면 뒤집힐 뻔한 마차를 대붕이 안정적으로 모는 모습을 보고 나서야 안도의 한숨을 내쉬었다. 하지만 문을 쿵쿵 때리는 묵직한 소리는 여전히 귓가에 울리는 것 같았다.

"전하!"

바른말을 꺼리지 않는 초원 사내들은 왕의 행동에 이의를 제기하듯 크게 소리쳤다. 그들은 왕의 이기적이고 잔인한 모습에 놀랐다. 그들이 알던 공정하고 용맹하며 자애로운 왕이 맞는지 의심이 들었다.

"병사 스무 명을 보내 호위하여라."

혁련쟁은 기운이 빠져 군중의 불만은 들리지도 않았다. 피곤한 기색이 역력한 얼굴로 손을 흔들며 겨우 말에 올랐다. 병사들은 낯선 사람을 바라보듯 그들의 왕을 바라보며 꿈쩍도 하지 않았다. 마차를 멀뚱멀뚱 바라보던 삼준이 호되게 발을 구르며 손을 번쩍 들고 호위 병사 하나를 채찍으로 내리쳤다.

"냉큼 따르지 않고 뭐해?"

호위병 스무 명이 말에 올라 마차를 쫓아갔다. 남은 사람들은 말없이 서로를 바라보기만 했고, 종전까지 즐겁게 웃고 떠들던 소리는 하늘 밖으로 사라져 버렸다.

삼준은 잠자코 마차를 몰 뿐 아무도 쳐다보지 않았다. 혁련쟁은 말에 앉아 굳게 침묵을 지켰다. 혁련쟁도 아둔한 사람은 아니어서 지금까지 그를 신처럼 받들고 존경하던 병사들의 실망감을 느낄 수 있었다.

병사들은 이유 없이 몰인정한 왕의 모습을 보자 마치 신이 지상으로 추락하는 듯한 기분이었다. 우상이 확립되기까지는 오랜 세월의 배양이 필요했지만, 그것의 붕괴와 파멸은 한순간이었다. 초원 사내들은 대의명분을 위한다면서 이것저것 따지는 일을 할 줄 몰랐다. 다만 은혜를 입었으면 반드시 갚고, 어려움에 처한 사람은 도와야 한다고 알고 있었다.

이번 일로 혁련쟁은 처음으로 주변의 모든 사람들이 그에게 적의와 불만을 품은 상황을 경험했고, 그 기분이 견딜 수 없이 쓰다는 것을 알게 되었다. 그가 고개를 들고 긴 한숨을 뱉었다. 멀리 하늘가에 두둥실 흘러가는 구름이 마치 힘차게 달려오는 말 무리 같았다. 순간 그것이 검은 갑옷에 푸른 옷을 입은 순의 철기군으로 보였다. 번쩍이는 장검을 차고 날랜 말을 몰며 끝없는 북방의 벌판에서 피의 질주를 벌이는 것 같았다. 수많은 병사 중에서 검은 갑옷을 입은 소년이 맨 앞으로 나와 온화하고 강인한 미소를 짓고 있었다.

'지미. 나는 절대로 당신 곁에 위험을 데려갈 수 없소. 아주 하잘것없더라도 말이오. 나는 절대 그리할 수 없소. 세상 모두가 그 때문에 내게 손가락질을 한다면, 나는 기꺼이 받겠소!'

"백두산의 지름길 정비가 거의 마무리되었다."

키 작은 산 뒤에서 봉지미가 수하들에게 마지막 계획을 은밀히 전달하고 있었다.

"이 길의 끝은 절벽이다. 다행이 아주 가파르진 않지만, 소리를 전혀 내지 않고 내려가기는 쉽지 않을 것이다. 그래서 우리는 소수의 정예병이 급습하는 방법을 택한다. 내가 직접 병사를 이끌고 내려가 진사우의 본진을 급습할 것이다. 나머지는 순우와 양우가 인솔하되, 말발굽에 볏짚을 감고 입에는 재갈을 물려 본진에서 5리 떨어진 백령요에서 대기하여라. 붉은 폭죽을 신호로 삼을 것이니 이쪽에서 본진을 치면, 그쪽에서 즉시 맹공을 퍼부어야 한다."

"저도 함께 가겠습니다!"

요양우가 즉시 반기를 들었다.

"안 돼."

봉지미가 요양우보다 더욱 강경하게 거절했다.

"너의 무공으로는 어림도 없다."

한량 3인방은 목을 빳빳이 세우고 쌈닭처럼 눈을 부릅떴지만, 봉지미는 쳐다보지 않았다. 순우맹은 자신도 못 가는데 감히 네놈들이 갈 수 있을 거라고 생각했냐는 표정으로 싱글벙글 웃었다.

"조심 또 조심할 것입니다!"

요양우가 애원하며 백두산 쪽을 바라보았다. 어쩐지 불안한 마음이 들었다.

"너희들을 데려가면 짐만 돼."

봉지미는 인정사정 봐주지 않고 말했다.

"본진을 급습하는 일이 애들 장난인 줄 아느냐? 본진에 병사가 10만이란 말이다!"

"그럼 저 여자는 왜 데려가죠?"

여량은 승복할 수 없다는 듯 화경을 노려봤다. 화경이 곧바로 허리춤에서 쌍검을 꺼내 여량에게 들이밀며 말했다.

"왜냐고? 궁금하면 어디 칼을 뽑아 보시지!"

여량은 눈만 끔벅일 뿐 아무 말도 할 수 없었다. 똑같이 집을 나와 무공을 연마한 처지였지만, 아무리 보아도 화경의 실력이 훨씬 뛰어난 것이 사실이었다.

"잘났다. 흑과부!"

"뭐? 이 샌님이!"

닭싸움 현장 마냥 떠들썩해지자 봉지미는 본 척도 하지 않았다.

"종 대인이 너희와 함께 간다."

봉지미가 말했다.

"지형을 사전 탐색해 보니 절벽 뒤에 눈에 잘 띄지 않는 굴이 있다. 만약 일이 잘못될 경우 그 굴을 통해 퇴각하면 되니 많이 위험하진 않다. 오히려 후방에 있을 너희들은 일당십으로 본진을 덮쳐야 하니 우리

보다 고될 것이다. 나는 고 형과 함께 가니 걱정하지 않아도 된다."

요양우가 뭐라고 더 말하려 했지만, 봉지미는 조금의 여지도 주지 않고 벌떡 일어섰다. 그때 쿵, 하는 소리와 함께 허공에서 사람 하나가 떨어졌다. 가여운 그 사람은 앞으로 머리를 박으며 푹 고꾸라졌다. 멀리서 고남의가 손을 탁탁 털며 말했다.

"엿들었다."

말을 마친 고남의가 다시 저벅저벅 물러났다. 바닥에 엎어진 자가 겨우 고개를 들었다. 얼굴을 보니 영혁이 보낸 교위 위옥이었다. 봉지미는 이자를 비밀 작전 회의에 끼워 준 적이 없었다.

"장군."

위옥은 겨우 몸을 일으켜 웃는 듯 마는 듯 미묘한 봉지미의 눈빛을 보고 몸서리를 쳤다. 하지만 이내 급박한 목소리로 말했다.

"장군의 계획은 너무 위험합니다."

"초왕에게 보고할 것이냐?"

봉지미가 위옥의 말을 잘랐다. 뜻밖에도 위옥은 고개를 끄덕이며 간절하게 말했다.

"장군, 제가 이곳에 오기 전에 전하께서 제게 직접 부탁하셨습니다. 장군의 모든 계획과 작전, 요양우 교위가 보고하는 내용까지 낱낱이 전하께 보고하라고요. 저는 왕명을 절대로 거역할 수가 없습니다."

"그럼 가거라."

봉지미의 대답은 뜻밖이었다. 그녀가 손뼉을 치자 고남의가 절름발이 나귀를 한 마리 끌고 나타났다. 못생기고, 늙고, 쇠약한 그 나귀는 눈에 눈곱이 잔뜩 끼었고, 당장이라도 숨이 끊어질 듯 헐떡거렸다. 봉지미는 존경스러운 눈으로 고남의를 바라보았다. 그냥 나귀를 한 마리 구해 오라 했을 뿐이었는데, 어디서 이런 훌륭한 놈을 골라 왔는지 알 수 없었다.

위옥의 표정이 소태를 먹은 듯 일그러졌다. 나귀의 등에 앉는 순간 가죽 위로 드러난 앙상한 척추뼈에 둔부를 찔릴 것 같았다. 백 리가 넘는 길인데 늙은 나귀를 타고 가면 과연 제때 보고할 수 있을지 의문이 들었다. 도착할 즈음에는 이미 상황이 종료됐을 터였다.

"가라."

봉지미는 친절하게 위옥을 앉혀 주고 나귀의 궁둥이를 툭툭 쳤다. 늙은 나귀는 달팽이 같은 속도로 움직이기 시작했다.

"내 대신 전하께 안부 전하는 것 잊지 말거라! 나귀는 돌려줄 필요 없고, 내가 몸보신 하시라고 보낸 녀석이라 전하거라. 미인에게 꽃이 어울리듯, 현명한 왕께는 나귀가 제격 아니겠느냐. 위지의 갸륵한 충심을 전하께서 알아주시길 바란다."

위옥은 난처한 얼굴로 나귀를 몰고 보고하러 떠났다. 봉지미는 하늘을 한번 쳐다보며 말했다.

"혁련쟁이 보낸 식량이 곧 도착할 테니 배불리 먹고 출발하자. 승패는 바로 오늘 이경에 날 것이다!"

가을의 밤바람이 풀잎을 스치며 쓸쓸한 소리를 냈고, 모닥불도 휘청이게 만들었다. 마차 안의 울음소리는 계속 멈추지 않았다. 대붕은 한숨을 크게 쉬고는 모닥불에서 구운 양 다리 한쪽을 가져와 마차 앞에 서서 말했다.

"매타 이모님, 이것 좀 드세요."

대답 대신 한층 더 구슬픈 곡소리가 들렸다.

"대왕께서 너무하셨어!"

모닥불 주변에 앉은 병사 한 명이 어두운 표정으로 참아 온 말을 꺼냈다.

"이모님이 따라가면 좀 어때서 그래? 거동도 제대로 못하시는데 뭐가 두려운 거지?"

"솔직히 나는 매타 이모님 말이 맞다고 생각해. 이모님이 왕정으로 돌아갈 수는 없어."

또 다른 병사가 미간을 찌푸리고 말했다.

"왕비가 어떤 사람인지 너희들도 알지? 보통 사나워야지. 이대로 돌아가면 왕비는 그 길로 다시 매타 이모님을 덕주로 보내 버릴 거야."

"어휴, 거길 어떻게 돌아가라고?"

또 다른 사람이 씩씩거렸다.

"이모님 몰골을 좀 봐!"

"역시 중원 여인들은 속이 시커메서 총애 다툼이 심하군!"

"맞아!"

"귀하신 분을 뒤에서 욕하면 못 쓴다."

대붕이 다가와 나지막이 충고하자 모두 입을 닫았다. 얼마간 침묵이 이어지다가 다시 누군가 참지 못하겠다는 듯 말했다.

"대붕 대인, 보십시오. 매타 이모님이 저 지경이 되셔서 먹지도 마시지도 않고 울기만 하잖아요. 저러다가는 왕정에 도착하기도 전에……."

대붕의 안색이 변했다. 그가 우려하는 부분을 건드렸기 때문이었다. 왕이 매타를 그에게 맡겼는데 도중에 무슨 일이 생기면 왕을 뵐 낯이 없을 것이었다.

"내가 가서 달래 보마."

대붕이 일어나 마차 쪽으로 향했다.

"이모님, 좀 드셔야 왕이 오실 때까지 버티시죠."

대붕이 마차 앞에 쭈그리고 앉아 간절하게 설득했다.

"그 사람이 올 때까지 내가 버틸 수 있을까?"

얼마 후 울먹이는 매타의 목소리가 들렸다. 매타가 드디어 입을 열자 대붕이 기뻐서 말했다.

"조금만 버티세요. 왕께서는 금방 오십니다. 한나절만 지나면 돌아오실 거예요."

매타가 또다시 말이 없다가 한참 후에 대답했다.

"왕정에 가기 싫어."

대붕은 난처한 듯 손을 비볐고 매타가 말했다.

"그냥 여기서 기다리면 어떨까?"

대붕이 머뭇거렸다.

"그건……."

매타는 대붕의 마음이 움직이는 것을 알고 얼른 말을 보탰다.

"왕정으로 돌아가는 길에 일이 생겼다고 둘러대면 되잖아. 왕이 따라오지 말라고 했지 길에서 기다리면 안 된다고 말한 적은 없잖아. 나 왕정에 돌아가기 무섭단 말이야."

매타는 또다시 애처롭게 울기 시작했다. 마차 안에서 새어나오는 약 냄새와 미묘한 썩은 내에 대붕은 또 한번 마음이 아려왔다. 거기에 호위병 몇 명이 다가와 설득하자 결국 대붕도 고개를 끄덕이고 말았다. 매타의 울음소리가 점점 줄어들었다. 대붕은 큰 숨을 몰아쉬며 근처에 키작은 석산의 평지 방향으로 마차를 몰았다. 매타도 기분이 나아졌는지 마차에서 내려 모닥불 앞에 앉아 병사들과 담소를 나누기도 하고, 직접 양고기를 구워 그들에게 건네기도 했다. 그녀의 초췌한 얼굴과 진심 어린 눈빛에 병사들은 마음이 시렸고, 그녀가 건넨 고기를 기꺼이 받아먹었다.

하지만 대붕은 모닥불 곁으로 오지 않았다. 그는 매타 옆으로 가지 않고 높은 바위에 올라 오직 주어진 임무에만 충실하여 망을 봤다. 초원은 통일되었지만 대붕은 호탁부 내부 암투를 잘 알고 있는 혁련쟁의 친위대 일원이었다. 결코 긴장을 늦출 수 없었다.

그때 대붕은 자신을 부르는 매타의 목소리에 고개를 돌렸다. 모닥불에 둘러앉은 병사들이 모두 잠들어 있었다. 그는 순간 아차 싶었다. 하지만 그 깨달음이 머릿속에서 정리되기도 전에 누군가 뒤에서 그를 밀었다. 그는 하늘이 핑 돌면서 바위 아래로 굴러 떨어지고 말았다. 검은 그림자가 소리 없이 날아와 대붕의 등을 짓밟고 서서 모닥불 옆에 있는 매타에게 웃으며 말했다.

"다행히 네가 썩 멍청하진 않아 중간에서 멈췄구나. 더 가면 왕정의 병사들이 출몰하는 지역이라 나도 쉽게 손쓸 수 없었을 거야."

매타가 극렬을 바라보았다. 그녀의 눈빛에 날카로운 살기가 스쳤고, 차갑게 얼굴을 돌리며 그를 아는 체하지 않았다.

"이러지 말지."

극렬이 싱긋 웃으며 날아와 매타의 얼굴을 쓰다듬었다.

"기뻐해야지. 곧 너의 왕이 네 곁으로 올 테니까."

매타가 고개를 홱 돌리며 피했고, 혐오스러운 듯 말했다.

"나한테 손대지 마!"

대붕을 부축하고 있는 극렬을 보며 매타가 의심스러운 듯 말했다.

"왕의 행선지를 반드시 알아내라는 이유는 뭐야? 설마 그 사람을 해치려는 건 아니지?"

"질문이 너무 많군."

극렬이 웃었다.

"아무튼 넌 내가 시키는 대로 해야 왕의 곁으로 돌아갈 수 있어. 그런데 혁련쟁도 정말 잔인하군. 네가 이 꼴이 되어서 애원하는데도 거들떠보지도 않으니 말이야. 난 그놈을 쫓다가 하마터면 위지가 보낸 밀정에게 발각될 뻔했어. 다행히 네가 나한테 틈을 준 거나 다름없지."

"내가 병사들에게 물어봤어."

매타가 말했다.

"왕이 어디로 가는지 모르더라고. 식량 배급을 할 때마다 별도로 사람이 나와서 받아간대. 하지만 아마 대붕은 알고 있을 거야."

"응."

극렬의 가늘고 긴 눈이 반짝 빛났다. 눈동자에 흥미진진하다는 기운이 역력했다.

"내가 여러 가지 소식을 알고 있는데 말이야. 대월의 안왕 전하라면 분명 흥미로워 할 거야."

하늘에 어둠이 깔리기 시작할 때 마차는 봉지미가 있는 백두산 뒤 작은 평지에 도착했다.

"호탁부에서 물품을 보내왔다!"

기쁜 봉지미가 눈을 반짝이며 한걸음에 마중 나갔을 때, 누군가의 웃음소리가 들렸다.

"이 혁련쟁이 사명을 어기지 않고 시간 맞춰 임무를 완수했소!"

"어떻게 전하가 직접 오셨어요?"

봉지미는 놀라면서도 기뻤다. 혁련쟁이 성큼성큼 다가와 병사들에게 마차에 실린 물품들을 내리라고 직접 지시하며 말했다.

"우주에서 보낸 식량과 부족 백성들이 직접 담근 쇠고기 육포를 가져왔소. 그리고 호탁부 대장장이가 벼린 곡도*날이 구부러진 칼, 초원 사내들이 즐겨 먹는 간식거리와 손에 익은 무기들이오. 아마 전사들 손에 착 붙을 것이오."

"이토록 신경 써 주시다니요."

봉지미가 활짝 웃었다.

"여기도 식량이 모자라지 않고, 남은 것도 있습니다. 육포와 간식들은 빨리 나눠 줘야겠어요. 모두 배불리 먹을 수 있게요!"

요양우와 친구들은 큰 감흥이 없었지만 호탁부의 기병대는 환호성을 질렀다. 전투 기간 내내 중원의 곡식과 밀 전병만 질리도록 먹었는데, 오늘 친숙한 음식을 먹을 수 있게 되어 극도로 흥분한 것이었다. 혁련쟁은 봉지미를 요리조리 뜯어보더니 눈썹을 추어올리며 말했다.

"좀 마른 것 같소."

봉지미는 요양우를 힐끗 바라보았다. 어쩐지 혁련 대왕께서 절제하지 못하고 부적절한 말을 할 것 같아 얼른 다른 말을 꺼냈다.

"어서 음식을 차리지 않고 뭐해? 서둘러야 한다고."

요양우는 혁련쟁을 힐끗 보더니 친구들을 데리고 장막을 나서며 중얼거렸다.

"장군께서는 남자에게 인기가 많으시네요."

그 말을 들은 혁련쟁이 풉 하고 웃었다. 봉지미가 씩씩거렸다.

"이놈! 넌 위아래도 없느냐!"

비난하는 말투였지만 봉지미의 눈은 웃음기를 머금고 있었다.

어둠이 깔리기 시작한 황혼의 하늘에서 눈부신 빛이 뿜어져 나왔다. 혁련쟁은 물안개 낀 듯 아련하지만 맑은 봉지미의 눈동자를 보자 목구멍 끝까지 차오른 말이 입가에서 멈춰 버렸다. 오는 내내 묻고 싶었던 의문들과 제기하고 싶었던 의혹들이 전부 사라지고 오직 기쁨만 느껴졌다. 그는 아무것도 물을 필요가 없을 것 같았다. 이런 눈동자를 가진 사람이 그토록 악독한 일을 했을 리 없었으니까. 어쩌면 그녀가 간계를 부렸을 수도 있었고, 수단과 방법을 가리지 않았을 수도 있었다. 하지만 그녀가 택한 악이라면, 반드시 이유와 원칙이 있었을 것이었다.

혁련쟁이 빙긋 웃었다. 마음을 짓누르고 있던 커다란 돌덩이 하나를 치운 듯 온몸이 가벼워지는 느낌이 들 때였다. 예민한 봉지미가 먼저 물었다.

"할 말이 있는 거 같은데요?"

"아니, 없소."

혁련쟁이 고개를 저으며 진심 어린 눈동자로 봉지미를 바라보았다.

"당신 곁에 있으니 마음이 가벼워진 것 같소."

"바보."

봉지미도 빙긋 웃었다. 눈동자에 수줍음과 기쁨이 비쳤다. 바깥에서 들어온 고남의는 혁련쟁을 보고 날듯이 다가와 그 앞에 떡 버티고 섰다. 면사포로 얼굴을 가렸지만 빛나는 눈동자를 느낄 수 있었다. 혁련쟁이 그의 머리를 토닥이며 웃었다.

"지효 소식이 궁금하오? 음……."

혁련쟁이 대답을 약간 망설였다. 머뭇거림에 놀란 고남의가 즉시 앞으로 성큼성큼 다가왔다. 봉지미도 고개를 돌리고 바라보았다.

"별일 없소."

혁련쟁이 얼른 웃으며 말했다.

"다만 며칠 전부터 설사를 하고 열이 올라 칭얼대고 있소. 왕정 의관에게 보였는데 별일 아니라고 했소만, 내가 출발하던 날에도 열이 떨어지지 않았소."

고남의가 얼른 종신을 돌아봤다. 종신은 미간을 찌푸리며 물었다.

"열이 높습니까? 설태를 살펴보셨는지요? 기침을 합니까?"

이어지는 질문에 혁련쟁은 일일이 답했고, 종신의 주름이 깊어졌다. 봉지미가 말했다.

"혹시 홍역이 아닐까요?"

종신은 잠시 생각하다가 말했다.

"환자를 직접 보지 않고는 확신할 수 없지."

종신의 입에서 그런 말이 나오자 사람들은 더욱 진지해졌다. 홍역이 무엇인지 잘 모르는 고남의는 봉지미를 바라보았다.

"괜찮을 거예요. 하지만 종 대인께서 조만간 한번 다녀오시는 게 좋겠어요."

"그건 안 되오. 지금 상황에서 종신 선생의 능력에 기댈 일이 많으니 절대로 군을 이탈하게 할 수 없소."

혁련쟁이 즉각 반대했고, 고남의마저 고개를 저었다. 봉지미가 고남의를 곁눈질로 바라보았다. 단호하게 고개를 젓고는 있었지만 눈은 벌써 왕정 방향을 향해 있었다. 지효에게 나쁜 일이 있을지도 모른다는 소식을 들었는데도 그는 그녀의 안전을 위해 종신을 보내려 하지 않고 있었다.

다른 사람들은 몰라도 봉지미는 고남의에게 지효가 어떤 의미인지 잘 알고 있었다. 난생 처음 자신의 의지로 품에 안고 키운 아이였다. 그에게는 영혼의 열쇠이자 마음의 창이었다. 지효는 그토록 여리고 작은 몸으로 고남의에게 따스함과 부드러움, 기쁨, 연민 등의 감정을 알게 해 준 존재였다. 그러니 고남의가 자기 목숨처럼 지효를 아끼는 것이었다.

"전하. 지효는 남방에서 태어나 초원의 아이들처럼 타고난 체질이 튼튼하지 않고, 초원의 무의는 중원의 의원만큼 이런 병에 관한 경험을 쌓지 못했을 겁니다. 만에 하나 홍역이라면 절대 가벼이 넘겨서는 안 되니 아무래도 종 대인을 다녀오시게 하는 편이 좋겠습니다. 서둘러 다녀오면 됩니다."

혁련쟁은 말이 없었지만 더 반대할 수 없어 미간에 깊은 주름만 잡을 뿐이었다. 고남의는 여전히 고개를 저으면서도 왕정 방향에서 눈을 떼지 못했다. 그 사이 봉지미는 벌써 결단을 내리고 종신을 떠밀고 있었다. 혁련쟁은 한숨을 쉬며 자신의 월마를 끌고 와 말했다.

"그럼 선생이 수고를 해 주셔야겠소. 최대한 빨리 돌아오시오."

종신은 약재 한 첩을 건네며 말했다.

"제가 조제한 만령환(萬靈丸)입니다. 대부분의 독약은 이 약으로 해독할 수 있으니 갖고 계십시오."

세 사람은 종신이 떠나는 뒷모습을 바라보았다. 봉지미는 까치발을 들어 멀어지는 종신을 바라보는 고남의의 손을 잡고 위로했다.

"괜찮을 거예요. 홍역이 아닐지도 모르고, 또 그렇다고 해도 종신 선생님이 갔는데 무슨 걱정이에요?"

고남의는 잠시 생각하더니 봉지미의 손을 토닥이며 말했다.

"당신이 있고 모두가 있으니 아무것도 두렵지 않소."

봉지미는 잠깐 멈칫했지만 이내 빙긋 웃었다. 그리고 고남의의 손을 꼭 쥐며 말했다.

"안심해요. 모두 다 여기 있으니까요."

요양우는 장막을 나선 김에 취사병에게 가 보았다. 큰 냄비에 담긴 양고기가 부글부글 끓고 있었다. 중원 사람들에게는 코를 찌르는 특유의 냄새가 불편했지만, 초원 사내들은 냄비 주변에 우르르 몰려들어 군침을 흘리게 만들었다. 요양우는 냄새에 미간을 찌푸리다 문득 언덕에서 목을 움켜잡고 억지로 치즈를 삼키던 위 장군의 모습을 떠올렸다. 이렇게 향이 강한 초원 음식이라면 장군의 입에도 맞지 않을 거라는 생각이 들었다.

"어째서 묵은 쌀로 밥을 했지? 햅쌀을 배급하지 않았더냐?"

요양우는 냄비에 담겨 있는 누런 쌀밥을 바라보며 말했다.

"게다가 얼마 전 내린 폭우로 쌀이 젖어서 냄새가 나지 않느냐."

"장군의 명령입니다."

취사병이 웃으며 말했다.

"절대 낭비하지 말고 묵은 쌀부터 소비하라는 명이 있었어요."

"그래도 햅쌀로 죽을 끓여 오너라."

요양우는 망설이다가 배급 식량을 뒤져 보고는 활짝 웃으며 말했다.

"채소와 달걀이 있었다니! 신선한 놈으로 골라서 한 접시 볶아 장군의 막사로 가져오너라. 만약 물어보면 내가 시켰다고 하면 된다."

"알겠습니다."

취사병은 날렵하게 움직이며 배시시 웃었다.

"역시 요 교위는 장군을 끔찍이 생각하시는군요. 사실 장군께서 고생이 참 많으시지요."

요양우는 껄껄 웃으며 채소의 향내를 한 번 더 맡고는 아쉬운 발걸음을 돌렸다. 그리고 병사들과 함께 양고기 앞에서 저녁 식사를 기다렸다. 저녁상이 막사로 들어왔을 때 봉지미는 잠깐 인상을 찌푸렸지만, 고남의를 힐끗 보고 나서 별말을 하지 않았다. 맹추도 가엾긴 마찬가지였다. 그녀보다 더 양고기를 싫어하는데도 매번 눈을 딱 감고 먹었다. 게다가 북방에서 전쟁을 치르니 호두 공급도 없었다. 봉지미는 매번 고남의의 허리춤에 걸린 호두 주머니를 볼 때마다 마음이 아팠다. 딸과 떨어져 있고 호두도 못 먹는데다 신선한 채소마저 못 먹게 한다면, 아무리 얼굴 두꺼운 봉지미라도 미안할 듯했다.

"전하께서는 양고기를 드세요."

봉지미가 혁련쟁을 떠밀었다.

"우리는 여기서 죽을 먹을게요."

"꿈도 꾸지 마시오."

혁련쟁이 봉지미에게 바짝 붙어 앉아 단숨에 죽 한 그릇을 비우며 말했다.

"숨어서 혼자 먹을 생각은 하지도 마시오."

봉지미가 웃으며 맹추의 죽 그릇에 채소를 얹어 주며 말했다.

"다 드시고 나면 어서 돌아가세요. 왕정에서 전하를 기다리는 이가 많잖아요."

혁련쟁은 봉지미를 쳐다보지도 않고 그녀의 그릇에 채소를 담아 주었다. 하지만 봉지미가 손으로 그릇을 막았다. 혁련쟁은 젓가락을 놓지 않고 그녀를 빤히 바라보았다. 그의 보랏빛 도는 호박색 눈동자가 유난히 빛나며 무언가를 주장하고 있었다.

"종신 선생도 없는데 나까지 갈 수는 없소."

혁련쟁이 말했다.

"기어서라도 따라갈 것이오."

"전하께서는 존귀한 신분……."

봉지미가 타일렀지만 혁련쟁은 죽 그릇에 코를 박고 먹는 데만 열중했다. 그는 한번 고집을 부리기 시작하면 황소 여덟 마리가 끌어도 꿈쩍 않을 사람이었다. 그녀는 또 한 번 한숨을 쉬었다. 세 사람은 대강 식사를 마쳤고, 소박한 반찬 그릇은 진작에 깨끗이 비워졌다. 특히 너무 오랫동안 중원의 채소를 그리워했던 고남의가 제일 많이 먹었다. 그때 순우맹이 군장을 갖추고 들어와 말했다.

"장군, 저희는 먼저 떠나겠습니다."

"백두애 아래서 보자."

봉지미가 웃었다.

"백두애 아래서 뵙겠습니다."

순우맹의 눈빛에서 흥분이 느껴졌다. 그가 떠나자 낮지만 힘 있는 호령 소리가 들렸고, 9천 기병이 그 길로 백령요로 향했다.

"우리도 준비해야 합니다."

봉지미가 막사로 들어가 몸에 달라붙는 검은 옷을 입고 나왔다. 혁련쟁도 환복을 하였고, 언제나 하늘하늘한 푸른 도포 자락을 휘날리던 고남의도 몸을 감싸는 검은 야행복을 입고 있었다. 봉지미는 몸에 붙고 재질도 좋지 않은 옷이 고남의 같은 사람에게 얼마나 불편할지 알고 있었다. 아마 고남의는 입고 있는 것만으로도 고역일 것이었다.

"고 형의 무공이라면 들킬 일 없으니 이러지 않아도 괜찮아요."

"당신의 안전이 제일 중요하오."

목석같이 대답한 고남의는 어느새 사라지고 없었다.

야간 급습을 맡은 300명의 정예 군사는 화경의 인솔 하에 막사 밖에서 봉지미를 기다리고 있었다. 봉지미는 고개를 들어 하늘을 바라보았다. 컴컴한 초원의 밤에 안개가 자욱했다. 종신이 떠날 때 오늘 밤 안개가 낄 것이니 행동을 개시하기 안성맞춤일 것이라고 했었다. 전방에 아무렇게나 자란 풀숲을 헤치자 좁고 깊은 길이 나타났고, 그 길은 산 깊은 곳까지 뻗어 있었다. 사람들은 활활 타오르는 눈으로 봉지미의 명령이 떨어지길 기다렸다. 그녀는 아무 말도 하지 않고 눈앞의 백두산을 쪼개듯 허공에서 손날을 대각선으로 그었다. 동작에 힘이 있고 살기가 등등했으며, 검은 옷자락이 암흑 속에서 차가운 번개처럼 빛났다. 모두 그 소리 없는 동작에 숙연해졌고, 뜨거운 피가 그들의 눈빛만큼 끓어올랐다.

화경이 쌍검을 뽑아 들고 앞으로 달려나갔다. 300여 명이 뱀처럼 길게 일렬로 늘어섰다. 모두 무기를 검게 칠하고, 몸에 붙는 검은 옷과 가벼운 헝겊 신발을 신고 있었다. 그들은 허리에 기다란 밧줄을 걸고 무릎을 살짝 굽혀 잡초 사이로 난 지름길을 빠르게 통과했다. 어둠 속에서 검은 그림자의 행렬이 바람처럼 풀 위를 서성이다 물처럼 흘러갔다. 옷에 잡초가 닿아 슥슥거리는 소리가 났고, 멀리 불어오는 바람 소리와 한데 섞여 퍼져 나갔다. 백두애에 도착하자 봉지미는 손짓으로 모두에게 이동을 멈추라고 명했다.

절벽에 엎드려 아래 상황을 살폈다. 진사우의 본진은 십 리 정도에 불과했고, 어둑어둑한 불빛 아래 순찰을 도는 당직 병사들이 분주하게 오가고 있었다. 모든 막사가 똑같이 생겨서 진사우의 막사는 찾지 못했다. 봉지미는 눈을 감고 절벽 아래 지형도를 머릿속에 떠올려 보고는 한 방향을 가리켰다. 그녀의 곁에 있던 혁련쟁이 고개를 끄덕였고, 군사들은 새끼줄에 꿰인 굴비처럼 줄줄이 딸려 내려왔다.

봉지미와 고남의가 맨 앞에서 재빠르게 절벽을 타고 내려왔다. 순찰병 한 무리가 다가오자 봉지미는 소리 없이 장막 뒤로 굴러가 몸을 숨겼다. 병사들이 전혀 눈치채지 못하고 지나가려 할 때 봉지미가 전광석화처럼 몸을 일으켰다. 손에 든 등을 이리저리 움직이던 순찰병이 뭔가길고 검은 것이 지나갔다고 확신한 찰나, 뒤를 돌아볼 새도 없이 목에서늘한 기운을 느꼈다. 그는 순식간에 축 늘어져 봉지미의 팔에 매달리는 신세가 되었다. 봉지미는 그의 목을 잡고 막사 뒤로 끌고 간 후 조심스럽게 시체를 눕혔다. 그리고 재빠르게 그의 바지를 벗겨 자신이 꿰어입고는 팔에 붉은 천을 감았다. 나중에 혼란스러운 상황에서 자신의 사람을 분별하기 위한 표식이었다.

옆에 따라온 두 사람도 두 구의 시체를 눕혔다. 혁련쟁과 고남의도똑같이 대월 병사의 의복으로 갈아입었다. 셋은 소리 없이 손짓을 나눈후 각자의 방향으로 나아갔다. 또 다른 순찰대가 그들을 발견했다. 등을 들었으나 얼굴이 잘 보이지 않아 가까이 다가와 암구호를 대려는 찰나였다. 그들의 눈앞에 빛이 번쩍했고, 그 다음에는 영원한 어둠을 맞이하고 말았다.

다른 병사들은 한눈을 팔면서 바위 뒤에서 몰래 식량을 훔쳐 먹고있었다. 그때 누군가 다가와 불빛으로 얼굴을 비추자 식량을 허겁지겁등 뒤로 숨겼다. 하지만 손이 향하는 순간 머리통이 바닥으로 떨어지고말았다. 바닥에 떨어진 그 머리는 식량이 그대로 바닥에 떨어지지 않고, 어떤 남자가 뻗은 칼끝에 꽂혀 있는 모습을 신기한 듯 바라보았다.

어두운 밤, 세 사람은 귀신처럼 살기와 피를 몰고 진사우의 막사와중요 장수들 주변의 순찰병들을 암살했다. 이윽고 봉지미는 손을 들고산 쪽으로 다가가 손짓했다. 탁 하는 가벼운 소리와 함께 그녀의 옆으로 화경이 착지했고, 뒤이어 300명이 쉼 없이 굴러 내려왔다. 그들은 한명도 빠짐없이 조용히 착지할 수 있었다. 방향을 잘못 잡아 잔디로 떨어지지 않는 사람들은 고남의가 즉시 손바닥으로 밀어 풀밭에 소리 없이자리 잡을 수 있도록 했기 때문이었다. 봉지미는 막사 몇 개를 가리켰고 모두 명을 받들고 흩어졌다.

어둠 속에서 300명의 검은 암살자들이 막사 사이를 누볐다. 검은 장검은 차가운 전기처럼 살을 파고들었고, 그 칼끝과 살들이 마찰하는 소리는 지극히 조용해서 가을밤 쉼 없이 울어대는 풀벌레 소리에 묻혀 버렸다.

봉지미 등 3인은 진사우의 막사 앞에 도착했다. 겉으로는 다른 막사와 똑같이 보였지만, 가까이 가면 다른 점을 알 수 있었다. 호위가 가장 삼엄하였고, 무엇보다 위치가 뛰어나 모든 막사들이 이곳을 엄호하는 꼴이었다. 진사우는 아직 잠들지 않았는지 장막 내부에 불이 환하게 켜져 있었다. 그는 혼자 있는지 긴 그림자만 장막 벽면에 드리워졌다.

불이 너무 밝아 가까이 다가갈 수 없어서 봉지미 등 3인은 바닥에 붙어 기어가기 시작했다. 아무리 무공이 뛰어난 그들이라도 주변의 호위병을 처치하는데 15분이나 걸렸다. 풀밭에 엎드려 있으니 온몸의 근육이 바짝 긴장됐다. 봉지미가 혁련쟁과 손짓으로 어떤 방법으로 진사우의 막사를 덮칠지 의논하고 있는데 별안간 급박한 발소리가 들렸다. 세 사람은 몸이 굳는 듯했고, 땅에 더욱 바짝 엎드렸다. 혁련쟁이 얼른 봉지미에게 신호를 보냈다.

"철수하는 게 좋겠소?"

봉지미는 고개를 저으며 기다리라는 신호를 보냈다. 그런데 그녀가 고개를 젓는 순간 갑자기 눈앞이 캄캄해졌다. 처음에는 자신이 너무 긴장한 탓이라고 생각했지만, 곧바로 이상한 낌새를 느꼈다. 머리가 어지러우면서 온몸에 힘이 쭉 빠져나갔고, 기운이 너무 없는 나머지 허공에 둥둥 뜰 것만 같았다. 게다가 큰일인 것은 이 괴이한 느낌 때문에 오랫동안 몸 안에 억눌려 있던 열기가 단전에서 솟아나며 그녀의 정맥을 태워 버린 것이었다. 모두 순식간에 일어난 일이라 그녀의 배 밑에 깔린 흙이 식은땀으로 축축하게 젖었다.

봉지미는 그 순간 세 가지 행동을 했다. 첫째, 주변에서 아직도 정찰병을 암살 중인 화경 일행을 살폈다. 그들의 날렵한 그림자가 무사하다는 사실을 증명했다. 둘째, 혁련쟁과 고남의를 살폈다. 둘에게는 아직 이상이 없는 것 같았다. 하지만 밖에서 병사들과 식사한 사람들이 멀쩡하다면, 오늘 밤 채소와 쌀죽을 먹은 이들은 문제가 있을 것이라고 생각했다. 세 사람 모두 먹었으니 전부 벗어날 수 없을 것이었다. 그중에서도 고남의가 특히 많이 먹었지만, 그녀가 가진 고질병 때문에 제일 먼저 발작했을 수도 있었다. 셋째, 봉지미는 별안간 손을 높이 들어 두 사람의 뒷목을 세게 내리쳤다.

봉지미는 있는 힘을 다해 내리쳤다. 세상 모두를 의심하더라도 그녀에게만은 무방비 상태인 고남의와 혁련쟁은 찍소리도 하지 못하고 기절해 버렸다. 두 사람을 기절시킨 봉지미는 애써 몸을 일으켜 세우고 조금 전 다급한 발소리를 내던 그 사람에게 시선을 고정했다. 장수처럼 차려입은 그는 마음이 조급한지 막사 주변 순찰들이 하나도 없다는 사실을 눈치채지 못했다. 그의 뒤로 누군가 따라오고 있었는데, 그도 뭔가 곤란한지 몸놀림이 조금 특이했다. 멀리서 그자의 몸놀림을 지켜보던 봉지미는 가슴속에 천둥이 치는 것 같았다. 다급한 나머지 주변 사람들과 상의할 새도 없이 즉시 귀뚜라미 울음소리를 냈다. 그것은 그녀가 정한 퇴각 신호였다.

검은 그림자가 스치고, 화경과 혁련쟁의 팔표 호위가 봉지미의 곁으로 왔다. 그녀는 그 두 사람이 진사우의 막사로 뛰어드는 모습을 보며, 팔표에게 혁련쟁과 고남의를 데려가라고 손짓했다. 그녀가 보낸 수신호의 의미는 이것이었다.

'작전 변경! 퇴각하라!'

팔표는 갑자기 무슨 일인지 영문을 몰라 그 자리에 멍하니 굳어졌다. 동작 빠른 화경이 얼른 귀뚜라미 소리를 냈다. 곳곳으로 흩어졌던 병사들이 즉시 행동을 멈췄고, 검은 모래가 유리병으로 빨려 들어가듯 화경의 곁으로 순식간에 모여 들었다. 그들은 질서 정연하게 다시 절벽 위로 올랐다. 막사 안에서는 나지막한 소리가 들려왔다. 진사우의 목소리였다.

"어째서 아직도……"

그러자 대답이 들려왔다.

"작은 사고가 생겨서 발이 묶였습니다. 곧……"

희미한 목소리가 들려왔다. 이윽고 진사우가 장막을 냅다 젖히고 무어라 말하려는 찰나였다. 그는 진영 입구에서 소란을 감지했다. 불꽃 사이로 누군가 덮쳐 왔고, 또 누군가 그것을 막아섰다. 그 사람은 멀리서 폴짝폴짝 뛰며 뭐라고 소리쳤는데, 너무 멀어서 들리지 않았다. 그때 병사 하나가 황급히 달려와 진사우에게 진영 내 많은 장수가 살해당했다고 급보를 전했다.

봉지미는 진사우가 막사 앞에서 얼이 빠져 있는 동안 삼준을 세게 떠밀며 낮은 목소리로 외쳤다.

"계획이 변동되었다. 어서 대왕과 고 대인을 모시고 떠나!"

팔표 친위대 중 이호와 삼준이 급히 두 사람을 들쳐 업고 절벽 아래로 달려갔다. 미리 올라간 병사들이 밧줄을 내려 주었다. 하지만 화경은 떠나지 않았고, 쌍검을 쥔 채 봉지미를 바라보았다. 봉지미는 애써 아무렇지 않은 표정을 지으며 웃었다.

"갑자기 더 좋은 계획이 떠올랐어. 진영 입구에 저 사람 보이지? 내가 배치한 사람이야. 언니는 지켜보기나 해!"

화경이 혼란스러운 눈으로 봉지미를 바라보았다. 대체 무슨 꿍꿍이로 이러는 지 알 수가 없었다. 봉지미는 연신 식은땀을 흘리며 자꾸만 휘청이고 꺾이려는 다리를 장검으로 겨우 지탱하고 있었다. 그녀는 이를 악물고 웃으며 말했다.

"빨리 가라니까! 내 계획 망치지 말고!"

봉지미는 손을 번쩍 들고 손가락을 당겨 불꽃을 피웠다. 그리고 불꽃이 터지는 동시에 화경을 절벽 쪽으로 냅다 걷어찼다. 거대한 빛 아래 황망한 비명 소리가 들렸고, 사람들이 쏟아져 나왔다. 하지만 모두 엄청난 불꽃에 눈이 부셔서 눈을 뜨지 못했다. 화경도 봉지미가 갑자기 쏘아 올린 신호에 놀라 무의식적으로 절벽을 기어올랐다.

막사 앞으로 달려 나온 진사우와 극렬의 낯빛이 파리했다. 한바탕 눈부신 빛이 지나간 후 진사우가 고개를 홱 돌렸을 때 절벽에 매달린 사람들이 보였다. 삼준과 이호는 아직 절벽에 다 오르지 못한 상태였다. 둘은 사람을 업었기 때문에 행동이 더뎠고, 그 때문에 절반 밖에 오르지 못한 것이었다. 진사우는 차갑게 웃으며 손을 들었다. 손에는 활이 들려 있었고, 다중으로 발사되는 검은 살이 메겨져 있었다. 활시위를 당기자 끽끽거리는 소리가 났다. 그는 가만히 혁련쟁의 등을 겨냥했다.

진사우는 매우 정확히 조준했다. 아직 많은 사람들이 절벽을 오르고 있었지만, 등에 업힌 사람은 분명 중요한 사람일 테니 망설임 없이 혁련쟁을 겨냥한 것이었다. 봉지미는 또 한 번 신호탄을 쏘아 올렸다. 이번에는 진사우를 향하지 않고 막사 앞 횃불을 향해 던졌다. 굉음과 함께 불꽃이 크게 부풀어 올랐다. 순간 진사우와 극렬은 그 소리와 빛 때문에 뒤로 물러설 수밖에 없었고, 화살은 허공에서 떨어지고 말았다.

대월의 본진은 한바탕 난리가 났다. 놀란 사람들이 진영 밖으로 쏟아져 나왔고, 아무도 무슨 영문인지 몰랐다. 진사우는 재빨리 군심을 다독이고 대처 방법을 이르느라 절벽 쪽으로 눈길을 주지 못했다. 그때 진사우 옆에 있던 극렬이 단박에 봉지미를 찾아냈다. 극렬은 진사우에게 못다 한 말을 하고 싶기도 했고, 병사 하나를 불러다 절벽에 매여 있는 밧줄을 끊어 버리고 싶기도 했다. 그런데 뜻밖에도 바로 옆에서 날카로운 외침이 들렸다.

"극렬!"

극렬이 고개를 돌렸다. 피를 뒤집어 쓴 사람이 그의 목을 휘감더니 인정사정없이 물어뜯었다. 극렬이 소리를 질렀다.

"또 네놈이냐!"

불꽃 아래 아수라장이 되어 모두가 제정신이 아닌 가운데 오직 봉지미만 또렷한 정신을 지키고 있었다. 극렬과 진사우가 한눈을 판 사이 그녀는 몸을 돌려 절벽 쪽으로 퇴각했고, 잡초를 헤치고 그녀가 처음 언급했던 비밀 굴 안으로 몸을 숨겼다. 굴 안쪽에 난 틈으로 밖을 보니 난리 통을 틈타 진영에 쳐들어 온 자가 혁련쟁의 팔표 친위대 중 한 명 인 대붕임을 알았다. 대붕은 피투성이에 찢어진 옷차림이었고, 광기 어 린 표정으로 극렬을 잡고 놓아 주지 않았다. 그가 어떻게 이곳에 나타 나게 된 건지, 또 어째서 극렬과 죽자 사자 맞서는지 알 수 없었다.

극렬은 속으로 재수가 없다고 외치고 있었다. 그는 스승에게서 배 운 독심술을 사용해 대붕이 혁련쟁의 목적지를 말하게 했다. 오늘 그들 의 작전을 예상한 그는 즉시 진사우에게 보고하기 위해 달려오던 참이 었다. 하지만 심지가 굳고 의연한 자아를 가진 대붕은 법술에 홀리고도 스스로 각성했다. 대붕은 완전히 깨어나지 못했지만, 혼미한 상태로 자 신이 대왕을 배반했다는 사실만 기억했다. 그는 뼈저리게 뉘우치며 극 렬에게 한을 품고 여기까지 쫓아온 것이었다.

대붕의 무공은 혁련쟁의 수하 중 으뜸인데다 광기가 그 힘을 배가시 켜 극렬의 길을 막았다. 그 덕분에 극렬이 진사우 진영에 늦게 도착한 것이었다. 그렇지 않았으면 봉지미의 군대는 진작 전멸했을 터였다. 아 수라장이 된 진영에 쳐들어 온 대붕은 절벽 위에 있는 그의 주인을 알 아봤다. 극렬을 보자 각종 원한이 솟아오른 대붕은 극렬에게 달려들었 고, 그를 끌어안고 입을 쩍 벌려 목을 물어뜯었다. 방어를 제대로 하지 못한 극렬은 고개를 돌려 피하려 했지만, 이미 그의 성대는 대붕의 날카로운 이빨에 물려 구멍이 뻥 뚫리고 말았다. 선혈이 분수처럼 뿜어져 나오자 격노한 극렬이 칼을 들어 대붕을 마구잡이로 찔렀다. 대붕은 으억 으억 하는 비명 소리를 냈다. 하지만 대붕은 극심한 고통 속에서도 그를 놓지 않고 물어뜯는 데 열중했다.

둘은 바닥에 쓰러져 야수처럼 뒹굴며 서로를 물어뜯었다. 거친 숨 소리와 함께 피와 살점이 날아다녔고, 주변에는 온통 혈흔이 가득했다. 참혹한 광경에 진사우까지도 몸이 굳어 자리에서 움직일 수 없었다.

"형님!"

절벽 쪽에서 심장이 찢기는 듯한 절규가 들려왔다. 삼준과 이호가 고개를 돌렸고, 눈동자에 핏줄이 터져 눈가에 붉은 피가 맺혔다. 당장 손을 떼고 뛰어내려 달려가고 싶은 심정이었다. 하지만 그리할 수 없어 바위를 꾹 잡았고, 손톱이 쩍쩍 갈라졌다.

"활을 쏴라!"

진사우가 절벽을 가리키며 차갑게 명령했다. 봉지미가 고개를 들었을 때 삼준과 이호는 이미 절벽 끝까지 거의 올라간 상태였고, 위에서 끌어주려고 손을 내민 사람과는 손바닥 하나 정도의 거리에 있었다. 봉지미는 즉시 가면을 벗어 버리고 머리칼을 풀어 헤친 채 몸을 숨겼던 굴 속에서 달려 나갔다. 그녀는 달리는 것이 아니라 거의 굴렀다. 몸에 힘은 모조리 빠져나갔지만 아직도 열이 펄펄 끓었다. 그녀는 진사우의 발치까지 굴러갔고, 진사우는 검은 그림자를 목격한 순간 얼음처럼 차가운 칼날을 마주해야 했다.

진사우는 놀랐지만 당황하지 않고 가볍게 뛰어올랐다. 하지만 봉지미는 이미 그 동작까지 예상한 듯 칼을 가로로 베었다가 다시 세로로 세웠다. 칼끝은 악독하게도 그녀의 머리 위로 뛰어오른 진사우의 사타구니 사이를 향하고 있었다. 또 한 번 놀란 진사우는 허공에서 다리를 모으고 뒤로 한 바퀴 굴러 땅으로 고꾸라졌다. 신들린 듯 춤추는 칼날은 봉지미의 다음 한 수를 수행하기 위해 준비하고 있었지만, 봉지미는 바닥에 털썩 엎드려 힘없이 손을 흔들었다. 마치 수고했으니 이제 쉬라고 말하는 듯한 손짓이었다.

진사우는 얼굴이 파리해졌다. 고개를 들어 보니 삼준과 이호는 절벽에 다 올랐고, 이끌어 준 일행과 함께 어둠 속으로 사라지고 없었다. 격노한 그가 성큼성큼 다가가 장검을 뽑아 들고 소리쳤다. 서늘한 칼날의 빛이 봉지미의 등을 향해 날아오고 있었다. 봉지미는 조금도 움직이지 않았다. 손톱만큼의 기운조차 남아 있지 않았다.

그녀는 바닥에 엎드린 채 요란한 말발굽 소리를 들었다. 자기 심장이 뛰는 소리인지, 요양우의 기병이 도착한 것인지 알 수 없었다. 비록 이변이 있었으나, 오늘 밤 작전 자체는 실패했다고 할 수 없었다. 하지만 유감스럽게도 자신은 살지 못할 것이다. 어머니가 돌아가신 후 그녀는 무거운 마음의 짐을 온몸으로 지고 있었는데, 죽게 된다면 한줌의 재와 연기가 될 터였다. 그녀는 이 순간이 결코 분하지 않았고, 오히려 어렴풋한 해탈 같은 것을 느꼈다. 죽음도 제법 괜찮다는 생각이 들었다. 두 번 다시 번뇌와 고통에 휘둘릴 필요가 없으니 말이다.

봉지미는 옅은 미소를 지었다. 눈처럼 새하얀 칼의 빛에서 화려한 대전과 드높은 옥 계단, 위풍당당한 황금 보좌가 보였다. 그리고 그 자리에 천천히 앉는 수려하고 준수한 남자가 보였다. 이어서 눈 덮인 새하얀 산꼭대기에서 하늘처럼 푸른 소년이 옹알이하는 귀여운 여자 아이와 손을 잡고, 광활한 바다를 닮은 미소를 짓는 모습이 보였다. 또 찬란하게 빛나는 어떤 남자가 말을 타고 탁 트인 초원을 힘차게 누비는 장면도 보았다.

쨍강!

금속이 마찰하는 소리가 귓전에 울렸다. 불꽃이 눈앞에서 튀는 바람에 봉지미는 눈을 질끈 감을 수밖에 없었다. 누군가 그녀의 곁으로 굴러와 가쁜 숨을 내쉬었다. 봉지미가 고개를 돌려보니 흙투성이가 된 화경이었다. 그녀는 화경을 똑바로 쳐다보며 왜 다시 돌아왔냐고 묻지 않았다. 하지만 화경은 진흙탕에서 구르면서도 두려움을 찾아볼 수 없는 웃음을 보이며 낭랑하게 말했다.

"혼자서 영웅 되려고요?"

봉지미가 화경을 바라보았다. 흙과 피로 범벅이 된 여인 둘이 서로를 바라보며 웃었다. 마치 머리 위에 그물처럼 엉켜 있는 칼과, 심장을 겨누고 있는 수많은 창들은 보이지 않는 것 같았다. 아직 절벽 위로 오르지 못한 수하 중 일부가 봉지미와 화경이 위험에 빠진 것을 보고 스스로 밧줄을 끊고 달려왔다. 봉지미는 이를 악물고 팔꿈치를 땅에 디디며 일어나려 했고, 화경이 부축해 주었다. 둘은 서로 의지하며 칼을 지팡이 삼아 일어섰고, 그녀들을 포위한 수많은 병사들에게 냉소를 보냈다. 그리고 거리낌 없이 칼을 뽑아 들고 휘두르기 시작했다.

한 칼에 목숨 하나를 베었고, 한 걸음에 목 하나를 날렸다. 사방에서 선혈이 뿜어져 나왔다. 봉지미는 백령요의 기병이 아직 도착하지 않은 것을 알았지만, 만약 혁련쟁과 고남의가 잡힌다면 그들은 목숨을 부지할 수 없을 터였다. 그녀는 목숨을 거는 것을 싫어했지만, 지금은 목숨을 걸고 싸우지 않을 수 없었다.

기운이 없는 봉지미가 속임수로 칼을 휘두르며 접근하면, 화경이 칼을 뽑아 처리했다. 둘은 호흡이 척척 맞았고, 얼마 후 발치에 시체가 겹겹이 쌓이게 되었다. 하지만 두 사람은 얼굴에 튄 피와 살점들을 닦을 힘조차 없었다.

바깥쪽에는 호탁 전사의 시체들도 겹겹이 쌓여 있었다. 그녀들이 등을 맞대고 젖 먹던 힘을 다 해 칼을 휘두르는 이유는 오직 형제들이 목숨을 던지고 돌진한 데 대한 화답이었다. 호탁의 정예 병사들도 번번이 헛수고를 하면서도 절대 포기하지 않고 대월 군사에 맞섰다. 그들은 피와 살로 길을 내어 그녀들에게 조금이라도 다가가려 하고 있었다. 죽어도 함께 죽고, 살아도 함께 살 것이며, 절대로 물러서지 않겠다는 의지가 보였다. 칼끝을 향해 뛰어든 육체들은 시린 칼날을 두려워하지 않는 죽음을 맞이했다. 그들은 장렬히 싸우고 비장하게 죽어갔다.

"언니……."

교전 중에 봉지미가 갑자기 고개를 돌려 화경의 귓가에 숨 가쁘게 속삭였다.

"순우맹과 요양우가 곧 도착해. 조금만 버텨 봐. 저 뒤에 굴이 있어. 조금 있다가 혼잡한 틈을 타서 거기로 숨어. 아직은 기회가 있어."

"갈 거면 함께 가고, 기다릴 거면 함께 기다려."

화경이 칼을 휘둘러 날아오는 창을 쳐냈다. 하지만 팔에 힘이 풀리면서 그 창은 독사처럼 그녀의 심장을 찌르려 했다. 봉지미는 전광석화처럼 손에 있는 검으로 창을 막아냈고, 피를 토하면서도 웃으며 말했다.

"조준이…… 형편없군!"

봉지미의 웃음을 보고 멍하니 있는 병사의 팔을 화경이 재빨리 베어 버렸다. 팔뚝 하나가 떨어져 나가며 분수처럼 피를 뿜었고, 화경은 연방 피를 토하면서도 깔깔 웃으며 외쳤다.

"조준은…… 이렇게 해야지!"

진사우는 인파 밖에서 두 여자를 뚫어져라 바라보았다. 극도로 분노한 그가 화살을 쏘라고 명령하지 않은 이유는 괘씸한 저 둘을 장렬하게 죽이고 싶지 않아서였다. 하지만 목숨을 거는 독한 마음은 사내보다 나았다.

'천성에 언제부터 이런 여인이 있었단 말인가?'

불꽃에서 조금 떨어진 진사우가 속으로 생각했다. 그림자가 어른거리는 것처럼 마음도 흔들리는 것만 같았다. 앞선 자가 용맹하게 돌진하고, 뒤따르는 자가 바짝 쫓아오는 계략에 놀랐고, 죽음을 두려워하지 않는 호탁 전사들의 패기에 놀랐고, 피의 비를 맞으면서 보이는 온화한 미소에 놀랐고, 선명하고 결연한 여인에게 놀랐으며, 무엇보다도 두려움 없는 슬픈 눈동자에 놀랐다.

별안간 진사우가 성큼성큼 다가와 칼을 뽑았다.

퍽!

칼등이 봉지미의 이마를 쳤다. 그녀는 머리에 통증이 일어나면서 눈앞이 캄캄해졌다. 그녀는 마지막으로 화경을 바라보았고, 동시에 멀리서 드디어 기병대가 진영에 진입하는 소리를 들었다. 암흑이 찾아오기 전 그녀는 스스로에게 말했다.

'나는 살아야겠다.'

오고 가다

장희 17년 9월 말. 천하를 뒤흔든 백두애 전투가 발발했다. 위지가 만여 명의 순의 철기군을 이끌고 백두산을 가로지르고 백령요를 건너 안팎으로 적을 압박해 대월의 본진을 야습했다. 암행은 칼처럼 날카로웠고, 한 명의 철기군이 당황한 월군 열 명을 쳐부쉈다. 달빛이 내려앉은 순의 철기군의 피 묻은 장검은 십 리에 달하는 본진을 관통했고, 그들이 가는 곳마다 참수당한 머리통이 무수히 굴러다녔다.

그날 밤 11명의 적장을 죽였고, 3만 적군에게 중상을 입혔으며, 이만 군사를 포로로 잡았다. 천성은 개전 이래 처음으로 대승을 거뒀다. 이 전투는 반년 전 천성이 패전한 이후 가장 영향력이 크고 결정적인 승리였다. 이번 승리의 여세를 몰아 추격하여 빼앗긴 땅을 속속 수복했고, 손실이 큰 대월은 하는 수 없이 변경의 포성(浦城)으로 퇴각했다. 일 년 넘게 지속된 천성과 대월의 전쟁은 이 전투로 거의 승부가 났다.

백두애 전투는 걸출한 청년 장수들을 대거 배출했다. 그중 철기군을 이끌고 백령요를 건넌 순우맹과 요양우, 여량, 황보재는 제경 귀족 출신인데다 지난 날 청명서원의 이름난 한량이었다. 하지만 종군 후 보여 준 용맹함과 군인으로서의 재능은 '철없는 부잣집 도련님'이라는 오명을 씻기에 충분했다. 떠오르는 신예 장수들은 천성 황제의 천하 통일 야심과 수많은 청년들의 가슴에 불을 지폈다. 그 덕에 제경의 귀족 자제들 사이에는 한동안 종군 열풍이 불기도 했다.

백성들은 전방의 대승 소식을 듣고 환희에 차 춤추고 노래했다. 지난날 그들에게 드리워진 그늘과 안개가 단숨에 사라진 듯했다. 사찰에는 연일 향을 피우러 온 사람들로 장사진을 이뤘다. 한 명당 세 개의 향을 피웠는데, 첫 번째 향에는 천하태평을 빌었고, 두 번째 향에는 전쟁이 하루빨리 끝나기를 소망했으며, 마지막 향에는 나라를 위해 전장에서 목숨을 잃은 영혼들의 안식을 기원했다. 그러나 기쁨에 찬 눈동자들과 거리에 울려 퍼지는 승리의 노래는 찬란한 궁궐과 끝없이 펼쳐진 변방까지는 도착하지 못했다.

천성 황궁에서는 궁인들의 발걸음마저 가벼웠고, 하나같이 입가에 미소를 걸고 있었다. 하지만 천성 황제는 어서방에서 문을 걸어 잠그고 두문불출했다. 하루가 다르게 늙어 가는 황제는 서고에서 작년의 문서들을 가져오라 명을 내렸다. 맨 위에 수려한 필체로 '평월이책*平越二策, 대월을 평정할 두 가지 방책'이라고 적힌 문서를 뽑아 들었다. 천성 황제는 그 상소문을 면밀히 살펴보고 붓을 들어 문서 하단에 다음과 같이 적었다.

"대월에 잠복한 장수들의 시기가 무르익었다. '평월이책'은 위 경이 남긴 덕과 이치를 겸비한 훌륭한 계책이다. 내각의 륵홍(勒紅)이 이를 재가하여 변경의 각 주에 전해 이행토록 하라."

내관이 공손하게 문서를 받들어 금궤에 넣은 후 내각 호윤헌(皓昀軒)에 전했다. 천성 황제는 미동도 하지 않은 채 자리에 앉아 그 상소문에 대해 생각했다. 시선은 한 장의 보고서에 줄곧 머물렀다. 한참 후 그는 탄식을 내뱉었다.

"안타깝도다."

북방의 천성 진영 병사들은 신이 나서, 주변을 정리하고 떠날 채비를 했다. 전쟁이 일단락되었고, 대월은 반격할 여력이 없었다. 이제 날씨도 추워지기 시작하여 천성 대군은 후방의 덕주와 우주로 퇴각하기로 했다. 하지만 감군의 장막은 아무런 움직임이 없어서 드나드는 병사들도 의문스러운 시선을 던졌다. 전쟁이 일단락되었지만 감군 전하는 폐하께 당분간 북방에 머물며 대월의 동정을 감시하겠다고 주청을 넣었고, 폐하께서도 윤허하였다. 부귀영화가 기다리고 있는 제경으로 돌아가지 않고 북방에 머무르겠다니, 사람들은 전하의 생각을 알 수 없었다.

불도 켜지 않은 감군의 장막에는 두꺼운 휘장이 드리워져 있었다. 모든 사물에 회색 그림자가 드리워져 있어 윤곽을 구별하기 어려웠다. 그는 책상 앞에 턱을 괸 채로 긴 밤 동안 우두커니 앉아 있었다. 시간이 흐르는지도 모르고, 이 밤이 오늘인지 어제인지도 모를 것이었다. 장막의 틈으로 바람이 파고들어 책상 위에 놓인 얇은 보고서가 휘날렸다. 그것은 천성 황제의 책상에 놓여 있던 편지와 같은 내용이었다. 뜨거웠던 그날 밤의 이야기와 처절한 희생이 몇 줄의 문장에 꾹꾹 눌러 담겨 있었다.

"백두애 전투 보고. 순의 용사 300명이 절벽을 가로질러 월군 본진에 진입하여 장수 11명, 초소 36소를 소탕하여 대승을 거뒀으나, 월군의 포위로 병사 160명 전사. 주검 훼손이 심각해 신분 구별 불가. 군 통솔 부장군 위지 및 교위 화경 전사."

대월 덕화(德化) 20년 겨울, 포성.

이곳은 대월의 변경 지대 중 가장 부유하고 번화한 도시였다. 철군한 대월군은 이곳 성 밖에 주둔했다. 비록 전쟁에 패하여 진영이 궤멸하였지만, 월군은 동요하지 않고 질서 정연하게 퇴각했다. 다만 병사들의 의기소침한 기색을 감추기는 어려웠다.

이른 아침 옅은 안개에 둘러싸인 포성 입구에는 성으로 진입하려는 백성들로 붐볐다. 아직 이른 시간이었고 성문은 15분 후에 열렸지만, 사람들은 참을성 있게 기다리며 수군거렸다.

"전방에서 대패했대!"

"맞아. 싹 철군해서 돌아왔다잖아."

"원래는 거의 이긴 싸움이었는데 적군의 용맹한 장수 하나가 한밤 중에 본진에 들이닥쳐 일당십으로 싸웠다는군. 만 명 남짓한 군사로 우리 십만 대군을 박살냈대!"

"에이, 허풍이겠지. 그게 가능한 일인가? 만 명만 죽였어도 잘한 거지! 내가 듣기로는 천성 호탁부의 철기군이 원래 용맹하기로 유명했대. 얼마 전에 호탁부가 우리 전하의 계책에 걸려 부족 장정들이 많이 죽었잖아. 그걸 복수하러 왔다는구면."

"이렇게 빨리 회복해서 쳐들어오다니. 게다가 처음보다 훨씬 사나운 기세로 말이야. 호탁부 대왕도 보통내기가 아닌가 봐!"

"그러게 처음부터 초원의 야만족은 건드리는 게 아니었지. 아, 그런데 듣기로는 이번에 호탁 철기군을 이끈 장수가 천성 출신이래."

"누군데 이렇게 독할까? 우리 전하처럼 총명하고 지혜로운 분을 절단 낼 정도라니!"

"아이고, 이 사람아 죽었대! 소문에는 어지간히 끔찍하게 싸웠다나 봐. 한 발도 물러서지 않고 끝까지 덤비는 통에 우리 병사들 손이 부들부들 떨릴 정도였대. 그 장군이 자기 수하들이 희생되는 걸 보고 마음이 아파 시체를 끌어안고 통곡하면서 '형제의 뼈가 쌓여 산을 이루거늘, 내 어찌 혼자 산단 말이냐?'라고 외치며 자결했대. 아, 자네 아직 못 봤나? 성문에 머리가 걸려 있던데……."

사람들이 고개를 들어 보니 포성 입구에 걸린 두 개의 머리가 바람에 흔들리고 있었다. 검은 머리채가 얼굴을 가렸고, 겨우 보이는 얼굴도 피범벅이 되어 생전의 용모를 유추하기 어려웠다. 다만 아주 젊다는 것만 알 수 있었다. 백성들은 복잡한 심정으로 그것을 잠깐 보고는 고개를 절레절레 흔들었다. 누군가 낮은 목소리로 중얼거렸다.

"안타깝군. 그래도 영웅인데 시체도 온전하지 못하니 원."

"쉿!"

누군가 얼른 말을 막았다.

"저건 적군의 머리야!"

사람들이 입을 다물었고, 한담을 나누던 사람들도 흩어졌다. 어두운 구석에서 평상복을 입은 남자들이 몸을 부들부들 떨거나 주먹을 꽉 쥐었다. 하지만 그들의 행동을 눈치챈 사람은 없었다.

조금 떨어진 곳의 어느 마차 안에서는 또 다른 누군가가 벽에 귀를 대고 백성들의 수다를 엿듣고 있었다. 마차 창문에 드리운 천이 햇빛을 둘로 갈라 그의 얼굴을 반쯤 가렸다. 그는 천을 걷어내고 고개를 들어 성문에 걸린 머리를 바라보았다. 그는 오랫동안 유심히 그것들을 살펴봤다. 이렇게 멀리서 이목구비가 제대로 보일 리 없었지만, 마치 마음속에 단단히 새겨 두려는 것 같았다. 한참 후 그는 고개를 저으며 휘장을 내리고 쓴웃음을 지었다.

"너란 말이냐……"

의문이 담긴 듯도 하고 아닌 듯도 한 그의 한마디가 마차 안을 울렸다. 물음에 대답하는 이는 없었다. 아니, 그해 폭설이 내린 이후 그에게 다른 이의 대답은 전혀 필요하지 않게 되었다.

'진정 너라면, 어째서 '형제의 뼈가 쌓여 산을 이루거늘, 내 어찌 혼자 산단 말이냐' 따위의 말을 했겠느냐? 네가 어찌 자기 목을 그어 자결할 수 있겠느냐? 너라면 '형제여, 이 한을 똑똑히 뼈에 새기고 모두 갚아 주겠다.'라고 말했을 것이다. 너라면 네 목에 댄 그 칼을 가짜 검으로

바꿔치기했을 것이고, 시신을 살펴보러 온 틈을 타 다른 이의 목을 그었을 것이다. 그래야 지미 너답다.'

손가락으로 마차의 벽면을 가볍게 두드리며, 그는 옅은 미소를 지었다. 물에서 피어난 독말풀을 닮은 서늘한 웃음이었다.

'지미. 내가 죽지 않았는데, 네가 어찌 기꺼이 죽을 수 있겠느냐?'

성문 앞에는 사람들이 점점 모여들었다. 말을 탄 무리가 멀리서 질주해 왔고, 선봉에 '안(安)'이라고 쓰인 깃발이 나부꼈다. 안왕 전하가 당도하자 백성들이 일제히 길을 비켰다. 전방에서 대패하여 떠밀리듯 철군했는데도 아직 폐하의 총애를 잃지 않았는지 대월 황제는 부장군을 바꿨을 뿐 진사우는 건들지 않았다. 인근 접경지대인 포성에 대군이 주둔한 것으로 보아, 대월의 황자께서는 백두애에서 당한 치욕이 분해 이곳에서 원기를 회복한 후 내년에 전투를 재개할 예정인 듯했다.

마차가 질주하듯 스쳐 지나가고, 성문이 미리 열렸다. 사방의 백성들이 모두 꿇어 앉아 황자를 맞이했다. 길잡이 병사들이 동작 느린 사내 몇을 곱지 않은 시선으로 바라보았다. 주변에 있는 사람들이 얼른 그들을 잡아 무릎을 꿇렸다.

"모자란 놈들이군."

안왕부 호위 수장이 경멸의 눈으로 그들을 힐끗 바라보더니 더 이상 개의치 않고 갈 길을 갔다. 사람들 틈에 끼어 있던 사내가 고개를 들고 긴 마차 행렬을 바라보았다. 먼저 금과 옥으로 장식된 안왕의 마차를 힐끗 본 후 시선을 맨 끝의 두 마차로 옮겼다. 겉으로는 평범해 보이는 대월 양식의 마차였지만 보안이 남달랐다. 네 귀퉁이를 철로 감싸고, 문에 빗장을 걸어 두었으며, 창문에 두꺼운 휘장을 내려 사람 그림자가 전혀 보이지 않았다. 마차를 지켜보던 사내들이 서로 시선을 맞췄고, 그중 한 명의 소매가 움직거렸다. 바닥에 검은 그림자가 휙 스치자 누군가 놀란 듯 소리쳤다.

"으악! 뱀이다!"

군중은 소란스럽게 발을 들고 폴짝거렸다. 서로를 밀치며 뱀을 피하는 과정에서 한 사내가 길로 밀려나 마차 밑으로 굴러가 버렸다. 사람들이 놀라 소리를 질렀다. 마차 아래 깔린 이는 당황하여 손발을 바둥거렸다. 손으로 마차 아래 부분을 쿵쿵 소리가 나도록 쳤고, 손을 뻗어 마차의 가장자리를 잡고 중심을 잡으려 애썼다. 순간 그 사내의 팔뚝 안쪽에서 빛이 번쩍했다. 그 빛과 동시에 어디선가 소란스러운 소리가 들렸다. 길가에서 낡은 옷을 늘어놓고 파는 좌판이 뒤집어져 옷들이 모두 쏟아진 것이었다. 좌판 주인은 소리치며 흩어진 옷들을 주웠고, 바퀴에 손이 깔릴까 봐 두렵지도 않은지 손을 뻗어 옷을 집으려 했다. 먼저 마차 밑으로 굴러 들어간 사내와 좌판 주인의 팔이 마차 아래서 만났고, 결국 마차가 멈추고 말았다. 대오의 맨 앞에서 병사가 달려왔다. 흙먼지를 뒤집어쓴 사내가 마차 아래서 기어 나오며 욕을 퍼부었다.

"어떤 씨부럴 놈이 밀었어? 깔려 뒈질 뻔했네!"

좌판 주인은 흩어진 옷가지를 주워 품에 안고, 안왕부 호위에게 굽실거리며 말했다.

"나으리, 이놈도 누가 밀어서 넘어진 것이니 용서해 주십시오."

안왕부의 병사는 차가운 얼굴로 두 사내를 사납게 밀치며 외쳤다.

"당장 꺼져라!"

이윽고 대오 앞쪽에서 호령이 들렸고, 지체 없이 전진하라는 지시가 떨어졌다. 마차가 계속 앞으로 나아가자 사람들은 안도의 한숨을 내뱉었다. 그리고 마차 행렬을 따라 성으로 들어가 각자 흩어졌다. 처음 마차 밑으로 굴러갔던 푸른 옷의 사내는 먼지를 툭툭 털며 다른 일행에 합류했다.

그들은 어느 주막 입구에서 전병 몇 개를 사서 처마 밑에 쭈그려 앉아 먹고 있었다. 날품을 팔아 먹고사는 백성들과 똑같은 모습이었다.

"아까는 어찌 된 일입니까?"

검은 도포를 입은 사내가 물었다.

"누가 막았소."

푸른 옷 사내가 낮은 목소리로 입을 열었다. 그 사내는 눈병이 났는지 눈곱이 잔뜩 끼어 있어 눈동자가 거의 보이지 않았다. 말을 하면서도 불편한 듯 자꾸만 눈을 비비다 맞은편 사람의 시선을 느끼고 얼른 멈추었고, 허허 웃으며 말했다.

"정말 익숙해지지 않는구려."

"상대는 누구며 왜 막았습니까?"

"내가 마차 바닥을 부수려고 칼을 뽑았을 때 그가 막으며 이렇게 말하더이다. '아직 때가 아니니 공연히 풀을 베어 뱀을 놀라게 하지 말라'고 말입니다."

푸른 옷의 사내가 계속 말했다.

"진심인 것 같았소. 마차에 너무 무거운 물건이 들어 있는 것 같아서 마침 나도 무언가 잘못됐다고 생각하던 찰나였지. 그래서 그만 둔 것이오. 그가 어디서 왔는지는 모르지만 적의는 없어 보였소. 아시다시피 지금 그 소식을 믿지 않은 자가 많고, 우리처럼 그녀를 구하려고 시도하는 자가 많을 것이오."

검은 도포 사내가 고개를 끄덕였고, 더 이상 말하지 않았다. 그의 곁에 조잡하고 질 낮은 누런 천으로 지은 옷을 입은 젊은 애는 온몸에 이가 있는지 연신 옷을 털어대며 불편해했다. 두 사내의 대화에는 전혀 관심이 없던 그가 갑자기 나무에서 이파리 하나를 뜯으며 말했다.

"여기도 한 명 있소."

그가 이파리를 접어 입술에 대고 불자 가녀린 소리가 났다. 하지만 시끌벅적한 시장의 소음에 이내 묻혀 버렸다. 사내들은 그를 말없이 바라봤지만, 그는 오직 풀피리를 부는 데만 열중했다. 지치는 줄 모르고 계속 불어댈 것만 같았다. 얼마간은 잠자코 들었지만 더는 참을 수 없어 말리려던 찰나였다. 그가 먼저 풀피리를 내려놓고 나지막이 말했다.

"풀피리를 불어 당신을 찾아낸다."

눈곱 낀 푸른 옷의 사내가 갑자기 고개를 홱 돌렸다. 소매가 넓은 검은 도포를 입은 사내는 무덤덤한 얼굴로 성문에 걸린 그 머리를 바라보며 생각에 잠겼다. 푸른 옷의 사내가 손을 휘휘 저으며 별 것 아니라는 듯 말했다.

"보긴 뭘 보오. 그만 보시오!"

그가 결연하게 고개를 돌렸다. 그가 보지 않으면 그 머리통은 거기 존재하지 않을 것 같았다. 누런 옷의 젊은 애가 고개를 끄덕이더니 전병을 꼭꼭 씹으며 말했다.

"아니야."

푸른 옷의 사내가 흥미로운 듯 다가와 물었다.

"아닌 지 어찌 알지?"

누런 옷의 젊은 애가 한 손으로 그를 멀리 밀쳐 버렸다.

"그 얘기가 아닙니다."

검은 도포 사내는 머리통을 의미심장하게 바라보며 말했다.

"죽지 않았다면 진사우가 왜 이런 행동을 하겠습니까? 정말 죽지 않았다면 어째서 신분이 탄로 나지 않았을까요? 그날 밤 대체 무슨 일이 있었던 겁니까?"

그 물음에 나머지 두 사내는 입을 다물었다. 잠시 후 푸른 옷의 사내가 괴로운 듯 대답했다.

"난 모르오."

누런 옷의 젊은 애는 주먹을 불끈 쥐어 손바닥의 전병을 가루로 만들어 버렸고, 그 전병을 멍하니 바라보다가 몸을 홱 돌려 벽을 바라보았다. 푸른 옷의 사내는 무너질 것 같은 표정이었다. 그가 누런 옷의 그를 다시 돌려 세우고 귀에 속삭였다.

"여긴 천성이 아니고, 지미는 없어. 지미는 지금 적국인 대월이라는 위험한 곳에서 생사도 알 수 없다고! 그러니까 어서 정신 차려. 똑바로 말하고 정상인처럼 행동하란 말이야! 할 수 없어도 해! 그렇지 않으면, 넌 결국 우릴 죽이거나 지미를 죽이고 말 거야!"

매서운 그의 말투에 검은 옷 사내의 입이 쩍 벌어졌다. 말리기 위해 얼른 다가가 손을 뻗었다가 그만두고는 긴 한숨을 내뱉었다. 누런 옷의 젊은 애는 화를 내지 않았고, 푸른 옷 사내를 밀치지도 않았다. 얼마간 생각하더니 고개를 들고 말했다.

"내가 정상처럼 굴면 그녀를 찾을 수 있고, 당신들처럼 행동하지 않으면 지미가 죽는다고?"

"옳지! 이런 식으로 말하라는 거야!"

푸른 옷 사내가 고개를 크게 끄덕였다. 조금만 늦었더라면 이 녀석은 또 미친놈처럼 굴었을 것이다. 누런 옷을 입은 자는 생각에 잠긴 듯 그 자리에 쭈그리고 앉아 고개를 끄덕였다.

"그 사람은 내가 나만의 세계에서 걸어 나오길 바랐소. 그런 내 모습을 본다면 기쁘게 나를 맞이할 거라고 했소."

누런 옷의 젊은 애는 여러 번 멈춰가며 느릿느릿 말했다. 그는 아주 심혈을 기울여서 생각해야만 유창하게 완전한 문장으로 그녀에 대해 말할 수 있는 것 같았다. 두 사내는 그 모습을 보고 기쁜 표정으로 서로의 눈을 마주쳤다. 검은 도포 사내가 참아 온 말을 중얼거렸다.

"어쩌면 전화위복이 될 수도 있겠습니다."

"저 녀석의 세상에는 지미뿐이오. 그녀가 없으면 원래의 모습으로 절대 돌아갈 수 없을 테지."

푸른 옷 사내는 흥 하고 질투 어린 콧소리를 내더니 그 자리에 쭈그러 앉았다.

"사실 제 잘못도 있습니다."

검은 옷 사내가 한숨을 쉬었다.

"제가 떠나는 게 아니었습니다. 제가 있었다면 어찌 이런 계책에 휘말렸겠습니까?"

"그만, 그만!"

푸른 옷의 사내가 짜증스럽게 말했다.

"세상만사 다 내 잘못이면, 될 일도 그르치는 법이오! 젠장, 그 덕주 영감이 우주 양도와 관련 있는 인물이었다니……. 매타가 도망쳐서 햅쌀에 독약을 탔다니! 멀쩡한 식량에 독이 들었을 줄 누가 상상이나 했겠소? 심지어 햅쌀을 먹을 계획도 없었는데, 하필 그 죽을 끓여 오는 바람에 이리 되었잖소!"

"누구의 잘못도 아니고, 단지 운이 좋지 않았을 뿐이죠. 요양우는 이 일로 죄를 받겠다며 하마터면 자결할 뻔했고, 여러분도 내내 마음에 응어리를 품고 있습니다. 그럴 필요가 있겠습니까?"

검은 옷의 사내가 담담하게 말했다.

"이미 일어난 일은 후회해도 소용없으니, 지금은 만회에 만전을 기할 때입니다."

"젠장, 지미는 왜 나를 기절시킨 거야? 왜 날 기절시켰느냐고……."

푸른 옷 사내도 자책하며 전병을 가루로 만들어 바닥에 던졌다.

"왕비께서는 전하의 초원을 지켜주겠다고 약속했으니, 당연히 전하를 위험에 빠뜨릴 수 없었겠죠."

검은 도포 사내가 탄식했다.

"안타깝게도 그날 밤 암암리에 지미를 지키던 병사들이 모두 목숨을 잃었습니다. 어떤 일들은 정말 그녀를 찾아내야만 확실히 알 수 있을 것입니다."

세 사람은 아무 말 없이 멀리 마차가 사라진 방향을 응시했다. 그들은 모두 머릿속에 같은 생각을 하고 있었다. 봉지미는 대체 어디에 있는 것일까.

마차에 탄 그와 처마 밑에 앉은 그들은 고된 노숙 생활도 마다하지 않았다. 아득히 멀리 떨어진 곳에서 오직 한 사람을 위해 이곳 포성에 모인 것이었다. 하지만 정작 그들을 노숙하게 만든 장본인은 산중의 비밀스러운 저택에서 비단 이불을 덮고 잠에 빠져 있었다. 성의 동쪽에 위치한 '포원(浦園)'은 포성에서 제일가는 부자 유 씨가 최근 안왕 전하에게 행궁으로 쓰시라고 바친 별채였다. 이곳은 호화로운 조각 기둥과 우아한 정취를 자랑했다.

행랑채가 겹겹이 늘어서 있고 주렴*구슬 따위를 꿰어 만든 발이 드리운 길에 흰칠한 그림자 하나가 빠르게 통과했다. 옷자락이 건드린 주렴이 이리저리 움직이면서 그림자가 어른거렸다. 복도와 가림벽 옆에 선 시녀와 종들이 모두 공손히 손을 모으고 물러섰다. 그 사람은 후원의 세 번째 통로로 진입해 여러 번 꺾인 복도를 지나 비밀스러운 아치형 문을 통과했고, 마침내 어느 방 앞에서 멈췄다.

"좀 어떠냐?"

남자는 문을 열기 전에 마중 나온 의관에게 낮은 목소리로 물었다. 의관도 낮은 소리로 말했다.

"곧 깨어날 겁니다. 다만 깨어난 이후 상태가 어떨지는 장담할 수 없습니다."

남자의 미간에 드리워진 근심이 깊어졌고, 잠시 생각하다 말했다.

"자네는 그만 가서 또 다른 여자를 살펴보게. 착오가 생기지 않도록 철저히 돌봐야 하네."

의관이 명을 받들고 나가자 남자는 조심스럽게 방 안으로 들어갔다.

실내에는 정서 안정에 좋은 은은한 향이 피워져 있었다. 연탑*軟塌, 침대와 의자를 겸한 중국식 가구 위에 놓인 이불 아래에 누군가 잠들어 있었다. 턱 아래까지 덮은 이불 위로 주먹만한 말간 얼굴이 드러났다. 매끄러운 피부는 오랫동안 빛을 보지 못한 듯 다소 창백했고, 두 볼에는 작은 생채기들이 있었다. 이마에는 봉합을 마친 흉터가 있었는데, 반질반질하게 흰 색을 띄는 초승달 모양이었다. 그 상처는 그녀의 수려한 얼굴에 위화감을 주기는커녕 오히려 애처로운 아름다움을 더해주었다. 미간 한 가운데 생긴 담홍색 자국은 피부 아래 뭉친 울혈인 듯했다. 그녀는 고르게 숨을 쉬었고, 아무 걱정 없이 단잠에 빠져 있는 얼굴이었다.

남자는 그날 밤 아수라장이 된 본진에 별안간 나타난 정체불명의 여자를 한동안 바라보았다. 아마도 천성의 전사일 것이었다. 여인의 몸으로 전장에 뛰어든 그녀는 그 어떤 남자보다도 용맹하게 싸웠다. 그날 밤 만 명의 병사가 그녀를 포위했지만 얼굴색 하나 변하지 않았고, 백두애 아래서 수십 명의 적을 베고 지쳐서 피까지 토하면서도 미소를 지었다. 가을 안개를 닮은 물기 어린 그 눈동자는 남자의 마음을 흔들어 놓았고, 그의 강인한 성정을 꺾었다.

남자는 여인의 얼굴을 자세히 뜯어보며 신분을 추측해 보았다. 그날 밤 많은 병사들이 여자를 구하기 위해 달려들었던 점으로 보아 신분이 낮지는 않을 것이었다. 하지만 갖은 수단과 방법을 동원해 백방으로 수소문했지만, 그녀의 진짜 신분은 알아낼 수 없었다.

다만 그녀와 함께 포로로 잡혀온 여자가 최근 대월에서 악명을 떨친 '흑과부' 화경이라는 것을 알아보는 사람이 있었다. 죽어도 같이 죽겠다는 그녀와 화경의 의리로 보아 둘은 보통 사이가 아닐 것이었다. 남자는 미간에 주름을 잡으며 속으로 모호하지만 발칙한 추측을 해 보았다. 그 추측 때문에 수많은 대월 병사들의 피가 묻은 흑과부의 머리를 지금까지 베지 않은 것이었다. 아니, 실은 여인이 혼절하기 직전까지 화경의 손을 필사적으로 잡는 모습을 보고 마음이 약해져 화경의 목숨을 살려준 터였다. 물론 남자는 인정하고 싶지 않았지만.

그녀는 누구일까. 생각의 실마리가 먹구름이 되어 남자의 머리를 짓눌렀다. 그의 표정은 흐림과 맑음을 반복하다가 마침내 햇빛이 은은하게 비추듯 온화하고 기품 있는 사내의 얼굴로 돌아왔다. 하지만 눈빛만은 여전히 근엄했고, 긴장을 놓지 않았다.

대월의 안왕 진사우는 연탑에 누운 여자를 바라보며 한참 동안 생각에 잠겼다. 여자가 불편한 듯 몸을 뒤척였고, 곧 깨어날 것 같았다. 진사우는 냅다 일어나 벽에 붙은 비밀문을 열었다. 어두컴컴한 공간에 빛줄기가 쏟아지자 얼룩덜룩한 벽과 피에 물든 형구, 쇠창살, 썩은 볏짚 등이 보였다. 호화롭고 웅장한 내실에 설치된 감옥이었다. 진사우는 아직 정신이 몽롱한 그녀의 가녀린 몸을 번쩍 들어 올렸다. 그리고 감옥으로 성큼성큼 걸어가 쇠문을 열고 썩은 볏짚 위로 그녀를 내던졌다. 감옥의 또 다른 문이 열리며 사람들이 들어왔다. 진사우는 그들을 힐끗 볼 뿐 별다른 말은 하지 않았다.

진사우가 내던진 덕분에 드디어 여자가 깨어났다. 그녀는 누런 벽에 걸린 어스름한 등불 아래에서 눈을 떴다. 가을 안개를 닮은 물기 어린 눈동자가 보였다. 끔찍한 혈전을 경험하고도 여전히 티 없이 맑은 그녀의 눈동자를 보고 순간 진사우는 마음이 흔들렸지만, 이내 눈빛에서 헤어 나와 냉담한 표정으로 바라보았다. 혼미한 상태에서 겨우 깨어난 여자는 아직도 정신이 없는지 볏짚 위에서 바스락거렸고 몸을 일으키다 비틀거리며 머리를 붙잡고 신음했다. 잠시 후 그녀가 고개를 들었을 때 등불이 그녀의 이마에 난 상처를 비췄고, 미간 사이의 담홍색 자국은 한층 더 진해졌다. 그녀는 혼란스러운 듯 사방을 두리번거리다 진사우를 바라보았다.

진사우는 미동도 하지 않았으나 최대한 스스로를 보호할 수 있는 각도와 방향을 유지하며 공격의 사각지대에 섰다. 어두컴컴한 이 방에는 수많은 고수가 매복해 있었다. 이 여인이 별안간 폭발적으로 공격해 온다고 해도 그녀를 기다리는 것은 죽음보다 끔찍한 최후일 것이다. 하지만 여자는 공격은커녕 망연자실한 표정으로 멍하니 있었다. 그러다 갑자기 볏짚을 헤집더니 썩은 짚을 골라 던져 버리고, 신선하고 부드러운 놈만 남기고는 다시 나른한 모습으로 자리에 누웠다. 그녀가 혼잣말을 중얼거렸다.

"어째 아까가 더 부드러웠던 것 같네."

"……."

진사우는 기가 차서 여자를 바라보았다. 그는 그녀가 깨어나는 순간 벌어질 광경을 미리 여러 가지로 상상했었다. 별안간 벌떡 일어나 사람을 죽이려 하거나, 미친 척 하거나, 바보인 척 할 것 같았다. 하지만 지금 상황은 완전히 예상 밖이었다. 여자는 많이 피곤한지 누워서 꼼짝도 하지 않았다. 절반쯤 감긴 눈을 보니 금방 다시 잠에 빠질 듯했다.

진사우는 꽤 한참 동안 서 있었지만 여자의 관심을 전혀 받지 못했다. 그녀는 물어볼 말이 한두 가지가 아닐 텐데 묻지도 않았다. 결국 그는 참지 못하고 성큼성큼 다가가 그녀를 걷어차며 외쳤다.

"일어나!"

퍽, 하는 소리와 함께 가냘픈 몸이 이쪽에서 저쪽으로 굴러 벽에 부딪혔고, 그 소리에 진사우는 이마를 찌푸렸다. 허약한 여자는 바닥에 널브러져서 기침을 해댔다. 공허한 기침 소리가 감옥에 퍼지자 듣는 사람은 어쩐지 짜증이 일었다. 한참 기침을 하던 그녀가 천천히 일어나 고개를 들고 진사우를 보며 입을 열었다.

"누구세요? 여긴 어디죠?"

진사우가 눈썹을 추어올리고, 여자를 보며 싸늘하게 말했다.

"여긴 네가 질문할 자리가 아니다. 넌 누구냐?"

여자가 눈을 게슴츠레 뜨고 진사우를 바라보았다. 여자의 표정은 강인하지도 냉담하지도 않았다. 그날 밤 피의 비가 내리던 진영에서 보여준 풍모는 온데간데없었고, 혼란스럽고 망연자실한 표정의 한 여자가 있을 뿐이었다.

"네에? 내가 누군데요?"

진사우는 여자의 이마에 난 상처를 힐끗 보더니 차갑게 웃었다.

"본 왕 앞에서 기억을 잃은 척 하겠다?"

"왕이세요?"

여자가 고개를 갸웃하며 진사우를 바라보았다. 수려한 용모에 말괄량이 같은 매력이 더해져 순간 그의 눈이 반짝였다.

"제가 뭘 잘못했죠? 여긴 왕부의 지하 감옥인가요?"

여자가 사방을 둘러보며 중얼거렸다.

"혹시 죽을 죄였나요?"

여자는 한참 생각하다가 피곤해졌는지 다시 풀썩 엎드리며 말했다.

"죽여 버릴 것 같은 눈빛으로 저를 보고 계시니……. 아무래도 가벼운 죄는 아닌 것 같군요. 그렇다면 피차 시간 낭비하며 옥신각신할 필요 있겠어요? 저 무척 피곤하거든요. 먹을 걸 줄 생각이 없다면, 잠이라도 푹 자게 해주세요."

"영원히 자고 싶지 않으면, 묻는 말에나 대답해라."

진사우가 여자의 턱을 잡고 치켜들어 억지로 고개를 돌리게 했다. 그녀의 눈앞에 무시무시한 형구들이 보였다. 한동안 시선이 움직이지 않던 그녀는 어쩔 수 없다는 듯 웃으며 고개를 갸웃거렸다.

"맞아요. 기억을 잃지는 않았어요. 아까는 거짓말한 거고요. 저는 왕작약입니다. 음, 당신에게 원한을 품고 복수하려고 남장을 하고 접근했어요. 당신을 죽여서 복수하고 싶었는데, 지금은 당신에게 잡혀 있군요. 그게 다예요."

"왜 나한테 한을 품었지?"

"당신이 상인들을 괴롭혀서 시장을 독점하고, 선량한 사람들을 억압하고, 부녀자를 강간하고, 백성의 논밭을 함부로 빼앗잖아요."

여자는 생각나는 대로 말하면서도 제법 진지하게 말했다.

"당신이 우리 조상님이 물려주신 집터가 좋다며 빼앗아서 당신 조상 묘로 삼으려고 했잖아요. 또 내 아버지를 죽여서 강물에 던져 버렸고…… 또, 음…… 우리 어머니를 협박해서 목매달아 자진하게 만들……."

"됐다!"

진사우는 화가 나면서도 기가 차서 여자의 막말을 막아 버렸다. 그녀는 입을 다물고 한숨을 깊게 쉬더니 또다시 머리를 싸매고 움직이지 않았다.

와장창.

무시무시한 형구들이 여자 앞에 펼쳐졌다.

"너를 고문하지 않은 건 네게 기회를 준 것이다. 그런데 그것도 모르고 허튼 소리나 지껄였으니 이제 본 왕더러 무정하다고 하지 마라."

진사우는 차갑게 웃으며 말했다.

"여기 열여덟 개의 형구가 있다. 뭘 고르던 고통 속에서 잠들게 해 줄 거다. 네가 직접 골라라."

여자는 고개를 들어 피가 덕지덕지 묻은 형구를 하나씩 살펴보고 말했다.

"왕께서 직접 저를 심문하신다면, 저는 중죄인 아닌가요? 중죄인에게 중죄인다운 대접이 있어야죠. 예를 들면 비단 끈이나 사약, 독약 같은……."

"죽고 싶나?"

진사우의 눈빛이 차가웠다.

"고통과 수모를 다 받다가 죽고 싶진 않아요."

여자가 웃었다.

"저는 왕께서 원하시는 답을 해드릴 수 없는데 굳이 물으실 거잖아요. 대답 못 하면 고문하고, 틀린 답을 해도 고문하겠죠. 어차피 결과는 같을 텐데 그 고초를 뭐하러 겪나요?"

진사우는 대답하지 않았다. 어떠한 수단과 방법도 통하지 않는 여자 때문에 골치가 아팠다. 진사우는 그녀의 이마에 난 상처를 보고 문득 궁금해졌다. 맥을 짚은 의관이 이마를 맞은 충격으로 뇌를 다쳤을 가능성이 있다고 말했다. 또한 그녀의 몸에 독이 퍼져 있고 병까지 앓고 있어 온갖 복잡한 맥상이 다 잡힌다고 했다. 하지만 대체 원인이 무엇인지는 알 수가 없었다. 진사우도 그녀의 맥을 짚어 보았다. 그 기괴한 맥상이 무엇을 의미하는지는 몰랐지만, 그녀가 원래 가지고 있던 기운은 하나도 남지 않았다는 것은 알 수 있었다. 간단하게 말하면, 그녀의 무공은 끝장난 것이다.

여자는 강직한 기질을 가진 무공 고수였다. 진사우는 그녀가 깨어나 자신의 무공이 사라졌다는 사실을 알게 된다면, 절망과 분노를 통제할 수 없을 거라고 생각했다. 하지만 그녀는 마치 생전에 무공을 익힌 적이 없었던 것처럼 태연한 모습이었다.

"전하."

진사우가 망설이는 모습을 본 병사가 어둠 속에서 잠시 모습을 드러내고 말했다.

"고문 앞에 장사 없다고 했습니다."

진사우의 시선이 바닥에 널린 형구로 향했다. 어떤 것은 피부를 태워 썩게 만들고, 어떤 것은 척추 뼈를 분리하고, 어떤 것은 두피를 조금씩 발라내는데 쓰이며, 어떤 것은 전신의 관절을 하나씩 꺾는 용도였다. 형구를 바라보던 그의 입술이 바짝 말랐다. 예전에는 몰랐는데 오늘 다시 보니 유난히 끔찍하게 느껴졌다. 그의 시선이 형구 너머 볏짚 위에 있는 가냘픈 몸에서 멈췄다. 몸을 동그랗게 웅크린 그녀는 작은 소녀 같았고, 마른 등에 튀어나온 척추 관절은 얇은 날개를 가진 나비 같았다. 저 몸으로 고문을 견뎌낼 리 없었다. 그는 넓은 소매 안에서 손가락을 쥐었다 폈고, 폈다가 또 쥐었다. 소매 안에서 몇 차례 갈등을 한 후 그는 제일 작은 형구인 바늘을 골랐다. 바늘은 손가락을 뚫는데 쓰이는 것이었다.

"이걸로 해라."

병사는 그 형구를 집어 들었다. 여자가 긴 바늘을 보며 쓴 웃음을 지었다.

"지금 이 순간 저도 간절하게 제가 누군지 아니, 조상님 족보까지 낱낱이 실토하고 싶군요."

"나도 그러길 바란다."

진사우가 덤덤하게 말했다.

"꼭 네가 죽을죄를 지었을 거라고 생각할 건 없다. 너는 아녀자에 불과하니 협박을 당했을 수도 있다. 본 왕이 마음만 먹으면 네 목숨 하나는 얼마든지 건질 수 있다. 네가 사리 분별 못하고 죽음을 자초하는 게 문제지."

"저도 협박을 당했다고 말하고 싶어요. 하지만 안 믿을 거잖아요."

여인이 쓴웃음을 지으며 얌전히 엎드려 손가락을 내밀었다. 짚단 위에 놓인 그 손가락은 비록 관절 부분에 굳은살이 박혀 있었지만, 길고 아름다운 섬섬옥수였다. 고문을 담당하는 병사는 저 손가락에 바늘을 찔러 넣고 관절을 뚫어 아름다운 모양을 망가뜨릴 생각을 하니 마음이 조금 아팠다. 그녀의 얼굴에도 아쉬운 기색이 역력했다. 그녀는 자기 손을 앞뒤로 보며 중얼거렸다.

"미안. 너를 이렇게 대하다니……. 섬섬옥수여 안녕이다."

진사우가 뒤로 돌아섰다. 등불이 움직이는 형구를 비추며 검은 그림자를 벽에 투영시켰다. 고문 동작들은 섬세하고 엄숙했으며, 서늘한 힘을 담고 있었다. 공기 중에 은은한 피 비린내가 퍼져 왔지만, 진사우는 그 냄새를 맡으면서도 아무 표정이 없었다.

진사우는 내심 등 뒤에서 들려올 소리를 기다렸다. 겉으로는 한없이 연약해 보이지만 실은 강인한 저 여자가 울며불며 살려달라고 외치기를 기대하지는 않았다. 아니, 그도 자신이 무얼 기대하는지 몰랐다. 그런데 뜻밖에도 아무런 소리도 들리지 않았다. 조용해도 너무 조용했다. 귀를 기울이자 미약한 한숨 소리만 겨우 들려왔다. 한숨 소리에는 해탈에 가까운 통쾌함이 담겨 있었다. 그는 아직도 자신이 추측할 수 없는 또 다른 의미가 숨어 있는지 의심이 들었다. 이윽고 고문 병사가 다가와 보고했다.

"전하. 여자가 혼절했습니다."

진사우가 뒤돌아보니 여자는 볏짚 위에 널브러져 있었다. 두 눈을 꼭 감은 그녀의 이마에는 투명한 땀방울이 송골송골 맺혀 있었고, 그것은 불빛 아래 옅은 빛깔로 반사되었다. 진사우의 시선이 천천히 내려와 그녀의 소매 부분에서 멈췄고, 곧 시선을 거뒀다. 어둠 속에서 누군가 걸어 나와 진사우에게 예를 갖추더니 말했다.

"전하. 아무래도 이상한 여인입니다. 정말 머리를 맞아 바보가 된 게 아닐까요?"

진사우가 웃으며 말했다.

"더 지켜보자. 오늘 묻지 못하면 내일 묻고, 내일도 답이 없다면 모레 물으면 된다. 언젠가는 진상이 밝혀질 날이 오겠지."

"소신의 짧은 생각으로는 전하께서 그렇게까지 저어하실 일은 아닐 듯합니다."

그가 웃으며 말을 이었다.

"여인 아닙니까. 무공도 사라지고 손도 못 쓰게 되었는데, 무슨 사고를 칠 수 있겠습니까? 전하께서 괜찮으시다면 제가 본진의 붉은 장막으로 보내겠습니다."

그가 말하는 붉은 장막은 군기*軍妓, 군인을 위한 기생를 의미했다.

"그렇게 하……"

진사우가 두말 않고 명을 내리던 찰나였다. 그런데 제안한 사람이 오히려 황망하게 막으며 말했다.

"전하. 소신이 생각해보니 지금까지 이 여인의 신분을 모르는데 번잡한 곳에 던져 놓으면 무슨 일이 일어날지 모릅니다. 역시 전하께서 곁에 두고 심문하시는 것이 옳은 줄 아옵니다."

"뭘 심문하라는 말이냐?"

진사우가 눈썹을 추어올리며 짜증 섞인 말투로 말했다.

"나의 군사들을 그리도 많이 죽였는데, 만 번을 찢어 죽여도 시원찮다. 더 심문할 필요도 없다. 데려가 참하라."

"이 여인의 신분은 확실히 기괴합니다."

그가 웃으며 말했다.

"정말 기억을 잃었다면, 약을 먹여 치료하면 기억해낼 수 있을 것입니다. 어쩌면 천성의 중요한 인물이어서 군정을 손바닥 들여다보듯 할지도 모르지 않습니까. 이대로 죽이기는 아깝습니다."

진사우가 낮게 신음하더니 억지로 말했다.

"그럼 우선 가둬두고 신분이 밝혀지면 다시 논하자."

웃음을 머금고 물러가는 그의 뒷모습을 바라보며 진사우의 눈빛이 흔들렸다. 그는 폐하께서 최근 파견한 참모였다. 말이 참모지 사실은 감군이나 다름없었다. 사람들은 패전한 이후에도 폐하가 여전히 진사우를 총애한다고 생각했지만, 이미 예전만큼 그를 신뢰하지 않는 것이 사실이었다.

백두애 전투를 생각하자 진사우의 눈가에 또다시 그늘이 드리워졌다. 소문에 17세 밖에 되지 않았다는 위지는 과연 하늘이 보낸 천생 장수일지도 몰랐다. 고작 300명 남짓한 용사를 이끌고 본진을 급습해 그의 공적을 쓸어 갔고, 평생 쌓아온 과업을 단번에 물거품으로 만들었으니 말이다. 그날 밤 혼전을 치르는 가운데 위지가 화살에 맞아 전사했다고 들었으나, 그는 수많은 시체 사이에서 위지의 시신을 찾아내지 못했다. 한풀이를 하고 싶은 대월 병사들이 시신 한 구 한 구를 짓이겨 곤죽으로 만들어 놓은 탓에 신원도 알아볼 수 없었다. 그는 민심을 달래고 체면을 차리기 위해 아무 머리나 가져와 성문에 걸었다. 비록 참패했지만 적장을 죽였으니 그 명목으로 군권을 겨우 유지할 수 있었다.

진사우는 말없이 그 자리에 서서 폭이 넓은 소매 아래로 손가락을 오므렸다. 손가락 관절에 힘을 세게 준 탓에 적막 속에 우두둑 하는 소리가 울려 퍼졌다.

'위지! 네놈은 진짜로 죽었어야 한다!'

북방은 초겨울이었다. 벌써 눈이 내렸고, 유난히 서늘하고 처량한 바람 소리는 죽기 직전에 전사들이 내지르는 절규 같았다.

불빛이 요동치고……, 전투마가 울어대고……, 눈부신 검의 빛이 스쳤다 사라지고……, 하늘이 핏빛으로 물들었다. 어수선한 발걸음과 포위당해 꼼짝 못하는 사람들……, 피와 살로 쌓인 보루, 도랑에 가득한 뼈들……, 멀리서 차갑게 웃고 있는 누군가……, 검은 말 위로 흰 도포 자락이 휘날리자 별안간 눈이 내렸고……, 숲속 깊은 곳에 있는 그 외로운 무덤을……, 눈이 덮어 버렸다.

봉지미가 신음하며 눈을 떴다. 손 하나가 불쑥 나타나 비단 수건으로 그녀의 이마를 조심스레 닦아 주었다. 청아한 목소리가 기쁨에 차서 말했다.

"아가씨가 깨어나셨습니다!"

다급한 발설이가 들렸다. 낯설지만 따뜻한 남자의 숨결이 느껴졌다. 봉지미는 푹신한 곳에 누워 있었고, 이불은 매끈했다. 은은한 향기가 풍겨오자 바람결에 드문드문 풍경 소리가 들렸다. 그녀는 굳이 눈을 뜨지 않아도 이곳이 일전의 그 감옥이 아니라는 것을 알 수 있었다. 그녀는 조용히 복잡한 생각들을 속으로 정리해 보았다.

'여기는 부유하고 고귀한 사람의 비교적 은밀한 내실이다. 왜냐하면 공기가 전혀 통하지 않으며 옆에 앉은 사람에게서 용연향의 귀한 내음이 나기 때문이다. 사방에 무공 고수들이 포진해 있다. 숨을 조금 들이마셔 보니, 조금 떨어진 곳에서 용수철이 삐걱거리는 소리가 들렸다. 아이고, 뉘집 자식인지 장전도 제대로 못하네. 신병이거나 총이 낡았을 것이다. 기름칠도 안 하나……'

"일어났으면서 왜 눈을 뜨지 않지?"

온화한 남자의 목소리였다. 물론 봉지미는 그가 온화하다고 여기지 않았지만. 봉지미가 눈을 뜨고 침대 곁에 있는 금관과 왕의 도포를 걸친 남자를 응시했다. 한참을 바라보고 나서야 진사우를 알아봤고, 봉대를 칭칭 감아 호박 같은 자기 손을 내밀어 그에게 보이며 말했다.

"아파요. 아파서 아무 말도 하기 싫어요."

진사우가 멈칫했다. 봉지미가 깨어나자마자 하는 말이 이런 것일 줄은 몰랐다. 하지만 그녀의 이마에 맺힌 땀방울을 보고 다친 머리를 회복하지 못했다는 사실이 생각났다. 외상에 내상에 고문으로 인한 부상까지 입은 그녀의 가여운 모양새에 진사우의 마음이 약해졌다. 그는 시녀에게 땀을 닦아 주라는 신호를 보냈다.

"오늘은 장소를 바꿨네요. 그렇죠?"

봉지미는 기꺼이 시중을 받으며, 눈을 감고 나른하게 말했다.

"하지만 저는 아직 아무것도 기억나지 않아요. 혹시 부끄럽고 분한 나머지 저를 다시 감옥에 가두실 거면 빨리 해 주세요. 너무 단잠을 자 버리면 나중에 더 고통스러워질 테니까."

진사우는 저도 모르게 피식 웃다가 이내 엄숙한 표정을 되찾고 담 담하게 말했다.

"고문을 당하고 싶어 안달이 난 것 같군."

"호강하다가 고문당하고 싶지 않을 뿐이에요."

봉지미가 미간을 찌푸리며, 눈을 뜨고 진사우를 바라보았다.

"거기로 안 보낼 거죠? 그럼 부탁 하나만 할게요. 먹을 거 없나요? 배고픈데."

진사우는 또 한 번 멍해졌다. 존귀한 황자 신분인 그는 아쉽지 않을 만큼 많은 여자를 만났지만, 이런 여인은 처음이었다. 그녀는 정의로우 면서도 산만하기 그지없었고, 용맹하되 신중하였으며, 교활하면서도 영 민하고 솔직하였다. 또한 진심을 말할 때는 거짓 같았고, 거짓말을 할 때는 진심 같았다. 누구보다 낯짝이 두꺼우면서도 엄숙하고 우아한 기 질이 느껴지는 여인이었다. 진사우는 이 여자가 정말 극단적으로 특별 하고, 만화경을 뛰어넘을 정도로 복잡하다고 생각했다. 그는 손을 흔들 어 시녀에게 따뜻한 죽을 대령하게 했다. 그녀는 아무 근심이 없는 듯 한 그릇을 싹 비웠고, 더 달라고 요청했다. 그녀가 먹는 모습을 보며 그 가 말했다.

"조금 있다가 널 붉은 장막에 데려가겠다."

진사우의 말에 시녀가 깜짝 놀라 손을 떨었고, 자신도 모르게 탄식 을 내뱉었다.

"벌써 치우면 어떡해요. 아직 먹는 중인데."

봉지미가 그릇을 끌어당기며 진사우에게 지나가듯 물었다.

"붉은 장막이 뭔데요?"

"군인을 위한 기생."

진사우가 대충 대답했다.

죽을 먹는 봉지미의 동작이 느려졌다. 그녀는 눈을 크게 뜨고 진사우를 아래위로 훑어보았다. 그리고 다시 몸을 돌려 침대 옆의 동 거울에 자신을 비춰 보고 꼼꼼히 살펴보더니 한숨을 내쉬었다. 진사우는 그녀에게 묻고 싶은 말이 많았지만, 그로 인해 자신이 아무것도 모른다는 티를 내고 싶지 않았다. 그러나 그는 그녀의 괴이한 두뇌가 무슨 생각을 하는지 도무지 알 수 없어 참다못해 물었다.

"왜 한숨을 쉬지? 두려우냐? 두려우면 네가 할 말을 해라. 그러면 기회가 생길지도 모르지."

봉지미가 눈을 위로 치켜뜨고 진사우를 바라보다가, 호박처럼 뚱뚱한 자기 손을 힐끗 보고 느릿느릿 말했다.

"이 왕작약이 썩 못생긴 것 같진 않은데……. 어째서 누군가의 마음에는 들지 못할까요?"

시녀들이 웃음을 애써 참았다. 진사우가 해괴망측한 표정으로 뭐라고 말하려는 찰나였다. 봉지미의 안색이 돌연 변하더니 그릇을 밀어내고 침대 가장자리에 엎드려 컥컥대며 구토했다. 진사우는 황망하게 피했지만 한발 늦는 바람에 진보라색 도포 끝자락에 토사물이 잔뜩 묻고 말았다. 그녀는 귀가 빨개지고 이마에 푸른 핏줄이 튀어나올 정도로 토악질을 해댔다. 방금 먹은 죽뿐만 아니라 자신의 오장육부까지 다 토해 낼 기세였다. 시녀들은 우왕좌왕하여 물을 가져오거나 양칫물을 대령했고, 토사물을 치우고 봉지미의 등을 두들겨 주며 부산을 떨었다. 한쪽 구석에 서 있던 진사우는 머릿속이 복잡해져서 잠시 멈칫하다가 버럭 화를 냈다.

"멍청한 것들! 죽 하나 제대로 못 먹이느냐!"

봉지미가 침대 끝에 엎드려 숨이 끊어질 때까지 토하더니, 억지로 고개를 들고 흰자위를 보이며 말했다.

"무슨 죽 타령이에요! 나는 지금 병에 걸렸다고요. 의원이 필요해요. 의원!"

진사우는 눈을 부릅뜨고 이 발칙한 여인을 바라보았다. 하지만 봉지미는 진사우를 거들떠보지도 않고 계속해서 고개를 처박고 토했다. 그는 마음이 답답한 나머지 새 옷을 가져온 시녀를 밀쳐내고 차갑게 분부했다.

"의원을 불러 와라."

성 안에서 제일 뛰어나다는 의원이 즉시 명을 받들어 도착하였다. 의원은 봉지미의 맥을 짚었고, 온갖 신기한 처방을 내려주고 갔다. 진사우는 그 모습을 직접 보고 황당하기 짝이 없었다. 속으로는 의원들이 할 수 있는 일이 없다는 것을 알고 있었기 때문이었다. 그녀는 경맥이 역류하고 있어 보통 의원이 치료할 수 있는 성질의 증상이 아니었다.

마침내 속을 모두 게워낸 봉지미는 극도로 지쳐 종잇장처럼 창백한 얼굴로 침대에 누웠다. 진사우는 그녀에게 시선을 떼지 못한 채 한동안 있다가, 직접 수건을 가져다 입가를 닦아 주고 말했다.

"네가 만나야 할 사람이 있다."

"누구요? 지금은 너무 피곤해서 가기 싫어요."

봉지미가 거절했다.

"만나지 않으면 다시 기회가 없을지도 모른다."

진사우가 입가에 미소를 걸고 있었다.

"왜요?"

봉지미가 힘없이 눈을 떴다.

"누가 그렇게 중요한데요?"

진사우가 봉지미의 눈을 뚫어져라 바라보았다.

"화경!"

마음을 떠보다

"화경이요?"

봉지미가 미간을 찌푸리며 되물었다.

"제 친구인가요?"

진사우는 봉지미의 표정을 주시했다. 무지와 의문이 뚜렷하게 드러
났고, 표정과 말투 어디에서도 부자연스러운 점을 찾을 수 없었다. 진사
우는 문득 이런 생각이 들었다.

'이 여자가 정말 기억을 잃은 것이 아니라면, 급작스러운 자극에도
전혀 놀라지 않고 위장할 수 있는 무시무시한 능력을 가진 것이다.'

"네 친구인지는 나도 모른다."

진사우가 말했다.

"너와 함께 잡혀 온 죄인인데, 너를 굉장히 보고 싶어 한다."

"전하께서 만나라면 만날게요."

봉지미가 어렵사리 몸을 일으키며 꽤 협조적인 모습을 보였다. 진사
우가 친히 그녀를 부축했다. 그녀는 어려워하기는커녕 그의 몸에 살포

시 기댔고, 시녀가 와서 신발을 신겨 주었다.

진사우는 원래 부축만 할 생각이었지만, 봉지미가 힘없이 풀썩 기대니 피할 수도 없었다. 그의 손이 그녀의 팔에 닿았을 때, 가을용 내의 너머로 매끈한 살결이 느껴졌고, 은은하고 상쾌한 체취가 코를 간지럽혔다. 하지만 그 향내를 음미해 보려고 하면 어느새 사라져 늦여름 연꽃잎에 앉은 가을 나비를 연상케 했다. 한쪽 얼굴을 그의 어깨에 기댄 그녀의 속눈썹이 부드러운 곡선의 그림자를 그려냈다.

'갑옷을 벗으니 이토록 가냘프고 보드랍다니…….'

진사우는 조금 어리둥절했다. 전쟁터에서 보았던 강인하고 단단한 모습은 억지고, 지금 이 모습이야말로 진짜가 아닐까 싶었다.

"전하, 잘 좀 잡으세요. 딴 생각 하지 마시고요."

봉지미가 훈계하듯 중얼거리며 곰 발바닥 같은 손을 자연스럽게 진사우의 어깨에 올렸다. 진사우는 어쩌다 보니 궁중의 내시가 된 기분이었다. 그는 전혀 아름답지 않은 그녀의 손을 흘겨봤다. 냅다 던져 버리고 싶은 충동이 일어났지만, 손에 감긴 흰 붕대에 밴 핏자국을 보고는 어쩐 일인지 그만 두고 말았다.

둘은 함께 외출했고, 호위 무사들은 몇 겹으로 뒤를 따랐다. 봉지미는 몇 걸음 가다 멈춰 서서 숨을 돌려야 했고, 기둥을 만나면 붙잡아야 했다. 난간이 딸린 복도에 다다르면 기대어 쉬어야 했으며, 정자를 만나면 바람을 쐬겠다고 했다.

진사우는 하늘을 바라보았다. 거북이처럼 이동하는 봉지미를 기다리다 보니 벌써 어둠이 깔리기 시작하고 있었다. 그녀 때문에 자신의 하루를 거의 다 소진한 것이었다.

"전하, 저기 연못이 있어요."

이번에는 봉지마가 연못 쪽으로 가려 했다. 진사우는 더 이상 참을 수 없어 팔을 쭉 뻗어 그녀의 무릎 아래를 받친 뒤 옆으로 번쩍 안아 올렸다. 호위 무사들이 얼른 한 걸음 물러나 고개를 숙였지만, 정작 그녀는 전혀 놀라지 않았다. 오히려 눈을 게슴츠레 뜨더니 머리를 편안하게 그의 어깨에 기대고 불만스러운 한숨을 뱉었다. 마치 힘들어 죽을 뻔했는데 이제야 자신을 안았다고 말하는 얼굴이었다. 진사우는 돌연 화딱지가 났다. 혹시 아무 남자에게나 덥석 안기는 꽃뱀이 아닐까 하는 생각이 들었다.

진사우가 평소 성질대로 봉지미를 연못에 던지려던 순간이었다. 그녀가 그의 품 안에서 중얼거렸다.

"붉은 장막에 가기 싫어요"

진사우가 멈칫하며 봉지미를 바라보았다. 그녀는 입술을 비죽 내밀고 그의 옷에 붙은 금단추를 만지작거렸다. 그는 그제서야 덥석 안긴 그녀가 사실은 내내 몸이 긴장하여 굳어 있었고, 가슴 부분이 그의 몸에 최대한 닿지 않게 노력하고 있다는 사실을 깨달았다. 그는 갑자기 기분이 좋아졌지만, 무표정하고 담담하게 말했다.

"그래서 날 유혹하려고?"

"네에?"

봉지미가 깜짝 놀라 고개를 들었지만, 이내 쑥스러운 듯 얼굴을 붉히며 배시시 웃었다.

"아마도요?"

진사우는 손이 떨려 하마터면 봉지미를 떨어뜨릴 뻔했다. 하지만 즉시 고개를 다른 쪽으로 돌리고, 자신도 모르게 번진 입가의 미소를 감추고자 노력했다. 그는 이 여자가 굉장히 흥미롭게 느껴졌다.

"붉은 장막 얘기는 나중에 다시 하겠다."

진사우가 재빨리 평소의 모습을 되찾았다. 그는 봉지미를 안고 가벼운 발걸음으로 정원 몇 개를 거쳐 점점 황량한 곳으로 나아갔다. 앞으로 나아갈수록 지대가 낮아졌다. 후원의 정원은 돌로 만든 사자 한 쌍이 문 앞을 지키고 있었다. 진사우가 왼쪽 사자의 머리를 돌리자 땅이 소리 없이 갈라지며 좁은 통로가 나왔고, 칠흑처럼 어두운 지하로 통하는 문이 나타났다.

진사우가 봉지미를 안은 채 안으로 들어가자 호위 무사들은 밖에서 대기했다. 이곳은 음습한 지하 감옥으로 창문이 천장에 단 하나 뿐인 곳이었다. 그 창을 통해 들어온 빛은 기이하게도 안개 낀 듯 뿌옇게 보였다. 자세히 살펴보니 천장 위는 허공이 아니라 연못의 바닥이었다. 사방에 철벽이 둘러져 있어서 감시자가 많지 않은 이유를 알 수 있었다. 누구든 이곳에 들어오면, 도망칠 방도가 없어 보였다.

"역시 사람은 예쁘고 봐야 해요. 그렇죠?"

봉지미가 두리번거리며 진심 어린 한숨을 내쉬었다.

"봐요. 대우가 너무 다르잖아요."

진사우가 눈을 동그랗게 뜨고 봉지미를 바라보았다. 세상에 이렇게 낯짝이 두꺼운 여인이 있다니 놀라울 지경이었다. 넓은 공간에 두 사람의 발소리가 울렸고, 그들은 가장 깊은 곳에 있는 검은 감옥 앞에 멈춰섰다.

"마지막 인사를 나눠라."

진사우가 냉담하게 말했다.

"저 여자는 죄수 호송 차에 올라 포성의 감옥으로 이송돼 내일 참수당할 것이다."

봉지미는 입을 꾹 다물고 말이 없었다. 검은 감옥의 벽에는 그녀가 갇혔던 감옥에 있었던 것보다 훨씬 많은 형구가 빼곡히 걸려 있었고, 그 위에 피와 살점이 붙어 있었다. 오래되지 않은 신선한 흔적들이었다. 아마도 저 형구들은 조금 전까지도 죄수들의 신선한 피를 한껏 빨아 들였을 터였다.

검은 옷을 입은 상처투성이의 화경이 감옥의 부패한 지푸라기 더미에 엎드려 있었다. 옷은 갈가리 찢겨져 있었고, 그 틈으로 울긋불긋해진 피부가 보였다. 허리 쪽에 살갗이 벗겨진 채 시뻘겋게 드러난 살이 파닥파닥 뛰었고, 푸른 경맥도 드러나 있었다. 살갗은 전혀 보이지 않았다. 아마도 살점을 벗긴 것 같았다. 허리 아래쪽 다 찢어진 치마 틈으로 붉고 흰 끈끈한 액체가 보였다. 여자 포로 대부분이 겪는 가장 잔인하고 극악무도한 수모를 겪었다는 것을 알 수 있었다. 그녀가 지푸라기 틈에서 움직거렸다. 얼굴은 피범벅이 되어 뚜렷이 보이지 않았고, 늘 반짝이던 눈동자마저 광택을 잃고 어두웠다. 코를 찌르는 피비린내가 덮쳐왔다. 눈 뜨고 보기 힘든 참혹한 광경이었다. 진사우는 봉지미의 낮은 한숨 소리를 들었고, 마음이 덜컹했다.

"무슨 죄를 지었길래 이렇게까지 잔인하게 대하는 거죠?"

봉지미가 말했다. 불만에 가득 찬 말투였지만 분명 낯선 이를 대하는 태도였다. 마음씨 착한 여자가 곤경에 빠진 모르는 사람을 대할 때 충분히 나올 만한 반응이었다. 애써 태연한 척도 하지 않았다. 또한 생사를 약속한 동료의 불행 앞에 감출 수 없는 고통 같은 것도 보이지 않았다. 진사우가 또 한 번 멈칫하다가 담담하게 물었다.

"모르는 사람인가?"

"알면 묻겠어요?"

봉지미가 잔뜩 언짢은 기색으로 진사우를 똑바로 바라보았다.

"이유는 알 수 없으나 너는 칼을 들고 본 왕의 저택에 난입했고, 본 왕이 너에게 일격을 가해 네가 혼절한 것이다."

진사우가 차갑게 말했다.

"저 여자는 너를 구하기 위해 저택에 쳐들어왔다. 하마터면 본 왕을 죽일 뻔 했으니 이는 죽어 마땅한 죄다."

진사우가 고개를 갸웃하며 봉지미의 표정을 살폈다. 그녀는 두 눈썹을 잔뜩 일그러뜨린 채 의혹을 품은 표정이었지만, 반박할 의사는 없어 보였다.

"다른 일이었다면 진상의 실마리를 얻기 위해 저 여인의 목숨만은 살렸을 것이다. 아마 살려 둘 가치는 있겠지."

진사우가 눈을 가늘게 뜨고, 몰골이 말이 아닌 화경을 바라보며 한숨을 쉬었다.

"하지만 네가 아무것도 기억하지 못하니 본 왕을 암살하려는 중죄는 저 여자 혼자 감당하게 되겠지. 저 여자는 죽음을 피할 수 없다."

진사우는 태연한 척 말했지만, 실은 아쉬움이 가득했다. 그는 담백한 말투를 유지하면서도 곁눈질로 자꾸만 봉지미를 바라보았다. 그녀는 한동안 생각에 잠긴 듯했지만, 뭐라고 할 말은 없어 보였다.

"잘 생각해 봐라. 무슨 음모가 있지 않았나?"

진사우는 이제 어르고 달래기 시작했다.

"아녀자의 몸으로 너희가 뭘 할 수 있었겠느냐? 분명 배후의 지시를 받았을 것이다. 괜히 억울하게 뒤집어쓰지 말아라. 이대로 죽으면 변변한 무덤도 없을 것이다."

"제 생각도 그래요."

봉지미가 마침내 입을 열었다.

"아시다시피 저는 무공도 모르고 체력도 바닥인데, 미쳤다고 이 철옹성 같은 왕부까지 쳐들어와서 전하를 암살하려 했겠어요? 혹시 저한테 누명을 씌운 거 아닌가요? 만약 그렇다면 저분도 누명을 썼을 수 있어요. 제 말에 일리가 있지 않나요?"

"누명을 썼다고?"

진사우가 말했다.

"증거가 확실하니 뒤집으려면 너도 자초지종을 설명해야겠지. 그렇지 않으면 저 여인은 죽는다."

"기억이 안 난다고요……."

봉지미가 고통스러운 듯 주저앉아 머리를 감쌌다.

"기억이 안 나요……."

진사우가 봉지미를 보고 눈을 반짝였다. 감옥 안 봉두난발의 화경이 둘의 대화 소리에 정신을 차리고 천천히 고개를 들었다. 화경은 봉지미를 보더니 눈을 반짝이며 허겁지겁 다가오려 했다. 화경은 뭔가 말하고 싶어 입을 열고 소리를 내려 했지만, 혀를 지지는 고문을 받아 완전한 문장을 뱉어내지 못했다. 다만 죽을힘을 다해 손을 쇠창살 사이로 뻗어 창살 밖 봉지미의 손을 잡으려 했다. 무거운 쇠사슬이 바닥에 끌리면서 서늘한 소음을 냈고, 바닥에 끈적한 피가 눌어붙었다. 문 밖에서 가느다란 빛이 들어와 화경의 얼굴을 비췄다. 다소 까무잡잡했지만 여전히 수려하고 진한 눈썹이 돋보이는 영웅의 얼굴이었다.

화경에게 덥석 손을 잡힌 봉지미는 아파서 비명을 지르며 뒤로 물러났다. 뿌리치고 싶었지만 다친 손으로 힘을 쓸 수 없어 고통스러운 눈물만 흘렸다. 화경은 그제서야 봉지미가 손을 다쳤음을 깨닫고, 대신 손목을 잡았다. 새하얀 손목에 핏자국이 덕지덕지 묻었다.

"화경!"

진사우가 장승처럼 서서 차갑게 말했다.

"네 앞에 있는 사람이 누군지 똑똑히 보았느냐? 바른대로 말하면 아직은 살 기회가 있다!"

화경은 피가 섞인 침을 힘껏 뱉고 진사우를 쳐다보지 않으면서도 여전히 손목을 잡고 눈물을 흘렸다. 투명한 눈물이 볼을 타고 천천히 흘러 붉은 피와 섞이며 분홍색이 되었고, 봉지미의 손등 위로 떨어졌다. 그녀가 고개를 숙이며 바라봤고, 견디기 힘든 표정을 지었다.

화경은 봉지미에게 뭐라고 말하고 싶었지만, 결국 말하지 못하고 손목만 꼭 잡았다. 눈가에 희망과 분노의 빛이 동시에 교차했다. 고장 난 입으로 연신 무용한 소리를 내뱉었고, 너덜너덜한 살점과 피가 입 안에서 소용돌이쳤다. 보는 사람에게까지 고통이 전해지는 모습이었다.

봉지미가 고개를 획 돌려 진사우를 바라보았다. 진사우도 칼처럼 날카로운 눈빛으로 봉지미를 뚫어져라 쳐다봤다.

"나…… 안되겠어요."

봉지미가 중얼거렸다.

"무슨 대역죄를 지었길래 사람을 이 지경까지 만들어요? 너무 불쌍하잖아요……. 내가 기억해 내지 못한다 해도 나 때문에 여기 왔다면서요. 그러니 제가 부탁할게요. 저 여자를 살려줘요. 저건 사람 꼴도, 귀신 꼴도 아니잖아요. 더는 참을 수가 없어요."

"더 참지 못할 일이 있지."

진사우가 나지막이 말했다.

"내일 저 여자는 능지처참을 당한다."

봉지미는 멍하니 서서 화경을 돌아보고 이해할 수 없다는 듯이 말했다.

"그럼 나는 왜 아닌가요."

"너는 칼을 들고 왕부에 쳐들어오긴 했지만, 별다른 행동을 하지 않았다."

진사우가 말했다.

"하지만 저 여자는 내가 널 죽인 줄 알고 내 지근거리까지 와서 나를 죽이려 했어. 그러니……."

진사우가 악독한 미소를 머금고 말했다.

"저 여자는 너 때문에 죽는 거다."

봉지미가 몸을 떨었다. 등 뒤에서 화경이 비명을 질렀다. 분노와 반항이 담긴 그 목소리와 함께 봉지미의 손목을 더욱 세게 잡으며 간절한 눈빛을 보냈다. 비록 말을 할 수 없어도 화경의 격려와 당부의 뜻은 충분히 읽을 수 있었다.

피와 살점이 널린 어둑어둑하고 외로운 감옥에서 쇠창살을 사이에 두고 꿇어앉은 두 여자는 가장 잔혹한 죽음의 이별을 코앞에 두고 있었다. 처절하고 비통하며 무거운 공기가 그들을 짓눌러 숨이 막힐 것만 같았다. 화경의 눈물이 끊어진 구슬처럼 봉지미의 손에 떨어졌다. 화경은 봉지미를 향해 두려움 없는 위안의 미소를 애써 지어 보였다. 희미한 등불 아래 아른거리는 그 웃음은 마치 소멸하기 직전에 잠시 빛나는 태양빛처럼 밝았다. 강인한 여인이었지만 참혹한 비극이었고, 받아들이기 어려운 결말이었다.

진사우가 즉시 곁으로 가서 봉지미를 붙잡고 부드럽게 말했다.

"뭔가 할 말이 있나?"

갑자기 봉지미의 몸이 축 늘어졌다. 황급히 확인해 보니 얼굴이 창백하고 이마에 식은땀이 가득했다. 혼절한 것이었다. 진사우는 어리둥절해 하며 화경을 보고 다시 봉지미를 봤다. 실망인지, 다행인지, 의혹인지 알 수 없는 감정 혹은 또 다른 어떤 것인지 모르는 감정이 밀려 왔다. 진사우는 마음이 어지러웠다. 하지만 얼른 봉지미의 맥을 짚었다. 손가락에 닿은 맥상은 혼란스럽고 급박했다. 경맥이 역류하여 내상으로 인한 온갖 증상이 그녀의 몸에서 소용돌이치는 듯했다. 그녀의 혼절은 너무나도 당연한 것이었고, 지금까지 버틴 것이 오히려 기적이었다. 다만, 혼절한 시기가 기가 막힐 뿐이었다. 진사우는 쓴웃음을 지으며 다시 한 번 그녀를 안아 올렸다. 식은땀으로 옷까지 푹 젖은 모습을 보자 연민의 감정이 들었다.

등 뒤에서 화경이 무언가 말하려고 했지만, 진사우가 소매를 들어 조용히 하라는 동작을 취했다. 암흑과 적막 속에서 진사우는 봉지미를 안고 떠났고, 등 뒤로 철문이 내려왔다. 병사 하나가 다가와 허리를 굽히고 명을 기다렸다.

"중죄를 범한 자니 이송 중에 누군가 죄인을 빼돌릴지도 모른다. 밤에 움직이는 것이 좋겠다. 오늘 이경 즈음 호송 차에 싣고 포성 관아 감옥으로 이송한다."

병사는 명을 받들고 물러갔다. 진사우는 봉지미를 안고 다시 비밀스러운 내실로 돌아왔다. 봉지미는 한 번도 깨어나지 않았지만 이따금 미간을 찌푸렸다. 진사우는 시녀에게 탕약을 다려 오라 이르고 내내 그녀의 곁을 지켰다. 딱 한 번 그녀가 깨어났는데, 비몽사몽간에 약을 먹고는 다시 잠들어 버렸다. 푹 잠들지 못했는지 눈꺼풀 아래로 눈동자가 불안하게 움직여 그녀가 아름답지 않은 꿈속을 헤매고 있음을 알 수 있었다.

진사우가 벌떡 일어나 창문에 두꺼운 천을 내려 마지막 한 줄기 빛까지 차단해 버렸다. 그러고는 그녀 곁에 다가가 부드럽게 그녀의 눈썹을 쓰다듬었다. 그녀는 기분이 좋은지 으음 하고 신음했다. 그가 웃으며 부드러운 목소리로 물었다.

"넌 누구지?"

봉지미가 뭐라고 웅얼거리며 입술을 움직였지만, 무슨 뜻인지는 알 수 없었다. 그가 귀를 바짝 가져다 대고 들었지만, 여전히 모호한 소리만 들려 실망한 채 일어섰다. 그런데 그가 몸을 일으키던 찰나, 그의 귀밑머리에 그녀의 입술이 스쳤다. 그는 엄동설한에 별안간 꽃이 만개한 봄날을 마주한 듯 굳어 버렸다. 우연히 설렘을 알게 된 천진한 아이처럼 한참을 어색한 자세로 가만히 있다가 천천히 몸을 일으켰다.

부드러운 감촉과 매혹적인 촉촉함이 아직 귀밑머리에 남아 있었다. 그러다 물기가 천천히 말라갔고, 그 자리의 피부가 미세하게 당겼다. 아무에게도 들키고 싶지 않은 이 순간 진사우의 마음과 비슷했다. 하지만 진사우는 곧 바르게 앉아 잠꼬대하는 봉지미를 담담하게 바라보았다. 뭔가 신나는 꿈을 꾸는지 오랜만에 미소를 짓고 있었다. 그녀는 웃을 때 입꼬리부터 눈꼬리까지 미소가 물결처럼 퍼지면서 얼굴 전체가 환히 빛났는데, 맑은 물에 잠긴 보석처럼 선명하고 찬란했다.

'눈을 떴을 때도 저리 웃어 준다면, 세상이 뒤집히지 않을까?'

진사우가 속으로 생각했다. 과연 누군가의 말대로 웃을 때가 가장 무방비 상태였다. 그는 어둠 속에서 또다시 물었다.

"꿈속에서 누굴 만났지?"

봉지미는 으음 하며 몸을 뒤척이더니 손을 뻗어 침대에 걸친 진사우의 팔을 끌어안았다. 팔이 마음에 들었는지 얼굴을 대고 자세를 잡았다. 그는 뻔뻔하게 자신에게 기어오른 여자를 어이없다는 듯 바라보았다. 그녀는 불안감이 느껴지는지 자꾸만 무언가를 안고 자려고 했다.

그가 손을 빼려 하자 그녀는 더욱 매달려 움직일 수 없게 만들었다. 그는 굳이 불편한 자세로 있지 않기로 했다. 어제처럼 망설임 없이 그녀를 발로 차 버릴 수도 있었지만, 어쩐 일인지 그렇게 하지 않았다. 갑자기 그도 졸음이 몰려왔다. 이 여자를 상대하려면 보통 고단한 게 아니었다.

진사우가 하품을 크게 하더니 봉지미가 누운 연탑에 함께 누웠다. 그리고 그녀의 반쪽 이불을 끌어당겨 정말 잠이 들어 버렸다. 둘은 모두 조용했고, 방 안에는 은은한 향이 퍼졌다. 그 향은 오래 맡으면 나른해지고 졸음이 쏟아지는 특별한 향이었다. 창밖에 비치던 마지막 빛줄기도 사라지고, 밤이 완전히 내려앉았다. 둘의 낮잠은 두 시진*약 4시간 동안 이어졌고, 식사 시간을 알리는 종소리에 함께 깨어났다.

깊은 꿈에서 깨어났을 때야말로 의식이 가장 몽롱한 순간이었다. 봉지미는 몸을 뒤척이며 이불을 영차영차 잡아당겼다. 진사우도 눈을 떴다. 움직이지 않는 그의 두 눈동자가 맑았다. 은은한 등불과 자욱한 연기 사이에서 그가 갑자기 입을 열었다.

"위지."

잠깐의 정적이 흘렀고, 봉지미가 고개를 갸웃하고 물었다.

"그게 누구예요?"

진사우가 일어나 앉아 봉지미의 눈동자를 바라보았다. 물기 어린 그녀의 특별한 눈동자는 시시때때로 안개에 휩싸여 자꾸만 그 안을 들여다보고 싶게 만들었다. 그녀의 눈동자는 정말 천하의 보물이었다. 이런 눈동자라면 그 속에서 영원히 원하는 바를 읽어내지 못할 것이었다. 오직 그녀의 표정에서 드러나는 진실을 볼 줄 알아야 했다.

"별 것 아니다."

진사우가 잠자코 있다가 옷을 바로 입으며 말했다.

"내 원수가 생각났을 뿐이야."

"아아……."

봉지미가 나른한 듯 고개를 돌려 진사우를 바라보았다. 흥미롭지 않은 표정이었다.

"그자가 대월 군사 수만을 죽이고, 내가 북방에서 이룬 모든 공훈을 앗아 갔다."

진사우의 웃음은 매끈하고 부드러운 옥 조각 같았지만, 눈빛에는 음험한 기운이 엿보였다.

"그놈을 잡아 뼈와 살을 발라내고 태워서 재로 만들어 하늘에 뿌리지 않는다면, 전장에서 목숨을 잃은 형제들을 볼 낯이 없겠지."

봉지미는 하품을 하며 귀찮은 듯 말했다.

"맞아요, 맞아. 원한이 있는데 갚지 않으면 군자가 아니죠. 반드시 잡아서 제대로 갚아 주세요. 정말 분하면 확 잘라 버리는 건 어때요? 남자에게 최고의 치욕은 궁형이라죠."

"그건 남자일 때 가능한 얘기지."

진사우가 봉지미를 보며 부드럽게 웃었다.

"그럼 남자가 아닌가요?"

봉지미가 드디어 관심을 보이기 시작했다.

"여자 장수?"

진사우는 대답하지 않고 일어나 창문에 드리운 천을 걷었다. 그러자 시녀들이 물고기처럼 떼 지어 들어와 연탑에 쟁반을 두고 음식을 차렸다. 음식은 아주 풍성했지만 썩 정교해 보이진 않았다. 선홍색 큰 접시에 잘게 다진 고기가 나왔는데 바짝 익히지 않았는지 붉은 기가 돌았고, 희끗희끗한 무언가가 섞여 있었다. 지하 감옥에서 본 참상을 연상할 수밖에 없는 음식이었다. 진사우는 웃으며 봉지미에게 그릇과 젓가락을 쥐어 주며 말했다.

"대월에서 유명한 설경육갱(雪瓊肉羹)이라는 음식이다. 평범해 보이지만 불 조절을 정확하게 한 후 달걀흰자를 섞어 바구니에 넣고 쪄낸 음식이지. 식감이 굉장히 야들야들하니 꼭 먹어 보아라."

봉지미가 침대에 앉아 멍하니 그 음식을 바라보았다. 시녀가 침대 옆에 꿇어앉아 작은 그릇에 음식을 담아 식사 시중을 들려던 찰나였다. 그녀가 결연하게 고개를 들었다.

"못 먹겠어요."

"어째서?"

진사우는 책상다리를 하고 봉지미의 맞은편에 앉아 유유자적 한 입 베어 물며 이해할 수 없다는 듯 물었다. 그녀는 입술만 비쭉거리고 대답하지 않았다.

"음식 낭비는 큰 죄다."

진사우가 굳은 표정으로 자기 그릇을 내려놓고, 고기를 떠서 봉지미의 입에 넣으려고 했다.

"안 먹으면 감옥 밥 먹을 줄 알아라!"

허약한 봉지미가 안간힘을 쓰며 피했지만, 진사우의 힘을 이기지 못해 고기가 억지로 입에 들어왔다. 그녀가 기겁하며 곧바로 뱉어내는 바람에 이불에 울긋불긋한 자국이 남았다. 진사우는 그릇과 젓가락을 탁 하고 내려놓았다. 도자기가 흑단목 밥상에 부딪히는 소리가 낭랑하게 울려 퍼졌다.

"못 먹겠어요."

봉지미는 진사우의 안색에도 아랑곳하지 않고 씩씩대며 말했다.

"이걸 보니까…… 화경이 생각난단 말예요."

진사우가 눈을 가늘게 뜨고 담담하게 말했다.

"드디어 시인하는군."

"나 때문에 죽을 거라고 했잖아요."

봉지미는 눈시울에 눈물이 가득 찼지만, 흘리지 않으려고 애썼다.

"나는 여기서 잘 먹고 잘 자는데, 그 여자는 능지처참을 당한다고 했 잖아요. 음식이 넘어가면 그게 사람이에요?"

"그러니까 빨리 기억해내라고 하지 않았느냐."

진사우가 말했다.

"누가 너더러 하지 말랬더냐?"

"하기 싫어요!"

봉지미가 밥상을 엎었다.

"기억이 났다면 내가 왜 이 수모를 겪고 있겠어요? 아니라면 아닌 거 예요. 그래봤자 사지에 밧줄이 묶여 저잣거리에서 갈가리 찢기기밖에 더 하겠어요! 당신이 나를 여기 가둬 두고, 끝없이 떠보고, 시험하고, 이 골머리 같이 생긴 구역질나는 음식이나 먹으라고 하는데 버티고 있겠 냐고요!"

와장창.

봉지미가 '골머리'라는 단어를 말하면서 그릇과 젓가락, 그리고 국 물을 침대에 쏟아 버렸다. 덕분에 진사우의 옷에도 음식물이 잔뜩 튀었 다. 시녀들은 어찌할 바를 몰라 목석처럼 굳어졌다. 진사우가 눈을 끔벅거리며 생각했다.

'성질도 부릴 줄 아는군. 성질을 부리니 암호랑이처럼 사납잖아.'

붉고 흰 고기 조각이 묻은 옷깃을 보자 봉지미의 비유가 떠올랐다. 어쩐지 진사우도 갑자기 비위가 상해 구역질이 날 것 같아 시녀에게 호통을 쳤다.

"치우지 않고 뭘 하느냐?"

시녀들은 깜짝 놀라 덜덜 떨면서도 마음속으로 억울해했다. 상을 엎은 건 저 여자고 게다가 죄인 신분인데, 왜 자신들이 욕을 먹어야 하는지 몰랐다. 안왕 전하는 언제나 기품 있고 온화하며, 모두에게 존경받는 겸허한 왕이었다. 아랫사람에게도 나쁜 말을 하거나 얼굴을 붉히는 일이 거의 없었는데, 오늘만 해도 몇 번이나 발작하듯 호통을 친 것이었다. 시녀들은 모두 이 죄인이 나타난 후로 전하께서 이상해지셨다고 생각했다. 시녀들이 깨끗한 침구로 교체하고 상을 치우자 진사우도 옷을 갈아입고 차가운 말투로 명했다.

"상을 다시 올려라."

"안 먹어요."

봉지미가 멍청히 바라보다 또 그 말을 뱉었다. 진사우는 음험한 눈빛으로 그녀를 바라보다 차갑게 웃으며 물었다.

"그렇게 그 여자가 죽는 꼴을 못 보겠으면서, 왜 네 목숨과 바꾸려고 하지는 않지?"

봉지미는 또 멍청히 바라보다 중얼거렸다.

"내 목숨과 바꾼다고요?"

"말 그대로 네 목숨을 그녀의 목숨과 바꾸는 거지."

진사우가 담담하게 말했다.

"고결한 척 그만해라. 그 여자가 너를 위해 죽는다고 하니, 너는 기껏해야 고기반찬을 못 먹겠다고 생떼나 부리는 것 아니냐? 네가 대신 죽겠다고 말한 적 있나? 너희가 말하는 생사를 나눈 우정도 겨우 이 정도였군."

진사우는 악독한 말을 하면서도 미소를 지으며, 봉지미가 다시 한 번 발작하기를 기다렸다. 하지만 그녀는 아무 반응도 없이 생각에 잠겼고, 퍽 우울해 보였다. 잠시 후 그녀가 긴 한숨을 내쉬며 말했다.

"살고 싶어요."

진사우의 웃음이 한층 더 싸늘해졌다.

"다만⋯⋯."

봉지미가 갑자기 고개를 들고 웃었다. 여전히 산만하고 위협적이지 않은 웃음인데도 어쩐지 진사우는 마음이 떨렸다.

"전하는 영원히 나를 놓아주지 않을 것 같아요. 그러니까⋯⋯."

봉지미가 침대에서 내려와 신발도 신지 않은 채 뒤도 돌아보지 않고 문 밖으로 향했다.

"안녕, 다시는 보지 말아요."

"뭐하는 거야?"

봉지미가 휘청거리며 걸음을 옮기는 모습을 보자 진사우는 벽난로의 불씨처럼 화가 꾸물꾸물 타올랐다.

"감옥 밥 먹으러 가요."

봉지미는 비틀비틀 걸으면서도 대답은 가벼웠다. 하지만 감옥의 문 앞까지 도착하기도 전에 뒤에서 검은 그림자가 덮쳐 와 그녀의 허리춤을 조였다. 그녀는 반항할 틈도 없이 진사우에게 번쩍 들려 다시 침대로 던져졌다. 놀란 그녀는 기침을 하기 시작했고, 가슴을 들썩이며 가쁜 숨을 몰아쉬었다. 창백한 볼에 옅은 붉은 기가 솟았고, 그렁그렁한 눈동자가 파도치듯 흔들렸다. 그녀는 바람이 불면 금세 흩어지고 마는 연약한 구름 같았다.

진사우는 또 한 번 멍해졌다. 진사우는 봉지미의 몸 위에 있었다. 원래는 연약해 보이지만 실은 단단한 여자에게 차갑게 몇 마디 훈계를 하고 나주려 했었다. 하지만 얼떨결에 그의 시선이 그녀의 청순한 얼굴에 머물렀다. 무리해서 움직인 탓에 물기를 머금은 눈동자 밑으로 입술과 볼이 발갛게 상기되었고, 그 아래 눈처럼 하얗고 가느다란 목이 드러났다. 다소 풀어진 옷깃 아래로 정교하고 섬세한 쇄골, 그리고 더 아래로는……

진사우가 황급히 시선을 거뒀다. 순간 자신의 손이 아직도 봉지미의 허리춤에 있다는 사실을 깨달았다. 손이 닿은 그 자리는 보드랍고 따뜻했다. 살짝 쥐어보니 가냘프면서도 무공을 연마한 여인 특유의 유연함과 강인함이 손끝에 느껴졌다. 그는 어쩐지 부러뜨려 보고 싶은 충동이 일어났다. 아니, 이렇게 보드라운 허리가 그의 몸 아래서 어떤 각도로 휘어질 수 있을지 궁금했다. 생각이 거기까지 미치자 그는 아득하게 어지러웠고 숨이 가빠졌다. 눈치 빠른 주위의 시녀들이 소리 없이 줄줄이 물러났고, 마지막으로 나간 시녀가 조심스레 문을 닫아 주었다.

문을 닫고 시녀들은 서로를 바라보며 입술을 비죽 내밀었다. 오늘 안왕 전하의 마음이 동하신 걸 보니 대월의 포로인 저 여자는 승은을 입고 목숨을 부지할 것이었다.

문이 닫히는 소리에 마음이 혼란스러웠던 진사우가 정신을 차렸다. 그는 빙긋 웃으며 허리를 놓아주었고, 감옥으로 향하느라 먼지가 묻은 맨발을 비단 수건으로 친히 닦아주었다. 봉지미의 작은 맨발을 손바닥에 올려놓고 보니 여린 죽순 같았다. 발톱도 대월 여성들처럼 봉선화 물을 들여 다홍색을 띄는 것이 아니라 깨끗하고 하얀 조가비 같았다. 그는 자신도 모르던 자상함으로 그녀를 조심조심 다루고 있었다. 그녀는 여전히 조금도 움직이지 않았고, 그가 뜻대로 하도록 내버려 두었다. 발을 깨끗이 닦은 후 진사우는 수건을 휙 던지고 봉지미의 위로 올라섰다. 그녀는 여전히 움직임이 없었다.

'이건 수락인가, 아니면 유혹인가?'

진사우가 웃으며 봉지미의 허리끈을 풀었다. 예전에도 가끔 그는 천성에서 잡아 온 여성 포로와 밤을 즐겼었다. 수하들이 가장 자태가 곱고 색기 흐르는 여인을 보냈지만, 별미를 즐기는 수준이었다. 지금처럼 애틋하고 간절한 감정이 들지는 않았다.

바로 그 있는 듯 없는 듯한 애틋함과 희열 때문에 진사우는 따뜻하고 자상한 미소를 지었다. 이내 후 하고 바람을 불어 촛불을 껐다. 주황빛이 물러간 어둠 속에 달빛이 유유히 쏟아졌다. 반신은 이불 속에 있고 반신은 달빛을 받고 있는 봉지미는 마치 깃털처럼 부드럽고 가벼웠다. 그가 허리끈을 풀고 앞섶을 헤치니 달빛보다 순결하고 진주보다 윤이 나는 피부가 드러났다. 그녀는 내내 말없이 팔을 들어 눈을 가리고 있었다. 그는 그녀가 반항할 기운이 없다는 것을 알면서도, 한편으로는 그녀가 반항할 의사가 없다고 생각했다.

남장을 하고 전쟁터에 뛰어든 여인들 대부분은 떠돌이 신세에 외로움이 사무쳐 순결을 지키는 경우가 드물었다. 하지만 남녀상열지사로 자유와 생명을 바꿀 수 있다면, 그것도 꽤 가치 있는 일이라는 생각이 들었다. 진사우의 손가락이 천천히 순결한 몸에 스쳤다. 봉지미가 떨었다. 그도 별안간 떨고 말았다. 벼락에 맞은 듯 그의 손가락이 허공에서 멈췄다. 차가운 달빛이 여전히 방을 비췄다. 그의 얼굴이 순식간에 달빛보다 더 창백해졌다. 손을 반쯤 든 채로 허리춤에 드러난 살결을 뚫어져라 바라보았다. 그의 손이 스쳐 지나간 자리에 소름이 오소소 돋아 있었다. 그녀의 매끈한 살결에 줄지어 돋은 선명한 돌기들이 한없이 거슬렸다.

혐오. 여인들은 마음 깊은 곳에서 극도로 혐오할 때 이런 신체 반응이 나타났다. 봉지미는 진사우의 손길을 혐오하는 것이었다. 순간 진사우는 머릿속이 하얘졌다. 그는 평생을 고귀한 신분으로 자랐다. 준수하고 기품이 넘치며 풍채가 멋져 지나가는 곳마다 미녀들이 앞다퉈 아첨을 했고, 말을 타고 외출하면 군중들은 환호했다. 물론 그도 살면서 간계, 배신, 계략과 속임수를 마주했었고, 세상만사를 피할 수는 없다고 생각했다. 하지만 이런 종류의 혐오는…… 당해본 적이 없었다.

여인의 마음에서 우러나온 통제할 수 없는 혐오. 진사우의 손이 허공에 머물렀다. 소름 돋은 살결을 바라보고 있으니 자신이 부녀자를 납치해 숲으로 끌고 가 완력을 이용해 겁탈하는 삼류 건달로 느껴졌다. 분노가 이글이글 타올랐다. 존귀한 황자의 자존심이 더 이상 일을 진행할 수 없게 만들었다.

그는 떨리는 손가락을 거두었다. 흐트러진 봉지미의 옷매무새를 정리해 주고는 말없이 일어나 성큼성큼 밖으로 나가 버렸다.

문이 닫히는 소리가 무겁게 들려왔다. 쿵 하고 울리는 소리에 사방의 벽이 흔들리는 듯했다. 주위는 다시 고요해졌고, 얼마 후 눈을 뜬 봉지미는 조금 피곤한 미소를 지었다. 그녀가 입술을 내밀고는 붕대를 감아 곰 발바닥처럼 둔한 손으로 허리 뒤쪽을 긁적였다. 개미 한 마리가 그녀의 손에 묻어 나왔다. 그녀는 몰래 데려온 개미를 바닥으로 내려 주며, 은인을 바라보는 표정으로 웃었다.

"고마워. 네가 열심히 기어올라 온 덕분에 내가 정조를 지킬 수 있었어. 소름을 시간 맞춰 돋게 할 수는 없잖니."

봉지미의 눈동자에 달빛이 쏟아졌고, 차갑고 교만한 눈빛이 스쳤다. 그녀가 살며시 입김을 후 불어 개미를 다시 번잡한 속세로 돌려보내 주었다.

이경이 되자 덜컹거리는 마차 소리가 들려왔다. 안왕 전하의 분부대로 오늘 밤 사형수를 이송 마차에 태우고 포성부 관아의 감옥으로 향할 예정이었다. 사방이 조용해서 경계가 삼엄한 티가 나지 않았다. 사실 그럴 필요도 없었다. 죄인은 혹독한 고문을 받아 벌써 숨이 끊어지기 직전이었기 때문이었다. 만일 감옥 창살을 열어 주더라도 죄인은 세 발 자국밖에 가지 못할 것이었다.

'왕작약' 아가씨가 지내는 내실은 매우 조용했다. 이 죄인은 병이 깊어 이곳에 드나드는 사람은 의사나 시녀뿐이었다. 경호하는 병사들도 나른한 듯 기둥에 기대어 수다를 떨고 있었다. 하지만 조용하고 편안해 보이는 공기 중에 미묘한 긴장감이 흐르기 시작했고, 밤의 어둠 속에 굳어졌다.

이경을 알리는 북이 두 번 울렸다. 내실 침대에 누워 있던 봉지미가 눈을 번쩍 떴다. 그녀는 우선 침대 아래를 살펴봤다. 시녀가 발판 아래서 깊이 잠든 것을 확인하고, 이불을 천천히 걷고 침대에서 내려왔다. 일부러 소리 없이 내려와 시녀들을 깨우지 않았다. 그녀는 유령처럼 방을 빠져나왔다. 문지기 병사는 긴 총을 안고 복도에 앉아 꾸벅꾸벅 조느라 그녀가 뒤에서 지나가는 것도 눈치채지 못했다. 복도 끝에 있던 병사 한 무리는 교대 중이라 피할 수 있었다. 그녀는 소리 없이 복도를 유유히 지났다. 마침 오늘 밤에는 시녀가 검은 옷을 주어 전혀 눈에 띄지 않았다. 복도를 돌아서니 네모반듯한 정원이 나왔다. 그 정원에는 호위 병사가 없었고, 오직 월동문 앞만 지키고 있었다. 하지만 월동문 쪽 호위 병사는 어두운 곳에 숨어 춘화를 보며 키득거리느라 주위를 신경 쓸 겨를이 없었다.

봉지미는 그들 곁을 지나 꽃나무 군락 뒤로 돌아갔다. 봉지미가 지나가자 호위 병사들은 돌연 고개를 들어 눈빛을 교환했다. 그때 검은 그림자가 소리 없이 그들의 등 뒤로 나타났다. 병사들은 재빨리 춘화를 버리고 공손하게 차렷 자세로 섰다.

"나갔나?"

다가온 사람이 낮은 목소리로 물었다. 호위 병사가 고개를 끄덕였다.

달빛 아래 보이는 그 사람의 얼굴은 엄숙해 보였다. 흔들리는 눈빛에 복잡한 감정이 담긴 사람은 바로 진사우였다. 잠시 후 그가 손짓하자 호위 병사들이 비켜났다. 바닥에 떨어진 춘화를 줍는 사람은 아무도 없었다.

"전하, 저희가 같이……."

누군가 진사우를 향해 소리 내어 물었다. 그가 담담하게 말했다.

"내가 따라갈 테니 너희는 기다려라."

명을 받은 자가 자리를 떠났고, 진사우도 잠시 생각에 잠겼다가 밖으로 나갔다. 그는 앞서 가는 가냘픈 뒷모습을 좇아갔다. 봉지미를 따라 복도와 집을 지나고 정원을 지나 다리를 건너려는 찰나였다. 갈수록 무언가 이상했다. 그녀가 향하는 곳은 감옥 방향이 아니었다. 그는 미간을 찌푸리며 그녀가 휘청이며 가는 곳이 후원의 작은 연못이라는 것을 깨달았다. 문득 연못에서 무엇을 하려는 것인지 궁금해졌다.

진사우는 봉지미가 지하 감옥에 갈 거라고 확신하고 내내 복잡한 마음으로 기다렸다. 그리고 영문도 모르고 그녀를 뒤따라갔는데, 그녀는 이슬 맺힌 풀숲을 헤치고 대리석 바닥을 지나 비틀대며 연못가로 간 것이었다.

연못은 인공으로 만든 곳이었다. 원래 주인이 명사들을 초청해 겉치레하기를 좋아해서 연못가에 학을 한 마리 키운 적도 있었다. 하지만 학은 죽었고, 이제는 달빛 아래 맑게 빛나는 텅 빈 연못만 남아 있었다. 봉지미는 조금도 망설이지 않고 한 걸음에 연못으로 들어갔다. 진사우는 반사적으로 그녀를 잡았다. 그는 번개처럼 빠른 동작으로 손을 뻗어 그녀의 등 뒤로 날아가 옷자락을 잡아챘다. 하지만 간발의 차이로 그녀가 연못에 빠졌고, 풍덩 소리와 함께 물이 사방으로 튀었다. 그녀가 빠졌으니 그도 어쩔 도리가 없었다. 급하게 잡는 바람에 중심을 잡지 못한 그도 연못에 함께 빠지고 말았다.

물이 깊지는 않았지만 겨울이라 뼛속까지 한기가 파고들었다. 그는 물에 빠지자마자 황망하게 그녀를 건지려 했다. 그녀는 물에 빠진 사람 특유의 바동거림이 전혀 없었기 때문에 쉽게 잡혔다. 잡고 보니 그녀의 안색이 창백했고, 두 눈을 꼭 감고 있었다.

'눈을 감고 있다니? 몽유병인가?'

진사우가 눈을 끔벅이며 푹 젖은 채로 몸을 부르르 떨었다. 봉지미가 중얼거렸다.

"목욕⋯⋯."

'한밤중에 귀신처럼 밖으로 나온 이유가 꿈에서 목욕을 했기 때문이라고?'

진사우는 숨을 죽이고 여기까지 미행을 했는데 그 결과가 냉수마찰이라니 화가 치솟았다. 그는 연못에서 나오는 것도 잊은 채 소리를 빽질렀다. 그러자 호위 병사들이 횃불을 들고 줄지어 나타났다. 매복하고 있다가 선봉에서 달려온 병사는 이 광경을 보고 눈을 멈칫하더니 얼른 자신의 망토를 벗어 덮어 주었다.

진사우는 봉지미를 안고 첨벙대며 연못을 나왔다. 고개를 숙여 그녀를 보니 푹 젖어 있었다. 홑겹 옷이 가녀린 몸을 겨우 감싸고 있어 정교한 몸의 곡선이 드러났다. 단단하면서도 풋풋하고 요염했다. 주위에 선 호위 병사들의 표정이 어색해지자 그는 얼른 망토로 그녀를 폭 싸면서 말했다.

"의원을 부르고 쉬설재에 화로 세 개를 가져와라. 생강탕도 끓여라. 어서!"

진사우가 봉지미의 이마에 손을 대보자 불덩이처럼 뜨거워서 마음이 급해졌다. 뽀얗고 보드라운 여자가 품 안에 있었지만, 지금 그는 잡념을 떠올리기는커녕 한 걸음에 쉬설재로 돌아왔다. 그리고 시녀가 미리 준비해 둔 옷을 그녀에게 입혔다. 한동안 좌불안석이던 그는 시녀가 조심스레 깨우쳐 주기 전까지 자신의 젖은 옷을 갈아입을 생각도 하지 못했다.

진사우가 옷을 갈아입고 왔을 때 의원이 당도해 맥을 짚고 있었다. 잠시 집중하던 의원이 짧게 탄식하며 말했다.

"이 아가씨의 병세가 어찌 순식간에 이토록 나빠졌습니까? 이대로 라면⋯⋯."

진사우는 심장이 덜컥 내려앉았다. 봉지미는 열이 펄펄 끓어 곁에 다가서기만 해도 그 열기가 느껴질 정도였는데, 또 순식간에 체온이 뚝 떨어져 얼음처럼 차가워졌다. 가녀린 몸이 극도의 열기와 한기를 버텨내지 못하고 금방이라도 부서질까 걱정이었다.

봉지미는 의식이 모호한 상태에서도 양손은 계속해서 가슴 쪽을 맴돌았다. 마치 그녀를 아프게 하는 무언가를 뽑아내고 싶어 하는 것 같았다. 진사우는 아직 낫지 않은 그녀의 손이 다칠까 봐 팔꿈치로 그녀의 손을 눌렀다. 그러자 그녀가 혼미한 상태로 중얼거렸다.

"목욕⋯⋯."

진사우는 생각해 보았다. 이 여인은 전쟁터에서 포로로 잡혀 왔고, 감옥에서 지내기도 했고, 바닥에서 구르기도 했다. 하지만 중병으로 몸이 상할까 봐 줄곧 목욕을 하지 못했었다.

그가 찬찬히 추측을 해보았다. 천성이 깔끔한 그녀는 꿈에서도 목욕을 하고 싶어 물이 있는 곳을 찾아 나온 것이 아닐까? 그리하여 얼음장 같은 물에 몸을 던진 건 아닐까?

"더운 물에 목욕을 하는 건 도움이 안 되겠느냐?"

진사우는 한동안 생각하다가 고통스러워하는 봉지미를 보고 의사에게 물었다. 의사는 한심한 눈으로 진사우를 바라보았다. 마치 '숨이 간당간당한 사람에게 목욕이라니!' 하고 말하는 얼굴이었다.

"전하."

늙은 의사는 수염을 쓰다듬으며 의미심장하게 말했다.

"지금 이 상태라면…… 머지않아 '마지막 목욕'을 하게 될 듯합니다."

대월의 풍습에서는 죽은 사람이 입관하기 전에 '마지막 목욕'을 시켰다. 진사우는 멈칫하다 의사의 말뜻을 알아듣고는 믿을 수 없다는 듯 호통쳤다.

"그게 무슨 소리냐?"

더 이상 손쓸 수 있는 처방전이 없어 의사는 말하기가 두려웠다. 그저 머리가 땅에 닿도록 조아리며 말했다.

"전하, 소신이 궁의 어의를 불러오겠습니다."

진사우는 말이 없었다. 어의는 보통 수도를 벗어나지 않는데다가 설령 이 먼 곳까지 왔다 해도 그땐 이미 늦었을 것이다. 눈앞에 있는 이 의사도 대월 북방 지역에서 으뜸가는 명의였다. 그가 포기했다면 이 근방에 봉지미를 구할 사람은 없을 것이다.

"전하, 사실 민간에도 숨은 고수들이 있고, 조상 대대로 전해지는 비밀 처방을 가진 자도 있습니다. 차라리 방을 내거시고 명의를 찾거나 은밀하게 비밀 처방을 찾아보시면, 희망이 있을 줄로 아옵니다."

진사우가 침묵했다. 기품 있는 얼굴에 그림자가 드리워져 표정을 읽을 수 없었지만, 잠시 후 고개를 끄덕였다. 의사는 결국 신경 안정제를 처방했다. 그것을 달여 먹이자 그녀는 어느 정도 안정을 찾았고, 동이 틀 즈음 깨어났다.

봉지미는 진사우를 보고 피곤한 미소를 지으며 말했다.

"혹시 밤새 저를 때리신 거 아니죠? 왜 온몸이 다 아프죠?"

농담할 기운은 남아 있는 모양이었다. 진사우도 어쩔 수 없이 미소 지었고, 하룻밤 사이에 야윈 봉지미의 얼굴을 보며 말했다.

"천고적부터 사람이 가장 어려워하는 건 죽음을 맞이하는 것인데, 보아하니 너는 살려 달라고 애걸할 의지가 없는 것 같구나?"

봉지미는 말이 없었지만, 표정은 그다지 찬성하지 않는 듯했다.

"저를 죽이기 아까우세요?"

진사우는 대답 대신 웃으며 말했다.

"사람 마음이란 게 참 복잡하지. 어떤 이는 죽어가면서도 살려 달라 애원하고, 어떤 이는 살 기회가 있는데도 자포자기하고 죽겠다 청하니 말이다."

눈을 감은 봉지미는 대답하기 귀찮은 얼굴이었다. 진사우도 그녀의 대답을 기다리지 않고 손뼉을 쳤다. 호위 병사들이 사람 하나를 끌고 와 문 밖에 내려놓았다.

"네 친구다. 죽어가고 있는데 죽기 싫다며 안간힘을 쓰는 중이지. 너희 둘 다 이 지경으로 병이 났으니 나도 별 걱정 없이 바깥방에 두겠다. 저 자가 어떻게 살려 달라고 애쓰는지 본다면 네게 힘이 되어 병이 좋아질 지도 모른다."

"제 친구요?"

봉지미가 눈을 뜨고 한동안 생각하다 말했다.

"화경인가요?"

"극렬이라는 자다."

진사우가 태연하게 말했다.

"네가 여기 붙잡힌 걸 알고 저자가 왕부 정문에서 사흘을 꼬박 애원했다. 그러다 문지기가 부리는 사냥개에 성대를 물려 지금까지 혼수상태에 빠져 말을 못하지. 뭐, 앞으로 말을 할 수 있을지 모르겠다. 내가 보기에 의협심이 넘치는 자다. 특별히 죄가 있는 것도 아니니 내가 키워 보고 싶다. 하지만 그것도 생명이 허락해야 가능한 일이겠지."

봉지미가 피곤한 미소를 지으며 말했다.

"극렬이라고 했죠? 그럼 부탁드릴게요. 그를…… 살려 주세요."

"나도 살려서 그자가 뭐라고 말하는지 듣고 싶다."

진사우가 일어나며 말했다.

"포성 서쪽 삼정산에 맨발의 의원이 산다고 들었다. 그의 집안 대대로 내려오는 처방이 여러 병증에 특효라고 하지. 사람을 시켜 그 의사를 데려와 너희 둘을 치료하라 일렀다."

"전하께서는 좋은 사람인 것 같아요."

봉지미가 진사우의 소매 자락을 당기며 말했다.

"아무리 생각해도 기억이 나지 않아요. 저는 왜 전하 같은 분과 원수를 지었을까요?"

"그건 너 자신에게 물어야 할 말이지."

진사우는 미소를 지으며 봉지미의 머리를 부드럽게 쓰다듬고는 이불을 잘 덮어 주었다.

"더 자거라. 바깥방의 극렬이라는 자가 목을 다쳐서 가끔 이상한 소리를 내니 너무 놀라지 말고."

봉지미가 평온한 모습으로 고개를 끄덕였다. 표정에서 한 줄기 연민이 스치는 듯했다. 진사우는 한동안 그녀를 바라보다가 가벼운 발걸음으로 떠났다. 그녀는 이불 속에서 눈을 뜬 채 점점 멀어지다가 이내 침묵 속으로 잠기는 발걸음 소리를 들었다. 바깥방에서 극렬의 혼탁하고 기괴한 숨소리가 들려왔다.

낙인

극렬의 숨소리는 괴이했다. 풀무질하듯 달그락거리는 소리는 듣는 이조차 소름 끼치게 했다. 언제 끊어질지 모르는 불안한 소리였다. 분주히 오가는 시녀들은 침대에 누운 그를 바로 쳐다보지 못하고 시선을 피했다. 그들도 이렇게 끔찍한 상처는 처음이었다. 목에 구멍이 뚫리고도 죽지 않을 수 있다니 경악스러웠다. 극렬의 얼굴은 맹수에게 물린 것처럼 살점이 크게 떨어져 나가 있었지만, 원래의 미모를 충분히 짐칠 수 있었다. 아름다운 물건일수록 망가진 모습은 충격적이었다.

"세상에 끔찍해라……."

시녀 둘이 소곤댔다.

"이렇게 미남인데 아깝다……."

"사람을 구하다가 이 지경까지 됐단 말이지? 정말 영웅이네."

"이 사람 마음이 급한가 봐. 뭐라고 말하고 싶어 하는데 움직이지도 못하니 불쌍하다."

눈을 뜬 봉지미가 가만히 듣다가 웃었다.

"아가씨, 들여다보시겠어요?"

인자한 인상의 중년 부인이 다가왔다. 제법 신분이 높은 상급 시녀 같았다.

"친구 분은 얼마나 버틸 수 있을지 모르겠습니다."

봉지미가 고개를 끄덕이자 시녀는 사람을 불러 등나무 침대째로 바깥채의 극렬 곁에 놓으라고 일렀다. 봉지미는 고개를 돌려 한 척 가량 떨어진 곳에 누워 있는 극렬을 낯설지만 감격스러운 눈빛으로 바라보았다. 살점이 뜯겨나간 목구멍까지 시선이 이르자 그녀는 눈을 가늘게 떴다. 그 시선에 무언가 빠르게 스쳤지만, 아무도 눈치채지 못했다. 그녀는 잔뜩 놀라고 안타까워하는 표정이었다. 시녀가 줄곧 그녀 곁에서 시중을 들다 무언가 생각난 듯 말했다.

"내 정신 좀 봐. 아가씨 처방전에 있는 빙편＊冰片, 용뇌향(龍腦香)의 줄기나 가지를 잘라서 증류하여 얻은 액체를 식힐 때 생긴 덩어리를 모아 그늘에서 말린 약재 말이에요. 창고에서 가져온 놈은 상태가 좋지 않으니 직접 받으러 오라고 전하께서 당부하셨는데, 잊을 뻔했네요. 만춘, 포하! 나를 따라오너라."

시녀들이 따라나섰고, 안채 담당 시녀들은 침구를 갈고 향을 피우느라 바빴다. 한순간 그녀의 주위에 아무도 없게 되었고, 내실 출입이 허용되지 않는 삼등 시녀만 문밖을 지켰다. 기괴한 숨소리가 한층 격렬하게 들려왔고, 극렬의 눈꺼풀이 파르르 떨렸다. 곧 깨어날 것 같았다.

'깨어나면 무슨 행동을 할까?'

봉지미가 베개에 머리를 댄 채로 고개를 쭉 빼 극렬을 가만히 뜯어보았다. 그녀의 사려 깊은 얼굴과 달리 안개 낀 눈동자는 속을 알 수 없는 심연 같았다.

한참 후 그녀가 손을 뻗었다. 손끝이 향하는 곳은 극렬의 목구멍이었다. 그녀는 이불 모퉁이로 정성스레 목구멍을 눌러 주었다.

상급 시녀가 돌아왔을 때 봉지미는 극렬의 곁에 엎드려 고른 숨을 쉬고 있었다. 여전히 깊은 혼미 상태에 빠져 있는 극렬은 이불을 단단히 덮고 있었다. 문 앞에 다다른 시녀가 몸을 앞으로 기울이자 그 뒤로 생각에 잠긴 진사우의 얼굴이 보였다. 극렬 곁에 평화롭게 잠든 봉지미를 바라보며, 진사우는 안도인지 근심인지 분간하기 어려운 표정을 지었다. 진사우는 조심스레 봉지미 곁에 앉아 식은땀으로 젖어 이마에 붙은 머리칼을 쓸어 주었다. 잠시 후 진사우가 낮은 목소리로 말했다.

"사람을 더 보내더라도 그 의원을 내 눈앞에 대령하라!"

포성 서쪽의 삼정산(三鼎山)은 성 외곽을 둘러싼 산 중 가장 높았다. 기온이 유난히 차고, 독성을 품은 안개가 종종 드리운다는 소문이 있었지만, 정작 산에서 사냥하며 먹고 사는 사람들은 좀처럼 병에 걸리지 않았다. 그 이유는 이 산에 기거하는 의원 완정(阮正) 덕분이었다. 소문에 따르면 그의 조상은 궁중 어의를 지내다 노년에 관직을 내려놓고 귀향했는데, 후손 대대로 천금과도 맞바꿀 수 없는 각종 비법을 보유하고 있다고 하였다. 다만 완정의 성정이 해괴하여 절대 하산하는 법이 없었고, 산꼭대기 고독한 절벽 위에 초막을 짓고 산다고 했다.

북방의 10월 밤, 고산의 안개가 엄동설한을 만나 수정 같은 결정이 되어 흩날렸다. 검은 그림자 몇 개가 번개 같은 속도로 절벽을 타고 산꼭대기에 올랐다. 누군가 문을 두드리는 소리에 집주인이 비척거리며 나와 문을 열었지만, 사방은 휑하니 아무도 없었다. 꿈을 꾸었나 생각하는 사이 또 한 번 문 두드리는 소리가 들렸다. 다시 돌아보았을 때 손님이 두드린 것은 문이 아니라 창문임을 깨달았다.

'창문 밑에는 길이 없다. 천 길 낭떠러지뿐.'

완 의원은 몸을 부르르 떨었다. 머릿속에 '산도깨비' 같은 단어를 떠올리는 찰나 손님들이 허락도 없이 안으로 들어왔다. 세 명의 그림자가 완 의원을 가운데 두고 에워쌌고, 한 명이 새 하얗게 빛나는 이를 드러내고 웃으며 물었다.

"우리가 당신을 저 창문 밖으로 던지는 게 좋겠소? 아니면 얌전히 묶여 나가는 쪽을 택하겠소?"

완 의원은 선택의 여지가 없었다. 의원과 건넌방의 시중드는 조수 소년은 단단히 묶여 밤중에 산 아래 아무도 찾지 못할 곳으로 옮겨졌다. 그 다음 세 사람은 옷을 갈아입고 쪼그려 앉아 본격적으로 입씨름을 하기 시작했다.

"시중드는 아이가 하나뿐이라면, 내가 가는 게 맞소."

하얀 이가 돋보이는 남자가 주먹을 불끈 쥐고 말했다.

"나는 무공도 되고, 날렵하고, 말도 잘하고……."

쿵.

둔탁한 소리와 함께 정적이 흘렀다. 주먹으로 어딘가를 내리친 다른 남자가 건조하게 말했다.

"내 주먹이 말보다 나아."

의자에 앉아 차를 마시는 남자가 미간을 찌푸리며 말했다.

"남의야, 역시 혁련 전하가 나을 듯하구나. 넌……."

누런 옷의 젊은이가 고개를 홱 돌리며, 밋밋한 인피 가면과 꼭 어울리는 딱딱한 말투로 말했다.

"만약 내가 일을 그르치면, 내가 나를 죽일 겁니다."

종신은 말없이 웃었다. 그는 고남의가 독특한 만큼 보통 사람들과 비교도 되지 않는 고집불통이라는 걸 잘 알고 있었다. 한번은 그가 무공을 연마한다며 꼬박 닷새 동안 스스로를 모래에 묻어 질식사할 뻔한 적이 있었다. 닷새를 버틴 이유를 물어보니, 누군가 지나가는 말로 닷새가 가장 효과가 좋다고 말했다고 하였다. 그러다가 죽을 수도 있다는 점은 깜빡하고 말해 주지 않은 모양이었다. 고남의는 후환을 생각하는 법이 없었고, 당장 하고 싶은 일을 하는 녀석이었다. 고남의에게는 세상 사람들이 가진 염려와 걱정, 이해타산이 없기 때문에 두려울 일도, 물러날 일도 없었다. 이런 녀석이 평생 봉지미를 지키겠다고 맹세했으니 절대로 먼저 그녀를 떠나는 일은 없을 것이다.

고남의는 종신의 대답을 기다리지 않고 혁련쟁을 칭칭 묶었다. 그리고 완 의원이 빨지 않고 쌓아둔 양말로 그의 입을 틀어막고는 침대 밑으로 밀어 넣어 버렸다. 이윽고 나머지 두 사람은 그 위에서 편안하게 잠을 청했다. 현재 포성은 안팎으로 경계가 삼엄하였고 검문도 잦았다. 성 밖에는 대군이 주둔했고, 성안은 안왕의 친위대가 지키기 때문에 그들에겐 가장 위험한 구역이었다. 일이 커지는 불상사를 막기 위해 포성에 데리고 왔던 수하들도 대부분 성 밖으로 내보내 대기를 지시했고, 성안에는 최정예 몇 명만 남겼다. 그나마 그들도 왕부에는 들여보내지 못했다. 진사우는 감시망까지 갖추었기 때문에 모자란 인력으로 섣불리 주위를 맴돌았다가 긁어 부스럼을 만들 수도 있었다. 무엇보다 결정적인 순간에는 직접 나서야 마음이 놓일 것 같았다. 지금 이들은 상당히 피곤했지만, 앞으로 더 고된 날이 계속될 것임을 알았다. 그렇다면 오늘이 포성에서 마음 편히 잠을 청할 수 있는 마지막 밤이었다. 이제 날이 밝으면 수면은 사치가 될 터였다. 하지만 이를 알면서도 잠들지 못하는 사람이 있었다. 몸을 뒤척이며 침대 널빤지를 긁어대는 고남의에게 종신이 한숨을 쉬며 말했다.

"남의야, 지미는 무사할 거다. 믿어야만 해. 그리 쉬이 죽을 여인이 아님을 천하가 알고 있다."

고남의가 더 이상 침대 널빤지를 긁지 않았지만, 별다른 대답도 하지 않았다. 다만 동이 틀 무렵 종신은 비몽사몽간에 고남의가 중얼거리는 소리를 들었다.

"당신은 결국 나를 버리고 있소……."

날이 밝을 무렵, 산에 사는 사람들이 엉엉 울며 사람을 업고 왔다.

風권

"의원 어르신!"

약초 광주리를 메고 문을 나서는 의원에게 한 노인이 다가와 다급하게 앞을 가로막았다.

"영성(寧城)에 사는 큰 조카가 왔는데, 오자마자 뭐에 물렸는지 이렇게 되었어요. 살려 주세요. 제발 살려 주십시오."

업혀 온 청년의 낯빛은 시꺼멓게 죽어 있었고, 다리는 퉁퉁 부어 호박같이 변해 있었다. 완 의원은 힐끗 보더니 퉁명스럽게 말했다.

"그깟 일에 헐레벌떡 달려왔소?"

완 의원은 처방도 따로 내리지 않고 주변의 약초 몇 개를 가리키며 조수에게 달여 먹이게 했다. 얼마 후 환자의 붓기는 눈에 띄게 줄었고, 정신도 돌아왔다. 노인은 몇 번이고 감사 인사를 하고 조카를 데려갔다. 의원과 조수가 다시 약초 캐기에 열중하려는 찰나 한 무리의 호위 병사가 들이닥쳤다.

"우리 마님께서 간밤에 급작스러운 발작을 일으켜서 선생이 포성에 가 주셔야겠소. 사례는 후하게 하리다."

"싫다!"

성격이 괴팍한 완 의원은 호락호락한 사람이 아니었다. 그가 흰자위를 드러내더니 쳐다보지도 않고 고개를 홱 돌려 가 버렸다. 우두머리 호위 병사가 손짓하자 병사들이 우르르 들이닥쳐 그를 억지로 끌고 가기 시작했다.

"어어, 이놈들 무슨 짓이냐? 썩 떨어져라!"

완 의원이 있는 힘을 다해 발버둥 치며 욕설을 퍼부었다.

"이 도적놈들! 천하에 몹쓸 것들! 개돼지 놈들!"

조수도 약재 광주리를 팽개치고 달려와 두서없이 주먹을 들이댔다.

"도적놈들! 몹쓸 것들! 개돼지 놈들!"

완 의원이 소리쳤다.

"놔라! 안 그러면 네놈들 조상까지 죽여주마!"

조수도 펄쩍 뛰며 물어뜯었다.

"조상까지 죽인다!"

완 의원이 욕설했다.

"이 더러운 똥통에 구더기 같은 놈들!"

조수도 병사 하나를 잡고 등에 올라타 목을 조르며 외쳤다.

"구더기 놈들!"

병사들은 더 이상 참을 수 없었다. 의원은 차마 건들 수 없었지만, 조수 녀석은 손보지 않고서는 못 배기겠는지 빙 둘러싸고 마구 때렸다. 조수는 머리통을 감싸고 바닥에 데굴데굴 구르면서도 끈질기게 욕을 해댔다.

"구더기! 구더기 놈들!"

"감히 내 조수를 절단 내? 이놈들아, 이판사판이다!"

완 의원이 천둥 같은 기세로 방방 날뛰며 달려들었다. 병사들은 그제야 손을 놓고 조수의 입에 헝겊 조각을 쑤셔 넣은 다음 번쩍 들어 마차에 싣고 포원을 향해 달렸다.

모두 떠난 텅 빈 절벽의 초막에서 누군가 비틀대며 걸어 나왔다. 냄새나는 양말을 잔뜩 뱉어낸 사내는 바닥을 보고 구역질을 몇 번 했다. 눈곱 낀 푸른 옷의 사내는 하늘을 향해 으아악 하고 분노의 절규를 터뜨렸다.

"기다려라! 이 몸은 꼭 가고 만다!"

대군이 주둔한 후부터 포성 백성의 일상은 분란이 잦았다. 월군은 크게 패전하고 귀환했기 때문에 사기가 떨어졌고 초조해했다. 그들은 성에서 물건을 살 때도 백성들과 툭하면 충돌했고, 이런 일이 하루가 멀다 하고 이어졌다. 사령관 진사우가 엄히 다스리겠다는 명을 내렸고,

문제를 일으킨 병사들을 참수까지 했다. 또 성 밖에 주둔한 군사의 숫자를 엄격히 제한했는데도 비슷한 사고가 그칠 줄 몰랐다. 하지만 진사우도 이 이상 병사들의 숨통을 조일 수는 없었다. 대승을 거둔 후 곧바로 패배를 맛본 병사들은 그 괴리감으로 인해 정서가 불안한 상태였다. 게다가 폐하는 퇴각을 윤허하지 않으셨고, 내년 봄에 또다시 큰 전쟁이 예정되어 있었다. 이러한 상황에서 병사들이 반란이라도 일으키면 골치가 아파질 것이 분명했다.

그렇다고 해도 오늘 일어난 사태는 심각했다. 병사 몇 명이 포성의 서쪽 장터에서 가짜 은자로 물건을 구매하다 발각된 것이었다. 처음에는 그리 큰일도 아니었다. 사람도 다치지 않았고 돈만 잘 물어주면 될 일이었는데, 유난히 포악하고 사나운 병사 몇이 돈을 물기는커녕 사람을 죽인 것이었다. 이 일로 장터 상인들과 백성들이 구름처럼 모여들었고, 성 안에 있던 병사들은 나름대로 편을 들겠다며 합세해 한바탕 싸움이 일어났다. 포성 관아와 진사우의 호위군이 당도했을 때는 이미 사태가 걷잡을 수 없이 커져 백성과 병사 뿐 아니라 관아의 하인까지 여럿 다친 상태였다. 나중에 조사를 하고 보니 아침 장이 섰을 때라 포원 소속 사환들도 물건을 사러 나간 터였고, 난리 통에 밟혀 죽거나 실종된 자가 부지기수였다. 그렇지 않아도 안왕을 모신 뒤로 일손이 부족했던 포원은 상황이 더욱 어려워졌다. 결국 포원 주인이 안왕에게 하인 모집을 요청했다. 조정까지 떠들썩하게 한 난리를 진정시키느라 정신이 없었던 진사우는 더 묻지도 않고 허락했다. 그는 일을 처리하러 떠나기 전 보고하러 온 호위대장에게 '규칙대로 진행하라'고만 일렀다.

호위대장은 수하 몇과 포원 집사를 데리고 하인을 선발하러 떠났다. 선발할 이들은 포원에서 안왕 전하를 호위할 터였다. 내원(內院)에 들어가지 않고 외원(外院)에서 보초만 선다고 쳐도 신중에 신중을 거듭해 선발해야만 하니, 가문과 신분 증서, 보증인까지 확인하는 등 모든 절차가 까다롭고 복잡했다.

호위대장이 도착하니 1차로 선발된 제법 쓸 만해 보이는 하인들이 공손히 손을 모으고 분부를 기다리고 있었다. 함박웃음을 띤 포원 집사가 손을 싹싹 비비며 호위대장을 맞이했다.

"나리, 모두 싹이 괜찮은 놈들입니다. 한번 둘러보십시오."

호위대장은 고개를 끄덕이며 상석에 앉았다. 훑어보니 과연 모두 활기차고 듬직해 보였다.

"너희가 모실 분은 보통 분이 아니시다. 월국 대군의 사령관이자 조정의 총애를 받는 고귀한 안왕 전하시니, 두 문 밖에서 모셔도 대대손손 영광일 것이다. 정신 바짝 차려라. 내부 규칙은 모두 익히고 들어와야 한다. 실수하는 날엔 목숨을 내놓아야 할 것이다."

호위대장이 근엄한 표정으로 으름장을 놨다. 한참 말을 하다 보니 목이 말라 찻잔 쪽으로 손을 뻗었는데, 새로 뽑은 하인 중 키가 훤칠하게 큰 사내가 즉시 찻잔을 내밀었다. 그리고 눈치 빠르게 한 발 앞으로 나와 공손히 차를 바쳤다. 호위대장이 찻잔을 받아 들며 민첩해 보이는 그를 아래위로 훑어봤다. 실눈을 뜬 것처럼 가느다란 눈매가 조금 볼품이 없었지만 풍채만은 훤칠했다. 특히 곧은 허리가 썩 보기 좋았다. 호위대장이 만족스러운 듯 고개를 끄덕이며 말했다.

"전하의 시중을 들 자라면 안왕부의 규칙에 따라야 할 것이다."

호위대장이 손짓하자 누군가 쇠쟁반을 들고 들어왔다. 그 위에는 시뻘겋게 달아오른 숯과 글자가 새겨진 인두가 있었다.

"종 된 자의 미덕은 단 하나, 바로 충성심이다. 한 번 안왕부 사람은 영원히 안왕 전하의 종으로 살아야 한다. 기꺼이 그리할 수 있느냐?"

"네!"

모두 소리 높여 대답했다. 키가 훤칠한 그 사내는 유난히 우렁찬 목소리로 한마디 덧붙였다.

"이놈 전하를 모시는 일이라면 물불 가리지 않겠습니다!"

"먹물 좀 먹은 놈이로구나!"

호위대장이 껄껄 웃었다.

"그래. 물불도 가리지 않는데 살갗에 가해지는 고초가 뭐 대단하겠느냐."

하인 후보들이 일제히 고개를 들어 시뻘겋게 달아오른 인두를 바라보았다. 거기에는 선명한 '안(安)' 자가 새겨져 있었다.

"안왕부의 표식이다. 이 글자가 너희 몸에 새겨지면 평생 지울 수 없다. 물론 너희에겐 영광스러운 일이지만, 두려운 자가 있다면 지금 돌아가도 좋다. 계약 증서도 돌려줄 것이다."

군중의 얼굴빛이 변했다. 소나 말처럼 몸에 낙인을 찍으라는 소리였다. 오래전 대월 귀족들에게 이런 규칙이 있었다고 들었지만 너무 야만적이라 폐기한지 오래인데, 안왕부는 아직도 이 규칙을 고수하는 모양이었다.

호위대장은 말없이 차를 마셨다. 사실 안왕부에서도 진작에 폐기한 규칙인데 이번에 포성에 주둔하면서 전하께서 새로이 요구한 사항이었다. 이유는 전하의 마음이니 아랫것들이 감히 추측할 수 없었다.

실내에 침묵이 감돌았고, 모두 난처한 기색이었다. 하인이란 말 그대로 사람 아래 있는 사람이라지만, 그래도 사람이 아니었던가. 그런데 이는 분명 소나 말 취급을 하는 모양새였다. 저 낙인을 안고 고향에 돌아간다면 사람 만나며 살기는 어려울 터였다. 옆방 문이 열리자 좁은 침대 몇 개가 낙인을 찍으러 올 사람을 기다리고 있었다. 혹은 늦기 전에 떠나라고 말하고 있는 것 같기도 했다.

키가 큰 실눈 사내는 벌건 인두에서 무언가 나오기라도 할 듯 뚫어져라 쳐다봤다. 또 다른 보통 용모의 남자도 조용히 작은 방문을 바라보며 생각에 잠겼다. 또 몇 사람은 고개를 숙인 채 명이 떨어지기만을 기다렸다. 역시 키 큰 사내가 제일 먼저 입을 열고 허허 웃으며 침묵을 깼다.

"물불 가리지 않겠다고 했는데 낙인 따위가 대수랍니까? 소인이 먼저 받겠습니다!"

키 큰 사내가 시원스레 걸음을 옮겨 방으로 들어가자 호위대장은 만족스러운 듯 미소 지었다. 침묵을 지키던 사내도 웃으며 두말 않고 따라 들어갔다. 땅만 바라보던 사내들은 고개를 들고 입을 쩍 벌렸다. 무어라 말을 하고 싶었지만, 이내 입을 다물었다.

이들이 먼저 나서자 다른 사람들도 듬성듬성 따라나섰고, 돌아가는 이도 있었다. 떠나는 자들의 뒷모습을 보며 호위대장이 고개를 까딱하자 누군가 즉시 그들을 몰래 따라붙었다. 작은 문으로 들어가기를 선택한 여남은 사내들은 서로 멀뚱멀뚱 쳐다봤다. 솔선해서 들어온 키 큰 사내가 호기롭게 웃으며 말했다.

"위입니까 아래입니까? 설마 이놈 물건에 찍는 건 아니지요?"

호위병이 피식 웃으며 놀렸다.

"네놈 모양새를 보니 내싯감은 아니다. 바지나 벗어라."

엉덩이를 가리키며 말했다. 키 큰 사내가 하하 웃으며 말했다.

"어째서 가슴팍에 찍어주지 않으십니까? 나중에 마누라 얻으면 감상용으로 보여 줄 수도 있고, 그러면 안쓰럽다고 입이라도 맞춰 줄지 모르지 않습니까. 그럼 참 좋을 텐데요. 하지만 엉덩이라면 그런 대우는 못 받겠군요."

조용한 남자가 사내를 힐끗 보며 입을 열었다.

"가슴팍에 낙인을 찍더라도 그곳에 입 맞춰 줄 사람이 없으면 헛수고 아니오?"

"뭘 안다고 그러쇼?"

키 큰 남자가 노려보며 말했다.

"제가 맞을 색시는 분명 착한 여인이라 입을 맞춰 줄 거요."

키 큰 사내가 바지를 후다닥 벗고 대리석처럼 맨질맨질한 둔부를 드러냈다. 옅은 벌꿀색 살결에 윤이 났다. 그는 침대에 올라 자기 엉덩이를 찰싹 두드리며 말했다.

"시작합시다! 엉덩이한테 미안하지만 어쩔 수 없죠!"

사내는 조용한 남자를 돌아보며 비아냥댔다.

"계집애도 아니고 옷 벗는데 뭘 그리 꾸물대나!"

제일 바깥쪽에 있는 남자 하나가 줄곧 이쪽을 바라보다 그 말을 듣고 뭔가 하고 싶은 말이 있는 듯 고개를 홱 쳐들었다. 하지만 조용한 남자를 힐끗 보더니 입술을 비쭉거리며 결국 벽을 짚었다. 조용한 남자는 도발에도 별 반응 없이 느릿느릿 옷을 벗었다. 그의 용모는 평범했지만 몸가짐이 침착했고, 일거수일투족에 특별한 분위기가 감돌았다. 힐끗 보면 지나칠 수도 있었지만 몇 번 보면 눈을 뗄 수 없었고, 그 다음에는 모든 행동이 다 좋게 느껴지는 사람이었다. 그는 낙인을 찍기 위해 옷을 벗는 작은 동작까지도 우아했고 뭔가 있어 보였다. 마치 곧 신체를 모욕당할 사람이 아니라 장원급제 행차라도 앞둔 사람 같았다. 동작이 매우 느렸지만 결국 옷을 다 벗어냈다. 키 큰 사내는 옆 침대에 유유자적 턱을 괴고 엎드려 그의 몸을 힐끗 보며 웃었다.

"허옇고 여린 살만 있을 줄 알았는데, 자네도 볼만하군."

조용한 남자는 잠자코 엎드려 팔을 베고 누웠다. 살결이 비단처럼 부드러웠다. 무미건조한 창백함이 아니라 남자의 향기가 물씬 느껴지는 살결이었다. 옅은 벌꿀색에 걸쭉한 연유색이 섞인 듯한 하얀 피부가 어둑한 실내에서 은은하게 빛났다. 몸의 선이 준수하게 쭉 뻗어 있었고, 탄력 있는 근육은 힘을 가득 머금고 있었다. 그는 옆에 엎드린 키 큰 사내와 나란히 누워 남자의 신체가 가질 수 있는 아름다움을 한껏 뿜어냈다.

호위대장이 들어와 방안을 훑어보고는 조금 망설이다 말했다.

"사실 백두애 전투에서 우리 호위병도 많이 죽었지……."

포원 집사가 눈치 빠르게 거들었다.

"대인, 마음에 드시는 몇 놈 골라 가시면 어떻겠습니까?"

"그것도 좋지. 어차피 포원 밖 호위대 충원일 테지만."

호위대장이 고개를 끄덕이고 방을 한 바퀴 돌아보더니 키 큰 사내의 엉덩이를 찰싹 두드리며 웃었다.

"일어나라! 넌 나와 간다."

"예에?"

키 큰 사내가 엉덩이를 가리며 소리쳤다.

"저는 기꺼이 낙인을 찍겠다니까요! 저는 포원에 가야합니다. 병든 할머님께 약값을 부쳐야 해요."

"멍청한 놈. 엉덩이가 근질근질하냐?"

호위대장이 껄껄 웃으며 나무라더니 그를 툭 차며 말했다.

"네가 마음에 든다는 말이다. 쓸 만한 놈인 것 같으니 호위대에 들어가라. 그러면 사환들이 하는 잡일은 안 해도 된다!"

"어서 대인께 감사 인사를 드리지 않고 뭘 하느냐!"

포원 집사가 웃으며 말했다. 키 큰 사내가 한동안 멍하게 있다가 바지를 꿰어 입고 일어나 또 한 번 생각해 보고는 호위대장 앞에 넙죽 엎드렸다.

"감사합니다, 대인. 이놈 성심을 다해 모시겠습니다!"

호위대장이 웃으며 키 큰 사내를 일으켜 세우고 조용한 남자를 바라보며 망설이다 말했다.

"너도 쓸 만한 것 같구나. 무공을 할 줄 아느냐?"

남자가 고개를 저었다.

"대인이 보시기에도 이놈은 서생 분위기가 나고 좀 달라 보이지 않습니까?"

포원 집사가 웃으며 말했다.

"이놈은 그래도 선비 집안에서 태어났습니다. 집안 대대로 남쪽 접경지대인 고산(皐山)에서 서당 훈장을 지냈답니다. 다만 아비가 일찍 죽고 고산에 차린 서당을 유지하기 빠듯해서 몸을 팔게 되었습죠. 글도 제법 읽을 줄 압니다. 마침 전하의 서재에 사환이 부족하니 소인이 전하께 뵈어 드리려 했습니다만, 대인께서 마음에 드시면……."

"됐다, 됐어."

호위대장이 손을 내저으며 말했다.

"무공도 못 하는 놈을 데려다 뭐에 쓰겠느냐?"

호위대장이 말을 마치고 키 큰 사내를 데리고 방을 나섰다. 사환이 쇠 쟁반 위에 치익치익 소리를 내며 벌겋게 타는 인두를 가지고 들어왔다. 키 큰 사내가 뒤를 돌았을 때 그의 얼굴에 안도와 유감이 섞인 복잡한 표정이 드러났다.

침대에 엎드린 남자는 인두를 힐끗 보고는 담담하게 고개를 돌렸다. 인두가 피부를 짓눌렀고, 살갗 타는 소리가 길게 울려 퍼졌다. 자욱한 연기가 피어오르며 탄 냄새가 솔솔 나자 사람들은 저도 모르게 몸서리를 쳤다.

방 안에서 처절한 비명 소리가 들리기 시작했다. 키 큰 사내가 귀를 쫑긋 세웠지만 그 조용한 남자의 신음은 들리지 않는 듯했다. 호위대장을 무심코 바라보니 그도 비명 소리에 귀를 기울이고 있었다. 키 큰 사내가 얼른 눈알을 굴리며 큰 소리로 물었다.

"대인, 소인은 어느 호위대로 편성됩니까?"

"꿈도 야무지구나!"

키 큰 사내가 방해하는 바람에 귀 기울이기를 멈춘 호위대장은 그를 향해 흰자위를 드러내며 말했다.

"너같이 무공이 형편없는 신인은 이진문*대문을 들어서서 작은 마당을 지나 또 대문을 들어가는 가옥 구조의 맨 바깥쪽 밖에서 보초나 설 수 있으면 다행이니라!"

"아, 예."

키 큰 사내는 조금 실망하며 호위대장을 따라나섰다. 그가 턱을 만지작거리는 동안 야비한 인상을 주는 작은 눈에 고민이 스쳤다. 그는 마음속으로 생각했다.

'다시 저 방으로 돌아가 낙인을 하나 찍어야 하는 건 아닐까.'

요즘 쉬설재는 포원에서 가장 분주한 장소였다. 의원들이 끊임없이 드나들면서 비워낸 탕약 찌꺼기가 길 하나를 가득 메울 지경이었다. 또한 안왕 전하가 수시로 방문하고 때로는 머물었기 때문에 경계도 가장 삼엄하였다.

이른 아침, 약재 냄새에 깬 봉지미가 피곤한 눈을 뜨자 시녀들은 환호성을 질렀다.

"아가씨가 깨어나셨다!"

봉지미가 입꼬리를 올려 미소 비슷한 것을 지어 보였다. 요 며칠 그녀는 잠이 점점 늘었고 깨어 있는 시간이 줄어들어 매번 일어날 때마다 진사우에게 감동을 주었다. 그녀가 깨어났음을 확인한 시녀는 냉큼 진사우에게 보고하러 달려갔다. 봉지미가 실눈을 뜨고 갑자기 시녀에게 말했다.

"일으켜서 화장을 해 주세요."

시녀가 멍하니 서서 생각했다.

'언제부터 외모에 관심이 있었나? 예전에는 야생 원숭이 같은 몰골로도 전하의 어깨에 잘만 기대더니……. 병들어 숨이 끊어질 판에 갑자기 가꾸고 싶어졌나?'

비록 입술을 비죽거렸지만 시녀는 봉지미의 말을 감히 거역하지 못했다. 이 여자의 침묵에는 어떤 힘이 존재하는 것 같아서 결코 가볍게 여길 수 없었다. 게다가 이 여자는 상을 뒤엎을 만큼 성깔머리가 나쁘기도 했다.

봉지미가 부축을 받아 몸을 일으켰지만 힘없이 말랑한 몸이 자꾸 미끄러졌다. 버티려고 기를 쓰자 얼굴에 금세 홍조가 일어났다. 시녀들이 얼른 푹신한 베개 서너 개로 몸을 받쳐 주었고, 화장함을 가져와 물었다.

"아가씨, 어떻게 꾸며 드릴까요?"

시녀는 선명한 색의 연지를 가져왔다. 시녀는 이 여인이 드디어 정신을 차리고 죽기 전에 전하를 유혹하려 작정했다고 생각했다. 하지만 뜻밖에도 그녀는 수수한 색을 가리키며 말했다.

"이거."

봉지미가 고른 연지는 옅은 분홍빛이었다. 화장을 하니 창백했던 양볼에 혈색이 돌았고, 입술에 옅은 분홍빛이 내려앉았다. 금방 숨이 끊어질 것 같던 병약한 모습은 사라졌고, 젊은 여인의 활기가 돌아왔다. 생긋 웃는 눈이 한층 예뻐 보였다.

그제서야 시녀는 봉지미가 화려한 색을 고르지 않은 이유를 깨달았다. 병으로 창백해진 그녀가 과한 색채로 단장한다면, 오히려 천박하고 부자연스러워 보일 터였다. 차라리 따뜻한 색을 쓰니 자연스럽게 아름다움이 살아났다. 시녀는 진심으로 감탄했다.

"아가씨, 정말 고우세요!"

봉지미가 구리 거울에 비친 자신을 바라보았다. 거울 속 여자는 속세와 연을 끊은 듯 맑고 아리따웠다. 다만 미간에 모반 같기도 하고 어혈 같기도 한 붉은 자국 때문에 조금 괴이해 보였는데, 그 모습이 어쩐지 요사스러운 기운을 띤 것처럼 보였다. 마치 사람의 영혼을 뺏을 것처럼 범상치 않은 아름다움을 자아냈다. 그녀가 가만히 그 자국을 만지며 낯선 표정으로 꿈꾸듯 중얼거렸다.

"맞나? 아닌가?"

시녀는 봉지미가 뭐라고 말하는지 듣지 못하고 고개를 돌려 방긋 웃어 보였다. 아침 햇살 아래 향에서 뿜어져 나오는 연기가 아른거렸다. 그 속에 싸인 그녀는 실의에 빠진 듯 쓸쓸해 보였고, 무력해 보이면서도 결연함이 엿보이는 복잡한 표정이었다. 마치 가까이 있는 듯 보이지만 실은 아주 멀어서 꺾을 수 없는 꽃 같았다. 시녀는 저도 모르게 숨을 참았다. 봉지미는 벌써 거울을 저만치 치우고 자기 모습을 훑어보며 말했다.

"옷을 갈아입혀 줘요. 긴소매 옷으로."

시녀가 멀뚱멀뚱 봉지미를 바라보았다. 그녀가 지금 입은 옷은 반소매가 아니었고, 손등까지 덮는 긴팔이었기 때문이었다. 그녀는 눈을 내리깔고 아직 회복되지 않아 붕대를 칭칭 감아 둔 손을 보며 말했다.

"답답해서 풀어 버리려고요. 소매가 아주 긴 옷을 입혀 주세요. 전하께서 눈치 못 채시게."

봉지미는 이내 숨이 가빠졌다. 시녀는 감히 그녀를 무리하게 하여 몸을 상하게 할 수 없었다. 전하께서 발견이라도 하면, 또 한바탕 욕을 들어야 할 것이다. 시녀는 그녀가 원하는 대로 우선 다친 손의 붕대를 풀어 주었다. 그러자 조금 변형된 맨손이 드러났다. 그녀는 손을 들어 자세히 바라봤지만, 보통 여자라면 응당 가졌을 아쉬움은 없어 보였다. 단지 자조 섞인 말을 뱉을 뿐이었다.

"얼굴도 망가지고 손도 망가졌으니, 천하가 뒤바뀐들……. 아니, 내가 죽은들 알아보는 사람은 없겠군."

"그럴 리가요?"

시녀는 겹이 많은 소매를 내려 손을 가려주며 웃었다.

"기억이 돌아오면, 모든 게 좋아질 거예요."

봉지미는 조금 웃어 보이며 베개에 몸을 기댔다. 최대한 바르게 앉으려 안간힘을 썼다. 멀리 다급한 발소리가 들려왔다. 한 명이 아닌 것 같았다.

"작약!"

진사우의 목소리가 들렸다. 봉지미는 끝까지 자신을 작약이라 했고, 이제 진사우도 그렇게 부르게 되었다.

"널 위해 용한 의원을 모셔 왔다."

문발이 올라가고 진사우가 들어왔다. 그 뒤로 두 사람이 따라 들어왔다. 완 의원과 그를 거드는 조수였다. 둘은 들어오자마자 침대에 앉아 웃고 있는 작약을 봤다. 순간 조수가 비틀거렸고, 완 의원이 그런 그를 표정 없이 잡아 주었다. 앞서 가는 진사우는 뒤에서 일어난 작은 소동을 보지 못했다. 진사우는 완전히 달라진 그녀의 모습을 아래위로 보며 조금 놀란 듯, 또 조금 기쁜 듯 말했다.

"오늘은 안색이 좋구나!"

진사우가 이어 물었다.

"그런데 왜 앉아 있지?"

작약은 그저 미소 지으며 진사우를 바라볼 뿐이었고, 등 뒤의 두 사람은 쳐다보지도 않았다. 완 의원은 조용히 눈을 내리뜨고 공기 중에 떠도는 연지와 분 냄새를 맡았다. 조수는 곧은 자세로 서서 안간힘을 쓰며 작약을 몇 번 바라봤고, 바라본 후 얼른 시선을 깔았다. 조수가 손을 뻗어 문기둥을 잡으려다 완 의원에게 눈치를 받고 손가락을 다시 소매 안으로 집어넣었다. 조수는 손톱이 손바닥에 박히도록 주먹을 꾹 쥐었다.

지금 이 순간 고남의는 혼란뿐이었다. 머릿속에는 단 세 글자만 미친 듯 맴돌았다.

'그녀다. 그녀다. 그녀다. 그녀다.'

침대 위에 긴 머리칼을 풀어 헤친 봉지미는 안쓰럽게 말라 있었다. 이불 사이로 동그랗게 웅크린 모습이 금방이라도 날아가 버릴 구름 같았다. 마른 탓에 눈이 기이하게 커 보였다. 그녀의 물기 어린 눈동자가 조금 움직이자 고남의는 안개를 동반한 파도에 익사할 것만 같았다. 그가 본 적 없었던 그녀의 진짜 모습이었다. 언제나 두 겹의 가면을 쓰는 그녀는 한 겹을 벗어내면 또 한 겹이 나타났고, 진짜 모습을 목숨처럼 소중히 보호했다. 그는 위지의 모습이나 노란 얼굴의 봉지미에 더 익숙했지만, 지금 저 침대의 작디작은 여인 작약이 그녀라는 걸 한눈에 알아볼 수 있었다.

'이 모습이 진짜 그녀였구나.'

고남의는 봉지미가 어떤 얼굴이든 상관없었다. 아니, 아무런 차이가 없었다. 어떤 사람은 만남과 인연이 너무도 기묘해서 설령 천 개의 가면을 쓰더라도 오직 그 영혼과 마주했기 때문이었다. 그는 그녀를 보기가 두려웠다. 자제력을 잃고 스스로를 통제할 수 없을까 봐 걱정이 되었다. 예전에 몇 번이고 그랬듯이 그녀를 품에 안고 영원히 자신의 보호 아래 둘까 봐 혹은 혁련쟁이 경고한 것처럼 그렇게 그녀를 해칠까 두려웠다.

고남의는 손톱이 손바닥을 아프게 파고들도록 놔두고 힘겹게 고개를 숙였다. 깨끗한 흰 대리석 바닥에 봉지미의 여린 그림자가 어른어른 비쳤다. 지난번 그녀를 봤을 때보다 훨씬 가녀려서 햇빛 한 줄기에도 부서질 것만 같았다.

고남의의 흐릿한 정신에 무언가 들이닥쳤다. 성난 파도가 뭍을 때리듯, 천근만근 쌓인 눈덩이가 어느 견고한 보루를 향해 돌진하듯, 마음과 육신을 산산조각 내어 흩어 버리고 다시 몰아쳤다. 그는 작열하는 통증에 몸이 떨렸지만 함부로 떨지 못했다. 그녀가 종종 웃으며 그를 '조각상'이라고 부르던 시절을 떠올렸다. 이 순간 그는 자신이 조각상이었으면 좋겠다고, 단지 조각상일 뿐이었으면 좋겠다고 생각했다.

그 순간 고남의는 삶의 고통이 무엇인지 알게 되었다. 봉지미를 잃었을 때의 놀람과 초조, 걱정, 공포, 그녀를 다시 찾고 느낀 충격과 아픔, 안타까움, 그리고 만났으나 다가갈 수 없는 비통함을 모두 깨달아 버렸다. 과연 그녀가 말했던 대로 그 무엇보다 아팠다. 그는 이를 악물고 침묵했고, 손바닥이 피범벅이 되었다.

작약의 나른한 눈빛이 마침내 진사우를 지나 두 사람을 향했다. 그녀는 입술을 비죽대며 귀찮다는 표정으로 말했다.

"어디서 온 의원인가요?"

작약의 눈빛이 흠씬 두들겨 맞은 조수의 몸에 잠깐 멈췄다가 스쳐 지나갔고, 이내 눈을 내리깔았다.

"얕보면 안 된다. 어쩌면 네 목숨을 구해 줄 보살님인지도 모르니."

진사우는 오늘 안색이 좋은 작약 덕분에 한층 명랑해졌다. 그녀에게 직접 이불을 덮어 주었고, 그 동작이 한없이 친근하고 부드러웠다. 조수가 고개를 들었을 때 그녀가 갑자기 기침을 하며 몸을 뒤로 기댔다. 조수는 얼른 뒤로 물러나며 고개를 푹 숙였다.

"이 사람은 나의 애첩이오."

진사우가 고개를 돌려 완 의원에게 말했다.

"반드시 살려내시오."

완 의원은 이토록 호사스럽고 화려한 집은 처음인 것처럼 잔뜩 압도당한 모습이었다. 오는 길에 겪은 수모는 벌써 잊은 듯 황공한 표정으로 허리를 숙이고, 작약의 맥을 짚었다.

"이 사람이 얼마 전 외출했다가 낙마해서 머리를 다쳤는데, 그 후로 기억이 오락가락하는 모양이오."

진사우가 작약 이마의 상처를 가리키며 말했다.

"선생이 진찰해보시오. 어떻게 하면 정상으로 돌릴 수 있겠소?"

의원과 조수가 나란히 고개를 들고 작약의 상처를 유심히 살폈다.

그녀가 조금 부끄러운 듯 웃었다. 의원은 눈을 아래로 뜨고 맥을 짚다가 순간 시선이 굳었고, 즉시 조수에게 말했다.

"가져온 약초를 꺼내 햇볕에 말리거라. 곧 써야 할 것 같구나."

조수는 입술을 꼭 다물고 의원의 어깨 너머를 바라봤지만, 작약은 이제 꽁꽁 가려져 보이지 않았다. 그는 대충 고개를 끄덕이고 두말 않고 밖으로 나갔다. 진사우가 웃으며 말했다.

"선생의 조수가 참 착해 보이는군."

"불쌍한 녀석입죠."

의원이 말했다.

"어릴 때 산에서 약초를 캐다가 머리를 다쳐 그 후유증으로 어리석게 굴 때가 있습니다. 혹여 전하의 심기를 불편하게 해 드렸다면 용서해 주십시오."

"괜찮소."

진사우는 오늘 기분이 좋았다. 의원의 시선이 작약의 손에 닿았다. 긴 소매가 상당 부분을 가리고 있었지만, 손목을 잡아 맥을 짚는 의원의 눈을 속일 수는 없었다. 매우 세심한 진사우는 의원의 눈길이 향하는 곳을 내내 눈으로 쫓았다. 의원은 당황하지 않고 오히려 허허 웃으며 그녀의 멍들고 변형된 손을 가리키며 물었다.

"낙마하면서 손도 다치신 것입니까? 소인이 살펴봐도 되겠습니까?"

"선생이 고칠 수 있다면 당연히 좋지 않겠소."

그때 등 뒤에서 쿵 하는 둔탁한 소리가 들려 몇 사람이 고개를 돌렸다. 약초 상자를 든 조수가 극렬의 침대 옆에서 허리를 굽히고 부딪힌 다리를 어루만지고 있었다. 둔탁한 소리는 조수가 극렬의 침대에 부딪힌 소리였다. 사람들이 돌아보자 조수가 고개를 들고 극렬을 가리키며 건조하게 말했다.

"무서워요."

"놀랐느냐?"

진사우가 석연치 않은 눈빛으로 웃으며 말했다.

"이분도 많이 다쳤으니 내 첩실을 진맥한 후에 살펴봐 주시오."

"의원된 자의 책임은 사람 목숨을 구하는 것이니 그리 하겠습니다."

완 의원이 대번에 승낙했다.

"이분은 의인이오."

진사우가 진심처럼 말했다.

"내 첩실을 구하기 위해 산에서 늑대에게 목을 물렸는데 아직 깨어나지 못하고 있소. 부인이 그 은혜를 잊지 못하기에 여기로 데려와 치료를 하고 있었지. 선생이 오셨으니 맡기려 하오. 선생의 의술이 삼척동자도 알 만큼 영험하니 이 정도 상처는 일도 아니겠지."

"최선을 다하겠습니다."

완 의원이 웃으며 작약의 소매를 내렸고 곧 처방을 내렸다. 바깥채의 조수는 고개를 들고 극렬을 빤히 바라봤고, 완 의원이 말했다.

"못난아, 봐야 무섭기만 한데 뭘 그리 보느냐. 어서 약초나 말려라."

조수 못난이는 얌전히 고개를 숙이고 나갔다. 침대에서는 작약이 베개에 기대 진사우를 너머 조수의 뒷모습을 바라보며 입가에 차가운 미소를 지었다. 그때 누군가 가볍게 문을 두드렸고, 포원 집사가 공손하게 보고를 올렸다.

"전하, 새로운 하인들을 이문 밖에 대기시켰습니다. 훈화를 하시겠습니까?"

작약은 피곤한 듯 자는 척하며 눈을 감고 듣지 않았다. 처방을 내린 의원의 손이 미약하게 떨렸다. 그들을 등지고 있던 진사우가 잠시 생각하다 말했다.

"됐다. 두 시간 채워 꿇어앉혔다가 네가 알아서 필요한 곳에 배치하여라. 쓸 만한 놈이 있더냐?"

"이번에 온 놈들은 모두 날랩니다."

집사가 웃었다.

"유 대인이 마음에 든다며 골라가 이문 밖 호위 노릇을 하게 된 자도 있습니다."

진사우가 잠시 생각하더니 물었다.

"모두 규칙대로 처리하였느냐?"

"네, 전하."

진사우가 웃었다. 그 웃음 속에는 뭔가 특별한 의미가 있는 것 같았다. 작약이 눈을 뜨고 그 웃음을 주시하다 문 밖 정원 쪽으로 시선을 옮겼다.

"이번 하인들은 다들 쓸 만한 놈들이란다."

진사우가 별안간 몸을 돌려 작약에게 물었다.

"네 몸이 좋아지면 새 키우는 사환을 하나 붙여서 희귀한 새를 키우게 해 주마. 그럼 너도 기분이 좋아지지 않겠느냐? 어때, 좋으냐?"

"싫어요."

작약이 바로 거절했다.

"너무 시끄러워요."

"그럼 너 좋을 대로 하거라."

진사우는 만족스러운 듯 뒤돌았다.

"서재 담당하는 놈이 좀 모자라서 글 읽는 놈 하나 데려오라 일렀는데, 마땅한 놈이 있더냐?"

"네. 준비해 뒀습니다."

"그렇다면 서재에 배치하라. 필요할 때 심부름이라도 시키겠다."

진사우가 일어나서 떠나려 하자 작약이 미소 지으며 눈으로 배웅했다. 그가 갑자기 그녀 쪽으로 몸을 기울여 귓가에 속삭였다.

"다 나으면 성경에 데려가마."

진사우가 아주 가까이 다가갔고, 앞으로 기울인 몸뚱이가 종잇장처럼 얇은 작약을 완전히 가렸다. 완 의원과 정원에 있는 못난이 조수의 시선에서 보면, 그가 그녀의 이마에 따뜻하게 입을 맞추는 것처럼 보였다. 둘의 새까만 머리칼이 흘러내렸고, 비단 이불 위에서 한데 섞였다. 그녀는 움직이지 않았고, 말도 하지 않았고, 피하지도 않았다. 다만 눈을 반쯤 감은 채 진맥 한번 받는데 모든 기운을 다 써 버린 것처럼 입맞춤에는 일말의 관심도 없었다.

완 의원은 처방을 내리는데 열중했고, 조수는 고개를 숙이고 약초를 말렸다. 진사우가 미소를 지으며 방을 나가자 그의 금빛 도포 자락이 조수의 얼굴을 스치고 지나갔다. 조수는 움직이지 않았다. 한참 후 고개를 들어 약초를 방 뒤편으로 가져가 말리기 시작했다. 저기 보이는 벽 하나를 넘으면 작약의 침대가 있었다.

고남의는 약초를 고르게 펴고 나서 담벼락 구석에 앉았다. 한참 후에 천천히 손바닥을 벽에 가져다 댔다. 이 벽의 뒤편은 그녀가 등을 기댄 자리였다. 벽을 사이에 두고 그녀의 심장이 뛰고 있었다.

'할 수만 있다면, 이 벽을 부숴 버리고 싶다. 할 수만 있다면, 이 벽을 넘어 그녀를 안고 뛰쳐나가고 싶다. 할 수만 있다면 그녀를 이 삼엄하고 화려한 감옥에서 빼내 평생을 자유롭게 지켜 주고 싶다.'

하지만 고남의는 그렇게 할 수 없다는 것을 잘 알고 있었다. 사방에 개조한 무기가 널려 있었고, 매복 설치한 덫이 가득했다. 예상하는 그 사람이 제 발로 달려와 머리를 박을 때까지 봉지미는 미끼가 되어 이 철벽 감옥에 잡혀 있는 것이었다. 죽음 따위는 두렵지 않았지만, 그녀를 죽일 수는 없었다. 저런 몸 상태로 그녀는 고난을 견뎌낼 수 없을 것이다. 고남의는 그저 구석에 앉아 벽을 바라보고 그녀를 생각할 수밖에 없었다.

'생각할수록 더욱 그립다.'

고남의는 가까이 있어도 다가갈 수 없는 순간에서야 깨달았다. 아무것도 아니라고 생각했던 만남이 그토록 소중했음을.

찬바람이 불어 왔다.

고남의는 눈을 감고 고개를 들어 북방의 겨울바람을 맞았다.

두꺼운 벽을 사이에 두고,

손바닥으로,

들었다.

그녀를.

만남

시녀들이 모두 진사우를 배웅하러 나갔고, 조용한 실내에는 작약과 완 의원만 남았다. 그녀는 여전히 명상하듯 눈을 감은 채였고, 완 의원은 열심히 처방전을 작성했다. 서로가 서로를 필요 이상으로 쳐다보지 않았다. 사방에는 극렬의 혼탁하고 기이한 숨소리만 가득했다. 그녀가 번뜩 눈을 뜨더니 완 의원의 등 뒤에서 공손하게 말했다.

"제 친구를 꼭 살려 주세요. 저 때문에 한 번 죽었던 사람을 두 번 죽일 수 없어요."

완 의원은 붓을 쥔 채 의심스러운 눈으로 작약을 바라보았다. 그녀가 입꼬리를 움직거리며 힘겹게 웃어 보이며 물었다.

"선생의 소견은 어떤가요? 살 수 있을까요?"

완 의원이 몸을 굽혀 극렬을 살펴보고 말했다.

"이 분은 삶에 대한 의지가 극도로 강하고 체력도 좋군요. 시도해 볼 만합니다."

"그럼 잘 부탁드려요."

작약이 웃었다. 시녀들이 진사우를 배웅하고 돌아오자 완 의원이 분부했다.

"이 환자를 방에서 내보내십시오. 병의 기운이 옮으면 좋을 것이 없습니다."

이어 약초 한 주먹을 쥐고 말했다.

"이걸 문 위에 걸고 매일 밤 한 시진 동안 훈증하십시오. 이제 다른 향은 필요 없습니다. 어차피 환자의 몸이 다 견뎌내지도 못합니다."

시녀는 진사우의 분부를 떠올리며 의원이 하라는 대로 했다. 완 의원이 처방을 내리자 조수가 약을 달였고, 그 다음으로 약을 먹이는 건 시녀의 몫이었다. 하지만 조수가 꼿꼿한 자세로 침대 옆에 서서 떠나지 않았고, 탕약 그릇에서 시선을 떼지 못했다.

"눈치 없는 자네."

뚫어지게 지켜보고 있는 조수의 눈이 부담스러워진 시녀가 참다못해 나무랐다.

"이봐, 뭐하러 거기 서 있어?"

약주머니를 뒤적이며 살펴보던 완 의원이 얼른 달려와 조수를 잡아끌며 낮은 목소리로 말했다.

"못난아, 말썽피우면 못 써!"

이어 시녀에게 웃으며 말했다.

"너무 나무라지 마십시오. 환자가 약을 복용할 때 반응을 보는 것은 제가 의술을 행할 때 지키는 규칙 중 하나입니다. 그래야 다음 처방에 참고하니까요. 무례를 범했다면 사과드립니다."

시녀는 그제서야 화를 거두고 배시시 웃었고, 오히려 친절하게 몸을 비켜 조수에게 자리를 내주며 말했다.

"하긴, 날 보는 것도 아닌데. 얼마든지 보셔."

그래도 완 의원은 끌고 나가려 했지만 조수가 확 뿌리쳤다. 밀린 완 의원은 몸을 휘청거렸고, 할 수 없이 웃으며 말했다.

"녀석, 성실도 하구나."

완 의원은 더 이상 조수를 끌어내려 하지 않았지만, 자신도 옆에 서서 함께 지켜보며 나가지 않았다. 아담한 침대 앞에는 이제 두 사람이 서 있었다. 그중 한 명은 시녀가 약을 먹이는 모습을 뚫어져라 바라보았다. 작약은 전혀 개의치 않고 눈을 내리뜬 채 한입 한입 약을 다 받아마셨다. 시녀가 수건으로 입술 주위를 닦아 주며 말했다.

"아가씨께서 오늘은 약을 잘 드시네요."

"오늘은 넘기기가 편하네요. 조금 쓰긴 하지만 예전에 먹던 것처럼 역하지 않아요."

작약이 담담하게 대답하고 눈을 감았다. 완 의원은 뻣뻣하게 굳은 조수를 끌고 얼른 밖으로 나갔다. 조수의 발걸음은 무거웠고, 진흙탕 위를 걷듯 걸음을 질질 끌었다. 시녀들은 조금 모자라 보이는 조수가 재밌다는 듯 키득거렸다.

둘의 뒷모습이 문 너머로 사라질 때 즈음, 작약이 눈을 번쩍 뜨고 두 사람의 뒷모습을 바라보았다. 조수는 등에도 눈이 달린 것처럼 휙 돌아 그녀를 바라보았다. 하지만 그녀는 조금 전처럼 눈을 꼭 감고 평화롭게 잠들어 있었다. 마치 생전 눈을 뜬 적이 없었던 사람 같았다. 문지방 근처에서 뒤를 돌아보는 찰나 그가 시선을 아주 멀리 멀리 보내 봤지만, 그녀에게 닿지 않았다.

호위대장 유 대인은 오늘 새로 발탁한 호위 병사를 데리고 이문 안으로 들어갔다. 오는 길에 몇몇 병사들이 대장에게 예를 갖추고 인사했고, 그때마다 신입 행운아를 힐끗 바라보며 의미심장한 미소를 날렸다. 모두 무언가 재밌는 일을 기대하고 있었지만, 당사자에게 들키면 곤란하기 때문에 애써 티를 내지 않는 표정이었다. 새로 뽑힌 키 큰 사내는 그런 낌새를 눈치채지 못하고 당당하게 두리번거렸다. 마치 성에 처음 와 본 촌사람처럼, 포원의 풍경 구석구석을 머리에 담고 싶은 듯했다.

"이름이 뭐냐?"

대장이 키 큰 사내의 어깨에 손을 올리고 웃으며 물었다. 순간 그는 조금 어색한 듯 고개를 숙이며 속으로 생각했다.

'나보다 머리 하나 작은 놈이 왜 굳이 어깨에 손을 얹는 것일까? 고개를 치켜들어야 해서 상당히 불편할 텐데?'

키 큰 사내는 얼굴에 티를 내지 않고, 입으로 공손하게 말했다.

"소인 유삼호(劉三虎)라고 합니다."

"삼호라. 좋은 이름이군. 마침 나와 성 씨도 같으니 참 귀한 인연이로구나."

호위대장이 호탕하게 웃으며 유삼호의 어깨를 퍽퍽 두드렸다.

"걱정마라. 시키는 대로 하면 내가 잘 대해 줄 것이다."

유삼호는 기쁨에 찬 얼굴로 호위대장을 향해 넙죽 허리를 숙였다.

"소인 몸 둘 바를 모르겠습니다!"

"나는 유원(劉源)이다."

유원이 유삼호를 끌어당겨 손을 잡았다. 아래위로 훑어보는 시선에 은밀한 웃음이 비쳤다.

"내가 너를 키워 주겠다. 오늘부터 나와 한방을 쓰자꾸나."

귀를 쫑긋 세우고 듣고 있던 주변 호위 병사들은 대장의 말에 유삼호라는 남자의 몸매를 슥 훑어봤다. 이내 입꼬리가 괴상한 각도로 구부러졌지만, 곧 자세를 바로 하고 각자 할 일에 열중하며 괜스레 바쁜 척했다. 하지만 이번 제안을 듣고 유삼호가 의아한 듯 물었다.

"대인과 같은 방을요? 그건…… 적절치 않은 것 같습니다만?"

유삼호가 말하며 속으로 생각했다.

'당신과 한방을 쓰면 난 언제 사람을 찾느냐 말이다.'

"으음?"

유원이 말꼬리를 한껏 올리며 눈을 흘겼다.

"적절하고 말고가 어디 있느냐? 내가 적절하다면 적절한 것이다!"

민첩한 유삼호 병사는 즉시 망설이는 기색을 거두고 허리를 숙였다.

"네! 알겠습니다!"

"좋다. 이제 우리가 지낼 방을 구경하러 가자꾸나."

유원은 즉시 노여움을 환희로 바꾸었고, 유삼호를 데리고 서쪽 곁채로 향했다. 그들의 등 뒤로 호위 병사들이 고개를 쭉 빼고 의미심장한 표정으로 서로를 쳐다봤다. 그러다 두 사람의 모습이 완전히 사라지자 일제히 크게 웃음을 터뜨렸다.

"이야~ 또 한 놈 나타났군!"

"유 대인이 이번엔 유난히 싱글벙글인데?"

"우리 내기나 해 볼까? 내일 저 녀석이 팔자걸음을 걸을까 아니면 휴가를 청할까?"

"휴가에 걸지!"

"그럼 나는 팔자걸음에 건다!"

"나는 휴가!"

무리들을 한참 앞질러 간 두 사람은 깔깔 웃는 소리를 듣지 못했다. 유원은 유삼호를 끌고 곧장 서쪽 곁채로 갔다. 이 방은 외진 곳에 자리해 조용했고, 사방이 꽃나무로 둘러싸여 있어 하인조차 보이지 않았다. 내실로 향한 유원은 침대에 풀썩 기대앉으며 옆자리를 툭툭 두드렸다. 그리고 유삼호에게 손짓하며 말했다.

"자, 이게 네가 쓸 침대다."

유삼호는 고개를 갸웃하며 네, 하고 짧게 대답했다.

"어서 오라니까."

유원이 눈을 게슴츠레 뜨고 웃었다.

"네 녀석의 뼈와 살이 얼마나 탄탄한지 좀 보여 다오."

"대인, 지난번에 보시지 않았습니까?"

어리둥절해진 유삼호가 쭈뼛쭈뼛 걸어 와 침대 옆에 섰다.

"그래. 봤지. 아주 훌륭했어."

유원이 배시시 웃었다.

"그래서 다시 보고 싶다니까."

순간 유삼호가 그 자리에 굳어 버렸다.

"이 둔한 놈! 내가 널 마음에 들어 한다는데 모르겠느냐?"

유원이 싱글벙글 웃으며 유삼호의 엉덩이를 때리자 찰진 소리가 울려 퍼졌다. 유삼호가 당황하여 펄쩍 뛰었고, 엉덩이를 문지르며 눈을 부릅뜨고 유원을 바라보았다. 가늘게 찢어진 두 눈이 제법 동그래졌다. 유원이 입술을 실룩이며 말했다.

"순진한 척 하는 거냐? 눈치도 빠른 놈이 다 알 거 아니냐. 이건 좋게 말하면 남색이고, 듣기 싫게 말하자면 엉덩이 상납이니라. 자, 나를 잘 모시면 네놈한테도 좋은 일이 있을 거다."

유원이 벌떡 일어나 유삼호의 어깨에 양손을 얹고 힘껏 밀쳤다. 무방비 상태였던 유삼호가 침대 위로 쓰러지고 말았다.

"훌륭한 몸이군. 안타깝지만 내가 실컷 망가뜨려주마."

유원이 음흉하게 웃었다.

"이 몸이 즐기는 놀이가 있으니…… 예쁜아, 조금만 참거라."

유원이 손을 뻗어 서랍을 열자 그 속에 밧줄과 채찍 같은 물건이 가득했다. 유원은 그것들을 하나하나 꺼내 침착하게 늘어놓은 다음, 한손으로 유삼호를 제압하고 한손으로 그의 옷을 찢었다. 촥 하는 소리와 함께 유삼호의 앞섶이 크게 찢어졌다. 어둑어둑한 촛불 아래 옅은 벌꿀색 피부와 단단하고 윤기 나는 가슴 근육이 드러나며 비단처럼 빛을 뿜었다.

"정말 아름다워……."

유원이 입맛을 다시며 찬탄했다.

"얼굴은 평범해도 몸매는 정말…… 보기 드물게 훌륭하군."

유삼호는 눈을 꾹 감고 미간에 주름을 잡았다. 아까부터 내내 미동도 하지 않고 입도 열지 않았다. 감은 두 눈의 눈꺼풀이 파르르 떨렸다. 무언가를 격렬하게 고민하는 듯 그의 손가락도 함께 떨렸다. 그가 침대 가장자리를 꽉 쥐어 목재 침대에 손톱자국이 남았다.

"예쁜아…… 조금만 참거라."

유원이 묘하게 웃으며 밧줄을 들어 유삼호의 목을 스쳤고, 또 훤히 드러난 가슴팍을 스쳤다.

"나와 미친 듯이 즐겨보자꾸나."

"이런 젠장!"

날카롭게 울려 퍼진 유삼호의 낮은 절규는 분노한 사자의 포효 같았다. 유원이 깜짝 놀란 순간 엄청난 바람이 훅 불어왔다. 유원은 맹렬한 기세로 불어오는 바람에 숨이 멎을 것만 같았다. 그가 당황하는 사이 일곱 빛깔 보석 같은 광채가 번쩍 스쳤고, 그는 쿵 하는 소리와 함께 바닥에 나동그라지고 말았다. 유원이 고개를 들었을 때 자신이 침대로 자빠뜨렸던 유삼호가 분노한 황금 사자처럼 허공을 가로질러 덮쳐 오고 있었다. 유삼호는 한쪽 발로 유원을 걷어찼고, 곧바로 반 꿇은 상태로 날아와 무릎으로 그의 가슴팍을 인정사정없이 찍어 내렸다. 그의 갈비뼈가 우지끈 소리를 내며 부러졌고 하마터면 가루가 될 뻔했다.

모든 일은 순식간에 일어났다. 유원을 가득 채웠던 욕정에는 순식간에 찬물이 쏟아졌고, 머릿속이 새하얘졌다. 그 순간 유삼호의 웅얼거리는 한마디가 들려왔다.

"미안하지만 도저히 참을 수가 없다."

유원은 그 말을 이해하지 못하고 고개를 들었고, 유삼호는 모질게 그를 덮쳐 오며 외쳤다.

"이런 토끼만도 못한 놈을 봤나! 토끼 놈! 토끼 놈! 토끼 놈!"

유원은 입을 쩍 벌렸다. 자신은 토끼가 아니라고, 그냥 토끼 장난*중
국에서 동성 간의 성행위를 가리키는 은어을 즐길 뿐이라고 해명하고 싶었다. 하지만 유
삼호는 이미 그의 얼굴에 침을 뱉으며 목에 걸린 밧줄을 풀어 유원을
아무렇게나 묶어 바닥에 내팽개쳤다. 그리고 유원의 가슴팍을 짓밟고
외쳤다.

"모욕을 당하고도 인내하면 대장부가 아니다! 네놈을 쓰러뜨렸으니
여기서 봐 주지 않겠다. 단단히 각오해라!"

유삼호는 각종 채찍이 들어 있는 서랍을 열어 아무것이나 집어 들고
유원을 내리쳤다. 한 번 내리칠 때마다 한마디씩 물었다.

"또 토끼 짓을 할 테냐?"

짝!

"예쁜이가 어쩌고 어째?"

짝!

"나더러 참으라고?"

짝!

"미친 듯이 즐겨 보자고? 미친 듯이 패 주마!"

짝!

"즐기는 건 그렇다 쳐도 너무 토할 것 같았단 말이다! 이 악물고 넘
어가 줄까 했는데 도저히 그럴 수가 없잖아! 죽을 뻔했다고!"

짝!

유원은 비명이 터질 정도로 얻어맞고 바닥에서 데굴데굴 굴렀다. 그
런데 점점 비명 소리가 줄어들면서 팔로 얼굴만 가리게 되었고, 나중엔
손 틈 사이로 몰래 유삼호를 훔쳐봤다. 누운 각도에서 유삼호의 몸매를
감상하자 후리후리한 몸매와 떡 벌어진 어깨, 유연한 골반, 그리고 길쭉

한 다리까지 황금 비율을 자랑하는 몸매가 보였다. 유삼호가 반쯤 벗겨진 상의를 미처 추스르지 않아서 그 틈으로 연한 벌꿀색의 탄탄한 가슴이 드러났다. 분노를 내뿜으며 강력한 힘을 쓰느라 이마와 가슴에는 땀방울이 맺혀 있었다. 그것은 어두운 주황빛 촛불 아래 금강석 같은 빛을 발산했고, 진한 남자의 향기가 방안을 메웠다. 순간 폭발하듯 분노한 유삼호에게서 성난 사자 같은 야성미가 넘쳐흘렀다.

유원은 몽롱한 정신으로 유삼호를 바라보느라, 바닥에 뒹굴 정도였던 고통마저 싹 잊었다. 사실 채찍은 순전히 유희용으로 제작되어 근육이나 뼈를 상하게 하지 않았다. 그는 얼굴을 가린 손도 서서히 치웠다. 유삼호가 다시 한 번 채찍을 휘둘렀을 때, 토끼는 앓는 소리를 내며 달려가 유삼호의 다리를 꼭 끌어안았다.

"대왕님!"

파격적인 호칭에 유삼호가 멍하니 채찍질을 멈췄다.

"대왕님…… 나의 귀인……."

토끼는 유삼호의 다리를 안고 가쁜 숨을 몰아쉬며 매달렸고, 고개를 쳐들고 환희에 찬 표정으로 말했다.

"절 때려 주세요…… 어서요……."

유삼호가 천천히 고개를 숙여 유원을 뚫어져라 바라보았다. 사고 회로가 막혀 어떻게 해야 할지 몰랐다.

"당신은 나의 영웅, 나의 대왕님이에요……."

토끼가 손을 뻗어 유삼호가 쥔 채찍을 잡으며 말했다.

"모두들 내가…… 때리는 걸 즐긴다고 생각하지만…… 사실 저는 누가 괴롭혀 주길 원한 거예요……. 그런데 감히 내게 그러는 자가 없었지요……. 한 번도요……. 그러니 어쩔 수 없이 제 쪽에서…… 난폭하게 굴 수밖에 없었어요. 채찍을 휘두를 때마다 사실은 나를 때려 줄 남자가 나타나길 얼마나 바랐는지 몰라요. 가혹하게…… 인정사정없이……!"

유원은 채찍을 쥔 유삼호의 손을 잡고 직접 자신에게 휘둘러 보이며 애원했다.

"자! 어서요……. 제발……. 원하는 건 뭐든지 해 드리겠어요……."

유삼호는 손에 든 채찍을 멍하니 바라보다가 환희로 얼굴이 한껏 붉어진 토끼를 다시 바라보았다. 흥분으로 콧방울을 벌름거리는 유원을 보며, 유삼호의 얼굴에 난감함과 희열이 교차했다. 그가 눈을 끔뻑이며 중얼거렸다.

"이런 처사는 심히 불편한데……."

유삼호가 곧 고개를 숙이고 얼굴에 욕정이 가득한 가련한 토끼를 바라보았다. '공격수'를 가장했지만, 사실은 철저한 '수비수'인 그를 향해 허공에 채찍을 요란하게 흔들며 목소리를 깔았다.

"때려 달라고?"

"네."

유원은 벌써 심취한 표정으로 고개를 끄덕였다.

"뭐든지 들어준다고 했겠다?"

"귀인이시여."

토끼가 숨을 헐떡이며 채찍을 잡고 매달렸다.

"뭐든지 하겠습니다."

"나를 전하의 친위대로 후원에 배정하여라!"

"네!"

"젠장, 좋다. 한번 약속한 이상 널 때려주지 않으면 대장부 의리가 아니지!"

유삼호는 고개를 치켜들고 깔깔 웃고 싶은 것을 간신히 참고, 아무렇게나 세 번 연속 유원을 내리쳤다. 그리고 채찍을 휙 던지고 뚜벅뚜벅 걸어 나갔다.

유삼호는 이 안에 어떤 함정이 있을 것이라고 의심하지 않았다. 아무리 간사한 놈이라도 이런 해괴망측한 함정을 파지는 못했을 것이었다. 그는 또다시 바짓가랑이를 붙잡히고 말았다.

"너무 좋아요!"

토끼가 고개를 들고 숨을 헐떡이며 채찍을 붙잡았다.

"더! 더 때려주세요!"

다음 날 신입 호위 병사는 휴가를 청하지 않았지만, 유 대인은 출근하지 못했다. 의기양양하게 후원으로 걸어 들어오는 유삼호를 보고 병사들은 하나같이 충격을 받은 표정이었다.

'이놈은 어떻게 멀쩡할 수 있는 거지? 엄청난 놈인가? 설마 대인을 몸져눕게 했단 말인가? 그렇다면 대체 내공이 얼마나 쌓인 놈일까?'

유삼호는 기분 좋게 내원으로 첫 출근을 하고 나서야 깨달았다. 말이 좋아 안왕의 친위대지 그의 곁을 수시로 호위하는 보직은 아니었다. 안왕의 친위대도 등급 구분이 있었는데, 그는 내원 입구를 지키는 보초병일 뿐이었다. 유삼호는 굉장히 불만스러워 다시 그놈을 두들겨 패주고 일등 호위 병사로 진급할까 생각했지만, 생각해보니 밀착 호위하는 친위대는 진사우가 직접 허가할 터였다. 유원에게 그만한 권력은 없을 테니 그만두기로 했다.

진사우는 대부분의 시간을 내원에서 보냈다. 소문에 따르면 최근 새로 들인 첩을 매우 총애하는데, 그 첩이 병들어 밤마다 그녀의 방에서 시간을 보낸다는 것이었다. 소식에 밝은 병사들은 유삼호가 그에 대해 묻자 신이 나서 아는 대로 풀어 놨다. 아무도 첩실의 얼굴을 본 적이 없었지만, 안왕이 그녀를 가장 깊은 처소에 두고 보물단지처럼 아낀다고 했다. 멀리서 본 자의 말로는 바람 불면 날아갈 듯 허약해 보일 뿐 눈에 띄게 아름답지 않다고 하였다. 또한 겉으로는 다정해 보여도 항상 여인에게 냉정했던 안왕이 모처럼 여인에게 푹 빠졌으니, 그 여인이 건강을 회복해서 자식이라도 낳아 준다면 위세가 하늘 높은 줄 모를 것이라는 설명도 덧붙였다. 안왕은 황자빈을 들였지만 아직 후실이 없기 때문이었다.

이런 화제가 오갈 때마다 유삼호는 보통 묵묵히 듣는 역할이었다. 하지만 어느 날 그가 물었다.

"첩실이 병에 걸렸다고 하지 않았나? 전하께서 왜 골골거리는 여인을 좋아하실까?"

"절세미녀 서시도 병으로 가슴을 움켜쥔 자태가 그렇게 고왔다지."

병사 하나가 아는 척하며 말했다.

"전하께서 특별히 삼정산에서 명의를 모셔와 요즘은 많이 좋아졌다는군. 수시로 의원이 필요할지 몰라 의원을 아예 쉬설재에 머물게 했대. 정말 다정도 하시지."

"내원에 사내를 들이셨단 말이야?"

유삼호가 혀를 내두르며 웃었다.

"우리는 한 발자국도 못 들어가는데."

"말도 마. 못 들어가는 게 다행이지."

또 다른 병사가 나른하게 말했다.

"거기가 어디겠어? 호랑이 소굴이지! 걸음걸음이 다 위험한 곳이야. 성경에서 들여온 그……."

"어헛!"

다른 병사가 얼른 입을 막았다. 말을 하던 병사도 입을 닫고 허허 웃으며 유삼호의 어깨를 두드렸다.

"이봐, 아무튼 거긴 자네가 지켜야 할 곳도 아니니 그렇게 관심 가질 것 없어."

"누가 내원 따위에 관심 있댔나?"

유삼호가 코웃음을 치며 부러운 눈으로 말했다.

"나는 오직 여인에게 관심이 있다고. 스물둘이나 먹었는데 집이 가난해서 아직 장가도 못 들었어!"

병사들이 와하하 웃었고, 부대장도 웃으며 말했다.

"그 말은 일리가 있군. 외원에는 노총각이 잔뜩이고 내원에는 노처녀가 가득이야. 그러지 않아도 며칠 전 고운 처녀들 몇을 봐뒀지. 우리 같은 놈들은 전하를 따라서 승경으로 돌아가 봐야 헛일이야. 천자가 계신 화려한 수도 여인들이 우리 같은 거 거들떠나 보겠어? 차라리 포성에 남아서 정숙하고 분수 아는 처자 만나서 정실 첩실 다 거느리고 사는 게 낫지. 삼호 아우, 자네는 여기 사람 아닌가. 마음만 있으면 내가 괜찮은 처자를 소개해 주지."

"그럼 형님만 믿겠습니다!"

유삼호는 싱글벙글 웃으며 넙죽 절했다.

"어머니께서 며느릿감 보시길 눈이 빠지게 기다리고 계세요."

병사들이 껄껄 웃으며 유삼호의 어깨를 두드렸다. 그리고 나중에 색시를 얻거든 거하게 내라고 했고, 내원의 시녀 중 누구는 예쁘고 누구는 고려할 만하다며 저들끼리 토론을 시작했다. 유삼호는 허허 웃으며 소변을 보러 밖으로 나왔고, 시원하게 소변 줄기를 쏟아내며 혼자 중얼거렸다.

"남자를 꼬시고 바로 여인을 꼬시게 되는 건가. 내 능력은 남녀 구분이 없군."

그러다 갑자기 낮게 소리쳤다.

"누구냐?"

벽 위로 검은 그림자가 스쳤고, 사람의 윤곽이 드러났다. 유삼호가 실눈을 뜨고 유심히 바라보며 팔꿈치를 이용한 권법을 날려 검은 그림자의 상반신을 습격했다. 그의 팔꿈치가 늠름한 바람 소리와 함께 살기 등등하게 침입자의 가슴팍에 꽂혔다.

"웬놈이냐?"

하지만 검은 그림자는 번개처럼 빨랐다. 그림자는 유삼호의 팔꿈치 아래로 마치 낙엽이 흩날리듯 가볍게 통과했고, 손을 들어 유삼호의 모든 공격을 차단했다. 이윽고 낄낄 웃는 소리가 들렸다. 유삼호는 미간을 찌푸렸다. 어쩐지 익숙한 웃음소리였다. 가슴이 철렁하여 손을 거두었고 더 이상 말하지 않은 채 어두운 곳을 가만히 응시했다. 상대가 점점 모습을 드러냈다. 푸른 옷에 작은 모자를 쓴 상대는 외원 사환의 차림새였다. 평범한 외모였지만 두 눈만큼은 영특하게 빛났다. 유삼호가 그의 체형을 유심히 뜯어보고 반신반의하며 말했다.

"너는……."

상대가 입술을 내밀며 말했다.

"내가 뭐요? 누구냐고 묻지 마시죠. 나도 내가 누군지 도무지 모르겠으니까."

투덜대는 말투를 듣자마자 유삼호가 눈을 번쩍 빛내며 퍼뜩 깨달았다. 중간에서 말썽을 일으켜 봉지미의 모친과 남동생을 잃게 한 어떤 인간의 호사무사일 것이었다. 유삼호는 이자에게 별 호감이 없었다.

"허어? 자유의 몸이 됐다고 하지 않았나? 웬일로 이곳에 다 나타났지? 포성 풍경이 마음에 들어 휴가라도 나오셨나?"

대장부 유삼호는 말을 하면서 처음으로 자신에게 비꼬는 재주가 있음을 발견했다. 하지만 제경에서 가장 버릇없는 호위무사는 본래 성정대로 길길이 날뛰지 않고 입술만 비죽거리며 말했다.

"확실히 풍광이 끝내주더군요. 때리면 찰싹 소리가 나는 고운 엉덩이도 있고, 맞고 싶어서 때리는 토끼도 있고, 채찍으로 사랑해 주는 예쁜이도 있고 말이죠! 아주 끝내주더군요!"

"……."

유삼호의 이마에 시퍼런 핏줄이 튀어 올랐다. 가느다란 눈이 공처럼 동그래졌고, 손가락뼈를 우두둑 튕기자 폭죽 같은 경쾌한 소리가 났다. 하지만 귀 뒤로 의심스러운 말이 들려왔다.

"싸우러 온 거 아닙니다."

사환이 뒤로 한 발 물러나 입고 있는 싸구려 옷을 가리키며 말했다.

"상의하러 왔어요. 저를 안으로 들여보내 주십시오."

"들여보내 달라고?"

호위병 유삼호가 웃으며 자기 코를 가리켰다.

"나도 못 들어가고 있어. 게다가 일행과도 찢어졌는데 널 들여보내 달라고? 꿈도 야무지다!"

"제가 들어가면 더 쓸모 있죠."

사환이 진지하게 말했다.

"제 무공이 더욱 뛰어나니 당신이 구하고 싶은 사람을 구할 수 있다고요."

유삼호는 내키지 않는 듯 코웃음 쳤지만, 무공에 관해서는 뭐라 반박할 수 없어 차갑게 말했다.

"네가 그녀를 구한다고? 사람 우롱하지 마. 지미의 모친과 남동생은 네가 간접적으로 죽인 거나 마찬가지야!"

"아니에요……."

사환은 뭔가 황급히 설명하려고 입을 열었다가 이내 다물었고, 숨을 크게 쉬며 말했다.

"그 편지를 썼을 때는 남해에서 아무 일도 발생하지 않았고, 그때 망설이는 전하를 보고 불안했어요. 당신은 모릅니다. 금우위가 전하께 돌아갔지만, 그분 혼자서 통제하는 건 아니었어요……. 남해 사당 포위 사건 후에 나도 마음이……. 하지만 이미 써 보낸 편지를 되돌릴 수도 없는 노릇이었죠."

"그래서 후회해?"

조용히 듣기만 하던 유삼호가 고개를 저었다.

"아니, 난 널 믿을 수 없다. 너는 오직 네 주인을 위해서 일하고, 네 주인이 하는 모든 일은 그 자리를 얻기 위해서지. 너희 둘은 원하는 걸 얻기 위해 모든 걸 무너뜨릴 수 있다. 그래서 난 널 믿지 않아."

사환은 고개를 숙이고 한동안 말이 없다가 대답했다.

"당신도 그날…… 봤잖아요. 그렇게까지 하신 분이에요. 그토록 고귀하신 몸인 그분이…… 자청해서 그 수모를 겪으셨잖아요. 그래도 못 믿겠습니까?"

"당연히 그래야지."

유삼호는 망설이지 않고 대답했다.

"모든 일에는 원인과 결과가 있는 법이지. 육신이든 마음이든 고통의 크기로 말하자면 네 주인이나 나나 너나……. 그녀의 고통과 비교할 수 있을까?"

사환은 입을 다물었다. 발끝으로 바닥에 휘적휘적 그림을 그렸고, 손가락으로 벽을 긁어댔다. 구멍이라도 내서 비집고 들어가 그의 주인을 만나고 싶었다.

"요 며칠 외원의 길을 반 정도 익혀 뒀어."

대장부 유삼호가 사환은 쳐다보지도 않고, 종이를 꺼내며 말했다.

"나머지 반은 내가 들어갈 수 없는 구역이야. 네 차림새를 보니 외원 청소를 맡은 하인이구나? 잘됐어. 네가 나머지 반을 채워. 이 포원은 구조가 만만치 않고, 내원에 함정이 널려 있어. 여기 표시해 뒀으니 너도 지도를 완성할 때 표시해. 서로 공유한 후 널 들여보낼 방법을 궁리해볼게. 설령 들어가지 못하더라도 그들을 위해 길이라도 파악해 둬야 하니까."

"그 첩실이 봉지미라고 확신합니까?"

유삼호가 침묵하다가 말했다.

"외원에 수상한 곳이 하나 있어. 서북쪽 구석인데 아무래도 뭔가 이상해. 네가 대신 조사해 봐. 혹시 진사우가 판 함정일지도 모르니까."

사환이 서북쪽을 바라보며 눈을 반짝였다. 그도 궁리 끝에 겨우 건너가 본 적이 있었는데, 그곳의 화원 사자상이 좀 이상했다. 또한 연못치고 물이 너무 얕은 것이 의심스러웠다.

'만약 저기 지하 감옥이 있다면, 갇혀 있는 사람은 누굴까.'

다음 날 유삼호는 임무를 하나 받았다. 내원의 서재 사환에게 문서를 전하는 것이었다. 요즘 진사우는 내원에 자주 머물렀기 때문에 처리할 정무를 외원 병사가 내원 입구까지 가져오고는 했고, 그것을 내원 서재의 사환이 받아서 진사우에게 전했다. 유삼호는 평소 내원에 들어갈 기회가 없었고 내원 입구에서 이리저리 염탐할 수도 없는 노릇이었는데, 마침내 내원으로 전하는 문서를 배달하는 기회를 얻은 것이다.

유삼호는 문서를 담은 함을 소중히 들고 안으로 들어섰다. 한눈 한 번 팔지 않고 직진하는 듯 보였지만, 사실 그는 곁눈질하며 사방을 열심히 살폈다. 내원에 가까워질수록 어떤 소리들이 뚜렷하게 들렸고, 용수철 튕기는 소리는 거의 모든 곳에서 들렸다. 이는 저 우거진 숲과 바위 뒤, 처마 밑, 그리고 꽃이 드리워진 벽 틈 등 숨길 만한 모든 곳에 대월의 날카로운 무기들이 숨어 있다는 뜻이었다. 그 시커먼 총구들이 내원을 염탐하려는 모든 이를 차갑게 노려보고 있었다.

'외곽이 이 정도인데 봉지미의 곁은 어떨까? 지금 그녀는 한 걸음 한 걸음이 얼마나 살얼음판일까?'

유삼호는 상처 입은 봉지미가 포위망에 겹겹이 둘러싸여 늑대의 감시를 받으며, 많은 사람들의 정탐 대상이 된 모습을 상상했다. 자칫 잘못하면 목숨을 잃을 위기에 놓인 그녀를 생각하니 그의 심장이 타들어 가는 것만 같았다.

'이런 환경에서 잘 먹고 잘 자고 있을까? 편히 쉴 수는 있을까? 진사우가 한 번도 놓은 적 없을 적개심과 시험에 무너지지 않았을까?'

유삼호는 정작 자신에 대해서는 그리 많이 생각하지 않았다. 진사우가 미색에 홀려 봉지미를 살려둔 것이 아님은 누구라도 알 수 있었다. 냉혈한으로 소문난 황자는 대월의 차기 황위를 이을 가장 유력한 인물이었고, 그녀를 살려 두는 것도 단지 목적을 이루기 위해서가 분명했다. 진사우는 지금 위성타원(圍城打援), 즉 성을 포위하고 고립시켜 원군을 유인하여 섬멸하는 전술을 펴고 있었다. 그녀가 살아 있다면 지원군이 끊임없이 구조를 시도할 터였고, 구조하러 온 병사들을 통해 그녀의 신분을 유추할 수도 있을 테니까. 결국 진사우는 더 큰 대어를 낚으려는 것이다.

'한 치의 실수도 있어서는 안 된다.'

유삼호가 입술을 깨물며 손에 든 물건을 꽉 쥐었다.

'만약 일이 잘못돼 막다른 골목에 다다른다면 혀를 깨물고 죽는 편이 빠를까? 아니면 스스로 목을 베는 것이 나을까?'

내원 문 앞에 사환으로 변장한 남자도 한눈팔지 않고 유삼호를 주시했다. 꼼짝도 하지 않고 문 앞에 서 있는 자태로 보아 누구보다 바짝 긴장한 하인으로 보였다. 유삼호는 작은 눈으로 그를 보며 피식 웃었다. 그가 상자를 전달했고, 그것을 서재 사환이 와서 받았다. 두 사람은 상자 아래편에서 손가락을 부딪치고 이내 거둬들였다. 둘의 소매가 모두 움찔거렸다. 사방에는 보는 눈이 많았다. 둘은 고개를 들어 서로를 바라보았다. 불꽃같은 눈빛이 부딪쳤지만 이내 잦아들었다. 두 사람은 인사를 나누고 싶은 생각이 전혀 없었지만, 포원에 함께하는 동기인데 인사도 없이 가는 것은 어색해 보일지 몰랐다.

"형씨는 이름이 뭐요?"

유삼호가 실눈을 뜨고 웃으며 말했다.

"그날 곁방에서 잠시 봤는데, 같은 보직을 받을 뻔했잖소."

"구서."

남자가 고개를 들고 웃었다.

"저는 그쪽만큼 운이 좋지 않군요. 이거 보십시오, 서재 사환이라니."

"유삼호라고 하오. 그래도 형씨는 전하를 직접 모시니 나 같은 이등 호위 병사에 비할 바는 아니죠. 앞으로 잘 좀 부탁하리다."

"아이고, 제가 무슨 힘이 있어서."

"잘 좀 부탁하오."

가짜 웃음을 보이며 평범하기 이를 데 없는 몇 마디를 나눈 다음, 유삼호는 돌아서 가 버렸다. 엉덩이에 불이라도 붙은 듯 후다닥 자리를 떠났고, 구서라는 서재 사환도 돌아보지 않고 상자를 들고 내원으로 들어섰다.

구서가 상자를 받아 들고 막 이진원*二進院, '두 번 들어가는 집'이라는 뜻. 대문을 열고 마당을 지나 또 다른 대문을 열고 들어가는 가옥 뜰에 도착했을 때, 한 무리의 친위대가 무 공을 연마하고 있었다. 사환이 빙 돌아서 지나가는데 누군가 뒤에서 기 합을 넣었다.

"이얍!"

별안간 들이닥친 우렁찬 소리에 이어 등 뒤로 반짝이는 빛이 쏟아졌 다. 구서가 깜짝 놀라 뒤를 돌아봤다. 무공을 전혀 할 줄 모르는 보통사 람처럼 그 자리에 몸이 굳어 움직이지 못했다.

와장창.

머리 위로 물이 쏟아졌고, 구서는 순식간에 발끝까지 푹 젖었다. 물 이 담겨 있던 항아리가 그의 눈앞에서 산산이 깨진 것이었다. 그는 눈 을 동그랗게 뜬 채 멍하니 굳어졌다. 정신을 차리고 보니 금속 물질이 부딪치는 소리와 함께 칼날이 빛을 뿜으며 그의 머리 위를 아슬아슬하 게 스쳐 지나갔고, 그 칼날에 깨진 항아리 파편이 그의 발아래로 쏟아진 것이었다. 항아리를 깬 병사가 쳐든 칼끝에는 구서의 머리칼이 몇 가닥 붙어 있었다. 병사는 경멸하듯 그를 밀치고 말했다.

"여기서 멍하니 뭐하나? 방해되잖아!"

구서는 뭐라고 반응하기도 전에 병사의 손에 밀려 풀썩 주저앉고 말았다. 그는 의식적으로 깨진 항아리 조각을 손바닥으로 눌렀고, 손바닥이 찢어지며 파편을 붉게 물들였다. 그가 고통에 스읍 하고 숨을 들이마셨다. 손바닥에는 피가 철철 흘렀고, 몸은 물에 흠뻑 젖었다. 젖은 머리칼이 이마에 달라붙은 구서는 북방의 차가운 겨울바람을 맞으며 덜덜 떠는 불쌍한 몰골이 되었다. 병사들이 구경삼아 달려오자 그는 바닥에 주저앉은 채 뒤로 조금 물러났다. 자기 손에 입은 상처를 감히 들여다 볼 엄두도 내지 못하고 공손하게 말했다.

"소…… 소……인이 아둔하여 피하지 못했습니다. 이것이 무공이군요……. 대인들 덕분에 이놈은 눈이 번쩍 뜨였습니다."

칼로 항아리를 깬 병사는 코웃음을 치며 가버렸지만, 또 다른 사내가 와서 구서를 부축하며 말했다.

"장 씨는 신경 쓰지 마. 말은 험악하게 해도 마음은 여린 사람이니까. 자네가 넘어진 건 내 탓이야. 아까 항아리를 머리에 이고 마보*馬步, 오른발을 들고 허리를 굽힌 자세로 권술의 기본자세 중 하나를 수련하는데, 글쎄 목덜미에 개미가 기어가잖아. 가려워서 비틀거리는 참에 하필 자네가 지나가서……. 괜찮아?"

"괜찮아요. 고맙습니다, 대인."

구서는 황공하여 몸 둘 바를 모르는 표정이었다. 병사가 웃으며 말했다.

"옷도 흠뻑 젖고 상자에도 물이 튀었군. 이 꼴로 어떻게 전하께 문서를 전하겠나? 저기 무공 훈련장 옆에 세탁한 옷이 있으니 어서 갈아입고 가게."

"소인이 어떻게 대인들의 옷을 입을 수 있나요."

구서는 황망한 듯 사양했지만, 병사는 그를 저쪽으로 밀며 말했다.

"괜찮아. 호위 병사 옷이 아니라 근무 끝나고 입는 평상복이야."

변명할 새도 없이 병사는 방으로 들어가 새 옷을 가지고 나왔다. 구서가 옷을 갈아입는 꼴을 꼭 볼 작정인 것 같았다. 구서는 병사의 과잉 친절을 얼마간 사양했지만, 결국 받아들이기로 하고 거리낌 없이 옷을 갈아입기 시작했다. 그 병사도 아랑곳하지 않고 고개를 돌렸다. 정말 아무렇지도 않게 여기는 것 같았다. 사실 구서는 병사가 보든 말든 전혀 중요하지 않았다. 어차피 사방에 보는 눈 투성이기 때문이었다.

젖은 옷을 갈아입은 구서가 감사 인사를 하고 자기 옷을 끌어안고 가려던 찰나였다. 병사가 또 잡아끌며 말했다.

"나 때문에 더러워진 옷인데 내가 책임을 져야지. 무공 훈련장 서쪽에 우리 병사들의 수련복만 빨래하는 곳이 있어. 거기서 옷을 빨면 돼."

구서가 사양할까 봐 병사는 아예 옷을 뺏어다 빨래방에 보내 버렸다. 구서는 엷게 웃으며 더 묻지도 않고 말했다.

"그럼 저는 전하께 이것을 전달하러 가겠습니다."

구서는 병사에게 인사를 한 후 상자를 안고 계속 앞으로 나아갔다. 상처에서 흐른 피가 굳어 엉겨 붙었다. 상처는 생각보다 깊었는지 흘러나온 피가 겨울의 찬바람과 닿아 얼음 조각처럼 응고되었다. 과잉 친절 병사는 구서의 젖은 옷에는 그토록 예민했지만 상처에는 눈길도 주지 않았다. 그는 상자와 옷을 더럽히지 않으려고 벽에 아무렇게나 피를 닦았다. 푸른 기와 벽면에 선명한 핏자국이 남았다.

피가 솟구치는 상처 내부에 하얀 물체가 보였다. 그것은 상처에 박혀 피로 물든 납환(蠟丸)이었다. 아까 넘어지던 순간, 구서가 소매에 감췄던 납환은 손바닥으로 들어갔다. 일부러 그가 상처로 세게 밀어 넣은 것이었다. 납환은 크지 않았다. 피부 위로 드러난 건 일부분이었고, 피와 함께 굳어 짓이겨진 손바닥 살에 박혀 있었다. 겉으로는 별 흔적이 남지 않았다.

구서는 넘어지면서 가장 예리한 조각을 찾아 손바닥을 일부러 조준했다. 그리하여 상처가 깊었고, 박아 넣은 납환을 빼내려고 하니 또 한 번 극심한 통증이 찾아 왔다. 그가 미간을 찌푸리며 상처를 바라보았다. 통증은 두렵지 않았다. 하지만 이미 찌그러진 납환을 빼내려면 깨진 밀랍 파편이 몸 안에 남을 것이고, 감염되면 손은 망가지게 될 터였다.

한참을 생각하다 구서는 결국 마른 가지를 꺾었다. 그것으로 납환을 빼내려던 찰나 그가 동작을 멈췄다. 재빨리 나뭇가지를 던져 놓고 소매를 내린 다음 바른 자세를 취했다. 얼마 후에야 발소리가 들렸는데 중년 남자와 모자라 보이는 젊은 애였다. 완 의원과 못난이가 맞은편에서 걸어오고 있었다.

산중에 기거하던 완 의원은 매일 산책하는 습관이 있었는데, 반드시 정해진 시간에만 한다는 것을 모두 알고 있었다. 처음에는 병사들이 따라붙었지만 점점 그 수가 줄었고 이제 둘만 다니고 있었다. 그도 그럴 것이 이토록 추운 날씨에 산보를 즐기고 싶은 사람은 많지 않을 터였다.

구서는 두 사람이 다가오자 허리를 숙였다. 조수가 먼저 우두커니 서서 그를 바라보았다. 평온한 눈빛이었지만 어쩐지 주변에 마른 나뭇가지들이 오들오들 떨고 있는 것만 같았다. 서재 사환인 구서가 얼굴색 하나 변하지 않고 웃으며 의원에게 안부를 물었다.

"선생님, 별고 없으신지요?"

완 의원이 웃으며 말했다.

"덕분에 잘 지내고 있소."

구서가 물러나려는데 완 의원이 물었다.

"어쩌다 손을 다쳤소?"

벌어진 상처에서 핏방울이 떨어지며 이내 바닥에 고였다. 구서가 숨을 들이마시며 웃었다.

"제가 부주의하여 깨진 항아리에 베였습니다. 대수롭지 않은 상처니 선생님께서 괘념치 않으셔도 됩니다."

"의원된 자는 상처를 보면 몸이 근질근질하오."

완 의원이 허허 웃으며 구서를 길 한 켠에 있는 정자로 이끌었다.

"간단한 처치만 해 주겠소."

둘은 정자에 앉았고, 완 의원이 약주머니를 뒤적이며 조수에게 물었다.

"마비산*명의 화타가 사용했다고 알려지는 외과 수술용 마취제을 가져왔느냐?"

조수 못난이는 손에 마비산 환약이 든 주머니를 들고 있으면서도 결연하게 고개를 저었다.

"아니요."

구서가 헛기침을 하기 시작했고, 완 의원은 멍하니 못난이를 바라보았다. 하지만 못난이는 얼굴색 하나 변하지 않고 그들을 마주봤다. 결연한 표정과 맑은 눈빛이었다. 얼마 후 완 의원이 고개를 절레절레 흔들더니 구서의 손을 잡고 미리 경고했다.

"좀 참으시게."

긴 은제 족집게가 상처 깊숙이 파고들었다. 완 의원은 조금씩 그의 살을 벌려 밀랍 파편을 제거해 나갔다. 구서는 몸을 떨면서도 웃으며 말했다.

"선생님, 잘 지내고 계십니까?"

안부는 처음 만났을 때 이미 물었는데 다시 물으니 또 다른 의미가 있어 보였다. 완 의원이 고개를 들고 구서를 얼마간 바라보다가 나직이 대답했다.

"그런대로 괜찮소."

아까와는 대답이 달랐다. 길게 한숨을 뱉는 구서의 이마에 땀방울이 맺혔다. 고통 때문인지, 이 대답으로 인한 안도 때문인지 도통 알 수 없었다.

"이럴 줄 알았으면서 왜 그랬소?"

완 의원이 차분하게 상처를 처치하며 일부러 말을 걸어 구서의 주의를 분산시켰다.

"조심하지 않고요."

"어떤 일들은 피하고 싶지만, 피할 수 없으니까요."

구서가 미소 지었다.

"맞소."

완 의원도 웃었다.

"차라리 잊는 게 나을지 모르오."

"잊고 싶어도 잊혀지지 않으니 문제지요."

구서는 완 의원의 눈동자를 바라보았다. 평범한 그 대답에 완 의원은 낮게 신음했다. 상대방이 무엇을 묻는지 알고 있었다. 하지만 그 질문은 아니, 오직 그 질문만은 그도 답을 몰랐다. 봉지미 같은 사람이 정말로 자신을 숨기고자 작정했다면…… 아무리 의술에 통달한들 진실을 알 수 없을 것이다. 얼마 후 완 의원이 고개를 저으며 말했다.

"의술에 통달해도 마음의 병은 고치지 못하네."

구서가 침묵했다. 사방에는 떨어지는 낙엽이 바스락거리는 소리만 들려왔다. 그리고 칼, 가위, 족집게, 바늘이 하얀 대리석에 번갈아 놓이며 자잘한 금속 소리가 이어졌다. 상처는 끔찍하게 벌어졌지만, 구서는 신음 한 번 하지 않고, 오히려 눈동자에 옅은 웃음기가 번졌다. 그가 웃자 눈동자에서 부드러운 광채가 일렁였다. 오랜 세월 고독하게 한 자리를 지킨 먼 산의 호수를 닮은 눈동자였다.

파묻힌 납환 파편을 살 속에서 파내는 작업은 극도의 정교함을 요했다. 족히 한 시진이 지나서야 완 의원이 입을 열었다.

"다 됐네."

구서가 다시 한번 웃어 보였다. 완 의원은 구서의 옷깃이 진하게 물들어 있는 것을 발견했다. 아마 내의까지 흠뻑 젖었을 터였다. 피 묻은 납환이 둘의 손바닥 그림자 아래 모습을 드러냈다. 못난이가 밖에서 조용히 지키고 있는 한 아무도 이 두 사람을 발견하지 못할 것이다.

납환을 짓이기자 얇은 쪽지가 나왔다. 아주 가느다란 붓으로 조잡한 선을 그렸고, 못난 필체로 비뚤배뚤 적은 글씨도 보였다. 어떤 투박한 자가 가느다란 붓으로 가느다란 선을 애써 그렸을 생각을 하니 가상했다. 이렇게 정교하게 만든 덕분에 납환이 이토록 작았던 것이었다. 그렇지 않았다면 상처에 쑤셔 넣을 수도 없었을 터였다.

극도로 총명한 두 남자는 눈으로 한 번 슥 훑고는 머릿속에 기억했다. 완 의원은 약주머니를 정리했고, 그가 주머니를 치웠을 때는 쪽지는 고사하고 납환 조각 하나 보이지 않았다.

구서는 일어나 완 의원에게 감사 인사를 건넸고, 의원은 담담하게 함께 산보를 제안했다. 셋은 원래 가던 길을 곧장 걸었고, 내원과 이진원이 만나는 지점에서 두 사람은 쉬절재로, 한 사람은 서재로 들어가며 헤어졌다.

서재로 간 구서는 침착하게 문서를 정리하고 먹을 갈았다. 책상을 정리하고 먼지떨이로 책장을 청소하기 시작했다. 그는 서재 사환이었지만 진사우가 없을 때만 들어와 서재를 정리할 수 있었다. 황실의 기품을 중시하는 진사우는 정무를 볼 때 아무도 들여보내지 않았다.

진사우는 주로 야간에 정무를 처리했는데, 그의 규칙에 따라 사환은 유시*오후 5시경 즈음에 서재를 나와야 했다. 날이 어두워지기 시작할 즈음이라 저녁때가 이미 다 지난 시간이었다. 운이 좋으면 퇴근길에 찬밥 한 덩이 얻어먹을 수 있었고, 가끔은 다음날 아침 식사 시간까지 굶어야 했다.

이제 신시*申時, 오후 3시가 시작되었으니 시간은 넉넉했다. 이 시간에 진사우가 서재에 나타난 적은 한 번도 없었다. 구서는 여유롭게 청소하며 길게 늘어선 서가의 책을 하나씩 훑어보았다. 그때 발자국 소리와 함께 여자의 수줍은 웃음소리가 들렸다. 익숙한 그 목소리에 구서는 책장 앞에서 번개를 정통으로 맞은 듯 굳어 버렸다. 곧이어 웃으며 말하는 남자의 낮은 목소리가 빠르게 가까워졌다.

"작약, 오늘 저녁은 오랜만에 든든하게 먹었으니 의원 말대로 산책을 하는 게 좋겠다. 체하면 곤란하니까……. 이참에 내가 매일 정무를 보는 곳을 보여 주고 싶어서 데려왔다."

여자가 호호 웃었다. 소리가 조금 답답하게 들리는 것으로 보아 여자는 남자의 품에 안겨 있는 것 같았다.

"이게 무슨 산책이에요? 제 힘으로 걷게 해 주셔야죠."

둘의 말투는 가벼웠고 즐거워 보였다. 문을 등지고 있던 구서가 고개를 갸웃하며 잠자코 들었다. 대화 소리가 가까워오자 구서는 먼지떨이를 가만히 내려놓았다. 지금 나가기에는 이미 늦은 터였다. 서재에서 돌아다니다 진사우와 마주친 사환은 쫓겨나거나 맞아 죽을 수도 있다고 들었다. 구서는 두리번거리다 긴 서가 뒤에 드리워진 휘장 뒤로 얼른 몸을 숨겼다. 문이 끼익 하고 열렸고, 진사우가 작약을 안은 채 서재에 들어왔다.

위험한 입맞춤

　도자기로 빚은 여인 모양의 등이 서재를 밝게 비췄다. 문이 열리자 온화해 보이는 남자가 깃털처럼 가벼운 여자를 안고 웃으며 들어왔다. 그는 그녀의 등과 오금을 가볍게 받치고 있었다. 치맛자락을 길게 드리운 그녀는 그의 가슴에 머리를 기대고 그의 망토를 덮고 있었다. 그녀는 고개를 살며시 들고 미소 띤 채 그를 바라보고 있었다. 마치 금방이라도 바람에 꺾일 듯한 꽃이 그의 눈에서 쏟아지는 따스한 햇빛을 쬐는 것 같았다.

　진사우가 작약을 안고 서가 앞 미인탑*고대 중국의 가구로 주로 서재나 응접실에 휴식용으로 배치하는 좁고 긴 의자으로 향했고, 자신의 망토를 정성스레 깔아 두고 나서야 그녀를 내려놓았다. 그리고 비단 이불을 가져다 덮어주고 나서 그녀가 불편할까 봐 미인탑의 베개 부분을 여러 번 조정해 주었다. 그녀는 나른하게 누워 그가 하도록 내버려 두었는데 그 눈빛은 투명하고 편안해 보였다.

　구서가 서가 뒤 휘장 틈새로 본 진사우의 눈은 촛불에 반짝 빛나고 있었다. 작약을 바라보는 표정이 따뜻하면서도 진지했다. 안팎으로 설치된 함정이 없었다면, 끝도 없는 의심이 없었다면, 그녀의 몸에 누가 걸었는지 모를 제약이 없었다면, 저 둘은 영락없이 다정하고 사랑 넘치는 연인이었다.

촛불 아래 진사우가 조심스레 작약의 머리칼을 정돈해 주었다. 검고 긴 머리칼을 한 손에 모아 쥐고 등 뒤로 넘긴 후 미인탑 아래로 늘어뜨려 헝클어지지 않게 했다. 미인탑은 언제나 서가 앞에 놓여 있었다. 진사우가 책을 꺼내 미인탑에 앉아 읽는 것을 즐기기 때문이었다. 그녀의 물결치는 긴 머리칼이 바닥까지 닿았다.

구서가 서가 뒤 휘장 틈으로 작약의 긴 머리칼을 응시했다. 머리칼은 아름답고 부드러운 물줄기 같았다. 그는 조금 당혹스러운 심정으로 그 머리칼을 바라보았다. 그녀가 머리칼을 늘어뜨린 여인의 모습으로 그와 마주한 적은 지극히 드물다는 생각이 들었다. 그녀는 늘 남장을 했고, 사환일 때나, 학생일 때나, 관원일 때나, 활동이 편한 옷을 걸친 소년 중신이었다. 다양한 모습을 가지고 있었지만 하나같이 기지가 넘치는 소년의 모습이었고, 지금과 같은 모습은 없었다.

'부드럽고 가볍게 다른 남자의 품에 기꺼이 안긴 모습……'

창문 틈으로 바람이 새어 들어와 작약의 머리끝이 꿈처럼 나부꼈다. 구서는 그녀와 처음 만난 날을 떠올렸다. 그때 저 머리칼은 그녀의 손에 들려 물방울을 떨구고 있었다. 그녀는 푹 젖은 머리칼을 손에 받쳐 들고 호수에 몸을 반쯤 담근 채 물기 어린 눈동자로 그를 바라보고 있었다. 그때 저 머리칼은 검고 윤이 났으며 최상품의 비단 같았다. 지금도 여전히 긴 머리칼이었지만, 끝부분의 광택은 사라지고 없었다. 그녀는 얼굴에 연지를 올려 생기를 더했지만, 흩날리는 머릿결이 오랫동안 병에 시달린 병약함을 폭로하는 듯했다.

제일 긴 머리칼 몇 가닥이 흩날렸다. 너무 가까워서 손만 뻗으면 닿을 수 있을 것 같았다. 하지만 구서는 어둠 속에서 침묵할 뿐 손가락을 움직이기는커녕 숨소리도 내지 않았다. 때가 무르익지 않았는데 섣불리 움직이면 가지 끝에 간신히 매달린 꽃을 떨구고 말 터였다.

"작약."

진사우가 맞은편 책상에 앉아 부드럽게 작약을 불렀다.

"오늘 처리할 문서들이 있으니 곤하면 쉬어라."

그 이름을 듣고 구서는 몸을 지독하게 떨었다. 작약. 봉지미다운 작명이었다.

"네. 전하."

작약이 상냥하게 대답했다. 어미를 약간 올려 경쾌하고도 순종적으로 들렸다.

"서가의 책을 읽어도 되나요?"

서가 뒤에 있던 구서가 눈썹을 추어올렸다. 봉지미는 생전 이런 말투로 그와 이야기를 나눈 적이 없었다. 언제나 공적이고 원칙을 지키는 모습으로 대하거나 가식적인 웃음을 지어 가깝지만 멀게 느껴지게 했다.

"그대의 뜻대로 하여라."

진사우가 웃으며 다시 문서 더미에 파묻혔다. 작약이 비스듬히 누워 서가에 꽂힌 책들을 훑어봤다. 구서가 선 각도에서 그녀의 얼굴이 정면으로 보였다. 이마에 상처가 보였고, 미간에 난 붉은 자국이 보였다. 연지와 분을 싫어하는 그녀가 화장으로 창백한 기색을 가리고 있었다. 그녀는 얇은 종잇장 같았다. 절세의 명의가 오랫동안 치료해 주었음에도 아직 건강을 회복하지 못한 것이었다. 그녀의 병이 이토록 중하니 그는 생각에 잠기지 않을 수 없었다. 군량에 탄 독은 종신이 벌써 해독했겠지만, 미간의 붉은 자국과 다른 증상은 독으로 인해 그녀가 가진 고질병이 발작한 것이리라. 하지만 종신의 태도로 미루어 볼 때 위급하진 않은 듯했다. 분명 목숨을 걱정할 정도는 아닐 것이다. 혹시 진사우가 독을 먹이지 않았을까 의심도 해 보았지만, 헌원세가의 후손이 그녀 곁에 있으니 큰 걱정은 하지 않았다. 다만 이런 상태로는 함정으로 가득한 이곳에서 그녀를 온전하게 빼내기 어려울 터였다. 종신과 고납의가 곁을 지키고 있음에도 아직 동정이 없는 이유도 바로 이것이었다.

구서는 벽에 기댄 채 서가 옆 돌출된 부분에 손가락을 걸고 작약의 행동에 집중했다. 그녀가 서가로 손을 뻗어 책을 골랐다. 긴 소매가 손가락을 가렸고, 그 손은 책장을 한 칸 한 칸 스치고 지나가다 어느 지점에서 멈췄다. 그녀가 고른 책은 『대월총전(大越總典)』이었다. 사료와 천문 지리를 집대성한 대월의 고전으로 권마다 두께가 손바닥만 했고, 마침 그의 얼굴을 가려 주고 있었다. 그 책이 뽑혀 나가도 휘장이 드리워져 있어 모습을 가릴 수는 있지만, 빛이 투영되면 얼굴 윤곽이 금세 드러날 터였다. 그녀의 손가락이 거기서 멈췄고, 별 망설임 없이 책이 천천히 뽑혀 나갔다. 그가 소리 없이 난처한 듯 웃었다.

"그걸 읽으려고?"

진사우가 뒤돌아보며 말했다.

"무거우니 내가 꺼내 주겠다."

그렇게 말하며 진사우가 다가왔다.

"앗!"

작약이 고개를 들고 손을 멈췄다.

"진작 말씀해 주셨어야죠. 너무 무거워서 도와주셔도 제대로 들고 읽지 못할 것 같아요. 역시 다른 걸 보는 게 좋겠어요."

"좋다."

그 말에 진사우는 옆 서가에서 『사선＊詞選, 중국 고전문학 중 운문의 일종으로 5언시나 7언시』을 꺼내 주며 말했다.

"여인이라면 이걸 읽고 품격을 키워야지."

작약이 웃으며 진사우를 곱게 흘겨봤다.

"그러니까 제가 품격이 없다는 말인가요?"

진사우는 웃을 뿐 대답하지 않았고, 그 표정이 한없이 온화했다. 작약도 더 이상 추궁하지 않았고, 다만 입술에 미소를 머금었다. 등불 아래 헝클어진 머리칼과 눈빛이 파도처럼 일렁였다. 마치 티격태격하는 연인처럼 공기 중에 따뜻하고 사랑스러운 분위기가 감돌았다.

갑자기 구서의 가슴이 묵직하게 아파왔다. 봉지미는 그에게 저렇게 웃어 준 적이 없었다. 저렇게 가까이 다가와 준 적도 없었다. 가식일지라도 그리 해 준 적이 없었다.

작약은 이제 편안하게 누워 『사선』을 느릿느릿 넘겼고, 중얼중얼 낭송하기도 하며 한껏 심취했다. 그 모습을 바라보며 구서의 입꼬리가 살며시 올라갔다. 이 여인은 정말 천하제일의 배우였다. 진심이든 아니든 주어진 모든 역할을 이토록 완벽하게 해내고 있는 것이다. 그는 언젠가 그녀가 시나 수식어에 잔 기교를 부릴 뿐 진리와는 거리가 멀다고 생각했다. 화려한 말에 집착하면 내면이 허무해지니 심취할수록 진부한 사람이 된다고 비판을 늘어놓았던 일을 그는 똑똑히 기억했다. 그러니까 진짜 그녀가 평소에 사(詞)를 읽는다면, 그건 수면제 대용일 것이다. 그런데 지금은 저리도 즐거워하지 않는가.

맞은편에서 진사우는 만족스러운 듯이 듣고 있었다. 때때로 작약과 구절에 대해 토론하며 웃었고, 화기애애한 분위기가 가득했다. 그러다 갑자기 진사우가 붓을 멈췄다.

"으음?"

작약이 책을 내려놓고 진사우를 바라봤지만 뭐라고 묻지는 않았다. 그가 무언가 말하려다 말고 고개를 들었다.

"바람이 부는군."

부쩍 거세진 바람 소리가 들렸다. 돌풍이 다가오는 모양이었다. 대월 북쪽 변방은 겨울에 종종 거센 바람이 불었다. 진사우가 창문을 닫기 위해 일어났다. 창가에 다가가자 바람 소리가 더욱 맹렬해졌고, 돌연 등불이 꺼졌다. 거센 바람에 바깥쪽 등불도 바닥에 떨어지면서 순식간에 사방이 어둠에 잠겼다. 서재는 순수한 암흑 속에 놓여졌다.

"엄청난 바람이군."

진사우는 작약이 절대 찬바람을 쏘여서는 안 된다는 걸 알고 있었다. 그녀가 감기라도 들까 걱정돼 불을 켜기 전에 창문부터 닫으려 했지만, 창문의 걸쇠를 한 번에 집어낼 수 없었다. 그녀는 암흑 속에서 잠자코 있었다. 은은하지만 익숙한 향기, 화려하고 청량한 향기가 그녀에게 다가왔다.

이윽고 손 하나가 어둠 속에 별안간 우뚝 솟아 정확하게 작약의 손을 잡았다. 그 손은 그녀의 다친 손과 아직 회복되지 않은 관절을 움켜쥐었다. 그녀는 고통에 미간을 찌푸렸지만 소리를 지르거나 말을 하지는 않았다. 손이 그녀를 서가 쪽으로 살며시 잡아끌었다. 그녀는 움직이지 않은 채 어둠 속에 있었다. 손은 그녀를 잡아당기는데 실패하자 억지로 다시 시도하지는 않았다. 하지만 서재를 떠나지도 않았다. 그의 기운은 희미했지만 여전히 공기 중에 느껴졌고, 그녀에게 점점 다가오고 있었다. 그녀는 미간을 찌푸리며 그를 밀쳤다. 하지만 갑자기 그는 사라졌고, 그녀는 조금 당황한 듯 허공에서 손을 허우적거렸다. 그러는 사이 그녀의 손이 또 한 번 잡혔다.

이번에는 나뭇잎이 여린 꽃술을 놀라게 하지 않으려고 부드럽게 꽃밭에 내려앉는 것처럼 손을 잡았다. 그의 손가락이 가볍게 작약의 손을 감싸 쥐었고, 조금 변형된 손가락 관절에서 문득 멈췄다. 그녀는 손이 서늘해졌다. 축축한 무엇이 다정스럽게 밀착해왔고, 전기라도 통한 듯 움직일 수 없었다.

어둠 속에서 진사우는 먼 곳부터 창문 걸쇠를 하나하나 채워 나갔다. 서재의 한쪽 벽면에 창문이 길게 늘어서 있었는데, 그가 하나씩 닫을 때마다 문 닫히는 소리와 걸쇠가 채워지는 소리가 다른 모든 소리를 덮어 버렸다.

어둠 속 미인탑 곁에서 따뜻하고 촉촉한 입술이 작약의 변형된 손가락 쪽으로 다가갔다. 그것은 비를 머금은 바람이며, 눈물을 흘리는 구름이었다. 아주 먼 하늘가에서 고독하게 이곳까지 흘러와 지나온 곳에 촉촉하고 따뜻한 흔적을 남기는 것이었다. 그녀는 눈을 번쩍 떴지만 조금 망연자실했다. 무공을 쓰지 못했고 시력도 예전 같지 않아 미인탑 앞에 반 무릎을 꿇고 있는 구서의 모호한 윤곽만 보였다. 그의 그림자를 바라보며 그녀의 눈동자에 달빛 아래 소리 없이 밀려오는 밤의 파도 같은 빛이 스쳤다.

비를 머금은 바람이 작약의 손가락을 스치다 별안간 입술로 다가왔다. 숨소리가 가까워오자 그제야 그녀는 꿈에서 깬 듯 저도 모르게 피했다. 하지만 피할 것을 예상한 것처럼 구서의 입술은 가장 정확한 위치에서 그녀를 기다리고 있었다. 그녀는 오히려 그의 입술과 더욱 가까이 닿게 되었다. 이제 그는 조금도 망설이지 않고 그녀를 물었다.

그렇다. 물었다. 구서의 치아가 그녀의 아래위 입술을 머금고 살며시 빨아들이자 그녀의 향기가 그의 폐부에 꽂혔고, 문을 두드리듯 가볍게 치아 사이를 파고들었다. 이제 그는 초대를 기다리지 않고 날렵하게 혀를 밀어 넣어 오랫동안 그리워한 그녀의 향기와 달콤함을 한껏 음미했다. 아무 거리낌 없는 한 마리의 용이 되어 오직 그녀만 존재하는 장밋빛 섬 깊은 곳을 탐험했다. 그녀는 그가 이토록 간이 클 줄은 상상도 하지 못했다. 감히 이런 장소와 시간에 진사우 앞에서 강제 입맞춤을 한 것이나 마찬가지였다. 얼마간 그녀는 너무 놀라 모든 것을 잊었고, 머릿속에 커다란 번개 소리가 들렸다. 미처 정신을 차리기도 전에 그의 공격에 속수무책이었고, 수습을 완전히 잊고 있었다.

어둠 속에서 두 사람의 혀가 뒤엉켰다. 가장 부적절한 시기에 이뤄지는 극도로 친밀한 접촉은 몰래 한 사랑처럼 짜릿했다. 작약은 붉어지는 얼굴을 어찌 할 수 없었다. 밀쳐내려고 하면 다친 손이 아팠고, 발버둥 치다 미인탑이 삐걱거리면 진사우의 주의를 끌 터였다. 그래서 결국 그 자리에 굳어 버렸고, 곧 그녀에게 바람에 흔들리는 꽃잎처럼 여린 떨림 이 일어났다. 그 떨림 때문에 입맞춤은 무한한 세계로 부유해 나아갔 다. 어둠 속에서 둘은 서로의 심장 소리를 들었다. 웅장한 종소리가 조 화로운 소리를 내듯 서로의 뇌리에서 둥둥 소리를 냈고, 사방에 물결이 퍼지듯 소리 없이 번져 나갔다. 마치 순결한 산호가 무수히 벼랑에 닿 아 부서지는 격랑처럼, 그렇게 그녀는 자신이 부서져 가는 걸 느꼈다. 모든 근육과 혈관 가닥 가닥에 전기가 종횡무진 흘렀고, 그것을 온전히 받아낸 그녀는 약해졌고, 갈라졌고, 부서졌다. 이제 그녀는 하늘과 땅 사이의 먼지가 되었다.

봄볕에 녹은 부드러운 강물에 침잠하듯 둘은 단 한 번의 숨소리조 차 내지 않았다. 이토록 괴이한 적막에서, 두려운 침묵에서, 가장 불가 능한 상황에서, 기회가 주어질 수 없는 험지에서, 서로에게 휘감겨 단 한 번의 입맞춤을 나눴다. 마치 태고의 시간을 지나온 듯 한없이 길게 느껴졌지만, 실은 지극히 짧은 찰나였다.

진사우는 이제 마지막 창문을 걸어 잠갔다. 작약의 눈가에 눈물이 맺혔다. 눈물이 투명하게 빛났다. 여섯 꽃잎이 달린 매화를 닮은 첫 함 박 눈송이처럼……. 눈물은 뼈를 파고드는 것처럼 차가웠다. 구서가 소 리 없이 옆으로 비켜났다. 이제 더 이상 꾸물댈 시간이 없었다. 아마도 그녀는 모험을 감수하며 그를 따라가지 않을 것 같았고, 그도 때가 무 르익지 않았다고 생각했다. 그렇다면 책장 뒤로 나 있는 비밀 통로로 진 입하는 수밖에 없었다. 비밀 통로를 진작 발견했지만 함부로 도모할 수 없었던 이유는 이 길이 함정과 연결되었는지 판단할 수 없었기 때문이 었다. 그는 혈혈단신으로 포성과 포원에 오진 않았으니, 진사우가 제아무리 촘촘하게 함정을 설치했어도 온전하게 탈출은 할 수 있을 것이다. 하지만 그녀가 협조하지 않는다면 아니, 사실 기억을 잃지 않았고 그에게 아직 원한을 품고 있다면 결국 많은 사람이 죽게 될 것이다.

구서는 비밀 통로보다 차라리 정면 돌파가 낫다는 것을 마음속으로 알고 있었다. 비밀 통로야말로 불확실한 위험이 도사리고 있었다. 하지만 여기서 충동적으로 행동한다면 공든 탑이 무너질 것이었고, 혁련과 종신 등도 앞으로 봉지미를 구하기 더 어려워질 터였다. 그는 이번에는 이기적으로 행동하지 않기로 했다. 그토록 힘들고 척박한 길이라지만, 하늘에 나부끼는 눈송이 같은 인생이라지만, 한 번은 누군가를 위해 모험을 해야 하지 않겠는가.

구서가 몹시 아쉬워하며 결연하게 입술을 떼고 서가 쪽으로 물러났다. 그런데 갑자기 작약이 번개처럼 손을 썼다!

어둠 속에서 별안간 팔꿈치가 날아왔다. 힘은 없지만 정확한 각도로 혼신의 힘을 다해 절묘하게 구서의 관자놀이를 가격하였다. 그는 조금 전까지 입맞춤을 나누던 작약이 갑자기 태세를 전환할 줄은 꿈에도 상상하지 못했다. 골머리가 띵하게 울리며 사방에 별이 보였고, 곧 눈앞이 깜깜해졌다. 그는 소리 없이 쓰러지고 말았다.

이윽고 작약이 비명을 질렀다. 공포와 당혹스러움이 담긴 긴 절규가 어둠과 정적을 단박에 깨어 버렸다. 그녀는 소리를 치자마자 미인탑에서 굴러 떨어졌다. 떨어질 때 구서를 서가 쪽으로 힘껏 차 버렸고, 가장 빠른 속도로 뒤쪽 창가로 달려갔다. 그곳에도 창문이 있었는데 작약을 향하고 있지 않았기 때문에 진사우가 맨 처음부터 닫지 않았던 것이었다. 그녀는 재빨리 굴러가 폴짝 뛰어 창문을 활짝 열었다. 암흑 속에서 알 수 없는 빛이 번쩍했다.

착!

무언가 격발되었다. 바람을 가르는 소리와 함께 서재로 날아들어 어딘가에 쿡 박혔다. 웅웅거리는 진동 소리가 한동안 울려 퍼졌다. 작약의 날카로운 비명을 듣고 진사우가 재빨리 달려와 미인탑 쪽으로 손을 뻗었지만 허공이 만져졌다. 놀란 그가 외쳤다.

"작약!"

작약이 비명을 지르며 창문 아래 몸을 웅크리고 오들오들 떨었다.

"누가 있어요!"

진사우가 등불을 밝혀 들었다. 어둑한 불빛이 근심 어린 그의 얼굴을 비췄다.

"작약!"

진사우가 빠른 걸음으로 다가와 작약을 품에 안았다.

"왜 여기 있느냐?"

"누가 있어요!"

작약은 진사우의 품에 안긴 채 뒤쪽 창문을 가리켰다.

"전하께서 창문을 닫는 동안 미인탑에 누워 있었는데, 누군가 갑자기 덮쳐 와 저를 잡았어요. 그런데 뭔가 이상했는지 이내 확 밀쳤고, 그 바람에 저는 여기까지 밀리면서 넘어진 거예요. 응? 어디 갔지?"

작약이 불안해하며 주변을 돌아보다 헉, 하고 숨을 들이마시며 간신히 말했다.

"사람은 어디 갔지?"

진사우가 작약을 똑바로 바라보았다. 여기까지 굴러오느라 그녀는 머리가 헝클어졌고 화장도 엉망이었다. 완 의원이 손 관절에 대준 부목도 빠져 있으니 누군가에 의해 잡혔던 것이 확실했다. 아파서 눈물을 흘렸는지 그녀의 눈가에는 연지가 지워져 있었다.

"정말 사람이 있는 걸 봤느냐?"

진사우가 침착하게 물었다. 작약이 고개를 젓자 그가 조금 놀랐다.

"본 게 아니라 느꼈어요."

작약이 말했다.

"뒤쪽 창문이 열리는 소리만 들었어요. 바람이 세게 부는 소리가 들리더니 누군가 저를 잡아 던졌어요. 굉장히 빨랐어요……. 넘어진 후에 머리가 어지러웠는데 바람 소리만 계속 들렸어요. 그때 전하께서 불을 켜신 거예요……. 사람이 아니면 귀신이었을까요? 어떻게 이렇게 빠를 수 있죠? 지금은 왜 안 보이는 걸까요?"

진사우가 고개를 들어 창밖에 쉼 없이 흔들리는 나무를 바라보며 천천히 말했다.

"아마…… 앞쪽 창문이 잠긴데다 네가 소리를 질렀으니 저 창문으로 도망친 것 같다."

작약이 놀라서 고개를 들고 주변을 둘러보다 또 한번 헉 하고 놀랐다. 정면 천장에 검푸른 쇠 화살이 한 줄 촘촘히 박힌 채 불빛 아래서 빛을 뿜고 있었기 때문이었다.

"놈이 장치를 건드렸다."

진사우는 작약이 바라보는 곳을 응시하며 놀랄 것 없다는 표정을 지었다.

"비정상적인 경로로 서재 앞쪽이나 뒤로 들어왔다면 함정 장치를 건드렸겠지."

"누굴까요?"

작약이 중얼거렸다. 진사우가 손뼉을 치자 누군가 냉큼 들어왔다.

"조금 전 서재에 자객이 들었다. 전 부에 경계를 강화하고 야간 순찰을 강화하라. 그리고 지금 당장 포원 전체를 샅샅이 수사해라."

"네!"

호위 병사는 명령을 받고 떠났고, 진사우는 작약을 안아 올렸다. 그녀는 안도한 듯 큰 숨을 뱉고는 그의 품에서 말했다.

"아까는 죽는 줄 알았어요……."

"누군가 구하러 왔다는 생각은 안 했느냐?"

진사우가 작약의 얼굴을 내려다보며 옅게 미소 지었다.

"만약 너를 구하러 온 자라면 어쩔 것이냐?"

"저를 구해요?"

작약이 눈을 동그랗게 떴지만 이내 웃었다.

"구하러 온 사람이 저를 내동댕이쳐요? 제 생각엔 열에 여덟은 전하의 적일 것 같은데요."

"음?"

진사우가 작약을 미인탑에 눕히며 말했다.

"왜 그렇게 생각하지?"

"전하의 신분에 적이 없는 게 이상하잖아요."

간단한 대답이었다. 진사우는 잠시 넋이 나간 듯 생각하다 대답했다.

"그래. 어릴 때부터 총 131번의 암살 시도를 겪었지. 그러니 자객을 만난 건 내게 일상다반사다."

진사우가 대수롭지 않은 듯 말했다. 작약이 눈꺼풀을 내리깔며 속으로 생각했다.

'정말 일상다반사라면 암살 횟수까지 세지는 않을 것 같은데?'

"완 의원에게 다시 봐 달라고 해야겠구나. 네 꼴 좀 보거라."

진사우가 말했다.

"한밤중이고 다치지도 않았는데…… 괜찮아요."

작약이 고개를 저었다.

"놀라서 그런지 심장이 쿵쾅거려요. 여기 누워서 두런두런 얘기나 나누게 해 주세요."

"그럼 쉬설재에 데려가 주겠다."

"전하는요?"

작약이 진사우를 보며 말했다.

"전하야말로 쉬셔야 할 것 같은데요."

"너를 바래다주고 여기로 다시 와야 한다."

진사우가 쓴웃음을 지으며 말했다.

"복잡한 일이 좀 있어서."

"음?"

진사우는 더 설명하는 대신 미간을 찌푸렸다. 작약도 더 묻지 않고 가만히 눈을 감았다. 한동안 서재에는 바람에 종이가 펄럭이는 소리만 들렸다. 얼마 후 그가 그녀를 부축했고, 그녀는 그를 향해 웃어 보였다. 그녀의 웃음을 보자 그는 어쩐지 멍해져 전혀 반응하지 못했고, 저도 모르게 말이 튀어나왔다.

"넷째가 요즘 수상해서 머리가 복잡하다."

진사우가 엉겁결에 말하고 뭔가 부적절하다고 생각했다. 뭐하러 이런 말을 했는지 후회가 됐지만 주워 담을 수도 없어서 그저 어색하게 웃어 보였다. 작약이 말없이 질문하는 눈으로 그를 빤히 바라보며 입을 열었다.

"마음에 담아 두면 병 돼요. 전하께서 괜찮으시다면 제게 털어놓으세요."

"별일도 아니다."

진사우가 잠시 생각하다가 작약의 옆으로 다가와 앉아 가만히 손을 잡고 말했다.

"패전한 후 넷째 녀석이 내 사람인 병부상서와 호부상서를 건드렸다. 어사대를 동원해 연명 상소를 올려 기어이 파면하고 내쫓았지. 그중 병부상서 자리에 외삼촌을 앉혔는데, 그 외삼촌은 늘 그 녀석만 편애하셨지. 대군은 아직 전방에 주둔 중이고, 봄이 오면 전투를 재개한다는 사실은 누구라도 알고 있는 상황이야. 장수를 파견하고 군수 물자를 조달하는 권한은 모두 병부가 가지고 있는데, 만약 의도적으로 훼방을 놓는다면 일이 복잡해지게 되지."

"넷째 녀석이요?"

작약이 친근한 호칭에 의문을 제시했다. 진사우가 쓴웃음을 지으며 말했다.

"한 어머니 뱃속에서 태어난 친동생 말이다."

"그런데 어쩌다 이렇게까지 됐나요?"

작약이 물었다.

"병부상서가 전하의 외삼촌이라면 편애를 해 봤자 얼마나 하겠어요. 크게 걱정하실 일은 아닐 것 같은데요?"

"몰라서 하는 소리다."

진사우가 조금 망설이다가 결국 털어놨다.

"넷째와 나는 한 어머니에게서 나고 자랐지만 늘 부딪쳤어. 모후께서도 우리가 군이 우애를 찾도록 노력하지 않으셨다. 모후 입장에서는 아들이 둘이니 누가 보좌에 앉든 태후가 되시는 건 마찬가지. 두 아들을 모두 당신께서 키우셨으니 둘 중 변변치 않은 놈은 기꺼이 포기하고 다른 한쪽을 밀어주실 거다. 이건 모후께서 대월 후궁부터 이날까지 살아남으신 비법인데 이제…… 아들에게 적용하는 거지."

작약이 잠자코 듣다가 말했다.

"황족의 삶은 무시무시하네요."

진사우가 말한 황실은 과연 무서웠다. 어머니가 어머니가 아니며, 자식도 자식이 아니며, 형제도 형제가 아니었다. 그가 쓸쓸하게 웃으며 작약 곁에 누워 양팔을 베고 중얼거렸다.

"친동생이 가장 큰 걸림돌이 되었으니, 손을 쓸 수도 죽일 수도 없고 어쩌면 좋겠느냐?"

작약이 웃으며 속으로 생각했다.

'손을 쓸 수도, 죽일 수도 없다? 정말 손도 쓰지 못하고 죽이지도 못

한다면, 당신은 그런 고민을 하지도 않았겠지.'

"형제를 죽이면 안 되죠."

작약이 느릿느릿 책장을 펼치며 말했다.

"하지만 물색 없는 외삼촌은 손볼 수 있겠네요."

진사우가 흠칫 놀라서 작약을 돌아보고 하하 웃었다.

"바보 같은 소리. 어머니 집안의 세력을 몰라서 하는 소리다. 아들은 선택하거나 포기할 수도 있지만 남매는 집안을 일으킨 핵심이라 필사적으로 보호하신다. 외삼촌을 건드렸다가 모후께서 진노하시는 날엔 내 자리도 불안해질 거다."

작약이 침착한 표정으로 말했다.

"그럼 간단하네요. 전하의 모후가 외삼촌을 싫어하면 되는 거 아닌가요?"

진사우가 작약의 말을 듣고 흥미가 생겨 빙글 돌아 그녀를 보았다.

"뭐 좋은 방법이라도 있느냐?"

"방법은 없죠."

작약이 나른한 듯 하품을 했다.

"대월 황궁에는 미녀가 넘쳐 나겠죠?"

"미녀는 무슨……."

진사우가 웃었다.

"폐하께서는 연로하시고 모후는…… 엄격하시지. 부황의 옥체가 상하지 않도록 궁중에 비빈을 안 들인 지 오래다. 이제 늙은 후궁 밖에 남지 않았어."

"그래요?"

작약이 웃었다.

"궁이 너무 조용하면 황후 마마께서 마음 둘 곳이 조정뿐이지요."

작약은 말을 반토막만 했지만 총명한 진사우는 듣자마자 의미를 파악했다. 깨달음을 얻은 듯 손뼉을 치며 말했다.

"역시 여인이 여인의 마음을 잘 아는구나. 다만…… 외삼촌도 모후의 뜻에 거스르는 짓은 하지 않을 테지."

"뜻을 거스르다뇨?"

작약이 말했다.

"전쟁을 치렀다면 병부상서는 반드시 장수를 추천해야 하죠? 병부상서가 천거한 장수가 전방에서 승리하면 포로를 황제께 헌납합니다. 이건 지극히 정상이죠? 하지만 포로는…… 어떻게 처리하든 폐하 마음이잖아요. 어떻게 생각하세요?"

진사우가 작약을 바라보며 눈가에 웃음기가 번졌다.

"대월 접경 지역에 어느 부족 여인들은 미모가 뛰어난 데에다 사내를 홀리는 데 능하다던데……"

작약이 웃으며 말끝을 흐렸다.

"나중에 폐하께서 정말 그 여자들을 총애한다면, 모후께서는 정력을 후궁에 쏟으실 테고 외삼촌을 벌하시겠지. 하지만 모후의 수단은 내가 잘 안다. 용모만 아름다운 여인은 어머니를 상대할 수 없어. 그땐……"

진사우가 신음했다.

"그땐 전하께서 나서서 좋은 사람이 되세요."

작약이 기지개를 폈다.

"황제가 포로를 총애하는 건 아무래도 좋은 모양새는 아니잖아요. 전하께서 나라를 위하는 충심이 크시니 응당 어사대를 발동해 상소를 올리셔야죠. 그때가 되면 황제도 새 사람에 대한 정이 예전 같지 않으실 테니 안팎으로 압박이 오면 결국 양보하실 거예요. 황후께서 어쩌면 전하께 감사할지도 모르죠."

진사우가 활활 타오르는 눈으로 작약을 바라보다 갑자기 몸을 숙여 그녀를 덥석 품에 안았다.

"작약, 네가 나를 도울 줄은 상상도 못했다."

그 순간 진사우의 말투는 진심이었다. 온화함 속에 늘 존재하던 거리감은 어느새 사라져 버렸고, 기쁨과 진심만 있었다. 작약이 나른한 자세로 그의 품에 안겨 여린 숨을 쉬었다. 아이처럼 그의 금단추를 가지고 장난을 치며 말했다.

"제가 왜 전하를 돕지 않겠어요? 옛날 일은 기억도 나지 않고, 지금 저에게 잘 대해 주시는 전하만 기억하는데요. 제가 그토록 큰 죄를 저질렀는데도 죽이지 않은 걸 보면 저를 생각해 주시는 거잖아요. 전하가 고민에 빠져 계신 건 당연히 저도 보기 싫어요. 다만…… 그래봐야 아녀자의 잔꾀이니 옳은지 그른지 모르겠어요."

진사우가 작약의 길고 촘촘한 속눈썹이 깜빡이는 모양을 지켜보았다. 입가에 웃음을 머금은 그는 그녀의 긴 머리를 쓰다듬으며 말했다.

"옳든 그르든 그 마음만 있다면 나는 참으로 기쁘다."

작약이 고개를 들어 진사우를 바라보며 생글생글 웃었다.

"그럼 이제 매일 조언을 올릴게요. 아녀자의 잔꾀를 잔뜩 바치겠습니다!"

진사우는 결국 웃음을 터뜨렸고, 작약의 코끝을 사랑스럽게 꼬집으며 말했다.

"작약, 완 의원이 네가 머리를 다칠 때 생긴 울혈이 사라졌다고 했다. 그런데 기억이 바로 돌아오지 않았다면 후에도 언제 돌아올지 모른다. 어쩌면 며칠 안에 돌아올 수도 있고, 어쩌면 몇 년이 걸릴 수도 있다. 너는 지금 혈혈단신이고 몸도 허약하니 내가 널 돌보게 해 다오."

'내가 널 돌보게 해 다오.'

돌려서 말했지만 의미는 분명했다. 작약이 침묵하다 입가에 옅은 미소를 걸고 말했다.

"저를 믿으실 건가요?"

진사우가 웃으며 말했다.

"이 포원의 경계가 굉장히 삼엄한 것은 너도 느꼈겠지? 하지만 걱정할 것 없다. 너를 향한 경계가 아니다. 나는 고귀한 황자이니라. 내가 있는 곳에는 언제나 겹겹이 방어가 있고, 매순간 조심해야 한다. 하지만 이것은 곧 너를 보호한다는 의미도 된다."

작약이 웃으며 진사우에게 몸을 기댔고 별 다른 말은 하지 않았다. 그녀를 품에 안은 그는 자신에게서 처음으로 따뜻하고 다정한 모습을 발견했다. 그토록 강렬했던 의구심도 하루하루 무수한 시험과 염탐을 거치며 옅어지고 있었다. 그는 몇 번이고 그녀를 떠봤지만 소득이 없었고, 이제는 의심을 이어 가는 편이 오히려 어려웠다.

한때 진사우는 작약이 바로 위지라고 의심했다. 하지만 그녀는 목숨을 걸고 화경을 구하지도 않았고, 극렬을 해치지도 않았다. 심지어 하루가 다르게 회복하는 극렬을 두고 그녀는 누구보다 기뻐하고 있었다. 게다가 천성 쪽에서 들려오는 소식에 따르면 벌써 위지의 장례를 지냈고, 삼군이 애도했으며, 황제가 성지를 내려 위로했다고 하였다. 진사우는 몰래 사람을 보내 무덤도 파헤쳐 보았는데, 무덤 속 시체는 온전했다. 뼈를 채취해 무녀에게 나이를 점치게 했는데, 위지와 똑같은 나이로 판명됐다. 게다가 소문으로 들은 위지는 이토록 온화하고 귀여운 여자와는 거리가 멀었다. 위지는 겉으로는 온화했지만 뼛속까지 냉철한 소년이었으며, 태도는 상냥했지만 친밀하지 않았다. 일처리도 천둥처럼 순식간에 밀고 나갔다. 천근구에서 잠깐 위지와 마주쳤을 때 진사우가 받은 인상도 딱 그랬다.

가끔 진사우는 자신이 지나치게 의심이 많고 황당한 추측을 하는 게 아닐까 싶었다. 이 여인도 충분히 영특했지만, 소문으로 접한 무쌍국사 소년의 비범함과는 종류가 달랐다. 기억과 무공을 잃은 천성의 포로를 그가 품에 안는 것은 당연한 도리였다.

진사우는 오늘만큼 작약을 믿고 싶었던 적이 없었다. 그녀를 믿으면 그녀를 받아들일 수 있었다. 품 안의 여자에게서 은은한 향기가 났다. 따뜻하고 부드러운 향기였다. 그는 잠시 마음이 들떴지만 처리할 일이 남았기에 억지로 그녀를 떨쳐내고 미인탑에서 내려왔다. 바람이 점점 잦아들고 있었다.

"창문을 조금 열어 두겠다. 이렇게 꼭 닫고 난로를 피우면 질식할지 도 모르니."

진사우가 창문을 열고 창가를 한 번 거닐어 보고는 촛불을 밝혔다. 조금 전까지 그는 책장을 등지고 앉아 복잡한 정무를 처리하거나 작약 과 대화를 나누는데 열중하느라 서가 뒤를 살피지 않았었다. 그리고 이 제 초를 켜기 위해 서가 쪽으로 가려는 참이었다. 미인탑에 놓인 『사선』 이 탁 하고 떨어졌다. 그녀가 떨어진 책을 줍느라 쪼그려 앉았다가 앗! 하고 비명을 질렀다.

마침 다가오던 진사우가 시선을 멈췄고, 책장 뒤에서 뻗어나온 검은 머리칼을 발견했다. 그의 눈이 번쩍 빛났고, 손을 뻗어 그 사람을 끌어 냈다. 호위 병사 옷차림을 하고 있었지만 처음 보는 얼굴이었다.

"누군데 서가 뒤에 숨어 있던 거죠?"

작약이 놀라 물었다. 진사우가 차가운 얼굴로 손뼉을 치니 포원 집 사가 황급히 달려왔다. 그는 바닥에 기절한 사람을 보더니 굳은 얼굴로 말했다.

"전하, 이자는 제가 새로 배치한 서재 사환입니다. 그런데 이놈이 왜 여기 누워 있습니까?"

진사우는 팔짱을 끼고 서서 의혹이 가득한 눈을 하고 낮은 목소리 로 말했다.

"규율을 어기면 어떻게 해야 하는지 알고 있겠지?"

"예, 전하."

집사는 속으로 한숨을 쉬었다. 오늘 전하께서 서재에 일찍 도착했음을 그도 알고 있었다. 이 사환이 왜 기절했는지는 몰라도 아마 급히 몸을 숨겼을 터였다. 집사는 속으로 사환을 나무랐다. 차라리 나와서 전하와 마주쳐 버렸다면, 억울하게 범인 누명은 쓰지 않았을 것이었다. 전하가 정무를 처리할 때 기밀 사항을 듣는 자는 죽음을 면치 못했다. 그는 등 뒤에 서 있는 호위병 둘을 향해 끌고 가라고 손짓했다. 두 병사는 앞뒤로 서서 구서를 끌고 가기 시작했다.

"잠깐."

작약이 입을 열자 집사는 손짓을 멈췄다. 지금 그녀는 전하께서 가장 총애하는 사람이니 밉보여서는 안 되었다.

"어디로 데려가죠?"

집사는 대답 대신 진사우를 힐끗 바라보았다. 대답을 듣지 않아도 작약은 답을 알았고, 미간에 주름을 잡으며 진사우를 향해 말했다.

"전하, 이 사환은 규칙을 어기지 않았어요. 오늘 전하께서 반 시진이나 일찍 오셨으니 아마 청소 중이었겠죠. 감히 전하와 마주칠 수 없어 책장 뒤로 숨었는데, 아까 들어온 자객이 저를 발견함과 동시에 이자도 보지 않았을까요? 그래서 기절시켰을 거고요. 기절했으니…… 이 사환은 아무것도 모르잖아요. 아닌가요?"

진사우는 침묵했다. 그는 작약의 말뜻을 잘 알고 있었다. 이 사환은 일부러 서재에 드나든 것이 아니며, 그가 조정에 관한 얘기를 할 땐 기절 상태였으니 들었을 리 없었다. 그가 담담하게 사환을 한번 훑어봤다. 최근 부에 들어온 모든 이들은 출신을 막론하고 엄격한 감시를 받았다. 진사우는 경계를 늦추지 않고 있었고, 이들을 충분히 시험한 뒤 완전히 믿을 수 있어야 곁에 두었다. 그래서 그가 오늘 일부러 서재에 일찍 온 것이었다. 만약 사환이 그녀를 데려가려 했다면, 또는 책장 뒤의 비밀 통로를 건드렸다면, 사환을 기다리는 건 미리 설치된 지옥의 함정이었을 터였다.

하지만 둘 다 아니었다. 그리고 이자를 발견한 건 작약이었다. 진사우는 그녀의 간절한 눈빛을 바라보았다. 얼마나 마음이 여린 여자인지 잘 알고 있었으니 구명을 요청하는 것도 당연하다고 생각했다.

"그렇다면 목숨은 살려 주마. 하지만 죗값은 받아야 한다."

진사우가 담담하게 말했다.

"곤장 30대. 다시는 잘못을 저지르지 말라는 의미에서."

작약은 한숨을 쉬었지만 더는 말하지 않았다. 그녀가 계속 자비를 베풀라고 말할 줄 알았던 진사우는 조금 의외였다. 그녀가 말했다.

"전하만의 규칙이 있으신 것 잘 압니다. 제 체면을 이만큼 차려 주신 것도요."

정말 진사우의 마음을 잘 아는 여인이었다. 진사우가 기분이 더 좋아져 미소를 지었고, 싱글벙글하며 바둑알을 가져왔다.

"한 판 두자꾸나."

구서는 호위병에 이끌려 문지방을 넘을 즈음 깨어났다. 혼미한 상태에서 깨어나 시선에 초점이 맞지 않았다. 무슨 일이 일어났는지 잘 파악하지 못하여 집사의 설명만 잠자코 들었다.

"네가 명이 질긴가 보다. 전하의 명을 거역했으니 죽어 마땅하지만, 작약 아가씨가 네 구명을 요청하여 곤장 30대만 내리셨다. 어서 감사 인사 올리지 않고 뭐해?"

구서가 힘겹게 눈꺼풀을 들고 방 안의 두 사람을 바라보았다. 포근한 난로와 붉게 빛나는 촛불 곁에서 남녀가 가부좌 자세로 마주 앉아 있었다. 둘 다 이쪽을 쳐다보지 않았고, 바둑에 열중한 채 뭐라고 중얼거렸다. 작약의 검은 머리칼이 길게 쏟아져 내려 반쪽 얼굴과 표정을 가리고 있었다. 그녀가 별안간 엉뚱한 수를 둬서 진사우를 껄껄 웃게 만들었다. 집사가 구서에게 머리를 조아리고 감사를 표하라 했지만, 그는 귀찮은 듯 손을 내저었다. 구서는 말이 없었다. 그녀의 팔꿈치와 옷소매에서 시선을 거둔 후 몸을 일으켜 호위병을 따라 나갔다. 하인 둘이 뜰에 형틀을 놓고, 곤장을 든 채 기다리고 있었다. 구서가 웃으며 형틀에 오르며 말했다.

"형님들, 제가 어느 호위 형님께 옷을 빌려 입어서 돌려드려야 합니다. 듣기로는 형님께서 곤장 치는 기술이 뛰어나 살은 상하지만 옷은 온전하게 남길 수 있다고 들었습니다. 잘 좀 부탁드립니다."

"그거야 어렵지 않지."

곤장 치는 하인이 말했다.

"예의가 바르구나. 바지를 벗기는 싫은 게지? 역시 배운 집안에서 자라 그런지 다르군. 하지만 그 방법을 쓰면 살갗이 더 상할 것이니 그건 각오하게나."

"상관없습니다."

구서가 서재 쪽을 바라보았다. 따뜻한 노란 불빛이 물처럼 새어 나왔다. 거기엔 작약의 애교 섞인 웃음소리와 진사우의 호탕한 웃음이 섞여 있었다.

"시작하시죠."

"한 대요!"

"먹었다!"

첫 번째 곤장 소리가 울려 퍼질 때 작약의 웃음소리도 울려 퍼졌다. 무거운 곤장이 피부에 닿는 소리가 내실까지 전해지지 않는 모양인지 그녀는 전혀 듣지 못하는 표정이었다. 활짝 웃는 얼굴로 오직 맞은편에 있는 진사우만 바라보았다.

첫 곤장을 맞았을 때 구서는 몸을 떨었다. 하지만 입가에는 오히려 웃음이 번졌다. 이번 대월 포성행은 정말 기이한 여정이라는 생각이 들었다. 평생 산전수전을 다 겪었지만 이런 맛은 또 처음이니 말이었다.

사람의 운명을 좌우하는 자도 또 다른 자에게 좌우되었다. 봉지미는 '작약'이라 불리며 포근하고 화려한 곳에서 다른 이와 작약꽃 같은 함박웃음을 띤 채 바둑을 두었고, 자신은 매서운 겨울바람이 부는 뜰에서 혼자 곤장을 맞고 있었다. 아마 생전 처음이자 앞으로는 다시없을 기묘한 상황이 아닐 수 없었다.

'하늘이 마음에 잠시 품었던 사심을 알고, 이런 육체의 고통을 안배하셨을까? 아니면 그녀가 일부러 복수하는 걸까? 만약 그렇다면 지금 무척 고소하겠지?'

구서에게 속세의 인과응보란 썩 개운치 않았다. 하지만 봉지미가 즐겁다면 뭐, 그것도 나쁘지 않았다.

"열다섯 대요!"

"에이, 안 할래요! 이렇게 두시면 어떡해요!"

작약의 애교 섞인 볼멘소리와 함께 바둑알이 흐트러지는 소리가 다른 모든 소리를 덮었다. 구서의 내의를 통과한 피가 형틀 아래로 뚝뚝 떨어졌다. 그는 턱을 형틀에 괴고 평화로운 얼굴로 눈을 감았다. 그리고 들었다.

머리 위로 곤장이 바람을 가르는 소리를 듣지 않고, 멀리 방 안에서 들리는 웃음소리에 귀를 기울였다. 맑고 투명하며 조금은 끈적했다. 어떻게 이런 상반된 느낌이 한 사람의 웃음에서 동시에 나타날 수 있는지 이해가 되지 않았다. 하지만 정말 그랬다. 영롱한 구슬이 굴러가는 듯하면서도 끝소리가 미세하게 올라갔다. 그래서 그 웃음소리는 사람을 취하게 하는 운율이 있으면서도 대담하고 솔직하게 영혼을 끌어당기고 있었다. 문득 저 웃음소리와 너무 오래 헤어져 있었다는 생각이 들었다. 나중에 돌아간다고 해도 자신에게는 웃어 주지 않을 것이다. 그러니 지금 실컷 들어 두자고 생각했다.

'바둑을 이토록 신나게 두다니……. 예전에는 사람을 해치는 것 말고는 머리 굴리는 일을 싫어했는데?'

구서는 이어 생각했다. 이리저리 뻗치는 생각에 매섭게 날아오는 곤장에는 관심이 없어진지 오래였다. 하지만 여전히 피가 흘렀고, 피가 고인 범위도 점점 넓어졌다. 다행히 옷은 멀쩡했다. 다만 바지 너머로 암홍색이 비쳤고, 다리에는 심지가 있는 것 같았다. 불을 붙이면 그곳에 화염이 솟을 것처럼 욱신거렸고, 그럴 때마다 마음까지 욱신거렸다.

'곤장 맞기가 이토록 힘들구나. 차라리 단칼에 베이는 게 낫겠다.'

기절했다가 깨어난 구서는 아직도 어지러웠다. 혼미한 상태에서 생각했다.

'돌아가면 태형을 폐지하고 모조리 칼로 베게 하겠다!'

"서른 대요!"

곤장 소리가 멈췄다.

"제가 전하의 대마*바둑에서 많은 점으로 넓게 자리 잡은 말를 잡았어요!"

작약이 바둑돌을 내려놓으며 낭랑하게 웃었다.

"구서가 감사를 전합니다!"

곤장 치는 하인이 규율대로 문 앞에서 긴 소리로 대신 감사를 전했다. 진사우는 손을 휘휘 저으며 말했다.

"데려가서 의원에게 보여라. 공연히 병들게 하지 말고."

작약이 길게 울려 퍼지는 인사를 들으며, 하인이 들고 있는 피 묻은 곤장을 힐끗 바라보았다. 하지만 시선을 더 멀리 두지는 않았다. 그녀의 웃음은 맞은편에 앉은 진사우에게 온전히 향해 있었다. 그녀가 온화하게 그의 손을 잡고 속삭였다.

"전하는 정말 좋은 분이세요!"

바람을 피우다

날씨가 점점 추워졌다. 온 세상에서 아름다운 꽃을 가져다 정성스레 심은 이 포원도 빛을 잃고 겨울의 쓸쓸한 모습으로 변했다. 요즘 포원은 조용한 편이었다. 안왕의 기분이 좋으니 포원의 모든 사람들의 마음에 여유가 생겼다. 여유의 결과로 유삼호의 채찍 기술이 하루가 다르게 화려해졌고, 완 의원과 못난이도 더는 밀착 감시를 당하지 않았다. 서재 사환 구서도 상처를 치료한 후 다시 시중을 들게 되었다. 구서와 유삼호는 함께 왕부에 들어온 동기애가 쌓였다. 또 작약 아가씨의 분부를 받고 완 의원이 구서에게 약을 지어 주었기 때문에 어느 정도 공개 교류가 가능해졌다. 그리고 횟수가 늘어나자 아무도 그들을 주시하지 않게 되었다.

유삼호는 부대장에게 색싯감을 찾아달라고 졸랐다. 부대장은 한번 해 본 소리였는데 유삼호는 노모가 며느릿감을 기다린다며 끈질기게 성화를 부렸다. 결국 부대장은 내원에서 시녀 하나를 골라 주었지만 작약의 시녀는 아니었다. 부대장의 말에 따르면 이 여인은 미색이 뛰어나지만 어딘가 음침하다고 했다. 몽유병을 앓고 있어 같은 방을 쓰는 시녀가 놀라 뛰쳐나오기 일쑤였고, 점점 사람들이 오가지 않게 되니 앞에 나서는 일을 시키기 부담스러워 지금은 침방 일을 보고 있다고 했다. 이 여인은 혼기가 찼지만 선뜻 취하겠다는 사람이 없었다. 한번은 부대장이 내원에 보고하러 갔다가 무심코 그녀를 보았고 감이 딱 왔다. 유삼호는 어차피 매일 죽은 듯이 자느라 몽유병 증세가 발작해도 볼 수 없을 것이니 그에게 소개하기로 마음먹은 것이다.

부대장은 유삼호의 의중을 물으며 절대 호위대장인 유 대인께는 말하지 말라고 당부했고, 유삼호도 고개를 크게 끄덕였다. 유삼호도 알릴 생각은 전혀 없었다. 질투심도 엄청난 채찍 토끼였으니까. 유삼호는 기회를 만들어 그 시녀를 몰래 지켜보다가 혀를 끌끌 찼다.

'미색이 뛰어나다고? 미색의 기준은 뭘까? 부대장은 왜 저 용모를 뛰어나다고 본 것일까? 대체 일반인과 얼마나 다른 기상천외한 시력을 가져야 저런 여인을……'

사실 유삼호는 아무래도 좋았다. 솔직히 눈과 코, 입은 퍽 예쁜 편이었다. 다만 오랫동안 감지 않아 두껍게 뭉친 머리칼로 가린 저 턱이 문제였다. 유난히 긴 턱에 오랜 시간을 두고 쌓인 누런 각질이 붙어 있었다. 정말이지 감당하기 버거운 미모가 아닐 수 없었다. 그는 침울해졌다. 이토록 깔끔을 떨고 수시로 발을 씻는 왕이 시궁창에서 구르다 온 것 같은 여자와 만나는 걸 이모님께서 아시면 얼마나 가슴 아파할까.

한편으로는 이토록 엽기적인 여인이 어떻게 포원이라는 엄숙한 곳에서 살아남을 수 있었는지도 의문이었다. 부자들은 하인을 굉장히 까다롭게 선발했다. 게다가 안왕까지 주둔하고 있는데 이런 사람을 내쫓지 않은 이유가 무엇인지 궁금했다.

알아보니 이 여인은 포성 사람이 아니라 대월과 천성 접경지대에 있는 대산(大山)족 출신이었다. 어느 날 포원의 집사가 산에 갔다가 목숨을 잃을 뻔했는데 저 여인이 살려주었다고 하였다. 집사는 여자 혼자 쓸쓸히 지내는 게 안쓰러워 데려와서 포원 시녀로 고용해 은혜를 갚았다. 다만 지체 높은 분들 앞에는 나타나지 못하게 했다.

사연을 듣자 유삼호의 마음이 움직였고, 어렴풋이 뭔가 생각이 났다가 또 흐릿해졌다. 이유를 알 수 없는 흔들림 때문에 그 여인을 거절하지 않았고, 몰래 기회를 만들어 만나기도 했다. 여자는 그에게 대단한 호감을 가지고 있어 만날 때마다 은근하게 애정을 드러냈다. 그녀가 유원과 비슷한 눈빛으로 자신을 빤히 바라볼 때마다 유삼호는 닭살이 돋았다.

그날은 내원 침방에서 외원 병사들의 겨울옷을 지은 날이었다. 내원의 잔심부름은 보통 그 가용이라는 아가씨가 담당했고, 부대장은 일부러 유삼호에게 옷을 받아 오라고 하며 만남을 주선했다. 결코 '가인의 용모'는 아닌 가용 낭자는 유삼호를 보자 눈을 반짝 빛냈지만, 최대한 절제하며 겨울옷을 전달했다. 그녀는 수줍어하며 내원과 외원 사이에 있는 호숫가를 산책하자고 제안했고, 유삼호는 반쯤 체념하며 응했다. 이 추운 날, 그것도 바람 부는 호숫가에서 무슨 산책을 한단 말인가. 게다가 포원 내부에서 하인들의 산책이 허용되는 지도 의문이었다. 심지어 지금 하자는 건 산책이 아니라 밀애에 가까웠다.

이 포원은 정말 유삼호의 체면을 땅에 처박아 버리는 요상한 곳이었다. 토끼를 만나지 않나, 매일 채찍질로 생계를 모색하지 않나……. 그리고 이런 절세의 추녀와 산책까지 하고 있으니 말이었다. 둘은 오들오들 떨며 그리 크지 않은 벽의호(碧漪湖)를 돌고 돌고 또 돌아 총 네 바퀴를 돌았다. 쭈뼛대며 손수건을 만지작거리는 가용은 말이 없었지만, 자꾸 유삼호를 인적 드문 곳으로 유인했다. 유삼호는 따라가지 않으려고 애썼다.

'제발 목덜미부터 씻고 얘기 하잔 말이다!'

"허허, 요즘은 포원도 태평한 것 같구려."

유삼호는 아무 말이나 꺼내어 화제를 작약 아가씨 쪽으로 돌리려 애썼다.

"곧 새해가 오니까 금세 또 떠들썩할 거예요."

가용이 은근슬쩍 유삼호의 손을 잡았다. 떨리는 손이 채 닿기도 전에 유삼호는 손을 휙 들어 머리를 만지는 척하며 사방을 두리번거렸다.

"침방은 일이 하도 많아 하인들이 밤잠도 설친다지? 전하의 옷도 당신이 짓는 거야?"

"저는 아직 전하의 옷을 만들 자격이 없어요. 침방에서 가장 높은 이모님이 만들죠."

가용은 굽히지 않고 자연스럽게 반대쪽으로 돌아와 유삼호에게 몸을 밀착해 왔다. 그도 방향을 휙 바꾸며 말했다.

"그럼 이모님은 한 사람의 옷만 지으면 되니 한가하시겠군."

가용이 또 쭈뼛쭈뼛 다가왔다. 발그레한 얼굴로 유삼호의 탄력 있는 둔부를 힐끗 보며 마음을 콩밭에 두고 말했다.

"그럴리가요. 안왕 전하의 옷이야말로 만드는 데 아주 긴 시간이 들어요. 게다가 작약 아가씨 옷도 지으세요. 요즘에는 작약 아가씨 예복까지 만드시느라……."

유삼호가 멈칫하며 움직이지 못했다. 그 틈에 가용은 순조롭게 유삼호의 손을 만질 수 있었다. 어렵사리 그의 손바닥을 스쳤지만 작업의 기술이 부족했다. 깎지 않아 긴 손톱으로 스치니 붉은 손톱자국만 남았고, 하마터면 그의 손바닥에 피를 보게 할 뻔했다. 하지만 그는 지금 작업의 기술 따위에는 관심이 없었다.

"응? 예복이라고?"

"네. 전하께서 첩실을 들이신대요. 작약 아가씨죠, 뭐. 전쟁 포로가 신분 상승 확실히 했으니 이제 아들딸만 낳으면 후궁으로 책봉되겠죠."

가용이 입술을 비죽 내밀고 유삼호를 홱 돌아봤다.

"그런데 작약 아가씨에게 관심이 아주 많으시네요?"

샘이 가득한 말투였다.

"내가 언제?"

유삼호는 얼른 가용의 손을 잡고 손바닥을 문지르며 말했다.

"작약이고 모란이고 나팔꽃이고…… 어디 우리 가용이만 한가? 가용 낭자는 나의 심장이요, 살이요, 오장육부야. 당신을 볼 때마다 내 심장이 얼마나 떨리는데."

그렇게 말하고 유삼호는 정말로 부들부들 떨었다.

"아이~ 짐승!"

가용은 콧소리를 내며 발을 동동 굴렀다. 엉겨 붙은 머리칼 사이로 발그레한 양 볼이 드러났고, 눈빛을 반짝이며 유삼호를 찰싹 때렸다.

"아이 참, 그런 남사스러운 말을 다 하고!"

'그래, 이런 남사스러운 말을 나는 어떻게 뱉었을까?'

유삼호가 마음속으로 생각하며 심난한 표정으로 하늘을 쳐다봤다.

"남사스럽긴! 이게 바로 내 마음이지."

유삼호가 가용의 손을 잡고 그녀의 허리에 손을 두른 채 나무 그늘 아래로 갔다.

"가용 낭자, 우리도 나이가 찼으니 인륜지대사를 치러야지. 전하께서 구체적으로 언제 첩실을 들이시지? 바쁜 시간이 지나면 집사 어르신께 말씀드려서 너를 내 신부로 맞이하고 싶어."

가용은 부끄러워하며 유삼호와 꼭 붙어 걸었다. 그녀는 심장이 뛰고, 온몸이 야들야들해지고, 영혼이 날아갈 것 같은 기분에 정신없이 대답했다.

"새해 여드렛날이요. 작약 아가씨 건강이 많이 좋아져서 전하께서 예식을 치르기로 결정하신 거예요. 안 그랬으면 몸 상한다고 못하게 했겠죠. 하향(荷香) 언니가 그러는데 안왕 전하께서 작약 아가씨를 쉬설재에서 나오게 했대요. 내부 분위기가 너무 딱딱해서 아가씨가 자주 악몽을 꾸신다고요. 원래는 전하의 처소와 붙어 있는 녹기거(綠琦居)에 지내게 할 생각이었는데, 작약 아가씨가 번잡한 걸 싫어하셔서 서남쪽 구석에 단독 정원이 딸린 청풍헌(聽風軒)으로 옮겼어요. 원래 있던 시녀들도 다 데려갔어요. 청풍헌에도 새로 들일 물건이 많대요."

가용이 자기가 아는 바를 열심히 늘어놨다. 유삼호는 듣는 둥 마는 둥하며 그녀가 녹아내리도록 쓰다듬었고, 그녀는 자기가 무슨 말을 하는지도 모를 지경이었다. 그가 또 말했다.

"작약 아가씨를 모시는 하향과 앞으로도 친하게 지내도록 해. 아가씨 눈에 들면 우리가 혼인할 때 상으로 혼수를 내리실지도 모르잖아. 그러면 우리한테도 영광이니까."

가용이 입술을 비죽 내밀고 말했다.

"뭐 대단한 사람이라고요? 전쟁 포로가 운이 좋았을 뿐인걸. 유모가 그러는데 저야말로……."

가용이 갑자기 자기 입을 막으며 당황한 기색을 보였다. 하지만 유삼호는 그녀의 말에는 별 관심이 없었고, 아까 들은 얘기 때문에 머리가 어지러울 뿐이었다. 한참을 생각하다 그녀의 품에서 손을 거두자 그녀는 실망하며 다시 은근슬쩍 엉겨 붙었다. 그는 귀찮은지 하늘을 올려다보다가 벌떡 일어났다.

"이만 갈게."

가용이 멍하니 주저앉았다. 그렇지 않아도 봄기운이 왕성한 나이였다. 유삼호의 손길로 한껏 달아오른 그녀는 그가 품에서 빠져나가자 절벽에서 발을 헛디딘 꿈을 꾼 듯 공허했고, 급한데 측간을 찾지 못한 듯 절박했다. 허무함과 절박함이 섞인 감정이 심장을 할퀸 것처럼 그녀를 아프게 했다. 그녀가 멍하니 그를 보다가 그의 바짓가랑이를 냅다 잡았다. 눈시울에 눈물이 가득 차오르다가 한 방울 또르르 흘렀다.

유삼호는 바짓가랑이를 잡히는 게 제일 싫었다. 매일 질리도록 잡히고 있었기 때문이었다! 지금까지 참는 것도 힘들었는데 이제는 폭발할 것만 같았다. 그는 사악하게 웃으며 가용을 향해 손을 벌렸다. 그런데 그의 손에 무언가 길쭉한 회색 물체가 묻어 있었다. 자세히 보니 그것은…… 살에서 밀려 나온 때였다. 조금 전 가용의 손목과 가슴팍을 쓰다듬었을 때 나온 것이었다.

가용은 멈칫하며 그것을 바라보다 곧 정체를 깨달았다. 머릿속에 천둥이 치는 것 같았고 얼굴이 화끈 달아올랐다. 그녀는 온몸을 부들부들 떨며 수치와 부끄러움에 당장 죽어 버리고 싶었지만, 유삼호는 키득거리며 두말 않고 저만치 가고 있었다.

풍덩.

등 뒤에서 물이 튀는 소리가 들리자 유삼호는 머리칼이 쭈뼛 섰다.

'이런, 큰일 났다.'

충격 받은 여인이 물에 뛰어들었다면 일이 복잡해질 터였다. 사람 목숨 하나 잃는 것에 그치지 않을 테고, 모두의 '계속'에 지장이 생길 것이다. 유삼호가 휙 돌아봤다. 영웅은 미녀를 구해야 하는 법이었다. 유삼호가 가용을 구하려고 냅다 뛰어들 자세를 취하려는 찰나, 또 한 번 몸이 굳어졌다. 그녀가 호수에서 헤엄을 치고 있었다.

'뭐하는 걸까?'

대장부 유삼호가 호숫가에 서서 멀뚱멀뚱 바라보았다. 이 추운 겨울날 수영을 즐길 리는 없었다. 그렇다 쳐도 굳이 그 앞에서 헤엄칠 필요는 없었다. 이것이 말로만 듣던 분노한 광녀일까. 하지만 호수 속 여자가 바들바들 떨며 얼굴이 새파랗게 질려 있는 걸 보니 미친 것 같지는 않았다. 유삼호가 반응하기 전에 가용이 돌연 물속으로 머리를 처박았다.

'맙소사. 호수에 머리를 박고 죽으려는 것일까? 이렇게까지 해야만

할까?'

유삼호가 물에 잠긴 가용 낭자의 두상을 멍하니 바라보며 생각했다. 시위라도 하는 것인지, 아니면 남다른 잠수 실력을 뽐내고 싶은 것인지 알 수 없었다. 이윽고 그가 결론을 내기도 전에 촥 하는 상쾌한 물소리가 들렸다. 가용이 매끈한 머릿결을 들자 수면 위로 투명한 물 장막이 생겼다. 그 뒤로 오색찬란하게 빛나는 여인이 서 있었다. 그는 내내 움직일 수 없었다.

두껍게 뭉친 머리칼은 이제 보이지 않았다. 턱 밑에 괴상한 흉터도 없었고, 얼굴에 덕지덕지 붙은 누런 각질도 사라졌다. 반짝이는 물빛 사이로 가용의 피부가 눈처럼 하얗게 빛났다. 아름다운 눈썹, 옆으로 길게 뻗은 눈꼬리……. 물방울이 빛을 튕겨냈고, 달처럼 뽀얀 그녀는 연꽃 같았다.

가용이 오들오들 떨며 호수에 우두커니 서서 유삼호를 바라보았다. 얇은 옷이 푹 젖어 몸에 달라붙은 채였다. 평소에 입던 넉넉한 옷이 이 영롱한 여체를 가리고 있었던 것이었다. 그녀는 부드러운 연꽃처럼 겨울의 푸른 물결 가운데 서 있었다.

유삼호는 스읍 하고 숨을 들이마셨다. 한참을 바라보고 나서야 정신을 차릴 수 있었다. 가용, 가용! 이름처럼 정말 가상한 용모였다. 환골탈태의 미녀가 겨울날 호수 한가운데서 바들바들 떨면서 유삼호를 바라보며 말했다.

"저…… 저는…… 저는…… 이…… 이제 깨끗해요."

대장부 유삼호는 코를 긁적였다. 방금 전까지 함부로 대했던 것을 깊이 뉘우치며 겸연쩍은 듯 말했다.

"깨끗해. 그럼 깨끗하지. 그런데 꼭 이렇게 충격적으로 씻어야 했어? 아무튼 얼른 나와. 이렇게 추운 날 감기라도 걸리면 큰일이니까."

"저는…… 이제 깨끗해요……."

가용이 바들바들 떨며 손목을 문질렀다.

"때가…… 때가 나오지 않아요……."

유삼호는 난감했다. 대월 여인들은 이토록 연약하단 말인가. 이런 일로 마음의 상처를 입다니. 누가 봉지미에게 더럽다고 나무란다면, 그녀는 그 사람을 진흙탕에 굴려 더럽히지 절대로 본인이 물로 뛰어들진 않을 것이다. 유삼호가 씁쓸하게 한숨을 쉬며 가용을 잡고 위로의 의미로 그녀의 손목을 문질렀다.

"그래. 깨끗하다. 아주 깨끗해."

가용이 울먹이며 품에 안기는 바람에 유삼호까지 축축하게 젖었다.

"십 년 넘게…… 모아…… 모았는데…… 당신을 위해…… 벗겨냈어요……."

당황한 유삼호가 컥 하는 소리를 냈다. '십 년 넘게 지켜온 순결을 당신을 위해 바치겠어요'와 같은 통속적인 말과 닮았지만, 어쩐지 내용이 그를 슬프게 했다. 그가 가용의 어깨에 손을 얹고 살며시 그녀를 밀어내며 숙연하게 말했다.

"걱정 마. 네가 십 년 넘게 어렵사리 넘게 모아온 그…… 때……에 대해서 책임질게."

가용은 약속을 받자 유삼호의 팔에 기대어 더욱 구슬프게 울었다. 그는 그녀의 목에 남은 누런 자국을 보고도 차마 말하지 못했다. 사실 그리 깨끗하게 씻긴 건 아니라고.

찬바람이 쏴 하고 불어왔다. 약간 젖은 유삼호는 흠뻑 젖은 미인을 부축하며 이를 악물고 마음속으로 생각했다.

'지미, 지미! 당신을 위해서 난 손해가 이만저만이 아니오. 세상에 그림의 떡만큼 서글픈 일이 있겠소.'

"그런데 왜 지저분하게 하고 다니는 거지?"

울음을 그치지 않는 가용을 위해 유삼호가 화제를 전환했다.

"나도 몰라요."

가용이 흐느꼈다.

"유모가 그러라고 했어요. 유모가 남긴 유언이 있어요. 여자 혼자 험한 세상을 살아가려면 고운 용모를 지녀서는 안 된다고요. 그러면 재앙이 닥치니 꼭 변장을 하라고 신신당부해서 맹세까지 했어요. 그래서 머리도 자르지 않고 가짜 턱을 붙이고, 최대한 더럽게 하고 다녔어요. 사실 그렇게 한평생 살려고 했어요. 그런데…… 그런데……."

가용은 마음을 빼앗긴 사람이 나타나자 더 이상 버틸 수 없었던 것이었다. 사랑은 여인의 영원한 약점이었으니까.

"맹세까지 했다면 어겨선 안 되지."

대장부 유삼호는 갑자기 절세미인이 등장하면 일이 복잡해질까 봐 걱정이 되었다.

"머리가 마르면 예전처럼 얼굴을 가리고, 가짜 턱도 다시 붙이고……. 그런데 피부는……."

가용이 유삼호를 바라보며 또 한 번 억울한 듯 흐느꼈다.

"오랫동안 모은 때가 전부 사라졌어요."

'수십 년 모은 비상금을 이 하얀 얼굴에 모두 바쳤어요' 정도의 심각한 문제를 말하는 것 같았다.

"좀 하얘지면 어때."

유삼호가 한숨을 쉬며 가용의 어깨를 두드렸다.

"이상하게 생각하는 사람이 있다면 원래 이랬는데 무슨 소리냐고 우겨. 시력이 어떻게 된 거 아니냐고."

속없는 가용은 유삼호가 제안한 말도 안 되는 대처마저 기쁜 마음으로 수긍하며 고개를 끄덕였다. 그녀가 갑자기 재채기를 하자 그가 얼른 그녀를 다독이며 말했다.

"어서 들어가. 어서! 따뜻한 물에 목욕하고 옷 갈아입어!"

"당신은……."

가용은 떠나기가 아쉬웠다.

"난 당신의 영원한……."

유삼호가 입을 열었지만 이전처럼 닭살 돋는 사랑의 말을 속삭일 수가 없었다. 아까는 이 여인도 시집가서 포원을 나가는 것이 목표인 줄 알았기 때문에 별 생각 없이 연기할 수 있었던 것이었다. 때가 되면 데리고 나가 초원의 좋은 사내와 맺어주면 그만이었으니까. 하지만 가용은 그가 싫은 티를 딱 한 번 낸 탓에 유모와의 굳은 맹세까지도 깼다. 그가 그녀의 마음 깊이 뿌리내렸는데 함부로 거짓 사랑을 속삭일 수는 없었다.

유삼호는 여인의 진심에 상처를 입혀서는 안 된다고 생각했다. 그 상처는 곪으면 화가 된다는 이치를 매타를 통해 뼈아프게 겪었다. 그러니 여인의 마음을 함부로 대하지 않을 것이다. 그가 큰 숨을 쉬고 가용의 머리칼을 쓰다듬으며 부드럽게 말했다.

"걱정 말고 들어가. 널 혼자 두지 않을 테니까."

가용이 발그레한 얼굴로 몇 번이고 고개를 돌아보며 떠났다. 유삼호는 또 한 번 한숨을 쉬고 젖은 옷을 이끌고 부르르 떨며 떠났다.

그날 밤, 그는 청소하는 하인 영 모 씨와 마주쳤다. 둘은 부족한 것을 상부상조하면서도 거의 매일 입씨름을 했다. 그러는 사이 괴상한 우정이 쌓였고, 오늘 일도 결국 털어놓게 되었다. 영징의 눈이 이상하게 빛났지만, 그는 별 의미 없는 말만 몇 마디 하고 가버렸다.

유삼호도 별로 개의치 않았다. 계속해서 가용과 정분을 나누며 가끔 그녀의 도움을 받았고, 시시콜콜한 정보를 주워들었고, 그것들을 짜맞춰 다른 일행과 공유했다. 한가한 날은 외원을 분주히 오가며 호위병들의 교대 시간과 순서, 외원과 내원 배치 기준, 보초병이 쓰는 휘파람 암호 등의 정보를 닥치는 대로 파악했다. 다녀간 곳에는 시원하게 오줌을 갈겨 정복 완료를 표시했다.

물론 다른 사람들도 놀지 않고 비슷한 임무를 거듭했다. 작약 아가씨가 원거리 탈출과 추격하는 군사들을 버틸 수 있을 만큼 건강을 회복하길 바라면서, 그들이 합의한 그날이 오기를 기다렸다.

그날 유삼호는 또 가용과 만났고, 그녀에게 연지분을 선물했다. 색이 고와 한눈에 봐도 최상품인 연지를 보고 그녀는 매우 기뻐했다. 그는 그녀의 머리를 쓰다듬으며 그의 월급 반을 털어 샀다고 솔직하게 고백했다. 그녀는 생기 넘치는 가슴으로 그를 구석까지 밀어넣었고, 가짜 턱에 감춰진 앵두 같은 입술로 그의 단단한 가슴 근육에 입을 맞췄다.

연지분은 두 개였다. 가용에게는 무엇이 좋은 것인지 알 수 없어 두 개 다 샀다고 말했다. 물론 두 개 다 좋은 제품이었지만 그중 하나가 더욱 좋을 뿐이었다. 이건 유삼호가 완 의원에게 배운 한 수였다. 만약 여인에게 최상품 두 개를 선물한다면 두 개 다 가지려 할 테지만, 하나가 조금 못하다면 그것을 친구에게 선물하며 우정을 나눈다는 것이었다. 유삼호는 완 의원에게 존경을 표하며 정색하고 물었다. 혹시 여자들 틈바구니에서 살아온 거 아니냐고. 그는 그냥 해본 소리였는데 늘상 온화하던 완 의원은 그 말을 듣고 그에게 몸이 가려운 약을 뿌리는 바람에 그는 하루 종일 긁적거리고 있었다.

과연 가용은 싱글벙글하며 연지분 하나를 하향에게 선물한다며 내원으로 돌아갔다. 유삼호도 문서 수발을 들기 위해 그녀와 함께 나갔는데, 문 앞에서 기다리고 있던 구서와 마주쳤다. 조용히 내원 문 앞에 서 있는 그는 진중해 보였다. 하인 복장인 푸른 옷에 작은 모자도 그가 걸치니 천박해 보이지 않았다. 그는 유삼호와 가용이 함께 오는 모습을 힐끗 바라보았다. 유삼호는 그 눈빛이 자신을 향한 것이라고 생각했지만, 그런 것 같기도 하고 아닌 것 같기도 했다.

"여어, 구서!"

유삼호가 문서함을 건네며 안부를 물었다.

"볼기짝은 괜찮으신가?"

구서가 눈을 흘기며 문서함을 받아 들고 점잖게 말했다.

"덕분에요. 유 호위는 좌우로 미녀를 얻어 복이 넘치시니 부러울 따름입니다."

유삼호의 얼굴에 핏기가 가셨지만, 가용은 수줍은 듯 고개를 숙이고 생각했다.

'미녀는 맞지만 좌우로 얻은 건 무슨 뜻이람?'

"이 낭자는……?"

구서가 가용을 바라보며 유삼호의 소개를 기다리는 듯 물었다. 유삼호는 내키지 않았지만 어쩔 수 없이 그녀를 소개했다.

"침방의 가용 낭자요."

가용은 연인의 친구라면 기피할 것도 없다고 생각하여 수줍게 구서에게 예를 갖췄다. 구서도 허리를 굽혀 예로 답했다. 가용이 말했다.

"옷이 상하거나 바느질거리가 있으면 언제든 사람을 보내 소녀에게 맡겨 주세요. 제가 신경 써 드리겠습니다."

말이야 쉽지 규율이 삼엄한 내원에서는 쉬운 일이 아니었다. 인사치레일 뿐이겠지만 구서는 웃음으로 답하고 작별을 고했다. 유삼호는 그의 뒷모습을 바라보고, 또 다른 길로 가는 가용을 바라보며 얼마간 생각에 잠겼다.

며칠 후, 내원 집사가 갑자기 소식을 전해 왔다. 내원의 시녀와 사환 중 나이가 든 자가 있어 새해의 좋은 기운을 타 연말까지 혼사를 치러 주기로 했다는 것이다. 그 명단에 가용이 있었고, 짝은 이문 호위병 유삼호였다.

대장부 유삼호는 가용을 색시로 받고 감사 인사를 올리며 조금 이상하다고 생각했다. 얼마 전까지도 혼사 기별이 전혀 없었는데 이토록 갑자기 진행하는 이유가 무엇인지 궁금했다. 사실 그는 모든 일을 마무리한 후에 가용을 포원에서 데리고 나올 생각이었다. 하지만 일이 앞당겨졌다고 해도 이미 많은 정보를 얻었기 때문에 큰 지장은 없었다. 유삼호가 가용에게 물으니 그녀가 수줍게 말했다.

"제가 집사 어르신께 직접 부탁했어요. 저도 혼기가 꽉 찼으니……."

유삼호는 그 말이 어딘가 부자연스럽다고 생각했다. 가용은 그렇게 자주적인 성격이 아닌데 직접 그런 의견을 냈단 말인가. 그는 가용을 포원에서 데리고 나와 포성 서쪽의 감나무 골목으로 데려갔다. 현지 출신으로 신분을 위조했기 때문에 포성에 낡은 집이 있었고 심지어 가짜 어머니와 가짜 할머니까지 준비해 뒀다. 그의 말과 하인들도 근처에 포진해 있었는데, 빈틈을 보일까 봐 자주 오가지 않았을 뿐이었다.

그날 밤, 호위 병사 한 무리가 그의 '집'에서 술판을 벌였고, 시끌벅적하게 모여 들어 첫날밤을 구경한다며 수선을 떨었다. 물론 유삼호는 그들 뜻대로 해줄 리 없었지만, 짓궂은 호위병들은 유삼호와 가용을 신방에 가두고 밖에서 문을 잠가 버렸다. 뒤를 돌아보니 그녀는 호위병들이 시끌벅적 떠드는 소리는 들리지도 않는 듯한 표정으로 수줍게 침대에 걸터앉아 있었다. 아무래도 오늘 밤 이대로 그에게 순정을 바칠 작정인 것 같았다. 불빛 아래 그녀를 자세히 뜯어보니 뭉친 머리칼도 정리했고, 가짜 턱도 제거했으며, 깨끗이 씻고 연지도 옅게 발랐다.

어스름한 촛불 아래 그녀는 누구보다 아름다웠다. 그는 마음이 복잡했다. 혈기 왕성한 미청년이었지만 그는 순정파였고, 만에 하나 미인계에 걸려든다면 여파가 클 것이었다. 다른 사람들이 그를 믿는다 해도 그는 가끔 스스로를 믿지 못했기 때문에 유삼호는 차라리 창문을 넘어 도망치기로 선택했다. 하지만 창문을 열고 나가는 순간 기다리고 있던 호위병 친구들에게 딱 잡혔고, 그들은 벌주라도 사라고 성화였다. 유삼호는 허허 웃으며 어차피 오늘 밤은 갈 곳도 없으니 술이나 마시자 싶어 흔쾌히 그들을 이끌고 주막으로 향했다. 모두 코가 비뚤어지게 마셨고, 그는 삼경*밤 11시에서 새벽 1시이 넘어서야 돌아왔다.

잔뜩 취한 유삼호가 문을 여는데 눈앞에 검은 그림자가 스쳤다. 그 순간 그는 술이 확 깼다. 전력 질주하여 침입자를 잡을 생각이었지만, 상대는 얼마간 달리다 서서 그를 기다리는 듯했다. 그가 달려가 따라잡으면 또 그만큼 멀어졌다가 다시 기다려서 마치 술래잡기를 하는 것 같았다.

유삼호는 폭발할 지경이었다. 젖 먹던 힘을 동원해 몇 바퀴를 달려 그림자를 쫓다가 퍼뜩 깨달았다. 계속 같은 곳을 맴돌고 있다는 사실을. 이건 분명 유인책이었다. 앞에 가는 자의 체형을 보니 어쩐지 눈에 익었다. 이리 보고 저리 봐도 지질지질한 모습이었다. 그가 발을 탁 구르고 더 이상 쫓지 않았다. 그길로 감나무 골목으로 총총 달려가 조용히 대문을 열고 바람처럼 처마를 지나 자기 방으로 들어갔다.

쿵.

유삼호가 방문을 발로 닫았다. 그리고 멈칫할 수밖에 없었다. 방에는 등불이 없었지만 달빛이 은은하게 쏟아져 모든 사물이 또렷하게 보였다. 가용은 침대에서 단잠에 빠져 있었고, 그녀 옆에 태연하게 앉은 사람이 눈에 들어왔다. 달빛 아래 보이는 그의 옷매무새가 흐트러져 있었고, 고개를 돌리는 그의 표정은 여전히 태연했다. 인피 가면도 감추지 못하는 그의 서늘하고 화려한 기운이 느껴졌다.

구서, 영혁.

유삼호로 변장한 혁련쟁은 명해졌다. 그가 같은 지점을 뱅글뱅글 돌게 한 사람이 영정임을 깨달았고, 그게 영혁과 무슨 관계가 있을 거라고 생각은 했다. 하지만 지금 여기에 영혁이 나타날 줄은 몰랐다. 혁련쟁이 곤히 잠든 가용 곁에 앉은 영혁을 넋이 나간 표정으로 바라보았다. 그러다 영혁에서 가용으로 시선을 옮겼다.

'이게 말로만 듣던, 첫날 밤 신랑이 신부를 빼앗긴 상황인가?'

아무리 그래도 그 주인공은 너무도 예상 밖이었다. 혼란스러워하는 혁련쟁의 눈을 보며 영혁은 뜻밖에도 미소를 지었다. 그리고 그 웃음이 대장부 혁련쟁의 가슴에 불씨를 당겼다. 그가 성큼 다가가 주먹을 쥐고 영혁의 아래턱을 힘차게 가격했다. 영혁은 고개를 살짝 돌렸고, 마치 구름이 흘러가듯 가볍게 피했다. 혁련쟁의 주먹은 침대에 누운 가용을 향해 덮치는 꼴이 되었다. 그가 겨우 방향을 틀어 침대 기둥을 치자 멀쩡한 침대 기둥이 부러지고 말았다. 이 난리에도 가용은 깨어나지 않았다. 마당에 매복 중인 팔표가 우르르 몰려와 문 밖에서 안부를 묻자 혁련쟁이 소리쳤다.

"모두 꺼져!"

사방이 다시 조용해졌다. 혁련쟁이 살기등등한 눈으로 영혁을 바라보았다. 그의 눈은 사람을 잡아먹기로 작정한 사자 같았다. 잠시 후 그가 이를 악물고 물었다.

"여기서 뭐하는 거냐?"

영혁이 웃었다.

"보시다시피."

"보시다시피?"

고개를 돌려 가용을 바라본 혁련쟁의 눈이 번쩍 빛났다.

"내가 본 바는 네가 내 집에 멋대로 들어와 내 침대에서 죄 없는 여인을 취한 것이다."

"그렇게 생각해도 나쁘지 않군."

영혁이 태연하게 옷매무새를 고치며 말했다.

"그럼 이만. 곧 점호시간이라."

혁련쟁이 영혁을 막아섰다.

"똑바로 말하고 가!"

"똑바로라……."

영혁은 혁련쟁을 빤히 바라보다 또 웃었다. 이번 웃음은 이전처럼 가볍고 편하지 않았고, 차갑고 엄숙했다. 천성의 가장 강력한 친왕, 영혁과 재회한 것이었다.

"훗, 내 여인을 데려다 너의 왕비를 삼았으니, 나도 네 여인을 데려갈까 싶은데. 괜찮다면 나한테 양보해라. 첩 삼도록 하지."

혁련쟁이 영혁을 뚫어져라 노려봤지만, 영혁의 시선은 조금도 흔들리지 않았다. 둘은 한동안 그렇게 마주봤고, 혁련쟁이 별안간 웃음을 터뜨렸다.

"하핫!"

혁련쟁이 입을 크게 벌리고 웃었다. 재밌어 죽겠다는 듯 몸을 가누지 못할 정도로 웃다가 배를 잡았고, 거의 바닥에 구를 지경으로 웃으며 말했다.

"그러니까 나는 좋아하면 되는 건가? 아니, 우쭐해야 하나? 천하의 초왕 전하가 이렇게 유치한 언사를 쓰다니……. 지금 질투하는 건가? 질투하나? 질투해? 질투해? 질투해? 질투 한번 웃기게 하는군. 아이고 배야."

영혁은 말없이 혁련쟁을 바라보기만 했다. 혁련쟁이 웃음을 거뒀다. 너무 웃어서 흐른 눈물을 닦아내고 갑자기 정색하며 말했다.

"네 말이 전부 틀린 건 아니지. 적어도 네가 신경 쓰고 있는 왕비 호칭은 진짜니까. 하지만 영혁, 나를 바보로 아는 건가? 여인을 뺏었다? 지금 너 자신을 모욕하는 건가, 아니면 나를 모욕하는 건가, 아니면 그녀를 모욕하는 건가?"

영혁은 여전히 말이 없었고, 책상 옆으로 옮겨 앉아 차를 따랐다.

"마시지 마."

혁련쟁이 차갑게 웃었다.

"독이 들었다."

영혁은 들은 척도 않고 천천히 한 모금 들고는 침착하게 말했다.

"혁련쟁, 네가 야만인인 건 익히 알지만 본 왕은 너를 높게 평가한다. 적어도 지미를 위해 이 정도까지 할 수 있었다는 점에 감사를 표한다."

"네 감사가 필요할까?"

혁련쟁이 바로 반기를 들었다.

"자꾸 지미 남편이라도 되는 것처럼 말하는데, 너한테 그런 말을 할 자격이 있다고 생각하나? 사실 그 얘기는 내 입에서 나와야 맞지. 나의 왕비를 위해 이렇게까지 할 수 있다는 점에 감사를 표한다."

영혁의 대답을 기다리지 않고 혁련쟁은 또다시 차갑게 웃었다.

"다만 이 순간부터는 감사해하지 않을 것이다. 그래도 존귀한 황자의 몸이고, 귀한 신분으로 적국에 잠입하고, 적에게 노예 노릇을 하고, 낙인을 감수하고, 곤장을 맞고…… 절대 쉽지 않은 일이라 생각했다. 하지만 너는 천하의 이기적인 놈이라는 걸 오늘 깨달았다. 너에겐 정이나 의리라는 건 없어. 너의 모든 행동은 그녀를 위해서가 아니라 너 자신을 위해서지. 단지 저 여자를 찾기 위해!"

혁련쟁이 몸을 돌려 침대 위의 가용을 가리켰다. 영혁이 혁련쟁을 바라보았다. 검고 차가운 눈동자에는 아무 감정도 없어 보였다. 진심을 들켜 불편하거나 오해를 받아 억울한 기색도 없었고, 분노하지도 않았다. 그런 눈동자를 바라보고 있자니 그가 마음을 닫으면 아무도 영원히 들어갈 수 없겠구나 하는 생각이 들었다. 잠시 후 영혁이 웃으며 차를 한 모금 마시고 고개를 저었다.

"내가 왜 너한테 해명해야 하지?"

"물론 내게 해명할 필요 따위 없지."

혁련쟁의 분노가 오히려 웃음으로 나타났다.

"네가 해명할 사람은 따로 있다. 다만 넌 죽어도 네가 저지른 죄를 해명할 수 없을 거다!"

"내게 죄다 있다면, 그녀가 직접 와서 따지면 될 일이지."

영혁이 담담하게 말했다.

"그전에는 아무도 내게 그걸 물을 자격이 없다."

혁련쟁이 차갑게 웃었다.

"네놈과 말을 섞을 때마다 구역질이 나!"

혁련쟁이 빠른 걸음으로 가용에게 다가가 호흡과 맥박을 확인했다. 그저 깊이 잠들었을 뿐 몸에 상처는 없었다. 영혁이 무슨 짓을 한 것 같지는 않았다. 혁련쟁은 잠시 생각했다. 이불을 들춰 영혁이 이 여인을 범했는지 확인할 수도 없는 노릇이었다. 지금 이 순간 무슨 말을 한들 아무 소용이 없을 것 같았다. 이제 혁련쟁은 영혁이 포원에 잠입한 이유가 이 여인 때문이라고 확신했고, 자신도 이용당했음을 인정해야 했다. 얼굴을 가린 가용의 용모를 봤을 때 그녀에게서는 분명 범상치 않은 기운이 느껴졌다.

'영혁, 후안무치한 놈!'

영혁은 혁련쟁의 눈빛이 활활 타오르는 걸 보고도 아무렇지 않게 차를 마셨다. 확실히 많은 일에 우연이 겹쳤다. 하지만 다른 사람이 어떻게 비꼬아 생각하든 영혁은 흥미가 없었고 설명하고 싶지 않았다. 그가 신경 쓰는 단 한 사람, 그가 해명해야 할 그 사람에게 해명할 기회는 진작에 잃었으니까. 그러니 이제 무슨 말을 한들 아무 의미가 없었다. 어차피 사랑이 불가능하다면, 조금 더 미워한들 어쩌랴.

"그럼 이만."

영혁이 조용히 일어나 가용을 가리켰다.

"나 대신 이 여인을 잘 부탁한다."

혁련쟁이 눈을 부릅떴다. 기가 차서 할 말을 잃었고, 할 수도 없었다.

그의 성격상 물론 이 죄 없는 가용 낭자를 잘 돌볼 것이고, 절대 그녀에게 화를 전가하지 않을 터였다. 뻔뻔한 영혁은 바로 이러한 혁련쟁의 성격을 믿고 겁 없이 구는 것이었다.

"그믐날 의식이 있다. 지미가 참석할 예정이다."

영혁이 문 앞에서 뒤돌아보며 한마디 덧붙였다.

"종신이 이번 기회를 놓치면 봄까지 기다려야 한다고 했다. 일을 길게 끌면 문제가 생기기 마련이니 그날 끝장을 보는 게 좋겠지. 아무리 내가 미워도 그 일에 관해서는 본분을 지켜주길 바란다."

혁련쟁은 말없이 영혁을 등지고 앉아 느리지도 급하지도 않은 영혁의 발소리를 들었다. 문득 눈앞에 창백하고 차가운 얼굴의 위지가 떠올랐다. 달빛 아래서 말에 올라 검은 머리칼을 흩날리며 입술을 깨물던 그 모습을. 결연하고 냉담한 여인이었다. 그녀의 모든 환희는 장희 16년 제경의 눈 아래 영원히 묻혔다. 전부 저놈 때문이었다.

혁련쟁은 영혁이 마침내 깨닫고 통한의 후회 중이라고 생각했다. 마침내 지미를 위해 희생하겠다 마음먹었다고 생각했다. 비록 혁련쟁은 때때로 영혁에게 얄미운 말을 하며 놀려 주었지만, 사실은 그녀를 위해 기뻐했다. 만약 그녀가 기억을 잃지 않은 상태고 영혁의 변화를 알게 된다면, 그토록 오랫동안 얼어붙었던 마음이 온기를 찾아 위안 받을 수 있을 거라 기대했다. 그런데……, 그런데……. 혁련쟁은 오장육부가 뒤틀리듯 분노가 치솟았다. 끝도 없는 초원에 불이 번져 천하를 다 태워 버릴 것 같았다.

"에잇!"

허공에 칼을 뽑아 휘둘러 무언가를 베었다. 검의 날이 반짝였고, 화분 받침대가 두 동강 나면서 와르르 쏟아졌다. 요란한 소리에 마침내 가용이 깨어났다. 그녀가 깜짝 놀라 눈을 비비며 가장 먼저 내의만 입고 있는 자신을 살폈다. 그리고 자신을 등지고 선 혁련쟁을 바라보며 양

볼을 붉혔다. 그녀는 한동안 쭈뼛대다 수줍게 웃으며 겨우 물었다.

"서방님, 왜 그러세요?"

서방님 호칭을 듣자 혁련쟁은 한참을 멍하니 있었다. 얼마 후 그가 천천히 몸을 돌려 사랑과 신뢰가 가득 찬 눈빛을 보이며, 할 수 있는 한 최대한 상냥한 미소를 끌어냈다.

"검술! 검술 연습 중이지. 허허!"

섣달 여드렛날, 포성에 눈이 내리기 시작했다. 며칠 간 내린 눈은 지면에 제법 쌓였고, 성 안팎의 많은 빈민 장막이 무너졌다. 포성에 주둔한 진사우는 응당 재난 구조에 힘써야 했다. 공무로 바쁜 와중에도 그는 잊지 않고 작약과 시간을 보냈다. 종종 문서를 작약의 처소로 가져가 난로를 사이에 두고, 따뜻한 차를 마시고 담소를 나누며 일을 처리했다.

진사우가 작약의 곁에서 정무를 처리하는 데는 또 다른 이유가 있었는데, 이 여인이 굉장히 총명하기 때문이었다. 비록 조정 일에 대해 직접적인 조언이나 건의를 내놓지는 않았지만, 안목이 뛰어나고 사고방식이 참신했다. 가끔 진사우의 사고가 막다른 길에 다다르면, 작약의 지나가는 한마디로 시야가 탁 트이고는 했다. 하지만 그렇다고 타인을 능가하는 재주가 있는 것은 아니었다. 그녀의 여러 제안들은 지나치게 천진난만하고 귀여웠다. 비록 조정 일에 직접적으로 도움은 되지 않았지만, 여러 각도의 사고를 유발해 영감을 주었다.

이런 이유로 진사우는 요즘 처리하는 일마다 대월 황제의 칭찬을 들었고, 짧은 시간 안에 두 차례 상을 받아 기분이 극도로 좋은 상태였다. 그도 작약의 천진난만한 총명함을 종종 칭찬했다. 조정을 겪어보지 않은 외부인만이 낼 수 있는 참신한 사고와 관점을 제시하기 때문이었다.

이른 아침, 누군가 청풍헌 마당을 쓸기 시작했다. 작약 아가씨가 걷다가 미끄러지는 일이 없도록. 사실 작약 아가씨는 생전 밖으로 나오지 않았다. 나오더라도 진사우의 품에 안겨서 나왔고, 뒤로 호위병 한 무리가 따라왔기 때문에 미끄러지고 싶어도 미끄러질 수 없었다.

비질을 하는 사람 가운데에는 완 의원의 조수 못난이도 포함되어 있었다. 그는 굉장히 열심히 비질을 했다. 대리석 틈에 낀 눈까지 손으로 파내느라 손가락이 빨갛게 얼어 있었다. 계단 아래까지 쓸고 난 그는 조금 힘들었는지 처마 아래서 긴 빗자루에 기대 휴식을 취했다.

"못난아."

창문이 열리고 작약의 웃는 얼굴이 보였다. 손에는 뜨끈한 김이 모락모락 피어오르는 만두를 들고 있었다.

"춥지? 따뜻한 거 먹고 몸 녹이렴."

못난이가 고개를 들고 온순하게 대답했다.

"추워요."

작약이 웃으며 만두를 봉지에 담아 건넸다. 못난이가 받아 들자 그녀는 그의 손가락을 비비며 말했다.

"손이 얼었을 때는 피가 돌게 해야 해."

못난이는 만두 봉지를 입에 물고 전혀 거리낌 없이 양손을 모두 작약에게 맡겼다. 마당 식구들 모두가 빙긋 웃으며 바라봤고, 이상하게 여기는 사람은 없었다. 못난이라는 젊은 애는 조금 모자라지만 성실하고 하는 짓이 귀여워서 모두가 예뻐했다. 못난이는 매일 그녀에게 약을 달여 주었고 마당을 쓸었다. 처마 밑까지 청소를 하면 그녀가 창문을 열고 그에게 말을 걸었고, 먹을 것을 나눠 주었다. 요 며칠 매일 눈이 와서 그녀는 이렇게 못난이의 언 손가락을 녹여 주었다. 못난이는 생전 거절을 모르는 녀석이었기 때문에 둘의 행동은 자연스러웠고 어색하거나 이상할 것도 없었다. 진사우의 눈에도 몇 번 띄었지만 뭐라고 하지 않았고, 오히려 웃으며 둘이 남매 같다고 말했다.

언 손가락이 작약의 부드럽고 따뜻한 손에 닿았다. 그녀의 손은 이제 다 나았고, 아주 자세히 봐야만 조금 변형된 것을 알 수 있었다. 못난이가 눈을 내리뜨고 자신의 손가락을 부드럽게 감싼 그녀의 손을 잠자코 바라보았다. 매일 그녀에게 가까이 다가갈 수 있는 거리는 이만큼이었다. 그는 이 시간 때문에 일부러 일을 도맡아 했고, 마당의 모든 잡무를 떠안았다. 평상시에 하지 않다가 갑자기 특정한 일만 하면 의심을 받을 거라고 종신이 말했기 때문이었다. 그래서 마당의 모든 일은 그가 전부 맡았고, 그가 무언가 하려고 하면 모두 흔쾌히 허락해 주었다.

예전에는 고남의가 하지 않던 일이었다. 그러나 평민 출신의 보통 사환들처럼 잡일을 잘해야 했다. 다른 사람들에게 일솜씨가 서툰 걸 들키지 않기 위해 밤마다 종신과 함께 몰래 일을 익혔다. 잠도 자지 않고 연습하고 또 연습해 사람들이 전혀 이상함을 발견하지 않게 했다. 처음에는 눈을 치우면서 추위를 이기기 위해 운동도 했다. 하지만 그녀가 유난히 추워하는 사람들을 돌보자 이제 운동도 하지 않고 매일 꽁꽁 언 손을 그녀에게 보였다. 그녀의 손가락이 그의 손가락을 주무를 때 살며시 그녀와 손가락을 맞대 보았다. 종신이 그랬다. 손가락은 심장에서 가장 가깝다고. 그녀가 그의 손을 감싸 쥐고 그를 바라보았다. 그녀의 눈동자에 웃음이 비쳤다.

갑자기 손바닥으로 어떤 물체가 쑥 들어왔다. 못난이 고남의는 그 자리에서 굳어 버렸다. 모두가 조용히 준비 중인 것은 알고 있었다. 만반의 준비가 끝났을 때 봉지미를 구해야 했다. 하지만 이런 일은 다른 사람들이 주재하였고, 그는 착하게 조수 노릇만 하던 참이었다. 그런데 오늘은 특별하게 그녀가 그를 통해 편지를 전한 것이었다. 그가 사고를 치지 않을 거라고 안심한 것일까?

못난이 고남의가 입을 쩍 벌리고 만두를 떨어뜨렸다. 그는 얼른 받아서 만두 봉지로 그 작은 물건을 가렸다. 작약이 창틀에 엎드려 함박웃음을 지으며 그를 바라보았다. 순간 극도의 환희가 몰려 왔다. 세상에서 오직 단 한 사람, 그녀만이 그를 이토록 믿어 주었다. 자신을 기꺼이 맡겼다. 그를 별종으로 치부하거나 멀리하거나 버리지 않았다. 그가 평범하지 않다고 무작정 보호하려 하지 않았고, 인내심을 가지고 마음을 열어 주려 하였다.

못난이는 만두 봉지를 든 채 빗자루를 옆구리에 끼고 마당을 나섰다. 문을 나설 때 진사우와 정면으로 마주쳤다. 그는 태연하게 예를 갖추고 진사우와 옷깃을 스치고 지나갔다. 진사우는 그를 쳐다보지도 않고 성큼성큼 들어와 처마 밑에서 눈을 털어내며 웃었다.

"오늘은 기분이 어떠냐?"

"좋아요."

작약이 하향에게 차를 내오라고 눈짓했다. 진사우는 문 상단에 걸려 있는 약주머니 아래로 걸어 들어오며 말했다.

"이제 이 약주머니를 없애도 될 것 같다. 매일 약 냄새를 맡으니 나한테도 약 냄새가 나는 것 같구나."

"좋은 약이에요. 전하께서도 몸이 가벼워지고 머리가 맑아진 것 같지 않으신가요?"

작약이 웃었다.

"완 의원이 이 약은 천천히 스며들기 때문에 오래 지나야 효과가 있대요."

"그래. 너 좋을 대로 하자꾸나. 확실히 훌륭한 약이다."

진사우가 작약의 볼을 사랑스럽게 꼬집었다.

하향이 차를 올렸다. 그녀도 새해라 깔끔하게 차려입었고, 머리칼도 잘 정돈하여 빗어 올렸다. 진사우가 차를 한 모금 들고 웃으며 말했다.

"이 아이가 오늘 한껏 꾸몄구나. 몸에서 나는 향기도 좋고."

"그래요? 저는 잘 몰랐는데."

작약도 다가가 킁킁 냄새를 맡아보자 하향이 깜짝 놀라 총총 뒤로 물러났다.

"섣달그믐이구나. 우리가 함께 보낸 첫 해다. 곧 너를 성경으로 데려가 다음 해, 또 다음 해, 30년, 40년, 80년을 함께할 거다."

작약이 웃으며 낭랑한 목소리로 말했다.

"그렇게나 오래 살아요? 검은 머리가 파뿌리가 되면 재미도 없을 거예요."

"정초부터 불길한 소리 하지 말거라."

진사우가 살며시 작약의 입술을 가렸다.

"너만 원한다면 우리는 영원히 함께할 거다."

"저는 물론 원하죠."

작약이 진사우의 품에 가볍게 안기면서 예쁘게 웃었다.

"이번 그믐날을 얼마나 기다렸는지 몰라요."

제
100
장

섣달그믐

한 해의 끝, 섣달그믐.

안왕 전하께서 수도가 아닌 포성에서 새해를 맞기로 결정해 포원은 화려한 명절 분위기로 꾸며졌다. 낙엽이 떨어지는 마른 나무에도 색색의 비단을 둘렀고, 나뭇잎 대신 초록 헝겊을 잘라 붙여 생기를 더했다. 호박 모양 붉은 등롱이 옥구슬처럼 하늘을 떠다니며 눈 덮인 땅을 빛으로 물들였다.

사실 진사우는 성경에서 새해를 맞을 수도 있었다. 하지만 올 겨울 내린 폭설로 백성이 재난에 시달리고 있으니, 북쪽 근거지에 머물러 구난 작업을 주재하며 백성 및 대군과 고락을 함께하겠다고 상소를 올렸다. 또한 기쁜 새해에 단 한 명의 백성이라도 굶주림과 추위에 떠는 자가 있다면 성경에서 호화로운 시간을 보낼 마음이 전혀 없다고 덧붙였다. 상소가 올라가자마자 대월 황제는 크게 칭찬했고, 곧바로 후한 상을 내렸다.

패전해 돌아온 황자가 이토록 두터운 총애를 받는 건 드문 광경이었

風叔
499

다. 덕분에 조정은 더욱 안왕 전하의 비위를 맞추려고 애썼다. 기분이 좋아진 진사우는 궁에서 내린 모든 하사품을 작약의 방에 가져다 놓아 처소에 드나드는 사람들 얼굴에 함박웃음이 피었다. 새해가 되면 작약 아가씨는 포로에서 정식 첩이 된다는 사실을 모두 알고 있었다.

설달그믐날 아침, 포성 출신 외원 호위병들은 번갈아가며 휴가를 받아 나갔다가 저녁에 돌아와 당번을 섰다. '새 신랑' 유삼호도 물론 휴가자 명단에 있었다. 하지만 그는 집에 갔다가 잠시 후 돌아왔고, 다 같이 바쁜 날이니 다 같이 쉬는 게 어떠냐고 제안했다. 자신은 며칠 전 휴가를 다녀왔고, 오전에는 전하도 성 밖 진영에 가시니 혼자 남아도 충분하다고 말했다.

호위병들은 흔쾌히 받아들이며 싱글벙글 집으로 떠났고, 앞마당에 유삼호와 사환들만 남았다. 유삼호는 사환들이 정신없이 뛰어다니도록 부렸다. 문루가 비뚤어졌다는 둥, 바닥이 지저분하다는 둥, 특히 빗자루 담당 사환에게 유난히 모질게 굴어 뜰을 일곱 번이나 쓸게 했다.

이렇게 유삼호는 집에서 새해를 맞이하지 않았고, 그의 색시 가용도 오랜만에 침방 동료들을 만나러 포원에 왔다. 가짜 턱을 붙이고 문을 열었을 때, 어쩐 일인지 침방 사람들은 안절부절못했다. 가용이 무슨 일이냐고 묻자 침방 고모가 말했다.

"어디서 나타났는지 아침부터 들고양이가 침방에 들이닥쳤지 뭐냐. 애들은 놀라서 도망치고 쫓고 난리가 났지. 고양이가 좋은 옷들을 잔뜩 할퀴어 놨어. 다른 옷은 그렇다 쳐도 하필 오늘 전하께서 입으실 다갈색 도포의 허리띠가 망가졌지 뭐냐. 허리띠에 놓은 수예는 굉장히 복잡해서 당장 만들 수도 없어. 이제 곧 가져다 드려야 하는데 이를 어쩌면 좋으냐?"

가용은 멀뚱멀뚱 쳐다보기만 했다. 그러지 않아도 의견이 없는 이 아가씨는 어쩔 줄 몰라 동료들과 미간을 찌푸리며 근심했다. 그때 침방 고모가 무언가 생각난 듯 말했다.

"가용아, 너는 갓 시집간 색시고 수놓는 실력도 뛰어나니 신랑에게 옷을 많이 지어 줬겠지?"

가용이 금세 얼굴이 발그레해지며 쭈뼛쭈뼛 말했다.

"네……. 맞아요……."

"지난번 유삼호가 당직을 마치고 다갈색 도포로 갈아입은 걸 봤는데, 자수가 썩 훌륭했다."

침방 고모가 손뼉을 탁 치며 말했다.

"네가 수놓은 거지?"

가용이 고개를 끄덕이자 상궁의 얼굴에 화색이 돌았다.

"내 기억에 너는 작은 물건에 수놓기를 아주 잘했다. 네 신랑 도포에 허리띠도 있느냐?"

가용은 잠시 대답을 망설였다. 그 옷은 그녀가 유삼호를 위해 지은 것이 맞았다. 얼마나 심혈을 기울여 만들었는지 깃이며 소매, 허리띠까지 한 땀 한 땀 정성을 쏟지 않은 곳이 없었다. 유삼호는 그 옷을 입긴 입었지만, 하인 신분으로 화려하게 입으면 빈축을 살 수도 있다며 허리띠를 매지 않았다. 그녀는 매사에 남편을 위했다. 그녀는 그의 풍채라면 무엇인들 멋지게 소화할 것이라고 믿었지만, 공연히 사고를 일으키기 싫어 그의 말대로 허리띠를 화장함에 소중히 넣어 두었다. 하지만 안왕 전하께 바치면 다시는 되찾을 수 없을 터였다. 등불 아래서 한 땀 한 땀 바느질한 정성과 오직 낭군을 생각하며 쏟아 부은 사랑을 생각하면 무척이나 아까웠다.

가용은 침방 고모님이 눈을 크게 뜨고 그녀를 바라보자 도저히 거절할 수 없었다. 침방을 떠나 시집을 가니 인정미리가 없어진 것처럼 보일까 봐 걱정이 되기도 했다. 그래서 억지로 고개를 끄덕이며 집에 들러 허리띠를 가져다 주었고, 전하의 옷에 대보니 딱 어울렸다. 침방 하녀들은 안도의 숨을 내쉬었고 옷을 안왕 전하에게 보냈다.

이제 가용은 집에 돌아가려고 했다. 유삼호가 저녁에는 반드시 집에서 함께 제야 음식을 먹자고 당부했기 때문이었다. 그런데 침방 고모가 그녀를 잡으며 말했다.

"오늘 밤 등불놀이도 하고 광대놀음도 펼쳐진다. 전하께서 포원 식구들 모두 와서 즐겨도 좋다고 하셨어. 네 서방도 밤까지 당직을 서는데 혼자 집에서 그믐을 보내면 얼마나 청승맞겠니. 여기 남아서 좋은 구경을 하다 가거라. 어쩌면 서방님과 가까운 곳에서 구경할 수도 있고, 그러면 부부가 함께 그믐을 나는 것이 아니겠느냐?"

가용은 그 말에 마음이 움직였다. 유삼호가 반드시 집에 있으라고 당부했지만 홀로 두 노인과 함께 새해를 맞고 싶지 않아서 포원에 있기로 했다. 가용이 포원에 있는 줄 모르는 유삼호는 그의 집에 최소한의 인력만 남기고 나머지는 모두 포원에서 포성으로 향하는 길목에 배치했다.

오후가 되자 대월을 주름잡는 광대패 '장춘반(長春班)'이 포원에 도착했다. 많은 사람들이 왁자지껄하며 구경을 갔고, 완 의원의 조수도 사람들 틈에 끼어 구경하느라 마당 쓰는 사환과 몇 번 부딪혔다.

뒤뜰에서 집사가 나무에 수수께끼 초롱*<small>*섣달그믐이나 음력 정월 보름, 중추절 밤에 초롱에 수수께끼의 문답을 써넣는 중국의 전통 놀이</small> 매달기를 지시했고, 서재 사환 구서가 그 일을 맡아 했다. 유삼호는 외원 주위를 빙빙 돌며 외원의 구석구석을 모두 순찰했다. 세밑이라 모든 성문은 굳게 닫혀 있었고, 근래 내린 폭설로 눈이 두껍게 쌓여 있었다. 백주 대낮에도 길이 미끄러워 정상인이라면 이런 상황에서 난동을 부리지는 않을 것이고, 평온한 새해를 맞이할 수 있을 터였다.

포원 분위기는 편안했고, 웃음이 끊이지 않았다. 시간이 조금씩 흘렀다. 하늘에 어둠이 묻어나기 시작할 때 진사우가 돌아왔다. 호위병들이 각자의 자리에서 본분을 다한 덕분에 오전에 부린 태만은 전혀 티가 나지 않았다. 진사우는 돌아오자마자 청풍헌으로 향했다. 문에 걸린 겨울용 발이 그의 발자국 소리와 함께 요동쳤다. 금종이 딸랑 울렸고, 명랑한 그의 목소리에서 환희가 느껴졌다.

"작약, 내가 뭘 가져왔는지 맞춰 보아라!"

푹신한 의자에 기대 책을 읽던 여인이 웃으며 고개를 돌렸다.

"이렇게 허겁지겁 달려오시다니요. 무슨 좋은 물건일까요? 팔보 비녀인가요, 봉황 옥잠인가요? 하지만 전하, 저는 이미 모두 다 가지고 있는 걸요."

작약이 순간 말을 멈추고 눈을 반짝 빛냈다. 새하얀 도포에 여우 가죽 갑옷을 입은 남자가 싱글벙글하며 막 피어난 매화 가지를 들고 서 있었다. 매화는 아주 예쁘게 피어 있었는데, 갈색 가지가 힘차게 뻗어 있어 다섯 장의 붉은 꽃잎을 돋보이게 만들었다. 꽃잎은 시원스레 컸고, 여린 노란색 꽃술이 한 올 한 올 길게 뻗어 눈에 띄었다. 꽃은 진사우의 눈처럼 흰 비단옷과 준수한 얼굴에 정취를 더해 주었다. 그는 그림 속에서 튀어나온 듯 근사했다. 작약이 한순간 넋을 놓았다가 웃으며 말했다.

"매화는 저보다 전하께 훨씬 잘 어울리네요."

진사우가 웃었다. 그가 따뜻한 봄을 닮은 눈빛으로 다가와 매화를 백옥 꽃병에 꽂으며 말했다.

"유난히 색이 화려한 매화가 피었더구나. 이 고장에서 가장 기이하고 특별한 매화지. 해마다 피어나지 않고, 미인이 나타나야 화려하게 핀다는 전설이 있다. 그래서 이 고장 사람들은 이 꽃을 투방화*鬥芳花, 향기를 다툰다는 뜻라고 부른다. 내 생각에 이 꽃은…… 아마도 너로 인해 피어났을 것이다."

"미인이라뇨."

작약이 미간의 붉은 상처를 어루만지며 웃었다.

"이런 미인이 어딨어요?"

진사우의 시선이 그 자국을 살짝 스쳤다. 그것은 완 의원의 치료를 받은 후 많이 옅어져서 거의 보이지 않게 되었고, 앞 머리칼을 드리우면 더욱 표가 나지 않았다. 하지만 그는 여전히 미안한 시선으로 바라보다가 다가와 앉아 화제를 바꿨다.

"제야 음식을 먹고 나서 희극 구경도 하고, 폭죽도 쏘고 초롱 수수께끼 놀이도 하자꾸나. 한동안 답답했을 테니 오늘은 편하게 즐겼으면 좋겠다."

"네, 전하."

작약이 일어나 방실방실 웃었다.

"제게 주실 세뱃돈도 있나요? 설빔은요? 새해에는 새 옷을 입었던 기억이 어렴풋이 나요."

"없을 리가 있겠느냐?"

진사우가 손짓하자 시녀들이 두 벌의 옷을 가지고 들어왔다. 모두 다갈색이었다. 진사우가 웃으며 말했다.

"새해엔 붉은 색을 입어야 맞지만 며칠 뒤에 입는 편이 더 좋을 것 같구나."

작약은 그 말의 의미를 이해했다. 며칠 후 그녀가 정식으로 첩이 되는 날에는 당연히 붉은 옷을 입어야 할 것이었다. 그녀가 눈을 내리뜨고 얼굴을 붉히며 웃었다. 그 모습을 본 진사우는 눈동자에 파도가 일어났다. 그는 자기도 모르게 앞으로 다가갔지만, 그녀가 자연스럽게 뒤로 돌아 도포를 받아 들고 말했다.

"이제 옷 갈아입어요."

진사우가 웃으며 허리끈을 풀자 시녀가 다가와 옷시중을 들었다. 그런데 작약이 다가와 웃으며 말했다.

"내가 하겠다."

그러고는 손수 진사우에게 옷을 입혀 줬다. 진사우보다 키가 반 뼘쯤 작은 작약이 살며시 고개를 숙여 매듭을 묶을 때 그녀의 머리칼이 그의 턱을 간지럽혔다. 있는 듯 없는 듯 은은한 향기에 그의 마음이 요동쳤다. 그가 내려다보는 각도에서는 그녀의 촘촘하고 긴 속눈썹을 볼 수 있었다. 속눈썹은 나비의 날개처럼 여리게 떨렸고, 오뚝한 콧대는 옥 기둥처럼 매끈했다. 아름다운 색의 입술은 향기를 겨루기 좋아하는 매화의 꽃잎을 꼭 닮아 있었다. 그녀를 바라보고 있자니 그의 마음이 더욱 요동쳤다. 부드럽고 따뜻하기도 하며, 조금 당황스럽기도 했다. 그녀가 무엇을 하고 있는지 쳐다볼 겨를도 없이 넋이 나가 있는데, 그녀가 웃으며 말했다.

"왜 멍하니 계세요?"

작약이 다정하게 진사우를 위해 옷깃을 바로잡아 주었고, 꿇어앉아 옥색 주머니에 달린 비단 수술을 정리해 주었다. 살뜰하게 매무새를 챙겨 주자 그의 마음속에는 온기가 솟구쳤다.

"너와 나, 이렇게 있으니 한 쌍의 비익조처럼 서로 존중하는 금실 좋은 부부 같지 않느냐?"

작약은 대답 없이 입꼬리를 올렸고, 눈가에도 웃음이 스쳤다. 진사우는 눈동자를 굴려 그녀의 치마를 찾아 들고 말했다.

"오는 게 있으면 가는 것도 있어야 인지상정이지. 나도 네 옷을 갈아 입혀 주마."

작약의 얼굴이 화끈 달아올랐다. 단번에 치마를 빼앗아 바람처럼 병풍 뒤에 가서 고개를 빼꼼히 내밀고 웃으며 말했다.

"전하, 제가 어찌 감히 그런 대접을 받겠어요."

진사우는 미소 지으며 굳이 쫓아가지 않았다. 그는 온화하고 품위 있는 사람이었다. 남녀상열지사도 서로 기꺼이 원하는 상황일 때 좋아했고, 그것이 참맛이라고 생각했다. 또한 고귀한 신분에 따른 힘과 권력으로 상대를 제압하고 싶지 않았다. 그녀가 하루가 다르게 마음을 벽을 허물고 있으니, 강압적으로 차지하는 것보다 성취감도 있었다.

작약이 옷을 갈아입고 나왔다. 다갈색 비단으로 만든 간이 예복에 같은 계열 색의 비단 끈이 매여 있었고, 거기에는 엄지손가락만한 초록 터키석이 매달려 있었다. 풍성한 치맛자락이 퍼질 때면 겹겹이 수놓인 절지화*동양화에서 꽃이 피어 있는 가지의 일부를 그린 작은 화면의 꽃 그림가 한가득 드러났고, 위로 갈수록 무늬가 줄어들어 한 줌 밖에 되지 않는 허리를 더욱 매끈해 보이게 했다. 화려한 비단 사이에 그녀가 꼿꼿이 섰다. 부귀영화도 그녀의 기질과 풍채를 덜어가지는 못했다.

진사우가 눈을 반짝이며 마음속으로 찬탄했다. 이 여인이 아름답지 않았다면, 젊은 여인이 입기에는 나이 들어 보이는 다갈색에 압도당했을 것이다. 하지만 색이 사람에게 압도당하는 건 처음 보았다. 작약은 여린 색을 걸치면 밝고 아름다웠으며, 노숙해 보이는 색을 입으면 진중하고 품격이 넘쳐 보였다. 이 여인은 실로 태생적인 기질이 남달랐다. 시녀들도 신이 나서 배시시 웃으며 말했다.

"전하와 아가씨는 정말 하늘이 내린 한 쌍이십니다."

진사우가 호탕하게 웃으며 살며시 작약의 팔짱을 끼고, 제야 음식을 먹기 위해 대청으로 향했다. 높이 솟은 촛불이 활활 타오르는 대청의 기다란 식탁에 각종 산해진미가 놓여 있었고, 시중드는 남녀 하인이 끊임없이 오갔다. 그가 그녀를 이끌고 자리에 앉았지만, 그녀는 사방을 두리번거릴 뿐 젓가락을 들지 않았다.

"먹지 않고 뭐 하느냐."

진사우가 친히 반찬을 집어주며 말했다. 작약이 네 하고 대답했지만 결국은 참지 못하겠다는 듯 물었다.

"왜 우리 둘 뿐인가요?"

"마음에 들지 않느냐?"

진사우가 국을 퍼주며 대수롭지 않게 물었다. 작약이 고개를 저으며 사방에 말 한마디 하지 않고 꼿꼿한 자세로 서 있는 시녀들을 바라보았다. 또 족히 높이 30척에 넓이 100척은 되어 보이는 대청과, 길고 웅장한 식탁 한구석에 먼지 같은 존재로 앉아 있는 두 남녀를 보고 한참을 생각하다 탄식했다. 그리고 작은 소리로 말했다.

"어렴풋한 기억으로 그믐날 밤은 아주 떠들썩했던 것 같아요."

진사우가 멈칫하며 망연한 눈빛으로 먼 곳을 바라보았다. 그는 잠시 말이 없었다.

"그래? 나는 잘 모르겠구나. 나는 항상 이렇게 새해를 맞이했고, 올해는 충분히 사람 냄새가 난다고 생각했는데……. 네가 있으니 말이다."

"폐하나 모후와 함께 새해를 맞지 않으셨나요?"

"성년이 된 황자는 출궁해 왕부에서 살지."

진사우가 쓸쓸하게 웃으며 말했다.

"명절 때마다 절을 올리고 대전에서 연회를 베푸시니 따지고 보면 함께 맞는 새해라고 할 수도 있겠구나. 하지만 부황과 모후께서는 천하의 어버이고 조정의 주인이시니 내가 독차지할 수는 없다."

작약은 아무 말도 하지 않았다. 은젓가락에 달린 사슬만 짤랑거리는 소리를 낼 뿐이었다.

"부황께서는 궁에서 연회를 베풀어야 하고, 모후는 내명부의 접견을 받으셔야 하니 명절은 그분들에게 가장 바쁜 날이다. 그 많은 연회에 초대받은 자들은 끊임없이 절을 올리고 예를 갖춰야 하기 때문에 배불리 먹는 사람은 없다. 공식 행사가 끝나면 난 언제나 왕부에 돌아와 나만의 제야의 만찬을 즐겼다. 이렇게 큰 대청에서, 이렇게 긴 식탁에서, 혼자 말이다."

"어째서 다른 사람들과 같이 드시지 않았나요?"

작약의 검은 눈동자가 도무지 이해할 수 없다고 말하고 있는 것 같았다.

"친구나 형제, 평소 가깝게 지내는 호위 병사도 있잖아요?"

진사우는 잠시 멍해졌다. 그런 생각은 한 번도 해보지 않았었다. 친구라……. 황자에게 친구는 없었고, 오로지 참모나 수하만 있었다. 형제라면……. 일 순위로 기피해야 할 천적이었다. 호위병이나 하인은……. 그와 더욱 상관없는 사람들이었다. 그는 어릴 적부터 황족의 자제로 우월 의식을 주입받았다. 자신은 구름 위에 있고 그들은 땅에 있는 존재라 알고 있는데, 어떻게 동석하여 식사를 하겠는가.

진사우는 작약의 물음에 반박하고 싶었다. 하지만 그 물기 어린 눈동자를 보자 말문이 막혔고, 나무랄 수도 없었다. 그녀도 평민 출신일 테니 계급 개념이나 자긍심은 없을 터였다. 속세의 사람들을 좋아하고, 와자지껄한 분위기를 동경하는 것은 죄가 될 수 없었다.

"그건 안 된다."

진사우가 부드럽게 작약의 머리칼을 쓰다듬고 반찬을 집어 주며 말했다.

"이제 먹자."

작약도 더 이상 말을 하지 않고 밥그릇에 얼굴을 묻고 열심히 먹었다. 한 그릇을 비우자 시녀는 또 한 그릇을 가져다주었다. 그녀는 잠자코 말없이 받아먹었다. 한 그릇 비우자 또…….

진사우가 갑자기 젓가락을 탁 하고 내려놨다. 은젓가락이 옥그릇에 부딪히며 청량한 소리를 냈다. 깜짝 놀란 작약이 눈을 동그랗게 뜨고 그를 바라보았다. 턱에 밥풀이 붙은 모습이 놀란 개구쟁이 같았다. 그는 거대한 제비집 배추 요리와 오리 고기 너머로 보이는, 그녀의 작아서 소멸할 것 같은 얼굴을 향해 입을 열었다. 하지만 뭐라고 말을 꺼내야 할지 몰랐다. 잠시 후 진사우가 뒤에서 대기 중인 집사에게 분부했다.

"서재에 가서 성경에 가지 않고 남아 있는 선생들이 있으면 모셔오 도록 해라."

진사우가 계속 지시했다.

"유원 대장이 내원과 외원을 안팎으로 지키느라 고생이 많으니, 시 간 나면 와서 식사하라고 일러라. 오늘 본 왕이 술이라도 한 잔 내리고 싶구나."

작약의 얼굴에 웃음이 차오르자 진사우도 마음이 말랑해지는 것 같았다. 서재에서 함께 정무를 보는 관원들은 그녀가 만난 적 없어서 불편해할 것 같아 조금 망설이다 말했다.

"완 의원과 조수 아이는 식사 전이더냐? 함께 먹자고 일러라."

집사는 분부를 하나하나 기억하고 허리를 숙여 받들었다. 사실 '모 셔 오라'고 말했지만 이들은 무수한 조사와 검증을 받아야만 여기에 발을 디딜 수 있을 터였다. 작약은 그런 점은 몰랐지만, 진사우가 큰 양 보를 했다는 사실은 알았다. 사실 포원을 통틀어 억지로 '손님'이라고 말할 수 있는 사람은 이 정도였다.

잠시 후 그 손님들과 유명한 호위대장이 몸 둘 바를 몰라 굽실대며 먼 곳에 자리를 잡고 앉았다. 또 얼마 후 완 의원이 조수를 데리고 들어 왔다.

"못난아."

작약이 조수를 보자 활짝 웃으며 손짓했다.

"이리 와서 내 옆에 앉으렴."

작약은 말을 꺼내자마자 무언가 적절치 않은 것 같아 진사우를 바 라보았다. 그도 그 말을 듣자마자 미간을 찌푸렸지만, 그녀가 자기에게 허락을 구한다는 듯 돌아보자 부인이 남편에게 의견을 묻는 것 같다는 생각에 갑자기 기분이 좋아졌다.

"이리 와라."

風杯

못난이는 전혀 사양하지 않고 다가왔다. 완 의원도 웃으며 고개를 절레절레 흔들었고, 진사우에게 양해를 구하자 그가 대답했다.

"선생이 작약을 위해 최선을 다해 주셨는데 아직 제대로 감사 인사도 전하지 못했으니 사양하지 마시오."

식탁은 아주 길고 컸다. 의자와 의자 사이의 거리가 제법 길어 손을 쭉 뻗어도 옆 사람에 닿지 않았다. 하지만 작약이 다른 사람은 아랑곳하지 않고 술을 가득 부어 진사우를 향해 바치는 손짓을 했다. 그녀가 단숨에 술을 마시고 부드러운 목소리로 외쳤다.

"안왕 전하 만세. 홍복을 누리시어 매해 그믐날 오늘처럼 모여 경축하길 바라옵니다!"

진사우가 눈처럼 하얀 손으로 백옥 술잔을 든 작약의 모습을 바라보았다. 무엇이 손이고 무엇이 술잔인지 모를 만큼 불빛 아래 똑같이 눈부신 빛을 뿜었다. 단숨에 술을 마신 그녀의 얼굴이 조금 달아올랐고, 그 모습이 물에 비친 아리따운 꽃송이 같았다. 그도 얼른 잔을 들었다. 들이켜기 전에 이 포근한 분위기를 한껏 음미해 보았고, 이 정취에 벌써 취한 듯했다. 그녀는 그제서야 자리에 앉아 긴 국자로 국을 퍼서 못난이의 그릇에 담아 줬다.

"가리비탕이야. 이 지방에서는 겨울에 접하기 어려운 음식이지. 못난아, 어서 맛보렴."

젊은 애는 시녀가 가져오기도 전에 알아서 그릇을 건네받더니 조금씩 조금씩 마셨다. 북쪽 지방 사람은 맛보기 어렵다는 그 맛을 진지하게 음미하는 듯 보였다. 그는 긴 속눈썹을 내리뜨고 아무도 바라보지 않았고, 그저 맑은 국에 떠 있는 하얀 가리비를 찾는 데 열중했다.

조금 전 고남의는 종신과 뜰에서 저녁 식사를 하며 오늘 밤 계획에 대해 당부 사항을 듣고 있었다. 그런데 갑자기 안왕이 저녁 식사에 초대한다는 소식을 접했다. 계획에 없던 일이라 종신은 조금 당황했다. 혹시 예기치 못한 사태가 발생했을까 두려워 두 사람은 걱정하며 달려왔다. 변고가 생긴 건 아닐까 우려했지만, 문을 열고 들어서자 봉지미가 활짝 웃으며 그들을 따뜻하게 맞아주었다.

봉지미의 시선이 닿을 때 타인의 내면세계를 이해할 수 없었던 고남의도 그녀의 마음을 파악했다. 그녀는 그와 함께 그믐을 보내고 싶었던 것이다. 왁자지껄한 가운데 감도는 따뜻함과 떠들썩하고 행복한 기운이 흐르는 그믐의 식사를 경험하게 해 주고 싶었던 것이다. 또한 그의 인생에 진정한 동반자가 함께하는 새해를 만들어 주고 싶었던 것이다.

그동안 고남의의 세계에 걸어 들어온 사람은 아무도 없었다. 그의 고독하고 텅 빈 하늘은 시끌벅적한 소음과 자욱한 연기는 물론이고, 오색찬란한 빛에도 물들지 않았었다. 하지만 사방이 온통 적으로 둘러싸인 이 위험한 곳에서, 거사를 치르기 직전이라는 가장 부적절한 시간에, 봉지미는 대담하게도 그에게 선물을 하고 싶었던 것이다. 시간은 속절없이 흘렀고, 운명은 제멋대로 달렸다. 그 누구도 미래에 무슨 일이 생길지 알 수 없으니, 그 누구도 내년에도 함께할 수 있을지 장담할 수 없을 터였다.

'그러니 함께 보내는 지금 이 순간을 소중히 여겨야 하는 걸까?'

고남의가 천천히 국을 삼키며 생각했다. 해산물 특유의 향을 좋아하지 않는데도 맛이 달게 느껴졌다. 웃음을 머금은 봉지미가 그를 다정하게 바라보았다. 외로운 사람이 친구를 만나 순수하게 기뻐하듯이.

진사우는 열중하며 먹는 소년의 모습이 마음에 쏙 들었다. 충동적으로 반찬을 집어 못난이의 밥그릇에 얹어 주며 말했다.

"어서 먹어라. 포원에서 제일가는 요리사가 만든 홍소육이다. 야들야들하고 고소한 향이 일품이지. 아마 안 먹어봤을 거다. 자, 어서 먹어라. 어서!"

진사우가 집어 준 고기는 총 세 점이었다. 못난이의 손이 멈칫했다.

맞은편에서 술을 마시고 있던 완 의원의 손도 멈칫하다가 술잔을 들어 진사우에게 경의를 표했다. 완 의원은 술을 바치며 진사우의 주의를 끌어 보려 했다. 못난이가 무슨 짓을 할지 모르니 최악의 상황을 상정할 수밖에 없었다.

삼 년 전, 시중드는 사람이 고기 여덟 점의 규칙을 어겼을 때 고남의는 그릇을 던져 버렸다. 만약 지금 그릇을 던진다면 돌이킬 수 없는 사달이 날 것이었다. 완 의원이 잔을 들고 손가락으로 잔 밑을 받쳐 든 채 곁눈질로 못난이를 주시했다. 진사우를 향해 미소를 짓는 것도 잊지 않았다.

못난이는 고개를 푹 숙이고 고기만 바라볼 뿐 젓가락을 들지 않았다. 진사우는 의혹의 시선을 보내기 시작했다. 완 의원은 비록 웃고 있었지만 눈 아래 싸늘한 기운이 스쳤고, 서 있는 위치도 조금씩 달라지고 있었다. 못난이가 별안간 벌떡 일어났다. 그러자 진사우와 완 의원 모두 흠칫 놀랐다. 하지만 그들이 본 건 진사우에게 넙죽 허리를 숙여 인사한 후 자리에 앉아 소리 없이 고기 세 점을 열심히 먹는 젊은 애였다. 고기를 먹는 태도와 국을 마시는 태도가 어쩐지 전혀 달라 보였다. 진사우가 크게 기뻐하며 말했다.

"누가 저 아이더러 모자라다 했느냐? 내가 보기에는 철이 들었구나. 작약이 좋아하는 이유가 있었어."

손님들이 얼른 맞장구치며 비행기를 태웠다. 안왕 전하의 덕이 만방에 퍼져 바보를 감화했다는 둥……. 작약 아가씨는 잠자코 듣고만 있었는데, 눈시울에 무언가 보석처럼 반짝였다.

완 의원이 조용히 자리에 앉아 손가락을 폈다. 고기 세 점을 진지하게 먹는 못난이를 바라보니 눈동자에 소용돌이가 치는 것 같았다. 복잡한 심경을 말로 표현할 수 없었다. 저 소년이 얼마나 고집스러운지, 마음의 문을 어쩌나 꽁꽁 닫고 있는지 그보다 잘 아는 사람은 없을 터였다. 십여 년 간 그는 명의로서 다양한 방법을 시도했었지만, 녀석의 마음에 한 조각의 빛도 담아 주지 못했었다. 혼란스러운 속세가 소년의 눈앞에 이토록 선명하게 펼쳐져도, 녀석은 보고 싶은 것만 보려 했다. 그러나 지금 소년은 한 걸음 한 걸음 안개 속에서 걸어 나오고 있었다. 자기가 쌓아 올린 견고한 세상에서 조금씩 걸어 나와 유일하게 그를 따뜻하게 해 줄 수 있는 한 사람을 향해 걸어가고 있었다. 하지만 그는 그것이 고통인지 환희인지는 알지 못했다.

아무튼 고남의는 이제 고기 세 점을 먹을 줄 알게 되었고, 억지로 원수에게 허리를 숙이는 법도 배웠다. 이런 변화가 수확인 동시에 상실이 되는 것이 복잡한 인생이었다.

그해 섣달그믐, 어떤 이는 적군과 술잔을 기울이며 새해를 맞이했다.

그해 섣달그믐, 어떤 이는 호위병 대기실에서 동료들과 술을 진탕 마시며 술잔을 든 채 함부로 날뛰었고, 외원 담벼락 밑에서 술잔을 높이 들고 둥근 달에 소원을 빌었다.

그해 섣달그믐, 어떤 이는 줄을 서서 식사를 배급 받아 내원 서재 대리석 계단에 앉아 식어빠진 음식을 먹었다.

그리고 어떤 이는 떠올렸다. 대전의 연회에 참석해 수많은 사람들의 절을 받고, 먹어도 먹어도 배가 부르지 않은 식사를 마친 이후에는 홀로 텅 빈 집에서 다시 먹는 제야의 식사를…….

그해의 섣달그믐이 그렇게 지나가고 있었다.

식사를 마친 진사우는 작약을 데리고 나와 손수 망토를 둘러주며 말했다.

"날이 어두워졌으니 이제 폭죽이 터질 것이다."

둘은 함께 걸었다. 벽의호 주변 인공 둔덕에는 무대를 설치했고, 비단을 둘러쳐 추위를 막는 장막을 설치했다. 안왕 전하의 명으로 오늘 밤 백성들은 함께 섣달그믐 축제를 즐겼으며, 고향에 가지 않은 포원 구성원은 지위 고하를 막론하고 광대패의 공연을 볼 수 있었다. 다만 장막에서 100척 떨어져 있어야 했다.

장막 주위는 성경에서 온 최정예 친위대와 포성 관아에서 선발한 병사들이 지켰다. 기존 포성 호위 병사는 1년간 포원을 지키느라 고생했으니 오늘 밤은 가장 중요한 황자 호위 임무를 맡지 말고 외곽에서 보초를 서라는 진사우의 명이 있었다. 친위대는 장막 주변을 물 샐 틈 없이 겹겹이 포위해 쥐새끼 한 마리 들어갈 수 없었다.

지근거리에서 시중을 들어야 하는 호위 병사를 제외하고 포원의 병사들과 왕부 하인들은 모두 친위대가 선을 그어 놓은 100척 밖에 있었다. 원래 완 의원과 못난이도 100척 밖에서 구경해야 하는 신분이었다. 하지만 저녁 식사에 초대까지 받았으니 자연스럽게 다른 일행들과 함께 안왕의 외원에 따라갈 수 있었고, 저지하는 사람도 없었다.

벽의호 주변에 사람들이 모여들었다. 당직을 제외한 포원의 호위병과 하인이 수백 명 모였고, 그중에는 유삼호도 있었다. 그가 오후에 대신 근무를 해 주어서 밤에 광대패 공연을 보겠다는 그를 붙잡는 사람은 없었다. 유삼호는 술 주전자를 품에 안고 소매에 땅콩을 잔뜩 담아 번갈아 입에 넣으며 유유자적 거닐었다. 그의 곁에는 청소 사환이 있었다. 내내 마당을 청소하느라 퉁퉁 부은 손을 비비며 원망스러운 눈으로 유삼호를 바라봤지만, 그는 못 본 척했다.

조금 더 가보니 서재 사환 구서가 오래된 나무에 조용히 기대 웃는 듯 웃지 않는 듯 내원 쪽을 바라보고 있었다. 색색의 등롱 빛이 그의 눈동자에 비쳐 여러 가지 빛으로 변하고 있었다. 청소 사환은 유삼호에게 시비를 걸고 싶어 몇 번이고 그의 앞으로 가려 했으나 번번이 구서에게 저지당해 눈과 입술이 보기 싫게 일그러졌다. 그때 사람들이 웅성거리며 한쪽으로 눈을 돌렸다. 땅콩을 신나게 씹던 유삼호도 순간 동작을 멈췄다. 구서도 허리를 꼿꼿이 폈다.

전방에 호박 모양의 등롱불에 이끌려 남녀 한 쌍이 나타났다. 금관과 옥대를 찬 남자는 온화하고 준수한 진사우였다. 눈처럼 하얀 여우 가죽 도포를 걸친 여인은 자태가 곧고 아름다웠고, 아래로 다갈색 풍성한 치맛자락이 보였다. 물기를 머금은 눈매와 움푹 패인 보조개에서 봄기운이 느껴졌다. 홍옥 구슬이 그녀의 미간 위에서 달랑거려 붉은 상처를 가렸고, 덕분에 눈처럼 하얀 살결이 한층 돋보였다.

사방에서 탄성이 들렸다. 이름도 촌스러운 작약 아가씨가 전하의 마음을 빼앗았다는 소문은 모두 알고 있었다. 당연히 자태가 고울 것이라 생각했지만 이 정도로 아름다울 줄은 몰랐다. 여인에게 함부로 눈길을 주지 않는 안왕 전하도 결국 저 전쟁 포로의 온화한 품에 굴복하셨을 터였다.

유삼호가 허리를 조금 숙이고 입을 쩍 벌려 남은 땅콩을 죄다 털어 넣었다. 곁에 있던 청소 사환은 질색하며 홱 돌아섰다가 결국 힐끗 바라보고 또 힐끗 바라보았다. 두 사람 모두 처음으로 그녀의 민낯을 봤다. 상상하지 못한 아름다움에 놀랐지만, 그녀의 진짜 얼굴이 드러났다는 사실이 더 충격이었다.

사실 유삼호의 충격이 조금 더 컸다. 그는 지금까지 자신의 왕비가 노란 피부를 가진 줄 알았고, 추녀는 아니지만 절세 미녀라고 여기지는 않았다. 그런데 오늘 보니 그가 알던 모습보다 아름답다는 사실은 물론이고, 그녀의 미색이 세상을 뒤흔들 수준이라는 점이 더 문제였다. 다행히 여기는 대월이었다. 천성의 어느 왕부였다면 모두 기절했을 터였다. 유삼호는 입을 쩍 벌린 채 바람을 한참 먹고 나서야 멍하니 물러서며 중얼거렸다.

"젠장, 저 여자 지금까지 진짜 얼굴을 숨겼단 말이지. 젠장, 하지만 나무라진 않을 거야. 젠장, 하긴 저렇게 생겼으면 누구라도 숨겼겠지."

청소 사환은 한동안 멍하니 있다가 갑자기 희열이 폭발해 손뼉을 치며 생각했다.

'닮았어! 정말 똑 닮았어! 그래서 폐하께서 저 여인의 어머니를 취했던 거야. 그럼 저 여인도 황실의 후예잖아! 그렇다면 초왕 전하와는 남매지간이잖아! 정말 잘됐다. 잘됐어!'

구서의 시선은 봉지미의 얼굴에 머물지 않았다. 그는 처음부터 그녀의 진짜 얼굴을 알던 사람이니 충격은 없었다. 다만 그의 시선이 그녀의 허리에 멈췄다. 거기에 있어서는 안 될 손 한짝이 있었기 때문이었다. 그의 시선은 그녀의 붉은 입술로 옮겨졌고, 그날 밤의 좋았던 느낌을 떠올렸다.

인파 밖의 사람들은 각자의 이유로 마음이 싱숭생숭했다. 작약은 미소를 띤 채 서서 100척 밖으로 눈길을 두었다. 그녀의 시선은 잠자리가 가볍게 물에 닿듯 아주 잠깐 스쳤다. 그래서 시선이 어디에 머물렀었는지 알 수 없었다.

친위병이 폭죽을 바치자 진사우는 작약의 손을 잡고 불을 붙였다. 심지가 치지직, 소리를 내며 타들어 갔고, 미약한 빛이 깜빡였다. 서로를 바라보며 미소 짓는 남녀는 더 없이 아름다운 그림과도 같았다.

유삼호는 땅콩을 더 빨리 털어 넣었고, 술을 벌컥벌컥 들이켰다. 청소 사환도 입술을 비죽거렸다. 저 여인이 초왕 전하와 함께 있는 것이 싫었지만, 다른 사내 곁에 선 모습을 보니 뜻밖에도 내키지 않았다. 못난이는 단지 폭죽을 쥔 봉지미의 손을 물끄러미 바라볼 뿐 어느 누구도 바라보지 않았다.

슈웅!

동풍을 만난 불꽃이 나무 위에 꽃을 피우고 별 비를 내리자 드넓은 밤하늘에 진보라와 황금, 빨강, 초록색이 흩어졌다. 봉황이 화려한 꼬리를 이끌고 하늘을 건너자 연약한 구름이 놀라 부서졌고, 비단 같은 밤하늘에 얼룩을 남겼다. 거대한 일곱 빛깔 불꽃 때문에 하늘의 반쪽은 찬란한 붉은색으로 물들었고, 사람들로 가득 찬 포원의 상공을 뒤덮었다.

찬란한 불꽃 아래 빽빽이 들어찬 사람들은 마술에 홀린 듯 변화무쌍한 색채를 향해 일제히 고개를 들었다. 한 줄 한 줄 날아가는 불빛이 머리 위를 스쳤고, 모두를 아득하게 비췄다. 슉 하는 소리가 여기저기서 연달아 들렸다. 포원 밖의 백성들도 이에 답하듯 폭죽을 쏘아 올렸다. 펑 하고 폭죽이 터지자 불꽃이 승천했고, 하늘의 구석구석을 유영했다. 포원의 화려함에 비할 바는 아니었지만, 이 아름다운 밤의 열기를 충분히 더해 주었다.

불꽃 아래, 작약이 두 눈을 감고 중얼거렸다.

불꽃 아래, 어떤 이들은 서로 냉정한 시선을 주고받았다.

포원에 폭죽이 터지고 불꽃이 밤하늘을 수놓은 그 시각, 성안이 온통 새해를 맞이하는 기쁨에 가득 차 있던 그 시각, 포성에 잠복한 병사들이 움직이기 시작했다. 폭죽 소리가 순식간에 비명을 덮어 버렸다. 폭죽의 불꽃이 화염 빛을 눌러 버렸다. 사방이 불꽃으로 이토록 빛나는데 집 몇 채를 태운 들, 횃불 몇 개를 밝힌 들, 눈여겨보는 사람은 아무도 없었다. 성 밖에 주둔한 군사도 출동할 리 없었다.

작약은 불꽃 아래서 자꾸만 중얼댔다. 사방이 시끄러워서 그녀가 뭐라고 하는지 들리지 않았지만, 표정을 보니 소원을 빌고 있는 것 같았다. 그런 그녀를 바라보는 진사우의 시선에 총애가 샘솟았다. 언제나 오늘처럼, 꽃이 피고 나무가 우거지듯 풍요롭기를.

불꽃놀이가 끝나자 진사우는 작약을 데리고 초롱 수수께끼를 풀었다. 그는 이런 놀이에 익숙했지만, 그녀는 잘 모르는지 자꾸만 틀린 답을 냈다. 하지만 그녀의 고집스러운 성격답게 하나 하나 열어보며 아는 문제가 나올 때까지 살펴봤다.

작약이 드디어 한 초롱 앞에서 멈췄다. 그것은 주마등이었다. 수수께끼는 등의 네 면에 적혀 있어 빙 둘러 보며 읽어야 했다. 수수께끼는 간단했다.

'일심으로 외척을 등용하니, 여후는 다른 마음을 품었다. 글자를 맞추시오.'

작약이 한동안 나무 아래 가만히 서서 고개를 갸웃했다. 진사우가 다가와 웃으며 물었다.

"어떠냐? 이번엔 맞췄느냐?"

"이렇게 어려운 문제를 제가 어떻게 풀겠어요."

작약이 웃었다.

"그냥 이 주마등에 붙은 그림이 흥미로워서 보고 있었어요."

진사우도 고개를 들어 살펴봤지만 별로 특이할 것 없는 그림이었다. 달빛 아래 드넓은 갈대밭이 있었고, 버들강아지가 흩날리는 하늘에 하얀 새가 날고 있는 풍경화였다. 지극히 평범한 그림이었다. 하지만 그믐날은 보통 상서로운 인형 따위를 그려 넣는데, 이 그림은 보는 사람을 홀가분하게 하는 힘이 있었다. 그림이 주마등에 의해 천천히 돌아가자 버들강아지와 새의 깃털이 움직이는 듯했고, 순간 그 하얀 깃털과 버들강아지가 그의 목덜미에 내려앉는 것 같았다. 그리고 수수께끼가 적힌 면이 돌아오자 이 그림은 확실히 다른 그림과 달리 뭔가 특별하다는 생각이 들었다. 진사우가 집사를 불러 물었다.

"이 그림을 누가 그렸느냐?"

집사는 유심히 살펴보고 난처한 듯 대답했다.

"전하, 수수께끼 초롱은 외부에서 사들였고, 다 같이 나무에 걸었을 뿐이라······. 그린 이를 알아내기는 어렵습니다."

진사우가 손을 내저으며 집사를 물렸다. 그 사이 작약은 벌써 가벼운 발걸음으로 다음 등불을 구경하며 수수께끼를 다시 들여다보지 않왔다. 그가 그녀를 따라가며 마음속으로 수수께끼의 답안을 중얼거려 보았다.

"감(憾), 이것은 한자의 자획을 풀어 설명한 후 그 한자를 맞추게 하는 파자 수수께끼다.

一心擢用外戚, 呂后定有异心.

일심(一心)으로 = 一+心.

외척을 등용하니(戚자의 외부를 사용하니)=戊.

여후는(呂의 뒷부분은)=口.

다른 마음을 품는다(마음心의 다른 형태다) =忄.

一+心+戊+口+忄=憾 (섭섭할 감)!"

수수께끼 초롱은 호숫가 나무 아래 걸었고, 무대는 나무의 맞은편 인공 둔덕 앞에 설치했다. 장막 안에는 비단 방석과 간식거리를 비치했고, 사방에는 난로를 피웠다. 진사우와 작약은 장막에 앉았다. 그녀가 아무 극을 하나 고르자 장춘반이 멀리서 절을 올렸다. 금과 옥을 깨는 듯한 소리가 한 차례 울려 퍼지자 떠들썩한 포원이 순간 조용해졌다.

"……꽃이 지고 꾀꼬리는 늙으니, 얼마나 많은 봄날을 허송세월했던 가. 고향은 만리 밖이고, 물안개 겹겹이 쌓였네. 어찌 편지조차 끊겨 찾을 수 없는가. 이 한 몸, 눈 속의 버들강아지 날 듯 떠도네."

누군가 눈밭에서 버들강아지처럼 가볍게 날아 높은 성벽을 뛰어넘었고, 검은 그림자가 스쳤다. 장막 안 작약은 진사우에게 몸을 살짝 기대어 극에 대해 이야기를 나눴다. 기분 좋은 말투로 과연 장춘반은 명불허전이라고 말했다. 그는 그녀의 머리칼을 쓰다듬으며, 당신만 좋다면 자주 감상하게 해 주리라 약속했다.

"……노을이 흩어지고, 새달이 밝아오니, 기이한 봉우리에 갇힌 황혼녘의 구름을 바라보네."

차가운 검의 날이 휘황찬란한 등불 아래 반사되어 빛을 뿜었다. 성문 아래에서는 누군가 목을 베였고, 흰 눈 쌓인 바닥이 붉게 물들었다.

작약은 극에 몰두한 나머지 입에 붉은 과자를 문 채 먹는 것도 잊었다. 붉은 과자도 그녀의 입술만큼 붉지 못했다. 진사우는 넋을 놓고 그 모습을 바라보았다. 극을 감상하는지, 그녀를 감상하는지 알 수 없었다.

"……졸졸졸, 시냇물이 고독한 마을을 둘러 흐르네."

눈처럼 하얀 옷을 입은 한 무리가 아득히 펼쳐진 눈밭을 걸었다. 이대로 걷다 보면 대월과 천성이 만나는 봉래진(鳳來鎭)이 나왔다. 흰 갑옷을 입은 병사들은 소리 없이 행군했다. 말발굽에 부드러운 나무를 채운 말이 거칠게 숨을 쉴 때마다 얼음 같은 콧김이 쏟아져 나왔다. 그 행군의 노선은 점점 포성 밖 월군 진영으로 향하고 있었다.

작약은 진사우가 넋을 놓고 자신을 보고 있다는 것을 알고 웃으며 그를 흘겨봤다. 그는 천천히 고개를 돌렸고, 무대에서 무슨 대사가 오가는지 듣지 못했다.

"……세상 어디에도 정든 이 없어 강철로 심장을 만든들 구슬 같은 눈물이 흐르네. 잃은 것은 보잘것없는 이로움과 허울뿐인 명예."

성문, 봉화대, 무기고, 식량 창고, 역참, 포성 관아, 병마사……. 모두 최소한의 인력만 남겨 두고 그믐휴가를 떠났다. 당직이 있는 포성의 주요 시설과 포성에 영향을 미치거나 소식을 전하는 기관은 모두 검은 그림자의 방문을 받았다.

작약은 섬섬옥수로 진사우에게 직접 차를 따라 주었다. 그는 차를 받으며 그녀의 손을 잡고 놓아주지 않았고, 그녀는 미소를 지으며 고개를 숙였다.

"……정인을 그리워하는데 불어오는 바람과 달빛 아래 화려한 연회가 오히려 이별의 한을 일깨워 주네. 그대 오늘 밤 홀로 뒤척이는가. 그누가 편히 잠들겠는가?"

칼날이 뻗어 나갔다 돌아오자 누군가 쓰러졌다. 누군가 즉시 소리 없이 그를 끌어냈고, 다른 누군가 재빠르게 뛰어올라 낭하의 처마 밑 붉은 초롱을 내리고 붉디붉은 풍경을 걸었다.

작약은 진사우의 입에 귤 전병을 넣어 주었다. 그는 웃으며 답례로 그녀에게 절인 과일을 먹였다. 입으로 먹여주고 싶었지만 보는 눈이 많아 참기로 했다.

"……마음을 넓게 갖고 근심을 멈추라. 마음을 열고 천천히 떠나라. 오늘 밤 여기서 묵으며 이 한 몸 안식을 취하리."

그림자들이 하나씩 포원 밖으로 집합했고, 낡은 방에 들어가 방 안에 미리 파둔 지하 통로로 진입했다.

진사우가 손수 해바라기 씨를 벗겼다. 씨 부분은 당연히 작약의 차지였다.

"……은혜의 감사함과 쌓인 원한은 천년만년 사라지지 않으리*남송<南宋>시대의 희곡 환문자제착입신<宦門子弟錯立身> 중 한 장면"

……펑!

구출 작전

펑!

폭죽이 터지는 듯한 이 소리는 묵직하고 선명하지 않아 소란스러운 악기 소리에 하마터면 묻힐 뻔했다. 그 소리가 들려왔을 때 작약은 진사우에게 시시콜콜한 귀엣말을 건넸다. 그는 웃으며 들으면서도 친위대에게 눈짓으로 신호를 보냈다. 친위 대장은 그 소리가 멀지 않은 곳에서 난다고 생각해 칼을 뽑아 들고 주변을 수색하기 시작했다.

무대 위 여주인공은 가련한 연기와 함께 긴 덧소매를 휘둘러 공중에 커다란 포물선을 그렸고, 몸을 옹송그리며 천천히 쓰러졌다. 나풀거리는 소매로 고운 얼굴을 가리는 여배우의 눈빛에서 풍류가 느껴졌다.

"잘한다!"

감정을 이입한 관중들이 손바닥이 부르트도록 박수를 쳤다. 우레와 같이 쏟아지는 박수를 받으며 몸을 일으키던 여배우가 별안간 비명을 질렀다. 관중들은 무슨 상황인지 파악하지 못했지만, 장춘단 단장의 안색은 순식간에 변했다. 단장이 어떻게든 수습을 하려는데 갑자기 무대

조명이 어두워졌다. 조금 전 소리가 무대에서 난 것이라 확신한 친위 대장은 대원을 이끌고 무대 위로 달려갔다.

진사우가 벌떡 일어나 무대를 바라보았다.

쉿!

순간 사방의 모든 등불이 꺼졌다.

후드득!

불이 꺼지는 순간 큰 나무에 걸린 수수께끼 초롱불이 폭발했고, 밤 하늘에 불꽃이 떠다녔다. 이윽고 불이 한 덩어리씩 장막으로 떨어졌고, 비단으로 둘러친 장막은 순식간에 활활 타올랐다. 탁탁 하고 불꽃이 튀는 소리가 끊임없이 들려왔다. 별똥별 같은 불이 제멋대로 사방으로 튀어 눈앞을 어지럽혔다. 불길이 100척 밖으로 번져 친위대가 그어둔 선 밖에 있던 사람들도 놀라 달아났다. 수많은 사람들이 이리 치이고 저리 치이고, 밟고 밟히면서 포원은 금세 아수라장이 되었다. 보초를 맡은 모든 병사와 친위대가 황급히 장막 쪽으로 달려갔다.

하지만 그들은 무대와 장막을 모두 주시해야 했고, 놀라 날뛰는 사람들을 통제해야 했다. 등불이 폭발하고 불꽃이 사방에서 날아오자 사람들은 혼비백산하여 방향도 제대로 찾지 못했다. 철통같이 단단했던 대오는 금세 흩어졌고, 동쪽에 찔끔 서쪽에 찔끔하며 어디로 가야 할지 몰랐다.

코앞에서 변란이 일어나자 여기저기서 절규가 터졌다. 포원은 팔팔 끓는 죽 같았고, 사람들은 그 안에서 서로 밀치다 튀어 오르는 쌀알 같았다. 사람들은 입을 쩍 벌리고 있었지만, 자신들도 무어라 말하는지 몰랐다. 그저 이 공포와 당황을 비명으로 발산할 뿐이었다. 그곳에는 사람들이 너무 많았다. 대부분은 마구잡이로 소리를 질렀고, 그 소리는 해일처럼 주변의 다른 소리들을 삼켰다. 사방이 소란하고 번잡하며 당황스러운 이 순간, 오직 한 사람만 당황하지 않았다.

진사우. 그는 딱 한 가지 행동만 취했다. 작약을 꼭 붙잡았다.

묵직하고 선명하지 않은 그 소리가 났을 때, 진사우는 곧바로 자리를 옮겨 작약의 진로를 막았다. 여배우가 비명을 지른 순간, 조금 전까지 자신이 다정스레 해바라기씨 껍질을 벗겨 입에 넣어 주던 작약의 손을 잡았다. 그것도 한 치의 오차 없이 손목의 혈맥을 움켜쥐었다. 무공을 잃은 사람은 물론이고 무공을 할 줄 아는 사람도 힘이 탁 풀리게 하는 혈 자리였다. 작약은 손목을 잡힌 순간에도 당황하지 않았고, 처연한 눈빛으로 자신의 손목과 진사우를 번갈아 바라보았다. 작약이 웃으며 말했다.

"전하, 너무 아프게 잡으셨어요……."

진사우가 멈칫했다. 분명 오늘 밤 변란은 그의 예상 밖이었다. 이런 날씨에 작약을 구하러 들이닥치긴 어려울 것이었다. 하지만 한 번도 경계를 늦춘 적 없던 진사우는 오늘 내내 작약을 곁에 붙어 있게 했다. 만에 하나 변고가 일어난다면 원인은 분명 그녀일 터였다. 그러니 작약만 붙들면 아무리 큰 사달이 나도 상대는 빈손으로 돌아가야 했다. 성 밖에 주둔한 대군도 완전히 무장을 해제한 것은 아니니, 그녀만 잡아 둔다면 기회를 봐서 독 안에 든 쥐를 잡아도 늦지 않았다. 하지만 작약의 목소리는 전혀 동요하지 않았고, 다른 사람들과 똑같이 놀란 표정을 하고 있었다. 진사우가 거칠게 잡았을 때도 그녀의 눈에는 당황이나 공포보다는 처연함이 보였다.

'정말 나의 오해일까?'

이 생각이 유성이 떨어지듯 진사우의 뇌리에 박혔다. 그가 생각을 이어 가기도 전에 또 한 번 굉음이 들렸다. 굉음은 지금까지 들린 소리들과 달랐다. 이번에는 웅장하고 격정적이었으며, 우렁차고 기세가 좋았다. 마치 천신이 하늘에 북을 울리듯, 온 세상을 뒤집어 놓을 듯 흉포했다. 소리는 바로 옆에서 들렸다. 진사우가 고개를 돌렸다. 그 순간 무수한 풍파를 겪으며 대월의 황자 자리를 지켜온 진사우도 동공이 확장될 만큼 놀라고 말았다.

격정적이다! 진정으로 격정적이다! 엄청난 물살이 소용돌이치며 맹호 같은 기세로 달려들었다. 수정 같은 얼음을 동반한 파도가 무서운 기세로 물가의 꽃과 나무를 덮쳤고, 등롱과 장막을 덮쳤고, 사방의 사람들을 덮친 후 미친 듯이 장막을 향해 돌진했다!

장막과 맞은편에 있는 벽의호가 폭발한 것이었다. 갑작스러운 상황에 사람들은 어찌 할 바를 몰랐다. 연극이나 수수께끼 초롱을 이용한 공격, 자객……. 이런 수단은 모두 예상 가능했으며, 금세 제압할 수도 있었다. 하지만 번개가 치고 세상이 뒤집히는 듯한 상황에서 벽의호가 폭발할 줄은 상상도 하지 못했다. 대단한 배짱이었다.

호숫가는 호수를 등지고 있어 누구도 공공연하게 물을 건너 올 수 없었다. 따라서 군이 호위 병사를 투입하지 않았었다. 하인들 몇이 호숫가에서 극을 구경했지만, 호수가 별안간 튀어 오르자 많은 사람들이 즉시 쓸려 내려갔다.

민첩하고 용감한 친위대는 기꺼이 칼을 뽑아 들고 돌진했지만, 칼이란 본디 실체가 있는 물질만 벨 수 있는 법이었다. 거센 자연의 힘을 대적하기에는 역부족이었고, 물이 쏟아지자 무거운 쇠망치가 가슴을 가격한 것처럼 조금도 저항하지 못하고 물 밑으로 가라앉았다. 전혀 약해지지 않은 물살이 쏴아 하는 소리와 함께 장막을 덮쳤다.

이 모든 일은 순식간에 일어났고, 놀란 사람들 대부분 아무 대응도 하지 못했다. 진사우는 고개를 돌린 순간, 그 맹렬한 물살이 머리 위로 장막을 덮치는 광경을 목격했다. 장막에 둘러친 비단들이 머리 위로 덮쳤고, 아득한 현기증과 함께 숨이 막히며 눈앞에 금빛이 퍼졌다. 자연의 힘은 조금도 망설이지 않고 그의 손을 가격했고, 물살을 맞은 이후 꼭 쥐고 있던 작약의 손목은 더 이상 그의 손 안에 없었다.

진사우가 곧바로 다시 손을 움켜쥐었지만, 잡히는 건 허무한 물줄기뿐이었다. 희미하게 작약의 비명 소리를 들은 것 같아 억지로 눈을 떠 허리춤에서 장검을 뽑아 들었다. 하지만 사방에서 밀려드는 물살과 장막을 감싸던 비단이 천천히 물에서 흩어지는 모습만 눈에 보였다. 짙은 빨강, 연한 노랑, 보라, 초록……. 알록달록하고 거대한 비단들이 그를 휘감았다. 겨울의 호수는 그를 뼛속까지 굳게 만들었고, 손가락 끝까지 꽁꽁 얼어붙게 했다. 하지만 그의 마음만은 침착했다. 이런 물살이야 시간이 흐르면 자연히 빠질 테니 침수된 범위만 빠져나가면 무사할 수 있었다. 하지만 물에 잠겨 동작이 느리기도 했고, 물속에서 어렴풋이 사람을 본 것도 같았다. 그 사람은 이미 물고기처럼 헤엄쳐 그에게 다가왔고, 그의 허리를 향해 손을 뻗었다.

진사우는 퍼뜩 놀랐다. 임기응변에 빠른 그는 상대가 급소를 놔두고 허리띠를 탐내는 건 분명 이유가 있을 것이라고 생각했다. 그리고 이내 검을 뽑아 들고 자신의 허리띠를 끊어 버렸다. 허리띠가 끊어졌고 어렴풋이 우웅 하는 소리가 들렸지만, 물살이 세서 특별한 것은 보지 못했다. 그는 차갑게 웃었다. 하지만 그 웃음이 끝나기도 전에 차가운 빛이 번쩍했고, 그의 가슴팍에 분수자*分水刺, 물속에서 쓰는 수리검 모양의 병기가 파고들었다.

진사우는 재빨리 물살을 타고 후퇴했다. 작약을 찾을 틈 같은 건 없었다. 진사우는 빠르게 물러났지만 쫓아오는 사람은 더 빨랐다. 둘은 물살을 타고 멀리 떠내려갔고, 분수자도 서슬 퍼런 빛을 발하며 쉼 없이 쫓아왔다. 순간 슉 하는 소리와 함께 옅은 붉은색의 피가 천천히 흘러나왔다. 진사우는 몸을 뒤집으려 애썼지만, 팔 쪽에 한 줄기 붉은 피가 일렁이다 퍼져 나갔다. 진사우는 상처를 살필 틈도 없이 떠다니는 비단을 휘감았고, 활짝 펼쳐진 붉은 천이 그의 몸을 가렸다.

상대는 무공 고수일 뿐 아니라 인체에 대한 이해가 뛰어난지 공격하는 곳마다 급소였다. 진사우가 비단 천으로 몸을 가렸지만 상대가 찌르는 곳은 정확히 심장이었다.

척!

날카로운 칼끝이 살 속을 파고드는 소리가 났다. 상대가 놀랍도록 정확하게 손을 썼고, 컴컴한 물속에서 은빛 칼날이 빛났다. 누군가 묵직한 신음 소리를 냈다.

물속에서는 피 튀는 싸움이 일어났지만, 바깥에서는 전혀 알지 못했다. 물살에 밀린 호위병들 중 정신을 차린 일부는 사람들을 통제했고, 일부는 진사우 구조를 시도했다. 사달이 나던 시각 유원은 소변을 보려던 참이었는데, 밖에서 꿍음이 들려 뛰쳐나온 후 눈이 휘둥그레졌다. 물속에서 허우적거리는 사람들과 사방으로 흩어진 사람들을 보고 펄쩍 뛰며 외쳤다.

"전하께서 장막 아래 계신다! 어서 구해라! 어서! 앗! 저기 사람 하나가 날아간다!"

짝!

유원은 별안간 날아온 채찍에 쾌감을 만끽하며 몸을 떨었다. 뒤돌아보니 그의 대왕님이 한손을 허리에 얹고 한손에 채찍을 든 채 이글이글한 눈빛으로 그를 바라보고 있었다. 유원은 무의식적으로 그의 바짓가랑이를 붙잡고 늘어졌다. 오늘 대왕님의 채찍질이 유난히 훌륭해 온몸에 소름이 돋을 정도였고, 그는 혼이 빠질 지경이었다. 급기야 두 눈을 반짝이며 벌겋게 달아오른 얼굴로 대왕님을 덮쳤고, 떨리는 목소리로 말했다.

"아아…… 나의 귀인. 아름다워요!"

"좋으냐? 좋아?"

대왕 유삼호는 또 한 번 채찍을 휘둘렀다.

"여기를 때려주면 기분이 좋지? 그렇지?"

"네!"

짝!

유삼호는 채찍을 휘둘러 유원을 구름 위로 날려 보냈다. 그리고 결국 정신을 잃은 유 토끼를 얼른 벽에 뚫린 구멍으로 쑤셔 넣었다.

오늘 밤에는 극렬도 밖으로 나왔다. 누군가 그의 바퀴 달린 의자를 장막에서 멀지 않은 곳으로 옮겨 두었기 때문이었다. 극렬은 요즘 부쩍 많이 회복되어 곧 말을 할 수 있을 것 같았다. 그는 몇 번이고 장막을 가리키며 안으로 들어가고 싶어 했지만 시녀들이 막았다. 물살이 덮쳐올 때 그를 돌보던 시녀는 떠내려갔고, 바퀴 달린 의자도 뒤집어졌다. 그가 끈질기게 의자를 잡고 버티다가 죽을힘을 다해 다시 의자에 오를 때였다. 갑작스러운 물살이 막혀 있던 어느 혈 자리를 뚫었는지 그의 입에서 힘겨운 한마디가 터졌다.

"저 여자는……."

"저 여자가 누군데?"

사람들은 난리통에 극렬의 말을 듣지 못했지만, 누군가 부드러운 말투로 물었다. 극렬이 고개를 들어 보니 푸른 옷에 작은 모자를 쓴 남자가 있었다. 그도 다른 사람들처럼 흠뻑 젖었지만 전혀 다치지 않은 상태였다. 그가 몸을 숙여 극렬을 유심히 바라보았다.

눈 덮인 산처럼 차가워 보이는 남자의 눈동자에서 금빛 만다라가 돌아가는 듯했다. 극렬은 그 눈빛을 마주하자 한겨울의 호수 물을 뒤집어 쓴 것보다 더한 한기를 느꼈다. 그는 무언가를 퍼뜩 깨닫고 재빨리 의자를 방패삼아 자신을 가렸다. 하지만 의자를 끌어 온 순간 목재의자를 뚫고 손이 하나 튀어나왔다. 그 손은 마치 의자에서 자라난 것처럼 조용히 의자를 통과해 앞으로 다가왔고, 곧 그의 목에 뚫린 구멍을 향해 왔다.

극렬의 운은 지난번처럼 좋지 못했다. 균형 잡힌 힘을 가진 그 손은 금강석처럼 단단했다. 손가락이 목에 난 상처를 통과해 조금도 망설이지 않고 숨통을 가볍게 꺾었다.

툭.

극렬의 숨통이 끊어지는 소리는 소란스러운 주변 소음 때문에 들리지 않았다. 사실 폭발이 일어난다 해도 거들떠보는 사람은 없을 것이다. 하지만 극렬 자신은 그 금강석 같은 손가락이 자신의 숨통을 끄집어내어 부러뜨리는 소리를 아주 선명하게 들었다. 가을 동안 바싹 마른 나뭇가지에 눈이 쌓여 부러질 때 내는 소리와 닮아 있었다. 극렬의 눈에 어린 광기와 요기의 불꽃이 점점 꺼졌다. 길고 가느다란 눈에도 점점 죽음의 빛이 드리워지며 검은색으로 굳어졌다.

"두 달 하고도 17일이나 더 살았으니 그 정도면 충분하다."

남자가 담담하게 손가락을 거두고 여인처럼 고운 극렬의 얼굴에 피를 닦고는 유유히 자리를 떠났다. 사방이 물에 흥건히 젖었고, 온통 아비규환이었다. 바닥에 쓰러진 극렬은 여러 사람들에게 밟히고 차였다. 아무도 한구석에서 일어난 심판과 그 결과에 대해 알지 못했다.

다른 한편에서는 청소 사환이 연기처럼 인파를 요리조리 피하며 다가왔다. 그가 손짓하자 사람들 한 무리가 호숫가를 따라 그에게 달려왔고, 곧장 서북쪽 화원 한 구석에 집합했다. 그곳엔 사자 상 한 쌍이 문을 지키고 있었다. 청소 사환 영징은 왼쪽 문은 건들지 않았고, 오른쪽 사자 머리를 안고 세 바퀴 돌렸다. 그러자 척 하는 소리와 함께 사자가 함몰되며 또 다른 좁은 문이 나타났다. 영징이 손짓하자 한 무리의 사람들이 민첩하게 내려갔고, 곧 여자 하나를 업고 나왔다. 봉두난발에 창백한 얼굴을 한 화경이었다. 그녀는 전혀 당황하거나 소리치지 않았다. 단지 미간을 찌푸린 채 가면을 쓴 영징을 뜯어보더니 낮지만 아주 또렷한 발음으로 말했다.

"나를 구하러 왔나?"

화경이 멀리 소란스러운 풍경을 보더니 실눈을 뜨고 다시 물었다.

"암호를 대라."

손으로 턱을 괸 영징은 사실 이 임무가 탐탁지 않았다. 화급을 다투는 상황에서 병사까지 배정해 전혀 상관없는 여자를 구해야 하는지 의문이었다. 하지만 화경의 한마디를 듣고 피식 웃으며 말했다.

"역시 그 사람의 친구답군. 전하께서 너를 구하라고 하신 것도 납득이 간다."

영징이 낄낄 웃으며 말했다.

"너를 구하지 않으면 봉지미를 구해도 소용없다고 하셨어."

영징은 가면을 벗으며 말했다. 둘은 남해에서 만났던 사이였다. 화경이 영징을 힐끗 보며 차갑게 콧방귀를 뀌고는 물었다.

"위 장군은 무사하셔?"

"무사한지 어쩐지 몰라. 그 여자는 내 임무가 아니니까."

영징이 말했다.

"내 임무는 너를 구해서 성을 빠져나가는 거야. 하지만 지금은 뭔가 잘못됐다는 생각이 드는 참이야."

시선을 교환하는 두 사람의 눈에 불안이 스쳤다. 물론 화경이 갇힌 감옥은 사자 상 두 마리가 지키는 존재하지 않는 듯 존재하는 곳이었다. 하지만 오늘밤 모두 축제를 즐기러 나갔고 벽의호의 물이 넘치면서 호위병을 다수 쓸어갔다지만, 이곳에 단 한 사람도 보이지 않는 것은 이상했다. 다들 어디로 간 것일까.

"신경 쓸 틈이 없어. 우린 우리의 길을 간다."

영징이 발을 구르며 말했다.

"네가 있는 이곳과 봉지미의 처소는 바닥이 강철이라 지하 통로를 팔 수 없었어. 그래서 호수를 폭발하는 전략을 고안한 거야. 벽의호는 지대가 약간 높아서 우리는 두 달 동안 몰래 호숫가 인공 둔덕으로 통하는 지하 통로를 팔 수 있었지. 오늘 난리 통에 총 세 번 폭파해서 작은 입구를 얻을 수 있었어. 우선 진사우의 장막은 공격했지만, 안타깝게도 호수 물을 전부 밖으로 뺄 수는 없었다. 그렇게 되면 이 포원을 통쾌하게 수장시킬 수 있었을 텐데!"

영징은 화경을 업고 길을 재촉했다. 그는 익숙하게 사방의 덫과 촉발 장치를 피했고 웃으며 말했다.

"포원은 각종 함정투성이지만, 우리가 촉발 장치들을 훤히 꿰고 있거나 혁련쟁이 오줌을 눠서 망가뜨려 버렸지!"

그때 전광석화처럼 빠른 그림자가 스쳤다. 머리 위로 무언가 지나간 느낌에 고개를 들었지만, 별빛이 내리는 밤하늘뿐이었다. 가장 맹렬한 물살이 한차례 지나가고 내원 친위 대장과 진사우와 식사를 즐겼던 호위병들이 진흙을 잔뜩 묻히고 달려와 외쳤다.

"전하를 구하라! 모든 촉발 장치를 켜고 문을 닫아라! 성 밖으로 구조 신호를 보내고, 길을 봉쇄…… 어억!"

친위 대장은 마지막 지령 내용을 끝까지 말하지 못하고 배를 움켜쥐며 바닥에 쓰러졌다. 지도자가 없으니 오합지졸이 된 호위병 무리가 엉망으로 무너진 장막을 어설프게 옮겼다. 갑자기 검은 그림자가 스쳤다. 흩어진 장막 아래 몇 사람이 튀어나와 각기 다른 방향으로 흩어졌다. 호위병들은 대나무 기둥과 무겁게 내려앉은 휘장들을 걷어내고, 장막 아래서 피와 진흙 범벅이 된 진사우를 건져냈다. 피를 잔뜩 흘린 그의 얼굴이 파리했다. 흠뻑 젖은 머리칼이 이마에 달라붙어 있었고, 썩 위급한 모습이었다. 친위대의 낯빛이 어두워졌다. 전하께서 이렇게 돌아가시면 뒤처리를 어찌해야 하나 근심하는 찰나 진사우가 번쩍 눈을 떴다. 친위대는 안도와 기쁨의 탄성을 질렀고, 진사우는 가슴팍을 어루만지며 차갑게 웃었다. 기침을 몇 번 하더니 이내 사납게 외쳤다.

"쫓아라!"

친위대가 황망하게 뒤쫓았지만 어디로 가야 좋을지 몰라 아까 검은 그림자가 사라진 쪽으로 달렸다. 그림자들이 흩어지기 직전, 진사우가 기를 쓰고 진흙탕에서 나오던 그 순간, 몇 개의 그림자가 벽의호에 뛰어들어 인공 둔덕 쪽으로 향한 것은 아무도 눈치채지 못했다.

진사우는 얼굴에 진흙을 잔뜩 묻힌 채 물살에 맞아 엉망이 된 장막과 무대를 바라보았다. 당황하여 펄쩍 뛰는 사람들과 아수라장이 된 포원을 바라보는 눈동자에 분노와 원한이 스쳤다. 그가 소매를 들어 올리자 심지가 짧은 폭죽 하나가 딸려 올라왔다.

슝.

금빛 불꽃이 하늘로 솟았다. 온 성을 뒤덮은 불꽃보다 훨씬 밝고, 화려하고, 아름다웠다. 그 모습은 금빛 장검이 곧은 직선을 그리며 하늘로 솟아 검은 밤하늘을 두 동강 내는 것 같았다.

순간 혁련쟁이 고개를 들었다. 그는 난리를 틈타 달려온 부하와 외원 호위병들을 전부 쓰러뜨리고, 성 밖의 집합 지점으로 향하던 중이었다. 화경을 업고 혁련쟁이 마련해 놓은 포원 밖으로 향하는 통로를 내달리던 영징도 고개를 들었다.

아비규환의 현장에서 어떤 이를 조용히 이끌고 나가던 한 남자는 미간을 찌푸렸다. 친위대의 부축을 받은 진사우는 포원 바깥쪽을 바라보며, 극렬은 죽고 화경은 구출되었다는 보고를 들었다. 그는 기이한 색의 옥을 손바닥에 세게 쥐며 차갑게 웃었다.

"대단하다. 대단해! 벽의호를 뒤집고, 등롱을 폭발하고, 배우를 공격하고, 함정을 부수고, 호위병에게 독을 먹이다니. 구할 사람을 구했을 뿐 아니라 죽일 사람도 잊지 않고 죽였구나. 굉장한 수완이야! 하지만 두고 봐라. 네놈들은 절대로 살아서 포성을 나갈 수 없다!"

"포성은 쉽게 빠져나갈 수 있다."

지하 통로의 입구는 포원 밖 어느 낡은 집으로 통해 있었다. 누군가 입구 앞에 쪼그리고 앉아 있다가 그곳으로 기어 나오는 두 사람에게 말했다.

"다만 멀리 가기는 어려울 것 같구나."

말하는 사람은 종신이었다. 그는 도포 안에 방수복을 입고, 손에 분수자를 쥐고 있었다. 못난이 고남의가 봉지미를 안고 나오자 그녀의 얼굴을 살피며 얼른 환약을 입에 넣어 주었다. 그녀는 입을 틀어막고 연신 기침을 하면서도 손짓으로 감사를 표현하는 것을 잊지 않았다. 종신은 그녀를 물끄러미 바라보며 한숨을 내쉬었다.

"진사우가 철통같이 방어를 하고 있으니 이 계획밖에 없었습니다. 이 작전은 부득이 겨울에 호수 물을 뒤집어 써야 하니 아가씨 몸이 어느 정도 회복될 때를 기다렸다가 진행했습니다. 몸은 좀 어떠신가요?"

봉지미는 웃으면서 별 것 아니라는 듯 손을 저었다. 못난이 고남의는 낡은 집 선반에서 준비해 둔 마른 수건을 꺼냈다. 그녀의 머리칼을 말리고 옷을 벗겨 마른 옷으로 갈아입히려 했지만, 그녀가 완강히 거절하며 피했다. 그는 멍하니 행동을 멈췄다. 어째서 봉지미가 갑자기 그를 멀리 하는지 이해할 수 없었다.

종신이 다가와 봉지미에게 망토를 건넸다. 그녀가 거의 빠질 만큼 커다란 망토였다. 그 안으로 들어간 그녀는 밖으로 숨소리조차 들리지 않았다. 그녀가 감사 인사를 한 후 그제야 물었다.

"멀리 가기가 왜 어려운가요?"

"진사우의 매복이 남아 있습니다. 역시 주도면밀한 놈이에요."

종신이 말했다.

"가장 가능성이 적고 가장 경계를 늦출 만한 날을 골랐는데도 이런 상황까지 대비를 한 것 같습니다. 내가 아는 진사우의 근위병 진영은 이틀 전부터 움직임이 있었지만, 어디에 매복했는지 알 수가 없습니다."

봉지미는 복잡한 표정으로 생각에 잠겼다. 그녀가 무언가를 말하려고 할 때 문득 바람 소리가 들렸다. 작은 눈이 쭉 찢어진 키 큰 사내가 몇몇 사람을 데리고 들어왔다. 사내는 봉지미를 보자마자 감격에 차 양팔을 벌리며 말했다.

"장생천이시여, 감사합니다! 이모님!"

사내는 봉지미의 품에 안기려 했지만 못난이 고남의가 냅다 걷어차 버렸다. 봉지가 빙긋 웃었지만 시선에는 무언가 이상한 기운이 스쳤다. 종신은 벌써 혁련쟁에게 상황을 묻고 있었다.

"영징 일행은 성을 나섰습니까?"

"그쪽은 우리랑 길이 다르오. 화경을 구한 후 바로 성 밖으로 나가기로 했소. 잔꾀를 부리면 제 주인이 하는 일을 방해할 거라고 단단히 일러뒀소."

그들은 목표를 분산하기 위해 처음부터 함께 움직이지 않았다. 종신이 고개를 끄덕이며 말했다.

"꾸물대면 문제가 생기기 딱 좋지. 아가씨 몸만 괜찮다면 지금 당장 떠나는 것이 좋겠습니다."

봉지미가 고개를 끄덕였지만 말은 하지 않았다. 혁련쟁이 웃으며 말했다.

"내 식구가 집에서 날 기다리고 있소. 삼준에게 데려오라고 명했고, 여기서 멀지 않은 곳이니 금방 올 것이오. 바로 뒤따를 테니 먼저들 가시오."

봉지미의 궁금한 시선을 파악한 혁련쟁이 하얀 치아를 드러내며 웃었다.

"왕비, 이 몸이 포성에서 세 번째 첩실을 맞이했으니 시간 나면 왕비께 우유차를 바치라 이르겠소."

"세 번째요? 뻔뻔도 하십니다. 분명 다섯 번째거늘."

종신이 웃으며 혁련쟁을 나무라면서도 지체하지 않고 떠날 채비를 했다. 종신이 고남의에게 봉지미를 업으라고 지시하자 그녀가 얼른 말했다.

"못난이는 옷이 젖었으니 제가 업혀도 불편할 거예요. 선생님께서 방수복을 입으셔서 젖지 않았으니 신세 좀 질게요."

고남의와 종신은 둘 다 멈칫했다. 고남의는 고개를 숙이며 속이 비칠 정도로 젖은 옷을 보고 재빨리 무공의 기운을 모아 옷을 말리려 했다. 종신은 봉지미를 힐끗 보고 말했다.

"그러시죠."

종신이 혁련쟁에게 말했다.

"그럼 서둘러 오십시오. 지체해서는 안 됩니다."

혁련쟁이 빙긋 웃으며 고개를 끄덕였다. 하지만 그가 떠나자 웃음기가 사라졌다. 등 뒤로 발자국 소리가 들렸다. 그가 돌아보지 않고 어둠 속으로 사라지는 종신 일행의 뒷모습을 바라보며 담담하게 물었다.

"아직도 못 찾았느냐?"

삼준이 고개를 푹 숙이고 말했다.

"아무리 찾아도 가용 아가씨가 보이지 않습니다. 아마도……."

삼준은 말을 잇지 않았다. 가용이 갈 만한 곳은 그 '집'이 아니라면 포원뿐이었다. 혁련쟁이 고개를 들어 하늘을 바라보고 잠시 생각하다 말했다.

"너희는 저들을 따라 성 밖으로 나가거라."

삼준이 움직이지 않고 혁련쟁의 뒷모습을 보며 말했다.

"허면 왕께서는……."

"어서!"

아무도 움직이지 않았다. 삼준은 더 이상 감히 설득하지 않았다. 자신이 왕을 잡을 수 없다는 걸 잘 알았지만, 왕도 그들을 쫓아낼 수 없다는 결연한 의지가 보였다. 혁련쟁이 한숨을 쉬며 마침내 뒤를 돌아봤다.

"괜찮다. 거긴 아직 난장판일 테니 그 틈을 타 사람만 빼오면 된다. 절대 아무 일도 없을 것이다."

혁련쟁이 말을 해도 부하들은 움직이지 않았다. 그는 어쩔 수 없이 피식 웃었다. 아무래도 왕 노릇을 할수록 기질이 부족하다는 사실을 깨닫는 것 같았다. 결국 일행은 함께 포원으로 되돌아갔다.

"전하, 그런데 어째서……."

삼준은 달려가면서 결국 그 한마디를 묻고 말았다. 왜냐하면 삼준은 분명 왕의 눈에서 종신과 왕비를 따르고 싶어 하는 마음을 읽었기 때문이었다. 혁련쟁은 말이 없었다. 한참 후 폭죽 연기와 화약 냄새로 가득한 공기 중에 혼잣말 같은 그의 대답이 흩어졌다.

"그 여인이 나를 '서방님'이라고 불렀다."

폭죽 연기와 화약 냄새로 가득한 공기를 가르며, 봉지미는 종신의 등에 업혀 포성을 빠져나가고 있었다.

"포성은 지금 죽은 도시나 다름없습니다."

종신이 말했다.

"소식을 전할 수 있는 모든 경로는 우리가 차단했어요."

"하지만 안왕이 살아 있다면……."

봉지미의 자세가 좀 이상했다. 그녀는 머리를 종신의 등에서 멀리 떨어뜨리고 있었는데, 자신의 숨결이 그의 머리칼에 닿는 것을 경계하는 듯 천천히 말했다.

"모든 상황에 변수가 생길 거예요."

종신이 한동안 말이 없다가 한숨을 쉬며 말했다.

"미안합니다. 내가 그놈을 죽이지 못했어요. 분수자로 급소를 찔렀는데도 그를 죽일 수가 없었습니다."

"선생님 잘못이 아니에요."

봉지미가 고개를 갸웃하자 헝클어진 머리칼 틈으로 드러난 관자놀이에 옅은 푸른색 점이 보였다.

"그렇게 쉽게 죽일 수 있었다면 옷을 갈아입힐 때 제가 손을 썼을 거예요. 그는 항상 호신 갑옷을 입고 있어서 분수자가 아무리 용한 무기인들 완벽하게 관통하긴 어려웠을 겁니다."

"그래요……. 하지만 진사우는 중독되었습니다."

종신이 잠깐 멈췄다가 말했다.

"죽는 건 시간 문제죠."

봉지미가 잠시 생각하다가 지나가듯 물었다.

"선생님, 그럼 저는 언제 죽을까요?"

종신이 깜짝 놀라 뒤를 획 돌아봤다. 입이 쩍 벌어졌지만 말문이 막혔다.

"선생님은 독보적인 의술을 가지고 계신데, 제가 가진 문제를 모르실 리 없잖아요."

봉지미가 웃었다.

"선생님도 속수무책인 독은 대체 어떤 독인가요?"

"제가 아가씨를 구하려 하는 것은 살릴 자신이 있기 때문입니다."

종신이 낮은 목소리로 말했다.

"저를 믿지 못하는 것입니까?"

"선생님을 못 믿는 게 아닙니다."

봉지미가 잠시 생각하다 결심한 듯 말했다.

"죄송해요. 조금 전에 선생님의 배낭에서 책 한 권을 발견했어요."

봉지미의 손에 들린 얇은 책자를 보고 종신은 눈앞이 캄캄해졌다. 얇아서 한두 쪽 뿐인 그 책의 제목은 『세절지설(世絶之說)』이었다. 종신은 등이 딱딱하게 굳는 것 같았다.

"이건 독이 아니에요."

봉지미는 책의 내용을 읽으며 침착하게 말했다.

"이건 쌍생고입니다. 대성제국 이전의 부풍(扶風)족에서 시작됐지만 더 이상 전해 내려오지 않는다죠. 1대 부풍 여왕은 평생 시집을 가지 않고 일생을 다 바쳐 쌍생고를 만들었어요. 고를 만드는 방법은 아무도 모르지만, 고의 이름이 '쌍생'인 것을 보아 하나가 살면 다른 하나도 살고, 하나가 죽으면 다른 하나도 죽으며, 분리되면 고를 받은 사람은 중독되겠죠……. 여왕이 쌍생고를 만든 이유는 사람을 해치거나 구하기 위해서가 아니라, 단지 평생 쌓인 내면의 외로움을 걷어내기 위함이었대요. 그녀가 죽기 전에 '쌍생고가 있다 한들 세상에 생사를 함께 할 수 있는 자가 몇이나 될까?'라고 말했다고 하죠. 그녀는 쌍생고를 없애고 죽었다고 들었는데……. 설마…… 아직 남아서……."

"몇 백 년 동안 전해 내려오지 않았습니다."

한참 침묵하던 종신이 결국 힘들게 말했다.

"저조차 처음엔 발견하지 못했습니다. 다만 마음속에 의혹은 있었죠. 진사우가 무엇을 믿고 저리 두려움이 없는지, 어찌 감히 아가씨를 취하려 했는지 말이에요. 철저하게 방어한 진사우가 주도면밀한 사람이라는 건 의심할 여지가 없었지만, 그렇다 해도 과도하게 대담했어요. 그러다 조금 전 물살로 장막을 덮친 후 그를 암살하려는 순간 깨달았습니다. 사실 그가 입은 갑옷은 그리 대단치 않았고, 분수자로 충분히 죽일 수 있었어요. 하지만 그의 관자놀이 주변에 있는 푸른 반점을 보게 되었죠."

봉지미가 말없이 차가운 미소를 지었다.

"그때 저는 전설로만 내려오는 부풍족의 쌍생고가 떠올랐습니다. 제 기억으로는 그 책에 고는 무색무취하고 전조 증상이 없지만, 추위를 느끼면 응고된 푸른 반점이 보인다고 쓰여 있었습니다. 그래서 망설이는 순간 진사우가 도망친 것이죠. 그 후에도 의혹이 남아 이 책을 찾아냈는데 아가씨를 구하고 나서 아가씨의 관자놀이에 생긴 반점을 보고 확신하게 되었습니다."

봉지미가 한숨을 쉬었다.

"지미 아가씨, 이 고는 한 번도 쓰인 적이 없어서 해독 방법을 연구한 사람도 없습니다."

종신이 고개를 돌리고 진지하게 말했다.

"하지만 저를 믿으세요. 시간만 더 주어지면 저는 반드시 해독할 수 있습니다."

"해독하기 전에는요?"

봉지미가 잠시 침묵하다 웃음기 없이 미소 지었다.

"독을 가진 사람이 일행에 끼어 있어요. 그 독이 어떤 방식으로 전파되는지도 몰라요. 접촉 때문일 수도 있고, 식사를 통할 수도 있고, 어쩌면 호흡을 통해 옮을지도 몰라요…… 선생님, 우리 편은 전멸하고 말 거예요."

종신이 결연하게 고개를 저었다.

"아닙니다. 지미 아가씨가 알아야 할 것이 있어요. 나는 헌원세가 출신이고, 천하에 헌원세가가 고치지 못하는 병은 없습니다. 아무 일 없도록 제가 모두를 돌볼 것입니다."

"아니요. 고는 병이 아니에요. 선생님의 전문 영역이 아닙니다. 게다가 저는 느낄 수 있어요. 지하 통로를 나올 즈음부터 진사우는 쌍생고를 발동했을 거예요."

봉지미가 계속 말했다.

"그래서 고남의가 저를 업지 못하게 한 거예요. 방수복까지 뚫고 몸에 침투하는 독은 아마 없을 테니까요. 선생님, 솔직히 장담할 수 없으신 거잖아요. 그렇죠?"

종신은 잠시 침묵했다. 가슴 속에 씁쓸함이 차올랐다. 육백 년 전, 주술의 나라 부풍국의 여왕은 이미 강력한 주술사였다. 어린 시절 그녀는 주술을 기피하고 무공 연마를 좋아했다. 어느 날 그녀는 변란으로 모친을 잃었을 때, 자신의 주술력이 부족함을 깨닫고 고된 훈련을 거듭하여 이름난 주술사에게 사사받았다. 처음부터 자질이 좋고 총명했던 그녀에게 확고한 결심이 더해졌고, 왕실은 지위와 자원을 동원해 그녀의 연구를 지원했다. 그런 사람이 일생을 바쳐 정력을 쏟아 만든 유일한 고를 어찌 쉽게 풀 수 있을까. 종신의 조상님이 살아 돌아오신다 해도 쌍생고 앞에서는 속수무책일 것이다.

"우리의 사람들은 너무나 귀합니다. 우리가 하려는 일도 너무나 중요해요……."

봉지미가 종신의 등에서 나지막이 말했다.

"선생님, 저는 이런 불필요한 희생을 절대 용납할 수 없습니다."

"안 됩니다!"

종신이 즉시 대답했다.

"정신 차리세요! 어렵사리 포원을 헤집어 아가씨를 구했는데, 다시 돌아가게 놔둔다면 그건 아가씨를 죽음으로 몰아넣는 짓입니다!"

"쌍생고잖아요."

봉지미가 나른하게 웃으며 말했다.

"처음에는 저도 걱정했지만, 지금은 그렇지 않아요. 진사우는 어떠한 상황에서도 저를 죽일 수 없겠죠. 그러지 않나요?"

"그가 처음부터 아가씨에게 고를 쓴 건 아닐 겁니다."

종신이 말했다.

"아마 아가씨를 첩실로 맞이하기로 마음먹은 후 손을 썼을 거예요. 절대로 잊어서는 안 됩니다. 이 고는 육백 년 전에 만들어졌어요. 누군가 개조했는지도 알 수 없죠. 이 고가 아가씨에게만 작용하며 진사우는 속박하지 않을 수도 있어요. 또 그가 이 고를 썼다고 해서 해독 방법을 안다는 보장도 없습니다. 그러니 절대 돌아가서는 안 됩니다."

종신은 끈기 있게 봉지미를 설득했다.

"이렇게 돌아가면 우리가 다시는 당신을 포원에서 꺼낼 수 없습니다. 아가씨를 혼자 험지에 놔두고 지난번보다 더욱 험난한 일을 겪게 하는 건 아무도 동의하지 않을 것입니다. 우리를 따라오세요. 옷을 단단히 입고, 최대한 밖에 나오지 않고, 사람들과 멀리 지내면 누구를 다치게 하진 않을 겁니다."

"소용없으면 어떡해요?"

봉지미가 말했다.

"일이 벌어지면 그땐 무슨 짓을 한들 이미 늦었어요. 선생님, 돌이킬 수 없는 실수는 평생 한 번으로 족합니다. 그런 경험은 두 번 다시 하고 싶지 않아요."

종신이 침묵하자 봉지미는 또 나지막이 말했다.

"고에 대해서 저도 조금 공부해 보았습니다. 쌍생고는 결자해지의 특성이 있어요. 그러니 중요한 단서는 진사우에게 있을 겁니다. 저는 꽁꽁 싸맨 채로 사람들을 피하며 평생을 살고 싶지 않아요. 그에게 해법이 있다면 더욱 돌아가서 '쌍생'의 '쌍'을 풀어야 해요."

종신은 한참 동안 말이 없다가 또다시 고개를 저었다.

"안 됩니다, 지미 아가씨! 이 일은 엄청난 규모로 진행되고 있습니다. 모든 사람이 투입됐고, 요양우도 기마병을 이끌고 밤중에 대월 진영에 도착했습니다. 저에게는 아가씨를 돌아가게 할 권리가 없어요."

봉지미는 입을 다물었다. 이제 일행은 성문 앞까지 도착했고, 성문 수위는 벌써 매복한 아군이 처치했으니 어렵지 않게 성을 나설 수 있을 것이다.

하지만 성문 꼭대기를 바라본 종신과 고남의는 모두 깜짝 놀랐다.

성문 밖에 민둥산이 하나 있었다. 초목이 시들고 쌓인 눈이 꽁꽁 얼어 있던 그 산 앞에는 금빛 갑옷을 입은 병사가 빼곡하게 들어서 포성을 에워싸고 있었다. 흰 눈이 쌓인 금빛 투구를 쓰고 있는 진사우의 근위병 군사였다. 빽빽하게 한 줄로 늘어선 총구는 마치 무수히 많은 눈동자가 포성을 차갑게 노려보고 있는 것만 같았다.

변덕스러운 성곽의 활

바닥에 시체 몇 구와 혈흔이 보였다. 누군가 이곳을 먼저 통과한 흔적이었다. 비교적 일찍 움직인 영징 일행일 터였다. 시체들은 명을 받고 당도한 진사우의 친위대로 보였는데 진영을 정비하기 전에 무공 고수인 영징에게 당한 모양이었다.

"과연 진사우는 미리 준비하고 있었군. 우리 쪽 사람들이 얼마나 나갔는지 파악할 수가 없다."

종신이 말했다.

"혁련쟁은 아직인가?"

봉지미가 사방의 군대를 관찰하듯 천천히 성벽을 따라 한 바퀴 돌아보고, 대월 성곽의 깃발 아래 멈춰 서서 천천히 성벽을 어루만졌다. 종신이 혁련쟁을 기다렸다가 함께 돌진할지 먼저 손을 쓸지 고민할 때였다. 먼 곳에서 시끄러운 소리와 함께 말을 탄 전령이 친위대 진영으로 날듯이 달려왔다. 그가 황급히 소리치며 뭐라고 보고하자 깃발 아래 장수들이 고개를 확 돌려 자신들이 온 길을 돌아봤다. 너무 멀어서 그들의 표정이 정확히 보이진 않지만, 근위병 진영에 초조하고 불안한 기운이 퍼진 것을 알 수 있었다.

"요양우가 움직였군."

성문 꼭대기에서 종신이 말했다.

"원래 계획은 요양우가 병력을 이끌고 대월 진영을 급습하는 것이었으나, 지원군 없이 무리하게 공격했다가 전군이 패전하는 상황을 초왕이 우려했습니다. 그래서 사흘 밤을 꼬박 행군해 포성과 진영 사이에 있는 동석고(東石谷)에 매복했죠. 그곳에 그리 넓지 않은 강이 하나 있는데, 최근에 얼음이 단단히 얼었어요. 포성이 위기에 처했다는 진사우의 소식을 받고 월군은 필시 지원군을 보냈을 터이고, 급한 마음에 얼어붙은 강으로 건넜을 테죠. 그리고……."

"그리고 강물이 녹았겠죠."

봉지미가 빙긋 웃었다.

"눈 쌓인 날 얼어붙은 강에 쌓인 게 눈인지 소금인지 누가 알겠어요? 소금으로 얼음을 녹이다니 좋은 계책이네요."

원군을 기다리던 진사우의 근위병은 이제 초조해지기 시작했다. 안왕 전하께서 내린 명은 포성 포위였다. 누구든 성을 벗어나려는 자는 참수하라는 명을 받았지만, 시간이 흘러도 성에서 아무도 나오지 않았고, 전하께서도 나타나시지 않았다. 그 사이 월군 진영은 매복에 당했고 전세가 불리해졌다. 규율에 따르면 본진 위기 상황에 모든 군대는 즉시 복귀해 원조해야 하며, 방관은 용납되지 않았다. 근위병 장수는 선뜻 결단을 내리지 못한 채 초조함만 쌓였다. 결국 성안으로 사람을 보내 상황을 알리기로 하고, 고개를 들어 성문을 향해 외쳤다.

"문을 여시오!"

성문을 수호하는 병사들은 많지 않았다. 진사우가 각 요처에 절대 태만하지 말라고 명했지만, 오늘 같은 눈 내리는 섣달그믐에 무슨 일이 벌어지리라 생각하는 사람은 없었다. 어떤 병사들은 슬쩍 집에 돌아가 가족과 시간을 보냈고, 대장도 그 사실을 알면서 넘어가 주었다. 성곽 안쪽에서 불을 지피고 술을 즐기던 병사들은 포성에 잠복한 밀정에게 진작 목숨을 잃었다. 성문 수장은 자리를 지키고 있었지만, 그의 목숨은 지금 고남의 손에 있었다.

종신과 봉지미는 눈빛을 교환했다. 지금은 섣불리 돌진할 때가 아니며, 조용히 상황을 지켜봐야 한다고 합의했다. 종신이 고갯짓으로 신호를 보내자 고남의는 성문 수장의 등을 쿡 찔렀고, 그가 저도 모르게 아하고 입을 벌렸다. 종신은 손가락을 튕겨 성문 수장의 커다란 입속에 환약을 넣고 말했다.

"너를 저승길로 보낼 수 있는 보약이다. 먹고 두뇌를 단련해라."

종신이 점잖게 웃었다.

"총명한 놈이니 해야 할 말과 하지 말아야 할 말을 꼭 구분하리라 믿는다."

성문 수장은 창백한 얼굴로 성문 입구에 서서 외쳤다.

"이 장군이십니까? 소인 맡은 직무에 충실히 임하고자 합니다. 영패를 보여 주시옵소서!"

"안에 별일 없소?"

이 장군은 성문 수장을 보고 오히려 의아한 듯 물었다.

"조금 전에 누군가 성문을 빠져나갔길래 성안 군사가 전멸한 줄 알고 전면 돌진해야 하나 고민 중이었네!"

"조금 전 몇 명이 소동을 피우긴 했지만 그게 다입니다. 우리 쪽에서 쫓았지만 잡지 못했어요. 하지만 피해는 전혀 없습니다."

성문 수장이 외쳤다.

"소인도 전하께서 쏘아 올리신 지원 요청 불꽃을 봤습니다만, 안에서 전혀 소식도 없고 무슨 일이 생긴 것 같지도 않습니다. 전하께서 별도의 명이 있기 전까지 대군이 성에 진입할 수 없다고 하셨습니다. 이 장군께서는 혹 전하의 호부를 가지고 계시는지요?"

"성에 진입하려는 게 아니오! 전하를 뵙고 전할 소식이 있어 성문을 열고 병사 둘만 보내고 싶소!"

"알겠습니다!"

성문이 열렸다. 영패 검사를 마친 후 근위병 둘이 말을 타고 진입했고, 성문은 다시 굳게 닫혔다. 두 병사가 안왕에게 소식을 전하러 질주하려는 순간, 성문 뒤편에서 누군가 싱긋 웃으며 다가왔다.

"귀하의 신분을 좀 빌려야겠소."

혁련쟁은 다시 돌아오는 길이었다. 가용이 처음에는 포원으로 향했지만, 겁을 먹고 집으로 돌아갔을 수도 있다고 생각해 되짚어 가는 중이었다. 하지만 어디에도 가용은 없었다. 혁련쟁은 미간을 찌푸리며 수하 한 명을 집에 남겨 두고, 자신은 삼준 등과 다시 포원으로 향했다. 그들이 떠난 후 어떤 사람이 나타났고, 집을 지키는 수하에게 숨을 헐떡이며 말했다.

"혁련 대왕은 어디 계시오?"

가용을 찾으러 포원으로 향했다는 대답을 듣자 그 사람이 허벅지를 쳤다.

"큰일이군!"

혁련쟁의 수하가 묻기도 전에 그 사람이 다급하게 말했다.

"나는 초왕 전하께서 포성에 남겨 둔 사람이오. 전하께서 나를 여기 보내 혁련 대왕에게 가용을 데려갔다고 전하라 하셨소. 그런데 포원을 나오는 길에 보초병에게 가로막혀 늦었소. 이제 어쩌면 좋겠소?"

"얼른 쫓아가시오!"

사정을 모르는 혁련쟁은 곧장 포원으로 향했다. 지금쯤이면 포원도 안정을 찾았을 것이라 생각했지만, 여전히 난장판이었다. 진사우는 생명에 지장이 없었지만, 종신의 분수자 공격에 깊은 내상을 입어 연신 각혈을 하며 정신이 혼미한 상태라고 했다. 토해낸 피가 심지어 청보라색이라고 하니 수하들 모두 경황이 없었고, 의원들도 발만 동동 굴렀다.

지도자가 없고 오합지졸만 남았으니 혁련쟁에게는 잘된 일이었다. 그는 유삼호의 가면을 쓰고 혼란스러운 틈을 타 외원을 둘러봤지만, 가용을 찾을 수 없었다. 불안해진 그는 혹시 침방에 숨어 떨고 있는 것은 아닐까 생각했다. 잠시 고민한 그는 수하들을 외원 뒤편에 대기하게 하고 혼자서 내원으로 향했다. 혁련쟁은 내원에 가본 적이 없었지만 길은 훤히 꿰고 있었다. 두 달 동안 허투루 잠복하진 않았으니 내원의 공개 초소, 비밀 초소, 심지어 교대 시간까지 훤히 파악하고 있었다. 어두운 틈을 타 조심스레 침방에 들어갔지만 그곳에도 사람은 없었다. 혁련쟁은 한동안 멍하니 서 있다가 발을 한번 구르고 떠났다.

이런 상황에서 자신 때문에 계속 지체된다면 모두의 계획에 차질이 생길 것이다. 혁련쟁은 결단력이 있는 사람이었고, 잡을 때와 놓을 때를 아는 남자였다. 그는 마음은 안타까웠지만 막무가내로 찾는 일은 그만두기로 하였다. 대신 밀정을 심어 두고 천천히 찾을 계획을 세웠다.

혁련쟁이 침방에서 나와 비밀 보초병을 피하고자 후원의 작은 뜰을 지났다. 그 뜰의 맞은편은 바로 '왕작약'이 한 때 머물렀던 쉬설재였다. 하지만 작약이 청풍헌으로 이사를 간지도 꽤 되어서 요즘은 비어 있었고, 그곳에 들르는 사람도 없었다. 그는 옛집에서 흔적을 찾는 취미가 있는 사람은 아니었다. 사람이 떠난 지 오래되었으니 추억할 것도 없어서 미련 없이 쉬설재의 뒷담을 넘었다. 담에서 껑충 뛰어내려 착지한 그는 어둠 속에서 코를 벌름거렸다. 눈이 반짝 빛났고, 무언가 발견한 듯 사냥개처럼 주변을 뒤지기 시작했다. 방금 쉬설재 담을 넘을 때 은은하지만 익숙한 냄새를 맡았기 때문이었다.

초원 왕정은 예로부터 주술과 고에 능한 주술사와 무의를 모셨다. 그가 제경에서 인질 생활을 할 때 무의를 데려가기도 했었다. 그는 주술이나 고 따위에 관심이 없었지만, 주술사들이 고를 만들 때 쓰는 도자기 항아리의 비릿한 냄새에는 매우 익숙했다. 무엇보다 사나운 고일수록 냄새가 진했다. 오랫동안 독을 배양해서 그 비린내가 도자기 항아리의 미세한 입자에 깊이 스며들었기 때문이었다. 보통 사람들은 맡지 못해도 고에 대해 잘 아는 사람은 설령 꽃밭에 있더라도 땅속 깊이 묻은 작은 고를 냄새로 구별할 수 있었다.

혁련쟁이 전문가는 아니었지만, 이 냄새가 굉장히 짙다는 것은 알 수 있었다. 친왕이 기거하는 포원, 그것도 봉지미가 지냈던 쉬설재 뒷담 아래 이런 물건이 있다니 그는 의심하지 않을 수 없었다. 그는 궁금한 것은 참지 않고 즉시 탐구하는 행동파였다. 즉시 냄새를 따라 지점을 찾고, 3척 가량을 파 보았다. 역시 예상대로 네모난 철판이 손에 닿았다.

철판을 걷어내니 작은 항아리가 나왔다. 순간 혁련쟁은 등골이 서늘해졌다. 이 냄새를 맡았다는 것 자체가 등골이 서늘한 일이었다. 이 물건은 틀림없이 지독한 고였다. 문외한인 그도 냄새를 맡을 수 있을 정도였으니까.

'철판으로 막아 뒀다면 안에 있는 내용물은 얼마나 무서운 것일까? 절세의 고가 아닐까?'

혁련쟁은 심장이 쿵쿵 뛰며 불길한 예감이 들었다. 그는 손에 헝겊을 두르고 조심스레 항아리를 꺼내어 열었다. 독충이 드나드는 구멍이 뚫려 있었다. 이미 사용한 고라는 뜻이었다. 그는 또 한 번 등골이 서늘해졌다. 항아리를 들고 흔들어 보니 뭔가 자잘한 물건이 움직이는 소리가 들렸다. 생물은 아닌 것 같았다. 잠시 생각하던 그는 항아리에서 조금 떨어진 다음 긴 나뭇가지로 뚜껑을 열었다. 아무것도 튀어나오거나 기어 나오지 않았지만, 뚜껑을 여는 순간 푸른 연기가 피어올랐다. 그가 필사적으로 숨을 막고 얼마간 기다렸다가 다가가 살펴보니 작은 주머니가 들어 있었다. 조심스레 주머니를 열어 보니, 흰색 반달 모양의 자잘한 물체가 나왔다. 한참을 보고 나서야 그게 손톱이란 걸 알아챘다. 다만 오래돼서 남자의 것인지 여자의 것이지는 구별하기 어려웠다. 고항아리 안에 들어 있으니 분명 상서로운 물건은 아닐 터였다. 어떤 고는 인체 일부를 통해 주술을 끌어낸다는 것을 그도 알고 있었다. 그러니 이것은 중요한 물증이었다. 그는 망설이지 않고 내의를 찢어 그 증거들을 꽁꽁 싸매 허리춤에 넣었다. 그리고 자기 손톱을 잘근잘근 뜯어 주머니에 넣고, 주머니를 다시 항아리에 넣은 후 원래대로 잘 묻어 놨다.

혁련쟁이 작업을 마치고 일어나자 인기척이 들렸다. 진사우가 깨어났다는 이야기도 어렴풋이 들렸다. 그는 더 이상 지체하지 않고 얼른 몸을 숨겼고, 어둠 속으로 사라졌다.

진사우는 서재에서 눈을 떴다. 성 안팎의 보고를 듣기 위해 사람을 부르려는데, 마침 근위병 진영에서 보낸 전령이 알현을 청했다.

물론 그를 찾아온 사람은 종신과 봉지미였다. 고남의는 이런 임무에 적합하지 않아 성문 수장을 감시하기로 했다. 종신은 근위병 전령을 죽여 그들이 끝까지 소식을 접하지 못하게 하고 발을 묶어 두자고 제안했다. 그렇게 하면 요양우가 더욱 수월하게 그들을 칠 수 있을 터였다. 하지만 봉지미의 생각은 달랐다. 근위병 진영을 성문 밖에 묶어 두는 것은 임시방편이었다. 진사우가 곧 다른 방법으로 소식을 보낼 것이고, 그때 앞뒤로 공격을 받게 된다면 더 어려워질 수도 있었다.

봉지미는 차라리 정면 돌파를 권했다. 종신과 그녀가 사신으로 위장해 성에 진입하고, 어떻게든 진사우의 호부를 취해 근위병을 퇴각하게 하면 문제를 쉽게 해결할 수 있을 터였다. 이 방법은 다소 모험적이지만,

지금과 같은 교착 상황에서는 문제를 해결할 수 있는 가장 좋은 방법이기도 했다. 종신은 불안한지 가는 길에 그녀에게 재차 당부했다.

"안왕에게로 돌아갈 생각은 하지도 마세요."

"이런 꼴로 어떻게 돌아가나요?"

봉지미가 웃으며 말했다.

"작약의 모습이라면 일방적으로 납치를 당했다며 진사우를 한 번 더 속여 볼 수 있겠죠. 하지만 내가 돌아가는 건 아무도 협조해 주지 않을 거잖아요. 그러니 포기했습니다."

종신은 그 말에 일리가 있다고 생각했다. 봉지미가 이런 상황에서 진사우의 신뢰를 얻을 리는 없으니 그도 그녀의 방법에 동의했다. 둘은 곧장 포원으로 향했다. 포원에 거의 도착하자 그녀가 문득 말했다.

"선생님, 잘 보세요. 기억을 잃은 사람이 되면 사실 편한 점이 더 많답니다."

종신은 그 말의 의미를 순간 이해하지 못했지만 웃으며 말했다.

"좌우지간 속이는 것인데, 안타깝게도 한 번 속이면 두 번 속일 수 없고, 잠깐은 속일 수 있지만, 평생을 속일 순 없죠."

"맞아요."

봉지미가 웃었다. 그 웃음은 의미심장했다.

"저는 기억상실보다 선택적 잊음을 택하고 싶습니다."

종신은 봉지미의 말에 뼈가 있는 것 같아 더 물어보고 싶었지만, 이미 포원에 도착해 버렸다. 둘은 근위병 복장을 하고 모자를 깊게 눌러 쓴 후 복잡한 보고 체계를 뚫고 서재에서 조금 떨어진 곳에 멈췄다.

"들라."

진사우의 피곤한 목소리가 들렸다. 종신과 봉지미가 동시에 걸음을 옮겨 서재 앞에 다다랐지만, 진사우의 친위대장이 발을 걷고 말했다.

"한 사람만 들어오시오."

봉지미는 씩 웃으며 팔을 벌려 종신을 막고는 자신이 들어가 버렸다. 그제서야 종신은 봉지미가 소대장의 옷을 입고, 자신은 일반 사병 차림이라는 사실을 깨달았다. 옷을 갈아입을 때 여자인 봉지미에게 먼저 옷을 입게 하고 자리를 비켜 주었는데, 봉지미가 소대장 옷을 차지했을 줄은 몰랐다. 정말 한시도 마음을 놓을 수 없는 여인이었다. 안팎으로 적이 갈려 있고 친위대장이 시퍼렇게 눈을 뜨고 있는 상황에서 종신은 봉지미와 실랑이를 벌일 수 없었다. 마음이 찝찝했지만 뜰에서 잠자코 기다릴 수밖에.

봉지미가 발을 걷고 들어가자 진사우가 긴 침대에 파리한 얼굴로 누워 있었다. 침대 옆에 많은 사람들이 서 있었고, 그는 아직도 눈을 뜨고 있지 않았다.

"전하, 소인 긴요한 군사 정보를 보고 드리러 알현을 청하였습니다!"

봉지미가 무릎을 땅에 대고 침착하게 말했다. 진사우는 피곤한 듯 미간을 문질렀다. 여전히 눈을 감은 채였다.

"말하라."

상대방이 말이 없자 진사우는 마침내 눈을 떴고, 변장으로도 가릴 수 없는 봉지미의 눈동자와 마주쳤다. 안개가 자욱한 듯 물기 어린 그 눈동자. 진사우는 벌떡 일어나 바닥에 꿇어앉은 사람을 바라보았다. 봉지미를 머리부터 발끝까지 훑어보더니 갑자기 웃음을 터뜨렸다. 그 웃음은 살벌했고, 눈동자에 칼날처럼 예리한 빛이 스쳤다. 그는 손짓하여 주변을 모두 물리쳤다. 방 안에 가득 찬 사람들이 줄줄이 나갔고, 마지막으로 나간 자는 조심스레 문을 닫았다. 하지만 모두 멀리 가지는 않고 문밖에서 대기한 상태였다.

서재 안은 한동안 침묵에 휩싸였다. 은은한 약재 향을 맡으며 둘은 말없이 서로를 바라만 봤다. 잠시 후 진사우는 또 한 번 웃으며 몸을 뒤로 기댔다.

風叔
551

"대단해. 아주 대단하다. 네가 예전처럼 기억을 잃은 척하며 무고한 표정으로 읍소할 줄 알았다. 나를 죽이러 온 자객이 너를 납치했다고 말할 줄 알았다. 그리고 내 마음이 풀릴 때까지 기다렸다가 또다시 미인계를 쓸 줄 알았는데……. 이런 모습으로 나타나다니 너는 언제나 나를 놀라게 하는구나."

봉지미가 일어나 생긋 웃으며 말했다.

"망극하옵니다, 전하!"

봉지미가 유유자적 책상 앞으로 가서 차를 따랐고, 진시우에게도 한 잔 따라주며 웃는 얼굴로 바쳤다.

"전하, 심기가 불편해 보이십니다. 목이라도 축이시지요."

진사우가 생긋 웃는 봉지미의 눈을 바라보았다. 봄바람처럼 부드러운 그녀의 목소리를 들으며, 찻잔을 든 그녀의 희고 긴 손으로 시선을 옮겼다. 정성스러운 치료를 받은 덕분에 변형된 관절은 이제 거의 표가 나지 않았다. 그는 어쩐지 분노가 치솟았다. 그녀의 말대로 정말 '심기가 불편'했다. 그는 애써 마음을 가다듬으며 찻잔을 받아 들고 차갑게 웃었다.

"쌍생고에 대해 알았군. 감히 여기까지 돌아온 걸 보니."

봉지미가 책상에 기대 뜨거운 김이 솟는 찻잔을 들고 미소 지었다.

"당연히 돌아와야지요. 여기서 저를 기다리고 계시지 않았습니까?"

"그래. 제법 총명하구나."

진사우가 얼마간 침묵하다 치아를 드러내며 웃었다.

"만약 돌아오지 않았다면 너의 친구들은 시체를 구한 것이나 다름없었겠지."

"전하의 쌍생고는 누군가 개량한 것이더군요."

봉지미가 차를 한 모금 마시고 차분히 말했다.

"하지만 전하, 소인이 전하께 드린 장생산(長生散)은 쌍생고와 이름은 다르지만 못지않게 강력합니다. 장생산에 중독되신 전하는 장생을 누리실 수 있죠. 물론 저세상에서."

진사우가 더욱 창백해진 얼굴로 밭은기침을 하며 차갑게 말했다.

"함께 누리면 되겠군."

"소인은 전하와 일찌감치 극락왕생에 들어도 나쁘지 않습니다."

봉지미가 여유롭게 웃었다.

"소인은 그저 천한 백성일 뿐입니다. 바람을 막아 줄 집과 몸을 누일 침상도 없는 혈혈단신으로 떠도는 신세니 죽으면 죽는 거지요. 제 몸 덮을 거적자리 하나 있으면 될 일인 것을요. 다만 전하께서는 아쉬우실 것입니다. 명망 있고 고귀하신 황실의 후예가 아니십니까. 황상의 총애를 한 몸에 받고 계시니 전략을 잘 세우시면 대월 황제인들 되지 못할 것이 없습니다. 이토록 앞길이 구만리 같으신 분께서 저 같은 적국의 필부와 운명을 같이 하시겠다니…… 한스럽고 한스럽습니다."

봉지미가 웃으며 연신 '한스럽고 한스럽다'라고 중얼거렸다. 하지만 서재에 놓인 다과를 뒤적거리며 마음에 드는 과자를 꺼내 쉬지 않고 먹는 모습은 전혀 '한스러워' 보이지 않았다. 진사우가 그녀를 노려봤다. 이런 자는 욕을 해도, 비웃어도, 위협해도 소용없을 것이다. 과자를 거의 다 해치운 그녀를 보자 그는 화가 치솟았다. 차 한 모금도 체할 것 같아 결국 찻잔을 세게 내려놓고 차갑게 말했다.

"다 먹었느냐?"

봉지미가 손에 묻은 부스러기를 털며 미안한 표정을 지었다.

"면목 없습니다. 어젯밤 식사를 제대로 못 해서요. 협상하려면 체력과 정신력이 필요하니 배를 좀 채웠습니다."

"협상? 네가 무슨 자격으로 나와 협상을 하느냐?"

진사우가 세상에서 가장 불가사의한 말을 들은 듯한 표정을 지었다. 그는 봉지미를 아래위로 훑어보며 조롱을 섞어 말했다.

"한주먹도 안 되는 너의 지원군으로 말이냐? 아니면 네 특기인 기억 상실 연기로 말이냐?"

"후후……."

봉지미가 앉아서 진사우를 바라보다가 이마를 치며 말했다.

"소인의 보잘것없는 지혜로 협상합니다."

진사우가 잠시 놀란 표정을 짓다가 봉지미의 말뜻을 이해하고 웃음을 터뜨렸다. 경멸이 담긴 웃음이었다.

"너의 지혜라……. 자신감이 대단하군. 본 왕은 책사 삼천에, 모사 수백을 거느리고 있다. 누구 하나 걸출하지 않은 자가 없고, 학식이 뛰어나지 않은 자가 없다. 명문가 출신 대학자가 아니면 본 왕의 외원 서재에 발도 들일 수 없거늘, 너 따위가 뭐라고? 네가 누구라고? 일개 아녀자에 적국의 병사 아니냐. 잘 봐 줘야 잔꾀나 부릴 줄 알지. 운이 좋아서 아직 살아 있을 뿐인데, 네 주제에 나와 협상할 자격이 있다고 생각하느냐? 감히 본 왕의 두뇌가 되겠다는 것이냐? 무엇을 믿고?"

진사우가 창백한 얼굴이 벌게지도록 급하게 쏘아붙였다. 하지만 봉지미는 조금도 분노하지 않았고, 오히려 흥분한 진사우의 모습이 재밌다는 듯 유심히 바라보았다. 그가 말을 끝내자 이내 웃으며 말했다.

"무엇을 믿냐 물으셨습니다."

봉지미가 책상에 기대 진사우를 똑바로 내려다보며 말했다.

"열다섯에 청명서원에 입성해 무쌍국사가 된 일, 열여섯에 입각하여 남해로 출사해 선박사무사를 세운 일, 열일곱에 부장군이 되어 백두애 전투에서 전하의 십만 군사를 전멸시킨 일을 믿지요."

"……."

한동안 서재에는 숨소리조차 들리지 않았다. 어떤 이는 엄청난 충격에 뱃속으로 숨이 가라앉아 버린 것 같았다. 한참 후에야 작은 목소리가 연기와 약초 향기 사이를 부유했다. 담담하지만 쓸쓸한 목소리였다.

"역시 너였군."

봉지미가 공손하게 서서 미소를 지으며 양손을 모았다.

"천성 제국의 예부시랑이자 부장군 위지가 안왕 전하를 뵙니다."

진사우가 멍하니 앉아 눈앞의 여인을 바라보았다. 일반 병사로 변장했지만, 위화감 없는 자태가 오랫동안 남장을 해 왔음을 보여 주었다. 태산이 무너져도 얼굴색 하나 변하지 않을 것처럼 침착했고 품위 있는 기질이 돋보였다. 과연 문무를 겸비하고 조정의 총애까지 받으며 마음 껏 재기를 펼친다는, 명성으로만 듣던 소년 국사의 모습이었다. 하지만 그가 맨 처음 천근구에서 만났던 날카로운 눈빛의 소년과는 다른 모습이었고, 백두애 전투에서 병사들에게 둘러싸여 피를 흘리며 장렬하게 죽어가던 여인과도 다른 모습이었으며, 두 달 남짓 함께 지낸 상냥하고 귀여운 작약과도 다른 모습이었다. 천의 얼굴을 가진 이 여인의 마음을 어느 누가 읽을 수 있을까?

'왕작약은 위지다.'

이건 봉지미가 포로로 잡혀 왔을 때부터 진사우가 한 생각이었다. 그녀가 나타난 시기가 너무도 절묘했고, 화경은 목숨을 바쳐 그녀를 구하려 했고, 수백 명의 용사가 그녀를 위해 칼을 뽑았으며, 기꺼이 목숨을 바쳤다. 그는 그런 의혹 때문에 그녀를 살려 두었다. 하지만 그녀는 번번이 그의 생각을 뒤집어 놓았다. 월군도 경계하던 그 전설의 무쌍국사 소년이 여자였단 말인가.

두 달 동안 함께 지내며 진사우는 점점 봉지미가 위지가 아니라고 생각하게 되었다. 위지일 리 없었고, 위지여서는 안 되었고, 위지이기를 바라지 않았다. 그녀가 위지라면, 타국의 전장에서 피어난 온정을 받아들일 수 있겠는가? 전쟁 포로를 첩으로 맞을 수는 있었지만, 위지의 목은 베어야 했다.

진사우는 여러 차례 자신을 설득해 왔다. 만약 작약이 위지라면, 그녀가 정말 전설처럼 여겨지는 그 소년이라면, 분명 자부심이 강하고 콧대가 높을 것이며, 절대로 이토록 부드럽고 온화한 모습이지 않을 것이며, 이렇게 몸을 낮출 수 없을 것이라고. 하지만 완전히 그녀를 과소평가한 것이었다.

"좋다. 좋아……."

한참 후 진사우가 쓴웃음을 지으며 말했다.

"위 대인이 신분을 밝혔으니 본 왕은 더욱 협상할 필요를 느끼지 못한다. 그대는 적국의 신하고, 모시는 주군이 있다. 백두애 전투에서 희생된 십만 월군의 혼백이 아직 구천을 떠도는데 무엇을 협상하고 어찌 협상하란 말인가?"

"장수 한 명의 공훈 뒤에는 수많은 병졸의 비참한 죽음이 있고, 나라 간의 전란은 고래로 그친 적이 없으니, 전하와 저 사이에도 굳이 원한이라 부를 만한 일은 없습니다."

봉지미가 눈웃음치며 말했다.

"전하, 전장에서 진 빚은 각자의 주군을 섬기기 위함이었습니다. 그 일은 잠시 밀어 두고 우리의 일을 논함이 어떨지요?"

"우리의 일?"

진사우의 목소리가 변했다. 그는 여전히 불가사의하다는 표정으로 그녀를 바라보았다. 정말 위지를 포기하고 왕작약이 되겠다는 건 아닐 테지.

"위지는 무쌍국사라는 명예를 얻었습니다. 국사를 얻은 자 천하를 얻는다는 전설을 전하도 잘 아실 것입니다."

봉지미가 눈처럼 하얀 얼굴을 들이밀고 진심 어린 눈으로 진사우를 바라보았다.

"그게 뭐 어떻단 말이냐?"

진사우가 코웃음 쳤다.

"너희 천성의 국사가 어찌……."

진사우가 순간 말을 멈췄다. 봉지미가 생긋 웃으며 그를 바라보았다.

"네 말은……."

진사우는 깊은 생각에 잠긴 표정이었다.

"무쌍국사에 관한 설은 육백 년 전 대성제국에서 시작되었습니다. 지금의 대월도 당시 대성의 국경 안에 있었을 만큼 광활한 영토를 자랑했습니다. 그토록 큰 영토와 자원을 기반으로 대성을 개국한 시황제의 예언이 천성에만 해당하겠습니까? 당연히 천하를 둔 예언입니다. 그리고 저는 국사입니다."

봉지미가 진지하게 자신의 코끝을 가리키며 말했다.

"게다가 저는 지난 2년 동안 공적을 쌓으며, 대성의 예언이 허구가 아님을 증명했습니다. 열여섯의 사랑, 열일곱의 부장군을 보신 적 있으십니까? 아, 천성 제국의 폐하께서 저를 충의후에 봉하고, 무위장군 직함도 받았으니 곧 열여덟에 품계를 초월한 작위를 받게 되겠군요."

"경하드리오!"

진사우가 눈을 치켜뜨고 봉지미를 바라보았다.

"대승을 거둔 공으로 고관에 임명되는 영광을 누리게 되지 않았느냐!"

"경하드립니다. 전하!"

봉지미가 숙연하게 말했다.

"안왕 전하, 무쌍국사를 얻으셨으니 천하를 손에 넣으실 것입니다!"

"……."

또다시 긴 침묵이 흘렀다. 둘은 마주 보았다. 한 명은 염탐하는 시선을 보냈고, 한 명은 미소를 보냈다. 잠시 후, 진사우가 또다시 입을 열었다. 이번에는 아주 천천히, 한 글자 한 글자 또박또박 말했다.

"위지, 천성 출신 중신인 너는 하루아침에 얼굴을 바꿀 만큼 교활하니 본 왕은 너를 믿지 않는다."

"저는 천성 출신이 아닙니다."

봉지미가 피식 웃으며 말했다.

"저는 출신도 모르는 천애 고아고, 천성 관료로서의 신분과 이력은 겉치레일 뿐이며, 검증할 수도 없는 가짜입니다. 제가 천성 사람인지, 대월 사람인지, 또는 서량 사람인지 누가 알겠습니까? 출신을 모른다면 또 엄격히 구분할 필요는 무엇입니까?"

봉지미가 뒤돌아 뒷짐을 지고 먼 곳을 바라보았다.

"천하는 뭉치면 반드시 갈라지고, 오래 분열하면 반드시 합쳐지니, 천하 통일은 시간문제입니다. 그런데 한 나라에 얽매일 필요가 있겠습니까?"

진사우가 얼빠진 채로 봉지미의 뒷모습을 바라보았다. 이토록 원대한 꿈을 품은, 웅장한 기상을 품은 언사가 여인의 입에서 나오다니. 그가 대월의 황위를 차지하기 위해 골머리를 앓을 때 이 여인은 천하 통일을 꿈꿨고, 국경을 넘은 포부를 키우고 있었다.

"하지만…… 역시 가장 중요한 것은 한낱 목숨이죠."

봉지미가 다시 뒤돌았다. 기백이 대단하던 여인이 갑자기 시시콜콜한 셈을 따지는 보통 여인이 되었다.

"전하의 고에 걸렸으니 저는 전하 곁에 있어야만 목숨을 부지할 수 있겠죠. 이왕 곁에 있어야 한다면 저는 당연히 가장 좋은 지위와 대우를 쟁취하고 싶습니다. 누구의 무쌍국사가 되어도 국사는 국사 아니겠습니까?"

봉지미가 책상을 짚고 얼굴을 쭉 내밀어 진사우의 눈을 바라보았다. 그녀가 침착하고 진지하게 말했다.

"전하께서도 위지를 잘 아실 겁니다. 별로 좋은 사람은 아니죠. 자신의 이익을 위한 희생을 두려워하지 않고, 어느 한곳에 얽매인 고리타분

한 인물도 아닙니다. 그런 사람이 지금 같은 상황에서 어떤 선택을 할 수 있을까요?"

진사우의 눈빛이 변했고, 대답이 없었다.

"저는 전하의 첩이 되지 않겠습니다. 불가능합니다."

봉지미가 의미심장하게 말했다.

"제 역할은 사람을 도와 천하를 얻게 하는 것입니다. 전하를 돕든, 천성을 돕든 차이가 없습니다. 안왕 전하, 한발만 양보해 주십시오. 위지에게 쌓인 한을 잊으시고, 저를 전하의 오른팔로 받아 주십시오. 그렇다면 반드시 보답이 있을 것이며, 전하의 드넓은 영토는 태평성대를 이룰 것입니다. 그때가 되면 전하께서는 천하를 통일한 개국 황제시며, 천성, 대월, 서량은 모두 전하의 옥좌 아래 엎드릴 텐데, 그때도 십만 백두애 전사의 혼백을 그토록 중히 여기시겠습니까?"

진사우의 눈이 빛났다. 봉지미는 말을 멈추고 차를 마시며 목을 축였다.

"내가 널 어떻게 믿지?"

진사우가 잠시 생각하다 입을 열었다.

"전하께서 중독된 장생산을 절반 해독할 수 있는 해독제를 드리겠습니다. 나머지 절반은 저를 성경으로 데려가셔서 안위를 보장해 주시면 드리겠습니다. 전하께서도 제 쌍생고를 절반 풀어주십시오. 방법을 모른다고 하진 마십시오. 제가 전하를 제대로 파악했다면, 전하는 절대 목숨을 저와 이어 놓지 않으셨을 겁니다. 저는 다만 다른 사람에게 독성을 옮기지 못하게 해 달라는 겁니다. 전하께서도 전하의 책사가 아무도 만날 수 없는 인간 독극물이 되는 건 원치 않으시겠지요?"

"그걸 조건이라고 걸었느냐?"

진사우가 기가 차서 웃었다.

"너의 진심이란 끝까지 내 목숨을 쥐고 협박하는 것이냐?"

"끝까지 들어 주십시오."

봉지미가 말했다.

"독을 전부 풀어드리지 않는 이유는 전하께서 절 믿지 않으시기 때문입니다. 저라고 어찌 전하를 믿겠습니까? 이건 한 번은 거쳐야 하는 과정입니다만, 제 진심은 증명해 드릴 수 있습니다. 저를 성벽에 내보이면 제가 천성 군사에게 퇴각하라 명하겠습니다."

"내가 네 목숨을 틀어쥐고 있어도 천성 군대는 퇴각하겠지!"

"잘못 생각하셨습니다, 전하."

봉지미가 고개를 저었다.

"초왕을 과소평가하셨습니다. 그에게 인질 협박이 어찌 통하겠습니까?"

"영혁이 너를 특별하게 생각한다고 들었다."

진사우가 차갑게 웃었다.

"본 왕은 왕부에 잠입한 자 중 누가 영혁인지 내내 생각해 보았다."

"잠입하다니요? 초왕이요?"

봉지미가 고개를 홱 돌려 진사우를 바라보며 폼 하고 웃음을 터뜨렸다.

"전하, 정말 전하답지 않은 말씀이십니다. 영혁이 왕부에 잠입을 하다니요? 천성 군사의 사령관이자 천성의 국운을 짊어진 황자께서, 고작 수하 하나 때문에 모험을 감수하고 적국에 잠입한다고요? 그 고귀한 몸으로 이 위험한 곳을 말입니까? 전하, 진정 가능한 일이라고 생각하십니까?"

진사우도 피식 웃었다. 그가 아는 영혁은 절대 그럴 리 없었다. 하지만 봉지미의 물기 어린 눈동자를 보자 다른 말이 나왔다.

"너라면 영혁에게 예외일 수도 있겠지."

"물론 저는 예외입니다."

봉지미가 팔짱을 끼고 냉소했다.

"세상 사람들 모두 초왕 영혁과 시랑 위지가 힘을 합쳐 남해 사변을 방어한 사실을 압니다. 초왕과 저는 지기(知己)라고 할 만큼 가까운 주종 관계였지요. 하지만 사람들이 모르는 점이 있습니다. 가끔 적도 지기가 될 수 있다는 점을요."

"적이라고?"

"저는 기억을 잃은 적이 있습니다. 전하도 아실 거라 믿습니다."

봉지미가 웃으며 말했다.

"위지는 남해에서 제경으로 복귀한 후 바로 실종되었고, 호륜 초원 호탁부에 의탁해 순의 철기군에 합류했습니다. 덕분에 오늘날의 백두애 전투가 있을 수 있었죠. 전하, 혹시 이런 궁금증을 품어 보신 적 없습니까? 초왕과 위지가 잘 통하는 주군과 수하 관계였다면, 어째서 위지는 돌아오자마자 철기군을 이끌고 초원에서 싸웠을 뿐 본진으로 복귀해 초왕 전하를 알현하지 않았을까? 폐하께서 상을 내리시는 교지를 받으러 가지 않은 이유가 있을까?"

봉지미의 말을 들은 진사우는 놀랐다. 그 일화는 그도 들은 바가 있고, 퍽 의아하게 생각한 부분이었다. 위 대인이 초왕 영혁을 피하는 것 같다고 생각했기 때문이었다. 그러다 퍼뜩 깨달은 듯 물었다.

"너의 실종이 초왕과 관련이 있단 말이냐?"

"그렇습니다!"

봉지미가 두 손을 모으며 말했다.

"전하와 손을 잡을 것이니 말씀드려도 무방하겠지요. 남해 선박사무사는 저의 제안이었습니다. 사무사는 본디 남해의 관료 사회를 공정하게 재편성하고, 해적을 소탕하기 위해 설립되었습니다. 실제로 남해 해적을 평정했고, 민남과 남해 장군의 권력은 크게 쇠퇴했습니다. 당시 초왕은 갖은 방법을 동원해 어렵사리 민남 장군을 세웠고, 그것을 시작으로 군사를 키울 작전이었죠. 그런데 제가 그만 초를 치고 만 것입니다. 다 된 밥에 코가 빠졌으니 처음부터 다시 시작해야 했습니다. 전하, 초왕이 저를 미워하지 않을 수 있겠습니까? 또 저는 그런 주군 밑에서 살아남을 수 있겠습니까?"

진사우가 가볍게 신음했다. 과거 수집한 천성 조정의 정무 자료와 봉지미의 주장을 머릿속에서 맞춰보니 그녀의 말에 전혀 허점이 없었고 앞뒤가 꼭 들어맞았다. 입장 바꿔 생각하면 자신도 일을 망친 신하를 좋아할 수 없을 터였다. 병권에 간섭할 수 없는 황자에게 군권 장악보다 중요한 일은 없었다. 진사우도 젖 먹던 힘을 다 내어 사령관 자리를 얻었으니, 봉지미가 말하는 상황을 충분히 납득할 수 있었다.

진사우는 의구심이 조금은 사라졌지만 겉으로 드러내지 않았고, 여전히 냉소하며 말했다.

"영혁이 너 때문에 철군하지 않으면 또 어떠냐? 내가 직접 천성군을 물리칠 수 없다고 생각하느냐? 영혁이 제 발로 대월 국경을 넘어 내가 있는 포성에 왔다. 들어올 때는 마음대로 왔어도 갈 때는 순순히 보내지 않을 것이다!"

"전하께서 굳이 지금 싸우시겠다면 저도 어쩔 수 없지요."

봉지미가 손을 펼치며 빙긋 웃었다.

"유감스럽지만 오늘 천성의 매복군이 월군 진영을 쳤습니다. 게다가 포성은 이토록 난리가 났으니 전하께서는 이미 소규모 패전을 겪으신 것이죠. 하지만 영혁이 고작 매복군 때문에 오진 않았을 것입니다. 접경 지대에 분명 대군을 배치했을 것이며, 그렇게 되면 서로 포위하는 형세가 되어 큰 전투를 치러야 할 것입니다. 지금 상황에서 그런 큰 전쟁을 감당할 수 있겠습니까?"

진사우가 여전히 침묵했다.

"패전을 겪은 지 오래되지 않은 월군은 아직 군사도 충원하지 못했고, 빨라도 연말에나 채울 수 있을 것입니다. 또한 다른 사람들은 명절의 상서로운 기운을 빌어 좋은 소식을 보고하며 폐하의 칭찬을 기대하지요. 지금 맞서면 전하께서는 병부의 신춘 계획을 무시한 채 섣불리 전쟁을 일으키는 것입니다. 일단 전쟁이 시작되면 포성의 감군은 조정에 반드시 보고해야만 하니 매복에 당한 일과 포성의 현 상황이 폐하의 귀에 들어가겠죠. 그렇다면 전하께서는 두 번 패하는 것입니다. 성경에 있는 폐하의 형제는 때를 놓치지 않고 전하께 불리한 여론을 조장할 것이고……."

봉지미가 의미심장하게 말했다.

"이겨도 지는 싸움이 될 것입니다."

진사우는 아무 말도 하지 않았다.

"지금 취할 수 있는 최선책은 천성의 군대를 한시바삐 퇴각하게 하고 포성을 정돈해 감군을 안심시키는 것입니다. 사태를 통제할 수 있는 범위로 줄여야 합니다."

봉지미가 말했다.

"그렇게 한다면 큰 전투를 국지전으로 바꿀 수 있고, 영혁의 군사가 당도해도 아무 성과 없이 사기만 꺾여 돌아가게 될 것입니다. 전하께서는 명절에도 경계를 늦추지 않고 대비해 군을 흐트러짐 없이 지휘했고, 적의 야습을 받았지만 큰 손해를 입지 않았다고 보고할 수 있습니다. 어쩌면 상을 내리실지도 모르겠군요."

봉지미가 싱긋 웃으며 말했다.

"게다가 천성의 중신 위지의 항복을 받은 공이야말로…… 신년의 가장 큰 성과일 것입니다."

진사우가 봉지미를 힐끗 바라보다가, 마침내 오늘 밤 처음으로 미소를 보였다.

"이젠 네가 위지가 아니라고 해도 믿지 못할 것이다."

봉지미가 가볍게 웃으며 품에서 작은 주머니를 꺼내 진사우 앞에 펼쳤다.

"이 반쪽짜리 장생산 해독제를 바치며, 안왕 전하의 사람이 되길 청하옵니다."

진사우가 주머니를 바라보기만 할 뿐 손대지 않자, 봉지미가 주머니를 열어 조금 떼어낸 후 먹었다. 그는 사람을 불러 수하에게 약을 조금 먹였고, 무사한 것을 확인한 후에야 마음 놓고 복용했다. 얼마 후, 파리하던 안색이 조금씩 돌아오자 그도 작은 병을 꺼내며 말했다.

"고를 절반만 푸는 법은 없다. 이건 고의 독성을 제어하는 약이다. 네가 외부로 내뿜는 독성을 몸 안으로 가라앉혀 주지. 이제 매년 이 시기에 내게 와서 해독제를 받아 마시지 않으면, 네 목숨은 부지하기 어려울 것이다."

"듣고 보니 제가 손해네요. 저는 평생 전하의 손아귀를 벗어나지 못하지 않습니까."

봉지미가 웃으며 병에 든 환약을 털어 넣었다.

"허튼 수작 부리지 않고 내게 충성을 바친다면 너를 박하게 대하지 않을 것이다."

진사우가 약을 먹는 봉지미를 보고 안도의 미소를 지었다.

"전하."

봉지미가 잠시 생각에 잠겼다가 말했다.

"문밖에 대기하는 자는 목숨을 걸고 저를 구하러 왔습니다. 비록 이 순간부터 다른 길을 가겠지만, 여기서 시체가 되는 꼴을 보고 싶진 않습니다. 이제 평생의 군신 관계를 맺을 우리의 인연을 봐서 저자를 살려 주십시오."

"살려 달라고? 또 수작을 부려 널 구하러 오면 어떻게 하겠느냐?"

"이제 저는 천성의 반군입니다."

봉지미가 쓸쓸하게 웃었다.

"그런데 어떻게 목숨을 걸고 구하러 오겠습니까?"

진사우가 잠시 생각하다 큰 소리로 사람을 불렀다.

"장락(長樂)!"

친위대장이 부름을 받고 문 앞에 섰다. 진사우가 종이에 몇 자 적은 후 그에게 전하며 말했다.

"근위대 이 장군에게 보내는 서신이다. 밖에서 대기 중인 병사와 이 장군에게 가거라. 여기 위 대장과 할 얘기가 남았다."

친위대장이 명을 받고 편지를 종신에게 건넸다. 전령을 받은 종신은 아무래도 기분이 이상했다. 봉지미가 저 방에 들어간 후 줄곧 조용해서 무엇을 하는지 알 수가 없었다. 걱정됐지만 함부로 나섰다가 긁어 부스럼을 만들 수도 있을 것 같아 망설이던 참이었다. 이 편지는 무슨 의미일까. 봉지미가 체포당했다면 종신을 놓아 줄 리는 없었다. 만일 전령으로 변장한 봉지미가 성공적으로 진사우를 속였다고 해도, 종신을 혼자 성문으로 보낼 이유는 없었다.

'도대체 무슨 일일까.'

이대로 가 버릴 수 없던 종신이 망설이다가 위험을 무릅쓰고 봉지미를 부르려는 찰나였다. 창문의 발이 열리며 봉지미의 웃는 얼굴이 나타났다. 그녀가 차분하게 말했다.

"왕 형, 먼저 가세요. 전하의 하문에 답을 드리고 갈 테니 걱정하지 마시고, 저녁에는 본진에서 같이 한잔합시다!"

봉지미가 눈을 찡긋해 보였다. 그녀가 무사한 것을 확인한 종신은 고개를 끄덕였다. 어쩐지 마음이 놓이지 않았지만, 길을 나설 수밖에 없었다. 봉지미는 멀어지는 종신을 한참 동안 바라보다가 발을 내렸다. 그리고 얼마간 기다렸다가 웃으며 말했다.

"자, 이제 이 위지를 포박해서 성벽 위로 올려 주시지요."

봉지미는 머리칼을 둥글게 올려 다시 묶고, 서재에 놓인 세숫대야에 대고 세수했다. 여기저기서 분장할 만한 도구를 찾아 얼굴의 7할 정도를 위지 같은 모습으로 만들고 아쉬운 듯 말했다.

"위지일 때 쓰던 가면을 잃어버리고 말았으니 앞으로는 이 얼굴로 가겠습니다."

진사우는 위지로 변장을 마친 봉지미를 보자 마음이 복잡했다. 잠시 후 병사에게 가마를 대령하라 일렀고, 봉지미의 손목을 밧줄로 묶으며 웃었다.

"결례를 범하겠소. 위 대인."

"결례라니요. 당치 않습니다."

봉지미는 조금도 반항하지 않았다.

친위병을 이끌고 가마를 탄 진사우와 봉지미는 성문을 향해 호기롭게 나아갔다. 진사우는 성문에 도착하기도 전에 연이은 보고를 받았다. 요양우의 철기군이 강가에서 대월의 지원군을 급습한 후 본진으로 진격하지 않고 성문 쪽으로 향해 근위병과 대치 중이라는 내용이었다. 성문이 한 번 열렸지만, 근위병이 성문을 필사적으로 지키며 성문 앞에서 격렬한 전투가 벌어지고 있다고 했다.

보고를 듣고 진사우가 피식 웃으며 위지와 계속해서 성문 쪽으로 달렸다. 봉지미는 고남의가 아직 성문 꼭대기에 있을까 봐 걱정했지만, 성문 수장은 벌써 시체가 되어 있었다. 힐끗 보니 성문 아래 근위병 진영에서 민첩하게 뛰어다니며 신나게 적을 죽이는 고남의의 모습이 보였다. 성을 나간 종신이 봉지미의 신호를 받고 고남의를 내려오게 했고, 근위병 진영으로 돌진해 요양우의 군사를 맞이했다. 봉지미가 자기도 모르게 탄식했다.

'요즘 고 도련님은 정말 다루기 쉬워졌군, 쉬워졌어.'

그때 진사우가 봉지미를 성벽 꼭대기의 깃발 앞으로 밀었다. 대월 군사는 별 반응이 없었지만, 천성 군사들은 술렁이며 경악했다. '영' 자가 쓰인 천성 깃발 아래에서 누군가 고개를 들고 이쪽을 바라보았다. 영혁이었다.

가장 먼저 성을 나온 영혁은 요양우의 철기군과 합류해 포성을 반격하러 왔다. 어느새 동이 트고 있었다. 천성 제국 장희 18년의 첫 태양이 떠오르기 직전이었다. 성 밖으로 드넓게 펼쳐진 눈밭에는 검은 바탕에 금빛으로 수를 놓은 커다란 깃발이 휘날리고 있었다. 깃발 아래 선 그의 눈동자는 깃발보다 더 검었고, 입술은 생기가 넘쳤다. 검은 외투가 바람에 춤추듯 날렸고, 옅은 금빛으로 수놓인 만다라꽃이 유난히 요염하고 싱싱하게 빛났다.

영혁이 고개를 들고 성문 꼭대기를 바라보았다. 노란 바탕에 붉은 '진' 자가 쓰인 깃발 아래, 익숙한 남장을 한 봉지미가 머리를 아무렇게나 올려 묶고 있었다. 조금 야위었지만, 물기 어린 눈동자는 여전히 빛났다. 칠흑같이 검은 머리칼에 동여맨 푸른 끈이 바람 따라 부드럽게 나부꼈다. 영혁과 위지의 신분으로 1년 만에 정식으로 만나는 순간이었다.

본진에서 스치듯 지나간 만남이 아니었다. 포원의 어두운 방에서 나눈 위험천만한 입맞춤이 아니었다. 휘황찬란한 불꽃이 타오르는 그믐날 밤 100척 밖에서 사환으로서 바라본 작약이 아니었다. 둘은 성의 위아래에서 수많은 군사를 사이에 두고 만났다. 바라볼 수 있었지만, 가까이 다가갈 수는 없었다.

영혁은 내내 고개를 들고 자세히 봉지미를 뜯어봤다. 어젯밤에도 봤지만, 다른 사람 품에 안겼던 그 여인을 어쩐지 지미라고 인정하고 싶지 않았다. 그 여인은 봉지미의 껍데기를 두른 가짜였다. 지금 이 순간의 위지만이 진짜 그녀일 수 있었다.

영혁이 미간을 약간 찌푸렸다. 조금 전 종신에게서 쌍생고에 관한 이야기를 들은 터였다. 담담하고 의젓한 위지로 돌아간 봉지미가 진사우 곁에 선 모습을 보자 마음 깊은 곳으로부터 나쁜 예감이 밀려왔다.

봉지미는 높은 곳에서 주변을 훑어본 후 마침내 '영' 자가 쓰인 깃발에 시선을 고정했다. 봉지미와 영혁의 시선이 부딪쳤고, 각자의 바다로 유영했고, 각자의 심연으로 침잠했다. 서로의 눈에서 타오르는 불꽃을 보았고, 그 불꽃을 각자의 황무지에 지폈다. 눈이 마주치자마자 둘은 즉시 시선을 돌렸다.

"위 장군, 역시 듣던 대로 천성에서 명망이 대단하오."

진사우의 표정은 웃는 것 같기도, 웃지 않는 것 같기도 했다.

"과찬이십니다!"

봉지미가 숙연하게 대답했다.

"자리가 사람을 만든다는 말이 있습니다. 소신은 언제 어디서나 본분을 다하는 좋은 수하입니다."

"위 장군!"

처연한 외침이 하늘을 갈랐다. 양 진영의 군사는 깜짝 놀라 싸움을 멈췄다. 검은 갑옷과 금빛 갑옷이 뒤엉킨 현장을 가로질러 말을 타고 미친 듯이 달려오는 병사가 보였다. 손에는 긴 총을 들고 있었다. 흥분한 말발굽이 피 섞인 진흙을 밟으며 다가왔다. 말을 탄 사람이 막무가내로 질주하자 근위병이 막아섰다. 죽을힘을 다해 말에게 채찍질하며 그를 쫓아온 호위병들이 전투태세로 맞섰다. 하지만 그는 신경도 쓰지 않고 황급히 말에서 내려 무릎을 꿇었다. 질척한 눈 바닥이라 한참을 미끄러져 내려온 후 머리를 조아렸다.

"장군!"

그는 비분과 회한에 찬 목소리로 '장군'을 세 번이나 외쳤다. 그가 고개를 들자 눈물범벅이 된 얼굴이 드러났다. 천성 병사들이 하나둘 따라 흐느꼈고, 함께 눈물을 흘렸다. 근위병들은 당황하며 공격을 멈췄다. 도대체 무슨 일이 일어난 건지 이해할 수 없었다.

봉지미는 깃발 아래 서서 눈물과 진흙범벅이 된 요양우를 바라보았다. 내내 차분하던 그녀의 눈에는 바람이 지나간 호수처럼 소리 없는 파동이 일어났다. 그러나 이내 평정을 되찾았다.

진사우는 침묵했다. 아이처럼 우는 젊은 천성 장군을 보고 신선한 충격을 받았다. 한낱 여인이 사내들을 이토록 복종하게 했다면, 얼마나 독보적인 지도력을 갖췄을까? 진사우가 천천히 봉지미를 묶은 밧줄을 잡아당기며 그녀의 목에 칼을 가져다 댔다. 천성 대군이 들썩였다. 수많은 병사가 욕설을 퍼붓기 시작했고, 영혁의 얼굴빛도 변했다. 요양우가 바닥에서 벌떡 일어나 말에 올라 창끝이 밖으로 솟은 근위병 진영을 향해 미친 듯 달려갔고, 뒤따라온 부하들은 죽을힘을 다해 말렸다.

인파 속을 오가던 고남의의 손이 멍하니 멈췄다. 덕분에 극도로 강력한 무공을 가진 고남의가 하마터면 일개 사병의 칼에 맞을 뻔했다. 종신이 다가와 고남의를 끌어냈지만 그는 무조건 성문을 향해 달렸다. 하지만 성곽에서 곧바로 화살이 쏟아져 내렸다.

"왜 날 먼저 내보냈나요?"

고남의가 고개를 확 돌리며 분노한 눈으로 종신을 노려봤다. 종신은 멈칫했다. 고남의가 질문을 할 줄 알게 되었다니! 심지어 명확하고 합리적인 질문이었다. 종신은 잠시 어떻게 반응해야 할지 몰랐다. 무언가 말하고 싶었지만 할 말을 잊어버렸다.

미리 성을 나와 성문 전투에 합류했던 혁련쟁은 영혁과 당도한 기마병을 만나 칼을 뽑아 들고 앞으로 돌진하며 욕설을 퍼부었다.

"제기랄! 왜 아직 못 나오고 저기 있는 거야! 왜!"

"이분이 누군지 따로 소개할 필요는 없겠지."

부상이 완전히 회복되지 않은 진사우도 정신이 혼미했다. 아무리 욕설이 파도처럼 몰려와도 긴말을 짧게 끝내고 싶었다.

"이분은 백두애 전투에서 홀로 싸워 혈혈단신의 몸으로 백두산에서 대승을 거둔 너희들의 위 장군이시다. 우리 대월 병사들에게는 뼈와 살을 발라도 시원찮을 원흉이고 원수지만, 너희 천성 입장에서는 혁혁한 공을 세운 공신이지. 지금 위 장군은 내 옆에 있다. 너희들이 한 발자국이라도 앞으로 나오면 이자를 밀어 버릴 것이고, 너희들이 퇴각한다면 고이 풀어 주겠다."

분노한 천성 군사들이 고함을 지르고 북을 쳤다. 깃발 아래 영혁은 아무 말이 없었다. 진사우는 군중이 조용해지기를 기다렸다가 또다시 차갑게 웃었다.

"천성에 열혈남아가 많다고 들었다. 특히 너희 철기군은 위 대인이 직접 통솔했던 부대로 알고 있다. 어떠냐? 이미 갖은 고초를 겪은 너희들 위 장군의 머리가 너희들 발밑에 떨어지길 바라느냐?"

"퇴각하라! 퇴각해!"

요양우가 긴 창을 들고 질주하며 외쳤다.

"퇴각하라니까!"

그러다 다시 한 번 친위대에게 입을 틀어막혔다. 양쪽 군사는 모두 침묵하며 큰 깃발 아래 영혁을 바라보았다. 퇴각 여부는 사실 영혁만이 결정할 수 있는 문제였다. 영혁은 평온해 보였고, 표정에도 희로애락이 드러나지 않았다. 요양우가 그의 말 앞으로 달려가 퍽 소리가 나도록 꿇어앉아 외쳤다.

"전하, 전하! 당장 퇴각을 명하셔야 합니다. 전하께서도……."

"끌고 가라! 함부로 지껄여 병사들의 심기를 어지럽혔다! 본진으로 돌아가면 군장 60대로 다스린다!"

영혁이 눈도 마주치지 않고 차갑게 말했다. 누군가 얼른 달려와 다가와 발버둥 치는 요양우를 끌고 갔다.

"전하, 차라리 신을 죽여 주시옵소서! 위 장군은 안 됩니다!"

요양우는 끌려가면서도 목이 터져라 외쳤다. 그 처량한 소리에 다른 군사들도 뭉클해졌다. 성문 꼭대기에서 진사우와 봉지미는 표정 없이 그 광경을 지켜봤다. 진사우가 가볍게 웃으며 물었다.

"감동적인가?"

봉지미는 한숨을 내쉬었다.

"하지만 퇴각하기 싫어도 할 수밖에 없겠군."

진사우가 웃었다.

"그렇지 않으면 경박한 사령관으로 낙인 찍혀 다음 전투에는 병사를 장악하기 어려울 것이다."

"우리가 여기 온 이유는 처음부터 위 장군을 모셔가기 위함이었습니다."

긴 침묵 끝에 성 아래 영혁이 드디어 입을 열었다.

"안왕 전하께서 반드시 약조를 지키시길 바랍니다."

"대장부 한마디는 천금과 같습니다."

진사우가 미소를 지으며 말했다.

"양국의 군사를 사이에 두고 한 맹세입니다. 수만 대장부가 그 약속을 들었습니다. 우리 모두 일국의 친왕인데 어찌 알량한 연기를 하겠습니까? 초왕 전하께서 퇴각 명령을 내려 주시면 우리도 경거망동하는 일은 없습니다. 내년 봄에 통쾌하게 한판 붙으면 될 일 아니겠습니까?"

"위 장군은 어찌하실 겁니까?"

영혁이 물었다.

"위 장군이 원하신다면 당연히 전하와 함께 가시겠죠. 본 왕은 뱉은 말은 지킵니다."

진사우가 웃었다. 영혁이 진사우를 똑바로 바라보며 손바닥을 들었다. 전령이 깃발을 바꾸고 질주하자 대오가 즉시 바뀌었다. 전방이 후방이 되어 대열을 재정비한 후 천천히 물러나기 시작했다. 영혁은 대월 본진이 그들을 포위하는 상황을 걱정하지는 않았다. 진작 천성 본진을 움직여 위수 일대에 배치했고, 강을 건너 공격할 태세를 취하고 있었다. 이미 한차례 매복에 당한 대월은 절대 경거망동하지 못할 터였다.

진사우의 근위대도 대오를 정비하고 성문 호위 태세로 전환했다. 대군이 움직였으나 깃발 아래 영혁은 성곽을 쳐다보며 움직이지 않고 봉지미를 기다렸다. 하지만 그녀는 갑자기 한숨을 쉬었다. 그녀의 등 뒤에 언제부터 있었는지 모를 차갑고 예리한 물건이 닿았다.

"너를 믿지 못하는 것은 아니다. 하지만 본 왕이 안심할 만한 증거가 필요하다."

진사우가 봉지미의 귓가에 고개를 숙이고 가만히 속삭였다.

"너는 초왕과 같은 하늘을 이고 살 수 없다고 했다. 곧 대월로 투항할 것이니, 영혁의 목을 바쳐라. 그것을 네가 완전히 마음을 바꿨다는 증표로 삼겠다. 어떠냐?"

"너무 멀어서 화살로 맞출 수 없습니다."

봉지미가 한숨을 내쉬었다.

"괜찮다. 한번 쏴 보아라."

진사우가 끈질기게 설득했다. 그가 미소 지으며 단검으로 봉지의 손을 묶은 밧줄을 끊었고, 성문 아래를 향해 외쳤다.

"즉시 위 장군을 보내 드리지요."

그렇게 말하면서 봉지미의 손에 긴 활을 쥐여 주었다. 봉지미의 앞은 가슴까지 오는 성벽이었고, 양쪽으로 사람이 지키고 있었다. 그리고 뒤로는 서슬 퍼런 검이 기다리고 있었다. 완전히 갇힌 그녀는 이 화살로 의심 많은 진사우에게 마지막 입장 표명을 해야 했다.

진사우는 웃고 있었다. 이 화살이 영혁을 명중하든 빗겨 나가든 하등의 상관이 없었다. 물론 명중이 가장 좋을 것이다. 사령관을 죽이면 천성은 대혼란이 찾아올 것이고, 승리할 기회를 잡을 것이다. 설령 빗나가도 위지가 수많은 군사 앞에서 영혁에게 화살을 쐈다는 사실만으로도 그녀는 영원히 천성에 돌아갈 수 없게 될 것이다. 그리고 실망과 충격으로 천성 군심을 크게 어지럽혀 전세를 유리하게 할 터였다. 진사우는 사지에 몰려 승리의 기회를 얻은 것이고, 단지 그뿐이었다.

봉지미가 잠깐 침묵했을 뿐인데, 등 뒤로 긴 칼이 더 가까워졌다. 그녀의 손가락이 꿈틀거렸고, 천천히 활을 받았다. 진사우의 눈빛이 반짝이며 참지 못하고 미소를 지었다. 봉지미도 무력하게 웃었다. 고개를 숙여 성 밑을 바라보았다.

병사들이 묵묵한 바위처럼 서서 휘날리는 사령관의 깃발을 지켰다. 멀리 아침 햇살이 비쳤다. 날카로운 황금 검처럼 예리한 빛이 회색 안개를 갈랐다. 눈 쌓인 망망한 평원이 한눈에 들어왔다. 흰 눈에 반사되어 한층 더 눈부신 빛 아래 영혁의 옷자락이 휘날렸다. 그는 봉지미를 묵묵히 바라보고 있었다.

봉지미와 영혁의 눈이 마주쳤을 때, 그는 압도적인 모습으로 서 있는 성을 바라보았다. 그녀가 그를 향해 웃었다. 활을 당기고, 시위를 얹었다. 그리고 활시위를 끝까지 당겼다. 검은 화살촉은 원한을 가득 담은 음울한 눈동자처럼 그를 향했다.

성 밑에 있는 누구도 소리를 내지 않았다. 이 장면을 목격한 순간 모두 놀라서 얼이 빠졌기 때문이었다. 영혁이 고개를 꼿꼿이 들고 성벽 위에서 흑발을 나부끼는 봉지미를 쳐다봤다. 그녀의 표정은 침착하고, 냉정했다. 시위를 당기는 손이 바위처럼 안정적이었고, 그를 향해 조준한 방향도 한 치의 오차가 없었다. 억지가 아니었다. 가식이 아니었다. 그녀는 망설임 없이 그를 향해 시위를 당겼다.

그 순간 장희 16년의 그 눈보라가 다시 불어 와 영혁의 오장육부 안에서 소용돌이쳤다. 지난 2년간의 무수한 과거 조각들이 부서져 그의 마음 밑바닥에 얼음처럼 깔렸다. 두들겨 맞은 것처럼 통증이 밀려왔고, 쌓인 눈을 뽀드득뽀드득 짓밟는 소리가 들렸다. 동작이 민첩한 호위병들이 냉큼 달려와 방패를 들었지만, 그는 엄히 물리쳤다.

'말했지 않았느냐. 나는 여기서 기다릴 것이라고. 네가 검을 뽑아 들고 내게 일격을 날릴 그날을.

오늘은 그해 제경에서 헤어진 후 너를 정식으로 처음 만나는 날이다. 너는 성곽에서 활시위를 당기고 있다. 너의 차가운 화살이 나를 겨누고 있다. 드디어 그 원수를 갚으러 온 것이냐? 나를 만났으니, 나를 죽여라. 좋다. 잘하고 있다.'

만군이 소란스러운데 영혁은 혼자 움직이지 않았고, 피하지도, 방어하지도, 가리지도 않고, 봉지미만 바라보고 있었다.

만군이 소란스러운데 봉지미만 얼굴색 하나 변하지 않았고, 평화로운 웃음을 머금고 시위를 당겼다. 화살이 시위에서 작은 소리를 냈다. 곧 발사될 터였다. 진사우가 씩 웃었다.

바로 그때, 이변이 일어났다. 봉지미가 별안간 팔을 아래로 내리더니 묵직한 화살을 자기 앞의 성곽을 향해 발사했다. 성곽 일부가 부서지며 붉은 먼지가 되어 흩어졌다. 성곽에 몸을 기대고 있던 그녀는 몸을 지탱하던 물체가 사라지자 성 꼭대기에서 추락하기 시작했다. 별똥별이 떨어지듯 수많은 군사가 있는 곳으로, 눈이 덮인 곳으로.

멀리 지평선에 다홍색 아침 태양이 맹렬히 솟아올랐다.

고 도련님의 사소한 이야기
― 연애편지 사건

봉지미가 위지의 신분으로 초원에서 철기군을 양성하던 시절, 매일 수많은 연애편지와 복주머니를 받았고, 너무 많아서 가게를 차려도 될 지경이었다. 봉지미는 자주 그 물건들을 모단대비에게 주었는데, 모단대비는 항상 기뻐하며 받았고, 하인들에게 상을 주는 용도로 요긴하게 썼다. 모단대비가 종종 지효를 돌봐 주었기 때문에 고 도련님도 가끔 그녀의 처소에 들르고는 했다.

어느 날, 고남의는 모단대비가 활짝 웃는 얼굴로 지효에게 이야기를 들려주는 모습을 보았다. 그는 이야기에 흠뻑 빠져든 딸의 모습을 보고 자기도 앉아 열심히 듣기 시작했다.

"그대는 초원의 독수리, 나는 그대의 한 떨기 깃털……."

모단대비가 편지를 읽다 말고 투덜거렸다.

"쳇, 사람도 아니고 새의 깃털이라고?"

모단대비가 미심쩍은 표정으로 다음 부분을 읽어 나갔다.

"나의 넓은 품에 안겨요, 바다가 햇살을 품듯 그대를 껴안을 수 있답니다……. 아가씨! 허풍도 정도껏 해야지! 가슴이 그렇게 크다고?"

모단대비가 다시 투덜댔다.

"나는 기꺼이 한 마리의 양이 되겠어요. 그대의 뜻대로 구워 주세요. 영원히 그대의 위장에 잠들겠어요……. 똥으로 나오겠군. 푸흡."

모단대비가 웃었다.

"……."

고 도련님은 말없이 딸을 안고 방을 나섰다.

"그런데 말이지."

모란꽃이 연애편지를 탈탈 흔들며 아쉽다는 듯 말했다.

"연애편지는 이렇게 쓰는 게 아니야. 창의성이 전혀 없잖아. 이 몸이 한창 때는 연애편지 대사전을 독파했지. 각종 연애편지를 모조리 섭렵했다고."

"어떻게 쓰는데요?"

모단대비는 약 일 분간 음소거 상태가 되었다. 그녀가 고개를 살며시 돌려 소리가 나는 곳을 쳐다봤다. 고 도련님이었다.

"네…… 네가…… 컥."

모단대비의 표정은 마치 하늘을 나는 소라도 본 것 같았다.

'연애편지를 쓴다고? 고 도련님이?'

'음…… 올여름 호륜 초원에 눈이 내릴 모양이군.'

"말하면 내가 써요."

행동파 고 도련님이 벌써 종이를 펼치고 붓을 들었다. 모단대비는 재능을 팔아 볼 생각에 잔뜩 신이 났다.

"달링, 그대는 나의 물 사발. 내가 뽀뽀하니까요. 그대는 나의 이불. 내가 덮으니까요. 그대를 향한 나의 그리움은 해님을 그리워하다 살이 쏙 빠져 반쪽이 된 달님과 같아요. 그대는 나의 심장, 나의 오장육부, 내 생명의 사분의 삼……."

그날, 장막의 등불은 밤이 지나도록 꺼지지 않았다.

새벽녘이 돼서야 대비는 고 도련님을 보냈고, 연애편지는 그녀의 책상에 놓여졌다. 연애편지를 직접 주는 건 매우 무례한 행동이라고 고 도련님을 간신히 설득해서 결국 모란꽃이 전해주기로 했다. 사실 그녀는 '달링' 뒤에 누구의 이름이 쓰여 있는지 궁금했다. 고 도련님을 보낸 대비는 갑자기 뱃속이 부글거려 측간으로 향했다. 정무를 마친 혁련 대왕이 어머니 방을 지나다 찰목도가 보고 싶어 들어왔다. 칭얼대는 찰목도의 기저귀를 벗겨 보니 과연 응아를 하셨다. 대왕은 책상에서 아무 종이나 짚이는 대로 가져다 어린 동생의 엉덩이를 닦아 주었다.

…….

모란꽃은 한동안 고 도련님을 피해 다녔고, 혁련 대왕은 한동안 기분이 매우 좋았다. 무엇보다 그 후 고 도련님은 연애편지라면 칠색 팔색을 했다고 한다.

(4권에서 계속)

風叔

황권 ❸

1판 1쇄 인쇄 2021년 1월 18일
1판 1쇄 발행 2021년 1월 22일

지은이 | 천하귀원
펴낸이 | 김영곤
펴낸곳 | (주)북이십일 아르테

책임편집 | 원보람
미디어믹스팀 | 장현주 김가람
표지 디자인 | 여백커뮤니케이션
본문 디자인 | 곧은
해외기획팀 | 정미현 이윤경
영업본부 본부장 | 한충희
문학영업팀 | 김한성 이광호
제작팀 | 이영민 권경민

출판등록 | 2000년 5월 6일 제406-2003-061호
주소 | (우-10881) 경기도 파주시 회동길 201(문발동)
대표전화 | 031-955-2100 팩스 | 031-955-2151
이메일 | book21@book21.co.kr

(주)북이십일 경계를 허무는 콘텐츠 리더

아르테팝 채널에서 도서 정보와 다양한 영상자료, 이벤트를 만나세요!

페이스북 facebook.com/21artepop   트위터 twitter.com/21artepop
인스타그램 instagram.com/21artepop   홈페이지 artepop.book21.com

ISBN 978-89-509-8933-0 04820
      978-89-509-8901-9 (세트)